Sarah Pinborough

Die Bürde des Blutes

Aus dem Englischen
von Catrin Frischer

Otherworld

Für Stephen Jones, ohne dessen Worte diese Worte
nicht so leicht auf die Seite gekommen wären.
Danke, Jonesy.

Das säurefreie und alterungsbeständige Papier EOS liefert Salzer, St. Pölten
(hergestellt aus chlorfrei gebleichtem Zellstoff aus nachhaltiger Forstwirtschaft).

ISBN 978-3-8000-9535-3

Aus dem Englischen von Catrin Frischer.
Umschlaggestaltung von init, Büro für Gestaltung, Bielefeld,
unter Verwendung eines Fotos von iStockphoto.com
Titel der Originalausgabe: *A Matter of Blood. The Dog-Faced Gods Book One*

First published in Great Britain in 2010 by Gollancz
An imprint of the Orion Publishing Group, London

Druck: CPI Moravia Books GmbH
1 3 5 7 6 4 2

www.otherworld-verlag.com

Prolog

Über der verstümmelten Leiche summte das Fliegenorchester. Auf den Mann an der Tür wirkten sie wie eine Horde Zuschauer auf den billigen Plätzen, die lärmend ihren Beifall bekundeten. Mehr Fliegen huschten über die grausige Bühne darunter, wimmelten zwischen den quellenden Massen von Maden und ließen das sehr tote Individuum ein Schauspiel von Bewegung, von Leben vorführen. Das große Fenster auf der anderen Seite des Raumes stand offen, dennoch stank es nach Verwesung. Der Mann an der Tür seufzte, und für eine Sekunde unterbrachen die Fliegen ihr schauriges Gewimmer und die glänzenden weißen Larven hörten auf sich zu winden.

Der Körper lag auf einem antiken Holztisch, ein Arm hing schlaff über die Tischkante. Dort, wo Blut stetig und still auf den dicken Teppich getropft war, hatte die Wolle sich zu einem viel dunkleren Purpurrot verfärbt. Dem toten Mann war die Haut abgeschält worden, Organe und Eingeweide lagen frei. Die Schnitte quer über den Torso waren ohne jede Eleganz ausgeführt worden. Allerdings musste es schnell gegangen sein, dachte der Mann an der Tür. Sonst hätte er das Schreien gehört.

Das Gesumm hob erneut an und er biss die Zähne zusammen.

»Das muss aufhören.«

Der Lärm wurde stärker.

Er starrte den Körper an und die schweren Arbeitsstiefel, die unter den braunen Baumwollhosen hervorragten, die John MacBrayne üblicherweise trug, wenn er vor laufenden Kameras sprach oder eine seiner lächerlich wirkungslosen Protestkundgebungen anführte. Als ob er mit der Weigerung, sich einen ordentlichen Anzug zu kaufen, ein Statement gegen Die Bank und ihre fragwürdigen Interessen abgeben würde. Ihre *vermeintlich* fragwürdigen Interessen, korrigierte er sich selbst. Doch egal, es war offensichtlich, dass Mr MacBrayne, all seiner nervtötenden Hartnäckigkeit zum Trotz, keinen Protestmarsch mehr anführen würde.

»Ich weiß nicht, was du damit zu erreichen glaubst«, sagte er, »oder was du zum Ausdruck bringen willst.« Zum ersten Mal schlich sich Verärgerung in seine Stimme. Der hier war nicht wie die beiden Letzten. Diese Sache aufzuklären würde einige Anstrengungen kosten. John MacBrayne war zu einer Art Kultfigur geworden. Er schaute die verstümmelte Leiche an. Die tiefe Bräune von den Jahren unter der afrikanischen Sonne war einer fahlen Blässe gewichen. Der Tod hatte zugelangt und seine Auswirkungen übten auch nach all den Jahren immer noch eine gewisse Faszination aus, das musste der Mann zugeben. Dann wandte er seine Aufmerksamkeit erneut den schwirrenden Fliegen zu.

»Wir müssen uns mit den anderen treffen. Sie können dir helfen.«

Einen Augenblick lang war es wieder still im Raum, dann erhoben Fliegen und Maden sich auf einmal mit solcher Kraft, dass die Leiche sichtlich erzitterte. Die Luft war lebendig geworden, der Schwarm wand und drehte sich. Bis in die letzte Ecke war der riesige Raum voller schwarzer Sprenkel, die sich zu einer fast menschlich anmutenden Form zusammenzogen, und für den kürzesten aller Momente blitzten scharfe Augen und blondes Haar in dem flirrenden Körper auf.

Der Mann in der Tür lächelte. Das war ein Fehler. Die widernatürliche Form explodierte, Fliegen schossen wie Splitter durch den Raum. Ohne es zu wollen, zuckte der

Mann zusammen, sein Arm hob sich ein wenig, um die Augen zu schützen. Langsam senkte er ihn wieder.

»Das muss aufhören«, wiederholte er gegen das feindselige Zischen des Schwarms. Der schwarze Schatten gab keine Antwort, schlängelte sich jedoch weg von ihm und verschwand als Wolke winziger schlagender Flügel durchs Fenster hinaus in die kühle Luft des Nachmittags.

Der Mann in der Tür verharrte einen Moment lang, wo er war, und beobachtete das Verschwinden der Fliegen nachdenklich. Schließlich wandte er sich erneut dem Toten auf dem Schreibtisch zu. Noch einmal seufzte er. Er musste sich um so vieles kümmern. Dies hier ließ sich zwar regeln, war jedoch mühsam. Er schaute wieder auf das offene Fenster. Zunächst hatte er einen Anruf zu machen. Der Raum und der tote Mann waren still, als er sich umdrehte und leise die Tür hinter ihnen schloss.

1

Es sind die kleinen Dinge, die zählen.

Carla Raes erkaltender Körper war Beweis dafür. Ihre großen Augen hatten aufgehört zu glänzen, als die trocknende Oberfläche klebrig wurde. Da nichts das Blut durch die leblosen Venen pumpte, sammelte es sich schwer in den Gliedmaßen. Die billige elektrische Uhr auf dem Nachttisch ließ die Minuten tickend vergehen, die Zeiger waren seit dem Eintreten des Todes ohne das geringste Zögern weitergerückt. Die Welt nahm ihren Lauf. Die fünfundzwanzigjährige Carla Rae war nicht dabei. Für sie würde es keinen sechsundzwanzigsten Geburtstag geben. Die innere Mechanik ihres Körpers hatte sich damit abgefunden, obwohl sich ihr Geist im Moment ihres Sterbens wütend gegen das Unausweichliche aufgelehnt hatte.

Gase sammelten sich, wo Magensäure das Essen vom China-Imbiss nicht weiter verdaute, das sie einige Stunden zuvor verzehrt hatte. Sich selbst überlassen würde ihr flacher Bauch sich bald zu einem prallen Ballon blähen, und mit einem letzten, vergeblichen Kampfruf gegen die Stille des Todes würden die Gase schließlich entweichen – doch so weit sollte es für Carla Rae nicht kommen. Der kleine Einstich in ihrem Arm, die Augen, in denen es nun lebendig wurde, und die in Purpurrot über ihre nackte Brust gekritzelten Worte sicherten ihr eine saubere, ordnungsgemäße Autopsie auf einer Metallpritsche, die nicht so weich wäre wie ihr gegenwärtiges Lager. Nicht dass es sie stören würde. Das weiche Fleisch von Carla Rae fühlte schon lange nichts mehr.

Für das Leben sind nicht die großen Entscheidungen ausschlaggebend, es geht viel eher darum, welche Wahl spontan getroffen wird. Die großen Entscheidungen sind durchdacht, werden abgewogen und analysiert. Jede zieht ihre ganz eigenen Konsequenzen nach sich, und egal ob sie nun gut oder schlecht sind, wir selbst haben sie getroffen, und das an sich ist schon ein Trost. Sogar schlechte Entscheidungen stecken wir weg, wenn wir auch im Stillen unsere eigene Dummheit verfluchen mögen. Entscheidungen geben uns das Gefühl, alles unter Kontrolle zu haben.

Es sind die kleinen Dinge, die zählen: die Wahlmöglichkeiten, die kleinen Entscheidungen.

Sie können einen verrückt machen, wenn man es zulässt. Wir denken nicht darüber nach, wir wählen einfach. Und doch sind diese flüchtigen Momente, in denen wir eine Wahl treffen, abhängig von Zeitpunkt oder Stimmung und jede ist mit einer endlosen Serie von anderen Wahlmöglichkeiten verflochten, die unbekannte Leute hatten. Es ist schon fast komisch – wenn man für schwarzen Humor empfänglich ist. Geschichten über die kleinen Entscheidungen gibt es zuhauf, aber in denen bekommt immer das Glück oder das Schicksal die Schuld – die fetten Schlagzeilen der schmuddeligen Boulevardblätter und billige Fernsehsender brüllen es hinaus. Aber diese Geschichten sind falsch.

Es gibt kein Glück oder Schicksal. Die Wahl, die du selbst triffst, reißt dich rein. Das zumindest dachte DI Cass Jones, der in der Tür stand und die auf dem Rücken liegende nackte Leiche auf dem zerwühlten Bett betrachtete. Was für einen verdammt schrecklichen Fehler hatte diese Frau bloß gemacht, dass sie hier gestorben war, auf diesen schmutzigen Laken, in diesem miesen Wohnsilo? Hatte sie beschlossen, zu Fuß zu gehen, statt ein Taxi zu nehmen? Hatte sie sich vom falschen beinahe gutaussehenden Fremden einen Drink ausgeben lassen? Fünf Minuten früher, fünf Minuten später – wer weiß, wo sie dann gewesen wäre? Vielleicht würde sie trotzdem hier liegen, vielleicht aber auch nichts ahnend irgendwo anders atmen. Am Ende hing immer alles an der spontan getroffenen Wahl.

Er seufzte, seine Augen waren rot vor Anstrengung, dieser Tag war schon zu lang. Was es auch gewesen sein mochte, für diese Frau war das Spiel aus. Sie war jetzt nur noch eine Zahl für die Statistik – in einer Welt, die sich immer weniger um Statistiken scherte.

Draußen machte sich die Nacht gerade über den Himmel her. Das dunkle Blau des vergehenden Tages wurde von orangefarbenen und roten Streifen durchzogen, die ein gespenstisches Dämmerlicht in das kleine Schlafzimmer warfen. Der Tag war heiß gewesen, die abgestandene Luft war sauer wie Brackwasser. Cass atmete flach durch den Mund.

»Kann hier jemand mal ein Fenster aufmachen oder ist das zu viel verlangt?«

Die Kamera warf einen grellen Blitz über den Körper, dann drehte sich der Fotograf um, sein grüner Plastikanzug raschelte. »Zu viel verlangt.« Der Typ grinste, sein Gesicht war jung und frei von Falten – für Detective Inspector Cass Jones schon Grund genug, dem Mann eine reinhauen zu wollen.

»Sag *cheese*.« Bevor Cass reagieren konnte, wurden das Bett und die Gestalten drum herum schwarze Leere mit gleißend weißen Rändern. Ein Nebel summender Fliegen suchte eiligst in den Ecken Schutz.

»Verdammte Scheiße!« Das Negativ der Szene hatte sich in seine Netzhaut eingebrannt, wo es nach und nach verblasste.

»Sorry.« Der Mann mit der Kamera zuckte die Achseln, er lächelte immer noch. »Manchmal überkommt mich dieses Verlangen, jemanden zu fotografieren, der noch am Leben ist. Ganz schön pervers, ich weiß.«

Neben dem Bett erhob sich eine Gestalt aus der Hocke. »Und wenn du so weitermachst, wirst du nur noch mit Lebenden arbeiten – wenn du überhaupt Arbeit hast.« Die Stimme war von ätzender Schärfe, der junge Mann schrumpfte sichtlich in seiner Plastikhülle und stammelte eine leise Entschuldigung.

»Und jetzt verpiss dich und schaff diese Kameras wieder in den Lieferwagen.« Er war immer noch nicht beeindruckt.

DI Jones starrte den Nachwuchspathologen an, der sich mit zwei Kameras in einer Hand und dem schweren Hartschalenkoffer in der anderen ungeschickt an ihm vorbeimanövrierte. Als er irgendwo zwischen Cass' Schulter und dem Türrahmen klemmte, lehnte der DI sich vor.

»Sollte mir je zu Ohren kommen, dass dieses Bild entwickelt wurde, werde ich dich schon finden.« Für einen kurzen Moment meinte Cass zu hören, dass das Herz des Jungen stillstand. »Hast du mich verstanden?«

Der Assistent nickte heftig. Cass bewegte sich einen Zentimeter nach links und ließ ihn gehen.

Überwältigt von der schieren Blödheit der Jugend beobachtete er, wie der Bengel blitzschnell in dem Gewimmel des Spurensicherungsteams verschwand, das die ganze Wohnung bevölkerte. Er musste lernen, wo sein Platz war, und er musste lernen, dass DI Cass Jones nicht gerade bekannt für seinen Sinn für Humor war. Und – was für den Assistenten noch viel wichtiger war – Dr. Mark Farmer auch nicht. Bei der augenblicklichen Ebbe auf dem Stellenmarkt konnte man sich blöde Fehler nicht leisten, und eines Tages, wenn der junge Mann älter und weiser geworden war, würde ihm möglicherweise aufgehen, dass Cass ihm einen Gefallen getan hatte.

»Neuer Assistent?«

»Meine Strafe dafür, den letzten so gut ausgebildet zu haben.« Der Gerichtsmediziner zog seine Kapuze ab, dichte Silberlocken fielen bis auf die Schultern hinunter, mit einer Handbewegung hatte sich der offizielle Leichenbeschauer in einen alternden Rockstar verwandelt. Er runzelte die Stirn. »Was machst du hier, Jones? Das ist nicht dein Fall.«

»Jetzt schon.« Die von dem vernagelten Fenster eingeschlossene Luft schien dicker zu werden und sich an den Körper zu klammern wie ein trauernder Angehöriger. Sie legte sich auf den Gaumen wie abgestandener Zigarettenrauch. »Bowman musste heute Morgen ziemlich eilig ins Krankenhaus, Verdacht auf Blinddarmdurchbruch. Sieht so aus, als könnte ihn das für Wochen außer Gefecht setzen, also haben sie mir seine Fälle aufs Auge gedrückt. Ohne zusätzliche Bezahlung natürlich«, sagte Cass.

»Natürlich.« Der Gerichtsmediziner zuckte die Achseln. »Aber Peritonitis ist übel. Er hat Glück, dass er mit dem Leben davongekommen ist.«

»Mit Glück hat das nichts zu tun, der Idiot jammert schon seit ein paar Wochen, dass er sich wie Scheiße fühlt. Er hätte schon vor einer Ewigkeit losziehen und die Sache auf die Reihe bringen können. Schließlich ist man bei der Polizei immer noch krankenversichert.«

»Ach ja, die Freuden des öffentlichen Dienstes.« Der Gerichtsmediziner schien bereit, zu seiner üblichen Schmährede über den Zustand Englands, der Welt und des Lebens im Allgemeinen anzusetzen, wenn er auch nur im Geringsten dazu ermuntert wurde. Doch Cass, der kein Interesse an Politik und noch weniger Interesse an Farmers speziellen Ansichten hatte, weigerte sich, darauf einzugehen, und brachte ihn damit zum Verstummen. Er war einfach zu müde und zu genervt, da machte er sich nicht freiwillig zum Resonanzboden – und von dem Gestank in diesem Raum wollten sich sicher alle gern so schnell wie möglich befreien.

Er warf einen flüchtigen Blick auf den nackten Körper des Mädchens. Die Rippen des armen Dings ragten über ihren eingefallenen Bauch, das ließ entweder auf Armut oder eine fortgeschrittene Essstörung schließen. Ihr billig gefärbtes, fast rötliches Haar, das vermutlich hatte blond werden sollen, ließen Cass auf Armut tippen. Die großen Brustwarzen waren jetzt wie rosa Inseln auf Rundungen, die kaum als Brüste durchgingen. Ob sie im Stehen wohl weniger flach gewesen war? Eher nicht.

»Was haben wir hier? Nummer vier?«

Der Gerichtsmediziner stellte sich neben ihn. »Ja, zumindest nehmen wir das an. Sicher sein können wir erst nach der Obduktion, wenn die Ergebnisse der toxikologischen Untersuchung vorliegen. Du hast einiges aufzuarbeiten, wenn du auch nur die geringste Chance haben willst, diesen Fall zu lösen. Ich lasse dir alle meine Unterlagen zukommen. Dein Sergeant wird doch noch immer von Bowmans Sergeant *auf dem Laufenden gehalten*? Dann sollte sie sich ein Bild von den Vorgängen hier machen können. Oder ist es jetzt vorbei damit?«

Cass war erstaunt. Normalerweise war Farmer nicht der Mann, der anspielungsreiche Bemerkungen machte, außer wenn es darum ging, seine edle linke Gesinnung zu untermauern. Ausnahmsweise wäre Cass das jetzt lieber gewesen, Claire Mays Privatleben ging Farmer nichts an. Er überhörte die Frage also und sagte: »May bleibt an dem

Fall Jackson und Miller dran, ich arbeite mit Blackmore weiter an diesem. Wäre dumm, die zwei auszutauschen, wenn ich doch beide Fälle bearbeite. Sonst sind am Ende alle verwirrt, nicht nur ich.«

Es juckte ihn in den Fingern, er brauchte eine Zigarette und ein ruhiges Plätzchen, an dem er seinen Kopf freikriegen und einfach mal durchatmen konnte. Das war ein Scheißtag gewesen und vermutlich war es für Farmer auch nicht viel besser gelaufen. Die Mittel waren knapp und alle waren überarbeitet. Das Bild von dem lächelnden Bobby auf Streife war schon lange in der Versenkung verschwunden. Mit ernstem Blick sah er zum Bett.

Die Haut der jungen Frau war blass, nicht die Spur von Bräunungsstreifen, keine frischen und keine letzten verblassenden Erinnerungen an längst vergangene Ferien. Ein hohler Schmerz regte sich tief in seinem Bauch. Mitleid konnte man es wohl nicht nennen, aber es kam dem nahe. Weder er noch der Doc hatten so einen schlechten Tag gehabt wie dieses Mädchen, das hier vor ihnen lag.

NICHTS IST HEILIG war quer über ihre Brust geschmiert worden, unterhalb der hervorstechenden Schlüsselbeine und über ihren erbärmlichen Brüsten. Irgendwie ließ das dicke purpurrote Geschmiere ihren Tod noch viel mitleiderregender erscheinen als die schäbige Wohnung. *Nichts ist heilig.*

»Da sagst du was, Kumpel«, murmelte er vor sich hin. Die Worte waren an den Geist des Fremden gerichtet. Der hatte dort gestanden, wo Cass jetzt stand, während er konzentriert die Buchstaben auf das erkaltende Fleisch der toten Frau gepinselt hatte, zweifellos in dem Glauben, etwas Tiefsinniges zu tun. Cass Jones wusste es besser.

Mord hatte keine Botschaft. Hier rechtfertigte sich irgendein krankes Arschloch lediglich für seine Wahl.

»Wie lange ist sie tot?«

»Ein paar Stunden. Er könnte sie schon länger hier festgehalten haben, aber ich würde sagen, er hat sie etwa um die Mittagszeit oder gegen ein Uhr getötet.«

»Wer hat sie gefunden?« Cass war erstaunt darüber, dass überhaupt jemand die Frau gefunden hatte. Die meisten Wohnungen in diesem Block waren entweder baufällig und von Hausbesetzern genutzt oder von Leuten bewohnt, die kein Interesse an ihren Nachbarn hatten.

»Er wollte, dass sie gefunden wird. Ein Gettoblaster lief, hat irgend so ein Trash-Metal-Zeug gespielt. Den muss er aufgedreht haben, kurz bevor er gegangen ist. Die Musik war laut genug, um den Leuten rechts und links gewaltig auf den Zeiger zu gehen. So gegen vier haben sie die Tür eingetreten und dann die Polizei gerufen. Und hier sind wir nun.«

»Und hier sind wir nun«, wiederholte Cass leise. Ein dünnes Armband, wahrscheinlich kein echtes Gold, umschloss das über der Bettkante baumelnde Handgelenk, ein Miniaturpferd hing daran. Ihr Glücksbringer? »Und was ist mit ihren Augen?«, fragte er. Auf ihn machten sie einen normalen Eindruck, aber er war kein Experte.

»Ich geb dir Bescheid, sobald ich sie unter dem Mikroskop hatte. In diesem Licht seh ich nicht richtig. Sie ist noch nicht so lange tot, dass sich was entwickeln konnte, aber wahrscheinlich ist es bei ihr genauso wie bei den anderen. Davon gehe ich jedenfalls aus.«

Vermutlich hatte der Mediziner recht, dachte Cass. »Wer war sie?«

»Ihr Name ist Carla Rae. Deine Leute haben ihr Portemonnaie und die Handtasche. Ihr Personalausweis war drin. Sie ist fünfundzwanzig, arbeitslos, unverheiratet. Sie war ein Nichts. Ein Niemand.« Auf der anderen Seite des

Bettes räumte der Gerichtsmediziner sein Handwerkszeug zusammen. »Ich bin hier fertig. Ich schick die Jungs mit dem Leichensack rein und nehm sie mit ins Labor. Einen ersten Bericht hab ich vermutlich morgen am Ende der Spielzeit für dich.«

Cass hockte neben dem Bett, er nickte. *Ein Niemand. Ein Nichts.* Zum ersten Mal während ihrer langen Bekanntschaft ging Cass auf, dass er den Gerichtsmediziner nicht besonders mochte. Und Carla Rae hätte vermutlich auch nicht viel für ihn übriggehabt. Ein kleiner Bluterguss hatte sich um den winzigen Nadelstich an ihrem Arm gebildet. Er erstarrte für einen Augenblick und fragte sich, ob er spüren konnte, wie sie nach Antworten verlangte.

Draußen flackerten sich Straßenlaternen ins summende Leben. Cass sog eine Lunge voll vom Tod der Frau ein, bevor er aufstand und zurücktrat, damit die Sanitäter sie in den schwarzen Sack mit dem Reißverschluss wickeln konnten. Er warf einen Blick auf die Uhr, die Zahlen funkelten ihn vorwurfsvoll an und sein Herz schlug schneller. Scheiße. Seine Müdigkeit musste er überwinden. Jetzt war es kurz nach halb sechs und in dreißig Minuten hatte er in Soho zu sein. Heute war er dran mit Kassieren.

Die Glut des Tages klammerte sich an den Horizont, und während Cass mit müden Augen durch die Windschutzscheibe lugte, überlegte er, ob sich die Welt nicht vielleicht wirklich in den Fängen irgendeines Wahnsinns befand, der langsam immer fester zudrückte und nicht wieder von ihr ablassen wollte. *Es würde besser werden.* Das war es doch, was die Zeitungen und die perfekt gestylten Nachrichtensprecher immerzu wiederholten. Soweit er das beurteilen konnte, sanken sie alle miteinander täglich ein Stück tiefer in die Scheiße, und keiner hatte ein Seil, an das er sich klammern konnte, und erst recht keine Schaufel, die so groß war, um sich wieder rauszubuddeln. Und mit dem Irrerwerden der Welt wurden auch die Regeln irrer. Das hatte zu Situationen wie dieser geführt. Er war auf dem Weg nach Soho, um eine Transaktion durchzuführen, von der sämtliche Bosse drüben in Scotland Yard wissen mussten, vor der sie aber offensichtlich lieber die Augen verschlossen. Vielleicht taten sie ja gern so, als würde ihre Scheiße weniger stinken als die aller anderen.

Aber was wusste er schon, dachte er, und während die Autos auf den unvermeidlichen Beinaheverkehrsinfarkt der Londoner City zukrochen, zündete er sich eine Zigarette an. Er suhlte sich jetzt schon länger in dem braunen Zeug, als er zurückdenken mochte. Rauch füllte den geschlossenen Raum, er grinste, der Genuss war noch größer, weil es illegal war, im Auto zu rauchen. Cass Jones war deshalb so ein guter Polizist, weil er den Reiz kannte, der im Brechen von Regeln lag. Obwohl seine verärgerten Kollegen behaupteten, Cass habe einfach nur Glück beim Lösen seiner Fälle, wusste er genau, dass Glück dabei keine Rolle spielte. Cass war ein guter Polizist, weil er dachte wie ein Krimineller, und das war auch schon alles. Er nahm noch einen langen Zug, dann kurbelte er das Fenster runter und ließ den Rauch hinaus. Und der vermischte sich mit den Abgasen der Fahrzeuge, die sich durch die Stadtmitte schoben. Die Luft stank nach Leben.

Seit der Körper der toten Frau verpackt worden war, hatte Cass eine Schwere empfunden, die sich nun endlich von ihm löste, als das Auto mit den derben Geräuschen der Stadt erfüllt wurde. Kein Ort auf der Welt konnte London schlagen. Es war dreckig und düster und kalt und feucht, aber es war ein zäher alter Ort, der Jahrhunderte überdauert hatte. Die Geister der Vergangenheit lauerten an jeder

Straße in Gestalt von Gebäuden und Tafeln, die stolz von ihren längst verstorbenen Bewohnern kündeten und den Lebenden mit dem starken Anker ihres Erbes Halt gaben. Es gehörte einiges dazu, London und die Londoner in die Knie zu zwingen. Auch wenn die Rezession sie noch so beutelte, die Stadt würde einen Weg finden, sie alle durchzubringen. Das tat sie immer.

Er schnippte die Kippe aus dem Fenster und dachte wieder an Carla Rae. Die Einwohner Londons durften sich jetzt zumindest auf einen Serienkiller freuen. Innerhalb von zwei Monaten waren vier tote Frauen unter den gleichen Umständen aufgefunden worden. In diesen mageren Zeiten, in denen die Zeitungen jeden Tag voll von schlechten Neuigkeiten der einen oder anderen Art waren, würde sich die Presse so eine saftige Geschichte nicht entgehen lassen, sobald sie die entsprechenden Schlüsse gezogen hatte. Wenn diese Geschichte erst mal über die Seiten der Boulevardpresse verspritzt wurde, lenkte sie die Massen zumindest für eine Weile von ihrem eigenen Elend ab. Sobald die Leute sämtliche Einzelheiten über die Morde an diesen vom Schicksal Benachteiligten verschlungen hatten, würden alle aus ihren Löchern gekrochen kommen, die die Frauen gekannt, mal ein Date mit ihnen gehabt hatten oder in derselben Bar mit ihnen getrunken und schon immer das Gefühl gehabt hatten, das Schicksal würde es nicht gut mit ihnen meinen. Jeder liebte diesen Kitzel des Es-hätte-mich-treffen-Können. So was gab den Leuten das Gefühl, Glück gehabt zu haben. Wobei es natürlich kein Glück gab. Es gab nur viele kleine Entscheidungen.

Cass war es egal, dass sich Leute am Tod von Carla Rae hochziehen würden. So was lag nun mal in der menschlichen Natur. Doch er legte Wert darauf, dass die Presse nicht zu viele Informationen bekam. Die über die Brust der

Frau gekritzelten Worte, die konnten sie haben. Aber mit den Augen war das etwas anderes. Solche Details mussten zurückgehalten werden, sonst hatte die Polizei keine Chance, die Verrückten auszusortieren, die sich in einer langen Schlange zum Geständnis anstellen würden, sobald die Zeitungen herauskamen.

Fast eine Stunde war vergangen, seit er das Wohnsilo in Newham verlassen hatte, und endlich konnte er sich mit seinem Audi hinter einem Bus herausdrängeln und in die Denman Street einbiegen. Die schmale Straße, die am Piccadilly-Ende von der Shaftesbury Avenue abzweigte, schien im Herzen der Stadt fast unterzugehen – aber wie es meistens der Fall war, trog auch hier der Schein. Er ließ sein Auto auf dem überfüllten und geradezu lächerlich überteuerten NCP-Parkplatz stehen und legte die paar Schritte bis zum diskreten Eingang vom *Moneypenny's*, einem von Artie Mullins' Nachtclubs, zu Fuß zurück. Die Luft hatte sich abgekühlt. Er warf einen Blick auf die Uhr. Immer noch zu spät.

Cass drückte den Knopf neben der Tür, dann schaute er hoch zu der kleinen Kamera, die nahezu unsichtbar an der Ecke des Gebäudes angebracht war. Einen Moment später ging der Summer und er war drinnen und lief die Treppe zur Kellerbar hinunter. Unter der Straße wusste man nicht, ob es Tag oder Nacht war, und das sprach Cass irgendwie an. Fern vom hektischen Treiben der Stadt, von Sonnenauf- und -untergang stand die Zeit still. Das gab ihm ein Gefühl von Freiheit, auch wenn es eine ziemlich kurzlebige Fantasie war.

»Du hast dich verspätet.« Arthur – Artie für seine Freunde – Mullins saß am Tresen und trank Bier aus einem hohen Glas. »Bei jedem anderen Scheißer hätte ich gedacht, er kommt nicht.« Er grinste, eine Jacketkrone blitzte zwischen den braun gebeizten Zähnen auf. »Aber du bis zäh, Jones. Ich glaube, du würdest noch abkassieren kommen, wenn dir irgendein Arsch die Kniescheiben abgeschraubt hätte.« Er stand auf und zog einen zweiten Hocker heran. »Bier?«

Cass nickte und setzte sich. »Tut mir leid. War einer von diesen Tagen.«

»Sind sie das nicht alle?« Wie die meisten harten Männer von London hatte Artie in der Vergangenheit viel Zeit im Fitnessstudio verbracht und mit seiner untersetzten Statur wirkte er ziemlich deplatziert hinter dem coolen modernen Tresen. Als er sich vorbeugte, konnte Cass einen Bauchansatz unter seinem Polohemd ausmachen. Davon ließ er sich nicht irreführen. Artie mochte ja auf die sechzig zugehen, doch er war immer noch einer der gefährlichsten Männer der Londoner Unterwelt. Trotzdem mochte Cass ihn. Dagegen konnte er einfach nichts machen.

Artie holte eine Flasche Beck's aus der Reihe beleuchteter Kühlschränke unter der verspiegelten Bar und hebelte sie auf, ehe er sie rüberreichte. »So, bitte sehr. Alles wie immer.«

»Danke.« Cass ließ den dicken braunen Umschlag auf der Marmorfläche liegen. Er würde nicht nachzählen. Artie Mullins war kein Idiot, er würde die Polizei nicht abzocken.

»Wir leben doch in einer komischen Welt, was?« Artie grinste breit, was Stoßwellen von Runzeln über sein ledriges Gesicht schickte. Das war sein üblicher Kommentar am Abholtag und wie üblich fiel Cass keine Antwort darauf ein. Er stieß seine Flasche an Arties und nahm einen langen Zug. Es *war* eine komische Welt. Das ließ sich nicht leugnen.

Damals, 2011, als die Regierung zu der Einsicht gekommen war, dass das Land sich auf gar keinen Fall finanziell über Wasser halten konnte, hatten die echten, hemmungslosen Kürzungen begonnen. Man hatte nicht mal den Versuch gemacht, sie zu verschleiern. Der Nationale Gesundheitsdienst war für die Allgemeinheit praktisch abgeschafft worden, nur wenige ausgewählte Bereiche der Gesellschaft wurden noch versorgt. Staatliche Renten für alle über fünfundvierzig gab es nicht mehr – und die Renten, die bereits ausbezahlt wurden, waren bis auf ein Minimum gekürzt worden. Polizeiarbeit wurde auf Erfolgsbasis honoriert; je mehr Festnahmen, die zu Verurteilungen führten, desto besser wurde bezahlt. Obwohl diese Regelung im Prinzip immer noch galt, hatte sie in Wirklichkeit nicht länger als etwa eine Woche funktioniert, denn zwischen Festnahme und Verurteilung lagen oft Monate, manchmal sogar Jahre, und es dauerte ewig, die Formulare auszufüllen und die Übersicht zu behalten.

Wenn die Polizisten konnten, forderten sie nach wie vor ein, was ihnen zustand, denn selbstverständlich gab es immer noch Festnahmen und Verurteilungen. Doch dann hatte jemand eine verlässlichere Art der Bezahlung ausgeklügelt. Die Polizeichefs, die in ihren Elfenbeintürmen herumsaßen und dieses halbgare Gehaltsschema ausgeheckt hatten, beschlossen zu ignorieren, dass es für das Fußvolk viel leichter war, sich ihr erfolgsbezogenes Honorar von Männern wie Arthur »Artie« Mullins auszahlen zu lassen. Ein steuerfreier Bonus bar auf die Hand – dafür, dass sie bestimmte Leute einfach nicht verhafteten, also faktisch die »Firmen« unbehelligt ließen. Cass bezeichnete diesen »Bonus« immer als nicht erfolgsorientierte Honorierung.

Im Großen und Ganzen nahmen die meisten Polizisten – unter ihnen auch Cass – das Geld gerne an. Niemand wollte seine Tage schließlich damit zubringen, miesem

Abschaum hinterherzujagen, um ein anständiges Gehalt zu verdienen. Da draußen auf den Straßen würde es immer Leute geben, die Drogen verkauften, und sogar noch mehr, die sie kaufen wollten – und ja, sie konnten sich in ein frühes Grab bringen, indem sie diese Leute endlos verfolgten, aber welchen Sinn hatte das? Es würde immer jemanden geben, der froh wäre, das Geschäft zu übernehmen. Wenn es nach Cass ging, konnten sie einfach weiter ihrem Geschäft nachgehen, solange sie nicht anfingen, den Großteil der Gesellschaft zu gefährden.

Die Welt war nicht gerecht. Sie war einfach nur müde, wie Cass. Doch wenn diese Firmen die Grenze überschritten und mit ihren Machenschaften die ganz normale Welt der arbeitenden Bevölkerung störten, dann merkte er, wie sein Blut in Wallung geriet und wie der Polizist in ihm zum Leben erwachte. Doch solange das nicht passierte, funktionierte das System tadellos und alle waren glücklich.

»Das war schon ein seltsamer Tag heute.« Das Bier war kühl und hinterließ einen erfrischend bitteren Nachgeschmack in seiner Kehle.

»Ach was?« Archie beobachtete ihn von der anderen Seite des Tresens. »Sollst du mich immer noch für den Mord an diesen beiden Jungen drankriegen?« Seine Augen waren hart. »Nicht, dass ich es nicht auch so wüsste. Ich hab mir da so einen Dauerbeschatter in Zivil zugezogen. Der geht mir gehörig auf den Senkel, wenn ich versuche Geschäfte zu machen. Ich sollte eure Truppe wegen Einkommenseinbußen verklagen.«

Cass zuckte die Achseln und Artie lächelte. Unter der oberflächlichen Wärme lag ein Gutteil Hai verborgen.

»Komisch, wie mein Geld Sicherheit für meine Arbeitgeber kaufen kann, aber für mich nicht, was?«

»Du weißt ja, solche Scheiße deckt der Bonus nicht ab.

Kann ja sein, dass eigentlich auf Macintyre gezielt worden ist, aber derjenige, der diese Kids erschossen hat, hat die Regeln gebrochen. In diesem Fall ist nichts zu machen.«

Sie schwiegen und Artie trank sein Bier, dann sah er Cass nachdenklich über den Rand seines Glases hinweg an. Cass hingegen zündete sich eine Zigarette an und schaute Artie erst dann in die Augen. Er war müde und wollte nichts anderes, als gehen und Carla Raes Tod wegduschen, aber er hatte gewusst, dass dieses Gespräch anstand. Die beiden Jungen waren vor einer Woche erschossen worden und sämtliche Finger zeigten auf Artie Mullins. Für alle, die nach einer schnellen Verhaftung schrien, war Artie die erste Wahl. Sam Macintyre gewann unter den Firmen immer größeren Einfluss und er kratzte an Arties Thron. Es war ziemlich klar, dass Macintyre das Ziel des vorbeifahrenden Attentäters gewesen war, obwohl letzten Endes die beiden zufällig vorübergehenden Jungen auf dem Bürgersteig verbluteten. Die ganze Aktion war gewaltig in die Hose gegangen, und jeder verlangte lautstark nach einem Namen, die Presse, der Commissioner, sogar die rivalisierenden Firmen. Auf beiden Seiten des Gesetzes wollte man die Sache schnell geklärt wissen, damit man möglichst zügig zum Status quo zurückkehren konnte.

»Aber wie siehst du das Ganze, Detective Inspector?« Artie stellte sein Glas ab. »Glaubst du, ich war's?«

»Nein.« Cass wich seinem Blick nicht aus. »Nicht dein Stil.« Das meinte er auch so. Artie Mullins war schon lange im Geschäft. Wenn er Sam Macintyre erledigen wollte, hätte er es nicht im hollywoodreifen Mafia-Stil gemacht. »Nicht, dass meine Meinung viel zählt«, ergänzte er. »Ich bin bloß der zuständige Beamte. Mein Job ist es, zu tun, was man mir sagt, und mir einen Anschiss abzuholen, wenn wir niemanden zu fassen kriegen.«

»Für mich zählt sie aber.« Das kalte Glitzern war aus Arties tief in den Höhlen liegenden Augen verschwunden und in Cass' Bauch löste sich ein kleiner Knoten. Er schämte sich nicht dafür, dass er Angst vor Arthur Mullins hatte. Wahrscheinlich war das eine gesunde Reaktion.

»Ich will Macintyre nicht tot.« Artie schnaubte. »Jedenfalls noch nicht. Er ist ehrgeizig, aber das muss ja nicht immer was Schlechtes sein. Und die Iren sind besser als die Yardies. Der Haufen hat nämlich gar keinen Kodex. Und wenn ich ihn hätte ausschalten wollen, dann hätte ich es nicht so verdammt laut gemacht. Ich hätte ihn irgendwo erledigt, wo es ein bisschen einsamer ist – wo man ihn nicht finden würde.«

Cass nickte. »Das hatte ich mir schon gedacht. Aber du hast hier das Sagen, Artie. Die denken alle, du warst es. Du bist derjenige, der am meisten verliert, wenn Macintyre hochkommt.«

»Dann wirst du sie irgendwie vom Gegenteil überzeugen müssen.« Artie zwinkerte. »Allerdings haben sie keine Beweise dafür, dass ich es war, also können sie sich mir so lange an den Arsch hängen und mir folgen, wie sie Lust haben. Passt mir gut in den Kram, dann muss ich mich jedenfalls nicht um extra Schutz kümmern, solange ich die Iren noch nicht überzeugt habe, dass ich nichts mit der Sache zu schaffen hab.«

»Du hast es nicht getan, Artie, aber irgendjemand ist es gewesen. Diese beiden Jungs sind immer noch tot.«

Artie nickte. Er beugte sich vor und sprach mit so leiser Stimme, dass sein Nordlondoner Nuscheln beinahe zu einem Knurren wurde. »Ich verpfeife keinen, Jonesy, das wissen alle. Aber wenn ich was über diese Sache wüsste, dann verlass dich drauf, ich würd's an dich weitergeben. Das war ein schönes Geben und Nehmen, seit diese Vereinbarung zwischen uns und euch getroffen wurde. Wir kümmern uns um unseren Laden und ihr kümmert euch um euren.« Er schüttelte den Kopf.

»So hätte ich nie einen Mord begangen. Doch nicht an einem öffentlichen Ort mit Schulkindern in der Nähe. So wie ich das sehe, ist ein Typ, der so was abzieht, eines von drei Dingen: einfach nur dumm, ein Irrer oder zu mächtig, um sich um die Folgen zu scheren.«

Cass war sich nicht sicher, ob es an der Beleuchtung lag oder ob ein dunkler Schatten über Arties Gesicht zog. Es wirkte beinahe so wie plötzlich aufflammende Furcht, aber das war schwer zu glauben. Vor wem sollte Artie Mullins sich in der Londoner Unterwelt fürchten? Der Augenblick ging vorüber und der alte Gangster lächelte. »Und vielleicht bin ich ja selbst ein bisschen von alldem, aber doch nicht genug von einem, um das zu meinem Ding zu machen.« Er hielt inne. »Und damit schließe ich mein Plädoyer ab, Euer Ehren.«

»Das sag ich denen im Präsidium. Die glauben dir aufs Wort, da bin ich mir sicher.«

Artie lachte, dann hustete er, das Rasseln in seiner Brust zeugte von einem langen Leben mit zu vielen Zigaretten und zu wenig frischer Luft. »Mach das nur.« Er wartete, bis der kleine Anfall vorüber war. »Also, wenn du heute nicht versucht hast mich am Arsch zu kriegen, was hat dich dann so auf Trab gehalten?«

»Die denken, dass Bowmans verdammter Blinddarm geplatzt ist. Ich muss seine Fälle übernehmen, bis er zurückkommt, aber weiß der Geier, wann das sein wird.« Er schüttelte den Kopf. »Deshalb arbeite ich jetzt an zwei Mordfällen – und das nur, weil dieser bescheuerte Paragrafenreiter auf keinen Fall ein paar Tage von seinem Schreibtisch wegwollte.«

Er trank sein Bier aus und nahm den braunen Umschlag, bevor er von seinem Hocker aufstand. »Ich geh lieber mal. Morgen werde ich in aller Frühe anfangen müssen und ich bin nicht fürs Morgengrauen geschaffen.« Er steckte das Geld in sein Jackett. Die Zivilbeamten, die den Club zweifellos beobachteten, würden wissen, was er hier gemacht hatte – aber wozu was raushängen lassen? Der schöne Schein war alles.

»Ich werde mein Bestes tun, sie dir vom Hals zu schaffen, Artie, aber ich kann dir nur raten, verhalte dich ruhig. Wir können dir nichts nachweisen, und du weißt ja, wie das läuft. Bleib beim ›Kein Kommentar‹, wenn wir dich holen kommen – am Ende werden sie dich gehen lassen müssen.«

»Ich kenn die Nummer. Hab sie oft genug abgezogen im Laufe der Jahre.« Er grinste. »Und nun hau ab, bevor die Mädchen kommen, sonst bleibst du ewig hier hängen.«

Cass lächelte, allerdings konnte er spüren, dass es ein schuldbewusstes Lächeln war. Er kannte seine eigenen Schwächen, aber er wusste nicht recht, was er davon halten sollte, dass andere Leute sie so leicht durchschauen konnten. Manchmal kam es Cass so vor, als hätte er sein Leben lang versucht, einen guten Mann aus sich zu machen. Im Wesentlichen war ihm das auch gelungen; wenn es um das andere Geschlecht ging, wurde der Leopard seine Flecken aber einfach nicht los. Er hatte den Versuch schon fast aufgegeben.

»Wir haben alle unsere Sünden, Artie. Ich hab gelernt, mit meinen zu leben.«

»Das gefällt mir so an dir, Jonesy. Du weißt, dass du auch nichts Besseres bist als ich.«

Cass machte sich wieder auf zur Treppe und zur Straße oben, wo die Zeit langsam weitergelaufen war.

»Weißt du was, wenn es dir mal zu langweilig wird, Steuern zu zahlen, und du die Seiten wechseln möchtest, dann kannst du bei mir immer einen Job kriegen.«

Cass lachte und winkte, antwortete aber nicht. Er nahm zwei Stufen auf einmal und war froh, nach draußen in die kühle Nachtluft zu kommen. In manchen Dingen unterschied Artie sich nicht großartig vom Police Commissioner. Was keiner der beiden kapierte, war, dass es aus seiner Sicht keine Seiten mehr gab. Jeder zog einfach sein Ding durch. Cass sah sich dabei irgendwo in der Mitte. Wenn er je auf der guten Seite gewesen war, dann hatte er seinen Platz dort vor zehn Jahren verloren, als er verdeckt ermittelt hatte. Das wussten alle. Es gab keinen Weg zurück, egal was sie sich auch vormachen mochten. Alles in allem war er ziemlich froh, dass er gelernt hatte, damit zu leben.

2

Der Umschlag drückte unangenehm gegen seine Brust, als er hinter das Lenkrad des Audis rutschte. Er warf ihn auf den Beifahrersitz, dann stieß er einen langen Seufzer aus und schloss seine schmerzenden Augen für einen kleinen Moment. Endlich konnte er nach Hause fahren. Er wünschte, dieser Gedanke hätte sein Herz mit größerer Freude erfüllt. Kurz dachte er daran, irgendwo auf dem Weg nach Muswell Hill auf einen Drink einzukehren, verwarf diese Idee aber wieder. Das Maß war voll, noch mehr enttäuschte Blicke von Kate und noch mehr Schuld verkraftete er einfach nicht. Obendrein hatte er jetzt zwei im Fokus der Öffentlichkeit stehende Mordfälle zu lösen – ohne auch nur eine einzige Spur in einem von ihnen zu haben, dafür aber eine Menge nachzuholende Arbeit in dem anderen. Alkohol war nicht die Lösung, jedenfalls im Moment nicht.

Er fuhr aus der kleinen Straße raus und manövrierte durch Soho. Obwohl die Rushhour eigentlich vorüber war, herrschte immer noch dichter Verkehr in der Londoner Innenstadt, man schlängelte sich aneinander vorbei. In ihrer Eile, ihr Ziel zu erreichen, bewegten sich Fußgänger und Fahrzeuge mit fast gleicher Geschwindigkeit voran. Keiner sah froh aus, die meisten wirkten einfach ausgelaugt. Das Lichterglitzern der Schaufenster in der Regent Street streifte seine Windschutzscheibe, konkurrierte mit dem Scheinwerferlicht des entgegenkommenden Verkehrs. Darin verschwammen die Konturen der Leute, die um sein stehendes Auto herumhasteten, weil sie unbedingt nach Hause mussten, damit morgen wieder alles genauso ablaufen konnte wie heute.

Kein Wunder, dass die Kriminalität anstieg. Einfache Freuden hatten überhaupt keinen Reiz mehr. Die Passanten waren ausnahmslos erfüllt von einer grimmigen Entschlossenheit, die nur bei wenigen mit dem zu rechtfertigen war, was sie zu Hause erwartete. Kein Mensch nahm sich einen Moment Zeit, um aufzuschauen und das Wunder dieser Stadt zu betrachten, die um sie herum glitzerte. Die Leute hatten keine Zeit zu bestaunen, was die Erbauer Großartiges geleistet hatten, oder welche Schönheit hier ohne eine einzige Maschine, nur aus Vorstellungskraft und Entschlossenheit erwachsen war. DI Cass Jones war im Wesentlichen ein ziemlich mieser Typ, das wusste er, doch er schaute immer hoch. Komisch, dass es ein Gangster vom Schlage Artie Mullins' gewesen war, der ihm das beigebracht hatte – und gerade in dem Augenblick, als er es wirklich dringend gebraucht hatte.

Cass schüttelte diese Erinnerung ab, und das Bild von Carla Raes leblosem Körper nahm ihren Platz ein. Carlas letzte Nacht war vorübergeglitten und wahrscheinlich hatte sie sich keinen Moment Zeit genommen, sie auszukosten. Es war unwahrscheinlich, dass sie innegehalten hatte, um die Schönheit der Lichter zu betrachten, die im Wettstreit mit den Sternen die Welt beschützten. Die kalte Luft in ihren Lungen oder die Gänsehaut auf ihren Armen war für sie kein Genuss gewesen, als sie das getan hatte, was sie zu dieser verdreckten Wohnung in Newham geführt hatte. Vermutlich hatte sie sich nie klargemacht, wie wunderbar es wirklich war, lebendig zu sein. Vielleicht aber doch … kurz bevor die Dunkelheit sie mitgerissen hatte.

Sein Handy vibrierte und er zerrte es aus der Tasche. Es war Claire May, sein Sergeant. Ihm taten die Augen weh, als er ihren Namen auf dem Display aufleuchten sah. Sie rief ihn nur noch selten zum Plaudern an. Vielleicht war ja doch noch nicht Schluss für heute. Er drückte auf die grüne Antworttaste und hielt das Handy ans Ohr.

»Ja.«

»He, Boss. Bist du schon zu Hause?«

»Wenn es doch so wäre. Aber ich bin auf dem Weg. Warum?«

»Auf der Wache ist was für dich abgegeben worden. Ich glaube, du solltest es dir sofort ansehen. Ich versuche seit einer halben Stunde dich anzurufen, aber es war immer gleich die Mailbox dran.«

»Ich musste mich mit jemandem treffen.«

Ein winziges Zögern, dann sagte Claire: »Ach ja. Natürlich.«

»Was ist es?« Claires Unbehagen wegen des Abkassierens interessierte Cass im Moment wenig. Sie nahm ihr Geld wie die anderen, weil sie klug genug war, nicht für Unruhe zu sorgen. Als er und Kate für eine kurze Zeit getrennt waren, hatten sie eine kurze Beziehung gehabt. Da hatte er versucht ihr zu zeigen, dass die Welt nicht schwarz und weiß war, sondern in einer Vielfalt verschiedenster Grautöne schillerte. So ganz war ihm das nicht gelungen. Sie war zu jung. Ein paar Jahre im Polizeidienst würden die nötige Weisheit schon bringen.

»Ein Mann hat einen Umschlag vorbeigebracht. Mit einer DVD. Die Bildqualität ist ziemlich schlecht, aber es ist ein Film von den Morden an Jackson und Miller.«

Eine Welle von Adrenalin erfasste ihn, die Lichter der Stadt wurden heller und seine Müdigkeit war mit einem Schlag wie weggeblasen. »Bin in zehn Minuten da. Und schaff den Umschlag oder was sonst noch dabei war runter zur Spurensicherung. Sieh zu, dass wir irgendwelche Fingerabdrücke, DNA oder sonst was kriegen.«

Er ließ das Handy auf den Beifahrersitz fallen und drückte das Gaspedal durch, schlängelte sich am Oxford Circus vorbei durch den Verkehr und nahm dann die Marylebone Road Richtung Polizeiwache Paddington Green. Den Männern in den grellen Westen, die am Straßenrand Absperrungen für den Protestmarsch am nächsten Morgen aufstellten, schenkte er kaum Beachtung. Cass wusste nicht mal genau, worum es diesmal ging. Seit dieser Mistkerl MacBrayne vor ein paar Monaten verschwunden war, hatten die verschiedenen Protestgruppen offenbar die Orientierung verloren. Vielleicht hatten sie ja recht, vielleicht auch nicht. Cass hatte schon genug mit der Aufklärung von Verbrechen an Einzelpersonen zu tun, um die der Organisationen konnte er sich da nicht auch noch kümmern.

Wieder klingelte das Handy. Er drückte die Antworttaste und hielt es sich ans Ohr, ohne zuvor auf das Display zu schauen.

»Was ist denn noch, Claire?«

»Cass?« Ein schweres Atmen drang ihm ans Ohr, die Person am anderen Ende hatte anscheinend nicht damit gerechnet, dass er das Gespräch annehmen würde. »Bist du das? Ich versuch schon seit Tagen, dich zu erreichen.«

Cass knirschte mit den Zähnen. Christian. Das hatte ihm gerade noch gefehlt. Er hätte auf die Anruferkennung gucken sollen.

»Tut mir leid, mein Freund. Zurzeit geht es hier noch verrückter zu als sonst. Ich bin gerade wieder auf dem Weg zurück zur Wache. Jetzt kann ich nicht reden; in einem der Fälle, an denen ich arbeite, hat sich was Großes getan.«

»Hör mal, wir müssen wirklich reden, Cass. Mir ist es ernst.«

Sein Bruder klang seltsam. Sonst war sein Ton immer ziemlich sanft, aber heute lag eine gewisse Schärfe in seiner Stimme. Was war das? Angst? Cass spürte, wie ihm eng ums Herz wurde. Was es auch sein mochte, es änderte nichts an der Tatsache, dass er kein Verlangen hatte, mit

Christian zu sprechen. Jetzt nicht. Und wenn er ganz ehrlich war: Mit Freuden würde er auch bis ans Ende seines Lebens nicht ein Wort mehr mit seinem jüngeren Bruder sprechen. Vor fünf Jahren waren ihre Eltern gestorben, und seitdem hatte Cass es geschafft, Christian so ziemlich aus dem Weg zu gehen. Gelegentlich hatten sie sich zu einem Geburtstag gesehen oder bei einem Familienlunch, aus dem er sich nicht hatte rausreden können. Und dann war vor ein paar Monaten Christians Sohn Luke in der Schule zusammengebrochen und Cass' kleiner Bruder hatte Unterstützung gebraucht. Seitdem hatten sie ab und zu miteinander gesprochen, aber Cass wusste, dass er Christian keine wirklich große Stütze gewesen war. Das hatte er nicht drauf, jetzt nicht mehr.

»Geht es um Luke?«, fragte er schließlich. »Kate hat gesagt, mit ihm sei alles in Ordnung? Das stimmt doch?«

Pause. »Nein, es geht nicht um Luke. Nicht speziell. So will ich nicht darüber reden. Nicht während du fährst.«

Er weiß es. Der Gedanke riss Cass das Herz in kleine Stücke. *Nach so langer Zeit hat sie es ihm doch noch erzählt.*

»Also, jetzt kann ich nicht reden.« Er hörte selbst, wie unwirsch das klang. »Ruf mich doch später zu Hause an. In einer Stunde oder so?«

Ein erleichtertes Seufzen kam aus dem Hörer. »Danke, Cass. Danke. Ich wusste nicht, mit wem ich sonst reden sollte. Du wirst doch da sein, nicht wahr? Diese Sache ... ich glaube, sie kann nicht warten.«

»Gib mir eine Stunde Zeit. Ruf so gegen acht an.«

»Es ...« Christian zögerte. »Es geht um Erlösung. Das ist der Schlüssel.« Er sprach leise, als ob jemand lauschen könnte. »Erlösung und Bestechlichkeit.«

»Ruf mich zu Hause an. Ich muss jetzt auflegen.« Cass war sich seiner eigenen Lüge bewusst, als er den Anruf beendete, bevor sein Bruder seinen Satz beendet hatte. Auf gar keinen Fall konnte er bis acht zu Hause sein. Er würde morgen zurückrufen. Vielleicht. Wenn es Luke gut ging, hatte er auch nicht so ein schlechtes Gefühl dabei. Egal was sonst noch in Christians Leben oder Kopf vorgehen mochte – er war jetzt ein großer Junge und konnte selbst damit klarkommen. Sie waren schon sehr lange nicht mehr wie Brüder. Lichter funkelten ihn im Vorbeifahren an. Erlösung? Soweit Cass das beurteilen konnte, war es für ihn zu spät. Vielleicht fing Christian an, seinem Namen Ehre zu machen und die Erwartungen ihres Vaters zu erfüllen. Vielleicht hatte er zu Gott gefunden. Cass' Augen brannten vor Erschöpfung. Na, Glückwunsch, schön für ihn, aber Cass sollte er damit wirklich und wahrhaftig in Ruhe lassen.

Von innen wirkte die Polizeiwache von Paddington Green genauso nüchtern wie ihre hässliche Fassade von 1960. Obwohl Paddington Green nicht mehr die nationale Zentrale für Befragungen von hochkarätigen Terrorverdächtigen war, galt diese Wache nach wie vor als die sicherste in London. Gelegentlich wurde sie noch als Ausweichquartier der Anti-Terror-Abteilung genutzt, die eigentlich ihren Sitz im neuen Zentrum für Nationale Sicherheit hatte, manchmal jedoch einen zweiten Standort benötigte.(In der Regel aus Gründen, über die lieber keine Auskunft erteilt wurde.)

Die Bosse mochte das noch so sehr nerven, Cass konnte damit leben. Einen großen Teil ihrer forensischen Ausstattung hatten sie zwar an den CNS abtreten müssen, als der aufmachte, aber Paddington Green hatte noch immer mehr Technologie zur Verfügung als der Rest der Stadt. Wenn der Chief Super und die Männer über ihm nicht über ihre verbeulten Egos hinweggucken und diese Tatsache erkennen konnten, mussten sie schön blöd sein.

Die hell erleuchteten Flure hatten sich einigermaßen geleert, die Leute von der Verwaltung und die Uniformierten hatten Feierabend gemacht und waren mit der gesichtslosen Menge verschmolzen, die draußen die Straßen füllte. Als Cass zum Großraumbüro der Mordkommission hochging, wimmelten allerdings noch jede Menge Beamte in Zivil im Gebäude herum. Das waren Leute wie er: Karrierepolizisten.

Er traf Claire May in seinem Büro hinter dem Raum an, der jetzt die Einsatzzentrale für den Mord an vier Frauen und den an zwei Jungen war. Morgen würde er die Teams veranlassen, den Raum zu teilen und die Tafeln vom Serienmordfall zu holen – sie konnten nicht länger leugnen, dass es ein Serienmord war, jetzt nicht mehr – und auf der Rückseite der Tafeln des Jackson-und-Miller-Falls aufzustellen. Es wäre schon eine Hilfe, die Tafeln aus Bowmans Bereich hier rüberzuschaffen; wenn er nämlich ständig wie ein kopfloses Huhn zwischen den beiden Einheiten hin und her rennen müsste, würde ihn das total fertigmachen. Er wollte gern alles vor Augen haben. Sein Gehirn funktionierte dann besser.

Er lächelte die hübsche Brünette an, die sich so sehr konzentrierte, dass sie ihn nicht mal hatte reinkommen sehen.

»Wie gefällt's dir im Chefsessel? Schön gemütlich?«

Claire schaute vom Monitor auf, ihr Lächeln war warm und kam von Herzen. Hoffentlich würde ihr nie jemand dieses Lächeln nehmen, dachte Cass. Bestimmt würde es irgendwann einer tun, Cass war nur froh, nicht dieser Mann gewesen zu sein. Kurz und süß war das gewesen, was zwischen ihnen passiert war, doch mit Liebe hatte es nichts zu tun gehabt. Jedenfalls nichts mit romantischer Liebe.

»Die Sitzfläche ist mir ein bisschen zu groß, aber man geht wohl etwas auseinander in deinem fortgeschrittenen Alter.«

Zum ersten Mal an diesem Tag lachte Cass. »Wir wollen hoffen, dass du immer noch so toll in Schuss bist, wenn du mein Alter erreicht hast. Jetzt rück mal rüber und zeig mir, was wir gekriegt haben.«

Sie hatte recht. Das Bild war körnig, und da der Ton fehlte, bekam der Schwarz-Weiß-Film etwas Unheimliches. Schweigend sah er ihn bis zum Ende an, dann sagte er leise: »Spiel das noch mal ab.«

Claire klickte mit der Maus, und in die auf dem Monitor erstarrte Szene kam noch einmal Leben. Die Formosa Street gehörte zu Little Venice und lag nicht weit von der Polizeistation Paddington Green entfernt. Obwohl eine Reihe von Läden und Restaurants mittlerweile geschlossen hatten, war dieser Stadtteil nach wie vor so reich, dass viele bistroartige Cafés und Boutiquen noch im Geschäft waren. Auf dem Film gab es keine Zeitleiste, doch die brauchte Cass nicht. Die Erschießungen hatten am Montag, den 9. März um 15.45 Uhr stattgefunden. Viel früher hatte die Person, die gefilmt hatte, die Aufnahme auch nicht gestartet. Kameramann oder Kamerafrau hatte auf der anderen Straßenseite, etwa in Sitzhöhe Position eingenommen. Vielleicht hatte er oder sie in einem Auto mit offenem Seitenfenster gesessen, vielleicht stand er/sie einfach nur in einem Ladeneingang, das war schwer auszumachen. Die Jungs von der Technik sollten das aber rauskriegen können.

Cass schaute angestrengt auf das bewegliche Bild und versuchte so viel wie möglich aufzunehmen. Die braune Markise vom *Café de la Seine* im Hintergrund hatte im Film einen dunklen Grauton bekommen. Durch die Fensterscheibe des Cafés konnte er Gäste an den vorderen Tischen sitzen sehen, zwischen denen sich eine Kellnerin in einer weißen Bluse hindurchbewegte, die einzige klar umrissene Form im trüben Bild. Die Hand eines Mannes hob sich, der seine Tasse zum Mund führte, seine Manschettenknöpfe blitzten hinter der Scheibe auf. Cass konzentrierte sich auf die Straße. Fußgänger schlenderten die schmalen Bürgersteige entlang, blieben stehen und sahen sich die Schaufenster an. Die Reichweite der Kamera war allerdings begrenzt. Cass musste seinen Frust unterdrücken, das war das wertvollste Beweismaterial, das sie bisher hatten. Er musste das Beste daraus machen.

Eine beleibte Frau mittleren Alters blieb vor dem Café stehen und zeigte auf die Kuchenauslage. Sie sprach mit ihrer Freundin, dann lachten beide und die dünnere Frau zog die andere weg. Cass' Herz schlug schneller. Jetzt würde es nur noch Sekunden dauern. Ein schwarzes Taxi fuhr vorbei, es bremste ab. Mit diesem Wagen, dachte Cass, musste Macintyre gekommen sein. Außerhalb des Bildes hatte er den Fahrer bezahlt und war ausgestiegen. Wenigstens hatten sie jetzt eine Chance, das Nummernschild zu identifizieren, bisher hatte sich nämlich niemand gemeldet. Zeugen waren in diesem Fall dünn gesät, trotz der vielen Leute auf dem Bildschirm. Im Ermittlungsteam überraschte das keinen. Mit den Firmen legte man sich besser nicht an. Sogar normale Bürger hatten so viel begriffen, dass sie sich raushielten.

Macintyre schlenderte ins Bild. Er blieb rechts vor dem Café stehen und steckte sich eine Zigarette an. Mit seinen 1,95 war der achtunddreißigjährige Mann aus Belfast eine eindrucksvolle Erscheinung, aber für den Bruchteil einer Sekunde hatte Cass ihn nicht erkannt. Das rotblonde Haar- eine Art Markenzeichen – war unter einem modischen schwarzen Hut versteckt, und der Mann trug auch noch eine dunkle Brille. Hatte am Neunten die Sonne geschienen? Cass konnte sich nicht erinnern. Das musste er nachprüfen lassen. Was auch immer Macintyre an diesem

Tag in Little Venice vorgehabt hatte, erkannt werden wollte er dabei nicht. Seine Lederjacke sah weich und teuer aus. Macintyre zog zweimal lang an der Zigarette, die er in der rechten Hand hielt, schaute sich um und ging ein paar Schritte nach vorn.

Auf der linken Seite des Bildschirms erschienen die beiden Jungs. Justin Jackson und John Miller, beide zwölf Jahre alt, hatten die *Our Lady Catholic Secondary School* in der Senior Street um halb vier verlassen und waren auf dem Heimweg zum Warrington Crescent, der von Clifton Gardens abging. Die Formosa Street war ein Teil ihres üblichen Schulweges.

Cass beobachtete, wie Miller seinen Turnbeutel gegen Jacksons Kniekehlen schlug und wie der andere Junge es ihm mit gleicher Münze heimzahlte. Die beiden Jungs schauten einander an und lachten, ihre Münder bewegten sich schnell. Die Sprachfritzen würden rauskriegen, was sie gesagt hatten, dachte Cass, aber wahrscheinlich war es nichts weiter als Gefrotzel und Beleidigungen. Ganz private Worte. Es waren die letzten Worte der Jungs gewesen.

In der Mitte der Straße kam ein Auto herangefahren, auch ohne Ton meinte Cass das Quietschen der Reifen zu hören. Aus dem Inneren des Autos schob sich die Mündung eines halbautomatischen Gewehrs durch das offene Fenster der Cass abgewandten Seite. Von der Person, die es hielt, war nichts zu erkennen. Macintyre warf seine Zigarette hin und zuckte sichtlich zusammen, er starrte das Auto an. Sein Mund öffnete sich und er ließ sich zu Boden fallen, als die Jungs gerade vor ihm entlanggingen. Die beiden lachten noch, während sie seinen Körper abschirmten.

Danach ging alles ganz schnell. Jackson, der schwarze Junge, stand rechts, an der Straßenseite des Bürgersteigs. Er fiel zuerst.

Cass beobachtete, wie das Lachen auf John Millers Gesicht verflog, als sein Freund von der Wucht der Geschosse, die seinen Körper getroffen hatten, gegen ihn geschleudert wurde. Miller versuchte ihn zwar festzuhalten, dennoch stürzte Jackson zu Boden. Cass konnte das Blut an Millers Händen sehen. Der Junge rührte sich nicht, er war im Schock erstarrt, während die Gestalten in dem düsteren Café wie verrückt umeinanderflitzten. Gäste rannten vom Fenster weg, viele liefen wahrscheinlich zum Hinterausgang hinaus. So musste es gewesen sein. Es hatte nämlich wesentlich mehr Tassen und Teller auf den Tischen gegeben als Zeugen, die dablieben und bei der Polizei ihre Aussage machten.

Macintyre war nicht mehr zu sehen. Er war unter ein Auto gekrochen, wo er wartete, bis die Schießerei vorbei war. Das Auto der Täter fuhr schon davon, als die letzten Kugeln John Miller trafen, der benommen vor dem zusammengekrümmten Körper seines besten Freundes gestanden hatte. Er wurde ins *Café de la Seine* zurückgeschleudert und landete auf den Überresten der in tausend Stücke geborstenen Glastür. Und das sah fast so aus, als würde er versuchen hineinzuklettern.

Das Auto war davongerast. Wie Cass nicht anders erwartet hatte, war das Nummernschild verdeckt. Irgendwo in der Nähe, nicht weit von dem Chaos, das sie auf der Formosa Street hinterlassen hatten, würden die gescheiterten Attentäter sich schleunigst um den Wagen kümmern. Wahrscheinlich hatten sie ihn inzwischen verschrottet. Doch Cass' Team würde trotzdem nach dem Wagen suchen. Die Spuren waren ohnehin schon rar, da würden sie das Auto nicht einfach aufgeben können. Und wer weiß, vielleicht würden sie es sogar finden. Es waren schon seltsamere Sachen passiert.

Die Formosa Street war verstummt. Leute kamen aus den Verstecken hervor, in denen sie zu Beginn des Angriffs Schutz gesucht hatten, sie bewegten sich langsam, alle Aufmerksamkeit richtete sich auf die toten Jungs. Eine Frau ließ ihre Einkaufstaschen fallen, drehte sich um und schrie, ihr Mund bildete ein großes O. Macintyre tauchte wieder auf der Bildfläche auf. Er klopfte sich beim Aufstehen den Schmutz ab, den Hut hielt er jetzt in der Hand. Und dann kam der einzige kleine Lichtblick in diesem Fall ins Bild.

Der Streifenpolizist dieser Gegend, Jack Carter, hatte in den Straßen um die Schulen herum patrouilliert, weil Ladenbesitzer Diebstähle von Süßigkeiten und Zeitschriften angezeigt hatten, die Gruppen von Kindern begingen. Einige der Ladenbesitzer hatten sogar behauptet, Miller und Jackson wären unter den Schuldigen gewesen. Doch keine Zeitung wollte das schreiben. Laut Boulevardpresse waren die Jungs Engel, die jetzt bei den Engeln waren. Wahrscheinlich waren sie bloß ganz normale Jungs, dachte Cass, die ab und an auch mal einen Marsriegel mitgehen ließen – und das, fand er, machte ihren Tod noch tragischer. Ein alter Schmerz wurde in ihm aufgerührt, er schob ihn beiseite. Das passte jetzt nicht.

Auf dem Monitor lief Carter jetzt ins Bild und packte Macintyres Arm. Ehe er wusste, wie ihm geschah, war der Boss von Westlondon, mit Handschellen an einen Streifenpolizisten gefesselt. Er würde nirgendwo hingehen, ohne den Polizisten mitzunehmen. Cass hatte Sympathien für diesen Schutzmann. Mit dieser Einstellung würde er es weit bringen. Man sah deutlich, dass Macintyre sich ergab, denn plötzlich ließ er die Schultern hängen. Cass konnte mit einem Blick den Seufzer eines Mannes erkennen, der einige unangenehme Stunden von »kein Kommentar« vor sich hatte.

Eine kleine Menschenmenge hatte sich um die Leichen geschart, man konnte nur noch einen Turnbeutel auf der Straße liegen sehen, dessen Schnur fest zugezogen war. Das Bild verschwamm. Derjenige, der die Aufnahme gemacht hatte, war offenbar der Meinung gewesen, sie hätten nun genug gesehen.

Seufzend lehnte Cass sich auf seinem Stuhl zurück. »Den sollten die Eltern nicht sehen. Darauf können sie gut verzichten, glaube ich.« Für die Familien war der Tod ihrer Söhne ein ganz schwerer Schlag gewesen, und nun, wahrscheinlich morgen, würde er sie wieder aufsuchen müssen. Wenigstens konnte er den Eltern erzählen, dass es einige neue Entwicklungen in dem Fall gegeben hatte. Diese Aufgabe konnte kein anderer Kollege übernehmen, die Familien fielen in seinen Verantwortungsbereich, sie mussten mit dem Leiter der Ermittlungen reden, doch er freute sich ganz sicher nicht darauf, ihren Schmerz, die noch frische, blutende Wunde zu sehen.

Claire saß auf der Tischkante. Sie schlug ein Bein über das andere, stützte sich mit einem Arm ab und Cass konnte den Blick einfach nicht von ihr losreißen. Mit ihren siebenundzwanzig Jahren war sie unbestreitbar eine attraktive Frau, doch mit fünfunddreißig, dachte er, würde sie wahrscheinlich schön sein. Ihre brünetten Locken hatte sie heute Morgen sicherlich zu dem üblichen praktischen Knoten zurückgebunden, aus dem sie sich mittlerweile gelöst hatten. Wusste sie eigentlich, wie gut sie aussah?

Sie strich sich eine Locke hinters Ohr. »Was glaubst du, wer das gefilmt hat?«

»Weiß der Himmel. Vielleicht jemand, der einen Nachweis für den Mord brauchte. Vielleicht jemand, der Macintyre eine Falle gestellt hat – und das für die Nachwelt im Bild festhalten wollte.«

»Aber warum wird uns der Film zugeschickt?«

Cass zuckte die Achseln und starrte auf den stumm flimmernden Bildschirm. »Na ja, die Qualität ist nicht gut. Das ist vielleicht die Kopie einer Kopie. Das könnte jemand geschickt haben, der Interesse daran hat, dass die Wahrheit rauskommt. Mal ehrlich, es herrscht ja nie Mangel an Leuten, die gegen entsprechendes Honorar mit den Firmen ein doppeltes Spiel treiben würden.« Er schaute zu Claire hoch. »Ich mache eine Kopie davon, dann kann das hier runter in die Spurensicherung. Ich kann doch davon ausgehen, dass du deine Fingerabdrücke beim Auspacken nicht kreuz und quer drauf verteilt hast?«

»An den Rändern könnten ein oder zwei Spuren sein, aber damit kommt das Labor schon klar. Ich hab mich vorgesehen, aber ich fand, das Wichtigste war, dass wir sehen, was drauf ist.«

»Gut. Aber jetzt will ich jeden winzigen Fitzel Beweismaterial haben, den wir von der Oberfläche der DVD kriegen können. Irgendwas, was uns verrät, wer uns diesen Film geschickt hat. Der Umschlag ist schon unten?«

»Ja, ich hab ihn sofort runtergebracht. Sie hatten gerade Feierabend gemacht. Das Material wird gleich morgen früh als Erstes auf Spuren untersucht.«

»Okay. Ich muss mich morgen früh als Erstes mit Bowmans Morden vertraut machen. Bis ich damit fertig bin, sollten wir mehr darüber wissen, wie dieser Umschlag zu uns gekommen ist. Und dann geh ich noch mal zu den Eltern. Wenigstens kann ich ihnen dieses Mal etwas annähernd Positives erzählen.«

Für einen Moment floss das Bild der toten Jungs mit dem von Carla Raes Leiche zusammen, das er immer noch vor Augen hatte. Die Jungen waren in der Woche zuvor erschossen worden, Cass hatte die Leichen auf dem Seziertisch gesehen und jede Menge Fotos von den Jungs, als sie noch gelebt und gelächelt hatten. Den Übergang vom einen zum anderen Zustand vor sich auf dem Bildschirm zu sehen, war etwas ganz anderes. An den plötzlichen Wechsel vom Leben zum Tod, der sich so unmittelbar vollzog, würde er sich nie gewöhnen können – wenn man bedachte, wie häufig sich genau dieser Vorgang in seinem Kopf abspielte, hatte das schon etwas Paradoxes. Da ging es zwar um ein Ereignis in einer anderen Zeit, an einem anderen Ort, doch der Übergang vom Leben zum Tod war genau derselbe gewesen. Vielleicht konnte sich niemand an so etwas gewöhnen. Sein Kopf tat weh. Ein Bier, duschen und dann schlafen. Das war es, was er brauchte: ein paar Stunden einfach weg sein.

Er schaute hoch in Claires offenes Gesicht. Das Gerücht, sie sei jetzt mit Blackmore zusammen, hatte er zwar gehört, aber irgendwie verehrte sie ihn noch immer, ab und zu konnte er das in ihren Augen sehen. Sie hatte ihm keine Vorwürfe gemacht, als er ihr gesagt hatte, er werde wieder zu Kate zurückgehen. Sie hatte gesagt, das zu tun, sei das Richtige nach allem, was er und Kate zusammen durchgemacht hatten. Claire Mays Güte mochte ein wenig naiv sein, doch sie hatte etwas wirklich Schönes an sich. Wie gut es tun würde, einfach darin einzutauchen und in ihrer lebendigen Wärme Trost zu finden – und sei es nur für einige Augenblicke. Claire war jung genug zu glauben, dass Liebe alle Übel heilen konnte. Er konnte da nicht zustimmen. Viel größer war die Wahrscheinlichkeit, dass das Übel die Liebe auslöschte. Das hatte er vor langer Zeit gelernt. Aber die Kraft von Claires Glauben reichte aus, um eine bessere Welt zu schaffen, wenn auch nur für kurze Zeit.

Er lehnte sich zurück und ließ den Augenblick verstreichen. Es war nur eine kleine Fantasie gewesen, mehr nicht.

Ihre kurze Beziehung lag schon lange zurück, und endlich hatten sie wieder zu einer weniger befangenen Art im Umgang miteinander gefunden. Und dann war da natürlich Blackmore. Wenn er sich jetzt einen Moment gehen ließe, würde er die Beziehungen zwischen den beiden Teams total versauen, die zumindest für eine Weile zusammenarbeiten mussten. Und das fehlte ihm gerade noch.

Er lächelte sie an. »Du hast deine Sache gut gemacht, Sergeant. Und nun sieh zu, dass du nach Hause kommst. Genug Überstunden für heute.«

»Das gilt auch für dich, falls du es vergessen hast. Wann bist du heute Morgen gekommen? Um sechs?«

Cass nickte. Eigentlich war es vor halb sechs gewesen, aber er hatte nicht die Absicht, das seinem Sergeant auf die Nase zu binden. »Ich konnte nicht schlafen. Und davon mal abgesehen, ich bin DI. Man hat seine Seele an diesen Laden verkauft, sobald man die Karriereleiter hochklettert. Hast du das etwa noch nicht kapiert?«

Sie lachte ein wenig. »Manchmal frag ich mich, ob du überhaupt noch eine hast, Cass Jones.«

Das sollte nur ein Witz sein, aber ihre Worte hallten in ihm nach. »Und jetzt weißt du es.« Er zwang sich zu einem Grinsen. »Die werden alle in der Asservatenkammer unter Verschluss gehalten. Ich hoffe nur, die vermasseln da unten nichts, damit ich bei meiner Pensionierung nicht Bowmans beschissene Seele wiederkriege.«

»Ach, so schlimm ist der gar nicht.«

»Und du bist zu nett. Er ist ein arrogantes Arschloch. Aber darauf wirst du eines Tages schon selbst kommen, verlass dich drauf.«

Sie schwiegen, sein Zynismus und ihr Glaube an das Gute im Menschen trennten sie. Wenn sie an einem Fall arbeiteten, funktionierte das gut, denn oft bemerkte der eine etwas, was der andere übersehen hatte, aber in persönlichen Gesprächen gerieten sie damit unweigerlich in die Sackgasse.

Cass schlug auf den Tisch. »Ab mit dir. Ich seh das noch mal durch und kopiere es, bevor ich es runter in die Asservatenkammer bringe, wo sie's bis morgen früh einlagern können.«

»Wenn du meinst.« Sie schenkte ihm ein Lächeln.

»Ganz bestimmt. Ruh dich aus. Um Punkt sieben bist du wieder hier. Wir haben morgen jede Menge zu tun.«

»Sklaventreiber!« Sie zwinkerte ihm zu, ehe sie in den Korridor verschwand. Er beobachtete, wie sie das Licht in der menschenleeren Einsatzzentrale ausmachte und in die Dunkelheit abtauchte. Erst dann richtete er den Blick wieder auf den Bildschirm.

Das Material hatte er auf seinem USB-Stick gespeichert. Als er es sich zum dritten Mal ansah, klopfte es an der Tür und Mat Blackmore schaute herein.

»Entschuldigen Sie die Störung. Ist Sergeant May noch da?«

»Sie ist nach Haus gegangen. Vor etwa zwanzig Minuten. Wie geht's Bowman?«

»Geht so, glaub ich. Letztes Mal, als ich angerufen hab, waren sie gerade bei irgendwelchen Sondierungen oder so.«

»Klingt schmerzhaft.« Cass winkte den jüngeren Kollegen herein. Sogar am Ende eines langen Tages war der Anzug des Sergeants frei von Knitterfalten und sein rosa Hemd steckte immer noch tadellos im Hosenbund. Verlangte Bowman das von seinen Leuten oder war der Typ abartig scharf darauf, sich nach oben zu dienen? Hoffentlich war das nicht einfach nur Blackmores Stil. Wer sich stockkonservativ anzog, war in der Regel verklemmt. Nun ja, das würde die Zeit schon zeigen. Erst einmal würde er dem jungen Beamten einen Vertrauensvorschuss geben.

»Eigentlich können Sie sich das auch gleich ansehen, schließlich arbeiten Sie ja mit an diesem Fall. Das hier ist uns anonym zugeschickt worden.« Er klickte auf Play, und Blackmore beugte sich vor und schaute zu.

Wenig später runzelte er die Stirn, dann bekam er große Augen. »Sind das die Morde an Jackson und Miller?« Er zögerte. »Das hat jemand gefilmt?«

»Und aus irgendwelchen Gründen fand er, wir sollten es sehen.«

Sie schwiegen, während die beiden Jungen auf dem Bildschirm stumm und gewaltsam starben.

»Wissen Sie, wer das geschickt hat? Blackmore fuhr sich mit den Fingern über den kurzen Streifen Bart, der von seiner Unterlippe bis zur Kinnspitze lief. Für ›modische‹ Bärte hatte Cass nicht viel übrig. Er wusste nicht, was so was sollte, doch es war natürlich möglich, dass der Sergeant, der ein oder zwei Jahre jünger war als Claire May, älter aussehen wollte. Das wäre dann allerdings so richtig danebengegangen.

»Nee. Ich würde allerdings ausschließen, dass es sich um einen besorgten Bürger handelt. Irgendjemand wollte das hier mit der Kamera festhalten und irgendjemand – entweder der Kameramann oder jemand anders – wollte, dass ich es mir ansehe.«

Blackmore starrte noch eine Weile auf den Monitor, dann lächelte er. »Ein Rätsel im Rätsel. Da werden wir morgen früh sicherlich nicht Däumchen drehen.«

»Richtig. Wir sehen uns um sieben. Genauer gesagt, ich möchte die Tafeln vom Serienmord *bis* sieben hier drinnen aufgestellt haben. Können Sie dafür sorgen?«

»Kein Problem. Bis dann, Sir.«

Vorsichtig nahm Cass die Original-DVD und steckte sie in eine Asservatentüte. Im funzeligen Licht auf dem Korridor sah er das blaue Display eines Handys aufleuchten, dann quietschten die Türen zum Treppenhaus und Blackmore war verschwunden. Das kleine Grinsen, das in seinen Mundwinkeln zuckte, konnte er nicht unterdrücken. Wahrscheinlich rief er Claire May an. Konnte nicht mal abwarten, bis er das Gebäude verlassen hatte. Cass überlegte, ob er je so gewesen war, so voller jugendlichem Optimismus. Vielleicht, war aber lange her. Als er in Blackmores Alter war, hatte man ihm das schon rausgeprügelt, so viel war sicher. Das hatte seine Zeit in der SO10 mit sich gebracht.

Obwohl inzwischen Stunden vergangen sind, seit er das Heavy-Metal-Band im Hochhaus auf volle Lautstärke gestellt hat, dröhnt der Klang immer noch in seinem Kopf. Langsam irritiert ihn das. Er lässt den Lärm im Hintergrund seines Bewusstseins weiterlaufen und beobachtet die Straße. Bald wird er verblassen. Wie alles. Er weiß das, denn er verblasst auch.

Lange muss er nicht warten. Die Obdachlosenasyle in London füllen sich schnell. Die Zeiten sind hart, und unter den Betrunkenen und Verrückten sind Verstörte und Normale, die in der Hoffnung auf ein Bett hineinschlurfen, wobei sie sich fragen, wie in aller Welt ihnen das passieren konnte. Doch heute Abend sind das nicht die Leute, die er beobachtet. Die Leute sind so unbedeutend wie immer. Fliegen summen unter seinem Kragen. Mit einem Blinzeln bringt er sie zum Schweigen. In seinem Kopf ist genug Lärm und er ist müde.

Der Junge, der ungefähr siebzehn Jahre alt sein muss, kommt aus dem Asyl und geht ein paar Schritte, ehe er etwas Unflätiges zur Tür rüber brüllt. Echte Drohung oder Kraft liegt nicht darin. Er lässt die Schultern hängen und steckt sich eine Zi-

garette an, dann hockt er sich hin und streichelt den kleinen Hund, der neben ihm hüpft und wuselt und bewundernd zu ihm aufschaut.

»Keinen Platz gekriegt heute?«

Der Junge ist überrascht, den Mann vor sich zu sehen. Seine Gefühle sind auch ganz deutlich: Argwohn, Angst und dann wachsame Neugier. Der Mann hat diese Wirkung. Sein Gesicht ist rau, aber gut aussehend und wirkt offen. Güte und ein feiner Humor liegen darin.

»Die wollen Sam nicht nehmen«, sagt der Junge schließlich. Der Welpe wedelt heftiger mit dem Schwanz, als er seinen Namen hört, und er zieht an seiner Schnur, um näher an den Mann heranzukommen.

»Wie schade. Er sieht aus, als ob er das Zeug zu einem guten Hund hätte.« Er streichelt den weichen, warmen Kopf, und das kleine Tier schnappt und leckt seine Finger, der pummelige Körper windet sich vor Aufregung.

»Er ist toll.« Der Junge grinst. Seine Ängste verschwinden in einem Anflug von Stolz. »Er ist erst acht Wochen alt und er hört schon auf seinen Namen und macht sitz, wenn man es ihm sagt.«

»Kannst du ihn denn nicht irgendwo lassen, dich ausschlafen und ihn morgen früh wieder abholen?« Der Mann sagt das leicht dahin. Er muss diese Frage nicht stellen. Er braucht nur den Welpen, nur damit auch alles so läuft wie geplant. Er muss das nicht tun, aber die Angewohnheit, sie auf die Probe zu stellen, ist nicht totzukriegen.

Der Blick des Jungen verfinstert sich bei dieser Kränkung. »Nee, kommt gar nicht infrage. Der hätte die ganze Nacht eine Scheißangst.« Heftig schüttelt er den Kopf. »Das könnte ich nicht tun. Wenn diese Ärsche Sam nicht reinlassen, dann bleib ich auch nicht.«

Der Mann lächelt. »Zusammen oder gar nicht?«

»Ja, so ist das.« Der Junge grinst wieder. Seine Zähne haben

noch nicht angefangen zu verrotten und seine klaren Augen und die Haut tragen kein Zeichen von Drogenmissbrauch. Der Mann denkt, dass dieser Junge unter anderen Umständen und bei anderen Entscheidungen zu einem guten Mann hätte heranwachsen können. Er ist freundlich. Der Mann weiß das. Er kann es sehen. Aber er sieht auch ganz genau, wie dieser Junge enden wird.

Wieder schaut der Mann auf den kleinen Mischlingswelpen hinunter. Einen Moment kläfft der Hund, dann guckt er zu dem Jungen hoch. Eine Sekunde lang vergisst der Junge völlig, dass der Mann da ist. Er liebt den Hund. Er denkt, er und der Hund lieben sich bedingungslos. Dem Mann geht auf, dass der Junge sehr wenig über das Wesen der Liebe weiß.

»Ich wollte gerade einen Spaziergang am Fluss machen«, sagt der Mann. »Ihr könnt gern mitkommen.« Er lächelt. »Sam macht den Eindruck, als ob er noch ein bisschen Kraft loswerden müsste.«

Nur ein ganz kurzer Augenblick des Zögerns vergeht, dann lächelt der Junge. »Klar, scheiß drauf.«

Der Junge lächelt nicht mehr, kurze Zeit später, in den Minuten vor seinem Tod. Und der kleine Hund, der an den Laternenpfahl gebunden verängstigt und verwirrt jault, interessiert ihn auch nicht mehr. Tatsächlich sind seine letzten hingerotzten Worte diese: »Nimm den Scheißwelpen doch, wenn du ihn haben willst. Aber bring mich nicht um. Bitte.« In seinen Worten liegt jedoch keine Hoffnung, und der Mann erledigt ihn danach schnell und lässt die Leiche ins Wasser rollen. Der Mann lächelt traurig, als er den Welpen losbindet, der hüpft und leckt und mit dem Schwanz wedelt, um Bestätigung zu finden. Als sie davongehen, schaut der kleine Hund nicht zurück. So viel zur Liebe, denkt der Mann. Eines Tages würde er sich gern beweisen lassen, dass er sich geirrt hat.

3

Kate legte gerade das Telefon auf seine Station, als Cass zur Tür hereinkam. Sie war ein bisschen zusammengezuckt, als sie ihn sah, schien ihm. Standen die Dinge zwischen ihnen mittlerweile wirklich so schlecht?

»Wer war das?«

»Christian.« Sie schaute ihn nicht an, sondern starrte an die Wand, eine Hand noch immer am Hörer.

»Scheiße.« Cass schaute auf seine Uhr. Es war fast neun. Ein kleines Schuldgefühl rebellierte in seinem Magen.

»Keine Sorge. Ich hab ihm gesagt, du rufst ihn morgen an. Er meinte, das sei gut, denn heute Abend habe er noch Sachen zu erledigen.« Irgendwie sprach sie undeutlich.

Er schaute den Flur hinunter zur Küche und entdeckte die halbleere Weinflasche. »Danke.« Er zögerte. »Wie war er?«

Sie zog eine Schulter hoch, und er sah, wie ihre Knochen sich unter der weichen Haut bewegten. Wenn sie noch mehr abnahm, würde sie verschwinden. »Ganz okay irgendwie. Warum fragst du?«

»Vorhin hab ich kurz mit ihm gesprochen und da hatte ihn anscheinend irgendwas sehr aufgeregt.«

»Hat er gesagt, was?«

»Nein.« Cass warf seinen Schlüssel hin und den braunen Umschlag mit Bargeld, den Artie Mullins ihm gegeben hatte. Er konnte spüren, wie sie ihn über seine Schulter hinweg betrachtete. Sie wusste, was es war. Sie hatte sich schon vor langer Zeit mit der Notwendigkeit der Bonuszahlungen abgefunden. »Ich steckte im Verkehr fest, und im Fall Jackson und Miller hatte sich was ergeben. Ich musste wieder zurück ins Büro.«

»Aber selbstverständlich musstest du das.« Sie lächelte,

machte aber keine großen Anstrengungen, die Bitterkeit in ihrer Stimme zu verbergen. Sie schüttelte den Kopf, das Haar fiel ihr in dicken Strähnen über die Schultern. »Ich weiß nicht, warum du so hart arbeitest.« Sie nahm ihr Weinglas. »Befördern werden sie dich doch sowieso nie.«

»Danke.« Er starrte sie an. Sie trug keinen BH und ihr flacher Bauch war zwischen dem knappen Top und ihren tief sitzenden Jeans zu sehen. Eine Hüfte vorgeschoben lehnte sie an der Wand. Im Gegensatz zu Claire war Kate eine unverhüllte Schönheit. Sogar jetzt, wo die Atmosphäre zwischen ihnen gespannt war, fühlte er sich von ihr angezogen.

»Tut mir leid.« Sie sprach so leise, er hätte es beinahe nicht gehört. »Das war unnötig.«

Cass sagte nichts. Ihre blauen Augen wirkten fast schwarz, als sie ihn beobachtete. »Ehrlich. Es tut mir leid.«

»Vergiss es. Wir wissen beide, dass es wahr ist.«

»Ich hätte es trotzdem nicht sagen sollen.« Sie schob sich von der Wand weg. »Hast du Hunger?«

Er dachte nach. »Nein. Nein, ich glaub nicht.«

»Dann trink was.« Sie schlenderte Richtung Küche und er beobachtete die Bewegungen ihrer schlanken Hüften. »Hilf mir diese Weinflasche zu leeren.« Sie schwenkte das Glas in der Hand.

»Okay.« Mehr sagte er nicht, er wollte diese unerwartete – wenn auch unsichere – Waffenruhe in der Sackgasse ihrer Ehe nicht gefährden.

»Es sei denn, du hast etwas Besseres zu tun, als deine Frau ein paar Stunden zu unterhalten.«

Ihr Ton war beinahe kokett, und Cass spürte, wie seine Müdigkeit ein wenig nachließ. Warum fand er die Unberechenbarkeit seiner Frau nur so anziehend? Dass es Zeiten gab, in denen sie ihn hasste, konnte er nahezu respektieren. Auch wenn sie nicht wirklich etwas von seinen betrunkenen (und nicht so betrunkenen) One-Night-Stands und stümperhaften Affären wusste, musste sie doch etwas argwöhnen. Ihre kurze Trennung vor fast zwei Jahren hatte nichts gekittet. Manchmal fragte er sich, warum sie sich immer noch aneinanderklammerten angesichts all ihrer Schwächen. War es nur der Sex?

In der Küche nahm sie die Flasche und ein zweites Glas. »Gleich ins Schlafzimmer – ist das okay oder ziehst du es vor, erst im Wohnzimmer gepflegt Konversation zu treiben?«

Er schaute die Fremde an, die er liebte, sein Blick fuhr die vertraute Silhouette ihres Körpers entlang. Ihre Brustwarzen waren hart, sie zeichneten sich unter dem dünnen Stoff ihres T-Shirts ab und das Bild von Carla Raes totem Körper blitzte vor ihm auf. Er blinzelte und ließ es in seiner inneren Finsternis untergehen. Leben, das war es, was er jetzt brauchte.

»Nein.« Er grinste. »Schlafzimmer ist gut.«

Der Schweiß auf ihren Körpern kühlte noch ab, da kroch die Befangenheit schon aus den dunklen Ecken des Raumes und drängte sich zwischen ihre umeinandergeschlungenen Körper, ein kaltes, tödliches Ding, das darauf aus war, sie auseinanderzustoßen. Cass zog Kates schlanken Körper näher an sich heran, aber er spürte, wie ihre Arme steif wurden, als wüsste sie jetzt, da ihre blinde Lust gestillt war, nicht mehr, wo sie ihre Hände lassen sollte.

Sie machte sich los, hinterließ auf seiner Haut nur den Abdruck kalter Luft. »Ich bring das mal weg.«

Cass beobachtete, wie sie auf dem Weg zum angrenzenden Bad ihren dünnen Morgenmantel überzog, das benutzte Kondom zwischen zwei spitzen Fingern. Sie hielt es mit einer gewissen Verachtung, und das, fand Cass, war irgendwie das Fazit ihrer Ehe. Es gab durchaus Teile, die sie mochte, aber sie mochte sich selbst nicht dafür.

Er stützte sich auf einen Arm und nahm einen tiefen Zug aus seinem unberührten Weinglas. Der mittlerweile warme Chardonnay hatte eine scharfe Säure, die ihm unangenehm war, er trank trotzdem noch mehr. Das Bett ringsumher kam ihm riesig vor. Aus dem Badezimmer hörte er Geräusche vom Zähneputzen, schnell und effizient. Der seltene romantische Augenblick war also vorüber. Er drehte sein Kissen auf die kühle Seite und legte sich zurück. Die Toilettenspülung rauschte. In manchem war sie gar nicht so anders als er. Obwohl die emotionale Nähe in ihrer Ehe seit dem abrupten Ende seines verdeckten SO10-Einsatzes 2005 immer weiter geschwunden war, verging selten mehr als eine Woche, bevor sie körperliche Nähe beieinander suchten. Diese Anziehungskraft, die sie bei ihrer ersten Begegnung schon wie einen starken Strom empfunden hatten, hatte sich nicht abgenutzt wie in so vielen anderen Ehen. In diesen Beziehungen verfielen die Leute in eine Art vermeintlich glücklichen platonischen Zustand, wurden Gefährten, die gemeinsam durch die Lebensjahre trieben und die Risse hinter der Geschäftigkeit des Kinderaufziehens und dem Kauf größerer Häuser versteckten. Er wusste nicht recht, welcher Zustand nun der ideale war, aber das, was er und Kate hatten, würde er dem anderen immer vorziehen. Wenigstens war es ehrlich.

Die Tür zum Bad ging auf. Sie hatte ihr Haar ordentlich zum Pferdeschwanz gebunden, und als sie zu ihrer Seite des Bettes zurückging, hielt sie den Morgenmantel geschlossen. Eine Weile lagen sie schweigend nebeneinander. Obwohl Cass' Augen vor Müdigkeit schmerzten, zeigte die Uhr erst halb zehn. Zum Schlafen war es zu früh, zum Aufstehen zu spät. Die Befangenheit, einziges Kind ihrer seltsamen Ehe, umfing Cass. Er spürte, wie die Spannung sich in seinen Schultern verknotete, seine Atemzüge waren unregelmäßig, ihre konnte er kaum hören.

»Warum hast du das gemacht, Cass?«

Er rieb sich die müden Augen und schob den Arm darüber. Er brauchte nicht zu fragen, was sie meinte. Es war immer dieselbe Frage. Die einzige Frage. Die tief verscharrte Ursache für das Verrotten seiner Ehe. Diese Frage war wie eine Leiche, die zwar zum Verwesen in einem Flussbett abgeladen worden, aber trotzdem nicht weg war.

»Ich will nicht drüber reden, Kate.« Er versuchte den langen Seufzer dabei zurückzuhalten, es gelang ihm nicht.

»Aber ich.«

Die Matratze knarrte. In der Dunkelheit vor seinen geschlossenen, zugedeckten Augen schien sie sich aufgesetzt zu haben.

»Also, ich nicht. Das ist ein Scheißtag mitten in einer Scheißwoche gewesen.«

»Du willst nie drüber reden.«

Ihr Ton war schärfer geworden und seine Haut kribbelte. Toll. Genau, was sie jetzt brauchten. Ein postkoitaler Streit. Farben wirbelten hinter seinen geschlossenen Lidern, und er meinte, darin die Umrisse von großen dunklen Augen ausmachen zu können. Ehe die Erinnerung Gestalt annahm, machte er seine Augen auf. Sie hatte recht. Er wollte nie darüber reden.

»Nur heute Abend nicht, Kate. Okay?«

»Und auch an keinem anderen.« Ihre Worte waren hitzig und voller Wut. »Ich muss das verstehen.«

»Kate, du weißt doch, ich kann nicht mehr darüber sagen.« Er starrte an die Decke. »Und ich kapier nicht, warum du das heute Abend diskutieren musst. Lass es einfach gut sein.«

»Wenn wir das doch könnten!« Sie drehte sich auf den Rücken, spiegelte seine eigene Haltung. Die unsichtbare Kluft in der Mitte des Bettes hatte Cass nie deutlicher gespürt als jetzt, es war, als wollte die Matratze sich in zwei Teile zerreißen, um die Trennung deutlich zu machen.

»Ich musste auch damit leben, weißt du. Die ganzen Jahre«, sagte sie. »Die Blicke auf Partys. Das Geflüster der anderen Frauen. Die Art, wie sie mich von allem ausgeschlossen haben, als ob ich von dem verpestet worden wäre, was du getan hattest.« Sie schluckte. »Ich hab zu dir gehalten, Cass, als sie sagten, für dich wäre es vorbei. Vielleicht könntest du deinen Job ja behalten, aber du würdest niemals befördert werden. Und sogar dann, nachdem … nachdem diese Sache mit uns passiert war … hab ich zu dir gehalten.«

Sonst konntest du ja auch nirgends hingehen.

Diese Bemerkung verbiss er sich. Das hier war ein alter Streit, der nicht totzukriegen war, und es gab nichts Neues, was man sich vor die Füße werfen konnte, in erster Linie, weil er sich nur selten an diesem Streit beteiligte. Und jetzt würde er nicht alles noch schlimmer machen, indem er damit anfing. »Aber ich bin befördert worden. Und jetzt würden die anderen Frauen mit dir reden, wenn du sie lassen würdest. Obwohl nur Gott allein weiß, warum du den Wunsch haben solltest, mit der Tennisclub-Brigade rumzuhängen.«

Sie schnaubte höhnisch. »Mittlerweile solltest du DCI sein. Denen ist einfach nichts anderes übrig geblieben, als dich zu befördern, weil du so verdammt gut in deinem Job bist.« Bei ihr klang das wie eine Beleidigung und die Worte trafen ihn auch so. »Du könntest auch gleich in der Wache einziehen. Warum bloß? Glaubst du etwa, sie reden nicht mehr alle darüber? Reden nicht mehr über dich?« Sie machte kaum noch Atempausen. »Ich hasse es, wie sie auf uns herabschauen. Und ich hasse es, dass dir das egal ist.«

Nun hatte sie ihren Dampf abgelassen. Cass richtete sich auf und schwang die Beine über die Bettkante. Er drehte sich nicht zu ihr um, er wusste, wie verkniffen ihr Gesicht aussah, wenn sie wütend war, ihre feinen Züge verkrampften sich dann und sie bekam etwas Gemeines und Verbittertes. Das musste er jetzt nicht sehen.

»Das ist nicht ›damit leben‹, Kate. Das ist nur ›mit den Konsequenzen leben‹. Und das ist etwas völlig anderes.« In der Dunkelheit suchte er nach seiner Unterwäsche und zog sie an. »Glaub mir.«

»Warum kannst du mir nicht einfach erzählen, warum du es getan hast. Warum sagst du mir das nicht einfach?«

Er zog die Jeans und ein Sweatshirt über. »Ich mach eine Tour mit dem Auto.«

Sie starrte ihn an und ihre Schultern sackten nach vorn. Genau diese Bewegung hatte Macintyre in dem körnigen Film von dem Mord an den Jungs gemacht. Die Angriffslust hatte sie verlassen. Der Streit war vorbei, jedenfalls für heute.

Er ließ sie stumm im Dunkeln sitzen, doch als er die Schlafzimmertür erreichte, drehte er sich um. Sie sah so winzig und zerbrechlich aus in dem riesigen Bett. Einen Augenblick lang dachte er, in ihren Augen würden Tränen schimmern. Er hatte sie schon lange nicht mehr weinen sehen.

»Tut mir leid, Kate«, sagte er. »Ich kann es dir nicht erzählen, weil ich mich nicht erinnern kann. Das weißt du. Ich weiß nicht, warum ich es getan hab, und damit hat sich's. An manchen Tagen weiß ich einfach nicht, was meine eigenen Gründe waren, was die Gründe waren, die ich anführen sollte, oder was ich zu sagen für richtig hielt. In meinem Kopf geht das alles durcheinander. Es ist schon so lange her. Ich war ein anderer Mann.« *Und ich will wirklich nicht mehr daran denken.*

Unten brannte das Licht noch, die Helligkeit hatte fast schon etwas Anklagendes. Cass nahm seine Autoschlüssel und den Umschlag von Artie Mullins. Er schüttelte die gebündelten Scheine heraus, die er am Freitagabend auf dem Parkplatz vom Swan in der Kilburn High Road an das Team verteilen würde. Dann fuhr er mit der Hand im Umschlag herum, bis er endlich ein kleines Päckchen fand. Es war in glänzendes Papier eingewickelt, das vermutlich aus irgendeiner billigen Pornozeitschrift rausgeschnitten worden war. Darin war ein Gramm Kokain, vielleicht auch zwei.

In diesem Moment war er Artie dankbar für seine gelegentlichen Geschenke. Es war kein Laster, nur ein gelegentliches Hobby. Jede andere Behauptung wäre eine glatte Lüge gewesen. Er horchte, ob sich oben etwas bewegte, ehe er schnell auf der Rückseite des Umschlags eine Line zusammenschob. Im Haus blieb alles stumm.

Er zog einen Geldschein aus dem Bündel und rollte ihn zusammen, dann zog er das weiße Pulver durch das rechte Nasenloch ein. Bis er den Geldschein weggesteckt und den Umschlag wieder versiegelt hatte, war sein Schneidezahn schon taub, das Pulver tröpfelte ihm angenehm den Rachen hinunter und vertrieb auf dem Weg in seinen Kreislauf die Müdigkeit. Cass lächelte. Es war guter Stoff, sauber verschnitten.

Er schaute nach oben, sah durch den blassen Putz hindurch auf die Erinnerung an die winzige Figur auf dem Bett. Würde sie ihn bitten zu bleiben? Er verweilte einen Moment, wünschte sich beinahe, dass sie ihn anschrie, aber Kate blieb ruhig. Mit einem Klicken schloss sich die Tür hinter ihm. Als der Rausch seinen Kopf erreicht hatte, fiel es ihm leichter, gleichgültig zu sein.

»Du musst hochgucken, Charlie.«

Es regnet und sie stehen unter der Markise vom Wettbüro. Um sie herum entspinnt sich Birminghams Netz von schmutzigen Straßen, die in dem andauernden matschigen Guss aus dem stahlgrauen Himmel immer finsterer werden. Die Fritten im Papier sind heiß und der ältere Mann nimmt sich eine Handvoll. Beim Essen pressen sich seine Lippen zusammen. An diesem Nachmittag geht es ausschließlich darum, wie man einfache Freuden voll auskostet, und trotz des dreckigen Wassers, das in ihren Unterstand weht und seine Jeans durchweicht, fühlt Cass sich glücklich. Er mag diesen Mann. Er kann nichts dagegen machen. Er lächelt.

Brian Freeman grinst zurück, dabei bekommt sein Gesicht Ähnlichkeit mit einem Picasso-Porträt. Brian »The Brain« Freeman hatte sich schon vor seinem siebzehnten Geburtstag vier Mal die Nase brechen lassen. Sein Kiefer war ein wenig nach links verschoben, die Folge einer Auseinandersetzung mit drei Chelsea-Fans, damals, in seinen jungen Jahren, als Hooliganismus bei jungen Kerlen noch als respektable Art der Freizeitgestaltung galt. Brian hatte mal gesagt, die Kämpfe hätten den Jungs ein Ziel *gegeben, was immer das auch war. Mit einem Grinsen in seinem geschundenen Gesicht hatte er behauptet, als Vorbereitung für einen Zug durch die Gemeinde gäbe es keinen besseren Kick, als am Samstagnachmittag ein paar Schädel einzuschlagen. Er liebt seine Erinnerungen, sogar die schmerzlichen, und die einfachen Freuden, so wie diesen Kick, den einem eine Schlägerei geben kann.*

Die Chelsea-Fans, zwei Busfahrer in der Ausbildung und ein Maschinist, hatten Brian mit seinem zertrümmerten Gesicht in dem Glauben, er wäre tot, liegen lassen. War kein schlauer Zug gewesen, die Sache nicht zu Ende zu bringen. Brian und seine Brüder George und Bill spürten die Typen auf. Sie brachten sie nicht um, aber verprügelten sie so, dass der Maschinist zeit seines Lebens mit mehr als zwei Silben umfassenden Wörtern Schwierigkeiten haben würde. Einer der Busfahrer verbrachte zwei Monate im Krankenhaus, wo er nicht nur durch einen Strohhalm trank, sondern auch noch durch einen pisste. Letzten Meldungen zufolge würde der Dritte seinen Rollstuhl auch nicht so schnell verlassen. Keiner von ihnen wurde je wieder bei einem Spiel gesehen.

Nicht lange danach hatte Brian Freeman das Kämpfen aufgegeben. Nicht, weil er keinen Gefallen mehr daran fand – nein, verflucht, er liebte es (und immer wenn er das sagt, grinst er, ganz breit, wie ein aufgeregtes Kind), sondern weil er entdeckte, dass er andere Begabungen hatte. Das Kämpfen überließ er Bill und George, denn ihm war klar geworden, dass er hatte, was den meisten Muskelprotzen fehlte, erzählte er Charlie, wobei er an seinen wettergegerbten Kopf tippte. Er konnte denken. Er hatte Grips.

»Du musst nach oben gucken, Charlie.«

Cass ist so mit seinen heißen Fritten und mit der Kälte in seinen Zehen und der unglaublichen Freiheit dieses Nachmittags beschäftigt, für einen Moment hätte er fast vergessen, dass er Charlie ist. Seltsam, denn meistens fällt es ihm schwer, sich daran zu erinnern, dass er Cass ist. Ein Bus hält vor ihnen und Cass sieht sein Spiegelbild in einem schmutzigen Fenster. Er überlegt, ob das nun sein Gesicht ist oder Charlies, aber dann sieht er seine Augen. Die Augen sind dieselben. Es sind seine Augen, egal wer er gerade ist.

»Hey, Penner. Ich rede mit dir.«

Brian gibt ihm einen Rippenstoß und dreht sich um. Er wiederholt seinen Satz: »Du musst hochgucken, Charlie. Wo du auch bist, nimm dir die Zeit, hochzugucken.« Er streckt einen dicken Finger aus und Cass schaut daran entlang über das Busdach hinweg. Er schluckt seine Fritten runter.

»Siehst du, Charlie? Was sagst du dazu?«

Sogar durch den grauen Regenschleier ist die Skyline außergewöhnlich. Von dort, wo er steht, kann Cass die gläserne Eleganz des neuen Regency Tower sehen, der wie ein Diamantsplitter aus dem Schotter der Gebäude aus den Sechzigern und Siebzigern ragt. Kein Schmutzfilm haftet ihm an, der Stahl und das stilvolle grüne Glas bewahren irgendwie ihren Glanz, obwohl es an Sonnenschein fehlt – oder vielleicht dem zum Trotz.

»Guck dir nicht nur das Offensichtliche an, Junge. Guck dran vorbei.« Brians Stimme ist leiser und auf eine schroffe Art sanftmütiger geworden, das ist der Ton, der einem Lieblingsenkel vorbehalten ist. Cass lächelt und denkt, wenn der Weihnachtsmann einen Bruder hätte, der hinter den Erwartungen der Familie zurückgeblieben wäre, dann hätte der möglicherweise eine Stimme wie Brian Freeman: grausam und gütig zugleich.

Cass tut, was man ihm sagt. Als er die Augen zusammenkneift und fokussiert, nimmt er die Kurven und Formen wahr und wird sich schließlich jedes einzelnen Gebäudes bewusst. Er entdeckt eine Uhr ganz weit oben an der Fassade eines – wie er später lernen wird – georgianischen Hauses. Sein Lächeln geht in ein kleines überraschtes Lachen über. Die Uhr ist zu weit oben an der Fassade angebracht, um von irgendwelchem Nutzen zu sein, es sei denn, jemand schaut auf gleicher Höhe aus dem gegenüberliegenden Gebäude. Wer der lange verstorbene Mann auch gewesen sein mag, der dieses Detail entworfen hat, er hat es nur zu seinem eigenen Vergnügen getan: Es war etwas Geheimes, nur für diejenigen bestimmt, die sich die Mühe machten hochzugucken.

Er lässt den Blick schweifen. Wasserspeier, die in dem Jahr, das er in Birmingham verbracht hat, völlig unsichtbar waren, geben sich plötzlich zu erkennen und erheben sich stolz aus ih-

ren Nischen. Sogar aus der Ferne meint Cass winzige Details ausmachen zu können, Grimassen – und Runzeln über ihren ungeheuren Augenbrauen.

So steht er mehre Minuten lang da und saugt alles in sich auf.

»Da siehst du's, Charlie«, Brian lächelt, er kaut noch immer an den kalt gewordenen Fritten, »schlichte Freuden kann man haben, wenn man einfach mal hochguckt.«

»Recht hast du«, sagt Cass. Sein Londoner Dialekt ist ausgeprägter als normalerweise, denn Charlie ist angeblich der Neffe von Andy Sutton, einem wichtigen Mann in einer der Nordlondoner Firmen. Sutton ist überall im Land eine Legende, aber er steht auch auf der Lohnliste der Polizei. Die Anklage in Sachen Kinderpornografie ist fallen gelassen worden, mit einem Mal ist Cass Suttons frisch erfundener Neffe Charlie. Und alle sind glücklich.

Cass benutzt seinen Dialekt jetzt schon so lange, dass er sich fragen muss, ob er seine eigene Sprache je wiederfinden wird. »Echt Wahnsinn«, sagt er.

»Wenn alles um dich herum aussieht wie Scheiße, dann guck einfach mal hoch. Da kriegst du einen ganz anderen Blickwinkel.« Der alte Mann nimmt sich seinen eigenen Rat zu Herzen. An diesem nasskalten Nachmittag sieht man Brian Freeman jedes einzelne seiner dreiundsechzig Jahre an, findet Cass. Der Humor in seinen Augen erstirbt, als er sich umsieht. Die Haut an seinem Hals strafft sich nicht, wenn er das Kinn hebt, sondern hängt schlaff herunter wie bei einem Truthahn. Die Falten um die Augen werden tiefe Furchen, wenn er finster dreinschaut. »Weißt du, manchmal muss man sich Sachen aus jedem Blickwinkel angucken.«

Cass nickt. Er ist fünfundzwanzig Jahre alt. Er ist clever, aber der Mann neben ihm ist wie ein Dinosaurier in Sachen Wissen und Erfahrung. Er hat in Zeiten existiert, die Cass sich nur vorstellen kann, und hat Dinge getan, von denen Cass in

Akten gelesen hat, die endlos Verbrechen und Gewalt dokumentieren, aber die er manchmal nicht mit der Person in Einklang bringen kann, die er mittlerweile kennengelernt hat. Er mag Brian Freeman. Er kann verstehen, wie er in sein Leben gekommen ist.

Natürlich ist das alles ein riesiger Haufen Scheiße. Auch damals, als seine eigene Haut noch weich und sein Gewissen ein Hohlraum in seinem Kopf ist, weiß er das.

»Dann kannst du dir ein klareres Bild machen«, fährt Brian fort.

Cass nickt wieder.

»Und abgesehen davon«, Brian knüllt das Papier mit den restlichen Chips zusammen und wirft es in den Papierkorb auf dem Bürgersteig, »sind Gebäude verflucht schön.« Er schnieft. »Und hier endet die Lektion. Und nun komm. Wir gehen jetzt in den Pub und erkunden ein paar andere einfache Freuden.«

Er lacht, laut und rau, und Cass lacht mit ihm. Sie lachen wie Männer, die die Welt regieren, nur hat die Welt das noch nicht mitgekriegt. Cass steigt in ein wartendes Taxi. Mit dem dicken Bündel Geldscheine in seiner Tasche hat er nicht mehr die geringste Sorge auf der Welt, er hält sich beinahe schon für Charlie, und es gibt keine Kate, die in London geduldig auf ihn wartet, die nichts von den Dingen weiß, die er tut – und genießt –, alles im Namen seiner Arbeit. Mit plötzlich schwerem Herzen schaut er Brian an, der neben ihm sitzt und überlegt, wo eigentlich die Grenzen verlaufen. Er ist sich nicht sicher, dass er sie noch sehen kann.

»Nach Hause, James«, sagt Freeman zum Taxifahrer und dann lacht er über seine eigene jämmerliche Imitation eines Oberklassenakzents.

Cass schaut aus dem Fenster. Die Welt verschwimmt und die Straßen von Birmingham werden zu Londoner Straßen. Er runzelt die Stirn. Sein Kopf tut weh. Der Regen draußen wechselt die Farbe. Er ist nicht mehr grau. Er ist tiefrot. Etwas Warmes fällt auf seine Hand und er sieht runter, ist bestürzt. Das tiefe Rot ist auf seiner blassen Haut nicht zu übersehen. Ein weiterer Tropfen kommt dazu, wie schwer er ist, merkt er, als er auf seinen Handrücken trifft. Seine Nase läuft. Er dreht sich zu Freeman und will sagen »Hab ich Nasenbluten?«, aber die Wörter bleiben ihm in der Kehle stecken, als Freemans Augen ganz groß werden und sein Mund vor Entsetzen aufklappt.

Cass hebt die Hand, will sich an Nase und Mund greifen. Aber da ist nichts. Er tastet, seine Hände versinken in einer klebrigen warmen Masse. Er will Hilfe suchen, aber Freeman ist verschwunden. Der Sitz ist leer. Cass beugt sich vor und klopft an die Plastiktrennscheibe zwischen ihm und dem Fahrer. Sein Herz hämmert und plötzlich ist seine Haut ganz furchtbar kalt.

Der Taxifahrer dreht sich um. Er hat auch kein Gesicht, nur die zerfetzten fleischigen Überreste, da, wo es einmal gewesen ist. Er hebt eine Hand und wackelt mit dem Zeigefinger, so als wäre Cass ein unartiges Kind. Etwas Kaltes und Schweres liegt auf Cass' Schoß und er braucht nicht runterzuschauen oder nachzufühlen, um zu wissen, was es ist.

Schließlich schreit er.

Mit einem Ruck wachte Cass auf, sein wirrer Blick war auf die Krümmung des Lenkrads und den grauen Ärmel seines Sweatshirts fixiert. Beides war ganz nah dran. Sein Arm steckte zwischen Lenkrad und Kopf und war taub. Sein Auto. Er war in seinem Auto.

Langsam setzte er sich auf, jedes Gelenk in seinem steifen Körper ächzte bei der Bewegung, und schaute runter auf seinen Arm. Ein blütenförmiger Blutfleck war im Morgengrauen deutlich auszumachen. Ein Blick in den Rückspiegel und er sah die rote Kruste um sein rechtes Nasenloch. Na toll.

Draußen beendete der Lastwagen, der ihn geweckt hatte, sein Rangiermanöver. Glücklicherweise verstummte das Quietschen der Reifen und die Bremsen zischten erleichtert. Cass lehnte seinen hämmernden Kopf nach hinten gegen den Sitz. Sein Mund war trocken und das Innere seiner Nase brannte beim Einatmen der kalten Morgenluft. Die Puzzleteile des Abends fügten sich in seinem Kopf zusammen. Das Bild, das sie ergaben, war nicht schön.

Aus einer Line waren zwei und dann drei geworden, bis er sich mindestens anderthalb Gramm reingezogen hatte, daran erinnerte er sich. Er war gefahren, wie lange, wusste er nicht genau. Die Straßenlaternen und die Leute, die durch die Nacht wanderten, hatten geglüht, und das hatte ihn in einen tranceartigen Zustand versetzt, daran erinnerte er sich. Er seufzte, als ihm das einfiel, und schluckte trocken. Beim Fahren musste er drauf gewesen sein. Schließlich war er auf den rund um die Uhr geöffneten Tesco-Parkplatz abgebogen, ganz in der Nähe der Blocks von Newham, wo Carla Rae gestorben war. Er hatte Zigaretten kaufen und dann tanken wollen. Daran erinnerte er sich. Gähnend guckte er in den Becherhalter und die Seitentaschen. Soweit er sehen konnte, waren keine Zigaretten im Auto. Er hatte vermutlich geparkt und das Bewusstsein verloren. Der Tag fing nicht gut an.

Er war durchgefroren. Er drehte den Schlüssel, der noch in der Zündung steckte, und ließ die Heizung auf voller Stärke laufen. Er zitterte, dann machten ihm das Gebläse und die Drogenreste in seinem System den Kopf wieder frei. Die Uhr funkelte ihn an. Es war fünf. Er stöhnte und legte den Gang ein. Wer rastet, rostet.

Das Morgenlicht drang durch die Jalousien, als er sich auszog und seine Kleider in die Waschmaschine stopfte. Er schaltete sie an, ehe er nach oben in die Dusche ging. Das ans Schlafzimmer grenzende Bad benutzte er nicht. Dort holte er sich nur, so leise er konnte, frische Sachen aus dem Schrank, obwohl Kate mit Sicherheit wach war. Sie lag von ihm abgewandt auf der Seite und das Starre in ihrem schmalen Rücken ließ darauf schließen, dass sie bei vollem Bewusstsein war. Wie sie wohl reagieren würde, wenn er ihr mit dem Finger den Rücken entlangstreichen und ihr zuflüstern würde, wie leid ihm alles tat. Einen Moment lang dachte er, er würde es tun, doch stattdessen trugen seine Beine ihn in das Gästezimmer, wo er sich anzog. Zu so einer Entschuldigung reichte die Zeit nicht, und überhaupt, sie hätte den gleichen Effekt wie ein Pflaster auf einer Schusswunde.

Am Ende verließ er das Haus, ohne etwas zu sagen. Ihre Ehe funktionierte so besser.

4

»Sie werden erfreut sein zu hören, dass dies mit Sicherheit Nummer vier ist.« Der Gerichtsmediziner zog forsch das Laken von der Leiche auf dem Metalltisch. Cass schaute in Carla Raes Gesicht und fühlte gar nichts. Auf dem Seziertisch war sie nicht mehr als ein Indiz. Die tote Frau in seiner Erinnerung, die auf den Fotos vom Tatort, sie war das Opfer, nicht diese aufgeschnittene, seelenlose Leiche.

»O ja, das muntert mich so richtig auf.« Blackmore blieb ein Stück hinter Cass zurück. Ob er das wohl tat, damit der Tod auch ja keine Spuren auf seinem frischen apfelgrünen Oberhemd hinterließ, überlegte Cass. Für den ironischen Ton des Sergeants erwärmte er sich allerdings immer mehr, musste er sich eingestehen.

»Das müsste reichen.« Cass schaute nicht auf. »Das bedeutet, dass wir uns neben dem Serienmord nicht auch noch um Trittbrettfahrer kümmern müssen.«

»Denk dran«, sagte Farmer, »der Begriff Serienmord ist in diesem Fall tabu. Wir wollen nicht, dass die Presse davon Wind kriegt.«

»Als ob wir das verhindern könnten! Die haben bessere Informanten als wir.« Cass verschränkte die Arme vor der Brust. »Also, womit haben wir es hier zu tun?«

»Die Todesursache ist dieselbe wie in den anderen drei Fällen. Eine tödliche Injektion mit Pentobarbital, die an dieser Stelle intravenös in den Arm verabreicht wurde.« Er wies auf den kleinen blauen Fleck auf der Innenseite ihres Ellenbogens.

»Haben alle Opfer eine Spritze in den rechten Arm bekommen?«

»Ja – und so ziemlich an der gleichen Stelle.«

»Tut das weh?«

»Nein, gar nicht. Ganz im Gegenteil. Pentobarbital ist ein Barbiturat, ein Beruhigungsmittel. In Amerika läuft es unter der Bezeichnung Nembutal.« Farmer lächelte finster. »Es ist eine häufig gewählte Euthanasiedroge.«

»Und zurzeit eine gern gewählte Droge in Hollywood«, ergänzte Blackmore. »In Verbindung mit Alkohol sind ungewollte Todesfälle nicht selten.«

»Sie haben Ihre Hausaufgaben gemacht«, sagte Farmer anerkennend, ehe er seine Aufmerksamkeit wieder Cass zuwandte. »Dein Sergeant hat recht, obwohl unser Killer kein Nembutal verwendet. Er benutzt das Pentobarbital für den Veterinärbereich. Das nimmt man, um Tiere einzuschläfern.«

»Worin besteht der Unterschied?«

»Eigentlich ist er gering. Nembutal enthält unter anderem Propylenglycol und wir haben bei keinem der Opfer irgendwelche Spuren davon gefunden.« Er machte eine Pause. »Die Droge verlangsamt die Atmung, die schließlich völlig zum Stillstand kommt. Die Frau ist schnell und schmerzlos gestorben. Das sind sie alle.«

Cass runzelte die Stirn. »Wie schwer ist es, an dieses Mittel zu kommen?«

»Nicht so leicht. Tierarztpraxen und ihre Zulieferer werden es vorrätig haben. Und das gilt auch für jede Pharmafirma, die Drogen für den Veterinärbereich herstellt.« Er zuckte mit den Schultern. »Aber Verkauf und Anwendung müssen dokumentiert werden.«

Die kalte Luft des Leichenschauhauses auf Cass' Haut brachte sein Hirn auf Touren, dafür war er dankbar. Heute würde er jede Hilfe gebrauchen können. Seine Knochen taten weh, weil er im Auto geschlafen hatte und langsam vom Kokain runterkam. »Ist das Zeug schwer zu verabreichen?«

»Nicht besonders. Wenn man es zu schnell injiziert, kann das plötzliche Versagen der Atemfunktion einen Herzinfarkt auslösen. Aber bei keinem unserer Opfer war das der Fall.«

»Er weiß also, was er tut.«

»Sieht so aus, ja.«

Cass speicherte diese Information, er würde später darüber nachdenken. Warum hatte der Mörder nicht einfach Koks, Crack oder H genommen, Drogen, an die man viel leichter rankommen und die man viel schwerer verfolgen konnte? Die Wirkung wäre genauso tödlich gewesen, wenn entsprechende Mengen gespritzt worden wären.

Später würde der Profiler kommen. Vielleicht konnte der ein wenig Licht in die Sache bringen. Cass schaute auf. Farmer sah müde aus, Blackmore ein wenig gelangweilt. Cass war das egal. Vielleicht hätte er das alles in den Akten nachlesen können, aber wenn er sich mit dem Fall vertraut machen sollte, dann wollte er lieber selbst sehen – und hören –, was es an Informationen gab. So arbeitete er am besten, auf diese Weise konnte er alle möglichen Feinheiten aufspüren, die ihm beim Lesen eines Berichts eventuell entgehen würden.

»Was noch?«

»Wie bei den anderen gibt es auch hier keinen Hinweis auf vorangehende sexuelle Handlungen.«

»Und doch zieht er sie nackt aus?«

»Und es ist dein Job, herauszufinden, warum er das tut«, sagte Farmer. »Vielleicht ist es eine Perversion oder vielleicht ist es einfach nur praktisch. Er will keine Spuren hinterlassen.«

»Kann sein.« Cass schaute sich die Leiche an, einen Moment lang sah er Carla Rae wieder zum Leben erwacht vor sich, mit gewogenen, analysierten und perfekt funktionierenden Organen im Brustkorb. Er konnte sie in dieser schmuddeligen Wohnung in Newham sehen, völlig verängstigt, wie sie sich mit zitternden Fingern die Kleider abstreifte und hoffte, dass wer auch immer da in den Schatten stand, sich einfach beeilen würde, dass er mit ihr machte, was er wollte, und dann ging. Leider war genau das geschehen.

»Und ihre Augen?«

»Ah. Jetzt wird es interessant.«

Mit einem Mal stand Blackmore kerzengerade und war voll bei der Sache.

»Ich habe Eier gefunden, in den Augenwinkeln. Die gerissenen kleinen Biester wollten sich gerade nach hinten verziehen ... obwohl, wenn wir ihnen noch ein paar Stunden Zeit gegeben hätten, wären sie schon von ganz allein hervorgekrochen.« Er winkte Cass rüber zum Mikroskop. »Eier von Musca domestica, der gemeinen Hausfliege. Die sind wie kleine Reiskörner, wenn sie abgelegt werden, mit einer Länge von höchstens anderthalb bis zwei Millimetern. Normalerweise schlüpfen sie innerhalb von sechs bis acht Stunden – da werden sie dann zu den madenartigen Larven, die wir alle kennen und lieben. Nach zwei oder drei Tagen beginnt die Verpuppung, sie entwickeln eine härtere, bräunlichere Hülle und daraus schlüpfen dann schließlich die Fliegen. Es liegt auf der Hand, dass all das wetterabhängig ist. Je heißer die Umgebung, desto schneller der Verlauf des Prozesses.«

Der Mediziner hielt inne, sah Cass an und lächelte schief. »Glaub mir, ich wusste schon so einiges über die gemeine Haus- oder Gartenmade, bevor dieser Mistkerl aufgetaucht ist, aber im Lauf der letzten zwei Monate bin ich zum Weltklasseexperten geworden. Sobald du Zeit hast, dir die anderen drei Akten ganz genau anzusehen, wirst du feststellen, dass dieses Opfer das erste ist, das wir so früh gefunden haben. Jade Palmer war schon ungefähr eine Woche tot, Amanda Carlisle sechs Tage und Emma Loines drei Tage – einige Larven waren dabei, sich zu verpuppen, als sie aufgefunden wurde. Hast du die Fotos gesehen?«

»Nur im Vorbeigehen. Ich schau sie mir richtig an, wenn wir hier fertig sind. Carla Rae ist die Frischeste – das macht sie zur Wichtigsten, wenn ich diesen Scheißkerl kriegen will.« Mit einem Anflug von Ekel rückte Cass vom Mikroskop ab. Er war nicht gerade scharf auf Fliegen, aber Maden widerten ihn an, und zu wissen, dass diese weißen Körnchen bald in den Augäpfeln der armen Frau rumwimmeln würden, reichte aus, um ihm den ohnehin flauen Magen umzudrehen. »Und was war jetzt das Interessante?«, fragte er, sobald er sich wieder im Griff hatte.

»Die Eier, die ich in ihren Augen gefunden habe, waren perfekt. Wenn sie Schaden genommen haben, dann nur durch mich, muss ich leider sagen.«

»Und?« Cass war sich nicht sicher, worauf der Gerichtsmediziner hinauswollte. »Raus damit, Mann.«

»Es sieht so aus, als wären sie dort gelegt worden. Ich hab nämlich absolut keine Ahnung, wie jemand sie so perfekt platzieren könnte, ohne ein einziges Ei zu beschädigen.« Er runzelte die Stirn. »Heute Nachmittag werde ich mich mal daran versuchen, wenn mein nervtötender kleiner Scheißer von Assistent es denn schafft, mir Eier zu beschaffen. Aber ich würde nicht darauf wetten, dass es mir gelingt.«

»Vielleicht hat er ja eine Fliege dazu gekriegt, die da abzulegen«, sagte Blackmore.

Sowohl Cass als auch Farmer drehten sich um und schauten ihn an.

»Ich hab von Flohzirkussen gehört, Mat, aber mit denen ist es wie mit dem Weihnachtsmann. Es gibt sie nicht.

Alles nur ein Trick.« Cass schaute den Gerichtsmediziner an. »Es ist dein Job, rauszufinden, wie er das gemacht hat. Vielleicht kann dieser Assistent …«

»… Eagleton. Josh Eagleton«, unterbrach Farmer ihn. »Ich nehme an, wir können ihn nicht ewig unter der Bezeichnung ›der kleine Scheißer‹ laufen lassen. Er wird wohl eine Weile bei uns sein, fürchte ich. Unter dieser dicken Kruste Blödheit ist er erstaunlich clever. Er hat angefangen Initiative zu ergreifen. Bei der hier hatte er schon die Abstriche gemacht, ehe ich auch nur den Kittel übergezogen hatte.«

»Dann holt Eagleton dir ja vielleicht auch ein paar Fliegen zum Spielen. Sieh doch mal, ob du sie nicht irgendwie dazu bringen kannst, die Eier so präzise abzulegen.«

»Bei dir klingt das so, als wäre so was ganz leicht.«

»Für einen Mann mit deinen Fähigkeiten muss das doch ein Kinderspiel sein.«

Farmers dauergebräunte Haut war wie abgewetztes Leder. Mit den langen grauen Locken sah er aus wie ein alternder Hippie, aber Cass bildete sich ein, dass ihm die Farbe bei ihrem Gespräch aus dem Gesicht gewichen war, anscheinend hatte sein Körper die Vorahnung, dass Solarienbesuche und Wochenendstippvisiten an die Costa del Kotz für ihn in nächster Zeit nicht angesagt waren.

Cass seufzte, dann kehrte er wieder zum eigentlichen Thema zurück. »Und die Schrift auf ihrer Brust. Das war doch Blut, oder?«

»Ah, ›Nichts ist heilig‹«, sagte Farmer, »allerdings weiß ich wirklich nicht, was an diesem Mädel überhaupt je heilig gewesen sein soll.«

Wieder flackerte Cass' Verärgerung über den Arzt auf, aber er verkniff sie sich und ließ den Mann fortfahren.

»Ja, das wurde mit Blut geschrieben und die DNA stimmt mit den anderen überein. Sie gehört zu keinem der

Opfer, zumindest nicht zu denen, die wir bisher gefunden haben.« Farmer zuckte die Achseln. »Es könnte natürlich seine eigene sein, aber wir haben sie nicht gespeichert, ich kann euch also nichts weiter darüber sagen. Wir gleichen die Spuren der verschiedenen Tatorte noch immer miteinander ab, allerdings hat er diese Mädels ja nicht gerade in einer sauberen Umgebung zurückgelassen. Wo diese hier gefunden wurde, waren Haare und Reste von Körperflüssigkeiten über die ganze Wohnung verteilt, von Dutzenden von Leuten. Aber wir tun unser Bestes.«

»Vielleicht vermasselt er ja nächstes Mal was und hinterlässt uns etwas Brauchbares. Mach bis dahin das Beste aus dem, was du hast, und halte uns auf dem Laufenden.«

»Glaubst du, es wird ein nächstes Mal geben?«

»Genau deshalb spricht man von Serienmorden«, sagte Cass trocken. »Weil das immer so weitergeht.«

In Paddington Green erwartete der Profiler sie bereits. Cass ließ Sergeant Blackmore die Akten des Falles für den Profiler kopieren. Er holte zwei Kaffee aus dem Automaten und ging zügig den Korridor entlang zur Treppe in den dritten Stock, wo einige kleine Besprechungsräume lagen.

Als er an der Einsatzzentrale vorbeiging, die jetzt *seine* Einsatzzentrale war, schienen alle zu arbeiten. Auf beiden Seiten des Raumes waren Beamte an den Telefonen, Papiere und Aktenordner wurden herumgereicht. Weniger hatte er auch nicht erwartet. Die Beamten der Mordkommission ließen es bekanntlich nicht gemütlich angehen. Abgesehen von der Leidenschaft für ihre Arbeit, die die meisten von ihnen teilten, waren die offiziellen Bonuszahlungen nach einer Verurteilung einfach zu gut. Und es war ja durchaus nicht so, dass in den beiden Einheiten nicht genug zu tun gewesen wäre.

Das Miller-und-Jackson-Team nutzte die neuen Informationen auf dem körnigen Film, um einen genaueren Zeitablauf der Ereignisse zu erstellen. Das würde sich als hilfreich bei dem Versuch erweisen, die Bewegungen von Macintyre und auch die der Jungen Stück für Stück zu rekonstruieren. Sie mussten immer noch unbedingt klären, wie der Schütze von Macintyres Anwesenheit in der Formosa Street zu genau diesem Zeitpunkt gewusst haben konnte. Irgendjemand musste ihn verpfiffen haben, doch wollte man Informationen aus Leuten herausbekommen, die mit Macintyre in Verbindung standen, konnte man auch gleich versuchen, Blut aus dem sprichwörtlichen Stein zu pressen. Keiner wollte den Anschein erwecken, in den Anschlag eingeweiht gewesen zu sein, und erst recht niemand wollte mit den Bullen zusammen gesehen werden. Die genaue Untersuchung des zeitlichen Ablaufs war voraussichtlich ein langer und qualvoll langsamer Prozess.

Auf der anderen Seite des Raumes entdeckte er Claire, die sich über ein Telefon am Fenster beugte. Er hatte ihr aufgetragen, den Taxifahrer ausfindig zu machen, der Macintyre vor dem *Café de la Seine* abgesetzt hatte, und damit war sie anscheinend gerade beschäftigt. Inzwischen konnte sie ihm wahrscheinlich schon einen Namen nennen. Der Mann fuhr vermutlich tagsüber, er konnte sich jetzt also praktisch überall in der Stadt aufhalten. Bis der Fahrer dann bei ihnen war, hätte Claire schon eine fingerdicke Akte über ihn vorliegen, sämtliche Details über sein Leben, seine Familie und alle schlechten Angewohnheiten, die er meinte, gut vor Blicken verborgen zu haben. Falls er irgendetwas mit Sam Macintyres Firma zu tun hatte, würde sein Sergeant das schon wissen, bevor der Fahrer auch nur ahnen konnte, dass man ihn holen würde.

Cass knirschte mit den Zähnen, der Kaffee war übergeschwappt und hatte ihm die Hand verbrüht. Bowmans Einheit hatte auch jede Menge zu tun. Zuerst mussten sie in Carla Raes Leben herumstochern und eine Vorstellung davon entwickeln, wer sie war und wie sie gelebt hatte, dann so präzise wie möglich ihre letzten Bewegungen zurückverfolgen, danach sämtliche neuen Informationen mit Querverweisen auf die drei vorherigen Opfer versehen. Was sie brauchten, waren Verbindungen zwischen den vieren. Bisher war die einzige Gemeinsamkeit, dass sie alle weiblich, relativ arm und jetzt tot waren. Hoffentlich würde Carla Raes Tod das Puzzle um ein neues Teil ergänzen. Die Zeit würde das zeigen. Unglücklicherweise stand die Zeit in jedem Mordfall einer erfolgreichen Ermittlungsarbeit entgegen.

Blackmore hatte ihn entdeckt und kam rüber, er drückte die schwere Schwingtür von der anderen Seite her auf. »Lassen Sie mich das nehmen, Sir«, sagte er und griff nach der dicken Akte, die unter Cass' Arm klemmte. Er legte sie auf seinen eigenen Stapel von Papieren. »Ich bring das nach oben. Soll ich dann wieder zu Ihnen kommen, Sir?«

»In einer idealen Welt, ja, aber in dieser brauche ich sie dringender in der Einsatzzentrale«, sagte Cass. Er nahm einen der Kaffeebecher in die freie Hand und ging Blackmore voran die Treppe hinauf. »Ich nehme auf, was er sagt, und gebe Ihnen eine Kopie des Bandes, ehe wir das Team briefen. Ich möchte, dass Sie sich um dieses Pentobarbital kümmern. Ich will wissen, wo unser Mörder es herhat.«

»Ich bin dran, Sir.«

Die erste Leiche war vor zwei Monaten gefunden worden und Bowman hatte das Team schon ungefähr jeden Tierarzt, jedes Krankenhaus und jede Apotheke in London anrufen und nach Berichten über gestohlene oder verschwundene Barbiturate fahnden lassen, bisher jedoch ohne

Ergebnis. Jetzt wollte Cass die Suche ausweiten, sie würden im näheren Umkreis von London beginnen, wenn nötig aber über diesen Bereich hinausgehen. Sie hatten nicht den geringsten Schimmer von diesem Mörder, er konnte Pharmavertreter oder Handelsreisender sein, vielleicht auch Aushilfstierarzt, der ganz nebenbei hatte mitgehen lassen, was er brauchte. Allerdings war es wahrscheinlicher, dass er lieber einmal ganz groß zugeschlagen hatte, statt häufiger das Risiko einzugehen, für so etwas Gewöhnliches wie Diebstahl festgenommen zu werden. Irgendwo vermisste jemand ein ansehnliches Quantum der Droge. Sie mussten nur herausfinden, wer das war.

»Und treten Sie der Kriminaltechnik in die Hacken, falls der Computer bei der Untersuchung irgendwelche Verbindungen zu den anderen Tatorten aufzeigt. Sie wissen ja, wie lahm diese Techniktypen sein können, das sind keine Polizisten, die kriegen einen verdammten Stundenlohn. Achten Sie darauf, dass sie tatsächlich arbeiten.«

»Alles klar, Sir.«

Als sie unter den hellen Neonröhren entlanggingen, bemerkte Cass die dunklen Schatten unter den Augen des Sergeants. Vielleicht schlief Blackmore ja auch nicht so gut. So leicht war das wohl nicht, mitten in so einem Fall den Vorgesetzten zu wechseln, besonders wenn man mit dem Sergeant dieses Vorgesetzten schlief – oder zumindest die Absicht hatte, mit ihr zu schlafen – und wenn es nicht einfach nur der Sergeant dieses Vorgesetzten war, sondern auch noch jemand, mit dem der Vorgesetzte mal was gehabt hatte. Musste ein ziemlicher Albtraum sein.

»Und danke für die Akte«, ergänzte Cass, »heute Abend bin ich sicher im Bilde.«

»Sie scheinen mir jetzt schon ganz gut Bescheid zu wissen, Sir.«

Im Stillen wünschte Cass, dass es so wäre. Er spürte förmlich, wie die Finger der toten Frauen und der beiden Jungs an seinen Klamotten zerrten und Gerechtigkeit forderten. Ihre Berührung streifte seine Seele wie ein eisiger Hauch. So gewöhnlich wie Tötungsdelikte in diesen Zeiten geworden waren, in denen die Gemüter erhitzt waren und das Geld knapp wurde, so selten waren die *kriminellen Mordfälle* – so lautete die neue Bezeichnung. Die meisten Tötungsdelikte wurden von ganz normalen Bürgern verübt, in einem Augenblick des Wahnsinns, in dem sie ihren Frust an denen ausließen, die sie liebten – oder mittlerweile hassten. Aber diese Fälle hier lagen anders. Sie waren durchdacht, viel mehr als impulsive Entladungen. Und irgendwie waren sie alle beide bei ihm gelandet.

Überraschend war das nicht. Gott, wenn es ihn gab, war schon lange nicht mehr Cass Jones' Freund.

Cass führte seinen Becher an den Mund und trank. Er musste sich auf das Hier und Jetzt konzentrieren. Seine Nase juckte, als er den billigen Kaffee roch. Jedenfalls verschwand die trockene Reizung allmählich, die das starke Pulver zurückgelassen hatte.

Obwohl das, was noch von dem Päckchen übrig war, kaum spürbar war, wurde Cass plötzlich bewusst, dass es so heiß und schwer in seiner Tasche lag wie die ganze Last seiner Schande – seine ganze Schuld war sorgfältig in diesen kleinen Papierfetzen aus einer Hochglanzzeitschrift gewickelt. So bald wie möglich würde er in die Toilette gehen und das Zeug runterspülen. Das reichte jetzt. Bis zum nächsten Mal, flüsterte eine kleine Stimme in seinem Hinterkopf. Cass ignorierte sie. Vielleicht würde es ein nächstes Mal geben, aber nicht, ehe diese Fälle gelöst waren. Diese toten Finger packten viel zu fest zu; wenn er sie ließ, würden sie ihn in Blut ertränken.

»Sie haben es also mit einem Serienmörder zu tun«, sagte Dr. Tim Hask. Das war eine Feststellung, keine Frage. Wenn er lächelte, blitzten die grünen Augen aus dem schweren Gesicht, kleine Äderchen zogen sich über seine Pausbacken bis zu einer Art lila Gipfel auf der Nase. Wenn der Körper und das Gesicht des Profilers Gegenstand einer kriminaltechnischen Untersuchung gewesen wären, dachte Cass, hätte man ihn der Sünde der Völlerei überführt: der Liebe zu gutem Essen, gutem Wein – und zwar in rauen Mengen. Ob sein eigenes Gesicht seine Sünden ebenso verriet? Hoffentlich nicht.

»Wie kommen Sie darauf?«

Mit für einen Mann seiner Statur überraschendem Schwung stand Hask auf. Er war etwas kleiner als Cass und oval, sein Körper dehnte sich oberhalb der Gürtellinie gewaltig aus und spitzte sich darunter von den beinahe weiblichen Hüften bis zu den adrett beschuhten Füßen wieder zu. Seine vollen hellbraunen Haare waren unordentlich gescheitelt zu einer Seite gebürstet und zeigten nicht den geringsten Anflug von Grau. Cass schätzte Tim Hask auf nicht älter als vierzig, hielt es jedoch nicht für wahrscheinlich, dass er fünfzig werden würde. Morbide Fettsucht war in England stark angestiegen und dieser Mann war das Aushängeschild dafür.

»Dazu muss man nicht schlau sein, fürchte ich.« Er lächelte herzlich, wobei seine Kinne beängstigend schwabbelten. »Meine Dienste sind ziemlich teuer. Die Polizei leistet sie sich nur selten.«

»Ich fürchte, anständigen Kaffee können wir uns auch nicht leisten.« Cass reichte ihm den Becher. »Deshalb möchte ich mich vorab schon mal bei ihren Geschmacksnerven entschuldigen.«

Blackmore hatte Cass erzählt, dass Bowman einen Profiler einschalten wollte, nachdem vor zwei Wochen die dritte Leiche aufgetaucht war, aber es hatte erst die vierte Tote, Carla Rae, geben müssen, ehe diese zusätzliche Ausgabe von oben abgesegnet worden war. Hask galt als der Spitzenmann auf seinem Gebiet in Großbritannien und hatte einen guten Ruf in ganz Europa und in den USA. Billig war er nicht.

Er sah Cass an. »Gelegentlich helfe ich bei den Feds aus, aber in letzter Zeit habe ich viel von meiner Zeit damit verbracht, Angestellte für große Firmen zu evaluieren und als Sachverständiger in Fällen von Betrug und Wirtschaftsspionage vor Gericht auszusagen. Während ich natürlich die Notwendigkeit meiner Anwesenheit hier bedauere, begrüße ich es jedoch, endlich mal wieder etwas mit Fleisch dran zwischen die Zähne zu bekommen.«

»Die Originalfotos liegen in dieser Mappe.« Cass schob sie ihm rüber. »Und hier sind Abzüge für Sie, die sie mitnehmen können.«

Der Profiler schüttelte den Kopf, sein Blick wurde ganz ernst, als er die Fotos hervorzog. »Danke, aber das ist nicht nötig. Die Unterlagen sind mir bereits zugefaxt worden.« Seine fetten Hände arrangierten die Fotosätze in chronologischer Reihenfolge nach dem Ableben der Opfer, dann schob er die späteren Aufnahmen von den Tatorten über den jeweiligen Haufen.

»Dann hätten wir das vielleicht telefonisch erledigen können«, sagte Cass, der ein bisschen verärgert war.

»Absolut nicht.« Hask schob das Bild von Carla Raes misshandeltem Körper einen Zentimeter nach links. »Ich hab mittlerweile so selten Gelegenheit, an etwas zu arbeiten, das wirklich noch Bedeutung hat.« Ein kleines Lächeln bebte über seine Wange. »Und hier kommt es genauso sehr auf Ihr Hirn an wie auf meines, DI Jones.«

»Sagen Sie Cass zu mir.«

»Dann also Cass. Ich will auf Folgendes hinaus: *Ich* kann die Person, die das hier getan hat, nicht dingfest machen. Ich kann Ihnen von dieser Person und ihren Beweggründen nur Vorstellungen vermitteln. Wenn Sie irgendwelche Vermutungen haben, werde ich Ihnen wahrscheinlich sagen können, ob sie in die richtige Richtung gehen.« Er legte seine Hände über die Bilder. »Diese Mädchen brauchen Ihr Hirn ebenso sehr wie meines, Ihres noch dringender, genau genommen. Wir haben die besten Chancen, ihn zu kriegen, wenn unsere Gedanken eine Art Synthese bilden können.« Er machte eine Pause. »Außerdem hab ich mich so danach gesehnt, mal wieder etwas Zeit in London zu verbringen. Ich war schon eine ganze Weile nicht mehr hier und umso besser, wenn es auf jemand anderes Kosten ist.« Er kicherte.

»Nun ja, jegliche Hilfe, die Sie uns geben können, ist sehr willkommen.«

Schweigend untersuchten die Männer die Bilder. Cass hatte sie schon gesehen, ganz kurz, als das hier noch Bowmans Fall gewesen war, und gestern Abend beim kurzen Durchblättern der Akte. Aber nun *sah* er sie zum ersten Mal richtig. Vielleicht war Hask schon auf der Suche nach einem Schlüssel, nach Hinweisen auf die Vorgehensweise und Übereinstimmungen, aber Cass wollte die Menschen sehen, die diese Leichen einmal gewesen waren, bevor ihr Leben so unerwartet geendet hatte. Er wollte sie ein bisschen kennenlernen, sie erkennen können. Er zitterte, als würde er die Berührung ihrer kalten Finger spüren.

Jade Palmer, zweiundzwanzig, war die Erste, die starb. Vor einer Woche war ihre Leiche zwei Straßen vom Haus ihrer Familie entfernt in einer Nebenstraße der St John's Wood Road in einem geräumten Gebäude gefunden worden, das mit Brettern vernagelt war. Das verfallene Haus lag nur etwa eine Meile von Paddington Green entfernt. Wenn der Mörder zuerst in Newham zugeschlagen hätte, wäre das alles nicht sein Problem gewesen.

Vom Foto auf dem Schreibtisch lächelte Jade ihn an. Ihr volles, schulterlanges Haar war zu Cornrows geflochten und das Zungenpiercing glitzerte im Blitzlicht der Kamera. Es war ein gesundes Lächeln, so lebendig, dennoch schien sich ein argwöhnischer Schatten in ihre Augenwinkel geschlichen zu haben, in die nur ein paar Monate später ein Irrer Fliegeneier einpflanzen würde. Jedenfalls kam es Cass so vor. Bevor Jades Leiche gefunden wurde, von einem Beamten der Wohnungsbaubehörde, der untersuchen sollte, wie viel – oder wahrscheinlich wie wenig – Arbeiten ausgeführt werden mussten, um das Gebäude bewohnbar zu machen, hatte niemand sie als vermisst gemeldet. Offenbar hatte sie die Gewohnheit gehabt, einfach mal abzuhauen, und deshalb hatte sich niemand über ihre Abwesenheit gewundert.

Ohne festen Job, mit nur wenigen Qualifikationen hatte die hübsche Jade Palmer offenbar mit einem unpassenden Mann nach dem anderen angebändelt. Wie so viele andere fühlte sie sich von Gefahr und Aufregung angezogen und dabei führte sie sich nicht vor Augen, dass für so etwas stets ein Preis zu zahlen war. Jetzt würde sie für immer zweiundzwanzig bleiben, die aufregenden, gefährlichen Männer hatten aber mit Sicherheit schon Spuren auf ihrer Seele hinterlassen, vermutete Cass.

Ein Stockwerk tiefer wühlte sich ein bedauernswerter Polizist durch irgendwelche Listen und spürte diese Männer auf. Vielleicht war einer von Jades Kerlen plötzlich durchgeknallt – Cass glaubte das nicht. Er kannte den Stil dieser Gangsta-Boys und der war so ganz anders als das hier.

Die Fotos zeigten Jades verwesenden Körper aus allen Blickwinkeln, jedes Blitzlicht hatte sie um ein Stück ihrer Würde gebracht. Eine Nahaufnahme von geschminkten, aufgedunsenen Augenlidern, Lippen und Zunge. Nicht das Resultat einer Verletzung oder Gewalttat, einfach nur das effiziente Voranschreiten der Natur. Sobald der Tod eingetreten war, hatte Jades stummer Körper, der bereits vorher schon ein reges kleines Ökosystem gewesen war, mit voller Kraft losgelegt. Myriaden von winzigen Organismen hatten wie wild in ihr gearbeitet, um die Nährstoffe in ihrem Kadaver zu verwerten.

Der silberne Stecker in Jade Palmers Zunge lugte provozierend hervor, als letztes »Leck mich« an eine Welt, die schließlich sie geleckt hatte. Das war das einzige wirklich erkennbare Ding an einem Körper, der sowohl Form als auch Farbe verloren hatte. Cass sah wieder in das lächelnde Gesicht auf dem ersten Foto. Das war das Bild, das ihn verfolgen würde, nicht dieses tote Ding darunter.

Auf Jade folgte die achtundzwanzigjährige Amanda Carlisle, eine üppige Brünette mit einer ungesund glänzenden Haut. Die Aufnahme war in einem Pub gemacht worden, sie hielt eine Zigarette in der einen Hand, einen Drink in der anderen – so was wie Bier oder Cider. Im Gegensatz zu Jade Palmer hatte sie einen festen Freund, einen Lastwagenfahrer, und einen Job als Kellnerin in einem Café in Islington. Dort war sie die letzten zwei Jahre angestellt gewesen, immer höflich, freundlich und pünktlich. Regelmäßiger Verzehr von Spiegeleiern und Fritten konnte für die blasse, fettige Haut verantwortlich sein. Amanda und ihr Freund hatten ein kleines Reihenhaus gemietet, nur eine Straße von dem Ort entfernt, an dem sie, nackt und bekritzelt, im Staub der Verwesung preisgegeben, gefunden wurde – genau wie die anderen. Dieses Mal stand das Gebäude nicht nach einer Räumung leer, sondern weil es zum Verkauf stand wie viele Häuser in dieser Gegend. Der Makler hatte seine Runde gemacht. Er wollte nach dem Rechten sehen und hatte Amanda Carlisle auf dem Fußboden des Wohnzimmers gefunden.

In der Zeit zwischen ihrem Tod und ihrer Entdeckung waren die Fliegen bereits aus den in ihre Augen eingebrachten Eiern geschlüpft. Eine Nahaufnahme zeigte mehrere fette Maden im dritten Stadium ihrer Entwicklung, wie dem Informationsblatt zu entnehmen war, das jemand ordentlich in die Akte geheftet hatte. Cass verzog das Gesicht und schaute weg.

Wenigstens war Amanda Carlisle als vermisst gemeldet worden, sowohl von ihrem Freund als auch vom Besitzer des Cafés. Sie arbeitete in der Spätschicht, hatte den Laden um zehn zugemacht, war aber nie zu Hause angekommen. Zu Fuß war das ein Weg von gerade mal zehn Minuten gewesen. Cass brauchte ihrem Chef gar nicht zu begegnen, er wusste auch so, dass der Mann wahrscheinlich schlaflose Nächte hatte, seitdem die verwesende Leiche vor einem Monat gefunden worden war – auch wenn er den Mord nicht hätte verhindern können.

Das dritte Opfer starrte zu ihm hoch. Das Bild schien vor einem Pub aufgenommen worden zu sein, an einem Sommernachmittag. Emma Loines lächelte nicht, sie schaute nachdenklich in die Kamera. Anscheinend war sie überrascht worden, während sie sich mit einem privaten Problem herumschlug, das sie nicht mehr lösen konnte, bevor es *klick* gemacht hatte und sie für immer auf Film gebannt worden war. Anders als die anderen drei Frauen war Emma Loines nicht in ihren Zwanzigern, sie starb knapp zwei Wochen vor ihrem zweiunddreißigsten Geburtstag. Sie hatte als Zeitarbeitskraft im Büro gejobbt, war aber vor zwei Monaten von Manchester nach London umgezogen, weil sie eine Vollzeitstelle bekommen hatte. Emma Loincs hatte in einer Einzimmerwohnung in King's Cross gewohnt. Kein Wunder, dass sie nicht glücklich aussah, dachte Cass. King's Cross war schon immer eine ziemlich miese Gegend gewesen, nichts als Straßenprostitution und Kleinkriminalität, doch als das Land – und der Rest der Welt – wirtschaftlich auf Talfahrt gegangen waren, war in den Straßen von King's Cross noch mehr los gewesen.

Vor zwei Wochen war Emma Loines gefunden worden, in einer kleinen Wohnung, die beinahe so schäbig war wie die, in der Carla Rae gestorben war. Es war eine Mietwohnung, wenige Straßen vom Bahnhof entfernt, die nach der gewaltsamen Räumung des letzten Mieters leer stand. Der Vermieter hatte die Leiche gefunden, als er dort mit einem John Smith verabredet war, der ihn wegen der Wohnung angerufen hatte, jedoch nicht aufgetaucht war. Überraschung! Die auf dem Handy des Vermieters gespeicherte Nummer war, wie sich herausstellte, die einer Telefonzelle im Bahnhof King's Cross. Der Vermieter musste ganz schön verzweifelt sein, dachte Cass, wenn er sich auf ein Treffen mit jemandem einließ, der sich John Smith nannte – aber vielleicht war er ja an anonyme Mieter gewöhnt. Wahrscheinlich keine Seltenheit in dieser Gegend.

Ungefähr drei Tage war Emma Loines schon tot, als sie gefunden wurde. Sie war zu einem Treffen mit ihrem neuen Arbeitgeber nicht erschienen. Nachdem er vergeblich versucht hatte, sie auf dem Handy zu erreichen, hatte er die Stelle an einen anderen Bewerber vergeben. So lief das jetzt in dieser schönen, neuen Welt. Sobald die Identität der Leiche geklärt war, enthüllte das landesweite Computersystem, dass die Eltern der Frau Verbindung zu ihrem lokalen Polizeirevier aufgenommen hatten. Sie waren besorgt gewesen, weil sie anderthalb Tage nach der Ankunft ihrer Tochter in der Hauptstadt nichts mehr von ihr gehört hatten. Doch man hatte sie höflich ignoriert. Niemand scherte sich um verschwundene Erwachsene, das war die kalte, harte Wahrheit. Die einzigen Vermissten, denen die Polizei dieser Tage noch Aufmerksamkeit schenkte, waren die, die als Mordopfer wieder auftauchten. Cass war froh, dass es nicht seine Aufgabe gewesen war, Mr und Mrs Loines beizubringen, dass ihre Tochter nun unter diese Kategorie fiel.

Und dann Carla Rae. Die Aufnahmen vom Tatort waren ihm mittlerweile ziemlich vertraut, alles Variationen desselben Themas. Cass betrachtete die Traurigkeit in Carla Raes Augen. Das Foto war nicht neu, er schätzte, es war vor einem Jahr oder vor noch längerer Zeit aufgenommen worden. Carla, der das ungepflegte blonde Haar schlaff über die Schultern hing, stand neben einer Frau mit ähnlichen Gesichtszügen, vielleicht ihrer Schwester. Keine der Frauen wirkte besonders froh darüber, da zu sein, und Cass tat die arme, tote Fremde leid, deren Familie nicht mal ein aktuelles Bild von ihr hatte. Am Abend vor ihrem Tod war Carla in ihrer Stammkneipe gewesen. Sie hatte zwei kleine Gläser Bier getrunken und war dann in den chinesischen Imbiss gegangen, der auf ihrem Heimweg lag. Eine unangebrochene Tüte Krabbenchips – laut Speisekarte *Kostenlos zu jedem Menü!* – und ein schmutziger Teller wurden in ihrer Küche gefunden. Man konnte also von der Annahme ausgehen, dass sie sicher nach Hause gekommen war. Aber was ihr danach passiert war, was sie getan, mit wem sie sich getroffen hatte – all das war ein dunkler Fleck. Cass' Leute arbeiteten hart daran, die fehlenden Puzzleteile von Carlas letzter Nacht auf Erden aufzustöbern. Und es waren ihre Finger, die sich so schmerzhaft an ihn krallten. Sie war sein Fall, wie die Schuljungs. Alle anderen konnten abziehen und Bowman verfolgen. Er seufzte. Wenn es doch nur so laufen würde!

Er schaute auf, der Profiler beobachtete ihn. »Sorry, ich hatte noch nicht so viel Zeit, mir die selber anzusehen.«

»Interessant, dass sie sich so auf die Bilder der Opfer zu Lebzeiten konzentrieren.«

Cass lächelte. »Wir sind nicht hier, um mich zu analysieren. Und ich könnte mir Ihr Honorar auch nicht leisten, wenn ich es wollte, halten wir uns also an die Leichen vor uns. Was können Sie mir sagen?« Er stellte das Diktafon an.

Hask ließ sich auf einen Stuhl sinken, wobei er ignorierte, dass er unbequem über die Ecken der Sitzfläche quoll. »Nun, fangen wir mit den allgemeinen Dingen an, wobei wir nicht vergessen wollen, dass ich trotz meines exorbitanten Honorars nichts Endgültiges sagen kann. Vermutlich handelt es sich um einen weißen Mann. Dafür spricht die Erfahrung. Weibliche Serientäter sind extrem selten, hinzu kommt die Wahl ausschließlich weiblicher Opfer, die nackt zurückgelassen werden, was ebenfalls auf einen männlichen Täter hinweist.«

»Der Meinung sind wir auch«, sagte Cass. »Der Anruf von ›John Smith‹ hat unsere Vermutungen bestätigt.«

Hask verschob einige der Fotos auf dem Tisch. »Seine Tatorte sind durchgestaltet.« Er schaute auf. »Aber ich muss Ihnen ja nicht sagen, dass dies keine Impulsverbrechen sind. Er hat jedes Opfer auf genau gleiche Weise behandelt, was darauf schließen lässt, dass sie eher Fremde sind, die er gezielt ausgewählt hat, als Personen, die er tatsächlich kennt und die ihn direkt beleidigt haben könnten.«

»Wenn er so was mit Leuten macht, die ihm nichts getan haben, dann möchte ich wirklich nicht einer von denen sein, auf die er richtig stinkig ist«, merkte Cass an.

Hask lächelte. »Da haben Sie sicher recht.« Er schaute wieder auf die Fotos. »Wo sind ihre Kleider? Nimmt er die mit?«

Cass nickte.

»An diesen Tatorten wirkt alles sehr kontrolliert«, fuhr Hask fort. »Normalerweise würde ich in einem Fall wie diesem unterstellen, dass der Täter persönliche Dinge wie Kleidung als Andenken behält. Er durchlebt seine diversen Verbrechen abermals, wenn er etwas berührt oder anschaut, das er den Opfern weggenommen hat.« Er schüttelte den Kopf. »Aber in diesem Fall bin ich mir nicht so sicher. In der Regel wird ein spezielles Kleidungsstück als Andenken ausgewählt, das können Unterwäsche sein oder Schuhe. Wenn er alles mitnimmt, will er vielleicht nur Beweise entfernen. Das würde zu seinem Bedürfnis passen, Kontrolle über den Tatort zu haben.«

Hask runzelte die Stirn und Cass blieb stumm. Er hörte das extrem teure Expertenhirn beim Zusammenfügen der Teile beinahe rattern, und diese Konzentration wollte er keinesfalls irgendwie stören.

»Es ist ihm wichtig, dass sie nackt sind«, sagte Hask schließlich wie zu sich selbst. »So viel ist offensichtlich. Und alle wurden in leer stehenden Gebäuden gefunden, nicht in ihren Wohnungen. Vielleicht ist es wichtig für ihn, dass sie aller Identität beraubt sind. Er hat sie aus ihren Kleidern und aus ihrem Zuhause herausgenommen.«

»Aber er hat nicht Carla Raes Handtasche mit ihrem Portemonnaie und dem Ausweis mitgenommen«, sagte Cass. »Es sei denn, das war ein Fehler.«

»Ich glaube nicht, dass dieser Mann Fehler macht. Jedenfalls noch nicht.«

»Ich auch nicht«, pflichtete Cass ihm bei. »Und am Tatort wurde er nicht gehetzt, wenigstens nicht am letzten.

Dort hat er einen Gettoblaster hinterlassen, aus dem die grauenhafteste Heavy-Metal-Musik dröhnte, nur um sicherzugehen, dass die Leiche schnell gefunden wurde.«

»Was war das für Musik?«

Cass schüttelte den Kopf. »Weiß ich nicht genau. Ich geh dem nach.«

»Tun Sie das. Dieser Mann wird die Musikauswahl nicht dem Zufall überlassen haben. Vielleicht ist an seiner Auswahl irgendwas, was wir verwenden können, denn ich darf wohl davon ausgehen, dass er nicht so etwas Nützliches wie Fingerabdrücke hinterlassen hat?«

»Das dürfen Sie.«

Hask widmete sich wieder den Fotos der toten Frauen und seufzte. »Okay, es geht also nicht darum, sie zu anonymisieren. Es geht darum, sie schutzlos und verwundbar zu machen. Wir sind am schwächsten, wenn wir nackt sind, nicht nur physisch, sondern auch emotional. Aufgrund jahrelanger Konditionierung ist unsere eigene Nacktheit für uns mit Schamgefühlen behaftet.« Er verzog das Gesicht. »Man könnte das den Adam-und-Eva-Komplex nennen, obwohl das kein Fachbegriff ist.«

»Wenn er sie nackt liegen lässt, fühlt er also, dass er Macht über sie hat?«

»Ein Machttrip, ja, das ist klar. Ich werde darauf zurückkommen.« Hask tippte sich mit zwei Fingern an die Unterlippe.

»Genau. Es geht nicht darum, ihnen die Identität zu nehmen. Die Orte, an denen er sie zurücklässt, sind alle so was wie ehemalige Wohnungen, nicht wahr?«

»Ja. Der letzte Fundort befand sich in einem besetzten Haus. Einer war in einem leer stehenden Mietshaus, einer in einem mit Brettern vernagelten Haus und ein weiterer in einem Haus, das zwangsversteigert werden sollte.«

»Alles verlassene Heime. Folglich wird es ihm wichtig sein, diese Frauen zu verschleppen: sie in ihrem ehrlichsten Zustand an einem Ort zu hinterlassen, an den sie nicht gehören.«

»Warum sollte er das tun?«

Der Profiler zuckte die Achseln. »Zurzeit bin ich da genauso schlau wie Sie.«

»Und die Kleider?«

»Besitz schafft eine Art Zugehörigkeitsgefühl. Wir füllen unser Zuhause mit persönlichen Dingen an. Er will, dass sie fehl am Platz sind, deshalb nimmt er ihre Kleider mit. Ich glaube nicht, dass er sie behält. Vielleicht wirft er sie weg und sie tauchen irgendwo wieder auf oder vielleicht verbrennt er sie. Was auch immer, es spielt eigentlich keine Rolle. Trotz der Nacktheit sind diese Verbrechen nicht sexuell motiviert. Er wird ihnen die Kleider nicht vom Leib gerissen haben, und dass er DNA oder sonstige Spuren hinterlassen hat, möchte ich ernstlich bezweifeln.«

Cass betrachtete die Fotos noch einmal eingehend. »Ich denke, er bringt sie dazu, sich selber auszuziehen«, sagte er, »und dann müssen sie ihre Kleider in eine Tüte legen. So stelle ich mir die Szene in meinem Kopf vor.«

Der Profiler schaute ihn nachdenklich an. »Genau das sehe ich auch.« Er lächelte. »Aber dafür gibt's keinen Preisnachlass.«

»Ist nicht mein Geld.« Cass erwiderte das Lächeln. »Viel Freude damit.«

»Werde ich haben, das können Sie mir glauben – und vielleicht sollten wir jetzt ins Ivy gehen? Wir müssen schließlich essen.«

Der Profiler gefiel Cass, das konnte man nicht anders sagen, in ihm erkannte er dieselbe Geringschätzung für Autorität wieder, mit der er schon sein ganzes Leben lang kämpfte. »Einigen wir uns auf den Pub? Dann geht das klar«, sagte er und fügte dann noch hinzu: »Aber wenn es nichts Sexuelles ist, was ist dann das Motiv?«

»Ich könnte mir vorstellen, dass er mehr als eines hat, einige bewusst, andere weniger. Er will ein Statement abgeben – oder eine Botschaft schicken. Jedem Opfer ist ›Nichts ist heilig‹ mit Blut aufgemalt worden, aber die Bedeutung erschließt sich mir nicht. Könnte was Religiöses sein, möglicherweise von jemandem, der seinen Glauben verloren hat. Aber heilig kann man auch im Sinne von ›respektiert‹ oder ›geschätzt‹ ohne religiöse Konnotation verwenden. Da er dies auf eine Leiche schreibt, mit Blut, dem Schlüsselelement des Lebens, glaube ich, seinem Empfinden nach fehlt es eher dem Konzept des Lebens an Wert als den Frauen. Möglicherweise hat er sich Frauen nur deshalb ausgesucht, weil sie schwächer sind als Männer.«

»Doch wenn er ein religiöses Statement machen will, dann hat er vielleicht Frauen ausgesucht, weil Eva der Versuchung nicht widerstehen konnte und somit die erste Sünderin war«, ergänzte Cass.

»Könnte schon sein.« Hask sah ihn an. »Sie wirken nicht wie ein religiöser Mann auf mich.«

»Bin ich auch nicht. Aber mein Vater war einer.« Cass machte eine Pause. »Wozu auch immer das gut war.«

»Möchten Sie darüber reden.«

»Eigentlich nicht.« Cass knirschte wieder mit den Zähnen. Eine schlechte Angewohnheit, die er nicht ablegen konnte. Vor seinem inneren Auge konnte er die Flammen sehen, obwohl er meilenweit weg gewesen war, als der Unfall geschah. Manchmal war er ganz sicher, dass er im Schlaf spüren konnte, wie sie gebrannt hatten. »Ich wollte nur sagen, dass sein Glaube am Ende auf eine harte Probe gestellt wurde.«

»Tut mir leid, das zu hören.«

Cass war überrascht, dass er Hask das abnahm. »Nun ja, wie man so schön sagt, *shit happens*.« Er schaute runter auf die Bilder. »Man kann nicht davor weglaufen.«

»Ja.« Hask sprach leiser. »Wir haben schon in diesem Leben so viel Himmel und Hölle, da müssen wir nicht auch noch ständig darüber grübeln, was im nächsten passieren könnte.« Nach einer Weile rieb er sich die Hände und konzentrierte sich wieder auf die anstehende Aufgabe. »Die Todesart ist ebenfalls interessant. In jedem Fall eine peinlich genaue Injektion von Pentobarbital.«

Cass war froh, wieder festen, rauen Boden unter den Füßen zu haben. Das war seine Welt, hier fühlte er sich sicher. »Warum hat er nicht Kokain oder Heroin verwendet oder irgendeine andere Straßendroge? Von dem Zeug gibt es genug, jeden Tag sterben Leute an einer Überdosis. Und das Risiko ist geringer, weil die Herkunft nicht nachverfolgt werden kann.«

»Diese Drogen erfüllen nicht seine Anforderungen. Pentobarbital wird zum Einschläfern von Tieren verwendet – Katzen, Hunde, unsere geliebten Haustiere.« Er lächelte traurig. »Das ist es, was er mit diesen Frauen macht. Er schläfert sie ein, als ob sie Tiere wären. Seiner Wahrnehmung nach ist er viel mächtiger. Vielleicht tun sie ihm leid, vielleicht hat er sie sogar gern, auf eine abstrakte, distanzierte Art. Mit einer anderen Droge würde er nicht dieselbe Botschaft senden und eine andere Droge hätte auch bestimmt nicht diese Wirkung. Eine Überdosis Kokain oder Heroin löst einen plötzlichen, äußerst heftigen Rausch aus, dem kurze Zeit später ein Herzinfarkt folgt, der das Opfer tötet. Diese Droge ist viel klinischer. Er verabreicht ihnen die genaue Menge, die ihre Atmung bis zum Stillstand verlangsamt. Euphorie gibt es hier nicht. Im Grunde bringt er sie dazu einzuschlafen und dann schaltet er sie ab.«

»Bei Ihnen klingt das, als wären sie Maschinen.«

»Genau das sind wir ja alle auf der physischen Ebene. Vielleicht ist das Teil seiner Aussage.«

»Und was ist mit den Fliegeneiern?«

Hask lachte auf, wobei sein ganzes Gesicht wackelte. »Ah, das Beste heben wir uns bis zum Schluss auf. Ich muss sagen, dass die mich überrascht haben. Dieser Mörder ist in einigem etwas widersprüchlich. Er tötet so klinisch und dann setzt er mit den Fliegen und der blutigen Botschaft die grausigen Schnörkel. Faszinierend.«

»Für die Beamten am Tatort weniger, könnte ich mir vorstellen.«

»Stimmt, aber trotzdem faszinierend. Und wieder: Die Eier – und schließlich die Fliegen – könnten den Zyklus des Lebens symbolisieren. Indem er die Fliegen auf der Leiche ablegt, betont er, dass Verfall neuem Leben Nahrung gibt. Der Lebenszyklus einer Fliege ist relativ kurz, damit will er möglicherweise etwas über das Leben der Menschen aussagen. Sie sind hier und im Handumdrehen auch schon wieder weg.«

»Das würde die These stützen, dass er seine Opfer als unbedeutendere Lebensform ansieht.«

»Und was machen wir mit Fliegen, Inspektor? Wir alle, ganz gleich welche moralische Einstellung wir haben mögen?«

Cass zögerte und dachte an Kate im Sommer mit einer aufgerollten Zeitung und einem angewiderten Gesichtsausdruck. »Wir schlagen sie tot«, sagte er schließlich. »Wir töten sie, ohne drüber nachzudenken.«

Hask lächelte. »In seinen Augen sind wir wie Fliegen: unwichtig und leicht zu töten. Diesem Mann ist etwas passiert, und nun erscheinen ihm das Leben, die Menschen und vielleicht sogar die Gesellschaft als wertlos. Vielleicht hat er diese Frauen ausgesucht, weil ihr Leben öde und vertan war. Keine von ihnen hatte in Sachen Bildung oder Karriere besonders viel erreicht. Keine von ihnen hatte Kinder, was wichtig sein könnte. Diese Frauen haben alle versagt, als es galt, ihre sogenannte Bestimmung zu erfüllen, die wichtigste Funktion des weiblichen Körpers, nämlich die nächste Generation auszutragen.«

»Und falls es irgendeine Art religiösen Unterton geben sollte, dann würden der Akt der Eheschließung und der der Fortpflanzung als heilig angesehen werden«, sagte Cass.

»Stimmt. Keine von ihnen war Jungfrau.« Hask griff endlich nach seinem Kaffee. »Obwohl ich nicht glaube, dass er ein moralisches Urteil über sie fällt. Sie sind lebendig, aber sie leben nicht, wenigstens nicht in seinen Augen.«

»Ihr Leben ist eintönig? Aber bei wem ist das nicht so?«, fragte Cass. »Die ganze Welt ist pleite und deprimiert. Es muss noch eine andere Verbindung geben. Warum gerade diese vier Frauen und nicht eine Million anderer Londoner?« Cass sah in die erstarrten Gesichter, die über den Tisch verteilt dalagen. »Er muss sie beobachten. Um ein kleines bisschen über ihr Leben zu erfahren, muss er sie eine Weile beobachten.«

»Würde ich auch sagen. Und es ist Ihr Job, den Link zu finden. Ich kann nichts Offensichtliches erkennen, aber es wird da etwas geben. Ihr Team wird es also finden müssen, hoffentlich bevor noch mehr Frauen – oder Männer – sterben.«

»Es besteht kein Zweifel daran, dass dieser Mann wieder töten wird?« Cass' Bauchgefühl hatte ihm die Antwort bereits gegeben. Und dem Gerichtsmediziner hatte er sie auch schon mitgeteilt.

»Natürlich nicht. Er wird besser. Und sicherer. Er hat gewollt, dass seine letzte Leiche schnell gefunden wird, er ist stolz auf seine Arbeit. Er will Sie«, er breitete die Arme aus, »uns, *die Gesellschaft* beeindrucken.«

»Oh, ich bin beeindruckt«, knurrte Cass. »Wenn ich in den Nachrichten auftrete und ihm das sage, stellt er sich vielleicht.«

»Gott, dieser Kaffee ist wirklich schlecht.« Hask schnaubte in seine Tasse. »Es kann gut sein, dass der Mörder sich eines Tages stellt, aber erst, wenn Sie seine Botschaft verstanden haben.« Er seufzte. »Und so weit sind wir noch lange nicht.«

»Haben Sie irgendwelche Vorstellungen, nach wem wir suchen müssen?«

»Er ist ein stiller Mann. Beherrscht. Jemand mit einem geregelten Job, der aber vielleicht ein paarmal die Stelle gewechselt hat – nicht allzu oft, alle zwei Jahre oder so. Bis jetzt weisen die Indizien darauf hin, dass unser Mörder zwischen dem Glauben an das Physische und das Spirituelle hin- und hergerissen ist, für ihn sind beide nicht zu vereinbaren. Diese Kluft geht wahrscheinlich durch ihn hindurch, was sich wiederum in der Wahl seiner Arbeitsstellen widerspiegeln wird. Vielleicht hat er von einer manuellen Tätigkeit zu einem Bürojob gewechselt. Ich würde sagen, er ist methodisch und vorsichtig. Das sieht man an der Art, wie er die Opfer präsentiert und ihre Kleider mitnimmt.«

Er hielt eine Weile inne, dann führte er die Fingerspitzen zusammen und fuhr fort: »Er ist überdurchschnittlich intelligent. Ich denke, was immer er mit diesen Morden abarbeiten will, hat für ihn eine philosophische Qualität. Er ist kein leidenschaftlicher Mann. Ich glaube kaum, dass er eine Frau hat oder in einer langjährigen Partnerschaft lebt, obwohl ich ihn für älter als fünfunddreißig halte. Sexuelle Macken hat er nicht, vermute ich, aber was Liebe an sich ist, begreift er wohl nicht, seine sexuellen Beziehungen werden daher von kurzer Dauer gewesen sein. Ich könnte mir vorstellen, dass sein äußeres Erscheinungsbild durchaus anziehend ist. Möglicherweise wirkt er sogar charismatisch. Es gibt weder Berichte darüber noch Anzeichen dafür, dass diese Frauen kreischend und um sich tretend zu ihrem letzten Ziel geschleift worden sind. Er wird sie vermutlich überredet haben, freiwillig mitzugehen, vielleicht aus sexuellen Gründen, jedoch nicht zwingend. Wahrscheinlich ist er von durchschnittlicher Größe, eventuell größer und relativ stark. Körperliche Fitness würde gut zu seinen Überlegenheitsgefühlen passen.«

»Klingt ganz nach dem Musterbürger«, bemerkte Cass. »Mal abgesehen vom Ermorden Unschuldiger.«

»So wirkt er vermutlich im täglichen Leben, doch es wird kleine Störungen geben, ein Flimmern unter der Oberfläche. Ein bisschen erinnert das an Harold Shipman. Wissen Sie noch? Wurde verdächtigt, 250 Rentner ermordet zu haben? Das ist jetzt fast zwanzig Jahre her. Er beging 2004 Selbstmord, während er lebenslänglich für fünfzehn Morde einsaß.«

»Ich erinnere mich. Der Arzt, der seinen Patienten Spritzen gab, nicht?«

»Ja, den meine ich. Er wirkte wie ein milder, höflicher, sehr ruhiger Mann, aber unter der Oberfläche war dieses riesige Ego am Werk. Früh in seiner Laufbahn war er wegen einer Medikamentenabhängigkeit in Behandlung gewesen, und es gab Hinweise darauf, dass er später wieder was nahm. Wenn man genau hinguckt, gibt es immer Anzeichen, wenn Dinge nicht in Ordnung sind.«

»Wie wurde er gefasst?«

»Einige Verwandte und ein Bestatter wurden misstrauisch – aber letzten Endes erwischte man ihn, weil er seine Vorgehensweise änderte. Er hatte das Testament eines seiner Opfer gefälscht und sich als Alleinerben eingesetzt.« Hask zuckte die Achseln. »Es gibt Leute, die behaupten, er habe das getan, um erwischt zu werden, aber dem würde ich nicht zustimmen. Ich glaube, er wollte das Geld haben und sich im Ausland zur Ruhe setzen, und sein Ego hat ihn davon überzeugt, dass er damit durchkommen würde.« Sein scharfer Blick begegnete dem von Cass. »Es ist fast immer das Ego, das sie verrät. Diese Selbstgefälligkeit, die mit jedem Leben wächst, das sie nehmen, bringt sie letzten Endes zu Fall. Der Mörder verrät sich durch das, was er tut.«

Cass sah ihn fragend an. »Was tut unser Mörder denn?«

»Er wird schneller, selbstredend. Der Abstand zwischen den Morden verkürzt sich. Die Befriedigung, die es ihm verschafft, diese Frauen sterben zu sehen, hält nicht mehr so lange vor. Auf einer bestimmten Ebene verliert er die Kontrolle, auch wenn ihm das noch nicht bewusst ist, und während er weitermordet, wird er einen Fehler machen. Anders geht es nicht.«

»Aber bis dahin kann ich mit weiteren Leichen rechnen?«

Der Profiler nickte. »Man kann kein Omelett machen, ohne ein paar Eier zu zerschlagen.«

Keiner der Männer lächelte.

5

Cass notierte sich, in welchem Hotel Dr. Hask wohnte, und überließ es einem uniformierten Polizisten, ihm ein Taxi ins West End zu besorgen. Er ging runter zum Ermittlungszentrum und warf Blackmore das Band auf den Tisch. Der junge Sergeant telefonierte, er wollte das Gespräch beenden, aber Cass schüttelte den Kopf. Schließlich hatte er ihm nicht viel zu erzählen.

Eine Hand streifte leicht seine Schulter.

»Wie ist es mit dem Profiler gelaufen?« Ein Hauch Parfum wehte ihn an. Irgendwann im letzten Jahr hatte Claire May die letzten Spuren der Mädchenhaftigkeit abgelegt und war ganz Frau geworden. Stand ihr gut.

Cass zuckte die Achseln. »Die einzige Zeitersparnis ist, dass wir uns die Männerbekanntschaften nicht mehr anschauen müssen. Weder Jade Palmers Sammlung von One-Night-Stands noch Amanda Carlisles Typen entsprechen Hasks Profil.« Mit einer Kopfbewegung wies er auf Blackmores Schreibtisch. »Ist alles auf dem Band. Ihr bekommt eine Abschrift, sobald es abgetippt ist. Macht euch ein Bild.«

»Dann hat er uns also nicht gesagt, dass der Mörder ein einbeiniger Albinozwerg ist?«, fragte sie. »Echt schade. Davon kann es in London nicht so viele geben.« Ihr Gesicht blieb völlig ausdruckslos.

»Leider nicht.« Cass legte seine eigene ernste Miene ab und zwinkerte ihr zu. »Aber das würde uns doch nur den Spaß verderben.«

Als sie lächelte, fiel Cass auf, wie frisch und faltenfrei ihre Haut noch immer war.

»Nun ja, ich bin zwar nicht Dr. Hask, Profiler Extraordinaire, doch ich hab dir was Positives mitzuteilen.«

»Nur zu.«

»Die Laborratten haben was an diesem Umschlag gefunden.«

Cass merkte, dass sein Herz schneller schlug. Diesmal brauchte er kein Kokain, um auf Touren zu kommen, das Jagdfieber schoss ihm ins Blut.

»Es ist ein Fingerabdruck«, fuhr sie fort, »aber freu dich nicht zu früh, er ist ziemlich verschmiert. Sie werden damit tun, was sie können, und die Ergebnisse in den Computer eingeben und versuchen was Passendes zu finden.«

»Das ist doch um einiges besser als gar nichts.« Cass grinste. Er warf einen Blick auf seine Armbanduhr. Nach seinem Gefühl hatte er schon einen Arbeitstag hinter sich, aber es war erst halb elf. Der Tag hatte gerade erst angefangen. »Wann werden wir bei den Jacksons erwartet?«

»Ich hab ihnen gesagt, wir kämen um elf. Die Millers sind auch da.«

»Dann los. Blackmore kann hier die Stellung halten. Unterwegs muss ich mir unbedingt einen anständigen Kaffee holen.«

»Du siehst aus, als könntest du den gebrauchen.«

Obwohl sie das mit einem scherzhaften Lächeln bemerkte, spürte Cass unter seinem Kragen Hitze aufsteigen. Er hatte sein gespenstisches Spiegelbild in der Glasscheibe gesehen und wusste, dass sie recht hatte. Seine Augen wirkten wie dunkle Kiesel auf dem Grund eines trüben Teichs und die Falten auf seiner rauen Haut schienen immer tiefere Furchen zu ziehen. Er riss den Blick von dem schattenhaften Umriss des Mannes los, zu dem er geworden war. Einen Augenblick lang erwog er, in die Toilette abzutauchen und das Koks runterzuspülen, aber Claire lief mit den Autoschlüsseln in der Hand schon ein ganzes Stück vor ihm her. Das musste also warten.

Er folgte ihr ins Treppenhaus, das kleine Gefühl der Erleichterung in der Magengrube versuchte er dabei zu ignorieren.

Vor zehn Tagen waren die Jungs niedergeschossen worden, und mittlerweile hatte die Presse begonnen, sich Freiheiten mit der Wahrheit herauszunehmen. Seit der Jahrhundertwende waren Messerstechereien und Schusswaffenkriminalität stark angestiegen. Immer mehr Teenager kamen sich in der Welt fehl am Platz vor, sie fanden so etwas wie ein Zugehörigkeitsgefühl in den Banden, die über die von Armut geplagten Wohnsiedlungen herrschten – Siedlungen wie die, in der Carla Rae tags zuvor gestorben war. Schwarzen Jugendlichen, die in den Siedlungen aufgewachsen waren, blieb kaum eine andere Wahl, als sich einer der Banden anzuschließen, die wenigen, die nicht mitmachen wollten, blieben in der Regel nicht lange standhaft. Die Banden waren so was wie Ausbildungsstätten für künftige Kriminelle geworden und sie waren dabei hocheffizient. Die Jungs, die ihre Kindheit überlebten, stiegen in die Firmen auf, wo Hautfarbe keine Rolle mehr spielte. Sie waren Teil einer neuen Rasse geworden, mit besseren Fähigkeiten und härteren Herzen. Unterschiede zwischen Rasse und Hautfarbe fielen nicht ins Gewicht, es ging nur noch um *uns* und *die*, wobei mit *die* die normale Gesellschaft gemeint war. Diese Kriminellen neuen Stils hatten die Straßen Londons übernommen und Cass hasste sie. Sie hatten nichts von der Ehre der alten Gangster wie Artie Mullins. Artie war ein Bastard, ohne Zweifel, und er hatte üble Dinge getan, um seinen Platz an der Spitze zu behaupten, doch normale Bürger hatte er nie mit hineingezogen.

Als Justin Jackson und John Miller gestorben waren, hatten die Medien sie als Beispiel dafür hochgehalten, wie die Dinge sein könnten: Zwei Kinder, die trotz verschiedener Hautfarbe Freundschaft geschlossen hatten. Der Unterschied war, dass Justin Jackson nicht in einer tristen Siedlung aus Sozialwohnungen lebte. Wenn etwas die Freundschaft zwischen Jackson und Miller gestärkt hatte, dachte Cass, als er seinem Sergeant in das elegante Wohnzimmer der Jacksons folgte, dann war das wahrscheinlich die Tatsache, dass sie in einer Welt, in der alle den Gürtel enger schnallen mussten, immer noch ein schönes Leben hatten. Aber davon war in der Presse nicht die Rede gewesen. Vielleicht dachte man, Menschen hätten weniger Mitgefühl mit reichen als mit armen Kindern.

Cass kapierte nicht, warum es nicht tragisch genug war, dass zwei Kinder zufällig niedergeschossen wurden. Was brauchten die Leser denn noch, um wirklich etwas zu fühlen?

»Bitte nehmen Sie Platz.« Clara Jacksons gepflegte Ausdrucksweise stoppte Cass' innere Tirade. Er ging auf eines der beiden großen cremefarbenen Sofas zu, die sich mit einem gläsernen Couchtisch dazwischen gegenüberstanden. Der sah aus, als wäre er nie von so etwas Gewöhnlichem wie einer Kaffeetasse beschmutzt worden. Mrs Jackson ging wieder zu ihrem Platz neben Eleanor Miller, als Cass sich ihr gegenüber hingesetzt hatte. Ihm kam es so vor, als wären die beiden Frauen, die an der Art Schönheit festhielten, die man anscheinend für Geld kaufen konnte, um etliches weniger geworden, seit er ihnen das erste Mal begegnet war. Die ersten Falten, die sie offenbar bis zum Verschwinden gehätschelt und massiert hatten, waren wieder aufgetaucht und hatten sich unter den Augen festgebissen. Ihre Kleider waren noch immer teuer, doch es sah nicht mehr so aus, als ob jedes Stück sorgfältig ausgewählt worden war, eher, als ob sie einfach übergezogen hatten, was gerade zur Hand gewesen war. Beide Gesichter waren ungeschminkt, die blondierten Strähnchen und die Frisuren saßen allerdings immer noch perfekt, auch wenn ihnen nach der schnellen Wäsche unter der Dusche nicht viel Aufmerksamkeit gewidmet worden war. Es war eben die Art Schnitt, die richtig Geld kostete.

Aber Clara Jackson und Eleanor Miller waren mit der harschen Realität konfrontiert worden. Beide mussten sich der furchtbaren Aufgabe stellen, ihr Leben im Angesicht des Todes weiterzuleben.

Sobald Clara Platz genommen hatte, fanden sich die Hände der beiden Frauen wie von selbst, dünne, verkrampfte Finger suchten Halt. Die Zeitungen hätten ein Bild von diesen Händen bringen sollen, dachte Cass. Vielleicht hätten sie dann sehen können, dass Übertreibungen manchmal gar nicht notwendig waren. Schweigend saßen die beiden Frauen da, ihr Schmerz füllte den Raum.

»Haben Sie uns etwas zu berichten?« Paul Miller stand hinter seiner Frau. Er war achtunddreißig, aber in den letzten zehn Tagen war er um Jahre gealtert. Während sich die Frauen aneinanderklammerten, ihren Schmerz ganz fest in den gepflegten Händen hielten, standen die Männer steif nebeneinander und es trennten sie Welten. Mit dem Anflug eines schmerzlichen Lächelns wechselten Clara und Eleanor flüchtig einen Blick. Paul Miller und Isaac Jackson richteten die toten Augen nur auf Cass. Der Abstand zwischen ihnen war wie ein Ozean, kalt und unendlich tief. Was mochte wohl passieren, wenn sie sich berührten, überlegte Cass. Würde ihr schrecklich kontrollierter Schmerz endlich frei fließen können?

Sie taten Cass leid. Trotz ihrer üppigen Gehälter waren sie mit einer anderen Welt kollidiert. Von Leuten, die ihnen nie begegnen würden, war eine Wahl getroffen worden, und sie mussten einen Sinn darin finden, sonst war der Tod ihrer Kinder wirklich nichts anderes als das Resultat der schlechten Entscheidungen anderer. Diese Männer hier waren es gewohnt, Entscheidungen zu treffen und das Sagen zu haben, und die Tatsache, dass sich dieses zufällige Ereignis ihrer Kontrolle völlig entzog, musste Paul Miller und Isaac Jackson förmlich zerreißen. Sie konnten es Pech oder Schicksal nennen, doch das würde ihren Schmerz nicht lindern. Allzu bald würde ihnen das klar werden.

»Es hat eine Entwicklung gegeben«, sagte er. In Gegenwart von Damen bemühte er sich um eine gepflegte Ausdrucksweise. »Wir haben einen Film von der Erschießung zugeschickt bekommen.« Eleanor Miller zuckte etwas zusammen, als wäre schon das Wort ein Schuss.

»Einen Film?« Isaac Jones bekam ganz große Augen. Sein Gesicht war grau. Wie Paul Miller hatte auch ihn der Glanz des Erfolgs verlassen. »Jemand hat das gefilmt? Aber warum …?« Zum ersten Mal schauten die Männer sich an, aber nur für einen ganz kurzen Moment.

»Das können wir noch nicht genau sagen. Aber er wird uns hoffentlich neue Hinweise geben.«

»Neue Hinweise?« Eleanor Miller lachte höhnisch auf. »Sie haben überhaupt keine Hinweise.« Tränen stiegen ihr in die geröteten Augen und ihre Handknöchel wurden weiß, als sie Clara Jacksons Hand drückte. Welch ein Widerspruch, diese beiden – im Schmerz vereint und doch völlig allein. Es hatte nicht den Anschein, dass ihre Männer ihnen viel Trost spendeten. Cass dachte an John Miller, der noch auf den Körper seines am Boden liegenden Freundes fixiert war, als die Kugeln ihn durchbohrten, und dann an Carla Rae, tot in der verdreckten Wohnung. Am Ende war jeder allein.

»Ich verstehe Ihren Schmerz und Ihre Frustration, Mrs

Miller.« Sorgfältig wählte er seine Worte. So etwas wie ihren Schmerz hatte er nie erlebt und er wollte sie nicht beleidigen, indem er das behauptete. »Aber Sie müssen mir schon glauben, dass ich die Scheißkerle, die es getan haben, wirklich kriegen will.« Hinter ihm klingelte ein Handy und Claire ging auf den Flur hinaus, um den Anruf entgegenzunehmen.

Die Spannung im Raum drohte ihn zu überwältigen. »Und ich wollte sie nur wissen lassen, dass wir jetzt mit mehr Informationen weitermachen können.« Er beobachtete ihre Augen. An die Stelle der Wut trat eine zerbrechliche, schreckliche Hoffnung. »Sie sollten die Ersten sein, die das erfahren.«

Beide Frauen nickten, langsam und vorsichtig, als ob ihre Hälse davon abbrechen könnten.

»Aber ich kann Ihnen nicht mehr darüber sagen«, fuhr er fort. Jetzt redete er langsam wie mit einem Kind. »Es ist wichtig, dass die Informationen vertraulich bleiben. Doch ich verspreche Ihnen, ich werde alles tun, was ich kann, um herauszufinden, wer für die Ermordung Ihrer Jungs verantwortlich ist.« Er konnte ihnen nicht sagen, dass es minimale Informationen waren, das Nummernschild eines Taxis war noch das Beste, dann ein unvollständiger Fingerabdruck und ein paar Minuten körnigen Bildmaterials. Doch endlich hatten sie überhaupt Hinweise, und nur das zählte.

»Cass.« Claire stand in der Tür. Sie nagte an ihrer Unterlippe und sah sehr jung aus.

»Cass, wir müssen jetzt gehen.«

Cass runzelte die Stirn. Sie hatte ihn noch nie beim Vornamen genannt, nicht vor anderen Leuten. Er registrierte ihre leicht geröteten Wangen und den eindringlichen Blick, mit dem sie ihn ansah. Sein Magen krampfte sich zusammen.

»Was ist passiert?« Er hatte gar nicht bemerkt, dass er schon auf den Beinen war. Einen kurzen Moment lang sah er seinen Vater, schreiend in den lodernden Flammen, dann war das Bild weg. Ein Gefühl der Übelkeit in der Magengrube blieb.

»Wir müssen gehen. Kate wartet zu Hause auf dich.« Sie konnte ihn nicht ansehen, aber ihre eigenen Augen röteten sich, so wie die von Eleanor Miller Sekunden zuvor.

Ein Rauschen in Cass' Ohren blendete alle anderen Geräusche aus. Er stand jetzt in der Tür und musterte die cremefarbenen Wände genau. Er konnte die Farbe fast riechen. Hinter Claire hing ein Bild schief. Es sah teuer aus. Schade, dass niemand sich die Mühe machen wollte, es gerade zu rücken, dachte Cass. Sein Herz schlug schneller. Die Millers und die Jacksons beobachteten ihn von ihren Plätzen aus, eingeschlossen in ihre eigene Blase aus Schmerz.

»Sag mir einfach, was passiert ist.« Seine Stimme war leise und jedes Haar an seinem Körper vibrierte. Irgendetwas in dieser Welt hatte sich unwiderruflich verändert, war nicht mehr zu retten.

»Es ist Christian«, sagte sie nach einer langen Pause. »Er ist tot. Und seine Frau. Und sein Sohn.« Sie hielt inne. »Man geht von erweitertem Suizid aus. Es tut mir so leid.«

Und dann brach die Welt zusammen.

Auf dem Heimweg sah Cass die Welt draußen zu deutlich, jedes Bild war zu hell, hatte zu viel Farbe. Seine Füße bewegten sich bleischwer durch das Haus, während Claire noch entschuldigend Abschiedsfloskeln plapperte. Es klang, als wären sie beide unter Wasser. Die cremefarbenen Wände waren zu sauber und er zuckte vor ihnen zurück. Lilien in einer Vase auf dem Tisch neben der Tür gähnten ihn an, ihre offenen Mäuler hatten etwas Heimtückisches. Ein Stapel Briefe lag unter einer riesigen Muschel neben der Vase, weiße Umschläge auf dem roten Mahagonitisch, und er hatte das Gefühl, an Blut zu ersticken.

»Wie?«, fragte er schließlich. Sie fuhren durch die Straßen der Londoner Innenstadt, in denen es von Tausenden kleinen Leben wimmelte, die alle ihren täglichen Verrichtungen nachgingen, als ob es nie einen *letzten* Tag geben würde.

»Cass, ich kann nicht … Warte, bis du zu Hause bist.«

»Ich bin kein verdammtes Kind, Claire«, brüllte er. »Sag's mir, verdammt noch mal!«

»Ich kenne die Details nicht«, sagte sie schließlich. »Blackmore hat nur gesagt, dass es eine Schusswaffe war.«

»Was?«

»Ein Gewehr.«

»Das kann nicht sein.« Cass starrte kopfschüttelnd durch die Windschutzscheibe. Galle stieg ihm in die Kehle und er schluckte. Irgendwo über ihm wurde die Ampel grün, doch das sah er nicht wirklich. Unter der Taubheit verrenkte sich sein Hirn und versuchte zu begreifen. Aber das war doch alles falsch! Dass Christian tot war, war falsch, dass Jessica und Luke tot waren, war falsch. Und dass Christian sie getötet hatte? Mit einem Gewehr? Das konnte er nicht in seinen Kopf kriegen. Er versuchte sich seinen kleinen Bruder vorzustellen, den schüchternen, schlauen jüngsten Sohn, wie er Patronen in ein Waffenmagazin steckte und dann ruhig Frau und Kind das Lebenslicht ausblies. Das wirkte auf ihn wie ein ganz schlechter Film. Die Rolle war fehlbesetzt. Das war nicht Christian.

»Wo zum Teufel soll Christian ein Gewehr herhaben? Christian hat keinen Schimmer, was man mit einem Gewehr macht. Er weiß nicht, wie man es lädt, und erst recht nicht, wie man damit schießt.« Heftig schüttelte er den Kopf. »Das stimmt nicht. Christian könnte so etwas nicht tun.«

Ich könnte es, hätte er fast hinzugefügt. Ich könnte es, aber Christian nicht.

Claire sagte nichts, und obwohl die erste Welle seines Schmerzes über ihm zusammenschlug, verstand Cass, warum. Sie wollte ihn nicht auf das Offensichtliche hinweisen. In der Welt, in der sie lebten, konnte jeder an eine Waffe kommen, der das Geld dazu hatte – und viel war das nicht, nicht mehr. Jeder kannte jemanden, der auf der einen oder der anderen Seite des Gesetzes arbeitete – oder in der Grauzone dazwischen. Christian mochte naiv gewesen sein, aber er hätte durchaus in einen der hundert Pubs gehen und sich eine Waffe besorgen können, mehr als zweihundert Pfund hätte ihn das nicht gekostet. Auch wenn er selbst keinerlei Verbindungen hatte, hätte er nur ein paar Wochen ruhig in derselben Kneipe sitzen und trinken müssen, damit man sein Gesicht kannte, bevor er jemanden ansprach. Alles war möglich … alles, nur nicht die Vorstellung, dass Christian seine Familie tötete. Sich selbst vielleicht. Aber seine Familie niemals.

Das Auto näherte sich Muswell Hill. Es war Cass' üblicher Weg nach Hause, doch die Bäume am Straßenrand zeichneten sich seltsam gegen den Himmel ab. Die Autos wirkten zu breit. Alles war um ein kleines Stück verrückt.

»Er hat versucht mit mir zu sprechen.« Er redete gegen das Fenster, das Glas beschlug. Claire konnte er nicht ansehen. »Er hat tagelang bei mir angerufen. Bei der Arbeit und zu Hause.« Er machte eine Pause. »Ich hab nicht mit ihm gesprochen. Noch gestern Abend hab ich gesagt, ich wäre dann zu Hause, dabei wusste ich, dass ich nicht da sein würde.«

»Wir hatten viel zu tun.« Claire hielt vor seinem Haus. »Es ist nicht deine Schuld.«

Cass machte keine Anstalten auszusteigen. »Nicht?« Er zündete sich eine Zigarette an, der Rauch brannte in seinem trockenen Mund. »Irgendetwas beschäftigte ihn. Ich hab nicht zugehört.«

»Hat er gesagt, worum es ging?«

»Nein.« Cass ging das kurze Gespräch vom Vorabend noch einmal im Kopf durch. »Nichts, das einen Sinn ergeben hätte. Ich hab ihm das Wort abgeschnitten.«

Der Schmerz würgte ihn, und einen schrecklichen Moment lang dachte er, er würde zusammenbrechen und zu weinen anfangen wie ein Kind, hier in Claires Auto, Claire, deren Herz er mal auf stille Art gebrochen hatte. Und seine Frau saß wahrscheinlich im Wohnzimmer und weinte allein für sich. Nichts änderte sich. Er schluckte die aufwallenden Gefühle runter. Christian war tot. Er hörte die Worte im Kopf, sie wollten sich immer noch nicht einprägen.

Eine warme Hand lag auf seinem Knie. »Du hättest es nicht wissen können, Cass. Diese Dinge …« Sie zuckte die Achseln. »So was ist nicht vorhersehbar. Man weiß doch nicht, wann jemand ausrastet.«

»Christian war nicht der Typ zum Ausrasten.« Er zog an der Zigarette und errichtete eine Barriere aus Rauch zwischen ihnen.

Sie ignorierte es.

»Cass«, sagte sie leise, »das ist nicht deine Schuld. Du kannst dir doch nicht für alles die Schuld geben, nur weil du vor zehn Jahren einen schwierigen Anruf zu machen hattest. Solltest du dir das nicht langsam vergeben?«

»Das ist jetzt wirklich nicht der richtige Zeitpunkt, Claire.«

Cass schaute sie nicht an, schließlich gab sie sich geschlagen und seufzte. »Soll ich mit reinkommen?«

Er lachte trocken. »Lieber nicht. Kate hat keine Ahnung, was während unserer Trennung passiert ist, aber du weißt ja, wie Frauen sind. Ich glaub, sie weiß Bescheid. Und ich hab heute auch so schon genug.«

Die Hand rutschte von seinem Bein, nur ein Echo ihrer Wärme blieb zurück. »Na ja, wenn du mich brauchst, ruf einfach an.«

»Wir sehen uns morgen früh. Ich bin gegen halb acht da.«

»Du ...«

»Was soll ich denn sonst machen? Rumsitzen, mir alte Fotos angucken und weinen?«

»Genau das machen die meisten Menschen, Cass, ja. So was macht man, wenn man jemanden verloren hat.«

Cass drückte die Tür auf und warf die Kippe in den Rinnstein. Vom Zigarettenrauch wurde ihm nur noch schlechter. Wenn er nur lange genug hier saß, würden Flammen an seinen Füßen züngeln und keiner von ihnen würde je wieder rauskommen. Dieses schreckliche Gefühl wurde er nicht los.

Er lächelte sie beklommen an. »Du hast wahrscheinlich recht, Claire. Ich weiß. Aber ich würde verrückt werden.« Er seufzte. »Ich kann diese Fälle auch nicht schleifen lassen. Das schulden wir diesen Jungs und diesen armen toten Frauen. Die Zeit hält nicht an, damit ich mit meinem eigenen Scheiß klarkomme.«

»Dann hole ich dich morgen früh ab.«

Er runzelte die Stirn.

»Dein Auto steht noch immer in Paddington Green, erinnerst du dich?« Sie lächelte. »Wenn du es dir anders überlegst und doch nicht kommen willst, gib mir Bescheid. Auch wenn ich schon unterwegs bin, klar?«

»Danke.« Er stieg aus. »Aber ich überleg es mir nicht anders.«

»Das kann ich mir auch nicht vorstellen.«

Dieser Ausdruck von Mitleid in Claires Gesicht, der wahrscheinlich auch nicht viel anders war als der, mit dem er Clara Jackson und Eleanor Miller keine vierzig Minuten vorher angesehen hatte, reichte aus. Er schlug die Autotür zu und ging davon. Cass wusste, dass er bestimmt kein Mitleid verdient hatte. Christian, Luke und Jessica verdienten Mitleid. Eine Sekunde lang fühlte er sich umzingelt von toten Kindern, die alle anklagend auf ihn zeigten. Sich selbst vergeben? Wie zum Teufel sollte er das je fertigbringen? Hinter ihm wartete Claire noch, der Motor des Autos lief, aber er drehte sich nicht um. Als er die Treppe erreichte, fuhr sie los und er ließ die Schultern hängen.

Die Last war zu schwer.

Kate saß auf dem Sofa. Sie wiegte sich vor und zurück, ihre blasse Haut war ganz fleckig von Tränen. Sergeant Blackmore stand am Kamin neben einem Mann, den Cass nicht kannte. Sie nickten Cass verlegen zu und er erwiderte die Geste. Kate schaute nicht auf, zog aber das Kissen, das sie umklammerte, fester an ihre Brust. Ihm war der Gedanke unangenehm, dass sie wahrscheinlich mehr Trost aus einem unbelebten Gegenstand zog, als er ihr geben konnte. Vielleicht wurde es Zeit, dass er aufhörte dagegen anzukämpfen. Er enttäuschte Menschen. So war er.

»Dann ist es also wahr?«

»Blackmore nickte. »Tut mir leid, Sir.«

»Nicht nötig. Sie haben sie ja nicht erschossen.« Aus dem Augenwinkel sah er, wie Kate zusammenzuckte. Seine Schroffheit hatte sie nie leiden können, aber er wusste nicht, wie er sonst mit Schmerz umgehen sollte.

Der unbekannte Mann, stämmige Statur, in den Fünfzigern, trat vor. »Detective Inspector Jones, ich bin DI Ramsey. Vom Knast in Chelsea.«

Ein amerikanischer Akzent und eine etwas merkwürdige Formulierung. »Nicht von Haus aus, nehme ich an.«

»Nein. Zu Hause bin ich eigentlich in Erie, Pennsylvania, aber dort bin ich schon vor zwanzig Jahren weg. Jetzt würde ich da nichts mehr wiedererkennen – und mich erkennen die da ganz bestimmt nicht wieder.«

»Waren Sie am Tatort?«

Ramsey nickte. »Ja. Ich bin von der Mordkommission, wie Sie. Der Einsatzwagen hat uns gerufen. Sie wissen ja, wie das läuft. Ich war so gegen zwei heute Morgen da.«

»Wie wurden sie aufgefunden?« Cass war seine eigene Stimme fremd. Sprach er hier wirklich von seinem kleinen Bruder und dessen Familie? Die Welt flimmerte, sein Atem setzte aus und er wurde kurz vom Schock ergriffen. Einen Augenblick lang stand Ramsey in einer Art Glanz da, wie in Herbstsonne gehüllt, die aus seinen Augenwinkeln schien. Cass blinzelte – und es war weg.

»Ihr Neffe wurde in seinem Bett erschossen. Er war sofort tot. Er kann nichts mitbekommen haben.«

»Und Jessica?«

»Die Schüsse müssen sie geweckt haben. Sie wurde im Durchgang zum Schlafzimmer gefunden. Er hat ihr einmal in die Brust geschossen, aus kürzester Entfernung. Sie muss ebenfalls sofort tot gewesen sein.« Ramsey sprach mit ruhiger Stimme. »Es sieht so aus, als ob ihr Bruder dann nach unten gegangen wäre. Er hat sich im Wohnzimmer erschossen.«

»So etwas würde Christian niemals tun.«

Ramsey zuckte mit den Schultern und Blackmore sah auf seine Schuhe.

Cass spürte, wie seine Frustration wuchs. »Ich weiß, es ist die normale Reaktion eines Angehörigen, so etwas nicht zu glauben. Das weiß ich, verdammt noch mal.« Er schluckte heftig und senkte die Stimme. »Ich will damit nur sagen, dass Christian *wirklich* nicht der Typ für so etwas war.«

»Ihre Frau hat gesagt, er habe seit ein paar Tagen versucht Sie zu erreichen? Stimmt das?«

»Ja. Aber gestern habe ich kurz mit ihm gesprochen. Er klang nicht selbstmordgefährdet.«

»Er war aufgewühlt.« Mit monotoner Stimme schaltete Kate sich ein. Ein lautes, verschleimtes Schniefen folgte. »Als er gestern Abend hier angerufen hat, klang er nicht gut.«

»Ich dachte, du hättest gesagt, er habe sich ganz okay angehört?« Cass starrte seine Frau an. Die Schärfe in seiner Stimme war ihm bewusst, aber er konnte sie nicht unterdrücken. Kate sah ihm in die Augen, und zum ersten Mal nach all dem, was sie in ihrer Ehe durchgemacht hatten, sah er dort brennenden Hass. Er erschrak.

»Ich hab gesagt, was du hören wolltest.« Ein verkniffenes Lächeln zuckte über ihre Lippen und mehr Tränen liefen ihr aus den geröteten Augen. »Du hättest ihn sowieso nicht angerufen. Das tust du nie.«

Die Wahrheit tat weh. Obwohl er sie aus einem Reflex heraus abstreiten wollte, verbiss er sich die Worte. Das war ein sinnloser Streit. Sie hatte recht. Wahrscheinlich hätte es keinen Unterschied gemacht, wenn sie es ihm gesagt hätte. Er sah Ramsey wieder an. »Ja, irgendwas hat ihn beschäftigt.«

Der Kollege musterte ihn nachdenklich. »Ich habe das Gefühl, da steckt mehr dahinter.«

Cass schüttelte den Kopf ein wenig. »Nur, wie er sich angehört hat … Er wollte mit mir reden. Damit will ich sagen, er wollte unbedingt reden.« Er schaute Kate an.

»Und meine Frau hat recht, ich hab mich nicht besonders bemüht, in Verbindung mit ihm zu bleiben. Seit unsere Eltern gestorben sind, hab ich die Beziehung schleifen lassen. Wir sind beide erwachsen, haben Jobs, die viel Zeit beanspruchen. Als Luke krank wurde, haben wir häufiger geredet, aber auch da nicht oft. Doch in den letzten paar Tagen hat er häufig angerufen, er wollte sich mit mir austauschen. Da war etwas, was er mir erzählen wollte. Es ergibt einfach keinen Sinn, dass er so was getan haben sollte, ohne erst mit mir zu sprechen.« Mit einem Mal war die Erschöpfung bis in seine Schultern vorgedrungen und er spürte, wie er nach unten gezogen wurde. »Es fühlt sich nicht richtig an.«

»Selbstmord findet man ja oft nicht so besonders sinnvoll, Boss«, sagte Blackmore.

Cass funkelte ihn an und war erfreut zu sehen, dass Ramsey ihm auch einen scharfen Blick zuwarf. Blackmore wich ein wenig an die Wand zurück.

»Ich kann nachvollziehen, wie Sie darauf kommen«, sagte Ramsey und trat vor, »aber Sie müssen schon mir die Untersuchungen überlassen. Wir werden sehen, was sich ergibt. Und obwohl wir den Fall als Mitnahmeselbstmord behandeln, ohne externe Verdächtige, handelt es sich um zwei Morde, die Vorgehensweise ist also die übliche. Mark Farmer ist der Gerichtsmediziner in dem Fall, und Sie wissen, dass er der beste ist. Sollte es am Tatort Hinweise auf Fremdeinwirkung geben, dann können Sie sich drauf verlassen, dass die Jungs im Labor sie finden.« Er machte eine Pause. »Das ist alles, was ich Ihnen sagen kann.«

Cass nickte. Wieder stieg ihm Galle in die Kehle und brannte auf dem weichen Gewebe, das noch von dem in der Nacht zuvor konsumierten Kokain wund war. All das war so surreal, wie ein schlechter Trip. Er hatte den Rest nicht weggeworfen, und jetzt erwischte er sich bei dem

Gedanken, dass vielleicht eine kleine Line – nur eine ganz kleine – die Welt ein wenig besser machen könnte. Gegen den Schmerz würde es nicht helfen, aber der riesige Tumor aus Schuld, der in ihm wuchs, würde nicht mehr so drücken. Er drängte den Gedanken beiseite.

»Danke«, sagte er. »Sie geben mir Bescheid, wenn ich die nötigen Dinge in Angriff nehmen kann?« Dinge wie: Särge, Blumen, kalte Gräber. Keins dieser Worte konnte er in seinem Kopf mit Christian in Einklang bringen.

»Mach ich.«

»Wenn Sie mich brauchen, ich bin eigentlich immer auf dem Handy zu erreichen. Zurzeit hab ich zwei schwere Fälle in Arbeit, das ist also die beste Art, mich zu erwischen.«

Sein Kollege wirkte nicht erstaunt, er versuchte auch nicht, Cass zu überreden zu Hause zu bleiben, und dafür mochte Cass ihn. Ramsey ging voran auf den Flur. Nachdem Cass sich verabschiedet und Blackmore gesagt hatte, er werde am nächsten Morgen zur Arbeit kommen, schloss er die Tür. Das Haus fühlte sich an wie ein Grab.

Jetzt war Kates Schluchzen im Wohnzimmer zu hören. Es ging ihr sehr zu Herzen, dachte er und erwog, sich zu ihr zu setzen, vielleicht seinen Arm um sie zu legen – stattdessen rannte er ins untere Bad und übergab sich geräuschvoll.

Danach saß er mit dem Kopf gegen die kühlen Fliesen gelehnt da, bis die Hitze ihn verlassen hatte und er zu zittern anfing. Das fühlte sich erstaunlich gut an. Schließlich schaute Kate zur Tür herein und reichte ihm ein Glas Wasser.

»Bist du okay?« Linkische Worte. Ihre Stimme war von Rotz und Tränen erstickt, sie klang nicht wie sie selbst. Sie blieb in der Tür stehen, auf der anderen Seite der Schwelle.

»Glaubst du, dass Christian es getan hat?«, fragte er.

Seine Kehle war trocken. Er trank das Wasser aus, bezwang seinen Magen, der es sofort wieder loswerden wollte. Ihre Frage beantwortete er nicht. Angesichts der Lage und der Tatsache, dass er an die Toilettenwand gekauert dasaß, hätte er gedacht, die Antwort wäre klar.

Schließlich zuckte Kate die Achseln. »Ich weiß nicht.« Sie behielt das Handwaschbecken im Blick, ihn wollte sie offenbar nicht ansehen. Gedankenverloren pulte sie an der Nagelhaut ihrer Finger.

»Was meinst du damit, *du weißt nicht*?«

Sie nagte an ihrer Unterlippe, und Cass meinte sehen zu können, wie das Wasser in ihren Augen für einen Moment zu Eis wurde. »Es hat eine Zeit gegeben, in der ich dachte, *du* könntest so was nicht tun.«

Cass zuckte zurück, seine Haut wurde noch kälter. »Wie kannst du das, was ich getan habe, mit so etwas gleichsetzen? Himmel, Kate.«

Endlich sah sie ihm in die Augen. »Ich kann es, weil du das tust. Deshalb redest du nicht drüber.« Wieder rollten Tränen, in dicken Tropfen liefen sie ihr am Kinn herunter. »Ich weiß nicht, ob Christian es getan hat oder nicht. Aber glaube ich, dass er es tun könnte? Natürlich. Ich denke, wir sind alle zu schrecklichen Dingen fähig, unter Druck oder in Situationen, die sich unserer Kontrolle entziehen. Und manchmal sind wir nicht schuld daran.« Der Atem stockte ihr in der Brust. »Nur du allein hast gedacht, dass es für dich keine Erlösung gibt, Cass, niemand sonst. Und sieh dir an, wo du nun bist. Schau dich um. Es ist alles zu Scheiße geworden.«

Ein Wort stach aus dem ätzenden Rest heraus: Erlösung. *Es geht um Erlösung. Das ist der Schlüssel.* Das war es, was Christian zu ihm gesagt hatte, bevor Cass aufgelegt hatte.

War es das gewesen, worüber Christian mit ihm hatte reden wollen? Dass er sich selbst vergeben sollte? Selbst wenn Jessica ihm von ihrer lange zurückliegenden Affäre erzählt hatte, warum sollte er Cass vergeben und sie dann erschießen? Und wenn es um irgendetwas anderes ging, warum sollte es gerade jetzt so wichtig für Christian sein? Bei dem, worüber er mit Cass reden wollte, musste es um mehr gehen. Vielleicht hatte Christian etwas getan und suchte nun nach Erlösung für ihn selbst … aber durch Selbstmord? Es musste mehr dahinterstecken. Langsam schlug er den Kopf gegen die kalten Fliesen. Oder vielleicht wollte er ja auch nur, dass mehr dahintersteckte. Dann könnte er weiterhin denken, es wäre gar kein Wahnsinnsgen gewesen, das seinen Bruder über den Rand getrieben hatte – ohne dass er es gemerkt hatte.

»Hörst du mir überhaupt zu?« Ihre Stimme war wieder kalt, alle Gefühle ausgewaschen.

»Hier geht es nicht um mich.«

»Nein.« Sie lächelte, aber ohne jede Wärme. »Nein, das tut es nicht. Du drehst es nur so hin.«

»Was zum Teufel soll das nun wieder heißen?«

»Finde es selbst heraus.«

Cass stellte das Glas behutsam auf dem Boden ab, fest entschlossen, es nicht zu werfen. »Mein Bruder ist eben gestorben, Kate. Warum streiten wir uns?«

Lange starrten sie sich über den Abgrund hinweg an, der sie voneinander trennte.

»Weil es das Einzige ist, was wir noch können.« Sie kauerte sich neben ihn. Auch aus der Nähe, sogar unter grellem Licht und mit verschwollenem, verschmiertem Gesicht, war sie immer noch schön. »Abgesehen von einer Sache.« Ihre Finger fuhren sanft durch sein Haar und ihre Hitze wollte ihn umfangen. »Tut mir leid. Es tut mir so leid.« Ihre

Stimme war kaum mehr als ein Flüstern. »Komm mit nach oben, Cass. Bitte.«

Sie küsste ihn auf den Kopf, bevor sie aufstand und wegging. Nach einer Weile folgte Cass ihr. Er brauchte Wärme – und das bisschen Liebe, das sie noch für ihn hatte, war alles, was ihm geblieben war.

Dieses Mal jedoch wurden sie beide vor der Befangenheit hinterher gerettet, denn sein Handy klingelte leise. Eine Weile starrte Cass an die Decke, dann setzte er sich auf und nahm den Anruf an. Er wusste, wer dran sein würde. Ramsey. Und er wusste, was er wollte. Einer musste es tun und Cass war der Einzige, der noch übrig war. Er hörte zu und murmelte ein leises »Ja«, ehe er nach seinen abgestreiften Kleidern griff. Das Auto würde ihn in zwanzig Minuten abholen.

Im Leichenschauhaus war es kalt, Claire zitterte sogar draußen auf dem Flur. Sie hätte nicht dabei sein müssen. Sie hätte schon auf dem Heimweg sein können oder mit Mat im Pub oder noch auf der Wache, aber auf gar keinen Fall wollte sie Cass Jones das hier allein erledigen lassen. Mat hatte nicht verstanden, warum Cass die Prozedur überhaupt über sich ergehen lassen wollte, Fotos hätten es doch getan. Doch Mat, dachte sie und schlang gegen die Kälte ihre Arme um den schlanken Körper, würde niemals sehen, wie tief dieses stille Wasser Cass eigentlich war. Selbstverständlich hatte er die Leichen selbst identifizieren wollen. Anders konnte er ihnen zu diesem Zeitpunkt noch keine Ehre erweisen. Sie hörte Schritte auf dem Korridor und schaute auf.

»Sir«, sie nickte Ramsey zu.

»Was machst du hier, Claire?«, sagte Cass. »Je weniger Leichen du in deinem Leben siehst, desto besser für deine Seele und deinen Schlaf, das kannst du mir glauben.«

»Das ist was anderes.«

»Nein, ist es nicht. Für dich nicht.«

»Ich würde mir einen Freund an meiner Seite wünschen«, sagte sie leise. »Ich würde dich bei mir haben wollen.«

Inspector Ramsey war vorgegangen und darüber war sie froh. Ihre Beziehung mit Cass war zwar schon lange vorüber und verarbeitet, aber man musste nicht besonders clever sein, um zu sehen, wie stark ihre Gefühle für ihn noch immer waren, das wusste sie. Gelegentlich konnte sie sich selbst etwas vormachen, doch nicht jemandem, der ein einigermaßen gutes Auge für solche Dinge hatte.

»Sind Sie so weit?« Ramsey schaute sich nach ihnen um, mit einer Hand drückte er schon die Tür auf. »Lassen Sie uns das schnell erledigen.«

Claire folgte den beiden Männern in den Raum. Ihr Mund wurde trocken, als sie zu Cass aufschloss. Sie hatte so etwas schon gemacht, es war auch nicht die Gegenwart des Todes, die sie verstörte, es waren diese besonderen Todesfälle, die ihr den Magen umdrehten. Cass' Familie. Ein Bruder, von dem er kaum gesprochen hatte, eine Ehefrau und ein Kind.

»Du weißt ja, wie das geht, Jones.« Dr. Farmer legte die Hand auf den Griff der ersten Metallschublade. »Es tut mir leid.«

»Mach schon«, knurrte Cass.

Claire konnte er nichts vormachen. Sie sah das Zucken in seinem Kiefer, als er die Zähne zusammenbiss. Das hatte sie früher schon gesehen – in der Hitze ganz anderer Gefühle.

Die Schublade ging auf. Claire stand hinter Cass, doch auch von dort konnte sie sehen, dass die kleine Gestalt darin herzzerreißend viel Platz hatte. Dr. Farmer zog das Laken vom Gesicht des Jungen.

»Ist das Ihr Neffe Luke Jones?«, fragte Inspector Ramsey.

Das Kind lag absolut reglos auf dem Metall, das blonde Haar war ihm aus dem Gesicht gekämmt worden. Claire überlegte, wie er es wohl zur Schule getragen haben mochte. In seinem Alter fing man an, das Haar zu gelen, sich Zacken zu kämmen oder zumindest langsam irgendeinen Stil zu entwickeln. Seine Haut war blass und glatt und seine Augen waren geschlossen. Ihr Herz krampfte sich zusammen. Das war der dritte tote Junge, den sie in diesem Monat sah, und alle waren sie von Kugeln zerfetzt worden. Irgendwo unter dem Laken verbargen sich die gesäuberten Überreste des Torsos dieses Jungen.

»Ja. Cass wandte den Blick nicht vom Gesicht des Jungen ab. Obwohl sie ihn kannte – oder zu kennen glaubte –, fragte Claire sich doch, wie er so beherrscht bleiben konnte. Sie beobachtete ihn, als Dr. Farmer die Schublade wieder schloss und die zweite öffnete. Ein weiterer blonder Kopf wurde enthüllt, Augen geschlossen, Mund geschlossen. Die Ruhe nach dem Sturm. Claire versuchte sich die Frau lebendig vorzustellen, wie sie das Kind rief vielleicht, das jetzt so still in der Dunkelheit auf der anderen Seite der Metallwand lag. Wieder zitterte sie, dieses Mal nicht wegen der Kälte, sondern wegen der Geschwindigkeit, mit der der Tod kommen konnte. Jessica Jones war ins Bett gegangen und hatte fest damit gerechnet, am Morgen wieder aufzustehen, ihrem Sohn etwas zu essen zu machen, ihn zur Schule zu schicken und einen ganz normalen Tag in London zu verbringen. Stattdessen war ein Schuss auf sie abgefeuert worden und weg – sie war nicht mehr da. Einen Augenblick lang sah Claire sich mit ihrer eigenen Sterblichkeit konfrontiert, Zeit und Ort waren unbekannt, aber dennoch irgendwie präsent, sie warteten nur auf ihre Ankunft.

»Das ist meine Schwägerin, Jessica Jones.« Cass' Worte kamen hart, aber schnell. Eine seiner Hände war zur Faust geballt. Claire wollte die Finger lösen, seine Hand nehmen, zu ihrem eigenen Trost ebenso sehr wie zu seinem. Vielleicht hatte er recht gehabt. Vielleicht sollte man den Tod meiden, wenn es irgend möglich war. Das hier war nicht das Gleiche, wie die Leichen der Jungs im Fall Jackson und Miller anzuschauen oder die anderen toten Menschen, mit denen sie während ihrer Dienstzeit zu tun gehabt hatte. Das hier war etwas ganz anderes. Es waren persönliche Todesfälle, Teile von Cass Jones' Leben waren jetzt weg, für immer.

»Bei Christian ziehst du eine Identifizierung nach Foto eventuell vor«, sagte Dr. Farmer. »Ich hab getan, was ich konnte, aber die Umstände …«

»Kann man das Gesicht erkennen?«, fragte Cass. »Wenn ja, dann mach endlich die Scheißschublade auf.«

Der Gerichtsmediziner neigte den Kopf, es war beinahe ein Nicken. Er hielt Cass für verrückt, Claire konnte das sehen, und nun, wo sie hier standen, tat sie das auch. Warum musste er sich diesen Schmerz auch noch antun? Sicher war es besser, wenn er seinen Bruder heil in Erinnerung behielt. Es war beinahe so, als ob er sein eigenes Leiden noch steigern wollte.

Die Schublade ging auf und es herrschte Schweigen. Claire warf nur einen kurzen Blick hinein. Diese Art von Tod kannte sie schon, Opfer von Autounfällen und Selbstmörder. Trotz Dr. Farmers Bemühungen, Christians Gesicht wieder an seinen Platz zu bringen, saß es nicht so ganz richtig auf den verbliebenen Schädelknochen. Das Gewehr hatte den oberen Teil des Kopfes zerstört und den Hinterkopf vermutlich komplett zerfetzt. Jemand, entweder der Gerichtsmediziner oder sein Assistent, hatte ein gefaltetes Laken unter den zertrümmerten Schädel gelegt, damit er –

jedenfalls annähernd – in der Position lag, in der er liegen sollte. Für Christians Haut war nur wenig Halt vorhanden, und auch nach Anwendung sämtlicher handwerklicher Tricks, deren Dr. Farmer sich bedient hatte, war klar, dass dies nur ein groteskes Abbild des lebendigen Mannes war.

Inspektor Ramsey wandte sich ab. Nicht vom Anblick der Leiche, das wusste Claire, sondern von dem Mann, der daneben stand. Ob Cass sich überhaupt klarmachen konnte, wie schrecklich sein Gesichtsausdruck war? Claire hatte erwartet, Schmerz zu sehen, aber was sie sah, war etwas anderes, ein ganzer Wirbelwind von Gefühlen tobte in seinen braunen Augen und geballten Fäusten. Er sah aus wie von bösen Geistern verfolgt. Zu viele Dämonen schienen um ihn zu kämpfen.

»Das ist Christian.«

Sobald er das gesagt hatte, drehte Cass sich um und verließ den Raum. Inspektor Ramsey wollte ihm folgen, doch Claire griff nach seinem Arm. »Lassen Sie ihn gehen, Sir.«

Ramsey starrte sie an und hätte seinen Arm beinahe weggezogen, tat es jedoch nicht. Auch er musste den Ausdruck auf Cass' Gesicht wahrgenommen haben. »Sie haben vielleicht recht.«

»Ich kenne ihn. Er braucht nur ein wenig Zeit allein.«

Seite an Seite gingen sie den Korridor entlang. Sie schwiegen, keiner von ihnen war an Small Talk interessiert. Cass war schnell und wütend gegangen, er war längst weg, als Claire hinaus in die Abendluft trat. Plötzlich war ihr Herz so schwer. Trotz dem, was sie eben zu Ramsey gesagt hatte, war sie sich gar nicht so sicher, dass sie Cass überhaupt kannte.

Es regnete. Cass bezahlte den Taxifahrer und stieg im schicken Teil von Notting Hill aus, eine Straße von Christians

Haus entfernt. Es war nach Mitternacht und abgesehen vom rhythmischen Prasseln des Regens waren die Straßen ruhig. Er war im Pub gewesen und danach kurz zu Hause. Mit Erleichterung hatte er gesehen, dass Kate schlief, sie hatte sich verausgabt. Streit und Sex durchzogen ihre Ehe wie ein roter Faden. Jetzt hatten sie eine Kampfpause eingelegt – vor dem nächsten Streit. In dieser Phase schlichen sie umeinander herum wie Fremde und fragten sich beide, was am anderen es eigentlich war, was derart negative Leidenschaft hervorbringen konnte. Das hier war nicht gut, aber wenigstens hatte sie aufgehört zu weinen. Das hatte sie hinreichend getan, für sie beide.

Regen schlug ihm ins Gesicht, als er von der Hauptstraße abbog und auf das Haus zuging, in dem Christian und Jessica die letzten zehn Jahre verbracht hatten. Sogar als er noch viel jünger gewesen war, war Christian schon extrem zuverlässig gewesen. Sein ganzes Leben lang hatte er hart gearbeitet. Er hatte sich mit Zahlen für Leute herumgeschlagen, die sich nicht selbst darum kümmern wollten, weil sie so viel damit zu tun hatten, ihr Leben wirklich zu leben und das Geld auszugeben, das sie verdient hatten.

Als es 2010 zur Gründung Der Bank gekommen war, dem einzigen Unternehmen, das eine Chance gehabt hatte, die Welt vom Rande der Katastrophe zurückzuholen, war Christian von Headhuntern engagiert worden – und bereits wenig später war er aufgeblüht. Auf die Beförderung folgten ein Bonus und eine weitere Beförderung. Er hatte sicher dreimal soviel verdient wie Cass, vielleicht sogar noch mehr, aber Jessica und er hatten niemals umziehen wollen. Hier hatten sie Luke bekommen. Es war ihr Zuhause.

Jetzt sah es nicht mehr aus wie ein Zuhause. Es war dunkel und kalt und ein dickes gelbes Band versperrte den Zutritt. Die Leichen waren abtransportiert und die meisten der in Plastik gehüllten Polizisten waren abgezogen. Ein Stück entfernt stand ein Lieferwagen mit laufendem Motor, vermutlich irgendein armes Schwein – entweder ein Freischaffender oder ein Neuer –, das erkunden sollte, ob sich im Laufe der Nacht noch etwas tat, dachte Cass. Sah aber so aus, als ob der größte Teil der Presse meinte, alles, was möglich war, von diesem Tatort mitgenommen zu haben. Sie hatten längst damit angefangen, über das Monster herzufallen, das Frau und Kind so brutal ermordet hatte. Mit der noch nicht abgeschlossenen Geschichte über Jackson und Miller, dem Mord an einer weiteren jungen Frau und diesem Verbrechen hatten die Redakteure der Skandalblätter mehr Stoff als sonst in einer Stadt, in der es immer häufiger gewaltsame Todesfälle gab. Zweifellos würden sie sich frohlockend die dreckigen Pfoten reiben.

Ein uniformierter Beamter stand vor dem Absperrband, seine gelbe Warnjacke leuchtete auch im Regen noch weithin sichtbar. Auf der hinteren Seite des Hauses würde noch einer stehen und vielleicht saßen zwei weitere in einem Wagen in der Nähe. Das Team hatte fast vierundzwanzig Stunden im Haus verbracht, mit dem Tatort waren sie inzwischen also ziemlich fertig, aber es herrschte kein Mangel an Irren und Perversen, die liebend gern da reinwollten, ehe das Blut getrocknet war. Die Wachen würden bleiben, bis das Reinigungsteam die Wände und Teppiche wieder in einen annähernd normalen Zustand versetzt hatte.

Cass überquerte die Straße an der Ecke und hielt sich im Dunkeln. Aus mehreren Häusern ringsum fiel Licht. Normalerweise kamen diese Leute nicht mit dem Verbrechen in der Stadt in Berührung. Die Wirtschaftskrise mochte ihre Kinder zwar aus den Privatschulen und Edelkindergärten gedrängt haben, die es früher in diesen Straßen zuhauf gegeben hatte, aber die Anwohner waren noch nicht von den sozialen Folgen des weltweiten Niedergangs betroffen. Sie wussten vielleicht von Nachbarn und sogar Freunden, die wegziehen mussten und ihr Haus billig verkauft hatten, wenn sie konnten, oder in die Zwangsvollstreckung gegangen waren, wenn sie zu lange gewartet hatten. Ob die guten Bürger von Notting Hill davon wohl geschockt gewesen waren? Oder hatten einige von ihnen still hinter den Gardinen hervorgelugt, als der Lieferwagen des Gerichtsvollziehers das letzte Hab und Gut von jemand anderem abtransportierte? Hatten sie sich dabei gefragt, wie in aller Welt es zu dieser Tragödie hatte kommen können und warum sie nur die Zeichen nicht erkannt hatten?

Cass zog seine Dienstmarke aus der hinteren Hosentasche. Er dachte darüber nach, wie wenig er eigentlich über das Leben seines Bruders wusste – nicht nur über die täglichen Abläufe, auch über seine Freunde, seine Träume und seine Ziele … Alles nur Leerstellen in Cass' Erinnerung. Er unterdrückte sein Schuldgefühl, aber es belastete ihn. Es würde ihn nicht überraschen, wenn er diese Situation geschaffen hätte. Er hätte nur nicht erwartet, dass Christian etwas daran geändert hätte. Nicht auf diese Weise.

Der Polizist konnte Cass nicht in die Augen sehen, und er überlegte, ob er ihn vielleicht aus der Kantine kannte oder irgendwelchen Papierkram mit ihm abgewickelt hatte. Möglich war es. Schweigend gingen sie vom Tor über den Plattenweg bis zur Haustür, wo Cass unter dem Absperrband hindurchschlüpfte.

»Danke.«

Der Polizist nickte. Er sah sehr jung aus. »Gleich hinter der Tür ist eine Schachtel mit Handschuhen. Würden Sie bitte welche anziehen …«

Cass nickte.

»Die Spurensicherung ist hier fertig. Der Fall ist ja, na

ja …« Er verhaspelte sich. »Ich glaube nicht, dass sie nach jemandem fahnden. Aber am besten ist man vorsichtig.«

»Ich brauche nicht lange.« Er drückte die kaputte Tür auf und trat ein.

Es war kalt, das war das Erste, was ihm auffiel. Die Luft drinnen roch jetzt schon feucht. Als das Team am Tatort eingetroffen war, hatte man natürlich sofort die Heizung abgestellt. Den größten Teil des Tages hatte die Haustür wahrscheinlich offen gestanden, während Leute rein- und rausliefen, die Leichen abtransportierten, fotografierten und Proben nahmen. Das Märzwetter hatte nicht lange gebraucht, um menschliche Gerüche restlos zu vertreiben und diese eisige Leere an ihre Stelle zu setzen.

Er schaltete das Licht ein. Unten an der Treppe standen schmuddelige Turnschuhe neben blank polierten Halbschuhen – schwarz, zum Schnüren –, die aussahen, als wären sie in Eile ausgezogen worden. Sie waren alle klein: Lukes Schuhe. Ein Messer stach ihm ins Herz, er musste sich zum Weitergehen zwingen. Er musste sehen. Die Treppe führte hoch ins Schwarz. Cass machte das Licht hier nicht an. Christian hätte es nicht getan. Das Licht hätte Jessica und Luke wecken können und das wäre heikel gewesen. Als Cass die Treppe hochstieg, stellte er sich vor, wie schwer die Waffe in der Hand seines Bruders gewesen war, geladen und schussbereit. Hatte Christian Ersatzpatronen in die Tasche gesteckt für den Fall, dass es ihm nicht gelang, seine Familie unmittelbar zu töten? Sein Mund wurde trocken, als die Dunkelheit des Treppenabsatzes ihn umfing. Ob es bei seinem Bruder wohl genauso gewesen war? Und rutschte die Waffe in seinen verschwitzten Händen?

Lukes Zimmer lag am Ende des Flurs. Dahin würde er zuerst gehen, genau wie Christian. Die Dielen knarrten bei jedem Schritt. Vor ihm stand die Tür weit offen, das Licht war ausgeschaltet. Cass sah das Bild anders. Die Tür hätte einen Spaltweit offen gestanden und man hätte ein kleines Nachtlicht glimmen sehen. Wahrscheinlich hatte Christian das ausgereicht, um ordentlich zielen zu können. Ob er wohl dafür gesorgt hatte, dass Luke es gestern Abend brennen ließ? Damit er keine Fehler machte? *Wann hatte Christian schießen gelernt*?

Cass erreichte die Tür und machte zwei Schritte in den Raum. Noch im Dunkeln stach der schwarze Fleck auf dem Bett hervor. Er versuchte sich vorzustellen, wie Christian über seinem achtjährigen schlafenden, kranken Sohn stand und ihn mit einem Schuss durchbohrte. Sein Atem ging schneller. Er konnte die Fußballposter an der Wand nicht ansehen und die Schulhefte auf dem kleinen Schreibtisch, in die nie mehr etwas geschrieben werden würde. Luke war tot. Von seinem Vater getötet. Es war wahr.

Er drehte sich um und stolperte fast, hielt sich an der Tür fest und rechnete beinahe damit, dass Lukes kleine, blutige Hände ihn zurückzogen, sich zwischen die drängten, die bereits an ihm zerrten …

Nichts. Im Flur atmete er dreimal tief durch. Er wollte wegrennen. Er wollte bleiben. Die widerstreitenden Zwänge trugen ihren Kampf still aus, während er an der Wand lehnte. Irgendwo unten tickte laut eine Uhr. Er konzentrierte sich auf das Geräusch, bis er sein Gleichgewicht wiedererlangt hatte. Dann stieg er die beiden Stufen zum nächsten Absatz hoch, wo das Schlafzimmer lag.

Es war stockfinster, das Licht von unten drang nicht bis hierherauf, aber das wäre gestern Nacht nicht so gewesen, als Christian hier hochgekommen war. Jessica war beim ersten Schuss aufgewacht. Sie hätte sofort die Nachttischlampe eingeschaltet. Cass drückte auf den Schalter neben ihm, machte Licht in dem kurzen Flur und schaute in das offene

Schlafzimmer. Er konnte Jessica beinahe auf der Bettkante sitzen sehen, ihre Augen wurden ganz groß, als sie begriff, dass sie nicht nur von dem Geräusch geträumt hatte. Vielleicht hatte ihr mütterlicher Instinkt ihr gesagt, dass etwas ganz Furchtbares geschehen war. Vielleicht hatte sie nach Christian gerufen, als sie endlich die Beine bewegen und losrennen konnte, um nach ihrem Kind zu sehen. Sie war in der Tür gestorben. Ihr Blut war in den cremefarbenen Teppich gesickert, jeweils etwa einen Fußbreit vor und hinter der Schwelle. Christian musste sie von der ersten Treppenstufe aus erschossen haben, sonst hätte der Druck sie nach hinten geschleudert. Was war ihr wohl durch den Kopf gegangen in diesen letzten Momenten zwischen dem Erblicken der Waffe und dem Eindringen des Geschosses in ihre Brust? Hatte sie den Wahnsinn in den Augen ihres Mannes gesehen? Hatte sie sich gefragt, ob er nach all diesen Jahren vielleicht irgendwie Bescheid wusste? Oder war da nichts als blinde Angst gewesen?

Ein halb vergessener Geruch nach Hafershampoo kam ihm in den Sinn und er erinnerte sich daran, wie er seine Hände in dieses dicke blonde Haar gewühlt und sein Gesicht in den sauberen Geruch gepresst hatte. Er erinnerte sich, wie sie sich dafür gehasst hatte und dann ihn gehasst hatte. Die Scheuerleisten waren blutverschmiert, vielleicht hatte sie versucht am Leben festzuhalten und sich daran festgeklammert. Er hoffte, dass sie nicht mit einem Hass auf sich selbst gestorben war. Das hatte sie nicht verdient.

Er machte das Licht aus und ging nach unten. In dem großen, offenen Wohn-/Essraum gab es hier und da mal eine Stufe, damit es nicht eintönig wurde. Die abgeschliffenen alten Dielen glänzten und auf den beiden großen Sofas war noch zu sehen, wo die Familie seines Bruders gestern Abend vor dem Flachbildfernseher gesessen hatte. Die

Fernsehzeitung lag aufgeschlagen auf dem Couchtisch, neben dem Ring, den ein Becher auf der Platte hinterlassen hatte. Der war vermutlich eingetütet, beschriftet und mitgenommen worden. War das Christians letzte Tasse Kaffee gewesen? Hatte er hier gesessen und ihn getrunken, ehe er nach oben gegangen war?

Cass ging weiter in den Essbereich. Er schluckte, plötzlich schoss ihm die Hitze durch die Adern. Ein Stuhl war unter dem Tisch herausgezogen worden, dahinter war die Wand mit Blut bespritzt. Da klebte mehr als Blut, auch wenn sein verschwimmender Blick das nicht erkennen wollte. Splitter vom Schädel und graue Klümpchen vom Hirn seines Bruders würden dort auch an Farbe und Putz haften. Das Messer in seinem Herzen bohrte sich bis zum Anschlag hinein und riss es in Stücke. Hier war sein kleiner Bruder gestorben. Er hatte seine Familie ermordet und dann war er nach unten gegangen, hatte sich sorgfältig das Gewehr unters Kinn geklemmt und den Abzug gedrückt.

Wasser rieselte Cass übers Kinn, und als er es wegwischte, war er erstaunt, dass es salzig schmeckte. Es war kein Regenwasser, das ihm aus den Haaren tropfte, es waren Tränen. Er biss die Zähne zusammen, versuchte seinen Schmerz im Zaum zu halten, denn er musste *sehen*. Um den Stuhl herum war mehr Blut, aber das hatte nichts von der wütenden Energie des an die Wand gespritzten. Dieses Blut war langsam hinabgetropft wie seine Tränen, minutenlang, bis die Nachbarn die Polizei gerufen hatten und Außenstehende ins Haus eingedrungen waren. Er konnte sich seinen kleinen Bruder hier nicht vorstellen. Warum hatte er sich nicht oben erschossen, wo er bei Jessica oder Luke liegen konnte? Was mochte ihn nur dazu getrieben haben, es hier zu machen – auf diese Art? *Hör mal, wir müssen wirklich reden, Cass. Mir ist es ernst.* Cass erinnerte sich, wie ungeduldig er auf Christians Worte reagiert hatte. Er hatte ihn abgeschüttelt wie einen lästigen Welpen. Sein kleiner Bruder hatte ihn gebraucht – und wieder einmal war Cass nicht für ihn da gewesen. Die Gefühle drückten wie Felsen auf seine Brust und schnitten ihm die Luft ab. Der Stuhl geriet aus dem Fokus, als Schmerz, Wut und Schuld in ihm tobten. Cass ließ den Kopf hängen und die Tränen fließen. Tiefes Schluchzen schüttelte seinen Körper, seine Schultern zitterten und – ohne auf das Blut zu achten – er fiel auf die Knie, als ob er beten wollte. Für eine Weile verschwand die Welt um ihn herum.

Als Cass schließlich wieder zu sich kam, waren seine Beine taub und er fühlte sich ausgeweint. Gerade wollte er aufstehen, da drang das Geräusch von Schritten auf dem Holzfußboden durch seinen Schmerz hindurch und riss ihn zurück ins Hier und Jetzt. Die Schritte stoppten hinter ihm. Er schnaubte kräftig und wischte sich mit dem Handrücken quer übers Gesicht wie ein Kind. Das hatte ihm gerade noch gefehlt: von einem Streifenpolizisten, der eben die Polizeischule verlassen hatte, auf dem Fußboden zusammengerollt gefunden zu werden, während er sich die Augen ausheulte. Bis morgen früh hätte die Geschichte die Runde gemacht. Er fand es furchtbar, dass ihm das etwas ausmachte, aber das tat es. Der Ruf war alles. Das hatte er auf die harte Tour gelernt.

»Ich hab gesagt, ich bin gleich wieder raus.«

Die Gestalt hinter ihm blieb stumm. Cass runzelte die Stirn und hob den Kopf. Seine Augen wurden groß. Unter dem Stuhl vor ihm, dem herausgezogenen, auf dem Christian gestorben war, sah er ein blankes Paar Schnürschuhe unter dem Saum einer dunklen Hose. Frisches Blut tropfte daneben. Er beobachtete, wie ein großer dunkelroter Tropfen fiel und auf dem Holz zerplatzte. Ein winziger Partikel landete auf dem polierten teuren Leder des linken Schuhs. *Christians Schuhe.*

Cass stockte der Atem, er rutschte zurück und blinzelte. Die Füße waren weg. Auf den Knien fuhr er herum, er wollte den Eindringling hinter sich ansehen, aber der Raum war leer. Er bemühte sich, nicht in Panik zu geraten, und zwang sich aufzustehen. Seine Glieder waren steif und schmerzten. Er drehte sich in alle Richtungen und hielt nach dem Bastard Ausschau, der so dumm war, Spiele mit ihm zu spielen – in einem Augenblick wie diesem.

Er zitterte. Das Haus war leer. Auf dem Esszimmerstuhl saß kein sterbender Bruder. Er lachte auf, es klang fast wie ein Husten und ein Schluchzen. Natürlich war da niemand. Christian lag auf einer Bahre im Leichenschauhaus – tot, unwiderruflich.

Seine Schuhe und die schwarzen Anzughosen wurden irgendwo in einem Schließfach der Spurensicherung verwahrt, bis der Fall formell abgeschlossen war, danach würden die Sachen in der Verbrennungsanlage vernichtet werden. Es war nur eine Sinnestäuschung gewesen. Mehr nicht. Zu viel Kokain, zu wenig Schlaf und zu viel Tod, das war zu viel für ihn gewesen.

Er war unsicher auf den Beinen und griff nach dem Stuhl vor Christians Schreibtisch. Der war ordentlich in den Alkoven unter der Treppe eingebaut worden, damit er bei der Arbeit am Familienleben teilnehmen konnte. Am Leben der Familie, die er eines Tages im Schlaf ermorden würde.

Cass ließ sich auf den Stuhl fallen und stöhnte leise. Scheiß Drogen. Heute Abend hatte er nichts genommen, obwohl die Versuchung nahezu überwältigend gewesen war, doch offenbar hatte ihm das, was immer an Rückständen von der vorangehenden Nacht noch in seinem Blut war, zu einem kleinen Bonustrip verholfen. Es fühlte sich an, als ob seine Augenwinkel in Flammen standen. Mit der Hand fuhr er sich durch das dicke Haar, dann rieb er sich das Gesicht. Er fror.

Sein Herzschlag normalisierte sich einigermaßen und schließlich konnte er wieder zurück zu dem Esszimmerstuhl gehen. Er war leer. Natürlich war er das. Was Cass eben gesehen hatte, war Einbildung gewesen. Ein Moment des Wahnsinns, nichts weiter. Nichts Reales. Abgesehen davon, warum sollte Christian um Mitternacht immer noch seine Bürokleidung tragen? Er kam nach Hause und zog sich um, so wie jeder andere Büroangestellte in der Stadt. Zwei Uniformen: gestiefelt und beanzugt zur Arbeit, fesch geknitterte Chinohosen und Polohemden von Ralph Lauren zum Spielen.

Er schaute sich den Schreibtisch an und runzelte wieder die Stirn. Christian war wirklich pingelig, wahrscheinlich verstand er sich deshalb so gut auf Zahlen. Doch was machte die Laptoptasche auf dem Tisch mit dem schmalen State-of-the-art-Computer darauf, zugeklappt? Er legte den Kopf schräg. So wie es aussah, hatte Christian anfangen wollen zu arbeiten oder er war dabei gewesen, das Ding wegzupacken – keins der beiden Szenarien ergab einen Sinn. Er hätte den Computer nicht rausgeholt, um vor seinem Selbstmord einen Abschiedsbrief zu schreiben, solche Briefe wurden meistens handschriftlich verfasst.

Cass hob das Gerät vorsichtig hoch und warf einen Blick in die Tasche. Das Kabel lag noch drinnen, in einer der Halterungen. Die seltsame Vision geriet vorübergehend in Vergessenheit, nun schaute er wieder auf den Ring, den der Becher auf dem Tisch hinterlassen hatte, und auf die hingeworfene Zeitschrift. Auch das ergab keinen Sinn.

Christian hätte aufgeräumt. Das lag in seiner Natur. Selbst vor so etwas Schrecklichem wie dieser Tat hätte er vorher aufgeräumt. Er hätte das Bedürfnis nach Ordnung gehabt. Cass nagte an seiner Unterlippe. Irgendwas stimmte hier nicht. Er konnte es spüren. Instinktiv schob er den Laptop vorsichtig in seine Hülle und steckte sich das dünne Paket unter die Jacke. Die Arme verschränkte er vor der Brust, so hielt er es fest. Wenn er gebeugt ging und verstört genug aussah, konnte er damit durchkommen.

Zum Glück regnete es nun noch stärker. In dem Guss musste der Polizist die Augen zusammenkneifen, um ihn überhaupt zu sehen, als er ihm dankend zunickte. Der war mit Sicherheit das letzte Mal ohne Schirm draußen auf Nachtschicht, dachte Cass auf dem Weg zur Hauptstraße, wo er hoffte, ein Taxi zu ergattern. So war das mit der Polizeiarbeit, man konnte nur auf die harte Tour was lernen.

Kate schlief immer noch, als er ins Schlafzimmer kam. Sie atmete in langen, erschöpften Seufzern und zuckte unruhig, die Laken hatten sich um ihre Beine gewickelt. Cass beobachtete sie eine Weile, dann schloss er die Tür leise und ging nach unten. Nach kurzem Nachdenken schob er die schwarze Hülle in den schmalen Spalt zwischen Wand und der Befestigung des Fernsehgeräts. Das würde halten. Und jetzt musste das reichen. Er war sich nicht wirklich sicher, warum er den Laptop mitgenommen hatte. Er glaubte nicht mal, dass er seinem Bruder gehörte, wahrscheinlich war er Eigentum Der Bank – aber letzten Endes galt das ja auch für so ziemlich alles andere auf der Welt. Das Gerät mitzunehmen hatte sich einfach richtig angefühlt. Hätte er nicht geglaubt, diese Füße zu sehen, hätte er ihn wahrscheinlich gar nicht bemerkt. Vielleicht wollte sein Unterbewusstsein ihm irgendwas mitteilen – oder vielleicht, dachte er auf dem Weg zur Küche, wollte er unterbewusst nur etwas Persönliches von seinem Bruder haben. Und er kannte Christian gut genug, um zu wissen, dass sein Laptop vermutlich der persönlichste Gegenstand im ganzen Haus war.

Nachdem er sich ein Bier aus dem Kühlschrank geholt hatte, rief er in Chelsea auf der Wache an, dann die Handynummer, die der wachhabende Beamte ihm gab. Es klingelte mehrmals, dann meldete sich eine verschlafene Stimme: »Ramsey!«

»Hier Jones.«

Pause, Ramsey kam langsam zu sich. Decken raschelten, dann sagte er. »Wissen Sie, wie spät es ist?« Er stöhnte und beantwortete seine Frage selbst. »Mein Gott, halb drei.«

»Sorry. Ich wollte Ihnen nur eine Frage zu meinem Bruder stellen.«

»Dann los.«

»Was hatte er an, als er gefunden wurde?«

»Warum wollen Sie das wissen?« Obwohl Ramsey ziemlich verschlafen war, klang er neugierig.

»Ich muss das einfach wissen. Mein Kopf braucht das.« Das war das Beste, was ihm dazu einfiel, und es war die Wahrheit – in gewisser Weise.

Ramsey seufzte. »Okay. Er trug ein hellblaues Oberhemd und schwarze Armanihosen. Das Jackett hatte er nicht an und die Krawatte war gelockert.«

»Und seine Schuhe?« Cass klammerte sich an Telefon und Bierflasche fest.

»Halbschuhe. Schwarze, polierte Schnürschuhe.«

Cass konnte nicht sprechen. Wieder ging ein Ruck durch die Welt.

»Kann ich jetzt weiterschlafen?«

»Ja, tut mir leid«, murmelte Cass und klappte sein Telefon schon zu. »Danke.«

Lange Zeit saß er ganz still da und starrte ins Leere, dann trank er sein Bier aus und ging hoch ins Gästezimmer. Er musste früh aufstehen und Kate sollte ausschlafen können. Das hatte sie verdient.

Die Laken rochen frisch, nach Waschpulver, und fühlten sich tröstlich anonym unter ihm an. Das hatte etwas Beruhigendes. Er schloss die müden Augen. Aus dem anderen Zimmer hörte er ein verängstigtes Wimmern von seiner Frau. Was mochte sie wohl im Schlaf plagen? Als kalte Hände ihn dann schließlich in die Dunkelheit zogen, träumte er von Schuhen, die keine blutigen Spuren hinterließen.

6

Claire rief ihn viermal an, ehe er endlich aufwachte. Desorientiert, die Umgebung war ihm nicht vertraut, wusste er einen Moment lang nicht, wo er eigentlich war: in seinem eigenen Bett oder immer noch auf dem Fußboden im Haus seines toten Bruders. Er schwang die Beine über die Bettkante und gähnte. Dann warf er einen Blick auf seine Uhr. Es war acht, und das erstaunte ihn. Er hatte Claire um viertel nach sieben hier erwartet. Typisch für sie, dass sie beschlossen hatte, ihn ausschlafen zu lassen. Er reckte sich. Wahrscheinlich war das auch ganz gut so gewesen, musste er zugeben. Er hatte nur ein paar Stunden Schlaf bekommen, aber die waren tief gewesen. Zum ersten Mal seit Gott weiß wie langer Zeit fühlte er sich erfrischt und hellwach, trotz des hohlen Schmerzes in jedem Knochen und jeder Faser seines Körpers.

Er wickelte sich in das Laken und ließ Claire rein. Während sie Kaffee und Toast machte, duschte er. Bevor er seine Hose anzog, zögerte er und starrte den dunklen Stoff an, denn er erinnerte sich an diesen seltsamen Augenblick in Christians Haus. Diese Erfahrung hatte ihn irgendwie beunruhigt, und im hellen Morgenlicht kam es ihm lächerlich vor, dass er geglaubt hatte, im Haus etwas Übernatürliches gesehen oder gehört zu haben. Seinen Anruf bei Ramsey bereute er auch, er war einfach überspannt gewesen.

Er griff nach seiner Jacke und lief die Treppe wieder runter. Es steckte nicht mehr dahinter. Christian hatte etwas Schreckliches getan und nun waren sie alle tot. Und er konnte nichts tun, nur noch mehr Schuld auf sich laden, als er ohnehin schon mit sich rumschleppte. Er hätte mit seinem Bruder reden sollen, doch er hatte es nicht getan.

So war es. Er musste damit leben. Er hatte gelernt, mit Schlimmerem zu leben.

Auf der zweiten Treppenstufe von unten zog er seine Schuhe an, schwarze Schnürschuhe, allerdings weder teuer noch blank poliert und erst recht nicht handgearbeitet wie Christians Halbschuhe, nur abgewetzte Massenware. Er spürte eine Leere um sich herum. Nun war keiner mehr da, alle seine Blutsverwandten waren tot: seine Eltern und jetzt auch Christian und Luke. Vielleicht war er immer der Außenseiter gewesen oder vielleicht hatte er sich auch nur dazu gemacht, schwer zu sagen. Sein Herz tat weh, als ihm aufging, dass es nun keine Hoffnung auf eine Umkehr gab – selbst wenn er gewusst hätte, wie.

Claire schob ihm einen Becher und einen Teller rüber, während sie ein Gespräch auf ihrem Handy beendete. Er nahm den Kaffee, ließ den Toast aber liegen. Sie schaute ihn an, stellte die Frage jedoch nicht laut. Sie verstanden einander zu gut dafür.

»Auf dem Weg zur Arbeit hat das Labor angerufen.« Sie sah ihn an, Aufregung und Mitleid schienen miteinander zu ringen.

»Und?«

»Sie konnten diesen Fingerabdruck zuordnen. Er gehört einem Adam Bradley. Ein zweiundzwanzigjähriger aktenkundiger Junkie, vier Vorstrafen wegen kleinerer Diebstahlsdelikte.«

»Na, so was.«

»Und mehr noch. Du wirst begeistert sein.«

Cass sah sie über seinen Becher hinweg an. Man konnte so einiges über Claire sagen, aber vorschnell aufzuregen war sie nicht. Unbehagen und Kummer fielen von ihm ab, sie verschwanden nicht, verzogen sich lediglich in die Ecken seines Bewusstseins, wo sie warteten, bis sie ihn in einem stillen Moment wieder erwischen konnten. Claire hatte ihm etwas Gutes zu berichten. Sein Herz klopfte heftig. »Nun mach schon.«

»Sie haben es mehrmals überprüft, nur um sicherzugehen. Adam Bradley steht auch auf der langen Liste von Leuten, deren DNAs in der Wohnung gefunden wurden, in der Carla Rae starb.«

»Was?« Kaffee schwappte über den Rand, denn fast hätte Cass den Becher fallen lassen.

»Eine der leeren Spritzen war seine. Mat – Sergeant Blackmore – hat einen Wagen genommen und ihn abgeholt. Er ist im selben Block gemeldet, zwei Stockwerke unter dem Tatort.« Sie hielt ihr Handy hoch. »Das eben war Mat. Bradley hat fest geschlafen, als sie kamen. Kein Widerstand. Sie bringen ihn gerade zur Wache.«

Cass grinste. »Dann sollten wir ihn auf jeden Fall auch da empfangen.«

Adam Bradley war unruhig. Mit abgekauten Nägeln pulte er am Schorf auf seinen mageren weißen Armen. Sein Gesicht war hager, das schwarze Haar hing ihm fettig und voller Schuppen bis auf die Schultern. Adam Bradley war wohl bald so was wie ein Veteran unter den Junkies, schätzte Cass. Mit blutunterlaufenen Augen schaute er nervös im Raum umher, er sah überall hin, nur nicht zu Cass. Andauernd leckte er sich die Lippen, ignorierte aber den Plastikbecher mit Tee, der vor ihm auf dem Tisch stand. Tee konnte nichts zu Adam Bradleys Wohlbefinden beitragen.

Cass schob ihm eine Zigarette rüber und beobachte, wie Bradley sie mit zitternden Fingern nahm. Dankbar sog er den Rauch ein. Wenn man so tief unten war, war einem alles recht, solange es nur ein bisschen high machte. Cass steckte sich auch eine an. Dieses Gefühl kannte er, doch das würde Adam Bradley nie verstehen. DCI Neil Morgans Missbilligung war auch durch die Scheibe zu spüren, aber das ignorierte Cass. Die einzigen Orte in diesem Land, an denen Leute noch drinnen rauchen konnten, waren die Verhörräume der Polizei oder Gefängnisse … aber nur, wenn man auf der anderen Seite der Gitterstäbe war. Na, scheiß drauf, dachte Cass, wenn der kleine Arsch vor ihm rauchen durfte, sah er gar nicht ein, warum er verzichten sollte.

Tim Hask war kurz nach ihnen auf der Wache eingetroffen. Er beobachtete die Befragung hinter der Scheibe, aber eigentlich konnte er nach Hause gehen, dachte Cass, die Mühe musste er sich nicht machen. Man brauchte keinen Profiler mit internationalem Renommee, um zu wissen, dass Adam Bradley diese Mädchen nicht umgebracht hatte. Zum einen konnte er die Hände nicht ruhig genug halten, um die Fliegeneier abzulegen, zum anderen legte sein Zustand die Vermutung nahe, dass Adam Bradley außer sich selbst niemanden vorsätzlich töten würde. Cass interessierte sich für die DVD, und der Fall hatte nichts mit Hask zu tun.

»Sie müssen mal duschen«, sagte Cass schließlich.

Bradley schnaubte, er verbarg ein nervöses Lachen hinter der Hand vor seinem Gesicht. Die Zigarette war nie weiter als ein paar Zentimeter von seinem Mund entfernt. Wenn er sich vorbeugte, waren die Schulterblätter deutlich zu sehen, sie bohrten sich durch das schmuddelige, sackartige T-Shirt.

»Nein, echt. Du stinkst.«

Der junge Mann zuckte mit den Achseln. »Kein heißes Wasser.«

Beim Sprechen sah man seine Zahnlücken. Er hatte noch ein Jahr vor sich, bestenfalls zwei, ehe die Jungs aus dem Labor ihn in irgendeiner Absteige vom Fußboden kratzten. Cass spürte kein Mitleid. Das Leben war hart, und jeder musste lernen, mit der Wahl zu leben, die er getroffen hatte. Bradley traf seine Wahl, jedes Mal wenn er sich sein H heiß machte. Er sah aus wie einer, der schon vor langer Zeit die Lows akzeptiert hatte, die mit den Highs einhergingen.

»Erzähl mir was über den Umschlag.«

Bradley sah ihn verschlagen an. »Was für ein Umschlag denn?«

»Hör mal zu«, knurrte Cass und beugte sich vor. »Ich weiß nicht, was du dir vorstellst, wie das hier läuft, aber ich kann dir versichern, dass ich dir keinen Zwanziger in die Tasche stecke und dich mit einem ›Danke für die Information und komm bald wieder‹ losschicke.«

Er schnaubte wieder. Eine nervöse Reaktion, nahm Cass an. Denn anscheinend hatte Adam Bradley sich dieses Interview genau so vorgestellt. Süchtige waren unsichtbare Leute – und es gab viele von ihnen, und das nicht ausschließlich in den übleren Stadtteilen. Als es wirtschaftlich den Bach runtergegangen war, hatte der Drogenkonsum zugenommen und viele der traditionell bürgerlichen Bezirke der Stadt ins Elend gestürzt. An ihren Straßenecken und in den Löchern, in denen sie hausten, hörten und sahen Junkies eine Menge, und viele Polizisten steckten ihnen für anonyme Informationen aus eigener Tasche einen Zwanziger zu. Eine schnelle Verhaftung und Verurteilung brachten mehr ein als das. Interessant, fand Cass, dass Bradley offenbar keinen Schimmer hatte, wie tief er in der Scheiße steckte.

»Wir haben deinen Fingerabdruck auf einem Umschlag gefunden, der gestern Abend hier für mich abgegeben worden ist. Weißt du, was in diesem Umschlag war?«

Bradley antwortete darauf mit Schweigen und einem unverschämtem Blick, aber Cass nahm das ängstliche Zucken darin wahr.

»Es war eine DVD. Ein Film, in dem zwei Jungs mitten in London niedergeschossen worden sind, letzte Woche«, sagte Cass und zog ein paar Fotos aus der Tasche, die er auf den Tisch legte.

Adam Bradley machte große Augen. »Das war nichts …«

»Und dazu kommt, dass wir dich mit einem anderen Tatort in Verbindung bringen können, an dem ein Mord verübt wurde.«

Dieses Mal schluckte der Junkie hörbar. »Ich weiß nicht, wovon du redest, Mann«, flüsterte er mit zitternder Stimme. »Keine Ahnung, was hier los ist …«, sein Blick flackerte rüber zu Claire, bei der er Unterstützung suchte, »… aber das ist irgendeine verrückte Falle. Ich weiß von keinem, der gestorben ist.«

»Vor zwei Tagen wurde eine Frau ermordet aufgefunden, in einer Wohnung, die zwei Stockwerke über deiner liegt. In derselben Wohnung haben wir eine benutzte Spritze gefunden, in der dein Blut war. Und zwar an dem Tag, an dem der Umschlag mit dem Film von den zwei weiteren Morden hier ankam. Auf dem Umschlag war dein Fingerabdruck.« Er machte eine Pause. »Kapierst du jetzt, dass es ziemlich übel für dich aussieht?«

Zum ersten Mal, seit Adam Bradley abgeholt worden war, zeigte er Anzeichen von Erregung. Mit den Ellenbogen auf dem Tisch lehnte er sich vor. »Ich weiß gar nichts von so Sachen.« Sein Fuß unter dem Tisch zuckte. »Ich weiß gar nichts.«

Cass beobachtete, wie dem Mann das Wasser in die Augen stieg. In dem grellen Licht schimmerten die Tränen blassgelb – und irgendwas daran verstörte ihn. Er starrte hin, aber es war weg. Bradley weinte einfach, das war alles, und überraschend kam das nicht. Viel gehörte nicht dazu, einen Junkie zum Weinen zu bringen. Die verbrachten ohnehin den größten Teil der Zeit damit, zu denken, dass ihnen die Welt übel mitgespielt hatte, Tränen waren da nie weit.

»Beweis es.« Er drückte seine Zigarette im Blechaschenbecher aus und blies die letzte Lunge voll Rauch in das gelbliche pockennarbige Gesicht vor ihm. »Du hast den Umschlag doch gebracht, oder?«

»Ja, aber das war alles, was ich gemacht hab. Das war …«

»Hör auf zu winseln«, blaffte Cass. »Wenn du nichts damit zu tun hast, wer hat ihn dir dann gegeben? Und wo?« Er schob die Zigaretten über den Tisch und seine Stimme wurde versöhnlicher. »Nimm dir Zeit. Erzähl mir alles. Ich will alle Einzelheiten hören. Ich kann mir ganz leicht einen Haftbefehl verschaffen aufgrund der Beweise, die wir schon gegen dich vorliegen haben. Wenn du irgendwas auslässt, wird es deine geringste Sorge sein, wo dein nächster Schuss herkommt.«

Und das meinte er auch so. Er brauchte selbst das kleinste Detail. Zeugen wussten nie, was wichtig war und was nicht – und zu viele Fälle gingen in die Grütze, weil ein Detail in der Aussage fehlte, das der Zeuge für unwesentlich gehalten hatte.

»Wo hast du diese Person getroffen?«

Bradley zündete sich eine neue Zigarette an der bis auf den Filter heruntergebrannten vorigen an. Hier wurde kein Tabak verschwendet. »Ich hab ihn Mittwochmorgen gesehen. Ich konnte nicht schlafen. Ich brauchte einen Schuss. Ich hab bis halb acht gewartet, bis ich rausgegangen bin. Wollte mich umhören, ob ich nicht irgendwo was auf Vorschuss kriegen könnte, bis ich Geld besorgt hatte. Da war so ein Typ, der lief so zwischen den Blocks rum.« Er schniefte und kratzte das bisschen Fassung zusammen, das er noch hatte. »Ich dachte, der hätte sich verlaufen oder so, weil er da irgendwie nicht hingehörte. Ich dachte, ich könnte versuchen seine Brieftasche abzuziehen. In so was war ich nämlich richtig gut als Kind.«

»Wie hat er ausgesehen?«

Bradley schaute im Raum herum, dann richtete er den Blick wieder auf Cass. »Alt, ich schätze, der war so fünfzig, vielleicht auch noch älter – aber alt so auf die Art wie Leute mit Geld. Er hatte graue Haare, na ja, eher silbern, wenn Sie wissen, was ich meine. Und er war braun, von der Sonne. Er trug einen dunklen Anzug und einen langen Mantel. Wolle vielleicht, aber teuer war der auf jeden Fall. Und er hatte sehr weiße Zähne. Die waren perfekt.«

Cass nahm einen Anflug von Neid in Bradleys Stimme wahr.

Er war erstaunt darüber, wie beeindruckt er war – und ein bisschen traurig. Hinter dem ruinierten Äußeren steckte das Wrack eines guten Verstandes, der Geist eines Mannes, aus dem etwas hätte werden können.

Bradley fuhr fort. »Und er hatte so eine Art Aktenkoffer dabei, nur weich. Ich dachte, er arbeitet vielleicht für die Verwaltung oder so.«

»Du bist gut darin, dir Details zu merken.«

Ein kleines Lächeln streifte Bradleys Lippen. »Eigentlich nicht. Das war nur einer von diesen Typen, die man nicht so schnell vergisst.«

»Und was ist dann passiert?«

»Ich bin gestolpert und hab ihn angerempelt, um die Hand in seinen Mantel zu stecken, und ich war auch gut, wenn man bedenkt, wie zittrig ich war. Bei jedem anderen wäre ich damit durchgekommen.« Er zog an der Zigarette. »Die meisten von diesen Leuten, die weichen irgendwie zurück, wissen Sie, wenn einer wie ich in ihre Nähe kommt. Als ob sie die Seuche schon kriegen, wenn sie uns angucken.« Die Seuche nannte man auf der Straße den Strain II, die neue Variante von Aids, die sich als nicht behandelbar erwiesen hatte. Wie beim ursprünglichen Virus waren die Junkies die ersten Opfer gewesen, und durch verunreinigte Spritzen hatte er sich leicht verbreiten können. Die Süchtigen waren immer geächtet worden, aber seit es die Seuche gab, wollte absolut niemand mehr in ihre Nähe kommen.

»Übrigens, falls Sie sich Gedanken machen«, Claire schaute von der Akte hoch, die sie aufgeschlagen hatte. »Sie sind sauber. Sie haben die Seuche nicht.«

Zum ersten Mal, seit sie ihn abgeholt hatten, lächelte Bradley.

»Na ja, am Mittwoch jedenfalls«, sagte Cass. »Das war vor zwei Tagen. Das ist ja eine ganz andere Welt.«

Bradley schüttelte den Kopf. Seine Augen leuchteten. »Seitdem hab ich nichts geteilt.«

»Hurra. Du kannst also weiterleben und dich an einem anderen Tag anstecken.« Cass lehnte sich vor. »Zurück zum Mittwoch. Du hast versucht diesen Mann auszurauben, und was dann?«

»Er hat mich am Arm gepackt. Er hatte Handschuhe an, aus Leder vielleicht … die waren weich, aber er hatte einen echt festen Griff. Ich dachte schon, er bricht mir das Handgelenk.« Ihn schauderte bei dem Gedanken. »Ich glaub, ich hab ihn angebrüllt, ihn pervers genannt oder so. Ich hab versucht mich loszureißen.« Er machte eine Pause. »Und dann hat er gelächelt. Und ich weiß nicht, warum, aber ich hab dann aufgehört mich zu wehren.«

»Was ist dann passiert?«

»Er hat gesagt, er hätte einen Job für einen wie mich.

Würde nicht lange dauern und wäre gut bezahlt. Ich dachte, er meinte was«, verlegen schaute er Claire an, es war ihm ein wenig peinlich, »Sie wissen schon, was mit Sex. Und ich hab ihm gesagt, dass ich so was nicht mach. Und das stimmt auch. Darüber hat er nur gelacht.«

Cass konnte das durchaus nachvollziehen. Auch seuchenfrei war Adam Bradleys Körper wahrscheinlich Quelle einer Vielzahl anderer unangenehmer Infektionen.

»Ich hab ihm gesagt, dass ich mir was organisieren muss, dass ich nicht denken konnte. Er muss gesehen haben, dass ich das ernst gemeint hab, weil er meinen Arm losgelassen hat. Ich hab irre geschwitzt und es ging los mit den Krämpfen. Er hat mich gefragt, wo ich normalerweise hingeh, wenn ich mir einen Schuss setzen will, und ich hab ihm gesagt – na ja, ich hab ihm die Adresse von der leer stehenden Wohnung zwei Stockwerke höher gegeben.« Er schaute Cass an. »Wo ihr dann diese Frau gefunden habt. Ein Kumpel von mir hat da gedealt, bis er vor ein paar Wochen eingebuchtet worden ist. Er hat mir den Schlüssel gegeben, weil ich ein Auge drauf haben soll, solange er weg ist. Na, egal, ich hab diesem Typen gesagt, da könnte er mich in zehn, fünfzehn Minuten treffen, die Zeit brauchte ich, um was klarzumachen.«

»Hast du Geld von ihm verlangt?«

Bradley nickte. »Ja, aber er hat gesagt, erst hinterher. Er hat gesagt, ich würde ›findig genug‹ aussehen und ich könnte mir auch ohne seine Hilfe besorgen, was ich brauchte.« Er schüttelte den Kopf. »Ich wusste, dass er sich über mich lustig macht, aber das war mir egal. Als ich wegging, konnte ich spüren, dass er mich beobachtete – den ganzen Weg.«

»Hast du daran gedacht, dich nicht in der Wohnung mit ihm zu treffen?«

»Nein.« Er zuckte die Achseln. »Nicht nur wegen der

Kohle, die er angeboten hat. Er hatte was an sich, wovor ich total Schiss hatte – eigentlich noch immer, wenn ich so überlege. Es war sein Lächeln und die Art, wie er mein Handgelenk so festgehalten hat, mit glänzenden Augen und so einem Lächeln die ganze Zeit, als ob ich sein ältester Freund auf der Welt wäre. Ich hätte niemals nicht getan, was er wollte, obwohl er mich nicht bedroht hat oder sonst was. Schon mal so jemandem begegnet?«

Cass versuchte nicht auf die Wand mit dem Zweiwegspiegel zu gucken. »Mein Chef hat manchmal so was an sich. Erzähl weiter.«

Bradley lächelte nervös, dann konzentrierte er sich wieder auf seine Erinnerung. »Er hat also da auf mich gewartet, als ich zurückkam. Er hat seine Tasche aufgemacht, den Aktenkoffer, und ein paar Sachen rausgeholt. Da war so ein großer Umschlag. Der hatte schon einen getippten Aufkleber drauf: Detective Inspector Cass Jones – das sind Sie, nehm ich an.«

Cass nickte und wartete auf den Rest der Geschichte.

»Ich hab auf dem Sessel gesessen und meine Sachen klargemacht und er hat den Umschlag auf die Lehne gelegt und mir dann ein Paar Handschuhe in den Schoß geworfen. Schöne, aus Leder, bestimmt teuer. Er hat gesagt, ich sollte den Umschlag zur Bullerei in Paddington bringen, gleich nachdem er weg war, und ich sollte darauf achten, die Handschuhe dabei anzuziehen und sie hinterher in den Müll zu werfen. Und nicht meinen Namen angeben.«

»Hat er dir seinen genannt?«, fragte Cass eher beiläufig, doch Bradleys Antwort verschlug ihm die Sprache.

»Ja, hat er dann. Er hat mir die hundert Tacken gegeben, und ich dachte, nun geht er, also hab ich mir meinen Schuss gesetzt. Aber er ging nicht, er guckte durch die Gardinen raus und redete immerzu davon, dass alles geplant ist und dass es keine Zufälle gibt. Und dann sagte er auch immer, dass nichts ohne Grund geschieht, und wollte wissen, ob ich das auch glaube. Ich hab nicht richtig zugehört, ich hatte die Kohle und wollte nur, dass er abhaut. Ich fand ihn unheimlich. Als das Zeug dann reinhaute, hab ich noch so was gesagt wie: »Wer sind Sie eigentlich?« Er hat dann wieder so gruselig gelächelt und gesagt: »Ich heiße Mr Bright.« Mit so einem total selbstgefälligen Lächeln, als hätte ich genau getan, was er erwartet hatte.«

»Mr Bright? Kein Vorname?«

»Ich glaub, der gehört zu der Sorte, die so was nicht benutzen.« Bradley war mit seiner zweiten Zigarette fast fertig. Das Zittern in seinen Händen wurde stärker. »Danach erinnere ich mich nicht mehr an viel. Ich bin für 'ne Zeitlang weggetreten, und als ich wieder zu mir kam, war er weg. Dann bin ich für 'ne Weile zu meiner Mutter runter, und als ich ein bisschen klarer war, hab ich den Umschlag hergebracht.«

»Wie ist der Fingerabdruck draufgekommen?«

Bradley zuckte die Achseln. »Ich hab ihn von der Sessellehne geschubst. Ich wollte ihn aufheben, da fiel mir das mit den Handschuhen wieder ein. Ich hab ihn nur einmal mit dem Finger berührt. Macht nichts, dachte ich.« Er lächelte ein wenig. »Da hab ich mich wohl geirrt.«

Cass lehnte sich auf dem Stuhl zurück. Irgendwas störte ihn, irgendwas regte sich in seinem Hinterkopf. »Wie bist du hergekommen und wie wieder zurück?«, fragte er.

»Bus und dann U-Bahn.«

»Bist du gleich wieder nach Haus gefahren?«

»Nein, nein, Mann.« Bradley schüttelte heftig den Kopf. »Ich hab den Typen bezahlt, bei dem ich Schulden hatte, und hab mir noch mehr H mitgenommen. Und er hat mir dann erzählt, dass drüben bei meinem Block überall

Bullenwagen standen und ich vielleicht lieber mal Freunde besuchen gehen sollte, bis die weg sind. Das hab ich dann gemacht.«

Plötzlich wusste Cass, was ihn störte. Sie hatten in die Wohnung einbrechen müssen, in der Carlas Leiche gelegen hatte, beschallt von Heavy-Metal-Musik. »Hattest du die Tür zu der Wohnung offen gelassen?«

»Nein, ich mach sie immer ordentlich zu.« Bradley guckte verlegen. »Die Sache ist die, als ich schließlich nach Hause gekommen bin und wieder klar war, na, da hab ich gemerkt, dass der Schlüssel nicht in meiner Jeans war.«

»Und vorher hattest du nicht gemerkt, dass er weg war?«

»Nein. Ich hab nicht dran gedacht, nachzugucken. Ich hatte genug damit zu tun, diesen Umschlag abzuliefern. Ich dachte, er steckt in meiner Tasche.«

Cass runzelte die Stirn. »Könnte dieser Mr Bright ihn genommen haben?«

Bradley zuckte die Achseln, anscheinend war ihm das peinlich. »Weiß nicht, Mann, ich war eine Weile weg. Könnte sein, glaub ich, bevor er gegangen ist.«

»Denk scharf nach.« Cass merkte, dass er im Begriff war die Geduld zu verlieren. Außerdem machte ihn sein eigener Kummer fertig, den er um jeden Preis ignorieren wollte.

»Könntest du ihn irgendwo liegen gelassen haben? Oder hätte ihn sonst jemand stehlen können?«

Bradley saß eine Weile schweigend da. »Er kann ihn mir in der Wohnung abgenommen haben. Hab ja gesagt, dass ich ziemlich hinüber war. Aber da war auch so ein Typ in der U-Bahn, der auf mich draufgefallen ist, dabei könnte er mir aus der Jacke gefallen sein. Ich hab nur drauf geachtet, dass dem Umschlag nichts passiert.« Er zuckte mit den Schultern. »Keine Ahnung, wo der hin ist. Ich weiß bloß, ich hab ihn nicht mehr.« In seiner Verzweiflung hatte sein

Blick was von einem Hundewelpen. »Ich hab nichts damit zu tun, dass jemand gestorben ist, ehrlich, Mann.«

Cass nickte. »Ich glaube dir.«

Ein Constable brachte Bradley wieder in die Zelle und Cass forderte unten Methadon an. Er wollte den Mann noch nicht gehen lassen und offensichtlich brauchte der etwas, was ihn aus seiner persönlichen Hölle herausholte. Wenn er ihn lange genug dabehielt, würde er vielleicht H und Nadeln aufgeben und sich an die Ersatzdroge halten. Wahrscheinlich war es nicht. Keiner auf der Straße wollte wirklich, dass jemand anders es schaffte. Wenn einer unterging, klammerte er sich an den nächsten, damit sie alle gemeinsam vor die Hunde gehen konnten. Sobald Adam Bradley draußen in seiner Siedlung wäre, würde ihn ganz schnell wieder jemand in Versuchung führen.

»So, was halten Sie nun davon?«, fragte Claire. Sie schaute den massigen Profiler an, der sich ihnen angeschlossen hatte, und dann wieder ihren Chef. »Gibt es eine Verbindung zwischen diesen beiden Mordfällen? Wie ist das möglich?«

Cass schob den Stuhl unter den Verhörtisch und stützte sich auf die Rückenlehne. »Was war das doch gleich, was unser mysteriöser Mr Bright gesagt hat: Es gibt keine Zufälle? Nichts geschieht ohne Grund? Wir müssen also nur die Gründe finden, das ist alles.« Er schaute sich um, dachte nach, dann fuhr er fort: »Wir wollen das noch mal Punkt für Punkt durchgehen. Dieser Mr Bright hat einen Film von der Erschießung der Jungs. Wie oder warum, wissen wir nicht, er hat ihn einfach. Den soll ich bekommen, der ermittelnde Beamte, doch er bringt ihn mir nicht auf direktem Weg. Warum nicht?«

»Der Mann hat etwas zu verbergen«, sagte Hask. »Die Tatsache, dass wir am selben Tag in derselben Wohnung, in der er sich aufgehalten hat, eine tote Frau finden, deutet darauf hin, dass es sich bei ihm möglicherweise um unseren Serienkiller handelt.«

»Genau. Und das fügt sich ja nahtlos in seine ›keine Zufälle‹-Aussage.«

»Aber warum sollte er Ihnen helfen wollen, wenn er selbst etwas Kriminelles tut?« Claire lehnte sich an die Tischkante.

»Gute Frage. Dr. Hask?«

»Ein Machtspiel. Er will Ihnen ein Geschenk machen.«

»Wollen Sie damit sagen, ich tu ihm leid?«

»Ich glaube, dieser Mann fühlt sich allen anderen Menschen überlegen, ganz gleich, wer sie auch sein mögen. Ich könnte mir vorstellen, dass sein Gotteskomplex dabei mitspielt. Aber ja, auf einer bestimmten Ebene hat er Mitleid mit Ihnen.«

»Aber er gibt mir einen Hinweis in einem anderen Fall. Das ergibt keinen Sinn.«

»Vielleicht liefert er Ihnen einen Beweis für seine Allmacht. Er verübt eine Reihe von Morden, doch er hat mehr Informationen über andere Todesfälle als Sie. Er will, dass Sie Ehrfurcht vor ihm haben.«

Claire runzelte die Stirn. »Aber wenn alles nach seinem Plan gelaufen wäre und Bradley die Handschuhe getragen hätte, dann hätten wir doch keine Ahnung, dass die Informationen von ihm gekommen sind.«

Das Klicken des Feuerzeugs klang laut in der Stille, Cass zündete sich noch eine Zigarette an. »Dann muss es nach Plan gelaufen sein.«

»Ich kann nicht folgen.«

»Glauben Sie nicht, Doc?«

»Ganz meine Meinung.« Hask lächelte. »Alles an diesem Mann spricht für Organisation, Präzision. Wenn er wirklich gewollt hätte, dass dieser Umschlag anonym abgeliefert wird, hätte er ihn mühelos mit der Post schicken oder ihn selbst abliefern können. Mit einem alten Hut und einem normalen Anzug hätten die Kameras nicht viel zu fassen bekommen. Er wäre nicht zu identifizieren gewesen. Ein Mann mittleren Alters, mittelgroß – davon gibt es jede Menge in London. Und ich würde sagen, dass er selbstsicher genug ist, um so etwas völlig unauffällig durchzuziehen.«

»Ich glaube, Sie haben recht«, sagte Cass. »Er hat Adam Bradley mit Absicht ausgesucht. Niemand, der noch alle beisammenhat, würde einem Junkie aus den Blocks einen Auftrag geben und erwarten, dass er perfekt ausgeführt wird. Er wollte, dass wir ihm auf die Spur kommen … aber er wollte es uns auch nicht zu leicht machen. Vielleicht hört er sich um, sucht sich dann Bradley aus, der kein unbeschriebenes Blatt ist, und weiß daher, dass wir seine Fingerabdrücke gespeichert haben. Er sorgt dafür, dass Bradley seinen Namen kennt …«

»… obwohl Bradley sagt, dass er ihn danach gefragt hat«, warf Claire ein.

»Jaja, aber so oder so hätte er ihm gesagt, wie er heißt. Er wollte, dass wir diesen Namen erfahren.«

»Dem stimme ich zu.« Hask faltete die Hände über seinem imposanten Bauch. »Er hat den Umschlag auch auf die Sessellehne gelegt und Bradley die Handschuhe in den Schoß geworfen. Hätte er gewollt, dass der Typ dran denkt, sie anzuziehen, bevor er den Umschlag anfasst, hätte er die Handschuhe obendrauf gelegt.« Er zuckte mit den Schultern. »Es hätte mich nicht überrascht, wenn er sogar so weit gegangen wäre, den Fingerabdruck selbst auf den Umschlag zu schmieren, als Bradley weggetreten war. Nur um sicherzugehen, dass wir auch brauchbares Material kriegen.«

»Das würde ich unterstützen.« Cass seufzte. »Er meint also, er kann mit uns spielen.«

»Er wollte Sie auf die Probe stellen.«

»Oh, schön. Hab ich bestanden?«

Der Profiler schnaubte. »Sieht so aus. Jedenfalls hat er Kontakt hergestellt. Jetzt wird er den nächsten Schritt machen.«

»Wie passt er zu Ihrem Profil vom Serienmörder?«, fragte Claire.

»Nun ja, er hat sich mit Sicherheit unter Kontrolle. Ist ruhig und gefasst. Clever. Über fünfunddreißig. Und der Beschreibung unseres Botenjungen zufolge ist er auch charismatisch. Diese raffinierte Spur, die er zu sich hinlegt, passt zu der extravaganten Fliegen-Geste. Und sie zeigt Intelligenz. Er ist bestimmt ein Mann mit einem Bürojob, der teure Mantel, der Anzug, der Aktenkoffer – und er ist urban, sprachlich gewandt, passt also in die normale Gesellschaft. Jemanden am selben Ort zu ermorden fügt sich meiner Ansicht nach nicht recht ins Bild, irgendwie ist es zu offensichtlich … doch alles in allem würde ich sagen, dass das hier sehr wohl unser Mann sein könnte.«

»Das wiederum bedeutet, es muss eine Verbindung zwischen diesen Fällen geben. Anders geht es nicht. Und irgendwas auf diesem Film ist uns entgangen, etwas, was er uns zeigen will.« Cass rieb sich das Gesicht. »Ich muss mir den Film noch mal ansehen. Und du auch, Claire. Wir müssen herausfinden, was wir übersehen haben.«

Claire zog einen USB-Stick aus der Tasche. Es war der, auf dem Cass vorgestern Abend den Film gespeichert hatte.

»Den hab ich für dich von deinem Schreibtisch geholt. Ich hatte angenommen, du wolltest ihn mit nach Hause nehmen.«

Cass lächelte. »Danke.« Er steckte ihn in die Tasche.

»Okay, denken wir mal an diesen Film. Was wissen wir über den Taxifahrer?«

»Nichts, was uns weiterhilft. Er sagt, es war eine ganz normale Tour, und wir haben nichts in den Akten, was dagegenspricht. Er ist seit zwanzig Jahren Fahrer und hat nie irgendwelche Probleme gehabt. Der Mann hat in den Nachrichten gesehen, was passiert ist, und wusste gleich, dass er es war, der Macintyre abgesetzt hat. Er sagte, er habe daran gedacht, sich zu melden, aber seine Frau habe ihm das ausgeredet.« Claires Blick ging über seine Schulter hinweg, als sie hinzufügte: »Ich kann mir aber nicht vorstellen, dass er von der Firma bezahlt wird. Dafür ist er nicht der Typ.« Sie runzelte die Stirn. »Sir?«

Einen Moment dachte Cass, sie würde mit ihm reden, dann nahm er aus dem Augenwinkel die Schatten wahr. Er drehte sich um. Der Raum füllte sich. Der DCI war in den Verhörraum gekommen, gefolgt von Blackmore, der sich hinten an die Wand gestellt hatte. Ramsey stand neben ihm. Cass grübelte. Was in aller Welt machte Ramsey hier? Diese Fälle gehörten nicht in seinen Aufgabenbereich.

»Können wir etwas für Sie tun, Sir?« Blackmore schien nicht davon abzubringen sein, auf den fleckigen Fußboden zu starren. Cass schnürte sich der Magen zusammen.

Detective Chief Inspector Morgan behielt die Hände in den Taschen, als er vortrat. Seine Miene war finster.

»Wir müssen uns mal unterhalten, Cass.«

»Etwa weil ich im Verhörraum geraucht habe? Sagen Sie das bloß nicht.«

Der DCI lächelte nicht. Hinter seinen breiten Schultern sah Cass Bowman in der Tür lehnen. Er sah nicht so toll aus – warum war der denn schon aus dem Krankenhaus entlassen worden? Er sah jeden der Reihe nach an, aber nur

Ramsey schaute ihm in die Augen. Sein Gesichtsausdruck war unergründlich.

Cass brach das Schweigen. »Was zum Teufel ist hier los?«

»Wir müssen mit Ihnen reden, wegen des Todes Ihres Bruders«, sagte DCI Morgan, er klang förmlich. »Am Tatort haben wir Beweismaterial gefunden.«

Die Luft um ihn herum wurde heiß, sie verbrannte ihm das Gesicht. »Ja, ich war letzte Nacht da. Das hätte ich sagen sollen. Der Wachtmeister hat mich reingelassen. Er hat mir gesagt, ich soll Handschuhe anziehen, aber …«

»Um diese Art Beweismaterial handelt es sich nicht.«

Cass schnürte sich der Hals zu. »Nun, dann ist es wohl besser, wir unterhalten uns«, sagte er schließlich. »Dann klären wir das. Denn ich habe keinen Schimmer, wovon Sie reden.« Seine Stimme klang ruhig, aber sein Körper tobte, das Adrenalin pumpte wie verrückt. Was zum Teufel sollte das bedeuten: Wir haben Beweismaterial gefunden? Er war schon Monate nicht mehr bei Christian gewesen, vielleicht noch länger nicht. Bevor er dem DCI folgte, warf er erst Claire und dann Ramsey einen Blick zu. Einen Augenblick lang hätte er schwören können, dass er irgendwas Goldenes in seinen Augenwinkeln aufblitzen sah, und dann war es wieder verschwunden.

7

Die Sonne scheint jetzt in London, doch der Regen der vergangenen Nacht hat die Haut der Erde durchweicht. Die Luft riecht nach nassem Sand. Unter ihm ist die Bank noch nass, seine Kleider werden feucht, aber das macht ihm nichts aus. Seine Arme schmerzen vom Polieren der Kirchenbänke, die nun bereit sind für die Menge, die sich am nächsten Tag in der Mittagspause hier versammelt und die Seelen für eine kurze halbe Stunde in Musik badet.

Alles ist kurz, denkt er, als er die Blumen betrachtet, die bald aufblühen könnten. Er steht auf und streckt sich, die Muskeln an seinem Rücken spannen sich, und er erinnert sich zurück an seine eigene Stärke – vor so langer Zeit. Glorreich ist er gewesen. Manchmal ist es schwer, sich daran zu erinnern, wie es war, vorher. Hinter diesem kleinen Garten lacht und weint die Stadt. Es ist geschäftig hier, alles schreit praktisch Leben. Er seufzt. Er weiß es besser. Es gibt kein Leben, es gibt nur unterschiedliche Stadien des Sterbens. Das weiß er – seit dem ersten Anzeichen dafür, dass die Dinge sich für seinesgleichen änderten, hat er sie gespürt: die leere Einsamkeit, die stumme Angst in seinem Bauch, das Absinken in die Menschlichkeit … das ständige Summen unter seiner Haut und in seinem Kopf. Es raschelt, ein alter Mann blättert in seiner Zeitung. Die Gesichter von zwei Jungen starren ihn daraus an. Es ist reine Einbildung, nichts als ein Hirngespinst, aber ihm kommt es vor, als würden ihre Augen ihn anklagen, aus der gedruckten Seite heraus. Er starrt zurück. Ihr Tod war nicht seine Schuld. Er hat nur den Test durchgeführt. Andere haben gefehlt.

Ein Paar steht von der Bank gegenüber auf, dort haben sie zusammen ihre Brote gegessen. Sie sind modisch gekleidet. Sie lächeln und sind glücklich. Sie hatten das Glück, gute Jobs zu haben, und jetzt haben sie die Liebe gefunden. Sie glauben, die

Welt läge ihnen zu Füßen und das Leben würde immer so weitergehen.

Er sieht sie gehen, seufzt, und die Blumen zittern. Sie haben nicht eine Spur des Leuchtens an sich. Sie sind nichts. Sie sind niemand. Die Frau lacht, als sie durch das Tor zurück in das Gewimmel von Covent Garden gehen. Er denkt über die Ironie dieser Freude nach, die so vergänglich ist. In drei Jahren wird sie tot sein, gestorben an dem Tumor, der still in ihr wächst. Sie wird es aufschieben, ärztliche Hilfe zu suchen, weil es wehtut, wenn sie sich bückt, denn sie hat keinen Anspruch auf Gesundheitsversorgung – oder was noch davon übrig ist – und ihre Krankenversicherung reicht nicht aus. Sie denkt, es lohnt sich nicht, für all diese aufwendigen Tests zu zahlen, es werden doch nur Zysten sein. Alle wissen, dass es in der Regel nichts anderes ist. Bis dahin jedoch werden sie verheiratet sein und er wird aus Pflichtgefühl bei ihr bleiben, aber innerhalb von ein, zwei Monaten nach der endgültigen Diagnose wird er mit ihrer besten Freundin schlafen und sich selbst einreden, er suche nur Trost und habe das nicht nur gemacht, weil er sie schon immer hätte vögeln wollen. Sie bleiben zusammen, auch nachdem die Hitze der ersten Lust so kalt geworden ist wie seine tote erste Frau, und nach der Ankunft ihres zweiten Kindes wird er Stunden damit verbringen, sie anzuschauen und sich zu fragen, was mit ihnen geschehen ist.

All das verrät ihm ein Hauch ihres Duftes beim Vorübergehen. Er weiß, dass dies der natürliche Lauf der menschlichen Liebe ist und immer war, von Anbeginn. Das Paar lacht noch immer, als es um die Ecke biegt, die beiden sind völlig fixiert aufeinander, und er schenkt ihnen keinen weiteren Gedanken, fügt dem wachsenden Ozean in seinem Inneren nur einen Tropfen Sinnlosigkeit hinzu.

Sie sind nichts, und er muss sich über ein größeres Spiel Gedanken machen, ehe die Fäulnis im Inneren ihre Wirkung tun kann. Die Verschwörungen enden nie in ihrer auf Lügen gebauten Welt.

Er lächelt, seine Stimmung hebt sich, eine einzelne Fliege kriecht unter dem Kragen seines Pullovers hervor, prüft die Luft, ehe sie losfliegt. Er denkt an Mr Bright und sein Bedürfnis nach Ordnung im Chaos, stets der Architekt, der er einmal war, stets dabei, zu planen und zu beobachten und Vorbereitungen für die Zukunft zu treffen. Er fragt sich, ob sein eigenes Eingreifen bereits bemerkt worden ist. Die anderen haben ihn unterschätzt. Seine Kräfte sind erschöpft, aber noch nicht ganz dahin. Er hatte den Architekten beobachtet. Er hatte das Treffen gesehen und war dann dem Jungen gefolgt. Er erinnert sich noch an die Zerbrechlichkeit des abgemagerten Körpers unter sich, als er im Zug über den jungen Mann stolperte und vorsichtig den Schlüssel aus seiner Tasche in die eigene Hand gleiten ließ.

Sein Lächeln wird zu einem breiten Grinsen. Bright suchte ihn, und jetzt hatte er es so hingedreht, dass dieser tolle Polizist nach Bright suchte. Der Architekt glaubt, dass nichts Zufall ist, er wird dem Jungen seinen schwülstigen Vortrag gehalten haben. Und jetzt haben ihn diese Worte in eine Falle gelockt, der Jäger wird zum Gejagten, wenigstens für eine Weile. Touché.

Im Inneren der Kirche ist es still. Er ist froh, aus dem Trubel der Welt heraus zu sein. Ihm ist es egal, wie das Spiel ausgeht. Er wird nicht dabei sein. Er spürt, wie seine Knochen verdorren, während er noch atmet. Alles stirbt. Nichts ist heilig. Innen drin ist nichts als Mechanik. Und ihre Seelen sind unrein. Er hat Menschen auf die Probe gestellt und sie haben versagt. Es gibt keine echte Liebe.

Er setzt sich in eine Kirchenbank und atmet den würzigen Duft der Politur ein. Bis der Pfarrer die Abendmesse beginnt, wird er verblasst sein, und bis zum Konzert morgen Mittag völlig verflogen, ganz so, als hätte er nie existiert. Er denkt an den Pfarrer von der Kirche dieses Schauspielers und an eine Scheinreligion, deren Haus die Kunst des Scheins zelebriert. Ein guter Mann ist er – und freundlich, aber er stirbt wie alle Übrigen.

Draußen verklingt die Hektik der Mittagspause in der Ruhe des Nachmittags. Er nimmt beim Warten seine Baseballkappe ab. Das ist keine Respektsbekundung, seine Kopfhaut juckt. Er empfindet nichts für den Glauben hier in diesem Gebäude. Sein Haar ist noch voll und rötlich blond, ein Kontrast zu den Furchen, die sich in seine Haut graben. Es ist auf natürliche Art unordentlich, ein Stil, den so viele Models und Schauspieler nachzuahmen bestrebt sind. Er sieht gut aus. Das war schon immer so. Er starrt hoch zu den geschmückten Wänden über dem Altar und fragt sich, wie es sein kann, dass er hier eine Art Frieden findet inmitten dieser irregeleiteten Glaubensvorstellungen, doch das tut er.

Still tickt die Zeit vorüber und er beobachtet das Kommen und Gehen. Eine schwarz gekleidete alte Frau betet zwei Bänke vor ihm. Sie kniet und hat die Augen fest geschlossen. Um sie herum ist ein schwacher Glanz. Ihr Mann ist schon lange tot, aber sie hat noch mindestens zehn Jahre vor sich, ehe sie wieder mit ihm vereint ist. Fünfzehn Minuten lang betet sie, dann zündet sie eine Kerze an, bevor sie wieder nach draußen eilt, mit gesenktem Kopf, weil sie sich für ihr Weiterleben schämt.

Wenige Augenblicke später klappern Absätze den Mittelgang entlang. Der Geruch der Politur ist vergessen. Diese Absätze kennt er. Sie sind nicht hoch und der Gang ist zögernd, das Gewicht liegt mehr auf dem Zeh als auf der Ferse, ein entschuldigender Gang. Er gibt nicht vor zu beten, er sitzt einfach nur da und starrt den Altar an.

Sie nimmt die Bank neben seiner, auf der anderen Seite des Ganges. Wie er starrt auch sie nur auf den Altar. Er braucht sie nicht anzusehen, er weiß auch so, dass sie es ist, auf die er gewartet hat. Hannah West. Sie kommt zwei-, manchmal auch dreimal die Woche, nicht während der Konzerte, aber zu den ruhigen Zeiten, wenn der Rest der Welt zu beschäftigt ist für den friedvollen Raum der Kirche.

Ihr Seufzen ist leise, aber er hört es. Mit gesenktem Kopf setzt sie sich, ihr praktischer Mantel ist aufgeknöpft und man sieht ihre Schwesterntracht. Im Laufe der Wochen hat er ihre emotionale Erschöpfung wachsen sehen, bei jedem Besuch sackten ihre Schultern ein wenig weiter nach vorn. Ob sie wohl bemerkt hat, dass sie jetzt für ihren Heimweg vom Krankenhaus vier Minuten länger braucht als früher? Ihre Schritte sind kürzer geworden und langsamer, obwohl ihre Familie auf sie wartet. Vielleicht, denkt er, fällt es ihr immer schwerer, ihre Energie zu mobilisieren und so zu tun, als teilte sie ihre Freude aneinander und an der Welt. Sie ist verloren. Sie spürte es, aber sie weiß nicht, wie sie es ändern kann.

Er beobachtet die kleinen Zeichen: Ihr Körper bekommt Spannung, sie will aufstehen. Er erhebt sich vor ihr und geht auf die Kerzen zu. Er ist ihr ein paar Schritte voraus, das ist gut. Er will nicht, dass sie das Gefühl hat, sie würde verfolgt. Doch ihre Blicke folgen ihm, das goldene Haar, die gefurchte Stirn ziehen sie an. In den letzten Monaten hat er sich sehr darum bemüht, unsichtbar zu sein, einfach nur einer von ihnen zu sein – aber das ist schwer. Obwohl sie das Leuchten nicht sehen können, fühlen sie es, das weiß er. Die Leute fühlen sich von ihm angezogen, selbst jene, die nicht eine Spur des Leuchtens in sich haben – vielleicht aber ein in den Genen liegendes Erinnerungsvermögen an die Wahrheit. Es ist schon lange her, seit er sich frei unter ihnen bewegt hat, nicht gefesselt von den Ketten des Netzwerks.

Er spürt, dass sie neben ihn tritt, aber erst als sie anfängt zu sprechen, nimmt er ihre Gegenwart erkennbar wahr.

»Ich habe sie schon früher hier gesehen.« Ihre Stimme ist sanft

und hat die leichte Färbung eines Dialekts. Von irgendwo aus dem Norden. Irgendwo, wo sie einmal hingehört hat, ehe die Hauptstadt sie angelockt hat.

»Ich arbeite hier.« Er lächelt ein wenig. »Nun ja, ich bin ein freiwilliger Helfer.«

»Kein Job?«

»Sieht man das so deutlich?« Er spürt ihren Blick, als sie seine Freizeitkleidung mustert. Es ist schon eine Weile her, seit er einen Anzug getragen hat. Seine weichen olivgrünen Cordhosen und das Sweatshirt sind alles, was er nun braucht.

Sie zuckt die Achseln. Ihre Schultern sind kräftig. Sie ist nicht mager wie die Letzte. »Damit scheint man dieser Tage immer richtigzuliegen.«

Sie sprechen leise, obwohl die Kirche leer ist. Der Pfarrer bereitet hinten in seinem Büro die Predigt für die Handvoll von Leuten vor, die sich hier auf dem Heimweg von einem weiteren langen Tag sinnloser Arbeit versammeln. Er wird versuchen ihnen Hoffnung zu geben, aber er wird scheitern. Seine Worte nehmen sie dennoch auf, und er wird hoffen, dass sie ihnen weiterhelfen.

Sie kramt in ihrer Tasche und holt ihr Portemonnaie heraus. Es ist klein. Sie muss sich vorsehen mit ihren Ausgaben. Krankenschwestern verdienen nicht viel und ihr Mann arbeitet in einem kleinen Supermarkt. Trotzdem steckt sie ein paar Münzen in die Schachtel, bevor sie eine Kerze nimmt. Sie zündet sie an einer anderen an und steckt sie in einen Halter. Sie betrachten beide, wie sie flackert.

»Für wen ist die?«, fragt er schließlich.

Ihr Blick löst sich nicht von der Flamme. »Für alle.« Ihre Stimme ist wie Samt und in dem flackernden Schein wirkt ihre Haut beinahe schön.

Er nimmt eine Münze aus seiner Tasche, greift an dem Schlüssel vorbei, der immer noch darin steckt, und lässt sie in die Schachtel fallen. Es macht pling, *dann trifft sie auf Holz. Heutzutage bezahlen nicht viele Leute für ihre Kerzen. Jeder kümmert sich nur um sich selbst. Am Ende machen das alle.*

»Glauben Sie, dass es besser werden wird? Glauben Sie, dass es Hoffnung für uns gibt? Für die Welt?« Sie macht eine Pause. »Ich arbeite mit Strain-II-Fällen. Es ist schwer …« Sie schaut zum Altar. »Es ist schwer für mich, an meinem Glauben festzuhalten.«

Er neigt den weißen Wachsstab, der zu schmelzen anfängt, ehe der Docht aufflammt. »Vielleicht wird es besser, für eine Weile. Aber ich habe keinen Glauben.«

Sie sieht ihn an, versucht in seine Seele zu schauen. Was sie wohl sagen würde, wenn sie das könnte, fragt er sich.

»Warum stecken sie dann eine Kerze an?«

Er lächelt sie an. »Weil das Leuchten so schön ist.«

Er steht so nah bei ihr, dass ihr warmer natürlicher Geruch den der scharfen Politur überlagert, der in seinen eigenen Kleidern hängt. Sie ist so lebendig. Er überlegt, wie es sich wohl anfühlen wird, wenn er sie ausschaltet.

8

»Sie müssen uns irgendwas liefern.« Ramsey klang mittlerweile so müde, wie Cass sich fühlte. »Wir haben Ihre DNA, was darauf schließen lässt, dass Sie mit Jessica Jones in den Stunden vor ihrem Tod Verkehr hatten, und Ihre Fingerabdrücke sind auf der Waffe. Irgendwas müssen Sie uns doch erzählen können.«

Seit über zwei Stunden saßen sie nun schon in dem überhitzten Vernehmungsraum und sie drehten sich nur im Kreis. Cass wollte den Kopf gegen den Tisch schlagen und schreien. Stattdessen steckte er sich noch eine Zigarette an und knirschte mit den Zähnen. Nur noch vier in der Schachtel. *Ihre DNA und Ihre Fingerabdrücke.* Obwohl ihm die Liste des aufgefundenen Beweismaterials wiederholt vorgetragen worden war, klang es immer noch surreal.

»Und ich kann nur immer wieder sagen, ich versteh das nicht. Das muss ein Irrtum sein.« Er schaut zu Ramsey hoch und zuckte die Achseln. »Ich hab keine Antwort darauf.«

»Die tote Frau Ihres Bruders hatte ihr Sperma in sich.« Bowman schnaubte höhnisch. Er saß neben Ramsey auf der anderen Seite des grauen Tisches und Cass war erfreut, ihn bei jeder Bewegung ein wenig zusammenzucken zu sehen. Mit seinem Blinddarm mochte ja alles bestens sein, aber das, was ihn krank machte, verursachte ihm offenbar immer noch Schmerzen. »Meiner Ansicht nach gibt es nur eine naheliegende Antwort. Sie haben sie gevögelt.«

Cass funkelte ihn an. Und auf zur nächsten Runde. »Ich hab doch schon erzählt, dass ich seit Monaten weder meinen Bruder noch seine Frau gesehen habe. Ich war in dieser Nacht nicht da.«

»Aber Sie geben zu, dass Sie sie gevögelt haben?«

Cass wollte rüberlangen und dem selbstgefälligen Arsch

in den Bauch boxen, dass die Naht platzte. Er wollte ihm das Herz rausreißen, damit Bowman wusste, wie sich das anfühlte.

»Ich habe nicht mit ihr geschlafen, aber – wie ich Ihnen bereits achtmal erzählt habe – vor fünf Jahren hatten wir eine kurze Affäre.« Die Worte waren wie Rasierklingen, die ihm die Schuld ins Fleisch ritzten. Er hatte haben wollen, was Christian hatte, und so hatte er den einzigen Teil seines Lebens genommen, den er bekommen konnte. Seine Kehle schnürte sich zu, als ungewollt die Erinnerung an das offene, lächelnde Gesicht seines Bruders in ihm aufstieg. Christian hatte sich immer gefreut, wenn er Cass gesehen hatte. Er hatte sich diese hundewelpenartige Verehrung für seinen großen Bruder bewahrt, die er seit Kindertagen hatte. Für einen Augenblick verschwamm Cass' Blick und er zog heftig an der Zigarette. Bowman würde ihn zu gern zusammenbrechen sehen, doch das würde nicht geschehen.

»Was ist los mit Ihnen? Müssen sie jede Frau ficken, die Ihnen über den Weg läuft?« Bowman schüttelte den Kopf. »Unglaublich.«

»Das reicht.«

Cass war zu wütend, um Ramseys Einwurf Beachtung zu schenken. Er starrte Bowman wütend ins blasse Gesicht. »Ich hab Ihre Exfrau mal kennengelernt, wissen Sie noch? Aber nicht mal ich wäre der hässlichen Zicke an die Wäsche gegangen.«

»Ich hab gesagt, das reicht!«, schnarrte Ramsey. »Lassen Sie Ihre Probleme vor der Tür, dieses Verhör führen wir als Professionelle, das sind wir schließlich auch.« Er sah Bowman an. »Und wenn Sie das nicht hinkriegen, dann können Sie gehen und draußen warten. Das ist mein Fall. Sie sind nur hier, weil ich Ihrem DCI einen Gefallen tue. Haben Sie das verstanden?«

Bowman nickte zögernd und Ramsey wandte sich wieder Cass zu. »Und ich weiß, es ist nicht leicht für Sie, aber versuchen Sie doch, es uns allen nicht noch schwerer zu machen.« Er atmete tief durch. »So, wann endete die Affäre?«

»Fast sofort, nachdem sie angefangen hatte. Keinem von uns gefiel, was wir getan hatten. Von Anfang bis Ende können es nicht mehr als drei Monate gewesen sein. Als meine Eltern starben, war Schluss.« Cass sah Ramsey in die Augen. Wäre nur Ramsey im Raum gewesen – ohne Aufnahmegerät, hätte er sich möglicherweise geöffnet und ihm die Einzelheiten erzählt. Der Mann hatte etwas an sich, was er mochte. Er hatte eine Verbindung zu ihm. Ramsey, dachte er, würde es vielleicht einfach verstehen, ohne zu urteilen ... aber auf keinen Fall würde er seine schmutzigen kleinen Geheimnisse vor Bowman ausbreiten. Schließlich wusste er genau, dass jede dreckige kleine Einzelheit sauber abgetippt in einer Akte abgelegt werden würde, die alle lesen konnten. Manche Dinge sollten nur in der Seele eines Mannes leben.

»Es war falsch. Das wussten wir beide«, wiederholte er leise, »und es war nichts, was wir je wiederaufleben lassen wollten, da waren wir uns einig. Die beiden haben ihr Leben weitergelebt und Luke großgezogen. Ich hab mich, so gut es ging, ferngehalten. Ich und Kate ...«

»... Ihre Frau«, warf Ramsey ein, um es für die Aufnahme klarzustellen.

»Meine Frau Kate und ich haben Luke zu seinem Geburtstag besucht oder manchmal zu Weihnachten. Ich hab die Familie vielleicht vier- oder fünfmal im Jahr gesehen. Kate besuchte sie öfter, aber auch nicht gerade regelmäßig.«

»Und soweit es Ihnen bewusst ist, hat Ihr Bruder nie von der Affäre erfahren?«

»Nein, ich bin mir sicher, dass er es nicht gewusst hat. Als er mich neulich Abend angerufen hat, klang er nicht wütend – besorgt und überdreht vielleicht, aber nicht wütend.«

»Aber dafür haben wir ja nur Ihr Wort«, ergänzte Bowman.

»Das ist wohl so.« Cass weigerte sich, nach dem Köder zu schnappen. »Aber Kate hat kurz mit ihm gesprochen. Wenn er ihr erzählt hätte, dass ich seine Frau gevögelt habe, dann hätte sie das erwähnt, als ich nach Hause kam. Da bin ich mir sicher.«

»Man weiß nie, wie Frauen reagieren.«

»Ich glaube, dass ich meine eigene Frau kenne. Wir sind schon lange zusammen. Sie ist keine von der Sorte, die so was leichtnimmt.«

Bowman grinste hämisch, und wieder hätte Cass nichts lieber getan, als ihm das Herz rauszureißen.

»Okay«, sagte Ramsey, der Bowman ignorierte, »kommen wir wieder zur Waffe.«

»Christian besaß keine Waffe.«

»Nun ja, ob er sie nun schon lange besaß, gerade gekauft oder von jemandem geliehen hatte, sie war da, sie wurde neben seiner Leiche gefunden und Ihre Fingerabdrücke waren auf dem Lauf.«

Cass starrte ihn an. »Auf dem Lauf? Nicht auf dem Abzug? Hören Sie, ich hab das schon gesagt und ich werde es wiederholen, bis der Arzt kommt, denn es ist die Scheißwahrheit: Soviel ich weiß, hat Christian keine Waffe besessen. Ich war in dieser Nacht nicht da. Ich weiß nicht, was passiert ist, abgesehen von dem, was im Bericht stand. Bis Claire mir sagte, dass sie tot sind, hatte ich keine Scheißahnung.«

Er lehnte sich vor und sah Ramsey an. »Hören Sie, ich

wünschte, ich wüsste mehr. Ich wünschte, ich könnte verstehen, was mein Bruder getan hat. Aber ich tu es nicht. *Und ich war nicht da.*«

»Womit wir wieder zu der Frage kommen, wo Sie waren.« Bowman tat so, als ob er in Papieren blätterte. »Sie sind in London herumgefahren und dann auf einem Parkplatz von Tesco in Newham eingeschlafen? Das ist nicht gerade das wasserdichteste Alibi, was? Es ist nicht mal klar, wo Sie waren, ehe sie beschlossen, dass Tesco der beste Ort ist, um sich zur Nacht zu betten – während Sie die Ermittlungen in zwei schweren Fällen leiten.«

Ramsey sah den DI scharf an. »Bleiben Sie bei der Sache.«

»Mit allem gebotenen Respekt, ich bin bei der Sache. Die Überwachungskamera von Tesco hat aufgenommen, wie sein Auto nach drei Uhr morgens parkt. Er hätte sonst wo sein können zwischen dem Streit mit seiner Frau, nachdem er aus dem Haus gestürmt ist, und dem Zeitpunkt, an dem er da gelandet ist. Und er kann uns nicht sagen, wo er war.«

»Ich hab Ihnen gesagt, wo ich war.« Cass versuchte seine Verbitterung im Zaum zu halten. »Ich bin gefahren. Ich kann Ihnen nur sagen, wo ich nicht war. Ich war nicht im Haus meines Bruders.«

»Wieder haben wir nur Ihr Wort.« Bowman erhob ein wenig die Stimme. »Sie gehen also aus und betrinken sich oder was auch immer, und dann, nachdem sie Ihren Rausch auf dem Parkplatz ausgeschlafen haben, fahren Sie nach Hause und stopfen Ihre Kleider sofort in die Waschmaschine. Sonst nichts, nur Ihre Kleider. Und wir sollen Sie beim Wort nehmen?«

»Wie ich schon sagte, ich hab gestunken«, er seufzte. »Und ich hatte Blut am Ärmel.«

Es wurde still im Raum.

»Ach, Scheiße, Sie Blödmann, das war mein eigenes Scheißblut! Ich bin mit Nasenbluten aufgewacht.«

Zwei Paar Augen starrten auf ihn. Er starrte zurück. »Geht und untersucht mein Scheißauto. Ich wäre voller Blut gewesen, wenn ich am Tatort gewesen wäre. Ich hatte nur Nasenbluten. Ich bin nach Haus gefahren und hab meine Sachen sofort in die Maschine gesteckt. Ich hab nicht dran gedacht, nach oben zu gehen und die übrige Scheißwäsche zu holen. Ich wollte nur duschen und dann zur Arbeit.« Er wandte sich an Ramsey. »Mir will jemand was anhängen. Anders kann es nicht sein.«

»Wie wär's denn damit: Sie hatten die Frau Ihres Bruders früher am Tag gesehen. Sie hat Ihnen gesagt, dass er länger arbeiten würde – wir haben ihn um halb zwölf auf der Überwachungskamera, als er Die Bank verlassen hat. Vielleicht hatten Sie ja beschlossen, noch mal zurück zum Haus Ihrer Geliebten zu gehen. Für einen Quickie.«

»Und was dann?« Cass musste fast lachen, es war so albern. »Ich werd erwischt und bleib so lange auf der Bettkante sitzen, bis er Frau und Kind erschossen hat. Seien Sie doch nicht so verdammt bescheuert. Das ist doch total verrückt.« Er drückte seine Zigarette aus. »Das haut nicht hin, Scheiße, und das wissen Sie.«

»Und wie wär's denn damit? Ihr Bruder benimmt sich komisch. Er ruft Sie und Ihre Frau an. Vielleicht macht Jessica sich Sorgen, dass er Ihr schmutziges kleines Geheimnis rausgekriegt hat. Sie fahren in der Gegend herum und beschließen, dort vorbeizufahren und nachzusehen, ob alles in Ordnung ist. Aber als sie kommen, ist es das nicht. Ihr Bruder macht blutverschmiert mit dem Gewehr in der Hand die Tür auf.« Bowman hatte sich nach vorn gelehnt, seine Stimme war leise, beinahe vertraulich. »Sie Sind Polizist. Sie wissen, was zu tun ist, also reden Sie beruhigend auf ihn ein. Sie gehen ins Haus und dann ins Esszimmer. Irgendwann erzählt er Ihnen, was er getan hat. Vielleicht ist er wieder kurz davor durchzudrehen. Er richtet die Waffe auf Sie und Sie ringen miteinander. Er fällt auf den Stuhl zurück und drückt ab. Vollkommen geschockt finden Sie einen Platz, an dem Sie parken und sich ein paar Stunden lang beruhigen können. Als sie sicher sind, dass Ihre Frau ganz bestimmt schläft, fahren Sie nach Hause, waschen Ihre Sachen und gehen zur Arbeit, als ob nichts geschehen wäre.«

Cass starrte ihn an. »Wie oft muss ich das noch sagen. So war es nicht. Ich hab nicht mit der Frau meines Bruders geschlafen. Ich war nicht da.«

Ramsey rieb sich das Gesicht. »Aber sie begreifen doch, dass es so aussehen könnte.«

»Oder vielleicht sind Sie ja auch durchgedreht«, mischte Bowman sich ein, »Sie könnten sie alle weggepustet haben.«

Cass krallte sich an die Tischkante, damit er sich nicht auf ihn stürzen musste.

»Genug jetzt, Bowman«, blaffte Ramsey. »Gut, werfen wir noch mal einen Blick auf die Fakten – nur die Fakten. Erstens, die einzigen Abdrücke am Abzug gehören Christian. Und obwohl ein Fingerabdruck von Ihnen auf der Waffe ist, muss ich Ihnen ehrlich sagen, ich seh nicht, dass Sie den da hinterlassen haben. So nachlässig sind Sie nicht. Obendrein«, er schaute hoch, »ist Hask ziemlich überzeugt davon, dass Sie nicht der Typ sind, der einen Mord begeht.«

»Das sagt dann wohl alles über seine Qualitäten.« Bowman schob seinen Stuhl zurück und stand auf. »Jeder kleine Mistkerl in der Truppe weiß, dass Cass Jones ein Killer ist. Von der übelsten Sorte. Steht alles in den Akten.«

Cass' Blut kochte. »Ich hab getan, was ich getan hab,

Bowman. Du warst nicht dabei. Und hast du dich je gefragt, was du in meiner Lage gemacht hättest?«

»Raus hier, Bowman.« Ramseys Stimme war leise, klang aber tödlich. »Sehen Sie zu, dass Sie hier rauskommen, ehe ich irgendwas mache, was mir vielleicht nicht mal leidtut.« Sein weicher Dialekt konnte seinen Worten nicht die Schärfe nehmen.

Bowman funkelte Cass an, als er an der Tür stehen blieb. »Du glaubst, du stehst drüber, Jones. Hast du immer getan. Aber das tust du nicht. Einmal bist du mit Mord davongekommen und hast deinen Job trotzdem behalten. Noch mal passiert das nicht.«

Ramsey stand auf. »Das ist nicht Ihre Sache, Bowman. Gehen Sie doch und kühlen sich woanders ab. Sie haben da draußen jede Menge eigene Fälle, mit denen Sie sich beschäftigen können.«

»Mit Vergnügen.«

Cass konnte sich denken, dass Bowman all seine Beherrschung aufbringen musste, um ihm nicht ins Gesicht zu spucken. Er begnügte sich damit, die Tür zuzuknallen.

»Ich hab immer gewusst, dass der Arsch mich nicht mochte, mir war nur nicht klar, wie weit das ging«, sagte er leise. Trotz des ekligen Geschmacks im Mund zündete er sich eine weitere Zigarette an. Seine Lungen fühlten sich taub an von all dem Rauch, dennoch sog er ihn tief ein.

»Stimmt, er scheint nicht wild auf Sie zu sein.« Ramsey lehnte die angebotene Marlboro mit einer Handbewegung ab. »Aber er hat ein paar wichtige Gesichtspunkte angeführt. Seine Rekonstruktion des Tathergangs könnte vor Gericht eine Rolle spielen.« Cass wollte wieder protestieren, doch Ramsey hob die Hände. »Ich persönlich glaube Ihnen, Jones. Aber wenn jemand versucht, Ihnen was anzuhängen, macht er seine Sache ziemlich gut.«

»Von *versuchen* kann keine Rede sein, er hat mir was angehängt.«

»Dann helfen Sie mir auf die Sprünge. Wer und warum?«

»Derjenige, der versucht hat, Macintyre zu töten, könnte mich aus dem Weg räumen wollen. Möglicherweise denkt er, ich hätte was in der Hand.«

»Die ganze Familie Ihres Bruders umzubringen ist da nicht unbedingt naheliegend, finden sie nicht auch? Nur damit Sie von einem Fall abgezogen werden?«

»Die haben am helllichten Tag zwei Schulkinder erschossen. Allzu große Schuldgefühle schienen sie deswegen nicht zu haben.«

Ramsey schüttelte den Kopf. »Trotzdem ist es extrem, ganz besonders wenn Sie, wie ich sehen kann, eigentlich nicht viele Anhaltspunkte haben.«

Sein Kollege hatte recht, Cass wusste das. Es war wirklich schwer zu glauben, dass jemand so weit gehen würde, damit er von einem Fall abgezogen wurde, der nicht den Anschein hatte, schnell gelöst werden zu können. Doch eine andere Erklärung wollte ihm nicht einfallen. Der Frust nagte an ihm. »Irgendwas übersehen wir hier. Wir haben einen Verdächtigen in der Mordserie, der mir einen Film schickt, in dem die beiden Jungen niedergeschossen werden. Und nun diese Falle.« Asche von der brennenden Zigarette fiel auf den Tisch. »Und so schlecht das auch aussehen mag, ich *weiß*, dass es eine Falle ist. Es gibt irgendwo eine Verbindung, aber wir kriegen das einfach nicht mit.«

Ramsey sah ihn an. »Okay, nehmen wir mal an, jemand will Ihnen was in die Schuhe schieben. Wie wäre er an Ihr Sperma gekommen?« Sein Ton war nicht anklagend, nur neugierig.

Cass zuckte die Achseln. »Weiß der Teufel. Die müssen

unseren Müll durchwühlt und ein Kondom gefunden haben.«

»Sie und Ihre Frau schützen sich?«

»Sie mag die Pille nicht und ich wollte mich nicht sterilisieren lassen.« Er machte eine Pause. »Sicherheit geht vor in dieser Zeit. Ich hab Leute mit Strain II gesehen. Kein schöner Anblick.«

»Sie glauben, Ihre Frau hat Sie betrogen?«

»Nein.« Er lächelte bitter. »Aber ich kenne mich. Sie wahrscheinlich auch, und man hört dieser Tage zu viele Geschichten über Racheficks.« Seine Zigarette fiel ihm wieder ein und er nahm einen Zug. Der Rauch schmeckte wie Dreck. Er drückte sie aus und bedauerte es sofort. »Versuchen Sie bloß nicht, meine Ehe zu verstehen. Wir verstehen sie selbst nicht und wir stecken drin. Ist total verkorkst. Ich hab sie beschädigt, als ich verdeckt ermittelt habe, und davon hat sie sich nie wieder erholt. Würden wir keine Kondome benutzen, hieße das wohl, dass wir einander trauen.« Er zögerte. »Nein, stimmt nicht. Es hieße, *sie* würde *mir* trauen.« Er lächelte ein wenig. »Und ich trau mir nicht mal selber. In der Beziehung jedenfalls nicht.«

Langes Schweigen.

»Und was jetzt? Sperren Sie mich ein oder halten Sie mich fest?«

»Weder – noch. Aber Der DCI sagt, Sie müssen eine Woche bezahlten Urlaub nehmen. ›Sonderurlaub aus dringenden familiären Gründen‹ nennen sie das.«

Cass lachte. »Der DCI ist ja so ein verständnisvoller Mann.«

Ramsey zuckte die Achseln. »Sie wissen, wie das ist. Man kann Sie nicht an diesen Fällen arbeiten lassen, wenn Ihnen so etwas anhängt. Sie müssen beweisen, dass Sie nicht da waren. Keiner glaubt wirklich, dass Sie mit dieser schrecklichen Sache irgendwas zu tun haben, nicht mal Bowman mit seinen Aggressionen. Aber wenn die Medien Wind davon bekommen und Sie arbeiten immer noch an dem Fall Jackson und Miller, dann wollen sie Blut sehen.«

Cass nickte. Das hatte er in dem Augenblick kommen sehen, in dem das offizielle Verhör begonnen hatte. Vor zehn Jahren war er schon einmal in derselben Situation gewesen, er wusste also, womit zu rechnen war, und trotzdem war es wie ein Schlag in die Magengrube.

»Im Grunde genommen werde ich also suspendiert.«

Ramseys Schweigen sprach Bände.

*

Claire hatte auf dem Korridor auf ihn gewartet. Sie hielt mit ihm Schritt, als er nach draußen stürmte.

»Suspendiert, Scheiße.« Die Sonne schien, doch die Luft war noch feucht. Sie roch nach Matsch und schmeckte nach Erde. Cass saugte sie ein. Seine Wut hatte ihn beinahe atemlos gemacht.

»Ich hab gehört, es wäre Sonderurlaub.«

Sie waren die Treppe vor der Polizeistation schon zur Hälfte runtergestiegen, als es ihr gelang, ihn aufzuhalten.

»Das ist nur Wortspielerei, und das weißt du auch.«

Claire strich sich eine Haarsträhne aus dem Gesicht. »Das ist ein Scheißspiel und nichts anderes.«

Cass hätte fast gelacht, weil ihn ihr Fluchen so überraschte, und das beruhigte ihn. »Vorsicht. Langsam hörst du dich schon so an wie ich.«

»Die ganze Sache ist doch aber verrückt.« Sie runzelte die Stirn. »Bowman genießt es. Vielleicht hast du ihn richtig eingeschätzt.«

»O ja, bei diesem Arschloch liege ich richtig.«

Ein Schatten fiel auf die Stufen. »Inspektor? DI Jones? Kann ich Sie kurz sprechen?«

»Jetzt nicht«, antwortete Cass schon, ehe er gesehen hatte, wer es war. Er änderte seine Meinung auch nicht, als er den jungen Mann als den neuen Assistenten des Gerichtsmediziners erkannte.

»Es ist nur so ...«

Cass drehte sich wieder zu Claire um. »Ich lasse das Handy eingeschaltet, halte mich also in beiden Fällen auf dem Laufenden. Ich will alles wissen, was Bowman weiß, und das, wenn möglich, noch bevor er es weiß.« Hinter ihm trat der Laborassistent von einem Fuß auf den anderen. Er konnte warten. Wahrscheinlich wollte er sich nur für das blöde Foto entschuldigen, und Cass war gerade nicht in der Stimmung für tränenreiche Entschuldigungen.

»Und sieh dir diesen Film noch mal an. Immer wieder.« Er schob seine Hand in die Tasche und war erleichtert, denn der USB-Stick war noch da. »Ich mach das auch.«

Claire nickte. Sie sah ihm in die Augen, voller Sorge, die er nicht verdiente, das wusste er. »Und du bleibst mit mir in Verbindung. Wenn du etwas brauchst, rufst du mich einfach an. Egal wann.«

»Dein neuer Freund wird davon sicher begeistert sein.«

»Er wird es verkraften.« Sie schaute weg. »In den letzten Tagen war er sowieso ziemlich mies drauf.«

»Wenn Leute für mich arbeiten, hat das diesen Effekt.«

Sie lächelte traurig und er drückte ihren Arm. »Mach dir keine Sorgen um mich, Claire. Ich komm schon klar.«

»Äh, entschuldigen Sie bitte ...«

»Was?« Cass wandte sich endlich wieder dem mageren jungen Mann auf der Stufe unter ihm zu. Wie hieß der noch gleich? Jim? Josh? Josh Eagleton, das war's. Der Assistent des Gerichtsmediziners fuhr sich mit der Zunge über die Lippen.

»Spuck es aus, Mann.«

»Also, ich ...« Er zögerte, sein Blick schweifte von Cass' Gesicht zu einem unbestimmten Punkt hinter ihm.

»Ich ... äh .... dachte nur, Sie hätten vielleicht Dr. Farmer gesehen.« Er wedelte mit einem braunen Umschlag. Cass konnte verschwitzte Fingerabdrücke sehen, wo er ihn angefasst hatte. »Da ist er ja.«

Der Assistent hatte immerhin seine nervtötende Vorwitzigkeit abgelegt. Cass drehte sich um und sah den Gerichtsmediziner die Treppe runterkommen, ein paar Schritte hinter ihm schob Bowman die Tür auf.

»Na toll«, murmelte Cass. Er sah Claire an. »Und gib Bradley meine Karte. Nur für den Fall, dass er noch mal Besuch kriegt oder sich an irgendwas anderes erinnert. Wahrscheinlich ist das nicht, aber man kann ja nie wissen.«

Sie nickte.

Farmer ging an ihnen vorbei, ohne sie zu beachten, und Cass lächelte bitter. Was bildete der sich denn ein? Ein Nicken, ein Winken und schon bleibt die Scheiße an ihm kleben?

»Was machst du hier, Josh?« Der Gerichtsmediziner sah den jungen Mann streng an.

»Sie wollten diese Ergebnisse so schnell wie möglich. Von dieser häuslichen Gewalttat. Ich hab sie. Alles wie erwartet.«

»Na, dann hätte das auch Zeit gehabt. Weißt du, man kann es auch übertreiben mit der Effizienz.« Farmer zog seinen Assistenten mit sich die Treppe hinunter und dann auf ihre Autos zu, vorher jedoch warf der Assistent noch einen Blick zurück zu Cass. Der war zu weit weg, um seine Miene deuten zu können, doch dann fiel Bowman auch schon über sie her und der Augenblick geriet in Vergessenheit.

»Sergeant May. Sie gehen jetzt am besten wieder rein und helfen Blackmore dabei, meine Akte auf den letzten Stand zu bringen. Ich will alles mit nach Hause nehmen, die Beweise im Fall Jackson und Miller eingeschlossen.« Er bedachte Cass mit einem herablassenden Blick. »Wenn es auch noch so wenig ist. Den Film auch.«

Cass biss sich auf die Zunge. Er würde sich jetzt nicht noch zusätzliche Probleme machen, indem er sich auf eine Auseinandersetzung mit diesem Mann einließ. Im Krankenhaus mochte Gary Bowman abgenommen haben und er war leichenblass, doch er sah immer noch klasse aus. Sein Anzug musste maßgeschneidert sein, so gut saß er, und seine Hemden waren von der teuren Sorte, an den Ärmeln mit Manschettenknöpfen geschlossen. Sein Gesicht war auf glatte Weise gut aussehend, ganz das Gegenteil von Cass' eher herbem Erscheinungsbild, kaum zu glauben, dass sie beide im selben Alter waren. Bowman war ein selbstgefälliges, angeberisches Arschloch. Das wusste Cass auch ohne Psychologiestudium.

Bowman beobachtete Claire, die ins Gebäude zurückging. Cass hätte gern gewusst, ob er sich ihre Formen nur so gut einprägte, weil er ihn auf die Palme bringen wollte.

»Wir wissen alle, dass du *sie* gefickt hast«, sagte Bowman träge, »aber ich hätte dich nicht für den Typ gehalten, der die Frau seines eigenen Bruders fickt.« Er grinste, seine Wangenknochen traten scharf hervor. »Was rede ich da. Natürlich hab ich das getan. Du bist Abschaum, stimmt doch, Jones? Bist du immer gewesen.«

Cass lächelte zurück. »Ich bin zu vielem fähig, Gary. Das wissen wir beide.« Er lehnte sich näher zu ihm herüber, als wollte er ihm ein Geheimnis zuflüstern, und war erfreut, in

Bowmans Gesicht so etwas wie ein ängstliches Zucken zu sehen. »Und noch etwas wissen wir beide, nämlich dass ich immer der bessere Polizist bleiben werde. Halt mir meinen Fall also warm, und dann sprechen wir uns wieder, wenn er gelöst ist.«

Bevor Bowman noch etwas sagen konnte, drehte Cass sich um und ging davon. Bowman sah die geballten Fäuste in den Taschen seines Jacketts von der Stange hoffentlich nicht.

Kate lief im Wohnzimmer auf und ab und sprach leise in ihr Handy, als er nach Hause kam. Sie warf einen Blick in seine Richtung, dann drehte sie ihm den Rücken zu und beendete ihr Gespräch. Er blieb in der Tür stehen und beobachtete sie. Obwohl sie ihre Stimme gesenkt hatte, konnte er sie sagen hören. »Cass ist wieder da. Ich melde mich später bei dir.«

Ihr Gesicht war noch immer fleckig, sie musste heute neue Tränen vergossen haben. Cass spürte selber einen dumpfen Hohlraum in sich und fragte sich, woher all dieser Kummer kam. Um wen weinte sie? Christian? Jessica und Luke? Wie gut hatte sie sie eigentlich gekannt? Christian war ja nicht ihr Bruder. Vielleicht weinte sie hauptsächlich um sich selbst. Dieser Gedanke gefiel ihm nicht. Sein eigener Schmerz war in ihm eingeschlossen und deswegen wurde er gemein.

»Wer war das?«

»Geht dich einen Scheißdreck an.«

Ihre Stimme war kalt und sein Mut verließ ihn. Natürlich war jemand hier gewesen. Vielleicht war sogar das Haus nach weiteren Beweisen durchsucht worden. Er ging ein paar Schritte auf sie zu.

»Hör mal, Kate. Ich bin nicht da gewesen …«

Sie schlug ihn, heftig, und ein paar Sekunden erfüllte der Nachhall dieses Angriffs den Raum.

»Wie konntest du nur, Cass? Mit *Jessica*?«

Es war also rausgekommen.

»Gute Nachrichten verbreiten sich schnell.« Sein Gesicht kribbelte und er fühlte, wie das vermoderte Skelett seiner Ehe endgültig zerbröselte. Wer zum Teufel konnte ihr das erzählt haben? Er biss die Zähne zusammen, seine Augen brannten. Er hatte gewusst, dass sie von dem aufgefundenen Beweismaterial erfahren hatte, aber wer von seiner Dienststelle hatte die Idee gehabt, ihr von der Affäre zu erzählen? Wenn diese Sache vorüber war, würde er diesen Arsch schon finden und ihn dafür büßen lassen, so viel war sicher.

Kate schüttelte den Kopf und drehte sich weg, zuvor jedoch nahm er den Hauch von Brandy in ihrem warmen Atem wahr. Er schaute auf den Couchtisch und sah das Glas mit dem braunen Bodensatz.

»Tut mir leid«, sagte er schließlich. »Ist lange her. Wenn ich es rückgängig machen könnte, würde ich es tun.«

»Jeder von uns will irgendetwas rückgängig machen, Cass.« Sie hatte ihm noch immer den Rücken zugedreht, aber er konnte die Tränen in ihrer Stimme hören. »Aber das können wir nicht.« Sie machte eine Pause. »Ich glaube, irgendwas stimmt einfach nicht mit dir.« Über die Schulter hinweg sah sie ihn an. »Weißt du? Tief drinnen?« Sie schüttelte den Kopf ein wenig. »Du musst Leute einfach immer verletzen, ich glaube, du kannst gar nicht anders.«

Ihre Worte schnitten in sein Fleisch. »Vielleicht hast du recht.«

»Das macht es nicht besser, Cass.« Sie stieß einen langen Seufzer aus, ihrem wütenden Aufbrausen folgte Erschöpfung. Wann hatte sie heute Nachmittag wohl angefangen zu trinken?

Sie schniefte und straffte die Schultern, bevor sie sich zu ihm umdrehte »Morgen bin ich den größten Teil des Tages nicht zu Hause. Da kannst du kommen und deine Sachen holen.«

Noch mehr Tränen stiegen ihr in die Augen, sie wischte sie weg. Dann starrte sie ihn trotzig an. »Aber du sollst heute Abend noch verschwinden. Ich will dich hier nicht haben. Du widerst mich an.«

Er starrte sie an. Tausend Dinge wollte er sagen, alle lagen ihm auf der Zunge: dass er sie liebte und immer geliebt hatte, obwohl sie das nie gesehen hatte. Dass er sich selbst anwiderte, wollte er ihr sagen. Dass er jeden Morgen in den Badezimmerspiegel schaute und in verzweifelte Augen sah, dass er in den Geschehnissen einer Nacht vor zehn Jahren gefangen war. Sein eigenes Gespenst und das von Charlie Sutton verfolgten ihn, zwei Leute in einem Menschen. Er lebte in der Hölle, und mit seinem eigenen Bedürfnis, sich zu bestrafen, sich niemals Freude zu gönnen, hatte er alle in seiner Nähe mit in die Tiefe gerissen. Er wollte ihr erzählen, dass sie zu gut für ihn war, wie sehr er es hasste, dass sie immer Blut an seinen Händen sah, ganz gleich wie viele Jahre vergingen. Er wollte tausend Dinge sagen, aber er entschied sich, es nicht zu tun. Seine Schuld konnte er nicht mit ihr teilen, und seine Gefühle waren so lange in ihm eingeschlossen gewesen, dass er sich nicht sicher war, ob er sie überhaupt noch in Worte fassen konnte.

»Ich muss dich nach dem Mülleimer im Bad fragen.«

»Was?«

»Der Mülleimer im Bad. Wie oft leerst du ihn?«

Kate ließ sich aufs Sofa fallen. »Warum willst das denn wissen? Jetzt?«

»Kondome.« Er fuhr sich mit der Hand durchs Haar und lehnte sich in den Türrahmen. Sie hasste ihn schon.

Keine Frage, die er jetzt stellte, konnte es noch schlimmer machen. »Nur da kann sich derjenige, der mir das angehängt hat, das geholt haben, was er wollte.«

»Himmel, Cass.« Sie schüttelte den Kopf. »Soll ich etwa glauben, ich wäre die Einzige, die du gefickt hast?« Lachen und Schluchzen gingen in einen schleimigen Husten über.

»Bitte, Kate. Hilf mir dabei.«

Sie leerte das Glas und starrte ihn an. »Wenn du es unbedingt wissen willst, die bleiben nicht im Bad. Ich bring sie morgens nach dem Aufstehen raus in die Tonne. Ich will nicht, dass Mrs Cooper sich darum kümmern muss, wenn sie kommt.« Sie schniefte und wischte sich die Nase mit dem Handrücken ab. »Das wäre stillos.«

Er nickte. Mrs Cooper war die Putzfrau. Die sie ja unbedingt brauchten. Das war Kates Problem, sie wollte ein Leben, das er ihr nicht geben konnte. Ohne Job, mit Tennisclub und einer Putzfrau, die kam und das Grobe für sie erledigte. Wann würde sie kapieren, dass diese Welt für die meisten Menschen untergegangen war? Wann hatte sie aufgehört, für sich selbst etwas Echtes zu wollen? Er starrte sie an, dabei wurde ihm klar, dass er nie gewusst hatte, was Kate eigentlich mit ihrem Leben anfangen wollte. War es ihr je um etwas anderes gegangen als ein ansprechendes Zuhause, gute Kleider und schöne Dinge um sich herum? Immer hatte sich alles um *seine* Karriere gedreht und dann um *seinen* Ruin. Wer zum Teufel war seine Frau eigentlich, und warum hatte er sich nie die Zeit genommen, sie besser kennenzulernen?

»Danke. Das wird mir helfen …«

»Ich will dir nicht helfen, Cass«, sagte sie leise. »Früher wollte ich das immer, aber jetzt nicht mehr. Jetzt will ich nur, dass du gehst.«

Was es auch immer gewesen war, das sie zusammengehalten hatte, eine vor sich hin dümpelnde vage Erinnerung aus ihrer Jugendzeit, war nun zerstört. Eine nach der anderen wurden alle Ankerleinen in seinem Leben gekappt. Christian war tot, sein Job hing an einem seidenen Faden und jetzt warf Kate ihn auch noch raus. Vielleicht hatte er sie in den letzten zehn Jahren gleichsam dazu gedrängt mit seinen Affären und seiner Kälte. Selber konnte er nicht gehen, dazu liebte er sie zu sehr, auch wenn er wusste, dass sie Besseres verdient hatte. Stattdessen hatte er immer nur gedrängt und gedrängt, bis sie schließlich hier beim letzten Strohhalm angelangt waren. In dem Schweigen zwischen ihnen hörte er ihn zerbrechen.

Er ließ sie, wo sie war; schlank, zerbrechlich saß sie mit angezogenen Knien da und er ging die Treppe hoch. Ihm war schlecht, eine kalte Übelkeit rumorte in seinem Inneren. Seine Welt löste sich auf. Er erkannte das Gefühl wieder, nach so vielen Jahren. Damals war es von einem Moment zum anderen da gewesen – und er hatte es sich selbst angetan. Dieses Mal wurde es ihm von irgendeinem anderen Bastard angetan. Und er hatte die Absicht herauszufinden, wer das war.

Er warf ein paar Kleidungsstücke, Unterhosen, Jeans und ein T-Shirt, in eine Reisetasche, die er unter dem Bett herausgezerrt hatte, und holte sich die wesentlichen Toilettenartikel aus dem Bad. Morgen würde er den Rest mitnehmen, wie sie gesagt hatte. Wut und Schmerz tanzten in seinen Eingeweiden. Die Tapeten, Teppiche und all den anderen Scheiß im Haus hatte sie größtenteils selbst ausgesucht, und er überlegte, ob dieser kühle, glatte Look wohl die innerste Seele seiner schwer fassbaren Ehefrau offenbarte. Abgesehen von seinen Kleidern brauchte er nichts mitzunehmen. Alles andere durfte sie gern behalten.

Auf halbem Weg zur Treppe blieb er stehen. Aus dem Augenwinkel hatte er etwas bemerkt, deshalb drehte er sich, um es sich anzusehen. Er erstarrte. Die Tür zum Gästezimmer stand offen, dem Zimmer, in dem er vergangene Nacht geschlafen hatte, als er noch nicht wusste, dass dies für ihn die allerletzte Gelegenheit sein würde, neben seiner Frau zu liegen und sie atmen zu hören. Die Ecke vom Doppelbett war zu sehen, den Rest verbarg die Wand.

Cass starrte hin. Sein Mund war trocken, er merkte, wie er aufklappte. Jemand saß auf dem Bett, ganz still. In dem schmalen Streifen, der vom Raum zu sehen war, konnte er nur Beine in dunklen Anzughosen erkennen, die mit keusch geschlossenen Knien und Knöcheln kerzengerade vor dem Bett standen. Und blank polierte Halbschuhe mit schwarzen Socken. Plötzlich war die Luft um Cass herum schwer, ein zäher Klebstoff schien ihn an Ort und Stelle festzuhalten. Seine Pupillen flackerten und er riss die Augen auf, als er bemerkte, wie Spritzer von etwas, das nicht ganz schwarz war, eher tiefrot, den Glanz des Leders brach. Er konnte gerade eben noch eine blasse weiße Hand ausmachen, die auf dem linken Schenkel ruhte, das Handgelenk ragte aus einem blauen Hemdsärmel. Etwas Goldenes blitzte am dritten langen, grazilen Finger.

Die Zeit hielt an. Keine Bewegung. Die Welt leerte sich, während Cass stumm starrte. Jemand saß auf dem Bett. Nein, berichtigte er sich, nicht einfach jemand: Christian saß auf der Bettkante. Sein toter Bruder saß im Gästezimmer auf dem Bett. Sein eigenes schlagendes Herz hämmerte laut gegen seine Rippen. Das konnte nicht Christian sein. Christian war tot. Geister gab es nicht. Er starrte auf die blasse Hand und versuchte das Zittern seiner eigenen zu ignorieren. Nach ein paar Minuten schluckte Cass heftig und wandte sich ganz langsam ab. Er ließ die regungslose

Gestalt hinter sich und ging die Treppe hinunter. Rennen wollte er nicht. Da war nichts, sein Gehirn spielte ihm nur Streiche, und er hatte heute keine Zeit für irgendwelchen surrealen Dreck.

Als er ging, war Kate wieder am Telefon. Er schaute nicht ins Wohnzimmer, sagte nicht Auf Wiedersehen. Ihm fiel auf, dass es keine Unterbrechung in ihrem Gespräch gab, abgesehen von einem lauten Schniefen, nach dem sie sich die Nase wieder mit dem Handrücken abwischte. Bei jedem anderen hätte das eklig ausgesehen, aber bei Kate wirkte sogar so eine schlampige Geste elegant, dachte er. Draußen war die Luft noch immer feucht. Eigentlich wollte er sich jetzt nur noch besaufen, aber es war Freitag und da hatte er zuerst dafür zu sorgen, dass der Bonus ausgezahlt wurde. Er hatte es satt, diesen Geldumschlag unter dem Fahrersitz aufzubewahren, und die Leute würden auf ihr Bargeld warten.

Fast hätte er Claires Nummer gewählt, doch sein Finger scrollte schon von May hoch zu Blackmore. Claire würde es machen, aber obwohl sie ihren Anteil nahm, würde sie es nicht gern machen. Das wusste er. Blackmore war die bessere Wahl. Cass hätte es selber auszahlen können, aber die Fragen und die Blicke wollte er sich ums Verrecken nicht antun. Davon hatte er heute schon genug gehabt.

Beim dritten Klingeln nahm Blackmore ab. Das Gespräch war kurz, sie wollten sich in Soho treffen, Blackmore würde den Umschlag abholen, ihn am selben Abend zum Swan mitnehmen und die Kohle verteilen. Jede Woche und zweifellos überall im Land träufelte Geld auf die Handflächen von Polizisten, damit sicherte jede Firma ihr Haus für die nächsten paar Tage ab. Er ließ sein Auto an und überlegte, ob Claire nicht vielleicht recht hatte. Kriminell war nun mal kriminell, wo sollte man die Grenze ziehen? Aber, dachte er, dieses System war nicht auf seinem Mist gewachsen, er war einfach nur eingestiegen.

Mit dem Geld in seiner Reisetasche unter dem Beifahrersitz machte er sich auf den Weg zurück in die Innenstadt. Die Welt raste vorbei, Leute und Häuser nicht mehr als verschwommene Schemen. Er grübelte über das Verhör nach und die irren Beweise, die angeblich im Haus seines Bruders gefunden worden waren. So wie die Dinge sich zu entwickeln schienen, waren die Bonuszahlungen – ob moralisch oder unmoralisch – sicher nicht mehr sein einziges Problem.

9

Moneypenny's war in erster Linie ein Club mit Mädchen, doch von Zeit zu Zeit nutzte Artie Mullins das Lokal als Austragungsort für Pokerspiele ohne Einsatzlimit. Die Zeit blieb dort im Keller stehen, fernab von den belebten Straßen. Der Alkohol floss in Strömen, das Blatt wendete sich so oder so, und das Gefühl für die Stunden, die draußen vergingen, schwand.

Artie war es ganz gleich, wer gewann. Er bekam immer seinen Prozentsatz aus dem Topf und seine Gebühr für Sicherheit und Location. Doch obwohl es eigentlich nur ein Taschengeld war, brachten die Spiele ab und zu einen recht schönen Gewinn ein. Artie Mullins gehörte zu einer seltenen Spezies: Er war ein Gangster der alten Schule, der gelernt hatte, mit der Zeit zu gehen. Von seinen diversen Geschäftsstellen aus kontrollierte er immer noch einen wesentlichen Teil von London, aber wie er zu Cass gesagt hatte, ein guter Geschäftsmann verachtet leicht zu verdienendes Geld nie, auch wenn es noch so kleine Beträge sind. Eines Tages braucht man es vielleicht.

Als Cass am späten Nachmittag die Treppen runterkam, war gerade ein Spiel in vollem Gang. Das Geld hatte er sicher in Blackmores Händen deponiert und jetzt hatte er etwas Geschäftliches zu erledigen. Das nationale Anti-Rauchergesetz war eins von den vielen Gesetzen, die nicht für Artie Mullins und seine Gäste galten. Die Bar war total verqualmt, obwohl die Ventilatoren an der Wand auf Hochtouren ratterten. Cass schenkte dem Spiel in der Ecke des L-förmigen Raumes keine Beachtung. Er hatte Wichtigeres zu tun, heute Abend konnten die Spieler ihre Anonymität behalten.

Artie saß auf seinem Hocker am Ende des Tresens, von

dort aus hatte er den Überblick über den ganzen Club. Er stand auf, sobald Cass auftauchte.

»Entschuldigen Sie mich bitte, meine Herren. Ich ziehe mich in mein Büro zurück«, rief er den Spielern zu – mit der Zigarre zwischen den Zähnen. »Darf ich Sie daran erinnern, dass Ihnen noch gut eine Stunde Spielzeit zur Verfügung steht, bis ich mein Bumslokal wieder brauche.« Darauf wurde mit zustimmendem Gemurmel geantwortet und er grinste.

Er nahm eine Flasche und zwei Gläser, dann zeigte er auf einen stämmigen Mann, der an der Wand saß. »Übernimmst du, Brownie? Ich komm gleich wieder.«

Der große Kerl stand auf und setzte sich stumm auf Archies Platz am Tresen. Sein Jackett spannte an den Schultern, und Cass hätte gern gewusst, wie viele Stunden man wohl im Fitnessstudio verbringen und wie viele Pillen man einwerfen musste, um derart Masse zu entwickeln. Alle hatten von der neuen Generation von Steroiden auf dem Mark gehört, aber nicht mal die konnten solche Muskelmassen erzeugen. Er schaute genauer hin, die Augen des Mannes waren ziemlich wach, allem Anschein nach studierte er jede Bewegung an dem sich nicht in Sichtweite befindlichen Tisch. Wäre er auf Steroiden, würde das nicht so gut klappen. Cass hatte zu viele Tatorte von Morden gesehen, die im Steroidwahn verübt worden waren. Artie hatte eine gute Wahl getroffen, mit jemandem dieses Kalibers würde Cass es nicht gern aufnehmen, so viel war sicher. Schon beim Anblick dieser Muskelpakete fühlte er sich wieder wie ein magerer Schuljunge.

»Großer Junge, was?« Artie lächelte. »In jeder Beziehung, wie man mir versichert.« Er machte eine Kopfbewegung in Richtung Büro. »Die Mädels lieben ihn.«

»Wenn ich eine Frau wäre, würde ich mir vor Angst in

die Hosen scheißen.« Cass hob die hölzerne Sperre an, die den kleinen Empfangsbereich und die Garderobe voneinander trennte, und folgte Artie in sein Büro.

»Das ist so eine Sache mit den Mädels. Die sind nicht wie wir. Versuch bloß nicht, sie zu verstehen.«

Cass dachte an Kate, die zu Hause weinte. »Jaja, da geb ich dir recht.«

Artie setzte sich auf seinen ledernen Schreibtischstuhl. Nachdem er Flasche und Gläser auf dem Tisch abgestellt hatte, nahm er auch endlich die zerkaute Zigarre aus dem Mund. Sie war ausgegangen und er ließ sie in den Aschenbecher fallen.

»Nach dem, was du am Telefon gesagt hast, würde ich meinen, du bist ein Mann, der einen Drink gebrauchen kann.«

Cass nickte. Artie schenkte zwei große Portionen eines sehr schönen Single Malt ein.

»Klang nicht gut«, sagte Artie und lehnte sich zurück.

»Glaub mir, das ist es auch nicht.« Cass stieß mit ihm an und setzte sich auf das Ledersofa. Er lehnte sich vor. »Sie haben mich suspendiert – obwohl sie das ›Sonderurlaub wegen Trauerfalls‹ nennen oder so einen Scheiß. Irgendein Arsch hat mir was in die Schuhe geschoben, und ich hab keine Ahnung, warum.«

»Diese Sache mit deinem Bruder und seiner Familie kam im Radio. Tut mir leid, das zu hören.«

Cass zog den Schutzwall fester um sein Herz. Jetzt war für so etwas nicht der richtige Zeitpunkt. »Danke – obwohl ich einfach nicht glauben kann, dass Christian all das getan haben soll, was die da sagen. Und jetzt haben sie diese irren Beweise dafür gefunden, dass ich da gewesen sein soll, wo ich doch verdammt noch mal nicht da war. Diese ganze Sache ist total beschissen.«

»Und was gedenkst du dagegen zu tun?«

Das liebte Cass an Artie. Keine Gefühlsduselei, nichts als einfach raus mit der Sache und dann Action. Wen man etwas glaubte, dann zog man es durch, auch wenn man den Rest der Welt gegen sich hatte.

»Na ja, heute Abend hab ich vor, mich total volllaufen zu lassen, und morgen räum ich dann auf und überleg mir, was zum Teufel eigentlich los ist und wer mir unbedingt was anhaben will.«

»Das hört sich nach 'nem guten Plan an.« Artie streckte die Hände aus. »Mi casa es su casa – oder wie dieser spanische Scheiß auch immer heißen mag.«

Cass leerte sein Glas und ließ sich von Artie nachschenken. Dann steckte er sich eine Zigarette an und wühlte in seiner Tasche nach dem kleinen Päckchen, das er geschworen hatte wegzuwerfen. Er schmiss es auf den Tisch. Artie holte seine Brieftasche heraus und zog mit seiner Platin-Kreditkarte zwei dicke Lines. Er rollte einen Zwanziger auf und reichte ihn Cass, der sich das eine Nasenloch zuhielt und durch das andere kräftig einatmete. Das Pulver raste durch seine Nase und von dort runter in die Kehle, das anfängliche Brennen wurde sofort von einer angenehmen Taubheit abgelöst. Mit dem Finger fuhr er über die körnigen Reste und verrieb sie auf seinen Zähnen. Sein Herz klopfte und in seinem Kopf machte sich ein Kribbeln breit. Die Müdigkeit verebbte. Er spülte die Droge mit einem großen Schluck Whisky in seinen Kreislauf. Artie tat dasselbe.

Er fühlte sich wohl mit Artie, der ihn in so vielem an Brian Freeman erinnerte. Man konnte Entspannung finden an einem Ort, an den der Arm des Gesetzes nicht reichte, in einer Welt, in der Männer ihre eigenen, meist ungeschriebenen Regeln festlegten. Und er wunderte sich über den Teil von ihm, der so hart dafür gearbeitet hatte, bei der Polizei bleiben zu können, der so gern gut sein und alles wieder ausgleichen wollte – der Erlösung wollte. Schon wieder dieses Wort. Es hallte in seinem Kopf wider, wie mit Christians toter Stimme gesprochen. Selbst hinter der wachsenden Mauer seines Rausches tat ihm das Herz noch weh. Nach welcher Erlösung konnte Christian gesucht haben?

Er schob die Erinnerung an seinen toten Bruder beiseite und spürte sofort, wie stattdessen die kalten Finger der Ermordeten stumm an ihm zogen. Anscheinend konnten sie sich ebenso leicht durch seine Haut bohren, wie sie sich durch die weiche Erde ihrer Gräber wühlten. Was war Koks doch bloß für ein Scheißzeug. Wenn es einen aufweckte, dann machte es nirgendwo halt.

Er schaute rüber zu Artie. »Hast du schon mal von einem Mr Bright gehört?«

»Warum fragst du?«

»Der Name fiel heute bei einer Befragung. Wer auch immer das ist, er spielt mit mir, glaube ich. Er hat mir was geschickt.«

Artie wich seinem Blick aus und Cass sah, wie sein Mund langsam zuckte.

»Du hast also von ihm gehört.« Cass stellte sein Glas ab, der Plan, sich die Rübe abzuschrauben, war erst mal vergessen. Sein Herz hämmerte in einem gnadenlosen Ravebeat, und daran waren nicht allein die Drogen schuld.

»Weißt ja, wie das ist in London.« Artie zuckte die Achseln. »Gibt 'ne Menge Gesichter in dieser Stadt.«

»Willst du damit sagen, er gehört zu einer Firma?«

Artie lächelte und schüttelte den Kopf. Eine Weile sagte er gar nichts, er zündete sich seine Zigarre wieder an. Schließlich fragte er: »Was weißt du über Die Bank?«

»Abgesehen davon, dass sie uns alle vorm finanziellen Armageddon bewahren soll, oder was meinst du?«

»Jaja.« Das Gesicht des alten Mannes wurde ganz faltig, als er lächelte. »Abgesehen von diesem Dreck.«

»Ich weiß nicht viel. Christian hätte mehr gewusst. Er hat im Londoner Hauptquartier gearbeitet.« Er schniefte, alles war so angenehm taub. »Wann wurde sie gegründet? 2010?« In seiner verblassenden Erinnerung suchte er nach Einzelheiten. Manchmal kam es ihm so vor, als wäre Die Bank schon immer da gewesen.

Okay, da waren die abhandengekommenen Details. »Sie gehört Amerika und den englischen Aushängeschildern der Milliardäre Gates und Branson in Gemeinschaft mit der Elite Japans, den neuen chinesischen Superreichen und Russland. Und das heißt, dass sie jetzt in der einen oder anderen Form Eigner des größten Teils aller Besitztümer und Bankkonten der westlichen Welt sind. Wie stell ich mich an?«

»Gar nicht schlecht, allerdings hast du eines ausgelassen: Die Bank regiert die ganze scheiß Welt, Mann. Die ist jetzt praktisch die Regierung.« Artie schüttelte den Kopf. »Die sogenannte gewählte Regierung fragt Die Bank um Erlaubnis, wenn sie sich den eigenen Arsch abwischen will. Diese ganze Scheiße da in Russland und Tschetschenien? Die Bank steckt dahinter. Und das afrikanische Ölgeschäft. Mit diesen Hunderten von Toten? Was glaubst du, wer denen das Maul gestopft hat?«

Cass blieb stumm, hörte zu und lernte, genau wie vor so vielen Jahren bei Freeman, als er meistens Charlie Sutton gewesen war. »Ist allerdings schwer, manche dieser Leute mit solcher Kacke in Einklang zu bringen«, sagte Cass schließlich. »Oder vielleicht bin ich da auch nur naiv.«

»Die Sache ist die mit mächtigen Männern«, Artie

beugte sich vor, er sprach langsam und nachdenklich, »und ich meine alle, egal welcher Couleur, mit richtig mächtigen Männern ist die Sache die, dass man nie wirklich weiß, wer sie sind. Die Namen der Galionsfiguren sind es nie. Ich? Ich weiß, wo mein Platz ist. In London mag ich ja so was wie der King sein, aber wenn ich das wirklich wäre«, er wackelte mit dem Zeigefinger und zwinkerte Cass zu, »würde mein Name bei euch in keiner Akte stehen. Ich wäre unsichtbar.«

Cass runzelte die Stirn. »Willst du damit sagen, dass dieser Mr Bright für Die Bank arbeitet?«

»Jeder arbeitet für Die Bank, mein Junge, auf die eine oder andere Weise. Dein Mr Bright aber vielleicht nicht.«

»Kapier ich nicht.«

»Vielleicht arbeitet Die Bank für ihn.«

»Ich kann dir immer noch nicht folgen. Meinst du, er ist einer der Gründer Der Bank?« Cass war sich bewusst, wie ungläubig er klang.

Artie zuckte mit den Schultern. »Ich sag nur, dass ich Geschichten gehört habe. Meistens aus dritter Hand, so was wie Stille Post, die Art Geschichten, die an zwielichtigen Orten über zwielichtige Leute erzählt werden. So wie diese Großstadtlegenden, aus denen miese Filme gemacht werden, in denen halbnackte Mädels rumlaufen, bis irgendein Arsch ihnen eins mit der Axt oder sonst einer Waffe überbrät.« Er lachte, aber seine Augen waren kalt und todernst. »Die Sache ist die, ich hab diesen Namen gehört, und zwar an allen möglichen Orten, legalen und sonstigen. Scheiße, ich weiß nicht mal genau, ob das sein richtiger Name ist, aber ich weiß, ich hab nie gehört, dass er ohne einen Schuss Furcht und eine ordentliche Portion Respekt ausgesprochen wurde.« Er paffte seine Zigarre und der beißende Rauch blieb in der Luft zwischen ihnen hängen.

»Alles hat Schichten, das weißt du, Cass. In deiner Welt gibt es Schichten und in meiner, und manchmal überlappen sie sich sogar.« Er nickte. »Hast du selber erlebt. Du bist einer von denen, die auf so einer Überlappung leben. Sie sind überall: die Regierung, Die Bank, die Welt ... und normalerweise bleiben die Schichten voneinander isoliert. Du weißt doch, was ich meine?« Artie wartete nicht auf die Antwort. »Aber dein Mr Bright, von dem scheint man in allen diesen Schichten gehört zu haben.« Er lehnte sich zurück. »Wenn er dich am Arsch kriegen will, dann läuft da richtig ernster Scheiß. Mehr sag ich nicht. Wer er ist, was er macht? Ich weiß es nicht. Und um es auf den Punkt zu bringen: Ich will es auch nicht wissen.«

Der Rauch zwischen ihnen hatte sich verzogen, aber Cass' Denkvermögen war immer noch umnebelt. Er war sich nicht sicher, ob er Artie überhaupt verstanden hatte. Wer zum Teufel war dieser Mr Bright nun? Es kam ihm vor, als hätte Artie eine ganze Menge gesagt, ohne ihm viel mitzuteilen. Sein Gehirn ging die Informationen durch, aber es dachte blitzartig in zu viele verschiedene Richtungen gleichzeitig, der Rest von ihm kam einfach nicht mit. Vielleicht hätte er lieber bis zum Ende dieses Gesprächs die Finger vom Koks lassen sollen. Er merkte, dass er wieder mit den Zähnen knirschte, und schluckte trocken, als ihm die Reste der Droge den Rachen hinunterrieselten. Er musste sich an die Einzelheiten halten. Das große Ganze konnte bis morgen warten.

»Glaubst du, er könnte ein Mörder sein?«

»Leck mich am Arsch, Cass, wir sind alle Mörder.«

»Ich meine, ein Serienmörder. So einer von den durchgeknallten Psychos.« Das war vielleicht nicht die korrekte psychiatrische Bezeichnung, die Hask gewählt hätte, aber es würde schon reichen, dachte Cass.

»Aha, die toten Mädels. Du meinst also, die werden alle von demselben Typen erledigt?«

Cass nickte. Das Bild von Carla Raes erbärmlicher Leiche drängte er in eine Ecke seines Bewusstseins zurück. Ihre kalten Finger waren schwerer abzuschütteln. »Kann dir keine Einzelheiten erzählen, die stehen aber bestimmt schon bald in der Zeitung.«

»Also, ich bin keine Experte, ich bin dem Mann ja auch nie wirklich begegnet – und wünsch mir das auch wirklich nicht – aber ich würde nicht drauf wetten, dass er es ist.«

»Na, dann kapier ich es einfach nicht.« Cass ging noch mal alle Informationen durch, die wie Puzzleteile in seinem Gehirn verstreut lagen. Keins passte zum anderen. »Ich kapier das nicht, verdammt. Entweder will er mich reizen oder er will mir was sagen, aber irgendwie haut beides nicht hin.«

Artie nickte. »Wir werden alle verarscht, Cass. Das gehört zum Spiel.« Er nippte an seinem Whisky. »Denk nur dran, mein Junge, manchmal sind es nicht die offensichtlichen Sachen, die du dir angucken musst, und manchmal kann man das Offensichtliche nicht sehen, selbst wenn man es direkt vor der schiefen Nase hat.«

Cass beobachtete sein Gegenüber genau. »Versuchst du mir etwas zu sagen, Artie? Wenn das so ist, dann könnte ich mehr damit anfangen, wenn du es mir jetzt geradeheraus sagen würdest.« Seine Geduld war am Ende, das Koks hatte ihn zwar wach gemacht, doch seine Nerven fühlten sich an wie Hochspannungskabel auf dem Wasser. Mr Bright wollte ihm etwas mitteilen, deshalb hatte er ihm den Film geschickt. Der Mörder, Bright oder sonst wer, versuchte ihm mit den Fliegeneiern und der hingekritzelten Botschaft etwas mitzuteilen. *Nichts ist heilig*. Mit dem manipulierten Beweismaterial hatte jemand eine ziemlich starke Botschaft geschickt. Und er hatte sogar den Eindruck, dass sein toter Bruder ihm etwas mitteilen wollte. Dass Artie Mullins anfing in Rätseln zu sprechen, hatte ihm gerade noch gefehlt.

»Ich teile bloß ein paar alte Weisheiten mit dir, Cass. Man überlebt nicht so lange wie ich, ohne die eine oder andere Perle auf dem Weg aufzulesen.« Er zwinkerte. »Ein paar von denen sollte ich wirklich an irgendeine Glückskeksbäckerei verkaufen.« Sein leises Lachen rasselte kehlig. Wie alles andere, was er hatte, dachte Cass, hatte er sich auch das auf die harte Tour erworben.

»Ich nehm's mir zu Herzen.«

»Tu das«, sagte Artie.

Im Club kam das Kartenspiel zum Ende, im Empfangsbereich hörte man die Stimmen der Männer, denen vermutlich der Koloss Brownie teure Mäntel reichte, wobei er darauf achtete, dass alle so höflich gingen, wie sie gekommen waren.

Der alte Gangster grinste. »So, und nun wollen wir diesen ganzen Scheiß vergessen und einen Schluck trinken. Was sagst du dazu?«

Cass hob sein Glas. »Ich sag, Scheiße, darauf trinke ich.«

Cass saß am Ecktisch, die Arme hatte er über die Lehne der gepolsterten Lederbank gestreckt. Seine braunen Augen glänzten schwarz, die Iris hatte sich über die ganze Pupille ausgedehnt. In seinen Adern raste das Blut, der Whisky nahm dem stetig präsenten Pulsieren des Kokainrausches die Schärfe, deshalb fühlten sich seine Glieder seltsam schwer an. Es spielte keine Rolle. Er hatte sowieso keine Lust, sich zu bewegen oder zu reden. Er wollte keine Gesellschaft, trotzdem zeigte Arties dicker Finger mal auf dieses, mal auf jenes Mädchen.

Sein Körper schien ganz ruhig zu sein, doch nicht so wie der von Carla Rae, bei ihm saß die Ruhe nur an der Oberfläche. Innen drin arbeitete die Maschine auf Hochtouren. Seine Haut war heiß. Seine Kehle war trocken und das Brennen in der Nasenhöhle war schlimmer geworden mit jeder dicken Line weißen Pulvers, die er geschnupft hatte. Sein Gramm war schon lange weg. Jetzt war er ganz auf Arties Gastfreundschaft angewiesen. Seine Lungen waren ganz kalt von zu vielen Zigaretten, er hatte das Gefühl dafür verloren, wie viele es mittlerweile waren. Es spielte keine Rolle. Wahrscheinlich würde er noch mehr rauchen, ehe die Nacht vorüber war.

Er bekämpfte den Drang, auf die Uhr zu schauen. Die Zeit floss schnell und langsam, irgendwann richtete sich seine vage Vorstellung davon, wie lange er schon hier war, nur noch danach, dass er eine weitere Schachtel Zigaretten geraucht und wie viel Koks er geschnupft hatte, und für beides hatte er mittlerweile das Gefühl verloren. Es war ihm egal. Der Kater am Morgen würde mörderisch ausfallen, ganz gleich wie spät es war. Im Moment zählte nur, dass es spät und er total hinüber war – und dass ihn die Finger der Toten wenigstens für eine Weile losgelassen hatten. Er ließ sich Musik in die Venen pumpen, sich vom Rhythmus durchströmen. Die Melodie kannte er nicht, aber das spielte keine Rolle. Sie klang gut, war nicht zu schnell und nicht zu langsam. Sie war verführerisch, sprach die dunklere Seite in ihm an. Fast lächelte er. Heute Nacht brauchte er keine Musik, um die Schatten in seiner Seele zu entfesseln. Er hatte sie bereits zum Feiern losgelassen.

Der Raum drehte sich heiß und bunt um ihn herum, während sein Blick von Tisch zu Tisch flitzte, ein Bild von der Szene in sich aufnahm und es in den Nebel saugte, der ihn von der Außenwelt trennte. Sein fieberhaft arbeitender

Verstand zerfetzte jedes Bild, fledderte es auseinander und schickte die Fetzen tiefer in scin Inneres, wo sie verschluckt wurden.

Am Tisch gegenüber lachte eine schöne Blondine über etwas, was der reifere Mann neben ihr gesagt hatte. Die beiden hatten eine Flasche Champagner geleert und gut die Hälfte einer zweiten. Augenscheinlich waren sie auf dem besten Wege, sich zu betrinken. Das Mädchen lehnte sich zu ihrem Begleiter hinüber und streichelte ihm mit einer Hand das Gesicht. Cass beobachtete, wie der Blick des Mannes zu ihrem Ausschnitt hinunterglitt, den das enge, tief dekolletierte Kleid und ihre Körperhaltung gut zur Geltung brachten, und für einen winzigen Moment meinte Cass zu sehen, dass ihm etwas Gelbes aus den Augen strömte. Die Frau lachte und streckte ihren Kopf nach hinten, und während der Mann von diesem Anblick gefangen war, ließ ihre Hand das Champagnerglas unter den Tisch gleiten. Sie lächelte ihn immer noch an, verschüttete mehr als die Hälfte des Inhalts auf dem dunklen Teppich, ehe sie sich zu ihm rüberlehnte und ihm die Nasenspitze küsste, als sie das Glas wieder hochnahm, um dann mit großer Geste die Neige darin auszutrinken.

Sein Blick ging in eine andere Richtung. Ein dickeres Mädchen an einem Vierertisch füllte die Gläser auf, und während die Männer abgelenkt waren, leerte sie mit einer schnellen Handbewegung die immer noch halb volle Flasche in den Eiskübel. Sie schnippte mit den Fingern nach der Kellnerin, wobei sie lächelnd vorzuschlagen schien, dass eine weitere Flasche bestellt werden solle. Das wurde auch getan.

Artie saß lächelnd hinten am Tresen. Überall um ihn herum jagten die Mädchen dem Geld nach. Sie schleppten Männer an ihre Plätze ab, bestellten überteuertes Essen, das nicht verzehrt wurde, Champagnerflaschen, die nie ausgetrunken wurden, und alles mit einem verheißungsvollen Lächeln, das ihre Augen nie erreichte.

Ein Schauer durchlief Cass' Körper. Nichts war, wie es schien. Alles war Illusion. In gedämpftem Licht und aufreizend gekleidet war jedes Mädchen eine Schönheit, ein verheißungsvolles, unbekanntes Land, für dessen Erkundung betrunkene Männer viel Geld bezahlten. Wie würden sie sich am Morgen fühlen? So gewöhnlich wie Carla Rae. So kalt wie Kate. So schlicht wie Jessica. Sein Herz tat weh.

Nach einer weiteren Line, seinem einzigen Zeitmesser, tanzte die ganze Welt. Das Lächeln der Mädchen zog sich zu sehr in die Breite. Die Männer lachten zu laut, während sie schwitzten und versuchten, den Rhythmus ihrer zuckenden, sich windenden Partnerinnen zu halten. Cass fragte sich, ob sich die Frauen schließlich doch dem Alkohol ergeben hatten. Auf der Bühne wand sich ein schwarzes Mädchen in einem Stringtanga um eine Stange. Sie schaute gelangweilt.

Der Raum stank nach warmem Champagner. Schweißnass klebte Cass das Hemd am Rücken. Er zündete sich noch eine Zigarette an. In seinem tauben Mund konnte er den Rauch kaum schmecken. Ihm taten die Männer nicht leid, deren Kreditkarten und Spesenkonten Arties Schatztruhen mit Hunderten von Pfund fütterten. Dumm waren sie nicht. Sie hatten sich in die Show eingekauft, waren froh, ihre Rolle darin zu spielen, solange die Fantasien erfüllt wurden: Täuschung in der Täuschung. Es war eine verlogene Welt.

Cass stellte fest, dass er lachte, und dann hörte er auf, ganz plötzlich. Seinen Augen war es ein Rätsel und sein Verstand hatte Mühe, den Anblick zu entschlüsseln, der seine Aufmerksamkeit erregt hatte: Ein Paar blanker schwarzer Halbschuhe stand mitten auf der Tanzfläche und wies anklagend in Cass' Richtung. Um sie herum fanden Körper zueinander, denn nun wurden langsamere Nummern gespielt. Die Füße blieben still stehen. Cass starrte.

Jetzt nicht. Er blinzelte heftig. Die Schuhe waren immer noch da. Ob er wohl frisches Blut darauf sehen könnte, wenn das Licht anging? Sein hämmernder Herzschlag verlangsamte sich. Sein Blick wanderte von den Schuhen aufwärts, an der ordentlichen Bügelfalte entlang. Am Hosenbund steckte das hellblaue Hemd nur zur Hälfte in der Hose, die andere Hälfte hing heraus, der teure Stoff war zerknittert. Ein Paar schob sich vor die still stehende Gestalt, es tanzte die unbeholfene Parodie eines Walzers, und solange die beiden in seinem Blickfeld waren, konnte er das helle Hemd und die dunkle Hose nur für kurze Augenblicke sehen. Cass' Blick wanderte weiter nach oben, eisiges Grauen packte ihn. Blondes Haar blitzte auf. Ein Auge, blau und golden, noch hinter den tanzenden Gestalten.

»Noch eine Line, Junge?« Arties dicker Körper versperrte ihm plötzlich die Sicht. »Du siehst aus, als wolltest du hier einschlafen, und das geht gar nicht.«

Eine Sekunde lang konnte Cass nicht sprechen. Er richtete den Blick auf Artie, der ganz im Hier und Jetzt war. »Ich glaub, ich bin total abgefüllt«, brachte er schließlich hervor.

»Dann sind wir schon zwei, Mann.«

Es gibt keine Geister, dachte Cass und konzentrierte sich auf seinen Gastgeber. Artie war noch längst nicht hinüber. Die alte Lederhaut hatte offenbar eine robuste Konstitution. Ob er wohl auch so viel abkönnen würde, wenn er so lange lebte? Oder erwarb man so was nur, wenn man sich den ganzen Lebensstil aneignete.

»Für eine ist immer noch Platz«, fuhr Artie fort. »Außerdem ist es erst halb drei. Wir haben noch eine Stunde totzuschlagen, ehe wir schließen, lass uns also dieses Gramm wegsaugen.«

Plötzlich hatte die Zeit ihren Platz in der Nacht gefunden und das surreale Gefühl trieb davon. Die Welt war, was sie war, und er auch. Cass stand auf und folgte Artie Mullins ins Büro. Die Gestalt auf der Tanzfläche war verschwunden. Natürlich. Sie war ja auch nie da gewesen, sie war nur eine Ausgeburt seiner Einbildung gewesen, hervorgebracht von Stress und Trauer und zu viel Scheiß in seinem Kopf. Als er an der Bar entlangging, sah Cass sein Spiegelbild, und für einen ganz kurzen Moment leuchteten seine Augen blau und golden, so wie Christians. Es war mit Sicherheit Zeit für die nächste Line.

Er machte die Augen auf und ein Meer von nikotinfleckiger Sahne lag vor ihm. Einen Moment lang war sein Kopf ganz wunderbar und absolut klar. Das dauerte ganze fünfzehn Sekunden, dann löste er den Blick von der Decke in Arties Büro und richtete ihn auf den Mann selbst. Ein kurzer Übelkeitsanfall kämpfte mit dem überwältigenden Schmerz, der sich im Hinterkopf unter der Schädeldecke breitmachen wollte und kleine Stoßtrupps quer über seinen Kopf schickte. Als Artie zwei Becher Kaffee eingeschenkt hatte, fühlte Cass sich schon ganz so, wie er es vorhergesehen hatte.

Er hievte sich in eine sitzende Position, rieb sich das Gesicht und schaute dann zu Artie rüber.

»Du siehst widerlich gesund aus. Wie spät ist es?«

Artie nickte zur Uhr hoch. »Kurz nach neun. Ich bin schon zwei Stunden auf. Mehr als ein paar Stunden Schlaf sind bei mir dieser Tage nicht drin.« Er lachte. »Hab zu viel zu tun. Du weißt ja, wie das ist.«

»Du sagst es.« Cass dachte an den Tag, der vor ihm lag. Im Augenblick hatte er nicht viel mehr vor, als seine Sachen von zu Hause zu holen und irgendwo in einem Hotel einzuchecken.

»So«, Artie schob ihm den Kaffee über den Schreibtisch, »ist alles raus aus deinem System?«

Cass nickte. »O ja. Fühlt sich an, als ob mein Gehirn versucht, durch die Ohren zu entwischen.«

»Das sind die Kippen. Du rauchst zu viel.«

»Das muss es sein.« Der Kaffee war heiß und sein Rachen noch immer wund von den Drogen. Er schmeckte aber gut. »Ich brauch ein paar Schmerztabletten.«

»Ich hab was Besseres, das wird dir auf die Beine helfen.« Er schob ein Stück Papier über den Tisch und Cass nahm es.

Ein Name stand drauf, den er nicht kannte. Ali Khan.

»Ali Khan? Und wer soll das sein?«

»Der, mein Junge, hat eine Burgerbude unten bei Elephant and Castle. Gleich um die Ecke vom Ministry of Sound. Verdient sich eine goldene Nase mit all den Nachtschwärmern auf dem Heimweg.«

»Und was hat der mit mir zu tun?«

»Er ist dein Alibi.«

Cass runzelte die Stirn. Sein Gehirn war nicht wach genug, um schnell zu verstehen. »Mein Alibi für was?«

»Na, du kannst nicht im Haus deines Bruders gewesen sein, weil du in dieser Nacht um halb eins bei ihm einen Burger gekauft hast. Er erinnert sich an dich, weil du dich beschwert hast, dass er nicht ordentlich durchgebraten war, und einen neuen verlangt hast. Er erinnert sich auch an dein angeberisches Auto.« Artie grinste. »Ein mies gelaunter Arsch mit dunklen Haaren in einem Audi A8.« Davon kann es nur einen in der Stadt geben.« Er steckte sich eine

Zigarre an und vom beißenden Rauch drehte sich Cass' Magen um. Die Anstrengung, die es ihn kostete, die Galle wieder runterzuschlucken, sprengte ihm ein frisches Loch in die weiche Masse seines Hirns. Na toll.

»Du musst also mal bei deinem hübschen Sergeant durchklingeln und ihr erzählen, dass du dich vage dran erinnerst, irgendwo in der Gegend vom Elephant angehalten und dir was zu essen geholt zu haben. Sie wird den alten Ali bald aufgespürt haben. Und alles ist in Butter.« Er lachte in seinen Kaffee. »Ich bin doch gut zu dir, Junge.«

»Prost.« Cass schob das Papier wieder zurück. »Ich mach's, aber die werden das nie glauben. Bowman jedenfalls nicht. Der Arsch hat es echt auf mich abgesehen.«

»Ob die es glauben oder nicht, ist völlig egal. Alles nur Blendwerk. Wir wissen, dass du nicht da warst, und nun haben wir Tatsachen geschaffen, die es beweisen.« Artie zuckte die Achseln. »Eine kleine Lüge, um eine größere plattzumachen.«

Cass lachte trotz des Schmerzes, der ihm übers Gesicht schoss. »Ich liebe deine Art zu denken, Artie.«

»Gern geschehen.«

Sie tranken langsam, nahmen kleine Schlucke, während die heiße Flüssigkeit abkühlte. Schließlich sagte Artie: »Kommst du zurecht, Cass?« Sein Gesicht wurde milde. »Brauchst du noch Koks oder sonst was? Geht auf mich.«

»Danke, aber nein danke.« Cass grinste. »Wird Zeit für mich, eine Weile sauber zu bleiben. Ich brauche einen klaren Kopf, wenn ich diesem ganzen Mist auf den Grund gehen will.«

Artie nickte. »Pass bloß auf dich auf, mein Sohn. Du weißt ja, wo ich bin, wenn du mich brauchst.«

Arties Handy klingelte und er ging nach draußen, um den Anruf entgegenzunehmen. Cass blieb, wo er war. Auf dem Sofa. Der Kaffee tat langsam seine Wirkung. Er dachte darüber nach, welche Geschäfte Artie wohl gerade machte, ob er irgendwas Gewalttätiges organisierte, um jemandem eine Lektion zu erteilen? Nichts würde Cass überraschen. Das Einzige, was ihn überraschte, war, dass der einzige Mensch, der ihm glaubte – abgesehen von Claire, die ihm anscheinend jedes Wort glaubte –, ein Mann war, der auf der anderen Seite des Gesetzes lebte. Die Welt war ein komischer Ort, so viel war sicher.

10

Claire May und Mat Blackmore erreichten den Tatort am Samstagmorgen um halb zehn, keine schlechte Zeit, wenn man bedachte, womit sie gerade beschäftigt waren, als der Anruf kam. Allerdings hielt die gute Stimmung nicht an. Es war Claires freies Wochenende und Mat fand, sie solle zu Haus bleiben, aber das kam für sie überhaupt nicht infrage. Sie würde doch nur an den Fall denken, wenn er arbeitete und sie würden doch nur drüber reden, wenn er wieder zurückkam. Wo sein Problem lag, kapierte sie erst, nachdem er sie »Jones' kleine Spionin im Lager« genannt hatte. Zähneknirschend war sie ins Auto gestiegen. Darüber wollte sie nicht streiten, teils weil sie sicher war, dass er es aus blöder männlicher Eifersucht gesagt hatte, teils weil es zutraf. Sie würde Cass über jeden Schritt, den sie machten, auf dem Laufenden halten. Die beiden Fälle waren kollidiert und Cass verdiente zu erfahren, was los war. Es war völlig unwahrscheinlich, dass er in die Erschießung seiner eigenen Familie verwickelt war.

Sie zog die Plastikschuhe über ihre eigenen und war froh, mitten im Trubel zu sein. Die Autofahrt zum Charing-Cross-Hospital war stumm verlaufen. Sie hatte beinahe hören können, wie Mat beim Fahren die Kiefer zusammenbiss. Er war eifersüchtig auf das, was sie und Cass getan hatten, das wusste sie, aber ihr Verhältnis hatte nicht lange gedauert und jetzt war es vorbei – und sie konnte es nicht mehr ungeschehen machen. Und vielleicht hatte er Grund zur Eifersucht: Sie mochte Mat, klar, sie mochte ihn sehr. Aber war etwas Magisches an ihrer Beziehung? Nein. Cass Jones hatte es vielleicht nicht gespürt, aber er war für sie wie Donner und Blitz gewesen, und daran würde sich wahrscheinlich nie etwas ändern. Eines Tages mochte die

Wärme, die sie für Mat empfand, vielleicht zu einer Flamme werden, doch tief drinnen hatte sie das schreckliche Gefühl, dass er ihr Lückenbüßer war. Das war ihr bisher noch gar nicht so klar gewesen.

Die Strain-II-Abteilung, in der die fünfte Frau gefunden worden war, nahm im Krankenhaus den größten Teil einer Etage ein. Trotz der verhaltenen Stimmen der in Plastik gehüllten Polizeibeamten, die die Korridore bevölkerten, herrschte tödliche Stille. Claire zitterte. Sie konnte nichts dagegen machen. Strain II war die neue Pest, und für die Schwestern, die hier arbeiteten, empfand sie absolute Hochachtung.

Hinter Mat ging sie an den beiden Beamten bei der Tür vorbei in ein kleines Krankenzimmer. Eine nackte Frau lag auf einem Bett in der Mitte, der grüne Sichtschutz war komplett geöffnet und ihre Leiche allen Blicken preisgegeben. Hatte der Mörder den Vorhang so hinterlassen oder hatte Dr. Farmer ihn aufgezogen? NICHTS IST HEILIG war in Rot quer über die vollen Brüste der Frau geschmiert worden. Claire kämpfte gegen das Bedürfnis an, sie zuzudecken. DI Bowman lehnte an der Wand, er sah krank aus. Wenn sein Zustand sich verschlechtern sollte, war er wenigstens am richtigen Ort. Neben ihm hob Dr. Hask die Hand zum Gruß, dann starrte er wieder auf den Tatort.

»Verzeihung, entschuldigen Sie …«

Von Kopf bis Fuß in Plastik gekleidet schob sich jemand zwischen Mat und Claire: Josh Eagleton, der junge Pathologieassistent. In seiner Eile, ans Bett zu gelangen, wäre ihm fast die Kamera aus der Hand gefallen.

»Sie haben sich verspätet.« Der Gerichtsmediziner musterte ihn kühl.

»Ich hab keinen Parkplatz gekriegt. Daran hatte ich gar nicht gedacht. Tut mir sehr leid …« Der junge Mann schlug die Augen nieder. Er schwitzte und war ganz aufgeregt – und er tat Claire ganz schön leid. Mit Cass zu arbeiten war auch manchmal schwer zu ertragen, aber Dr. Farmer war viel schlimmer.

»Sie können die Mittagspause durcharbeiten. Fangen Sie jetzt mit den Aufnahmen an.«

Bowman löste sich von der Wand und schaute seine eigenen Assistenten an. »Zwei zum Preis von einem?«

»Je mehr, desto besser, hab ich mir gedacht, Sir«, antwortete Claire, ehe Mat den Mund aufmachen konnte. »Ich hätte mich Montag ohnehin auf den neuesten Stand bringen müssen.« Das erste Blitzlicht zuckte und sie warf schnell einen Blick auf das Bett. »Wer ist sie? Eine Patientin?« Gegen die plötzliche ängstliche Anspannung war sie machtlos. Strain II war weitaus ansteckender als das ursprüngliche Aids-Virus.

»Nein«, sagte Dr. Farmer, »für jemanden mit Strain II hat sie viel zu viel auf den Rippen.«

»Charmant wie immer«, warf Bowman ein. »Sie ist Fachkrankenschwester hier. Ihr Name ist Hannah West, achtunddreißig Jahre alt. Sie hatte Nachtschicht. Die Oberschwester hat sie gefunden, als sie heute Morgen um acht ihren Dienst angetreten hat.«

»Himmel!« Mat rümpfte die Nase. »Wie lange hat sie hier gelegen?«

»Den Krankenblättern ist zu entnehmen, dass sie ihre letzte Runde mit Medikamentengabe um zwei Uhr nachts beendet hat. Sie sollte um sechs abgelöst werden. Ihr Mann hat um Viertel nach acht angerufen, er wollte wissen, wo sie sei. Er musste zur Arbeit und sie hätte zu Hause auf die Kinder aufpassen müssen. Sie wohnen in Kentish Town.«

»Er arbeitet samstags?«, fragte Claire.

»Ja, in einem Supermarkt offenbar. Er war früher irgendwo im Vertrieb beschäftigt, hat vor etwa einem Jahr seine Arbeit verloren. Egal, die Tagschicht hat nachgeschaut und sie hier drinnen gefunden. Die Oberschwester hat es auf sich genommen, den Ehemann anzurufen, nachdem sie uns benachrichtigt hatte. Zum Glück waren wir zuerst hier.«

»Wo ist er?«

»Ein paar Uniformierte haben ihn irgendwo hingesetzt. Sie nehmen seine Aussage auf, nachdem sich der arme Kerl nun endlich etwas beruhigt hat. Wenigstens ist er nicht hier reingekommen.«

»Das ist ein großes Zimmer für eine einzelne Person«, sagte Claire. »Ich dachte, es gäbe einen Bettenmangel?«

»Hier drin waren drei Patienten, aber der in diesem Bett ist gestern gestorben und heute sollte es neu belegt werden.«

»Aber unser Mann war vorher schon da«, murmelte Mat. Er schüttelte den Kopf. »Wie konnte er das machen – mit anderen Menschen im Zimmer?«

»Die anderen beiden kann man kaum noch so bezeichnen«, sagte Farmer trocken. »Als Zeugen sind sie jedenfalls nicht zu gebrauchen. Sie sind nämlich nicht im Vollbesitz ihrer intellektuellen Fähigkeiten, sondern komplett weggetreten nach einem Drogencocktail, der eine ordentliche Dosis Morphium enthält. Beide sind im fortgeschrittenen Stadium und haben nicht mehr lange zu leben.« Er schaute rüber zu Bowman. »Und sogar die weniger kranken Patienten sind während der Nacht stark sediert. Die Krankenhäuser haben wenig Personal und arbeiten nachts mit Minimalbesetzung. Wenn alle schlafen, ist die Arbeit viel leichter zu erledigen.« Er schaute nach oben. »Die Vorhänge um sie herum waren zugezogen, als sie gefunden wurde. Wenn einer der beiden anderen überhaupt etwas gemerkt hat – was zu bezweifeln ist –, dann haben sie wahrscheinlich nur gedacht, dass ein neuer Patient hereingebracht worden ist.«

»Das Krankenhaus muss ja wirklich unterbesetzt sein, wenn niemandem aufgefallen ist, dass sie fehlte, bis ihr Mann angerufen hat«, sagte Claire.

»Viele Schwestern und Pfleger weigern sich, mit den Strain-II-Fällen zu arbeiten. Sie werden nicht gut genug bezahlt, um so ein Risiko einzugehen.« Der Gerichtsmediziner schaute auf und lächelte. »Ich würde sagen, sie ist nicht lange nach Beendigung dieser Zwei-Uhr-Runde gestorben. Jedenfalls verrät mir das ihre Lebertemperatur.«

»Also kann ich davon ausgehen, dass er in den letzten paar Tagen seinen Modus Operandi nicht geändert hat?«, Bowman trat ein wenig näher. Claire fand, dass er fast so blass war wie die Leiche, die sie sich anschauten.

»Er hat ihr in den rechten Arm gespritzt, genau wie den anderen Opfern. Ihre Augen sind offen. Aber schauen Sie …« Er winkte Bowman dichter heran und zeigte auf die roten Worte auf der Brust der Frau. Claire trat vor und schaute dem DI über die Schulter.

»Sehen Sie sich die Ränder an.« Es lag beinahe so etwas wie Ehrfurcht in der Stimme des Gerichtsmediziners. »Wie üblich hat er die Worte mit Blut gepinselt, aber dann hat er die Wörter mit den Eiern umrandet, eines hinter dem anderen, in einer völlig makellosen Linie.«

Claire schaute hin. Die Wörter selbst waren nicht gerade, aber der Gerichtsmediziner hatte recht, es war genau so, wie er beschrieben hatte: Die winzigen Körnchen waren so aufgereiht, dass ihre Enden jeweils das davor- und das dahinterliegende Ei berührten. »Unglaublich«, hauchte sie.

»Wie hat er das gemacht?«, fragte Bowman verblüfft.

»Das weiß nur Gott allein. Das ist wie mit den Augen. Da kriegt er sie auch perfekt rein. Josh und ich haben das stundenlang probiert, aber wir haben dabei immer welche beschädigt.« Er schaute zu seinem Assistenten, der hinter der Kamera nickte.

»Er wird ehrgeiziger.« Das war das Erste, was Dr. Hask sagte. Anders als alle übrigen hatte er sich nicht von der Stelle gerührt, sondern war mit dem Rücken zur hinteren Wand stehen geblieben.

»Ich habe mir die Analyse angehört, die Sie mit Jones vorgenommen haben«, sagte Bowman und drehte sich zu ihm um. »Klang auch gut, aber liegen Sie vielleicht doch ein wenig daneben? Mit dieser Sache, dass er sie an einen fremden Ort legt – sie ablegt, wo sie nicht hingehören?« Er breitete die Arme aus. »Dies ist ein Krankenhaus und sie ist Krankenschwester. Also befindet sich diese Leiche wohl kaum am falschen Ort, oder?«

»Aber das tut sie«, wandte Claire ein, ehe Dr. Hask antworten konnte. Sie sah das ganz klar. »Sie ist Krankenschwester, keine Patientin. Sie sollte nicht auf dem Bett eines toten Patienten liegen. Sie ist hier, um ihnen zu helfen. Sie ist nicht infiziert. Zwischen ihr und den Leuten, die in dieser Abteilung behandelt werden, liegen Welten.«

Der Profiler nickte. »Das stimmt genau. Hier mag es subtiler sein als bei den anderen, aber sie ist eindeutig da, wo sie nicht hingehört. In diesem Fall hat das fast schon etwas Ironisches. Vielleicht bekommt er langsam etwas mehr Respekt für die Gegenseite. Was auch immer der Grund dafür sein mag, er erhöht eindeutig den Einsatz.«

»Na großartig. Das fehlte uns noch.« Bowman trat einen Schritt zurück.

»Angeber fallen zwangsläufig irgendwann auf die Schnauze, Detective Inspector. Wir wollen hoffen, dass es bei diesem eher früher als später so kommen wird.«

Das Spurensicherungsteam stand schon an der Tür, versessen darauf, mit seiner Arbeit weiterzumachen. Claire folgte den drei Männern hinaus auf den Flur. Sie konnte Bowmans Bedenken verstehen, denn sie waren auch nicht anders als die von Cass, in erster Linie galten sie der Presse und ihrer Fähigkeit, Karrieren zu zerstören. Mit diesem Mord hatte der Täter der Polizei die Karten aus der Hand genommen.

Der Flur, auf dem sie standen, war jetzt abgesperrt, aber man musste kein Genie sein, um sich denken zu können, dass morgen alle Einzelheiten in den Zeitungen zu lesen sein würden. Die Gehälter der Krankenschwestern waren niedrig und die Skandalblätter würden für so eine Geschichte gut zahlen. Dieses neue Opfer war Krankenschwester und Mutter und sie war im Krankenhaus selbst ermordet worden. Nahm man dann noch die anderen Einzelheiten dazu, konnte jeder angehende Sensationsjournalist sich mit seinen bluttriefenden Zeilen einen Namen machen – und die Auflage würde weggehen wie warme Semmeln. Claire konnte die Schlagzeilen schon vor sich sehen.

»Der DCI hat mir mitgeteilt, dass ich heute Nachmittag eine Pressekonferenz geben muss.« Bowman ging langsam auf die Treppe am Ende des Korridors zu. Die anderen folgten, ihre Plastiksohlen knirschten auf dem Linoleum, als würden sie durch Schnee gehen.

»Er ist darüber auch nicht glücklicher als ich, aber wir haben keine Wahl. Bis jetzt hatten wir ja das Glück, die Sache unterm Deckel halten zu können, aber irgendjemand in diesem Gebäude wird damit an die Öffentlichkeit gehen, und wir können nicht im Voraus wissen, wer das sein wird. Und wenn sich die Presse erst mal eine Geschichte geschnappt hat, merken all diejenigen, die zu den anderen Fällen bislang geschwiegen haben, dass es sich um Serienmorde handelt, und wollen ebenfalls ihr Stück vom Medienkuchen abhaben.« Er drehte sich zum Profiler um. »Sie können mir dabei helfen herauszufinden, was wir sagen sollen, was wir erwähnen, was wir weglassen. Ob wir irgendwas sagen können, das unseren Mann wütend machen oder ihn aus der Reserve locken könnte.«

»Kein Problem.«

Claire merkte, dass sie am Ärmel gezupft wurde, und drehte sich um. Es war Josh Eagleton.

»Wie geht es DI Jones?« Er sprach leise, Claire konnte ihm das nicht zum Vorwurf machen. Cass' Name war Dreck hier.

»Es geht. Diese Sache wird sich schon klären. Es ist nur schlechtes Timing – er hat nichts getan.« Ihr war klar, wie defensiv sie klang, aber dagegen konnte sie nichts machen. Alle anderen waren so verdammt scharf darauf, Cass' Glaubwürdigkeit anzuzweifeln. Sie kannte Cass' Fehler wahrscheinlich besser als ihre Kollegen, deshalb wusste sie genau: Wenn er dabei gewesen wäre, als Christian durchgedreht war, dann wäre er auch dageblieben und hätte die nötigen Schritte selbst eingeleitet. Sie kannte seine Personalakte. Sie wusste, was er getan hatte. Aber die Geschichte lag lange zurück und die Situation damals war eine völlig andere gewesen.

»Komm jetzt, Claire.« Bowman stand schon an der Tür. »Wenn du arbeitest, dann fahr mit uns zur Wache. Wenn nicht, mach dich auf den Heimweg.«

»Tut mir leid.« Sie lächelte den jungen Mann an. »Ich muss los.«

»Ich glaube auch, dass er unschuldig ist«, sagte Josh, beinahe im Flüsterton.

Sie hatte sich schon umgedreht, die anderen warteten auf sie. »Danke. Das ist gut zu wissen.« Vielleicht war der neue Assistent des Gerichtsmediziners doch nicht so übel, wie Cass gedacht hatte. Sie lächelte ihm zum Abschied noch einmal kurz zu, dann beeilte sie sich. Sie holte die anderen schließlich an der Tür ein, wo sie die Schutzhüllen von den Schuhen zogen und in die Mülltonne warfen.

»Claire, du findest heraus, wo dieser Constable mit dem Ehemann steckt. Der Mann soll dir sagen, wie ihr Tag gestern abgelaufen ist. Und rede auch mit ihren Kollegen. Hör dir an, was die über sie zu sagen haben«, sagte Bowman. »Und dann lass dich von einem Uniformierten zur Wache fahren.«

»Jawohl, Sir.« Sie warf einen Blick hinter sich, und als die zweiflüglige Tür zufiel, sah sie, dass der seltsame junge Mann noch immer auf dem Flur stand und sie beobachtete. Er sah so dünn und so unbeholfen aus in seinem Plastikoverall, die eng anliegende Kapuze auf dem Kopf war auch nicht gerade vorteilhaft.

»Schwärmt der für dich oder so?«, fragte Blackmore mit gerunzelter Stirn.

»Kann schon sein.« Sie grinste ihn an. »Er wäre nicht der Erste – und auch nicht der Letzte.«

Ihr Liebhaber starrte hinter ihr her, als sie die Treppe hinunterlief und sich auf die Suche nach Hannah Wests armem Ehemann machte. Diese Antwort war ungewöhnlich frech für sie gewesen, aber Mat hatte nichts anderes verdient, in den letzten Tagen war er ein richtiger Arsch gewesen. Abgesehen davon musste ja irgendjemand den Geist von Cass Jones in Paddington Green am Leben erhalten, bis er zurückkam. Und diese Rolle wollte sie gern übernehmen.

Kate war nicht da, das wusste er schon, als er die Haustür hinter sich zumachte. Das Haus fühlte sich leer an, als ob es irgendwie ausgeschaltet worden wäre und auf menschlichen Inhalt wartete, ehe es wieder zum Heim werden konnte. Trotzdem rief Cass den Namen seiner Frau, aber – keine Antwort, alles blieb still, kein Klappern und Surren von Küchengeräten, kein in den Heizkörpern gurgelndes Wasser. Er blieb einen Moment wartend im Flur stehen. Sie hatte gesagt, sie sei nicht da, also hätte das nicht überraschend kommen müssen, dennoch gelang es ihm nicht, gegen die kleine Welle von Enttäuschung anzukämpfen. Wenigstens würde es nicht wieder Streit geben und keine weiteren Beschuldigungen. Augenblicklich war er nicht in der Verfassung, sich dem zu stellen.

Er hatte vorgehabt zu duschen, ehe er seine Sachen zusammenpackte. Obwohl er ziemlich dreckig war, wollte er das nun doch lieber verschieben, bis er in irgendeinem Hotel eingecheckt hatte. Das Haus fühlte sich nämlich schon so an, als ob er nicht mehr dorthin gehörte, und sich im Badezimmer nackt auszuziehen, wäre seltsam, besonders wenn Kate zurückkäme, ehe er fertig war. Er würde also den Dreck und den Zigarettenrauch seiner nächtlichen Exzesse noch ein paar Stunden länger ertragen müssen.

Er ging ins Gästezimmer und hievte einen Koffer vom Schrank, mit ihm steuerte er das Schlafzimmer an. In der Tür blieb er stehen. Im Bett hatte niemand geschlafen. Kate hatte offensichtlich die Bettwäsche gewechselt, aber die Falten, die Mrs Cooper in die Kissen gebügelt hatte, sah man noch deutlich. Mit dem Bettbezug war es genauso. Sein Magen krampfte sich zusammen. Es war möglich, dass Kate die Bezüge heute in der Frühe gewechselt hatte, ehe sie gegangen war, aber das war nicht ihre Art. Sie war kein Morgenmensch. Sie wäre aufgestanden, hätte geduscht, sich angezogen und das Haus verlassen, ehe er kam. So wäre es abgelaufen. Er ging ins Bad und befühlte die Borsten ihrer Zahnbürste. Sie waren trocken.

Im Schlafzimmer zurück starrte er dann das Bett eine Weile an, ehe er den Koffer darauf warf. Er machte den Schrank auf, guckte die Stangen mit den Kleidern an und wusste nicht, was zum Teufel er mitnehmen und was er zurücklassen sollte. Irgendwie empfand er so was wie Eifersucht. Wenn Kate nicht hier im Haus geschlafen hatte, wo dann? Und mit wem? Es ärgerte ihn, dass er sich sofort fragte, ob sie vielleicht eine andere männliche Schulter gefunden hatte, an der sie sich ausweinen konnte ... vielleicht hatte sie das ja. Er konnte ihr eigentlich keinen Vorwurf machen, wenn sie losgezogen war und mit jemand anderem geschlafen hatte, schließlich hatte er so etwas oft genug getan. Aber so funktionierten Gefühle nicht. Er atmete tief durch. Das war eine Überreaktion. Wahrscheinlich war sie einfach zu einer der Freundinnen gegangen, mit denen sie andauernd telefonierte. Er dachte an seine eigene kurze Beziehung mit Claire während ihrer Trennung. Vielleicht hatte Kate da auch jemanden gefunden und vielleicht hatte sie das Verhältnis jetzt wieder aufleben lassen. Er konnte nichts gegen das Ziehen im Bauch tun, das diesen Gedanken begleitete.

Wieder sah er sich die ordentlichen Kissenbezüge an. Wenn sie nicht die Absicht gehabt hatte, die letzte Nacht in ihrem Bett zu schlafen, warum hatte sie ihn dann unbedingt rausschmeißen müssen? Er wusste genau, dass seine Wut wahrscheinlich unangemessen war, doch das hielt ihn nicht davon ab, den Gefühlen freien Lauf zu lassen. Wut war besser als Schmerz – und unangemessenes Verhalten war das, was Kate und der Rest der Welt ohnehin von ihm erwarteten.

Nachdem er die meisten Sachen, die er brauchte, in den Koffer gestopft hatte, legte er noch das Ladegerät für sein Handy und den elektrischen Rasierapparat drauf und zog den Reißverschluss zu. Falls ihm etwas fehlte, könnte er wiederkommen oder es kaufen. Er ging nach unten.

Im Wohnzimmer stand zu viel teurer Schnickschnack herum, den er nicht ausgesucht hatte. Er war sich nicht mal sicher, ob ihm das Zeug gefiel. Hier gab es nichts, was er mitnehmen wollte. Selbst wenn es anders gewesen wäre, hoffte immer noch irgendetwas in ihm, dass Kate einlenken würde, nachdem sich alles geklärt hatte. Vielleicht würde er sich sogar auf diese Beratungsgeschichte einlassen, auf die sie immer drängte. Wenn er anfing, Sachen aus dem Haus mitzunehmen, nun ja, dann würde er eingestehen, dass die Ehe tot war. Und das hatte er all die Jahre nicht akzeptiert, und er war sich nicht sicher, ob er schon bereit war, klein beizugeben.

Vorsichtig zog er Christians schmale Laptoptasche hinter dem großen, an der Wand hängenden Fernsehgerät heraus. Sein Bruder und er unterschieden sich auf so viele Arten, das sah man schon an ihren Häusern, doch irgendwie fragte er sich, ob Christians Haus nicht vielleicht ebenso Fassade war wie sein eigenes. Immerhin hatte Cass den Laptop mitgenommen, als er nach einem Zugang zu den Gedankengängen seines Bruders gesucht hatte, nichts aus seinem bequemen, gemütlichen Haus und auch nicht die Festplatte des PC auf seinem Schreibtisch, zu dem auch Jess und Luke Zugang hatten. Wenn Christian etwas Sorgen gemacht hatte, dann war es irgendwo in seinen privaten Dateien versteckt. Ordentlich, wie er war, hätte er es nirgendwo anders abgelegt.

Das Klingeln des Telefons zerschnitt die Stille. Das schrille Geräusch forderte Aufmerksamkeit, aber Cass ließ es weiterklingeln. Christian war der Einzige gewesen, der ihn überhaupt je zu Hause zu erreichen versuchte. Alle anderen wussten, dass sie auf seinem Handy größere Chancen hatten. Er war sich noch nicht einmal sicher, ob Claire oder sonst jemand bei der Arbeit die Festnetznummer überhaupt kannten, und das war ihm ganz recht so. Mit der Laptoptasche über der Schulter ging er wieder auf den Flur und nahm seinen Koffer. Er war gerade an der Haustür, als der Anrufbeantworter sich einschaltete.

»Hallo? Cass? Bist du da?«

Seine Hand ließ den Türgriff los und er drehte sich um. War das wirklich der, für den er ihn hielt? Es gab eine unsichere Pause und er konnte den Anrufer atmen hören.

»Oh, wie schade. Ich hatte gehofft, dich zu Hause zu erwischen. Eine andere Nummer habe ich nicht von dir, hoffentlich stimmt diese noch. Hier ist Vater Michael.«

Etwas zerrte an Cass. Das Letzte, was er gebrauchen konnte, waren Plattitüden von einer Stimme aus der Vergangenheit, andererseits klang der Priester ziemlich besorgt. Das war eine von Vater Michaels Eigenschaften, die ihm in Erinnerung geblieben war. Er nahm echt Anteil. Seit dem Tod von Cass' Eltern hatte er zweimal versucht mit Cass zu reden, aber Cass war ihm aus dem Weg gegangen, ebenso wie er Christian in letzter Zeit aus dem Weg gegangen war. Vielleicht war es der Gedanke daran, der ihn davon abhielt, den Anrufbeantworter einfach weiterlaufen zu lassen.

Er nahm den Hörer ab. »Hallo, Sie haben mich gerade noch erwischt. Ich war schon fast aus der Tür.« Er zögerte. »Wie geht es Ihnen? Wir haben lange nichts voneinander gehört.«

»Oh, ich bin ja so froh, dass du da bist. Ich kann mir vorstellen, wie viel du zu tun hast.«

Cass runzelte die Stirn. »Können Sie das?« Er hatte erwartet, dass der Priester gleich mit den Beileidsbekundungen loslegen und dann vielleicht auf die alten Zeiten kommen würde, als Christian und Cass noch regelmäßige Besucher der Sonntagsschule gewesen waren.

»Du hast immer lieber Dinge getan, als über Dinge nachgedacht. Besonders in Zeiten wie diesen. Erinnerst du dich noch an damals, als die kleine Briony Holmes vom Zug überfahren worden ist? Wie alt warst du da? Zehn vielleicht? Du und Christian, ihr hattet sie beide gern, aber ich glaube, du mochtest sie ein bisschen mehr ...«

»Wie Sie schon sagten, Vater, ich hab ziemlich viel zu tun.« Das Gespräch mochte ja überraschend angefangen haben, aber der alte Mann schweifte schon in die Vergangenheit ab, und Cass war sich nicht sicher, ob er die Zeit und die Bereitschaft hatte, ihm dorthin zu folgen. Er starrte seinen Koffer an. Er musste irgendeine Unterkunft finden.

»Aber natürlich, natürlich. Tut mir leid.« Cass nahm ein Alterszittern in der Stimme des Priesters wahr, das damals noch nicht da gewesen war. Was würde der Priester wohl von Cass halten, wenn er ihn jetzt sähe? Faltig und unrasiert hatte er nicht mehr viel mit dem Jungen von früher gemein.

»Ich wollte nur sagen, ich habe die Nachricht von Christians Tod gehört und war tief schockiert. Welch eine Tragödie. Er war vor ein paar Wochen hier und es schien ihm gut zu gehen.« Er zögerte. »Vielleicht war da etwas, was ich hätte sehen sollen. Es tut mir leid, Cass, aber das habe ich nicht getan. Er war so ... angeregt. Ich dachte, es wäre alles in Ordnung mit ihm. Ein bisschen seltsam vielleicht, aber eigentlich in Ordnung.«

Cass kam es vor, als ging ein Ruck durch ihn. »Entschuldigen Sie, aber haben Sie gesagt, sie haben Christian gesehen? Vor Kurzem?«

»Aber ja.« Der Priester wirkte erstaunt. »Wusstest du das nicht? Er war mal wieder im Haus eurer Eltern.«

»Was?«

»In den letzten drei oder vier Monaten hat er sich ab und zu im Haus eurer Eltern aufgehalten. Seine Besuche waren eindeutig zahlreicher geworden. An manchen Wochenenden hat er dort übernachtet, und ich habe sein Auto sogar an Abenden unter der Woche vor der Tür stehen sehen.«

»Mit seiner Familie?« Das wollte Cass einfach nicht in den Kopf: Was zum Teufel hatte Christian zu Hause gemacht? Es war ein komisches Gefühl, das Haus seiner Eltern auch nur in Gedanken Zuhause zu nennen, es war so lange her, seit er dort Zeit verbracht hatte. Aber das Wort war ihm ganz natürlich in den Sinn gekommen.

»Nein, allein«, antwortete Vater Michael. »Hast du das nicht gewusst? Ich dachte, er versuchte vielleicht Antworten auf persönliche Fragen zu finden. Er schien sich sehr für eure Eltern und die Vergangenheit zu interessieren. Wir haben ein paar lange Gespräche geführt.« Er machte eine Pause. »Es war schön, wieder mit dir zu reden. Ich hatte euch beide gern als Kinder, und nach den Beerdigungen ist selbst Christian nicht mehr nach Hause gekommen.«

Selbst Christian. Der alte Mann hatte sicher nicht beabsichtigt, das wie eine Anklage klingen zu lassen, aber Cass spürte den Stich. Selbst Christian, der gute Sohn. Nicht der verlorene Killer, der sich versteckte und bei jedem Treffen seinen Vater wegen seines Glaubens angriff – nur weil er nicht gewusst hatte, wohin mit seiner aufgestauten Wut und seinem Groll über sein verpfuschtes Leben. Sein Vater, der gläubige Mann, der alles ruhig hinnahm, war ein guter Blitzableiter gewesen. Keiner von ihnen hatte besonders viel Verständnis für den anderen gehabt, aber wenigstens hatte Cass auch nicht so getan als ob. Die jahrzehntealte Irritation fing sofort wieder an in ihm zu brodeln, allerdings war er sich nicht mehr so sicher, ob sie jetzt gegen seinen Vater gerichtet war oder einfach nur gegen sich selbst. Er schluckte sie runter und konzentrierte sich auf den im hohen Bogen geworfenen Ball, den Vater Michael soeben in das Chaos geworfen hatte, das ihn umgab.

»Er hat nicht mit dir darüber geredet?«

»Nein. Nein, in letzter Zeit haben wir nicht viel miteinander gesprochen.«

»Das tut mir leid. Das tut mir wirklich leid.« Wieder zögerte er. »Vielleicht solltest du herkommen, ins Haus. Nimm dir etwas Zeit für dich. Das könnte dir guttun.«

Für Christian ist es ja nicht so ausgesprochen gut gewesen, oder? Diese rotzige Bemerkung verbiss Cass sich. Vater Michael hatte seine Bitterkeit nicht verdient. Er schaute auf seinen Koffer und hatte sofort das Bild von einer schlaflosen Nacht in einem schäbigen Hotel vor Augen. Was zum Teufel hatte Christian zu Hause gemacht? Sein Leben fand hier statt, in London, mit Jess und Luke und seinem Job bei Der Bank. Er dachte an Arties rätselhafte Bemerkungen über Mr Bright und Die Bank. Er dachte an diesen unbekannten Scheißkerl, der Beweismaterial im Haus seines Bruders platziert hatte, um ihn in Verruf zu bringen. Sein Hirn sprudelte fast über, so aktiv war es. Gab es irgendeine Verbindung zwischen Christian und Mr Bright? Was war so wichtig gewesen, dass die Suche nach Antworten ihn nach Hause geführt hatte? Der Fußboden schien unter ihm Wellen zu schlagen, er hielt sich am Hörer fest.

»Wissen Sie was, ich glaube, genau das werde ich machen. Ich komme heute runter. Man hat mir angeboten, Sonderurlaub zu nehmen, wenn ich will.« Ein Mann mit mehr Schamgefühl hätte vielleicht beim Belügen eines Priesters einen Anflug von Schuld empfunden, für Cass war es nicht mehr als eine geringfügige Wahrheitsverdrehung. Und seine Seele war schon so weit den Bach runter, da fiel eine gelegentliche Notlüge kaum ins Gewicht. Wahrheit war schließlich Wahrnehmungssache.

»Gut. Gut, das ist großartig!« Er schien ehrlich erfreut zu sein. Cass war erstaunt, dass sich seine Laune als Reaktion darauf besserte. »Es ist so lange her, Cass. Ich freue mich schon darauf, wieder einmal mit dir zu reden. Ich stelle dir das Nötigste ins Haus.«

»Nein, wirklich, machen Sie sich keine Umstände, ich komm schon zurecht.«

»Du kannst mir das Geld zurückzahlen, wenn wir uns sehen. Ich bewahre den Bon auf.« Er lachte leise und freundlich. »Du warst schon immer so unabhängig, Cass, aber wir müssen alle manchmal nach Hause gehen, damit wir uns daran erinnern können, wer wir wirklich sind.«

Nachdem er das Gespräch beendet hatte, wurde Cass mit einem seltsamen Schmerz klar, dass Vater Michael wahrscheinlich die einzige Verbindung zu seiner Familie war, die er noch hatte.

Es gab immer weniger großartige Gebäude, nachdem Cass die Stadtmitte durchquert hatte und von dort durch die ärmeren Außenbezirke zu den Hauptstraßen gelangt war. Zuerst sahen sie aus wie Reihen von faulenden, kaputten Zähnen, mit rauen Ecken und von jahrelanger Luftverschmutzung schmierig grauen Oberflächen, aber langsam veränderte sich das Wesen der Landschaft. Die aneinandergedrängten, aufeinandergestapelten Wohnungen wurden zu Häusern, deren Silhouetten sich in den wuchernden Vorstädten immer einförmiger gegen den Himmel abhoben. Diese Häuser waren das Sinnbild der Normalität, eines war genau wie das andere. Individualität wurde höchstens durch einen fiesen Kieselverputz oder einen cremefarben anstelle eines weißen Anstrichs ausgedrückt. Das waren die

Häuser der der Mittelklasse angehörenden Mittfünfziger, nah an der Straße, nicht weit von einer guten Schule. Hier konnte man mit den Nachbarn gleichziehen, denn die hatten auch nicht mehr als man selbst.

Cass öffnete das Fenster und zündete sich eine Zigarette an. In seiner Familie war das kein Bedürfnis gewesen. An ihnen war nichts Einheitliches oder Normales gewesen. Die Frau im Auto neben ihm sah ihn rauchen und runzelte die Stirn. Sie würde die Polizei rufen und ihn anzeigen, wenn sie die Zeit dazu hätte, das sah man an ihrem Blick. Sie war ganz offensichtlich die Art Frau, die noch nie mit einem Verbrechen in Berührung gekommen war. Cass starrte sie an. Wie sollte sie auch sonst auf die Idee kommen, es könnte die Polizei einen Scheißdreck kehren, ob jemand in der Öffentlichkeit rauchte. Er grinste sie an und sie sah weg, plötzlich schoss ihr die Röte in die hängenden Wangen und sicher hatte sie den Kopf voll von Geschichten über Gewalt im Straßenverkehr und andere Wahnsinnige. Er inhalierte tief und blies den Rauch aus dem Fenster – in ihre Richtung.

Sein Handy klingelte. Er erkannte Claires Nummer, stellte das Telefon auf die Freisprechstation und drückte die Antworttaste. »Hey.«

»Wir haben noch eine«, sagte sie.

»Noch eine tote Frau? Schon wieder?«

»Ja, sie ist heute Morgen gefunden worden. Sie war Krankenschwester und hieß Hannah West.« Claire ging mit ihm die Einzelheiten des Falles durch und erwähnte, dass der Profiler davon überzeugt war, der Mörder erhöhte seinen Einsatz, indem er sie an diesem Ort liegen ließ. Und sie erzählte ihm von der nahezu unmöglichen Rahmung der blutigen Worte.

»Ich stimme Hask zu«, sagte Cass. »Er erhöht die Schlagzahl. Vielleicht hält der anfängliche Kick nicht mehr so lange vor.

»Toll.«

»Ja, das ist nicht gut für uns.« Für euch, sollte ich sagen, dachte er. Ich bin Persona non grata. »Keine Verbindung zu den anderen?« Viel Hoffnung hatte er nicht.

»Nun, ich habe gerade abgetippt, was der Ehemann zu sagen hatte, und ich hab keine Ahnung, wo er die anderen vier Frauen getroffen haben könnte. Sie sind alle so unterschiedlich.« Sie machte eine Pause. »Er hat gesagt, dass sie manchmal früh in die Stadt fuhr, bevor ihre Schichten anfingen. Sie war gern in Covent Garden.«

»Kaufte sie da ein?«

»Nein, laut ihrem Ehemann tat sie das nicht. Er sagte, es gefiel ihr dort einfach. Es half ihr vor der Arbeit, meinte sie. Sie fand es friedlich. Er sagte, er hätte nie nachgefragt. Sie haben beide lange Arbeitszeiten und sie haben Kinder. Wahrscheinlich waren sie eher so wie Schiffe, die nachts aneinander vorüberziehen, als wie ein Paar, das schöne Stunden miteinander verbringen kann. Seit er seinen Job verloren hatte, arbeitete sie Sonderschichten. Als Krankenschwester verdient man mehr als bei Asda an der Kasse, also hat sich der Mann hauptsächlich um die Kinder gekümmert. Sie sind eine ganz gewöhnliche Familie.« Sie machte eine Pause. »Tut mir leid. Wir haben nicht viel in der Hand.«

»Ich hab nicht viel erwartet, ehrlich gesagt. Vielleicht ist irgendwas dran an diesem Covent-Garden-Ding. Versuch doch noch mal, mit den Verwandten und Freunden von den anderen Frauen zu reden. Erkundige dich, ob sie regelmäßig in irgendwelche Cafés gegangen sind.« Er konnte sich Carla Rae nicht in diesen italienischen Cafés mit den teuren Lattes und Espressos vorstellen, die es überall in Covent Garden gab, aber man wusste ja nie.

»Bowman hält später eine Pressekonferenz ab«, sagte Claire. »Ich glaubc, dic ist für halb eins angesetzt. Viel länger können sie die Geschichte nicht unter Verschluss halten.

Cass warf einen Blick auf seine Uhr. Es war erst elf. »Ich fahr übers Wochenende runter nach Kent und regele ein paar Dinge im Haus meiner Eltern. Eigentlich müsste ich rechtzeitig da ankommen, um die erste Sendung noch mitzukriegen. Wo wir gerade bei dem widerlichen Saftarsch sind, wo ist Bowman jetzt? Lass dich nicht von ihm erwischen, wenn du mit mir telefonierst. Er macht dir die Hölle heiß.«

»Wir sind in Sicherheit. Sie haben Macintyre wieder reingeholt und Mat und Bowman befragen ihn. Ich wollte ihnen diesen Bericht bringen, aber sie schienen ihn ziemlich in der Mangel zu haben, daher dachte ich, das könnte noch warten. Und da hab ich dich stattdessen angerufen.«

»Gutes Mädchen. Wenigstens arbeiten sie an meinem Fall ebenso wie an ihrem eigenen.«

»Bowman sieht nicht gut aus. Seinem Blinddarm fehlte nichts, aber offenbar hat er irgendeine Infektion und sein Magen ist entzündet – schlimme Nahrungsmittelvergiftung oder so. Nicht mal die Ärzte sind sich sicher.«

Cass lachte. »Armes Arschloch. Ich kann nicht behaupten, viel Mitgefühl mit ihm zu haben.« Er hielt inne, denn er erinnerte sich an das Gespräch mit Artie. Die Notlüge, die er Claire erzählte, würde sich schlimmer anfühlen als die beim Priester, dennoch fuhr er fort. »Apropos Essen, ich hab über die Nacht nachgedacht, in der Christian gestorben ist. Irgendwie geistert mir da die nebelhafte Erinnerung durch den Kopf, dass ich mir einen Burger geholt hab. Irgendwo unten bei Elephant and Castle, könnte sein, dass es in der Nähe vom Ministry of Sound war, denn ich weiß noch, dass die Nachtschwärmer da rein- und rausgingen.«

»Gut, sonst noch was?« Ihre Stimme klang heiterer, endlich konnte sie etwas tun.

»Tja, ich glaube, ich hab mich beschwert, weil der Burger nicht ordentlich durchgebraten war. Kann sein, dass ich einen frischen verlangt hab.« Er versuchte ein wenig beschämt zu tun. Claire May war gründlich, sie würde diesen Ali Khan finden.

Claire lachte. »Erstaunlich, dass er dir nicht den Schädel eingeschlagen hat. Du hast dir einen Rattenburger geholt und dich beschwert?«

Er versuchte mitzulachen. Ihm wäre es lieber gewesen, sie hätte die ganze Geschichte gekannt, aber dann wäre Claire nicht drauf angesprungen. Sie glaubte, dass die Wahrheit immer von selbst ans Licht kam. Eines Tages würde sie es schon lernen.

»Eines kannst du noch für mich tun.«

»Schieß los.«

»Sprich noch nicht mit den anderen drüber. Sieh mal, ob du herausfinden kannst, ob dieser Mr Bright für Die Bank arbeitet oder auf irgendeine Weise mit Der Bank in Verbindung steht.«

»Die Bank? Das ist eine große Organisation und Bright ist ein ziemlich gängiger Name.«

»Schon, aber leg das Alter und die Personenbeschreibung zugrunde, die Bradley uns gegeben hat.«

»Klar.« Sie machte eine Pause. »Warum glaubst du, er könnte für Die Bank arbeiten?«

»Ich bin mir nicht sicher, dass er das tut, aber es könnte Beziehungen geben. Welcher Art weiß ich nicht, und das alles könnte durchaus vergebliche Liebesmüh sein. Ich erkläre es dir, wenn wir da eine Spur von ihm finden. Sorry.«

»Kein Problem. Ich geh dem nach.«

Wenn Claire »Kein Problem« sagte, konnte er sich drauf verlassen, dass sie es auch so meinte. Sie war unkompliziert. Sie sagte immer geradeheraus, wenn etwas sie nervte. Claire May spielte keine Spielchen. Es gab gut und schlecht und richtig und falsch. Hätte er sie doch dafür lieben können! Er wünschte, er hätte ihr erklären können, dass er sie niemals lieben konnte, und zwar genau deswegen. Aber die Zeit für derartige Gespräche war vorbei und sie waren beide drüber weggekommen. Zurzeit waren Claire May und Artie Mullins die einzigen Menschen, die ihm glaubten. Er hätte gern gewusst, welche Schlüsse Dr. Hask daraus ziehen würde, dass derart gegensätzliche Persönlichkeiten Cass Jones vertrauten.

Das Telefon piepste, es war ein weiterer Anrufer in der Leitung. Ramsey.

»Ich muss Schluss machen, Claire. Melde dich wieder.«

»Du auch. Und pass auf dich auf.«

Er schaltete auf den zweiten Anruf um.

»Hi. Was kann ein suspendierter DI für einen im Dienst tun?« Wenn noch mehr untergeschobenes Beweismaterial gegen ihn gefunden worden wäre, hätte man ihn nicht telefonisch darüber informiert, sondern mit Blaulicht und heulenden Sirenen eine Schneise durch den Verkehr hinter ihm geschlagen.

»Nun ja, es ist eine komische Sache«, Ramseys Ton war unbekümmert. »Die Arbeitgeber Ihres Bruders haben sich gemeldet.«

»Die Bank?«

»Ja. Erst haben sie ihr Beileid ausgesprochen. Dann haben sie ganz deutlich gemacht, dass sie seinen Arbeitslaptop wiederhaben wollen, und zwar pronto.«

Sein Ton war ebenso entspannt wie Ramseys. »Ein Laptop?«, sagte er und schaute auf die Hülle auf seinem Beifahrersitz. »Der wird doch bestimmt irgendwo im Haus sein.«

»Sollte man meinen, nicht wahr? Aber es ist vertrackt. Er scheint verloren gegangen zu sein.«

Ramseys Ton verriet, dass er genau wusste, wo der Laptop war, aber anders als Bowman würde er sich nicht Beschuldigungen brüllend auf ihn stürzen. Cass lächelte beinahe, endlich hatte er mal Spaß am Spiel. »Vielleicht hat er ihn irgendwo im Büro liegen lassen?«

»Das wäre eine vernünftige Annahme, auf den Bildern vom Tatort steht er allerdings auf dem Schreibtisch im Esszimmer. Irgendwie ist er da aber jetzt nicht mehr.«

»Wie seltsam.«

»Das kann man so sagen. Mir kam der Gedanke, dass Sie ihn zufällig mitgenommen haben könnten, als Sie sich neulich nachts den Tatort angesehen haben?«

»Ich muss zugeben, die Gefühle haben mich überwältigt.« Cass schnippte die Kippe aus dem Fenster. »Aber das hätte ich sicherlich bemerkt. Es sei denn, er wäre irgendwie unter meinem Schuh festgeklebt und mir wäre das im Dunkeln nicht aufgefallen.«

»Nun, er scheint sich jedenfalls selbstständig gemacht zu haben und die Besitzer hätten ihn gern wieder. Sie bestehen gewissermaßen darauf.«

»Wenn er mir über den Weg läuft, lasse ich es Sie wissen.«

»Ja, tun sie das.« Ramsey wurde ernst. »Ich habe denen gesagt, dass Sie aufgrund des Trauerfalls Sonderurlaub haben und bis Montag nicht zu erreichen sind. Es wäre hilfreich, wenn Sie den Laptop bis dahin gefunden hätten.«

»Er findet sich sicherlich wieder ein. Nur so aus Interesse, wer war der Anrufer von Der Bank?«

»Sie wissen, dass ich Ihnen das nicht sagen kann, Jones.«

»Ach, kommen Sie schon. Sie ersparen mir nur ein paar Anrufe, das wissen Sie auch.«

Ramsey seufzte ihm ins Ohr. »Okay, aber machen Sie mir keinen Ärger. Vergessen Sie nicht, ich bin auf Ihrer Seite. Die Erste, die angerufen hat, war die Assistentin Ihres Bruders, Maya Healey. Der zweite Anrufer, etwa eine Stunde später, war sein Chef, ein Mann namens Asher Red. Er klang ausländisch, könnte aus dem Mittleren Osten sein. Er schien Ihren Verlust nicht besonders zu bedauern. Sein eigener machte ihm mehr Kopfzerbrechen.«

»Zwei Anrufe? Die müssen diesen Laptop ja unbedingt zurückhaben wollen.«

»Wie ich schon sagte, Jones. Montag.«

»Da kriegen sie ihn.«

Endlich war er den Fängen der Stadt entkommen, die Straße wurde leerer, es herrschte normaler Wochenendverkehr und Cass konnte das Gaspedal durchdrücken, als er auf die M20 auffuhr. Hier war nicht viel Verkehr, nur Lastwagen fuhren jetzt noch zu den Fähren runter. Da es keinen Personenfährverkehr mehr gab und auch der Zugverkehr unter dem Ärmelkanal eingestellt worden war, hatten die Billigfluglinien das Monopol auf Reisen innerhalb Europas.

Auf der Autobahn wiesen Schilder den Verkehr noch in Richtung Ashford zum Eurostar, aber das war lediglich so was wie eine Gedenkplakette. Jeder wusste, dass der Tunnel nach den Terroranschlägen vom Vorjahr nie wiedereröffnet werden würde. Cass erschauderte bei dem Gedanken an die Züge, die im Tunnel stecken geblieben waren, als die Bomben explodierten. Die Öffentlichkeit hatte jegliches Vertrauen in das Reisen unter dem Meer verloren – vorläufig jedenfalls. Für die Regierung war das wahrscheinlich ganz gut so, denn die hatte schlichtweg nicht das nötige Geld, die Schäden wieder reparieren zu lassen.

Er fuhr auf Folkestone zu, beinahe mit Autopilot, während sein Wachbewusstsein mit seinem Bruder, Der Bank und dem schwer fassbaren Mr Bright beschäftigt war. Er dachte an den Film, der ihm zugeschickt worden war, als dicke Wolken dunkle Schatten über die Straße warfen. Grelle Blitze zuckten – das Wetter, dachte Cass, wusste auch nicht, was es als Nächstes machen sollte.

Er schaute auf sein Handy und scrollte sich durch die Nummern, bis er zu JACKSON PRIVAT kam. Einen Versuch war es wert, denn die Jacksons und die Millers hatten hoffentlich noch nicht erfahren, dass er von dem Fall abgezogen worden war. Er drückte die grüne Anruftaste.

»Hallo?« Nach dem vierten Klingeln kam schon die misstrauische Antwort.

»Mr Jackson? Hier ist DI Jones. Entschuldigen Sie bitte die Störung. Ich wollte Ihnen nur eine Frage stellen.«

»Natürlich.« Der Vater des toten Jungen klang irgendwie benebelt. Ob er wohl auf Pillen zurückgegriffen hatte oder sich auf einen starken Drink oder zwei vorm Mittagessen verließ, um den Rest des Tages durchzustehen? Cass tippte auf Letzteres. Frauen nahmen Antidepressiva. Männer fanden andere Wege.

»Wie kann ich Ihnen helfen?« Jackson erwähnte Cass' plötzlichen Abgang mit keinem Wort, obwohl er gehört haben musste, was Christian und seiner Familie passiert war. Cass machte das nichts aus. Plattitüden bereiteten ihm Unbehagen, und er wusste, wie selbstbezogen man in so einer Blase von Schmerz sein konnte. Isaac Jackson hatte genug mit seinem eigenen Albtraum zu tun. Für den eines anderen würde er keinen Gedanken übrighaben.

»Ich habe mich nur gefragt, ob Ihnen je ein Mann namens Mr Bright begegnet ist. Es könnte sein, dass er für Die Bank arbeitet.«

»Wir arbeiten nicht für Die Bank.« Der Atem schien ihm zu stocken, eine kurze Pause entstand. »Warum sollten wir jemanden kennen, der für Die Bank arbeitet?«

Cass runzelte die Stirn. Das war ein wenig seltsam. »Nun ja, jeder kennt heutzutage jemanden, der für Die Bank arbeitet. Und Sie und Mr Miller sind beide im Anlagegeschäft tätig, das trifft doch zu? Da kam mir der Gedanke, dass der Name Ihnen etwas sagen könnte. Das ist alles.«

»Bedaure.« Jackson hörte sich wieder müde an. »Ich hab nicht geschlafen. Glauben Sie, dieser Mann könnte was mit dem zu tun haben, was unseren Jungs zugestoßen ist? Kennt er diesen Gangster?«

»Ich wünschte wirklich, ich könnte Ihnen das sagen. Ich gehe lediglich einem Hinweis nach. Vielleicht führt er auch nicht weiter.«

»Nun, der Name sagt mir nichts. Tut mir leid.«

»Wenn Sie bitte auch Ihre Frau und die Millers danach fragen würden ... Rufen Sie mich an, wenn sie den Namen irgendwo gehört haben sollten. Dafür wäre ich Ihnen dankbar.«

»Selbstverständlich. Wer ist er?«

»Nur ein Name, der gefallen ist. Wie ich schon sagte, ich gehe jedem Hinweis nach.«

Sie verabschiedeten sich und legten auf. Jackson kannte den schwer fassbaren Mr Bright also nicht. Das erstaunte ihn nicht. Das hätte die Sache zu leicht gemacht. Er seufzte in die Finsternis hinein. Fragen zerrten an ihm, an jeder hing eine Leiche, und er hatte keine Antworten, die sie dazu bringen würde loszulassen. Er drückte das Gaspedal durch und nahm die Abzweigung nach Folkestone. Also, nach Hause. Vielleicht fand er ja dort etwas.

11

Das Dorf Capel-Le-Ferne lag fünf Kilometer außerhalb von Folkestone. Cass hatte das Fenster runtergelassen und roch den frischen Seetang in der Luft. Er fuhr durch die engen Straßen, die sich in den letzten Jahren nicht sehr verändert hatten. Die Fassade des Schlachterladens hatte einen neuen grünen Anstrich bekommen, aber das war es auch schon. Auf dem Land tickten die Uhren langsamer. Oder vielleicht hatten es die Leute hier gern, wenn alles blieb, wie es war. Die Ruhe mochte manchen ansprechen, Cass zählte nicht zu denen. Der Dreck der Stadt fehlte ihm jetzt schon, dabei war er umgeben von Häusern wie auf Ansichtskarten und ordentlich gemähten grünen Rasen. Er konnte nichts dagegen tun, das hatte er jetzt im Blut.

Das Haus lag nicht weit von der winzigen Einkaufsstraße entfernt, und er folgte den Kurven und Windungen der Straße, bis er schließlich auf der mit Kies bestreuten Einfahrt anhalten konnte. Er warf einen Blick auf seine Schlüssel. Am Bund hing der goldene Chubb zum Haus seiner Eltern. Er konnte sich nicht mehr daran erinnern, wann er ihn das letzte Mal benutzt hatte. In den fünf Jahren seit der Beerdigung bestimmt nicht. Doch als er das neue Auto gekauft hatte, hatte er diesen Schlüssel automatisch mit allen anderen an den silbernen Audi-Schlüsselring gehängt, den Kate ihm gekauft hatte. Was er davon halten sollte, wusste er nicht recht.

Über ihm zerstreuten sich die Wolken langsam und reine Frühlingssonne brachte das Fensterglas zum Glänzen. Hohe Heckenrosen trennten das Haus von der Straße. Cass hatte es verkaufen wollen, aber Christian hatte gesagt, der Markt sei nicht gut. Cass wusste, dass er sentimentalere Gründe gehabt hatte. Nur in einem winzigen Dorf auf dem Land konnte ein Haus fünf Jahre lang leer stehen und unbeschädigt bleiben – obwohl Vater Michael vermutlich drauf aufgepasst hatte. Wahrscheinlich war er einmal die Woche vorbeigekommen und hatte nachgeschaut, ob auch nichts kaputtgegangen war und die Rohre auch nicht leckten. Soweit Cass das überhaupt sagen konnte, hatten der Priester und sein Bruder irgendein Arrangement getroffen, oder vielleicht hatte Christian sogar eine Putzfrau aufgetrieben. Die Leere, die sein Bruder hinterlassen hatte, bereitete ihm Bauchschmerzen. Vielleicht würde er hier Antworten finden.

Das Licht veränderte sich. Er nahm seinen Koffer, die Reisetasche und den Laptop aus dem Auto. Auf dem Weg zur Tür schaute er nach oben. Efeu klammerte sich an die roten Ziegel, bedeckte die eine Hälfte der Fassade und wucherte dann nach rechts hinüber. Cass runzelte die Stirn. Den Efeu hatte er immer gehasst. Seine Mutter hatte ihn gepflanzt, und als Kind war er heimlich davon überzeugt gewesen, dass er das Haus ersticken würde. Er stellte fest, dass sich seine Meinung auch im Erwachsenenalter nicht geändert hatte. Aber das spielte keine Rolle. Er hatte ja nicht vor, lange hierzubleiben. Wenn sich die ganze Sache geklärt hatte, würde er das Haus vielleicht sogar verkaufen. Wahrscheinlich blieb ihm nichts anderes übrig, wenn Kate die Scheidung einreichte. Er schob diesen Gedanken beiseite. Bei diesem Trip ging es um Christian, nicht um Kate. Sein Blick folgte dem Efeu in die Höhe. Die Schornsteine an den Enden des hundertfünfzig Jahre alten Hauses ragten nach wie vor kerzengerade in den Himmel.

Guck immer nach oben, Charlie. Der Gedanke kam aus dem Nichts und Cass senkte sofort den Kopf. Brian Freeman und seine Worte gehörten nicht hierher. Cass drehte den Schlüssel im Schloss und ging ins Haus.

Die hellen Wände und der Holzfußboden gaben dem Haus etwas Leichtes, Luftiges, so war es immer gewesen. Cass hatte erwartet, mehr zu fühlen, aber als er seine Sachen auf der Diele stehen ließ und ins Wohnzimmer schaute, empfand er nur eine eigentümliche Vertrautheit. Nach den Beerdigungen waren Christian und Jessica hergekommen und hatten sämtliche persönlichen Dinge und Nippes weggeräumt und die Kleider seiner Eltern für wohltätige Zwecke gespendet. Cass hatte nicht mitgemacht. Nicht allein deswegen, was er und Jessica getan hatten, während Christian am Todestag der Eltern verzweifelt versucht hatte sie zu erreichen. Er konnte es nicht ertragen: Das war die Wahrheit. Auf vielerlei Weise war der stille Christian stärker gewesen als Cass. Oder vielleicht lastete dem jüngeren Bruder auch nicht ganz so viel auf der Seele.

Das Wesentliche stand immer noch an seinem Platz, der Fernseher, die Sofas, die Regale, nur alle persönlichen Sachen waren weg. Auf dem Kaminsims stand kein Schmuck, und Bilder und Drucke waren von den Wänden verschwunden. Das Haus war in einer Art Schwebezustand, es war sein Zuhause – und auch wieder nicht, es war so, als wäre alles verkauft und gepackt, die Umzugsleute jedoch noch nicht eingetroffen. In der Küche standen Mikrowelle und Kaffeemaschine an ihrem gewohnten Platz, und nach kurzer Inspektion fand er Besteck in den Schubladen und Geschirr in den Schränken. Vielleicht hatte Christian sich überlegt, das Haus zu vermieten, und war nur nie so weit gekommen.

Am Kessel lehnte ein Zettel. *Kommst du morgen zur Kirche? Gegen eins? Michael.*

Cass lächelte. Es war komisch, den Namen ohne Titel zu sehen. Für Cass würde er immer Vater Michael bleiben. Er warf einen Blick in den Kühlschrank. Milch, Bacon, Eier, Champignons, eine Tüte Salat und eine Packung Fertig-Lasagne, die so groß war, dass sie für zwei Tage reichen würde. Er schloss die Tür. Hinter ihm war eine kleine Schachtel mit Teebeuteln und ein Glas mit löslichem Kaffee, dazu noch ein frisches Brot und eine sehr schöne Flasche Rioja. Sah ganz so aus, als ob der Priester sich freute ihn wiederzuhaben.

Er brachte seinen Koffer nach oben. Nun war es kurz vor halb eins, aber im Haus gab es weder Satellitenschüssel noch Kabelempfang, er würde also bis zu den Ein-Uhr-Nachrichten im Fernsehen warten müssen, wenn er sich Bowmans Pressekonferenz ansehen wollte. Die Zwischenzeit konnte er für eine Dusche nutzen. Eine Weile blieb er unsicher auf dem Treppenabsatz stehen, er wusste nicht, welches Zimmer er nehmen sollte. Sein erster Impuls, in sein eigenes Zimmer am anderen Ende des Flurs zu gehen, sagte ihm nicht zu. Nachdem er die letzte Nacht auf einem sehr unbequemen Sofa verbracht hatte, lockte ihn sein altes Einzelbett nicht besonders. Und das Schlafzimmer seiner Eltern war mit einem Bad verbunden, also war es nur vernünftig, dieses Zimmer zu nehmen. Trotzdem konnte er das Gefühl nicht abschütteln, ein Eindringling zu sein. Er stieß die Tür auf und ließ seinen Koffer aufs Bett fallen.

Der Sonnenschein strömte herein, als er die Vorhänge aufzog, Staub tanzte in den Strahlen. So war es schon besser. Es war nur ein Zimmer. Er schaute in die Schränke. Wie erwartet waren sie leer. Auf der Kommode lag nichts herum, im Bad auch nicht. Christian und Jessica hatten ganze Arbeit geleistet. Nun ja, es war schon lange her und er war sich nicht sicher, was er eigentlich erwartet hatte – dass alles noch so dalag wie beim letzten Mal, als er hier war? Seine Eltern waren tot und beerdigt … und nun waren Christian, Jessica und Luke auch nicht mehr da. Obwohl er die Leichen selbst identifiziert hatte, konnte Cass nicht fassen, das er als Einziger zurückgeblieben war. Er und dieses Haus waren das Wrack der Familie Jones. Die Räume ringsherum kamen ihm plötzlich noch leerer vor. Er schüttelte die Kälte ab, die ihn mit einer Riesenwelle aus Einsamkeit erfasste, und stellte die Dusche an. Das Prasseln des Wassers auf den Keramikfliesen war ihm willkommen. Alles war besser als die Stille – und das Gefühl, dass die Toten ihn aus den Schatten beobachteten.

*

Die Pressekonferenz war der Aufmacher, und mit voll aufgedrehter Lautstärke, einem heißen Kaffee in der einen und einer Zigarette in der anderen Hand spürte Cass, wie die Leere des Hauses sich davonschlich. Das Haus gewöhnte sich wieder daran, bewohnt zu sein. Die Dusche, eine Rasur und saubere Kleider hatten ihm gutgetan, er war fast schon wieder der Alte.

Nun sah er Gary Bowman auf den Platz in der Mitte des langen Tisches zugehen, Blackmore saß an seiner einen Seite, der DCI an der anderen. Der lange weiße Tisch trennte sie von den Journalisten. Von Hask war nichts zu sehen, aber das kam nicht überraschend. Wenn die oberste Heeresleitung schon mal bereit war, in einen Profiler zu investieren, ließ sie ihn ironischerweise immer im Verborgenen wirken. Eigentlich galten Profiler nämlich als Zivilpersonen und als solche mussten sie beschützt werden. Bowman setzte sich vorsichtig und Cass fiel auf, wie blass er war. Was zum Teufel machte der schon wieder an seinem Arbeitsplatz? Wahrscheinlich schleimte er sich ein, damit er befördert wurde. Er wartete, bis der Lärm im Raum abklang, ehe er die Arme auf den Tisch legte und sich nach vorn lehnte. Seine Manschettenknöpfe funkelten im Blitzlicht der Kameras, als er die Hand hob und um Ruhe bat.

»Dies wird nicht viel Zeit in Anspruch nehmen. Zum augenblicklichen Zeitpunkt werde ich keine Fragen beantworten, hören Sie also gut zu. Heute Morgen haben wir die Leiche einer Krankenschwester im Charing-Cross-Hospital gefunden. Wir glauben, sie wurde ermordet.«

Er hielt inne, solange das erwartete Gemurmel im Raum anhielt, dann fuhr er fort: »Wir glauben, dass ihr Tod im Zusammenhang mit dem der anderen vier Frauen steht, die in den letzten Wochen im Innenstadtbezirk von London aufgefunden wurden.« Dieses Mal erhob Bowman einfach die Stimme und übertönte die Zeitungsschreiber, bis diese endlich die Klappe hielten. »Wir glauben, dass die Person, die diese Verbrechen verübt, ein männlicher Weißer über dreißig ist. Möglicherweise wechselt er häufig die Arbeitsstelle, wahrscheinlich ist er ein Einzelgänger.«

Cass erkannte die Analyse des Profilers in Bowmans Worten wieder. Er nippte an seinem Kaffee und guckte zu.

»Vor Kurzem könnte er einen Umbruch oder eine Art Glaubenskrise erlebt haben.«

»Ist es wahr, dass er mit Blut auf sie geschrieben hat? ›Nichts ist heilig‹?«

Die Stimme drang von hinten durch den vollen Raum, und trotz seiner Abneigung gegen Bowman beneidete Cass ihn nicht darum, sich mit dieser Meute von Bluthunden rumschlagen zu müssen.

Bowman starrte geradeaus, aber die Kamera schwenkte nicht zu dem Mann, der dazwischengerufen hatte. Einen Moment später sagte er: »Sie wissen, dass ich zur Vorgehensweise des Mörders keine Angaben machen kann.«

»Aber hat er …?«

Neben Bowman lehnte DCI Morgan sich vor und

sprach ins Mikrofon. »Entweder hören Sie jetzt zu oder wir beenden die Pressekonferenz sofort«, knurrte er. »Und vielen Dank, Sie haben zweifellos dazu beigetragen, dass sich die Zahl der falschen Geständnisse, mit denen meine Beamten ihre Zeit verschwenden müssen, signifikant erhöht hat. Vielleicht sollten wir die Rechnung an Ihre Zeitung schicken?«

Er hatte die Art von Stimme, gegen die man nicht gern anstreiten mochte, obwohl Cass sich häufiger dazu überwunden hatte. War es nicht erst gestern gewesen, dass sich diese Stimme im Verhörraum gegen ihn gerichtet hatte? Es kam ihm länger vor …

»Sozial könnte er unbeholfen sein«, fuhr Bowman fort, »und wir vermuten, dass seine Intelligenz unterdurchschnittlich ist.«

Cass setzte sich gerade hin. Das hatte Hask nicht gesagt, er hatte ausdrücklich betont, der Mann, nach dem sie suchten, sei wahrscheinlich hochintelligent. Er hatte auch gesagt, er sei wahrscheinlich ziemlich charismatisch, obwohl er ein Einzelgänger war. Cass drückte seine Zigarette auf der Untertasse aus, die ihm als Aschenbecher diente. Er begriff, was sie da machten, sie wollten dem Mörder eine Reaktion abnötigen, ihn zu einem wütenden Fehler zwingen. Sie hatten nicht genug Informationen für eine Beschreibung vorliegen, deshalb benutzten sie die Pressekonferenz dazu, die Presse friedlich zu stimmen, und als Versuch, den Mörder aus der Reserve zu locken.

Cass hielt das Vorgehen für nicht sehr aussichtsreich. Er zweifelte daran, dass ihr Mörder so leicht zu reizen war. Als die drei Männer aufstanden und damit signalisierten, dass die Pressekonferenz zu Ende war, wurde wieder ins Studio zurückgeschaltet. Cass drosselte die Lautstärke. Er fragte sich, ob der smarte, gut gestylte Mr Bright die Nachrichten wohl gesehen hatte. War er der Mörder, den sie suchten? Nach allem, was Artie über den Ruf des Mannes gesagt hatte, war sich Cass da nicht mehr sicher, aber der Mann hatte aller Wahrscheinlichkeit nach etwas mit diesem ganzen Mist zu tun. Er konnte es gar nicht erwarten zu hören, was Claire über eventuelle Verbindungen herausgefunden hatte, die es zwischen Bright und Der Bank gab.

Aber im Augenblick hatte Cass eine andere Aufgabe. Er ließ Christians kleinen Laptop aus der Hülle gleiten und öffnete den Deckel. Die Marke des Geräts war ihm nicht bekannt, doch das elegante Design, die Größe und das geringe Gewicht sprachen dafür, dass es teuer gewesen war. Viele der Gründer Der Bank kamen aus dem IT-Bereich, da war es nicht weiter erstaunlich, wenn es eine Produktreihe gab, die ausschließlich von ihren Angestellten genutzt wurde.

Er drückte die On-Taste, die LCD-Anzeige reagierte sofort. Er hatte recht gehabt. Dieses Gerät war gut. Vor dem schwarz-silbernen Hintergrund öffnete sich ein Feld, ein Passwort wurde gefordert. Cass starrte vor sich hin. Er tippte Jessica ein. Das war nichts. Er versuchte es mit Luke. Das war auch nichts. Er runzelte die Stirn. Christian war berechenbar. Cass' Passwörter hingegen waren – wenn er sie denn überhaupt verwendete – immer völlig willkürlich. Er war sich ziemlich sicher, dass Christian in die Kategorie der Leute fiel, die den Namen von jemandem benutzten, den sie liebten. Er tippte JessicaLuke in einem Wort ein und hätte beinahe Enter gedrückt, doch seine Finger zögerten. Christians Passwort würde niemals aus Worten bestehen. Christian liebte Frau und Kind, oder zumindest hatte er das bis zu jener letzten Nacht getan, aber er dachte in Zahlen. Cass löschte, was er getippt hatte, und setzte stattdessen die Zahlen 7 und 4 ein. Jessica hatte sieben

Buchstaben, Luke vier. Er drückte Enter, der rote Hintergrund verschwand und wurde sofort von einer Homepage ersetzt. Er grinste. Vielleicht kannte er seinen Bruder ja doch ein bisschen.

Er war sich nicht sicher, wonach er suchen sollte, deshalb ging er die Dateien durch. Er fing mit der E-Mail-Einstellung an, aber als er die Mails durchscrollte, wirkten sie alle völlig nichtssagend und schienen sich ausschließlich auf die Arbeit zu beziehen. Gründlich, wie Christian immer gewesen war, datierten sie nur etwa sechs Wochen zurück, alles, was weiter zurücklag, war wahrscheinlich gelöscht oder im System des Londoner Hauptquartiers Der Bank gespeichert. Die meisten verbliebenen Nachrichten waren von Maya Healey – der Assistentin, die Ramsey erwähnt hatte –, die sich nach dem Fortschritt diverser Transaktionen und Umbuchungen erkundigte. Gelegentlich war eine Mail von Asher Red, seinem Chef, dabei, immer kurz und höflich und für Cass relativ nutzlos. Was auch immer Christian bei Der Bank getan hatte, seine Chefs hatte es beeindruckt. Mr Red erkundigte sich in seinen Mitteilungen immer, ob Christian etwas brauche, oder gratulierte ihm zu seiner guten Arbeit. Cass überlegte, ob Asher Red nicht vielleicht DCI Morgan den einen oder anderen Tipp in Sachen Kommunikation mit Angestellten geben könnte.

Der letzte E-Mail-Austausch hatte zwischen Christian und Maya stattgefunden, an seinem Todestag. Cass sah sich die Zeiten an. Wahrscheinlich war es eine Stunde vor seinem Anruf bei Cass gewesen. Er erkundigte sich nach Umbuchungen und persönlichen Angaben zu verschiedenen Konten. Cass runzelte die Stirn. *»Bitte überprüfen Sie die. Das kann nicht stimmen.«* Irgendwas hatte Christian gestört. Die Sätze waren zu kurz und sachlich. Er scrollte zu Mayas Antwort, der Bestätigung, dass die Buchungen und Angaben korrekt seien. Sie erkundigte sich, warum er Rechnungsprüfungen kleiner Unternehmen anstelle der der Gesellschaft vornahm. Christian hatte geantwortet, dass ein Stapel auf seinem Schreibtisch gelandet sei, durch den er sich durcharbeite. Jemand musste krank geworden sein. Dann bat er um einen Ausdruck sämtlicher Kontobewegungen des einen Kontos, den er sich zu Hause ansehen wollte. Wenn Christian diese Papiere mit nach Hause genommen hätte, wären sie bestimmt in der Laptop-Tasche gewesen, aber die war leer.

Cass tippte die beiden Nummern in sein Handy ein. Vielleicht war das was, vielleicht auch nicht, auf jeden Fall würde es sich lohnen, die Sache zu überprüfen.

Er durchsuchte sowohl die Inbox als auch die Outbox nach jemandem mit dem Nachnamen Bright, ohne Ergebnis. Er probierte es mit der Durchsuchung des Inhalts aller Mail-Dateien, aber immer noch nichts. Er knirschte mit den Zähnen. Das würde nicht leicht werden. Seine Finger glitten über den schmalen Touchscreen, er klickte diverse Dateien an, die meisten enthielten Buchhaltungsunterlagen oder Berichte über verschiedene Firmen. Manche der Namen kannte er und er wusste, dass sie zur Bank-Gruppe gehörten, bei anderen war er überrascht. Es gab auch eine Datei über Firmen, deren zukünftiger Aufkauf als rentabel bewertet wurde. Cass überflog die Seiten. Spaß beiseite, in zehn Jahren würde vielleicht jeder in der einen oder anderen Form für Die Bank arbeiten. Kein Wunder, dass die Multimillionäre an ihrer Spitze immer lächelten.

Er kümmerte sich nicht weiter um die Einzeldateien und erkundete die Ordner. Hier war kaum etwas Persönliches zu finden und auch nicht viel, was Cass wirklich verstand, aber es schien nichts Ungewöhnliches dabei zu sein. Er sah sich ein Icon ganz unten auf der Liste an. Beinahe wäre es ihm entgangen, so ohne Titel zwischen so vielen anderen Ordnern war es fast unsichtbar. Er klickte es an, ein weiteres Dialogfenster öffnete sich, der Bildschirmhintergrund verschwand und wurde wieder silbern und schwarz.

DATEI: ERLÖSUNG.

Er starrte auf das Wort. Erlösung. Was hatte Christian an jenem Abend am Telefon noch zu ihm gesagt? *Es geht um Erlösung. Das ist der Schlüssel.* Sein Herz schlug schneller. Was auch immer es war, worüber sein Bruder mit ihm hatte sprechen wollen, es befand sich in dieser Datei. Er tippte 7 und 4 in das Passwortfeld ein. Das Dialogfenster änderte sich. PASSWORT EINS: ANGENOMMEN. Darunter tauchte ein leeres Feld auf und der Befehl: PASSWORT ZWEI.

Scheiße. Er zündete sich eine Zigarette an. Dann fügte er Christians Namen als Zahl 9 ein. Nichts. Er versuchte die Zahlen umzustellen. Wieder nichts. Zehn Minuten lang probierte er verschiedene Wortkombinationen aus, die seiner Meinung nach bedeutsam für Christian sein konnten, bis hin zum Namen seines ersten Haustieres, eines kurzlebigen Hamsters namens Woolly. Nichts funktionierte. Er versuchte es sogar mit CASS, aber wie erwartet funktionierte auch das nicht. Er saugte an seiner Zigarette, bis der Filter feucht war, dann drückte er sie aus. Was zum Teufel konnte Christian benutzt haben?

Er stellte den Computer auf Ruhezustand und lehnte sich einen Augenblick zurück. Es hatte keinen Zweck, willkürlich Wörter einzugeben, das konnte ewig so weitergehen. Vater Michael hatte gesagt, Christian sei schon eine Zeit lang wieder ins Haus gekommen. Vielleicht fand er ja hier einen Hinweis auf das Passwort. Er sah sich im schmucklosen Wohnzimmer um. Was immer es sein mochte, hier befand es sich nicht. Die Sonne hatte die letzten Wolken vertrieben und Cass öffnete das Fenster einen Spaltweit, um den Rauch rauszulassen. Dann ging er wieder nach oben.

In seinem eigenen Kinderzimmer war immer noch fast alles genauso wie bei seinem letzten Besuch, es war zu einem kleinen Gästezimmer umfunktioniert worden und wirkte völlig unpersönlich. Seit er zu Hause ausgezogen war, stand hier nichts mehr von seinem Kram herum. Sobald seine Eltern seine Sachen auf den Dachboden gebracht oder weggeworfen hatten, hatten sie frisch gestrichen und neue Möbel gekauft. Von Cass gab es hier keine Spur mehr. Er blieb in der Tür stehen und erinnerte sich an dunkelblaue Wände und die Sterne, die sein Dad an die Decke gemalt hatte. Sogar im mittleren Teenageralter hatte er diese Wände behalten. Er hatte so getan, als wollte er sich nicht die Mühe machen, etwas zu verändern, aber in Wirklichkeit liebte er sie. Sein Zimmer war das kleinste im Haus, aber ihm gefiel die Lage, weit weg vom Rest der Familie. Als Ältester hätte er das größte Zimmer fordern können, doch das war ihm nie in den Sinn gekommen. Mit einem kleinen Lächeln zog er die Tür hinter sich zu und ging den langen Flur hinunter zum Zimmer seines Bruders.

Auch das Zimmer ihres jüngsten Sohnes hatten seine Eltern zu einem hübschen Gästezimmer mit einem Doppelbett in der Mitte umgewandelt. Hier hatte Christian offenbar während seiner Besuche geschlafen. Einer der alten Koffer seines Vaters stand aufgeklappt auf dem Bett. Cass schaute hinein. Es war kein Koffer, der in den Jahren vor dem Tod der Eltern für die Ferien benutzt worden war, die zerkratzte dunkle Oberfläche deutete eher darauf hin, dass es ein Relikt aus den Sechziger- oder Siebzigerjahren war, alte, schmutzige Aufkleber der Fluggesellschaften klebten auf der rauen Oberfläche. Innen war er mit ausgefranster rosa Seide ausgeschlagen.

Cass setzte sich aufs Bett. Der Koffer war voll von alten Fotos, ein Koffer voller Erinnerungen. Eine Weile rührte er sie nicht an. Sein Mund war trocken geworden. In einer Ecke hob sich ein sepiafarbenes Bild von den anderen Fotos ab, es zeigte ein konservativ gekleidetes Paar, das verlegen lächelte, ihre Hände ruhten auf den Schultern eines kleinen Jungen. Cass erkannte sie nicht, aber das mussten seine Großeltern sein, vielleicht sogar seine Urgroßeltern. Er hatte sie alle nicht gekannt, weder mütterlicher- noch väterlicherseits. Auf seiner Familie lastete ein Fluch, man lebte nicht bis ins hohe Alter. Wieder spürte er diesen Schmerz in sich. Sie waren alle weg, sogar der kleine Luke … nur er nicht.

Er schluckte und langte in den Koffer. Die älteren Schwarz-Weiß-Fotos ignorierte er, stattdessen nahm er eine Handvoll Farbfotos heraus. Manche klebten zusammen und er musste sie vorsichtig voneinander trennen. Seine Mutter und sein Vater zwinkerten ihn unter ihren Papierhüten aus den Weihnachtsknallbonbons an. Sie lachten. Das nächste Bild war am selben Tag aufgenommen worden, wahrscheinlich von seiner Mutter. Sein Vater, er und Christian. Er starrte den Teenager an, der er gewesen war. Seine Haut war glatt, sein Lächeln offen. Obwohl er in die Kamera guckte, schauten sein Vater und Christian beide ihn an. Sein Dad sah stolz aus und Christian machte ein beinahe ehrfürchtiges Gesicht. In den Blicken beider lag sehr viel Liebe, man musste schon blind sein, wenn einem das entging.

Er nahm ein anderes Bild zur Hand, wieder sein Vater, jetzt als älterer Mann. Er war im Garten und machte sich an einem Rosenbusch zu schaffen, seine schwieligen Hände steckten in dicken Gartenhandschuhen. Seine Haut war rau wie die von Cass, aber er hatte viele Fältchen und ein freundliches Lächeln. Silber glitzerte in seinem schwarzen Haar. Cass schluckte. Dieses Foto konnte nicht lange vor seinem Tod aufgenommen worden sein, höchstens ein oder zwei Jahre vorher. Er sah seinem Vater ähnlich, ging ihm plötzlich auf. Christian war blond wie ihre Mutter, aber er selbst und sein Vater hatten die gleiche Gesichtsform, die gleiche Statur, sogar die gleichen Angewohnheiten. Wie konnte es sein, dass ihm diese Ähnlichkeit nie aufgefallen war? Er schaute genauer hin. Ihre Augen waren unterschiedlich, bei beiden waren sie dunkel, ja, aber die seines Vaters waren freundlich. Man sah seine Fürsorglichkeit. Er war nicht hart wie Cass.

»Komm nach Hause, Cass. Wir können drüber reden. Bitte komm nach Hause. Es war nicht deine Schuld.«

Sein Vater hatte oft angerufen nach dem Undercover-Einsatz, als die Kacke wirklich am Dampfen war. Nach all den Besprechungen nach seinem Einsatz und den sechs Monaten, in denen er sich am Arsch der Welt versteckt gehalten hatte, während die Welt hinter ihm aufräumte, hatte sein Vater immer wieder angerufen und ein ums andere Mal dieselben Dinge wiederholt. Komm nach Hause. Wir können drüber reden. Cass hatte aber nicht nach Hause kommen wollen und was gab es zu bereden? Es war passiert. Er erinnerte sich an die sanfte Freundlichkeit in der Stimme seines Vaters. Wäre Alan Jones wütend geworden, dann wäre Cass vielleicht nach Hause gekommen, aber die Freundlichkeit hätte ihn umgebracht. Und ehrlich, was hätte sein Vater denn sagen können – dass alles okay war? Dass er sich selbst verzeihen solle? Es war alles andere als okay und er glaubte nicht, dass er sich je würde verzeihen können. Er konnte jedenfalls nicht sehen, wie.

Abgesehen von dem, was er in dieser Nacht tatsächlich getan hatte, hatte man irgendeinen armen Kerl tot aus der Themse gezogen und in London unter dem Namen Charlie Sutton beerdigt. Cass dachte an die Familie des Mannes. Sie würde nie erfahren, was mit ihrem Jungen passiert war, er war nichts weiter als eine Leiche, die zur rechten Zeit aufgetaucht war, um einen Bullen vom Haken zu kriegen und einen vermurksten Fall zu den Akten zu legen. Das Schuldgefühl brannte immer noch. Das Schlimmste war die Ungewissheit, wurde immer gesagt. Und diese Familie würde nie Gewissheit haben.

Er schaute wieder auf das Foto seines Vaters. Wie ähnlich sie sich äußerlich auch gewesen sein mochten zu der Zeit, als diese Scheiße passiert war, trennten ihn Welten von seinem Vater. Der alte Mann hätte Gott ins Spiel gebracht und Cass hätte darüber gelacht. Die Milden würden die Grausamen nie verstehen, und die Grausamen würden Milde nie wirklich respektieren. War das nun ein Freemanismus, den er gespeichert hatte, als er als Charlie am glücklichsten gewesen war? Er wusste es nicht, aber das war sozusagen das Fazit, das man über Cass und seinen Vater ziehen konnte.

Auf dem nächsten Foto belud seine Mutter den Kofferraum des Autos vor einem Wochenendausflug. Cass hatte das Gefühl, dass seine Eingeweide langsam bleiern wurden. Alles fühlte sich schwer an, als ob die dünnen, glänzenden Papierstreifen aus einem Material von hoher Dichte wären, das ihn herunterzog. Er verfluchte seinen toten Bruder dafür, diesen Koffer von seinem Lagerplatz auf dem Boden geholt zu haben, wo er bestimmt abgestellt worden war, damit die nächste Generation der Jones' ihn entdecken konnte … allerdings würde es die jetzt nicht mehr geben. Es gab nur noch ihn. Auf dem Bild war das feine blonde Haar seiner Mutter zum Pferdeschwanz gebunden und sie trug Shorts aus Jeansstoff. Ihre Beine waren lang und schlank. Sie war in guter Form für eine Frau von fast sechzig, als die Aufnahme gemacht wurde. Ihr Arm ruhte auf dem Picknickkorb im offenen Kofferraum und sie lächelte.

Das Bett unter ihm fühlte sich seltsam an, in seinem Kopf dehnte sich die Zeit zwischen diesem Augenblick in der Gegenwart und einem, der fünf Jahre zurücklag. Das noch ältere Bild war eine Art Zusammenfassung des Ganzen. Das Auto, neben dem Evelyn Jones stand, war derselbe Volkswagen, der später mit einem Lastwagen zusammenstoßen und sich überschlagen würde, bevor er zerschmettert fast dreißig Meter abseits der Straße in einem Graben liegen blieb. Am Ende würde er Feuer fangen, während seine Eltern drinnen blutend und mit gebrochenen Knochen feststeckten. Seine Mutter war bewusstlos gewesen und sein Vater hatte all seine Kraft auf einen Notruf von seinem Handy verwendet. Dann hatte er eine Nachricht auf Cass' Anrufbeantworter hinterlassen, er hatte ihm mitgeteilt, dass sie einen Unfall gehabt hatten und beide Cass sehr liebten. Danach hatte er seinen jüngsten Sohn angerufen. Und Christian war am Telefon geblieben während der wenigen Minuten, die wie eine Ewigkeit gewesen sein mussten – bis er angefangen hatte zu schreien und bis das Telefon in der Hitze für immer verstummt war.

Während sein Bruder die Schreie seines Vaters gehört hatte, war Cass selber heiß und verschwitzt damit beschäftigt gewesen, Jessica in einem miesen Hotel am Argyle Square zu vögeln. Bis einer von ihnen Christians Nachricht empfangen hatte, war das Feuer gelöscht und sein Vater lag unter Qualen sterbend im Krankenhaus. Die Ärzte hatten gesagt, das Lenkrad sei mit Alan Jones' Brust verschmolzen. Sie konnten nicht verstehen, wie er so lange hatte überleben können. Seine Frau hatte noch kurz das Bewusstsein wiedererlangt, doch nur um vor Schmerz zu schreien, ehe sie im Krankenwagen verstorben war. Die verbrannte Hülle eines Wesens, das einmal eine lächelnde Schönheit mit langen Beinen und goldenem Haar gewesen war.

Cass hatte Christian erzählt, er sei bei einem Informanten gewesen und habe keinen Empfang gehabt. Jessica war ein paar Minuten später gekommen und hatte gesagt, sie sei im Fitnesscenter gewesen. Christian zweifelte das nicht eine Sekunde lang an – warum auch? Er drückte sich an Cass' Schulter und weinte, und Cass erinnerte sich jetzt noch daran, wie er zurückgewichen war – aus Schuldgefühl und der Angst, Christian könnte den Lustschweiß seiner Frau an seiner Haut riechen. Er erinnerte sich noch, wie angewidert er von sich selbst gewesen war, wie leid ihm sein Bruder getan hatte, und wie erleichtert er darüber gewesen war, nicht selbst am anderen Ende der Telefonleitung gewesen zu sein. Zwischen all diesen Gefühlen konnte er sich an den Schmerz über den Verlust seiner Eltern nicht mehr erinnern. Was hatte er damals empfunden – nichts? Nur Schuld?

Als er sich das Foto noch einmal anschaute, meinte er, Benzin schmecken zu können. *Etwas* fühlte er, das wusste er. Er hatte es nur zu sehr unterdrückt, um es sich täglich von Neuem einzugestehen, mit Christians Tod würde er es genauso machen. Nur in seinen Träumen kamen die Gefühle zum Vorschein. Vielleicht war die Hölle hier auf Erden, vielleicht war sie eine Ebene in seinem Unterbewusstsein, wo nichts jemals wirklich vorbei und erledigt war. Cass' Albträume hatte ihn für den langen, qualvollen Flammentod seiner Eltern bestraft und für die Sache in Birmingham … manchmal war er beim Aufwachen überzeugt davon gewesen, dass seine Hände in Flammen standen, weil er verzweifelt an der Tür des Volkswagens gerüttelt hatte, aus dem er seine brennenden Eltern ziehen wollte.

Vorsichtig legte er das Foto hin, seine Hände zitterten. Was sollte das? Die Vergangenheit war abgehakt. Er schniefte heftig, ignorierte die Tränen, die ihm den Blick trübten, und schob den Koffer zur Seite. In ihm war nichts, was ihm guttat. Ein weißer Streifen lugte unter der Kofferecke heraus.

Cass bückte sich und zog daran: ein großer weißer Umschlag aus einem hochwertigen Papier, das sich wie Leinen anfühlte. Sogar leer war dieser Umschlag schwer. Zwei Worte waren in Christians ordentlicher Handschrift mit Tinte darauf geschrieben, alle Buchstaben in perfektem Abstand, wie mit dem Lineal abgemessen. CASSIUS GEBEN.

Sein Blick wurde wieder klar, für einen Moment stockte ihm der Atem. Draußen stand die Sonne tiefer am Himmel, die Strahlen schnitten wie Laser durch die knotigen Äste eines alten Baumes und warfen kaleidoskopartige Muster durch das Fenster. Ein weißer Strahl bohrte sich durch Cass' Hand, und während er noch gegen die plötzliche Grelle anblinzelte, fiel ein Schatten über den Koffer auf dem Bett. Ein neuer Schatten, der aus dem Inneren des Hauses geworfen wurde. Cass schnappte nach Luft, starrte auf die weichen Konturen, die nicht mit den scharfen Kanten der Fotos und den irren Sonnenstrahlen in Einklang zu bringen waren. Das konnte nicht sein. Das war verkehrt.

Der Augenblick schwebte im Raum wie ein nicht verklungenes Flüstern. Langsam drehte Cass den Kopf, er wusste, was er sehen würde. In der Stille ihres Elternhauses stand Christian in der Tür, weder im Zimmer noch auf dem Flur – dazwischen. Auf seinen polierten Schuhen waren noch immer die schweren scharlachroten Tropfen zu sehen, ein Stück von seinem blauen Hemd hing noch immer über den Hosenbund. Auf der rechten Schulter waren Blutflecke, doch sein Kopf war glücklicherweise intakt. Der Flur gähnte hinter ihm in Finsternis.

Zwischen den Brüdern tanzten Staubpartikel. Cass spürte auf der Haut die Sonne, die durch die Scheibe fiel. Tief in seinem Inneren hämmerte sein Herz wie verrückt, als er die Gestalt anstarrte. Es gab keine richtigen Gespenster, nur die in seinem Kopf, die ihn umkrallen und nicht wieder loslassen wollten. Aber dieses hier wirkte so echt. War das Wahnsinn? Was immer es war, ob echt oder Illusion, es wollte Cass etwas mitteilen.

Christian lächelte und hob die linke Hand an sein Ohr, Daumen und kleiner Finger abgespreizt, so als hielte er ein Telefon. Dann ließ er den Arm sinken. Cass fiel auf, wie blau die Augen seines Bruders waren, und er konnte die großen Sommersprossen unter seinem Handgelenk erkennen. Er hatte ganz vergessen, dass Christian sie hatte.

Cass schluckte, obwohl sein Mund so trocken war, dass es wehtat. *Es gab keine Gespenster*. Er drehte den Kopf wieder zum Koffer und kniff die Augen zu, atmete tief, zählte bis drei. Als er die Augen wieder öffnete und vorsichtig zur Tür schaute, war das Gespenst seines Bruders immer noch da. Christian lächelte und hob noch einmal die Hand zum Ohr, dann starrte er Cass eine Weile an. Danach drehte er sich um und ging den Flur entlang, seine Füße machten kein Geräusch auf den alten Dielen. Seine Arme hingen gerade herunter. Cass beobachtete ihn, bis er um die Ecke verschwunden war.

Endlich stieß er die Luft aus. Sein ganzer Körper zitterte und sein Kopf war wie mit Eiswasser überschüttet. Umständlich zog er das Handy aus der Tasche und scrollte zu Christians Nummer. Er drückte die Ruftaste. Schon vor dem Klingeln verkündete der Anrufbeantworter, dass dieser Teilnehmer nicht zu erreichen war. Cass brach den Anruf ab. Beinahe hätte er über sich selbst gelacht. Was hatte er erwartet? Dass sein toter Bruder ranging? Der O2-Service war ja gut, aber er glaubte doch nicht, dass Anrufe zur anderen Seite möglich waren.

Langsam sank sein Adrenalinpegel. *Es gab keine Gespenster*. Christian war tot. Was seine Augen auch immer gesehen zu haben glaubten, hatte er sich ausgedacht, redete Cass sich ein. Er glaubte nicht an Gespenster. Er glaubte nicht an ein Leben nach dem Tode. Wenn man weg war, war man weg. Und das war's. Was er sah oder nicht sah, kam aus seinem eigenen Kopf; seine Wahrnehmung spielte ihm Streiche, und er konnte entweder still in den Wahnsinn abgleiten oder das Ganze einfach ignorieren und weitermachen mit all dem Dreck, der zu seinem eigenen Leben gehörte. Cass würde immer die zweite Option wählen.

Er zitterte ein wenig, dann schaute er sich den Umschlag an. Auf dem Bett schaffte er etwas mehr Platz und dann öffnete er ihn mit einem weiteren tiefen Durchatmen. Während er ihn ausleerte, hielt er an dem Entschluss fest, nicht zur Tür zu schauen und nachzusehen, ob Christian ihn beobachtete.

Viel war nicht drin: ein paar Fotos und ein Brief. Cass nahm das Bild in die Hand, das direkt vor ihm lag. Es war eine Polaroidaufnahme. Er brauchte einen Moment, bis er die beiden Männer erkannt hatte, die ohne Hemden dastanden und einander die Arme um die gebräunten Schultern schlangen. Sie lächelten, im Hintergrund waren Wüste und ein militärisch anmutender Jeep zu sehen. Er schaute auf die Rückseite, das Gekritzel dort bestätigte seine Vermutung.

Alan und Mike. Libanon 1970.

Sein Vater und Vater Michael. Er sah sich das Foto noch

einmal an. 1970. Sein Vater war fünfundsechzig gewesen, als er 2010 gestorben war. Cass rechnete schnell nach. Auf dem Bild war er dann Mitte zwanzig, es stammte aus der Zeit zehn Jahre vor Cass' Geburt. Er war sich noch nicht einmal sicher, ob sein Vater seine Mutter damals schon gekannt hatte. Wie seltsam, dass Vater Michael ihn schon so lange kannte. Cass hatte noch nie wirklich viel über die Freundschaft der beiden nachgedacht. Wieder sah er sich die beiden Männer an. Sie waren wie Fremde für ihn, mehr als zehn Jahre jünger, als Cass jetzt war, mit dem grenzenlosen Enthusiasmus der Jugend, einem blendenden Lächeln und Hippiefrisuren. Sorgfältig legte er das Foto zur Seite.

Auf dem nächsten waren er und Christian im Garten hinter dem Haus. Er erkannte die Stelle wieder, wenn er den Hals reckte, konnte er sie durch dieses Fenster sehen. Das Bild war in den Achtzigerjahren aufgenommen worden, mit einer Pocket-Kamera. Ihre Mutter saß mit umschlungenen Knien zwischen ihren Söhnen, jedoch ein kleines Stück hinter ihnen. Sie lächelte in die Kamera. Cass konnte die Aufregung in ihrem Gesicht sehen. Er selbst befand sich auf der rechten Bildseite. Er war ein paar Zentimeter größer als sein blonder Bruder. Beide trugen sie Shorts; wenn man sich Christians rundes Gesicht und die Knie ansah, konnte er kaum älter als drei oder vier sein, folglich wäre Cass sechs.

Sein Lächeln verging ihm, denn je genauer er sich die Aufnahme ansah, desto klarer wurde ihm, wie seltsam sie war. Die Art, wie sie dastanden, war merkwürdig, einander zugewandt, mit ernsten Mienen. Jeder hatte einen Arm erhoben und auf Augenhöhe zeigten sie mit dem Finger aufeinander. Das war eine unnatürliche Pose für Kinder dieses Alters, die ja häufiger kreischend im Matsch lagen oder Würmer in Stücke rissen. Eine Erinnerung wurde in einer staubigen Ecke seines Gedächtnisses wach, aber er konnte sie von dort nicht ganz befreien.

Er drehte das Bild um.

Die Jungs sehen das Leuchten! Ja!

Die Wörter waren in der Handschrift ihrer Mutter hingekritzelt worden, aber jemand – Cass überlegte, ob es Christian gewesen war – hatte zwei Wörter eingekreist: *das Leuchten*. Die Erinnerung rührte sich und zog ihn für eine Sekunde wieder in die verblasste Landschaft des Bildes. Er hatte Schorf auf dem Knie, es juckte. Er war sechs Jahre alt und sein Vater sagte ihm, er solle genauer hinsehen. Und dann war es da. Aus den Augen seines Bruders konnte er Gold fließen sehen, es strömte in hellstem Schein heraus. Ihm wurde ganz warm, nur vom Hinschauen. Das Erstaunen, das er empfand, spiegelte sich im Gesicht seines Bruders wider. Beide hatten sie gleichzeitig die Arme erhoben und ihre Mutter hatte gelacht.

Er zerschlug das Bild dieser Erinnerung. Es war eine Sinnestäuschung gewesen, das Licht, nichts weiter als das Spiel von Kindern. Und doch spürte er so etwas wie ein boshaftes Kitzeln, und den unerklärlichen Anflug von Furcht tief in der Magengrube konnte er nicht verleugnen. Er legte das Foto auf das erste. Morgen wollte er Vater Michael danach fragen.

Es war das dritte Bild, bei dem er erstarrte. Auf den ersten Blick war es nur ein Schnappschuss von seinen Eltern, die sich offensichtlich inzwischen kennengelernt hatten, obwohl sie immer noch aussahen wie ein paar junge Hippies. Das Haar seiner Mutter hing zu langen Zöpfen geflochten herunter, sein Vater stand hinter ihr, die Hände um ihre zwischen Schlaghose und Batikhemd nackte Taille gelegt. Sein dickes, welliges Haar fiel ihm bis auf die Schultern und er trug einen kurzen Vollbart. Cass fand, dass sein Vater in den Siebzigern ein ziemlich originalgetreues Double für Jesus abgegeben hätte. Neben ihm stand ein Mann, der wahrscheinlich über fünfzig war, mit silbernem Haar und einem schlauen Lächeln. Seine Leinenhose hatte untadelig scharfe Bügelfalten. Sie standen vor einer Art Büro, Cass musste ganz nah an das Bild herangehen, um das staubige Schild lesen zu können. SOLOMON AND BRIGHT MINING CORPS.

Mr Bright. Er schaute sich den Mann neben seinen jungen Eltern noch einmal an, ehe er schnell das Bild umdrehte.

»Ich, Evie und Castor Bright. Südafrika 1973.«

Mit demselben blauen Kugelschreiber, mit dem auf dem vorigen Bild das Leuchten eingekreist worden war, hatte Christian darunter gekritzelt. »Bright? Aber wie?« Cass fiel auf, dass die Schrift seines Bruders hier nicht mehr so ordentlich aussah. Er drehte das Bild wieder um, starrte darauf und versuchte sich Bright in Anzug und Mantel vorzustellen. Adam Bradleys Beschreibung des Mannes, den er in der Wohnung in Newham getroffen hatte, passte genau. Mr Bright. Er sah sich Christians Frage noch einmal an. »Aber wie?« Die Antwort war einfach. Es konnte sich nicht um denselben Mann handeln. Das war unmöglich. Sollte er überhaupt noch leben, so musste er inzwischen in seinen Neunzigern sein. Eines stand allerdings fest, es gab eine Beziehung zwischen einem Mr Bright und Christian – und dieses Bild hatte seinen Bruder offenbar völlig zum Ausrasten gebracht. Wieder schaute er das Bild an. Was zum Teufel war in Christians Welt vorgegangen?

Der Brief war interessant. Er war an Christian adressiert, an seine Büroanschrift, aber auf dem Papier befand sich kein Briefkopf. Es war cremefarben und teuer, genau wie der Umschlag, den Christian benutzt hatte. Die getippte Nachricht war kurz: Die Bank war interessiert daran, Christian einzustellen, er sollte die Hauptverwaltung in Vauxhall Cross aufsuchen. Datum und Uhrzeit waren angegeben und unten auf der Seite befand sich eine Signatur in Schwarz, die anscheinend mit einer Kalligrafiefeder ausgeführt worden war. Der Name stand gedruckt darunter. Mr C. Bright. Castor Bright? Derselbe Mann wie auf dem Bild? Cass versuchte sein rotierendes Hirn zu beruhigen. Wer auch immer Christian diesen Job bei Der Bank verschafft hatte, stand in Beziehung zu einem Mann, der ihre Eltern gekannt hatte. Und jetzt war Christian tot und jemand namens Bright schickte Videos von missglückten Unterwelt-Attentaten an Cass.

Was zum Teufel ging hier vor?

Cass starrte zum Fenster hinaus. Das kurze Sonnenintermezzo ging zu Ende, und wie es sich für das britische Märzwetter gehörte, zogen sich dunkle Wolken zusammen und bedeckten immer größere Teile des Himmels. Er musste nachdenken. Er raffte die Fotos und den Brief zusammen und machte sich auf den Weg nach unten, während über ihm der Donner grollte.

In der Küche saß Christian vollkommen still an der Kochinsel mitten im Raum. Sein blasses Gesicht schaute auf nichts. Er regte sich nicht, als Cass stehen blieb und ihn beobachtete. Draußen fielen Regentropfen, aber im Haus war das stetige Tropfen von dickem Blut auf Leder lauter … obwohl keine neuen Flecken auf Christians Schuhen erschienen. Cass seufzte und drehte sich weg. Er setzte sich mit dem Rücken zum Geist seines Bruders an den kleinen gläsernen Esstisch. Sein Verstand mochte ihn täuschen, soviel er wollte, Cass würde einfach in die andere Richtung gucken. Er schaute über seine Schulter. Christian schien das nicht besonders zu stören.

Dann leerte Cass den Umschlag auf den Tisch aus und schaute sich ein Bild nach dem anderen an. Manche waren älteren Datums, irgendwelche Gesichter von Männern, die er nicht wiedererkannte. Einige Fotos waren gestellt, andere sahen aus, als wären sie heimlich aufgenommen worden. Auf jede Rückseite hatte sein Vater geschrieben: *Netzwerk?* Aber dieses Wort sagte ihm genauso wenig wie die Gesichter. Er fügte es seiner Liste möglicher Passwörter hinzu, die er auf dem Laptop seines Bruders ausprobieren wollte.

An Claire schickte er eine SMS. »Brights Initial wahrscheinlich C. Versuch es mit dem Vornamen Castor. Danke.« Er wollte sie nicht anrufen, es war Samstag, sie war entweder noch immer bei der Arbeit oder zu Hause – so oder so, Blackmore wäre auf jeden Fall bei ihr. Ein Anruf von Cass würde wahrscheinlich einen Streit zwischen den beiden provozieren, und ihm waren ohnehin nur noch wenige Freunde geblieben, da musste er Claire nicht auch noch Ärger machen.

Er starrte auf die um ihn herumliegenden Beweismittel, die etwas und doch nichts bedeuteten, und wünschte, er hätte selbst einen Computer. Sein Blackberry hatte Internetzugang, aber der kleine Bildschirm reichte nicht, um die ganze Suchmaske anzuzeigen. Christians Computer wollte er nicht benutzen, wegen der Spuren, die seine Suche hinterlassen würde. Egal, was man auch auf dem Computer machte, man hinterließ immer Spuren auf der Festplatte, und er wollte nicht, dass Die Bank mitbekam, wonach er gesucht hatte.

Er starrte die Bilder an, die etwas und nichts bedeuteten. Was er wusste, war, dass Christian sich Gedanken über Bright gemacht hatte. Er schaute sich die anderen Bilder an. Netzwerk? Worum zum Teufel ging es da? Sein Kopf tat weh und Regen prasselte ans Fenster. Zeit für eine Pause. Er merkte, wie hungrig er war. Als er sich dieses Mal umdrehte, war Christian weg. Eine kleine Welle der Erleichterung erfasste Cass. Also Eier und Speck für einen.

Das Essen brutzelte, der verlockende Duft von Baconfett zog durchs Haus und Cass öffnete die Flasche Rotwein, die der umsichtige Vater Michael besorgt hatte. Er stellte sie und ein Glas auf sein Tablett, das er ins Wohnzimmer trug. Der Raum war frei von Gespenstern. Innerhalb von Minuten war das Essen verspeist und er wischte die Reste des Eigelbs mit einer dicken Scheibe Brot vom Teller.

Ein gutes Gefühl, so ein voller Magen. Er zündete sich eine Zigarette an und schenkte sich sein zweites Glas Wein ein, ehe er den Fernseher wieder anschaltete. Die Nachrichten würden gleich beginnen und Bowmans Aufführung wollte er sich noch einmal ansehen. Der Wein machte sich ziemlich schnell bemerkbar, Cass genoss die warme Benommenheit. Wahrscheinlich hatte er noch immer Schnaps und Drogen von der letzten Nacht im Blut, aber Wein war milder als Whisky und Koks. Wein war wie die Umarmung einer guten Frau, weich und warm und verheißungsvoll. Seine Augen waren müde.

Er klappte Christians Laptop auf und suchte sich die Datei mit dem Namen ERLÖSUNG heraus. Er gab das erste Passwort ein, und als das zweite verlangt wurde, versuchte er es mit Netzwerk, das Leuchten, NetzwerkLeuchten, BrightLeuchten und diversen anderen Kombinationen von Wörtern und Zahlen, bis er wieder aufgab. Das konnte warten bis zum Morgen. Sein Hirn war im Eimer.

Nachdem der Computer wieder weggestellt war, lehnte er sich zurück und legte die Füße auf den Tisch, das Tablett mit seinem Teller schob er ein Stück zur Seite, um Platz zu schaffen. Eigentlich sollte er das Geschirr rausbringen und abwaschen. Die Stimmen seiner Mutter, Kates, Jessicas, ja sogar Claires verschmolzen in diesem Ansinnen. *Wenn du nicht gleich abwäschst, trocknen die Reste an und du brauchst ewig, bis du sie wieder abkriegst.* Das war die Stimme seiner Mutter. Als Junge hätte er wohl getan, was von ihm verlangt wurde, aber jetzt entspannte er sich auf dem Sofa und nahm noch einen Schluck Wein. Dann trocknet es eben an. Wie viele Teller braucht ein totes Haus denn? Vielleicht würde er den Teller gleich in die Tonne werfen.

Seine Augen fühlten sich noch sandiger an, als es draußen dunkel wurde. Die Nachrichten kamen und gingen, und Cass verfolgte mit halbem Auge, wie der Samstagabend landesweit von Ant & Dec übernommen wurde. Sie waren noch immer so nervtötend munter und aufgekratzt wie damals, als sie diesen Dschungelscheiß moderiert hatten. Nach jedem lahmen Witz sonderte das Publikum eine Runde blechernen Applaus ab. Cass hatte sich nie merken können, wer eigentlich wer war. Er trank mehr Wein. Das waren Wohlfühlleute. Mit ihnen zu leben musste die Hölle sein.

Schwarze Regentropfen wurden von Windböen ans Fenster geworfen, es wurde Nacht. Cass' Gedanken trieben zwischen den Fällen herum, er konzentrierte sich auf nichts Bestimmtes, sondern ließ Bilder und Ideen kommen und gehen. Damit hielt er sich die Kindheitserinnerungen vom Leib, die ihn zu überwältigen drohten: Samstagabende vor dem Fernseher, seine Mutter und sein Vater, die lachten und zusammen eine Flasche Wein tranken, und Christian, der übertrieben dramatisch die Augen verdrehte, wenn sie sich küssten. Er seufzte und versuchte noch einmal, sich aufs Fernsehen zu konzentrieren. Das Haus war voller Gespenster. Seine müden Augen wollten zufallen. Ob seine tote Familie ihn wohl mitleidig beobachtete? Den, den sie zurückgelassen hatten. Was für ein rührseliger – und leicht betrunkener Gedanke. Ein Blick auf die Flasche zeigte, dass sie fast leer war, obwohl er sich nicht daran erinnern konnte, sein Glas mehr als zweimal gefüllt zu haben. Die Zahlen auf seiner Uhr leuchteten hell, es war noch nicht mal neun, aber wenn er noch länger hier saß, würde er auf dem Sofa wegsacken, dann würde er sich völlig verbiegen und morgen würde er sich verfluchen, weil er zweimal hintereinander denselben Fehler gemacht hatte. Die sanften Arme des Geistes in der Weinflasche zogen ihn schlafwärts, er hatte nichts dagegen. Wenigstens waren sie wärmer als die Finger der Toten.

Er nahm sein Handy und die Zigaretten und stand auf. Als der Fernseher abgeschaltet war, ergab sich das Haus der Dunkelheit. Eine Wohltat für seine Augen. Er schaltete das Licht nicht an, als er die knarrenden Stufen hochstieg. Oben stöpselte er sein Telefon ein, machte sich allerdings nicht die Mühe, sich die Zähne zu putzen, ehe er seine Sachen auszog und sich auf das behagliche Bett seiner Eltern fallen ließ. Kate hatte recht. Er war schlampig. Aber im Moment musste er sich nicht den Kopf darüber zerbrechen, ob es jemand merken oder es jemanden stören könnte. Es war gut, die Augen zu schließen und die Muskeln zu entspannen. Was war das nur für eine beschissene Woche gewesen. Ob eine letzte Zigarette wohl okay war, nur damit der Geschmack im Mund morgen früh auch so richtig eklig wäre? Doch ehe er den Arm nach der Schachtel ausstrecken konnte, hatte die Dunkelheit hinter seinen Augen ihn bereits überwältigt.

12

Seit Stunden sitzt er schon auf dem niedrigen, schmalen Bett, starrt nur die Risse im Putz an. Er stört niemanden. Er hat jetzt sein eigenes Zimmer in der Unterkunft. Das hatte er anfangs nicht gewollt. Er war vom Luxuspenthouse zuerst in ein möbliertes Zimmer gezogen und jetzt hierher. Als Nächstes wird er vielleicht versuchen, die Nächte unter den Brücken zu verbringen. Er hatte in dem großen, überfüllten, stinkenden Schlafsaal mit dem ganzen Bodensatz der Menschheit ruhen wollen, doch nach ein paar Nächten hatten ihn die höflichen, wohlmeinenden Freiwilligen hierherverlegt.

Sie sagten, es sei wegen der guten Arbeit, die er mit dem Pfarrer in der Kirche leiste, er brauche einen ruhigen Platz zum Schlafen - aber er weiß es besser. Er kann es in ihren ehrlichen Gesichtern sehen. Der wahre Grund ist, dass er alle anderen verstört. Er bringt die Junkies und Trinker und die Leute, die Schaden genommen haben, zum Schreien und Unruhestiften. Je mehr ein Mensch verwildert, umso deutlicher kann er anscheinend die Wahrheit erkennen oder was noch davon übrig ist. Die Leute hier können sehen, dass er nicht zu ihnen gehört … oder vielleicht ist es einfacher: Sie können dieses Summen in ihren Träumen einfach nicht ertragen, wenn sie sich rastlos hin und her wälzen und von der nächsten Flasche träumen.

Er hat die Fliegen nicht mehr so gut unter Kontrolle, wenn er schläft. Je menschlicher er wird, desto heftiger drängen sie ins Freie. Sie leben nicht lange. Er stirbt, folglich sterben sie auch. Für ein paar kurze Augenblicke drehen manche irre Kreise, ehe sie zu Boden fallen. Er schaut runter, als Beweis liegen drei fast tote Fliegen vor seinen Füßen. Er beobachtet, wie sie sich auf dem Rücken winden, bevor sie sterben, die Beine zappeln hektisch in der Luft. Es hat mal eine Zeit gegeben, da hätte er jede einzelne fühlen können, aber damit ist es vorbei. Er spreizt die

Finger und konzentriert sich. Ein winziges, glattes Ei gleitet unter seinem Fingernagel heraus. Er lächelt. Noch hat er, was er für seine Botschaften braucht … wenn es ihn auch kaputtmacht.

Die Wände rücken ein wenig näher, er steht auf. Es ist fast Morgen. Er ist die ganze Nacht nicht zur Ruhe gekommen. Ein Rad im anderen, Spielpläne entfalten sich, Bauern werden gezogen, der König muss beschützt werden. Er runzelt die Stirn und verlässt das kleine Zimmer. Die Pressekonferenz hat ihn überrascht. Der falsche Mann hatte am Tisch gesessen, obwohl er doch hart dafür gearbeitet hatte, dass der richtige diesen Platz bekam. Das kann in Ordnung gebracht werden. Und es ist angenehm, überrascht zu werden, besonders wenn Menschen am Spiel beteiligt sind. Seine Füße schmerzen. Es fühlt sich an, als ob sie schwer auf den Boden stampfen, dabei ist jeder Schritt lautlos. Er ist müde und seine alten Knochen schmerzen. Er überlegt, wann es wohl vorüber sein mag und wie – doch das glaubt er zu wissen. Ein Rad im anderen. Es gibt wirklich nur einen Weg für ihn.

Er geht auf den Eingang zu. Er will die Schönheit der Schöpfung genießen, wenn die Sonne aufgeht. Die Tür wird jede Nacht abgeschlossen, aber er hört das leise metallische Klicken, als das Schloss sich für ihn öffnet. Das bringt ihn zum Lächeln. Vielleicht ist nur sein nahender Tod wirklich menschlich. Er fragt sich, ob er sich mehr fürchten sollte. Es ist so lange her und sie sterben so weit weg von zu Hause. In den Straßen ziehen sich Risse grauen Lichts durch die Nacht, und die Luft in seinen Lungen ist frisch und rein. Die Morgen in London hat er immer geliebt, auch wenn sie sauer rochen von einem Smog, so dick, dass man kaum atmen konnte – und erst recht nicht sehen.

Seine Füße machen letztlich doch Geräusche, denn die Hacken seiner Schuhe klacken auf dem Pflaster. So viel Zeit ist vergangen. Wenigstens bringt die Angst ihn nicht dazu, sich einen Weg zurück zu suchen, wie einige andere. Sie haben ihre Wahl vor langer Zeit getroffen, und er wird mit den Konsequenzen leben und sterben.

Seine Beine fühlen sich jetzt leichter an, als er auf die Stadtmitte zugeht. Was Bright wohl von alldem hält, fragt er sich. Zurzeit verstellt ihre private Schlacht das größere Bild. Bright hatte immer so unantastbar gewirkt, der Architekt in seinem Elfenbeinturm. Jetzt wäre er zumindest etwas gekränkt, dafür lohnte es sich, ein wenig länger zu leben.

Er geht durch den Kirchgarten, die Tore sind schon offen. Hier braucht er nicht zu zaubern. Es ist erst halb sieben, aber an den Sonntagen der Fastenzeit findet der erste Gottesdienst um sieben statt. Wie viele mögen wohl tatsächlich so früh auftauchen, um die Worte des gütigen Pfarrers zu hören, wenn man doch Kater auszuschlafen hat und faule Vormittage genießen kann. Das Physische geht so oft seine eigenen Wege. Er holt sein Prepaid-Handy aus der Tasche. Davon hat er sich ein paar mitgenommen, als er die Büros und sein altes Leben endgültig verlassen hat. Seine Nummer wird irgendwo auf einer Rechnung aufgeführt sein. Darüber muss er lächeln. Noch eine kleine Schraube gelockert. So nach und nach … mit Geduld und Spucke. Bright wollte diesen Mann eine Zeit lang in Ruhe lassen, aber ihm liegt daran, dass alle Mitspieler die Chance bekommen, sich selbst ein Bild zu machen, bevor er stirbt.

Er holt ein kleines Moleskin-Notizbuch aus seiner Jacke. Darin stehen alle Informationen, die er aus dem System gestohlen hat, alles, was er zu brauchen glaubte, als er gegangen ist, um den Rest seines Lebens seiner ganz persönlichen Reise zu widmen und mit Brights Plänen zu spielen. Zwei Fliegen mit einer Klappe. Seine eleganten Finger blättern die cremefarbenen Seiten durch, bis er die Nummer findet. Er hat schon immer mehr auf Papier und Handschrift vertraut als auf Computer.

Warum er von hier aus anruft, weiß er nicht, ebenso wenig, wie er nicht weiß, warum er Trost in der Ruhe der Kirche fin-

det, deren Fundament auf so einer schlechten Nacherzählung der alten Geschichte gründet: des Menschen großer Tempel des Wunschdenkens. Doch es ist ein hübscher Ort, findet er, und vielleicht ist ihm das Grund genug. Er tippt die Nummer ein und drückt die Ruftaste. Es ist Zeit, den König anzurufen.

In der Dunkelheit der Nacht ging der Regen in leises Nieseln über. Cass schlief unruhig, wälzte sich hin und her, schwitzte in der Schwärze. Gespenster wimmelten ihm im Kopf herum und er redete im Schlaf, während sich Erinnerungen abspulten. Unzusammenhängende Laute durchdrangen die Stille im Haus, schließlich beruhigte er sich. Dann bewegten sich nur seine Lippen, als er flüsterte: »Na, worauf wartest du, Charlie?«

»Na, worauf wartest du, Charlie?«

Cass starrt Brian Freeman an, sein Herz rast viel zu schnell in seiner Brust. Er glaubt, er müsste sich übergeben, ohnmächtig werden oder beides.

Brian »The Brain« Freeman sieht aus wie ein Hundertjähriger. Er sitzt auf einem Sessel im Büro hinter der Snookerhalle. Sogar bei der trüben Beleuchtung kann Cass sehen, wie die Marbellabräune des alten Mannes verblasst, während das Blut den behelfsmäßigen Verband durchweicht. Ein Schweißfilm bedeckt seine Stirn und er atmet schnell. Sein Blick ist wütend und sehr lebendig.

»Keine Sorge, mein Sohn, ich überleb das«, sagt er. »Und jetzt erledige das für mich. Wie der Sohn, den ich niemals hatte.« Seine Hand zittert nicht einmal, als er einen langen Zug aus der Brandyflasche nimmt. Noch nie im Leben hat Cass dringender einen Drink gebraucht. Sein Mund schreit förmlich danach, aber Brian lässt die Flasche nicht los. Seine Hand fühlt sich ganz fremd an, als er die Waffe langsam aus dem Bund sei-

ner Jeans herauszieht. Er überlegt, wie er mehr Zeit gewinnen kann.

Alles läuft schief von dem Augenblick an, als sein Handy um fünf Uhr morgens klingelt und George sagt: »Steh auf. Wir haben ein Problem. Ich hol dich in fünf Minuten. Nimm die Brieftasche mit.«

Nein, denkt er, während sein Gehirn rast und Brian und George und die Jungs ihn anstarren und warten. Das war nicht der Moment, in dem es schiefgelaufen ist. Zu diesem Zeitpunkt hatte er zwar die Hosen voll gehabt vor Angst, aber er hatte gewusst, was zu tun war. Seine Hände zitterten und schwitzten, aber er schaltete auf die andere SIM-Karte um und wählte die Nummer seines Verbindungsmannes, wobei er sich die Hosen anzog.

Der Verbindungsmann antwortete nicht. Das war der Punkt, an dem es schiefgelaufen ist. Er hätte da sein sollen. Cass hatte auf den Anrufbeantworter geflucht. »Nimm die Brieftasche mit« war gar nicht gut, das war ein Code. Nimm die Pistole mit. Nach dem Piepton sprudelte er eine Nachricht heraus, war sich aber nicht sicher, ob sie überhaupt irgendeinen Sinn ergab. Er hatte gewusst, dass dieser Moment kommen würde. Er hatte gespürt, wie er sich aufgebaut hatte. Jeder wurde geprüft, damit man sehen konnte, aus welchem Holz er geschnitzt war, und auf keinen Fall würde Charlie Sutton irgendwie anders behandelt werden, da spielte es überhaupt keine Rolle, wer sein Onkel war. Charlie würde geprüft werden, allein deshalb, weil Brian ihn so sehr mochte. Das hatte er dem V-Mann schon gesagt. Und was nützte ihm das jetzt?

Er rief noch eine andere Nummer an, als er schon das wartende Auto heranwinkte. Das Telefon seines Londoner SO10-Koordninators war abgeschaltet. Cass hatte vor Frustration fast geweint, als er die schwere Waffe hinten aus dem Kleiderschrank genommen und das Magazin aus der Nachttischschublade ge-

holt hatte. Er prüfte die Kugeln. Alles da, alles in Ordnung. Er hätte die Original-SIM-Karte wieder ins Telefon stecken sollen, für alle Fälle, aber jetzt musste er das Risiko eingehen und die andere drin lassen. Wenn der Verbindungsmann rechtzeitig in die Puschen kam, musste er das Telefon orten können, um Cass zu finden. Er stellte es auf stumm und hoffte das Beste. Ein paarmal würgte er trocken, dann beruhigte er seine Nerven mit einer Zigarette, ehe er die Wohnung verließ. Die Jungs sollten ihn nicht zittern sehen. Rauchend stieg er ins Auto ein.

Er wusste nicht, dass sich der Verbindungsmann nach einem Streit mit seiner Freundin im Dienst betrunken hatte. Er hatte das Bewusstsein verloren. Im Fall Freeman war es so lange ruhig gewesen, da war er nachlässig geworden. So was war ihm noch nie passiert, das schwor er später. Und sein SO10-Boss hatte gemütlich im Bett gelegen, mit einem jungen Ding namens Nicholas. Er hatte sein Telefon abgestellt, damit seine Frau seine Freuden nicht stören konnte. Aber nicht länger als ein oder höchstens zwei Stunden, hatte auch er behauptet. Alles war ruhig gewesen. Es war schlicht Pech, dass alles losgegangen war, als diese beiden seltenen Momente der Pflichtvergessenheit zusammenfielen – Pech, Schicksal oder die Wahl, die Menschen getroffen hatten, die zu weit vom Geschehen entfernt waren. Was immer es auch war, diese Dinge sollten Cass' Karriere retten, doch nicht die der Männer, die an ihren Telefonen hätten sein müssen – und: seine Karriere, aber nicht seine Seele.

Niemand hatte ein Wort gesprochen, als das Auto am frühen Morgen durch die stillen Straßen raste. Keiner redete, wenn sie unterwegs waren. Man wusste nie, wer mithörte. Aber Cass hatte nur Georges Gesicht sehen müssen, um zu wissen, dass sie tief in der Scheiße steckten. Mac stand an der Tür der Snookerhalle und ließ sie rein. Er war ein magerer Bursche, in Birmingham geboren und aufgewachsen, und Brian hatte in seine Halle investiert, neue Tische gekauft und alles frisch renovieren lassen. Alles, was er dafür verlangt hatte, war – abgesehen natürlich von einem Prozentsatz des Gewinns –, gelegentlich die hinteren Räume nutzen zu dürfen.

Mac hatte ausgesehen, als wäre er lieber an jedem anderen Ort als hier. Cass konnte das nachempfinden, er folgte George durch das Labyrinth von Tischen zu dem Raum hinter der Bar. Im Flur standen Andy und Jez Wache. Sie wiesen George den Weg in Richtung Lagerraum. Alle sind bewaffnet, denkt Cass. Als sie hinter ihnen in den Raum gehen und ihre Plätze vor der Tür einnehmen, sieht er Metall blitzen und erschaudert innerlich. Er hat recht gehabt.

Die Galle steigt ihm hoch, brennt wie die Hölle. Er steht hier und guckt Brian an und den armen geprügelten Jungen, der vor ihm an den Stuhl gefesselt ist, und er hat nicht den geringsten Zweifel daran, dass dies hier Scheiße allererster Ordnung ist. Es ist die Mutter aller Scheiße. Und es geht alles zu schnell. In der Ecke ist ein Mann zusammengesunken, den er nicht kennt. Dreadlocks hängen ihm ins Gesicht, seine Brust ist blutig. Der wird sich erst wieder bewegen, wenn jemand seine Leiche hier rausschleppt.

»Scheiß Yardies«, murmelt George. Der Mann in der Ecke reagiert nicht. Der Junge auf dem Stuhl zittert.

Cass leckt sich die Lippen. Er muss mehr Zeit gewinnen. »Was zum Teufel ist passiert?«, fragt er.

Brian zuckt zusammen. »Die Scheißer kommen aus London hoch und denken, sie können uns über den Tisch ziehen bei einem Deal. Als ob wir von gestern wären oder so.« Er funkelt den Jungen auf dem Stuhl an. »Hast was dazugelernt jetzt, was, Scheißer? Dein Dad hätte auf dem verdammten Schiff bleiben sollen, du schwarzes Arschloch.«

Cass kann die Angst in den Augen des Jungen sehen. Er schluchzt, auf seiner dunklen Stirn glänzt der Schweiß und er windet sich auf dem Stuhl. Er ist fünfzehn, höchstens … Cass hofft, dass er fünfzehn ist, aber irgendetwas sagt ihm, dass der Typ eigentlich bloß ein kleiner Junge ist, nicht älter als dreizehn, vierzehn. Er hat Dreads wie sein Dad, aber sie sind noch ganz flauschig und nicht richtig verfilzt. Er ist noch nicht alt genug, um richtig mitzumachen – nun ja, zumindest nicht tough genug. Die Galle brennt und er schluckt sie runter.

»Wie lange seid ihr schon hier?«, fragt Cass.

»Die ganze Scheißnacht«, schnaubt Brian. »Ich sag dir was, diesen Burschen muss man ganz schön wehtun, bis sie das Maul aufmachen.« Er lacht und George und die anderen stimmen ein. Fröhliche Töne sind das nicht.

»Warum habt ihr mich nicht angerufen?« Er kann sich nicht dazu bringen mitzulachen. Sein Mund ist zu trocken, und er weiß, wenn er es versucht, wird es nervös und schuldbewusst wirken. Er wird Cass sein, nicht Charlie. Und dieser Scheiß ist auch so schon schlimm genug.

»Ein Junge wie du braucht seinen Schönheitsschlaf. Wir hatten alles im Griff.« Wieder nimmt er einen Schluck Brandy und der Humor weicht aus seinem Blick. »Doch jetzt ... dachte ich, tust du mir den Gefallen, Charlie. Wird Zeit, die nächste Stufe zu nehmen.«

»Ich soll ihn erschießen?« Cass weiß, dass er klingt wie ein Vollidiot, aber er kann nicht anders, er muss es sagen: »Er ist doch noch ein Kind.« Die Zeit tickt langsam, aber sein Herz rast. Ob der Scheißverbindungsmann jetzt wohl endlich die Nachricht abgehört hat? Wie viel länger kann er diese Kacke wohl noch hinauszögern?

Dieses Mal lacht George. »Leck mich am Arsch, Junge, bist du nicht ganz dicht oder so?«

Er will antworten, aber Brian verteidigt ihn.

»Lass ihn in Ruhe, George. Er ist ein guter Junge. Morgens ist er nur nicht besonders helle. Ist wohl spät geworden gestern, was, Charlie?«

Cass nickt. »So ähnlich.«

»War für uns alle eine lange Nacht«, sagt Brian mitfühlend. »Hör mal, mein Sohn, schön ist das nicht, aber das ist die einzige Sprache, die diese beschissenen Jamaikaner verstehen. Sein Dad war der Blödmann, der ihn mitgebracht hat.« Der Junge auf dem Stuhl stöhnt, aber Brian bemerkt das nicht mal, er redet einfach weiter. »Lass es uns hinter uns bringen, dann können wir aufräumen und alle nach Hause gehen. Ich brauch einen verdammten Arzt, der mir die Kugel aus der Schulter holt.«

Cass spürt, dass alle Augen auf ihn gerichtet sind. Die Welt hört auf sich zu drehen. Er denkt an Kate, die zu Hause in London fest schläft. Sie hat keine Ahnung, wie sehr er sie liebt. Er denkt an das Handbuch mit den Regeln. Seine Ausbildung nützt ihm rein gar nichts, weil es Situationen gibt, auf die man sich einfach nicht vorbereiten kann.

Schließlich zieht er die Waffe aus dem Gürtel. Mittlerweile schwitzt er am ganzen Körper, das Metall ist warm, wo es die Haut berührt hat.

Im Raum ist alles still, nur das Schluchzen des Jungen ist zu hören und sein eigener Atem, schnell und rau, als würde er rennen – dabei steht er still. Er guckt den Jungen an, der ist nur Rotz und Tränen und grau-schwarze Haut. Bei jedem Schluchzer zittert er so heftig, dass man kein Wort verstehen würde, wenn er etwas sagen wollte.

Einen Moment überlegt Cass, ob der Junge wohl je gedacht hätte, ganz kurz nur, dass alles so enden könnte, als sein Vater ihn gebeten hatte mitzukommen. Hatte er sich gefühlt wie ein harter Kerl? Hatte er vorgehabt, zurückzukommen und vor seinen Kumpels zu prahlen, in der stinkenden Sozialbausiedlung, aus der sie kamen? Oder war er einfach nur ein Junge, der dachte, sein Dad wäre einfach ein ganz normaler Typ, wie die Dads von all den anderen Jungs? Cass überlegt so allerlei, nicht zuletzt, was der Junge wohl denken würde, wenn er wüsste, dass ein Bulle sein Leben in den Händen hält.

Cass hebt den Arm. Es kommt ihm vor, als wären er und dieser Junge allein, getrennt vom übrigen Raum. Dieser Augenblick gehört ihnen, ihnen ganz allein. Er entsichert die Waffe und hört das Klicken. Das erstaunt ihn ein wenig, denn seine Finger schwitzen so sehr, er kann die Waffe kaum halten.

»Bitte, bitte …« Der Junge hat keine Spur von Trenchtown in seinem Akzent, der ist durch und durch Londoner. »Bitte, nicht … Bitte …« Cass kann die Worte in dem panischen Gestammel kaum ausmachen, aber er versteht, was er meint. Das kommt laut und deutlich rüber.

»Erst tanzt der hier an und riskiert 'ne dicke Lippe. Und jetzt ist er plötzlich nicht mehr so tapfer, was?«, schnaubt George. Cass hört ihn und fragt sich, ob er über den armen kleinen Jamaikaner redet oder über ihn. Natürlich über den Jamaikaner. Er überlegt, ob Charlie da draußen wohl ebenso weggleitet wie er hier drin. Ihm läuft die Zeit davon. Er schluckt heftig. Das läuft jetzt nach einem anderen Handbuch.

»Charlie?« Brians Stimme klingt jetzt nicht mehr so milde. »Wie kann ich dir trauen, wenn du das nicht tust, Charlie?« Cass hört Gefahr, laut und deutlich. Brian Freeman hat für ihn gebürgt. Er hat ihn unter seine Fittiche genommen. Wenn Cass diese Sache nicht erledigt, dann ist er bestenfalls draußen; aber wenn Brian sich verarscht fühlt, wer weiß, wie weit er dann geht? Er könnte sich Charlie Suttons imaginäres Leben genauer ansehen, und ohne den geringsten Zweifel wird Brian rauskriegen, dass er reingelegt worden ist, das weiß Cass. Und dann wird es Cass ans Leder gehen. Schnell wird er nicht sterben, nicht so wie dieser Junge. Das weiß Cass, denn er kennt Brian.

All dies ist Cass innerhalb eines Herzschlags durch den fiebrigen Kopf geschossen. Die Polizei kommt nicht, das weiß er jetzt, und er kann auf keinen Fall George und Jez und Andy erschießen, bevor einer von denen ihn nicht wie ein Sieb durchlöchert. Über seinen Handrücken zieht sich eine Gänsehaut. Es geht ums Überleben, um nichts anderes. Entweder er oder der kleine Jamaikaner, scheiß auf die Polizei, scheiß auf alles da draußen. Es gibt nur diese eine Entscheidung: Welches Leben ist wichtiger?

Er schaut in die Augen des Jungen auf dem Stuhl. Sie haben sich nicht verändert, der Junge hat noch immer eine Heidenangst, seine Blicke betteln Cass an, ihn zu verschonen. Vielleicht spricht er, aber Cass kann ihn nicht hören. Der Junge hat kein Leuchten, das ist es, was er gerade denkt. Er weiß nicht, woher dieser verächtliche Gedanke kommt oder was zum Teufel das bedeuten soll, trotzdem denkt er es. Er hat kein Leuchten. *Irgendwie scheint ihm das wichtig zu sein, aber an dem nun folgenden Gedanken hängt die Entscheidung:* Mein Leben ist mir mehr wert als seines. *Ich bin wichtiger. Das ist kalt und technisch und es beruhigt sein Herz.*

Er drückt ab. Er schließt nicht mal die Augen.

Der Lärm füllt den Raum und Cass verliert sich im Echo. Der Junge ist nicht mehr wiederzuerkennen.

»Herr im Himmel, Charlie«, keucht Brian, »du hast ihm ins Scheißgesicht geschossen! Das ist verdammt widerlich!«

Die Augen, die ihn so verzweifelt angestarrt hatten, sind weg, an ihrer Stelle ist eine tiefe, rot schimmernde Höhle. Knochenfragmente ragen hier und da aus dem von flaumig weichen Dreadlocks umrahmten Geschmiere. Einen Augenblick später sackt der Körper nach vorn. Die Zeit tickt zum Tropfen des Blutes dahin. Cass senkt langsam den Revolver.

Er starrt immer noch auf den Körper, als die Tür aufgestoßen wird.

Mac sieht das Wrack auf dem Stuhl einen Augenblick an, dann schaut er sich um. Seine Angst ist dringlicher. »Scheißbullen!«, brüllt er. »Raus!«

Cass findet, er sollte lachen, aber er kann sich zu keiner Bewegung durchringen. Er hat nur einen Finger bewegt und sein Leben hat sich unwiderruflich verändert. Er spürt beinahe, wie sein Inneres verrottet. Er lässt die Waffe sinken.

Es dauert einige Sekunden, ehe er merkt, dass George seinen Arm hält. »Nimm Brian und lauf hinten raus! Charlie! Mann, wir brauchen dich! Los!«

Schüsse fallen und jetzt schaut er auf. Er rechnet damit, dass George auch kein Gesicht mehr hat, aber George lebt und schwitzt, er hievt seinen Bruder hoch und lässt ihn sich auf Cass stützen. Dann ist er weg, er läuft voran. Brian ist schwer und verwundet. Cass muss ihn nach hinten schleifen, wo er ihn gegen die Wand lehnt, damit er den Notausgang aufsperren kann. Trotz seiner Zuversicht ist es offensichtlich, dass Brian viel Blut verloren hat.

»Warum zum Teufel bist du nicht zu einem scheiß Arzt gegangen, Brian?« Cass stellt fest, dass er besorgt ist. Darüber ist er ein wenig erstaunt.

»Erst das Geschäft, dann das Vergnügen, mein Junge.« Brian keucht ein schwaches Lachen.

Die Dämmerung weicht gerade dem Morgen, als sie halb rennend, halb stolpernd den Parkplatz erreichen. Cass rechnet damit, überall bewaffnete Polizisten zu sehen, aber im Moment sind sie allein. Sie haben den halben Weg bis zur Mauer zurückgelegt, als der erste Einsatzwagen heranrast und Polizisten sie anschreien, sie sollen sich auf den Boden werfen, Hände über den Kopf, Waffen wegwerfen. Brian packt ihn fest, zieht ihn am Hals so nah an sich heran, dass ihre Nasen sich fast berühren. Cass riecht Brandy und Krankheit an ihm.

»Lauf, Charlie«, flüstert Brian. Er schubst Charlie von sich

und sinkt sofort auf dem Boden zusammen. »Lauf, Charlie!«, wiederholt er.

Und das tut Cass. Die obligatorischen Schüsse werden abgegeben, er wird aufgefordert stehen zu bleiben, aber er weiß, er wird nicht getroffen werden. Als er auf die Mauer klettert, schaut er noch mal zurück. Brian grinst unter den drei Beamten in Zivil, die seinen verletzten Körper auf den Boden drücken. Cass springt runter auf die andere Seite der Mauer und rennt los. Tränen strömen über sein Gesicht, er kann nicht mehr stehen bleiben.

Cass dachte, Sirenen hätten ihn geweckt. Er setzte sich im Dunkeln auf und wälzte sich mal hierhin, mal dorthin. Sein Herz hämmerte wie wild und er suchte nach dem Blaulicht, das zwischen den Gardinen durchblitzen musste. Da war aber nichts außer dem grauen Morgenlicht, das sich an den Kanten des schweren Stoffes vorbeistahl … und dem anhaltenden Summen seines vibrierenden Telefons. Wer zum Teufel rief ihn so früh an? Claire. Hatten sie noch eine Leiche gefunden oder gab es einen Durchbruch in dem Fall?

Er zog das Handy vom Ladegerät und runzelte die Stirn. Auf dem Display stand kein Name und die Nummer kam ihm nicht bekannt vor. Als er sich meldete, war zuerst nichts zu hören außer einem schwachen Summen.

»Hallo?«, wiederholte er. Vielleicht war die Verbindung schlecht.

Das Summen ging in leises Atmen über.

»Hast du geschlafen?« Die Stimme war sanft, angenehm fürs Ohr. »Wenn ja, dann tut mir das leid. Ich schlafe nicht so gut dieser Tage und die Morgen sind immer so schön, dass ich sie ungern verpasse.«

»Wer ist da?«

»Ich hab dich nicht gesehen in den Nachrichten. Du hättest es sein sollen. Ich dachte, ich hätte alles geregelt.«

Cass' Haut kribbelte. Der Mann redete von der Pressekonferenz.

»Ich hab gefragt, wer Sie sind.«

»Du weißt, wer ich bin.« Ein müdes Seufzen machte sich in Cass' Kopf breit, am anderen Ende der Leitung schien es einen Moment zu summen, das Geräusch verebbte jedoch wieder. Er war hellwach.

»Sind Sie Mr Bright?«

»Oh, das würde ihm gefallen.« Das Lachen des Anrufers klang trocken, melodisch und irgendwie uralt. »Sogar er würde über diesen Gedanken lächeln.«

»Sie kennen ihn.«

Wieder das Seufzen. »Er hält nach mir Ausschau, ich beobachte ihn. Ich konnte nicht widerstehen, mit ihm zu spielen.«

Cass hatte nicht mal die Nachttischlampe angeschaltet. Er war ganz von dem Anruf gefangen. Schlaf und die Träume der Nacht waren von ihm abgefallen und sein Hirn schien in Flammen zu stehen. Er wünschte, er hätte Stift und Papier zur Hand, hielt aber stattdessen im Kopf fest: *Nicht Bright – kennt ihn aber – weiß zumindest von ihm.*

»Glaubst du, dass Leben heilig ist, Cassius Jones?«

Sämtliche Haare an Cass' Körper richteten sich auf. »Sie denn nicht?«

»Vielleicht früher mal, vor langer Zeit. Manche Leben zumindest.« Da war so ein Anflug von Humor, Cass fragte sich, ob der Mann sich eventuell ein bisschen über ihn lustig machte. »Aber du weißt ja, was ich jetzt denke, ich hab es ja deutlich genug vorbuchstabiert.«

»Nichts ist heilig?«

»Sieht so aus.«

»Jeder, der die Pressekonferenz gehört hat, kann an diese Information gekommen sein.« Cass bemühte sich um einen leichten Gesprächston. »Erzählen Sie mir etwas, das niemand außerhalb der Ermittlungen wissen könnte.«

Der Mann schnalzte missbilligend mit der Zunge. »So wenig Vertrauen. Vielleicht mach ich das, vielleicht auch nicht.« Wieder seufzte er, und dieses Mal schwang etwas in diesem Geräusch mit, das Cass erschaudern ließ. »Mein Beileid wegen deines Bruders«, fuhr er fort und dieses Mal lag etwas Trauriges in seiner Stimme. »Damit hatte ich nichts zu tun. Wir nicht. Keiner würde der eigenen Familie schaden.«

Wir? Familie? »Sagen Sie mir, wer Sie sind.«

»Ich bin der Fliegenmann.«

Cass setzte der Atem aus. Keiner wusste von den Fliegeneiern. Sein Bauchgefühl schrie förmlich, dass dies ihr Mann war, dies war der Mörder, den sie jagten. Das hatte er von Beginn dieses Gesprächs an vermutet, aber dies war der Beweis. Hier war etwas, das er denen da oben vorlegen konnte. Immer vorausgesetzt natürlich, dass die ihn in das Scheißgebäude ließen.

»Vertrau ihnen nicht, Cassius Jones. Sie haben ihre eigene Tagesordnung.«

»Wer?« Cass prägte sich die Stimme ein. Sie war nahezu frei von jeglichem Akzent und kitzelte in seinen Ohren wie das Geräusch von Sandpapier auf Holz. Sie war seltsam und fesselnd.

»Sei kein Spielverderber. Eins nach dem anderen.« Irgendwo im Hintergrund meinte Cass Vögel zu hören. Wer immer das war, er befand sich im Freien. »Betrachte das als eine Reihe von Prüfungen. Leute zu prüfen, ist so interessant, findest du nicht? Man stößt so oft auf Mängel. Sie schätzen nichts höher als sich selbst.« Das Summen übertönte seine Stimme einen Augenblick lang und Cass zuckte zurück. Was war das? Eine schlechte Verbindung? Es hörte sich eher so an, als ob Insekten um den Hörer herumflogen … Fliegen, dachte er. Das klingt wie Fliegen.

»Ist deshalb nichts heilig?«, fragte er, nachdem das Geräusch leiser geworden war.

»Ich melde mich wieder.«

Und dann war der Anrufer weg.

Cass griff nach seinen Zigaretten und lief nach unten, wo er in den Küchenschubladen herumwühlte, bis er einen Stift und einen Notizblock gefunden hatte. Er rief die Nummer auf und speicherte sie, dann schrieb er sie auf den Block, auf dem er auch alles andere festhielt, was der Anrufer gesagt hatte. Wem sollte er eigentlich nicht vertrauen? Und wie war diese Bemerkung über Christians Tod gemeint gewesen? Das habe nichts mit ihm zu tun? Nicht mit ihm, mit ihnen. Wollte er damit sagen, jemand habe Christian zu seiner Tat getrieben? Oder war das womöglich ein noch unheimlicherer Hinweis darauf, dass Christian und seine Familie ermordet worden waren? Ganz sicher war das Beweismaterial gegen Cass von Dritten untergeschoben worden. Die Frage war jetzt: Hatten die auch seinen Bruder und seine Familie getötet?

Der Anrufer hatte Cass' private Handynummer benutzt und das ärgerte ihn. Irgendein Idiot am Empfang musste sie rausgegeben haben, kein Zweifel. Wenn doch alle bei der Polizei auch denken würden wie Polizisten! Aber wie jede Berufssparte hatte auch die Polizei ihren Anteil an Dummköpfen und Nichtstuern abbekommen, Typen, denen es lieber war, mit dem Locher am Schreibtisch zu sitzen, als ihre Gehirne anzustrengen. Um aus denen eine Handynummer rauszukriegen musste man keine tolle Geschichte erzählen.

Er schaute auf die Uhr. 6.40 Uhr. Sein erster Impuls war, Claire anzurufen, aber die Professionalität gewann die Oberhand, und er versuchte es zuerst bei Bowman. Der Mann nervte ihn, aber es war sein Fall. Sein Telefon klingelte, doch er ging nicht ran.

Er hatte also das Richtige getan. Jetzt konnte er Claire anrufen.

Sie antwortete nach dem dritten Klingeln.

»Ja?« Ihre Stimme klang noch ganz verschlafen. Ein Mann murmelte was im Hintergrund. Blackmore war da oder sie war bei ihm. Er war nicht erstaunt. In einem altruistischen Moment hatte er sich gefragt, ob Blackmore wohl gut genug für sie war. Er war nicht davon überzeugt.

»Ich hab's bei Bowman versucht, aber er geht nicht ran.« Er machte eine Pause. »Ich glaube, ich hatte eben einen Anruf von unserem Serienmörder.«

»Was?« Jetzt war sie hellwach. Er meinte, Laken rascheln zu hören und ein leises Gespräch. Blackmores Stimme klang jetzt auch aufgeregt.

»Was ist passiert?« Claire war wieder dran.

Er ging das Telefonat mit ihr durch, dabei brauchte er nicht einen Blick auf seine Notizen zu werfen. Das ganze surreal anmutende Gespräch war in seinem Kopf gespeichert. Als er fertig war, gab er Claire die Telefonnummer des Anrufers.

»Es ist ein Mobiltelefon, vermutlich prepaid, aber versuch doch mal rauszukriegen, wo es hergekommen ist und welcher Laden es verkauft hat. Es ist unwahrscheinlich, dass es etwas bringt, aber man kann nie wissen, vielleicht kommen wir damit weiter.«

»Wir gehen dem nach.«

»Tut mir leid, dass ich dir dein Wochenende versaue.«

»Kein Problem. Mat arbeitet sowieso und bei diesen

Fällen kann ich einfach nicht abschalten, noch nicht mal, wenn ich gar nicht im Dienst bin.«

»Das Gefühl kenne ich.« Claire May mochte ja immer noch glauben, dass das Gute über das Böse triumphieren würde, aber sie war durch und durch Karrierepolizistin. Cass überlegte, ob es wohl das gewesen war, was ihn angezogen hatte.

»Noch eine Sache«, sagte er. »Am Ende des Gesprächs hat er gesagt, er würde sich melden.«

»Glaubst du, er wird dich wieder anrufen?«

»Oder uns noch eine Leiche hinterlassen.«

»Optimistisch wie immer.« Sie machte eine Pause. »Hast du eine Ahnung, von wo er angerufen haben könnte?« Im Hintergrund stellte Blackmore Fragen. Cass ging es runter wie Öl, als Claire ihn mit einem »Psst« zum Schweigen brachte.

»Er war irgendwo draußen. Ich glaube, ich habe Vögel gehört. Manchmal war so ein Summen in der Leitung, vielleicht hat man in der Gegend schlechten Empfang. Er war nicht so lange dran, dass man ihn hätte orten können. Meine Vermutung ist, dass er irgendwo in der Stadt war. Viel Verkehr hab ich nicht gehört, aber es war ja auch ziemlich früh am Sonntagmorgen, also war wohl noch nicht viel los.«

»Und du glaubst, er kennt Bright?«

»Ja, ich weiß, dass er das tut. Wir müssen das mit Hask durchgehen, mal sehen, was er daraus schließt. Bezahlt wird er ja gut genug. Und Cass vertraute auf das Urteil des Psychologen, nicht zuletzt, weil er ihm den Rücken gestärkt hatte.

Am anderen Ende war es still geworden, dann sagte Claire leise: »Mat ist im Bad. Ich wollte das nicht sagen, solange er hier ist, weil er es nicht verstehen würde und ich jetzt keinen Streit gebrauchen kann: Gestern Abend hab ich ein paar Leute losgeschickt, damit sie deinen Burgermann suchen. Sie haben das in ihrer freien Zeit gemacht. Ist doch schön zu wissen, dass du immer noch Fans im Büro hast – abgesehen von mir natürlich.« Sie lachte ein wenig. »Egal, sie werden mir später Bericht erstatten. Hoffen wir das Beste.«

Cass lächelte. Eine Freundin wie Claire hatte er nicht verdient, nicht nach allem, was vorgefallen war. Er wollte ihr von den Dingen erzählen, die ihn nach Hause gezogen hatten, und von den Fotos, den möglichen Verbindungen zwischen Bright und seiner eigenen Familie, davon, dass Christian tatsächlich irgendetwas Sorgen gemacht hatte, worüber er mit Cass hatte reden wollen. Scheiße, irgendwie hätte er ihr gern erzählt, dass er immer wieder den Geist seines Bruders sah, doch das war ein Gespräch, das sie zu einem anderen Zeitpunkt führen mussten. Und bevor er mit Vater Michael gesprochen hatte, hatte er ohnehin kein klares Bild anzubieten. Für ihn war es wichtig, dass Claire sich auf Bereiche konzentrierte, in denen sie tatsächlich etwas bewirken konnte.

»Bist du okay?«, fragte sie.

»Besser, als ich erwartet habe.«

»Hast du von Kate gehört?«

»Nein.« Sofort ging er in die Defensive und wechselte das Thema. »Hör mal, ich hab so allerlei zu tun hier, wahrscheinlich fahre ich heute Abend zurück nach London. Sag Bowman, dass ich gleich morgen früh im Büro bin und als ziviler Zeuge meine Aussage mache. Das wird ihm so richtig gefallen.«

»Wenn er das hört, will er dich vielleicht umgehend sehen.«

»Er kann warten. Ich kann ihm nicht mehr sagen, als ich dir schon erzählt habe.«

»Oh, eines noch.« Sie redete schnell. Cass nahm an, dass Blackmore mit dem Duschen fertig war. »Ich hab gestern Nachmittag mal die Fühler nach Bright ausgestreckt. Wird sich noch zeigen, was dabei herausgekommen ist.«

»Gute Arbeit, Claire.« Er zögerte. »Danke.«

»Kein Problem, Chef.«

Er lächelte, als sie sich verabschiedeten. Es war ein gutes Gefühl, Claires Unterstützung zu haben. Sowie er das Gespräch beendet hatte, fing sein Handy an zu klingeln. Es war Bowman. Scheiß drauf, dachte Cass. Wie du mir, so ich dir.

Er ließ das klingelnde Telefon auf dem Frühstückstresen liegen und ging zum Duschen nach oben.

Der Kaffee lief durch, während er sich anzog. Er füllte seinen Becher und zündete sich eine Zigarette an, dann nahm er Notizblock und Stift mit ins Wohnzimmer. Es wurde Zeit, Ordnung in die drei Fälle zu bringen, die in seinem Kopf durcheinandergingen. Er zog den Couchtisch heran und setzte drei Überschriften quer über ein Blatt:

FLIEGENMANN CHRISTIAN JACKSON & MILLER

Darunter notierte er: *Verbindung zwischen allen dreien – Mr Bright. Schickt mir Film, schickt Christian Brief und Fliegenmann kennt ihn. Könnte eine Verbindung zur Familie Jones haben.* Er zögerte, dann ergänzte er: *Er muss gefunden werden.*

Es fühlte sich gut an, den Kopf zu benutzen. Aus dem Augenwinkel sah er ein Paar blanker Schnürschuhe und den Saum von dunklen Hosen links beim Sessel. Er ignorierte das.

Er schaute jedoch die Überschrift **CHRISTIAN** an. Darunter schrieb er: *Jemand schiebt mir was unter. Warum?*

Mühe gemacht, sich die Familien Jackson und Miller genauer anzuschauen, weil sie alle völlig darauf fokussiert gewesen waren, die Jungs als tragische Opfer zu sehen, die zur falschen Zeit am falschen Ort gewesen waren. Er verfluchte sich selbst.

Cass nahm sein Handy, zögerte jedoch, bevor er wählte. Sein erster Impuls war, Claire anzurufen und sie ins Bild zu setzen, doch er hielt sich zurück. Er hatte ihr schon genug aufgehalst, was vom DCI oder Bowman nicht abgenickt worden war, und er wollte sie auf gar keinen Fall in Schwierigkeiten bringen. Außerdem gab es da noch diese finstere Überlegung, dass ihm in diesem Fall irgendjemand irgendwo etwas untergeschoben hatte. Im Moment war es sicherer, niemanden im Büro über Entwicklungen in dem Fall zu informieren. Schuldgefühle hatte er deswegen nicht, sie hatten ihn schließlich suspendiert.

Cass scrollte sein Telefonverzeichnis nach der richtigen Nummer durch. Perry Jordan schuldete ihm einen Gefallen. Als Police Constable war er ein heller Kopf gewesen, der eine vielversprechende Karriere vor sich gehabt hatte – bis einer seiner Freunde festgenommen und zu einer Urinprobe aufgefordert worden war. Jordan, jung, dumm und von sich überzeugt, hatte ausgeholfen. Er wurde erwischt. Ende der Karriere.

Cass hatte den jungen Mann gemocht, er hatte diese Schärfe, die sich nur entwickeln konnte, wenn man in London geboren und aufgewachsen war. Dass Jordan an der falschen Stelle Loyalität gezeigt hatte, war sein Fehler gewesen, er hatte es nicht getan, um sich persönlich zu bereichern. Mit der Zeit wäre er ein guter Polizist geworden, doch er hatte für seine Fähigkeiten an anderer Stelle Verwendung gefunden. Cass kannte einen Privatdetektiv, der einen guten Mann suchte, und er ebnete den Weg. Sechs

Jahre danach leitete Perry Jones den Laden im Wesentlichen und er machte seine Sache gut. Ein Verlust für die Polizei.

Der Anruf wurde mit einem Grunzen angenommen.

»Hab ich dich geweckt?«

»Jones?« Ein unterdrücktes Gähnen.

»Es ist nach neun. Aufgewacht! Raus aus den Federn!«

»Du hast leicht reden. Hab die ganze verdammte Nacht vor einem verdächtigen Haus in Bermondsey rumgehangen.«

»Was Interessantes?«

»Ha! Schön wär's! Reicher Typ mit einer Alten auf Abwegen, die sich gern mal was Dreckiges gönnt.«

Cass gab ihm noch eine Sekunde zum Wachwerden. »Ich brauch dich, du musst was für mich tun.«

»Sag jetzt nicht, dass du glaubst, deine Frau hat was laufen …«

Ein kleines Messer bohrte sich in Cass' Eingeweide. Wer wusste denn schon, was Kate so trieb? Er ganz bestimmt nicht. »Nein, nicht so was. Ich brauch dich, um zwei Familien ein bisschen auf den Zahn zu fühlen. Ich will Details über ihre Finanzen wissen, Hypothekenzahlungen, Kredite, den persönlichen Werdegang, du weißt Bescheid.«

»Wird mir ein Vergnügen sein, zur Abwechslung mal den Kopf zu benutzen. Namen und Adressen?«

Cass gab ihm die Informationen.

Einen Herzschlag lang herrschte Schweigen am anderen Ende der Leitung, der Groschen war gefallen. »Die Jungs, die erschossen worden sind? Du willst das volle Programm?«

»Genau.« Er versuchte weiterhin unbekümmert zu klingen.

»Darf ich fragen, warum du damit zu mir kommst?«,

fragte Jordan wenig später. »Das könntest du doch bestimmt auch intern erledigen lassen. Ohne mein Flair und meine Brillanz natürlich, aber du könntest mehr Leute drauf ansetzen und es würde nichts kosten.«

»Ich will das unterm Deckel behalten, bis ich weiß, womit ich es zu tun habe«, sagte Cass. Er zögerte. »Und wenn du diese Sache für dich behalten könntest, wäre ich dir dankbar.«

»Versteht sich von selbst, Mann.« Der Privatdetektiv war jetzt ganz wach, Cass konnte sicher sein, dass er den Subtext deutlich genug verstanden hatte. »Aber trotz meiner Genialität werde ich ein oder zwei Tage dafür brauchen.«

»Das ist klar. Danke.« Er wusste, bei Jordan hatte diese Sache Priorität. Dass es in Paddington Green schneller oder gründlicher erledigt würde, bezweifelte er. Nach dem Gespräch war Cass voller Energie. Vielleicht kam er jetzt endlich voran. Er merkte, dass Christian irgendwann während der Unterhaltung mit Jordan verschwunden war, und überlegte, ob er sich Sorgen machen sollte, weil er die An- und Abwesenheiten seines toten Bruders inzwischen einfach hinnahm. Doch angesichts all der Dinge, die vor sich gingen, fand er, dass geisterhafte Besuche ziemlich weit unten auf der Liste der Beunruhigungen rangierten. Außerdem musste er gestehen, dass es den Verlustschmerz linderte, wenn er Christians Gesicht hin und wieder sah.

Er machte sich Toast und trank noch mehr Kaffee, bevor er das Haus aufräumte. Nachdem er mit Vater Michael gesprochen hätte, wollte er nicht mehr herumwirtschaften müssen, sondern nur noch seine Sachen holen und wieder nach London fahren. Die Vorstellung, in irgendeinem schmuddeligen Hotel abzusteigen, war nicht gerade verlockend, aber alles, was er zu erledigen hatte – Mr Bright finden, diesen selbst ernannten Fliegenmann aufhalten, herauskriegen, wer ihn hereingelegt hatte –, konnte er nur in der Stadt machen. Und wenn sich die Dinge wie geplant entwickelt hatten, wäre Mr Ali Khan inzwischen gefunden und Cass könnte spätestens morgen wieder zur Arbeit gehen.

Schon nach einer Nacht fühlte es sich nicht mehr so seltsam an, zu Hause zu sein, dachte er beim Bettenmachen. Vielleicht hatte Christian das auch so empfunden und hatte es deshalb nie geschafft, das Haus zu verkaufen. Cass klappte den Koffer mit den Fotos zu, ließ ihn jedoch stehen, wo er war. Wenn alles erledigt war, wollte er zurückkommen und sich die Bilder mal richtig anschauen. Vielleicht würden die Fotos ein paar Gespenster austreiben, vielleicht auch nicht, auf alle Fälle konnte Cass erstaunt feststellen, dass sein Interesse an seiner Familie geweckt war.

Unten legte er den Umschlag mit den Fotos auf den Laptop und stellte seinen Koffer auf den Flur. Der Laptop machte ihm noch immer zu schaffen, er musste das Passwort für die Erlösungsdatei finden, bevor er ihn wieder zurückgab, und ihm blieben nur noch ein paar Stunden dazu. Daran war nichts zu ändern, Ramseys Ton hatte da keinen Zweifel gelassen. Cass würde das respektieren. Er hatte Beweismittel vom Tatort entfernt, schon deswegen konnte er gefeuert werden, besonders mit einer Vorgeschichte wie seiner.

Kirchenglocken erklangen im Dorf. Für Cass war es, als würde seine Vergangenheit ihn rufen.

13

Es war erst Mittag und Claire fühlte sich schon wie nach der zweiten Halbzeit. Ihre Ermittlungen bezüglich des schwer fassbaren Mr Bright hatten rein gar nichts ergeben. Soweit sie feststellen konnte, existierte er überhaupt nicht. Das wiederum kam ihr komisch vor, weil der Name ja nicht gerade selten war. Ms Middleton, die Kontaktfrau bei Der Bank, war eine strenge Frau in den Fünfzigern, die deutlich gemacht hatte, dass ein erheblicher Zeitaufwand nötig wäre, um die Datenbank Der Bank nach einer Person dieses Namens zu durchsuchen. Wenn die Der Bank untergeordneten Gesellschaften berücksichtigt werden sollten, müssten sie sich noch länger gedulden. Claire war sich nicht sicher, ob die Frau nur aus Spaß die Ermittlungen behinderte oder von höherer Stelle dazu angewiesen worden war. Wie lange konnte es schon dauern, eine Namenssuche in einer Computerdatenbank vorzunehmen, die der effizientesten und am besten ausgestatteten Firma der zivilisierten Welt gehörte? Die überzogene Reaktion erweckte in Claire allerdings sofort den Wunsch, tiefer zu bohren.

Claire übernahm die Aufgabe von dem Constable, der ursprünglich dieser Frage nachgegangen war, und rief Ms Middleton an. Dieses Mal nannte sie den vollen Namen: Castor Bright. Innerhalb von fünf Minuten machte es ping und sie hatte eine einzeilige E-Mail vorliegen – so viel zu erheblichem Zeitaufwand und Geduld. *Niemand mit dem Namen Castor Bright ist in unseren Angestelltendateien aufgeführt.* Claire schickte die Nachricht an Cass' E-Mail-Adresse weiter. Die Anfragen bei ihren Journalisten-Kontakten hatten auch nichts erbracht. Es war unheimlich frustrierend.

Auf der Plusseite war allerdings zu verbuchen, dass Cass'

Burgermann gefunden worden war, und dafür erntete sie nun die Belohnung. Blackmore guckte, als hätte sie einen anderen gevögelt, Bowman war so wütend, dass zwei fiebrige Flecken auf seinem blassen, kränklichen Gesicht auftauchten, und wenn man Ramsey sah, hatte man den Eindruck, er käme sich vor wie in einer Episode von *Twilight Zone*.

»Ich kann gar nicht fassen, dass Sie dachten, es wäre ganz in Ordnung, das hinter meinem Rücken zu tun.« DI Bowman spuckte sie beinahe an.

»Das war nicht hinter Ihrem Rücken, Sir«, versuchte sie zu erklären. »Ich hielt es nur nicht für sinnvoll, Sie mit der Angelegenheit zu belästigen, solange wir den Mann nicht gefunden hatten.«

»Wenn ich nichts davon wusste, May, dann war es hinter meinem Rücken«, brüllte er. »Sie haben nicht das Recht, meinen Mitarbeitern Anweisungen zu geben, solange Sie das nicht vorher mit mir oder meinen ranghöchsten Beamten abgeklärt haben.« Er glühte fast vor Wut.

»Die Leute waren nicht im Dienst«, sagte sie. »Es war ein Gefallen.« Sie wurde nicht schlau daraus, warum ihn das so aufregte – es war zwar klar, dass er und Cass Jones nichts füreinander übrighatten, bei einer derart dünnen Personaldecke hätte sie jedoch gedacht, er wäre froh, Cass zurückzubekommen, der dann seine eigenen Fälle wieder selbst übernehmen könnte.

»Sir«, sagte sie, wobei sie am entschuldigenden Ton festhielt, »vielleicht bin ich nicht in der korrekten Weise vorgegangen, aber ich hatte die besten Absichten. Der Mann ist zur Befragung erschienen und seine Beschreibung von DI Jones und seinem Auto ist ziemlich genau. Cass Jones kann nicht im Haus seines Bruders gewesen sein, da er zur fraglichen Zeit in einen Streit mit einem Burgerverkäufer bei Elephant und Castle verwickelt war.« Fakten sind nun mal Fakten, ergänzte sie nur so still für sich.

»Der hatte noch nie Klasse«, murmelte Blackmore.

Claire bekämpfte den Drang, auf die herabsetzende Bemerkung ihres Freundes über ihren Exliebhaber bissig zu reagieren, sie entschied sich fürs Ignorieren. »Sir, das wird doch sicher reichen, um ihn wieder zurück in den Dienst zu holen, meinen Sie nicht auch? Wir brauchen ihn hier, ganz besonders nach diesem Telefonanruf …«

»Sie hat recht«, mischte Ramsey sich ein, »wir sollten ihn zurückholen. »Ihr müsst mit ihm diesen Anruf durchgehen, den er erhalten hat.« Er rieb sich den Kopf. »Und davon abgesehen glaub ich einfach nicht, dass er irgendwas mit dem zu tun hat, was seinem Bruder zugestoßen ist. Nennt das meinetwegen Bauchgefühl, ich krieg das einfach nicht in den Kopf. Und Dr. Hask ist meiner Meinung.«

Bowman schnaubte und Ramsey lächelte schief, ehe er fortfuhr: »Ihr könnt mir glauben, ich hätte es bei Gott begrüßt, wenn er da gewesen wäre, denn jetzt sieht mein schöner, ordentlicher erweiterter Suizid verdächtig nach einem dreifachen Mord mit untergeschobenen Beweisen aus, und ich hätte wirklich gern ohne diese Kopfschmerzen gelebt. Schließlich hab ich drüben in meinem eigenen Bau schon genug zu tun.«

Schließlich nickte Bowman, doch er sah immer noch nicht glücklich aus. »Nun, jedenfalls ist der Macintyre-Fall nach dem Verhör gestern unter Dach und Fach. Jones kann mit dem Serienmord loslegen.« Er lächelte bitter. »In den Augen unseres Mörders ist er jetzt immerhin der Auserwählte.«

»Gelöst, Sir?« Claire schaute Blackmore fragend an. Wie konnte es sein, dass er ihr nichts davon erzählt hatte?

»Gucken Sie nicht so, Sie haben schließlich auch selbst

allerlei Aktivitäten entwickelt, ohne irgendwen darüber auf dem Laufenden zu halten«, sagte Bowman. »Wir haben die Bestätigung für das, was Macintyre gestern zugegeben hat, erst vor einer Stunde bekommen. Er hatte es unterlassen, uns von den »Unstimmigkeiten« zu erzählen, die er mit einigen Tschetschenen gehabt hat. Natürlich ging es um Geld. Drogen oder Geld, darum geht es doch immer, nicht wahr? Wahrscheinlich haben die Tschetschenen den Killer angeheuert. Wir warten jetzt auf die Namen.«

Als die Tür aufging und DCI Morgan hereinschaute und rief: »May? Ganz kurz?«, rutschte ihr Herz in die Hose. Dieser Tag wurde doch noch schlimmer. So wie die Dinge aussahen, nahm ihre Karriere den gleichen Kurs wie die von Cass Jones – geradewegs in das stehende Gewässer des Niebefördertwerdens.

Sie trat hinaus auf den Korridor, Sam Macintyre und seine tschetschenischen Unstimmigkeiten waren vorübergehend vergessen. »Sir?«

Morgan trat nah an sie heran. »Wie ich höre, haben Sie versucht diesen Bright zu finden, der Ihrem Zeugen angeblich den Film gegeben hat, den er abliefern sollte?«

»Ja, Sir, aber ich bin noch nicht besonders weit gekommen.«

»Lassen Sie die Sache fallen.« Seine Stimme war kalt. Er stand so dicht vor ihr, sie konnte Tabak in seinem Atem riechen. Das überraschte sie, denn mit einer Riesenanstrengung hatte er nach der Änderung der Rauchergesetze aufgehört. Sie hatte gedacht, er hätte es geschafft. Man wusste doch nie, was wirklich in den Leuten vorging.

»Sir?«

»Das ist Zeitverschwendung. Diesen Mann gibt es nicht. Ihr Zeuge muss den Namen falsch verstanden haben.«

»Nein, er hat das ganz deutlich …«

DCI Morgan schnitt ihr das Wort ab. »Ich habe gesagt, er hat den Namen falsch verstanden.«

Das ergab keinen Sinn. Sie ließ sich nicht beirren: »Bei allem Respekt, Sir, wie können Sie so sicher sein?«

»Weil man mich, Sergeant May«, sagte er und sah sie mit alten, müden Augen an, »angewiesen hat, sicher zu sein.« Er ließ die Schultern sinken. »Lassen Sie einfach die Finger davon. Wenn dieser Bright existiert, hat er nichts mit Ihrem Fall zu tun. Bowman sagt, wir schließen den Fall Miller und Jackson ab, und nachdem Jones jetzt einen Anruf vom Mörder bekommen hat, suchen wir nach einem anderen Mann – stimmt das?«

Claire nickte benommen. Sie wusste nicht, was sie sonst tun sollte. Wer zum Teufel war dieser Castor Bright, dass die Suche nach ihm so schnell abgewürgt wurde?

»Darauf werden also keine weiteren unserer beschränkten Mittel verschwendet, verstanden? Machen Sie das Beste aus den Hinweisen, die Ihnen bereits vorliegen.«

Claires Handy fing an zu klingeln, doch das lockerte die gespannte Atmosphäre nicht auf. Sie starrte ihren DCI an, suchte immer noch nach Antworten in seinem Gesicht, doch er blieb undurchschaubar.

»Gehen Sie lieber ran.« Er drehte sich um und ging davon.

Sie beobachtete ihn noch, als sie das Telefon aus der Tasche zog. Es mochte ja Sonntag sein, aber die Wache brummte – Cass' Anruf vom Serienmörder hatte sie alle heißgemacht. Wenn doch die Männer, die Freunde und Familie der ersten vier Opfer noch einmal befragten, irgendwelche Verbindungen nach Covent Garden finden könnten, dann hätten sie vielleicht eine Chance, den Mörder zu fassen. Claire wollte, dass Cass wiederkam, und nicht nur weil es ihr persönlich angenehm war, ihn um sich zu haben. Wenn es jemand schaffen konnte, dann er. Sie ging an ihr Handy.

»Claire?«

»Ja, wer ist da?« Sie konnte die Stimme nicht sofort einordnen, außerdem lenkte Mat Blackmore sie ab, der wütend zur Tür herausschaute. Es war ganz klar, wen er für den Anrufer hielt.

»Hier ist Josh Eagleton. Sind Sie zu Hause?«

»Nein, bei der Arbeit. Es hat sich einiges ergeben, deshalb bin ich reingekommen.«

»Oh.« Josh sprach leise. Sie konnte die erhobenen Stimmen hinter Mats Rücken hören. Dass Ramsey Cass verteidigt hatte, war bei Bowman vermutlich nicht gut angekommen. Na toll. Blackmore funkelte sie wieder giftig an.

»Was wollen Sie, Josh?« Sie hatte nicht so gereizt klingen wollen, das war danebengegangen. Mat konnte jetzt aber wirklich aufhören, sie mit Blicken zu durchbohren, immerhin hatte sie ihm klargemacht, dass sie nicht mit Cass telefonierte – ihrem *Chef*. Sein Gehabe ging ihr langsam so richtig auf den Zeiger.

»Ich brauche die Handynummer von Cass Jones.« Der junge Mann redete hastig.

»Die kann ich Ihnen nicht geben.«

»Aber ich …«

Sie musste wieder rein und herausfinden, was los war, bevor es zum Eklat kam. Vielleicht hatte Ramsey ja einen vernünftigen Vorschlag gemacht – etwa Bowman zum Ausruhen nach Hause zu schicken. Sie erwiderte Mats giftigen Blick. Sie hatte genug davon, dass er immer so wütend auf sie war. Vielleicht hätte sie nicht so ehrlich sein sollen, als er sie nach ihrer Vergangenheit mit Cass gefragt hatte, damals, als sie gerade angefangen hatten sich zu treffen. Cass hatte immer gesagt, dass sie zu ehrlich war, zu vertrauensselig. Vielleicht war da ja was dran.

»Ich schicke ihm Ihre Nummer und sag ihm, er soll sie anrufen. Ist das okay?«

»Ja. Ja danke ....«

Claire hörte sich sein Dankesgestammel nicht bis zum Ende an. Was war das bloß für ein seltsamer Typ. Cass musste selbst entscheiden, ob er ihn anrufen wollte oder nicht. Josh erledigte wahrscheinlich nur etwas für Dr. Farmer, aber offiziell hatten sie Cass auf Sonderurlaub geschickt und sie konnten es auch nicht halten, wie es ihnen gerade in den Kram passte. Sie tippte schnell eine Nachricht an Cass, hängte die Nummer an und drückte auf senden.

»Wer war das?« Mat versperrte ihr den Weg.

»Nur der Assistent vom Gerichtsmediziner. Will was mit Cass besprechen.« Er guckte nicht mehr ganz so wütend und sie stieß heftig gegen seinen Arm – und das nicht zufällig –, als sie sich an ihm vorbeidrängelte und sich wieder ins Getümmel stürzte.

14

Vater Michaels Gesicht hatte etwas von einem zerknitterten Foto. Cass konnte sehen, dass er in den fünf Jahren seit den Beerdigungen gealtert war – an den Tag selbst erinnerte er sich jedoch kaum. Er war zur Trauerfeier erschienen und mit schwerem Herzen und belastetem Gewissen wieder gegangen. Der Vater Michael, den er vor Augen hatte, war der aus seiner Kindheit, und dessen Erscheinungsbild lag irgendwo zwischen dem jungen Mann auf dem Foto, das er heute Morgen gesehen hatte, und dem Alten, der jetzt neben ihm stand.

Vater Michael hatte ihn mit zu der Bank auf dem kleinen Friedhof hinausgenommen, damit sie auch etwas von der plötzlichen Frühlingssonne hatten. »Wirst du Christian und seine Familie hier zur letzten Ruhe betten lassen?«, fragte er.

Diese leisen Worte waren wie ein Schlag aufs Herz. Cass hatte noch nicht einmal an die Beerdigungen gedacht. »Die Polizei hat die Leichen noch nicht freigegeben.« Er schaute weg.

»Überleg es dir. Ich glaube, er hätte sich gewünscht, nach Hause zu kommen.« Vater Michael klopfte ihm sanft auf den Arm. »Um euren Eltern nah zu sein.«

»Mir war gar nicht bewusst, wie lange Sie meinen Vater kannten, bis ich alte Fotos gesehen habe, die Christian ausgegraben hat.« Cass wollte das Gespräch von allzu Persönlichem ablenken. Er war immer noch aufgeregt wegen seiner Entdeckungen, und Claire hatte eine SMS geschrieben, dass der Burgermann gefunden war und er wieder zur Arbeit kommen solle. Das war keine Überraschung gewesen, aber er hatte lächeln müssen. Sie hatte ihm Josh Eagletons Nummer geschickt, doch der war nicht ans Telefon gegangen, als Cass ihn angerufen hatte. Er hatte sich nicht die Mühe gemacht, eine Nachricht zu hinterlassen. Wenn der Gerichtsmediziner etwas Gutes gefunden hätte, dann hätte er persönlich angerufen. Cass musste sich jetzt auf den Weg zurück in die dreckige Stadt machen, die er liebte, zuerst wollte er aber versuchen zu verstehen, was seinen Bruder so aufgebracht hatte.

»Das überrascht mich nicht.« Vater Michael lächelte. »Das liegt nun mal in der Natur junger Menschen, sie können sich nicht vorstellen, dass es eine Welt gegeben hat, bevor sie existierten. Ebenso wenig können sie sich vorstellen, dass die Welt weiterbestehen wird, wenn sie aufhören zu existieren.« Er wedelte ein Insekt von seinem Gesicht. »In gewisser Weise waren dein Vater und ich Abenteurer. Wir begegneten uns, als ich das Wort des Herrn in vom Krieg gebeutelten Regionen der Welt verbreitete.«

»Im Libanon?«

»Ja, vielleicht da. Der Eifer, mit dem dein Vater die journalistischen Möglichkeiten des Krieges ausschöpfte, war ebenso groß wie meiner im Bemühen, den Konflikt zu beenden. Aber wir rauchten und tranken beide und wir liebten beide die Gefahr, die das Abweichen von ausgetretenen Pfaden mit sich brachte.« Er schüttelte den Kopf. »Uns eilte bald ein ganz schöner Ruf voraus, so wie wir zusammen reisten. Ich glaube, er bekam die Geschichten und ich die Bekehrten nur, weil die Leute neugierig auf uns waren.«

Es war, als würde der alte Mann neben Cass von einem Fremden sprechen. Sein Vater hatte immer so etwas Beschauliches an sich gehabt. Das war der Hauptgrund für die Reibungen zwischen ihnen gewesen.

»Das klingt gar nicht nach dem Vater, an den ich mich erinnere.«

»Er war anders zu jener Zeit, Leute verändern sich. Damals hatte er keinen Glauben und ich hatte es aufgegeben, ihn überzeugen zu wollen. Er war ziemlich wild, weißt du.« Das Lächeln des Pfarrers wurde etwas schwächer. »Aber er ist immer ein bisschen seltsam gewesen. Manchmal dachte ich, er nimmt vielleicht LSD, obwohl ich nie irgendwelche Beweise dafür gesehen habe.«

»Wie kamen Sie darauf?« Cass hätte fast laut gelacht. Sein Dad auf Acid, das hätte er zu gern gesehen.

»Ach, wegen der Sachen, die er sagte, wenn wir getrunken haben ... wie anders er zu anderen Leuten war ...« Vater Michaels Miene umwölkte sich. »Das hatte ich alles vergessen, bis Christian auftauchte und über dieselben Sachen redete.«

Cass' Magen rebellierte. Auf der anderen Seite des Friedhofs war Christian erschienen, er wandte ihnen den Rücken zu. Cass konnte das zerknitterte hellblaue Hemd über den Hosenbund hängen sehen. Christian neigte den Kopf vor dem Grab ihrer Eltern.

Cass versuchte ihn wegzublinzeln. Es funktionierte nicht.

»Ich war dabei, als eure Eltern sich kennenlernten«, sagte Vater Michael. »Alan und ich waren in Südafrika – da gab es jede Menge Arbeit für uns beide.« Er schüttelte den Kopf.« Manches ändert sich nie. Wie auch immer, wir waren auf einer Party und deine Mutter, Evie, war dort mit ihrem Chef, einem Mann namens Castor Bright. Sie war seine Sekretärin.«

Der Geist war in dem Augenblick vergessen, in dem die Worte zu ihm durchdrangen: Seine Mutter hatte für Castor Bright gearbeitet?

Neben ihm war dem Priester nicht aufgefallen, dass Cass zusammengezuckt war. Er war ganz versunken in seinen Erinnerungen an die Vergangenheit. »Mr Bright war ein bemerkenswerter Mann. Sehr charismatisch. Er hatte nicht viel für mich übrig. Mir kam es immer vor, als würde er über mich und meine Überzeugungen lachen. Vielleicht lag das auch an meiner eigenen Unerfahrenheit, meiner Jugend. Er war ein mächtiger Mann und im Rückblick glaube ich nicht, dass er von mir besondere Notiz genommen hat. Aber Evie hatte ihn sehr gern.« Er runzelte die Stirn. »Er war irgendwie nicht zu fassen. Auch heute weiß ich eigentlich nicht, was ich von ihm halten soll. Er besaß da unten ein Minenunternehmen und einige andere Firmen – und es stellte sich heraus, dass er auch an der Zeitung beteiligt war, für die dein Vater arbeitete. Zufälle, was?« Der Priester schmunzelte.

Cass lächelte mit, aber ziemlich angespannt. *Zufälle*? Er war sich da nicht so sicher.

»Zwischen Alan und Evie hat es sofort gefunkt. Eigentlich mehr als das, ich würde sagen, es war Liebe auf den ersten Blick. Ich glaube, sie hat ihm seine komischen Ideen auch abgekauft.« Er lachte wieder. »Vielleicht haben sie beide zu lange in der Sonne gesessen!«

»Komische Ideen? Worüber?«

Vater Michael seufzte. »Dein Vater hat geglaubt, er könnte, nun ja, bei manchen Leuten so etwas wie einen Heiligenschein sehen. Deshalb habe ich gedacht, er würde irgendetwas nehmen. Wenn er betrunken war, faselte er immer davon, dass manche Leute anders seien, dass etwas aus ihren Augen komme. Er nannte es *das Leuchten*. Anscheinend konnte Evie es auch sehen. Er sagte, bei keinem sei es so stark wie bei ihm und Evie – abgesehen von Castor Bright.« Zum ersten Mal musterte der Priester Cass. Der sagte nichts. Er war hier, um sich Informationen zu beschaffen, nicht, um sie preiszugeben, und er glaubte nicht, dass Vater Michael noch jemanden brauchte, der ihm seltsamen Kram vorplapperte. *Die Jungs sehen das Leuchten! Ja!* Obwohl sein Herz raste, blieb seine Miene unbewegt.

»Nun denn, sie haben geheiratet mit einer rauschenden Feier, für die Mr Bright aufkam. Zu der Zeit verbrachte dein Vater viel Zeit mit ihm. Bald danach bin ich abgereist. Meine eigene Mutter lag im Sterben, und ich fand, es wurde Zeit, mich niederzulassen. Nach all den Grausamkeiten, die ich gesehen hatte, all dem Schmerz und dem Leiden und Kummer war meine Seele müde geworden. Ich hatte das Gefühl, meinen Glauben genug herausgefordert zu haben. Nun wollte ich mir eine schöne, ruhige Gemeinde zu Hause suchen, mit kleineren Problemen, bei deren Lösung ich tatsächlich helfen konnte.« Er spreizte die Finger. »Und hier bin ich geblieben.«

»Und meine Eltern?«

»Ich hörte eine Zeit lang nichts von ihnen, bis sie kurz nach deiner Geburt hier auftauchten. Dein Vater hatte sich verändert. Er war ruhiger geworden. Und er hatte die Religion für sich entdeckt.«

»Hat er gesagt, warum?«

»Nein, aber ich glaube, es hatte etwas mit diesem Bright zu tun. Als ich abreiste, hatte ich das Gefühl, als bereitete er deinen Vater auf irgendetwas vor. Er hatte versucht, ihn dazu zu bringen, in einer Art Public-Relations-Funktion für ihn zu arbeiten. Ich weiß nicht, was passiert war. Dein Vater wollte nicht darüber reden, aber er sagte, er wolle im Schatten einer guten Kirche leben. Und ich glaube, er hatte Vertrauen in meinen Glauben.« Er lächelte traurig. »Ich fühlte mich geschmeichelt, aber ich hätte meinen Freund lieber ohne diesen gequälten Gesichtsausdruck wiedergehabt. In ihrer ersten Zeit hier haben wir manche lange Nacht miteinander durchgetrunken, aber wir haben nicht mehr so gelacht wie früher. Stattdessen hat dein Vater mir eine Menge Fragen über Schicksal und Bestimmung gestellt. Die meisten konnte ich nicht beantworten.« Er redete nicht weiter und schaute auf seine gefalteten Hände.

»Was geschah danach?« Cass hatte seinen Vater nicht als besonders gestört in Erinnerung, also musste ihm irgendwas den Kopf wieder geradegerückt haben.

»Nach ein paar Monaten hellte sich seine Stimmung auf. Eines Tages traf ich ihn in der Kirche an, beim Beten. Er sah friedlich aus. Er sagte, er und Evie hätten darüber geredet – und auch wenn die Welt nicht so war, wie wir alle dachten, wisse er, dass es einen Gott gebe. Das waren seine Worte: Er wusste es mit Gewissheit. Und er hatte die Absicht, seinen eigenen freien Willen zu nutzen.« Vater Michael schaute in die Ferne, mitten durch Christians Geist hindurch. »Er redete nie wieder darüber, aber er kam oft in die Kirche.« Er lächelte. »Und dann waren da die Namen, die er für dich und deinen Bruder wählte. Cassius und Christian.«

Cass war verwirrt.

»Cassius war der Name einer der ältesten römischen Familien. Ehrgeizige Leute, eitel und skrupellos. Gaius Cassius zettelte die Verschwörung zur Ermordung Julius Caesars an. Dein Vater liebte Geschichte, besonders römische Geschichte. Wir haben etliche Ruinen im Mittleren Osten erforscht und er hat die Geschichten nur so aufgesaugt. Als er also mit einem Sohn namens Cassius auftauchte, hat mich das nicht gewundert.«

Cass war wirklich erstaunt – er hatte seinen Namen immer gehasst, deshalb hatte er ihn abgekürzt. Die meisten Leute wussten nicht mal, dass es eine Abkürzung war. »Mir hat er immer erzählt, ich sei nach Cassius Clay benannt«, sagte er erschüttert.

»Ich fürchte, das war eine Notlüge. Als du dann älter

warst, hat er sich wahrscheinlich gewünscht, es wäre wahr. Da war seine Liebe zur Grausamkeit des Imperialismus vergangen. Und deswegen dann der Name Christian.«

»Und worüber hat Christian mit Ihnen geredet?« In der Ferne wanderte sein Bruder durchs hohe Gras und verschwand zwischen den Bäumen. Er schaute sich nicht um.

»Er hat von dem Leuchten gesprochen, von dem dein Vater sagte, er und Evie könnten es sehen.« Er schaute Cass an. »Er war aufgeregt und neugierig, aber ich glaube nicht, dass er depressiv war. Wenn ich gewusst hätte …«

»Ich hab es auch nicht kommen sehen«, unterbrach Cass ihn. »Sie trifft keine Schuld. Wenigstens haben Sie mit ihm gesprochen. Er hat versucht mich zu erreichen, aber ich war zu beschäftigt.« Näher war Cass einem Eingeständnis seiner Schuld noch nicht gekommen. Vater Michael nickte.

»Niemand kennt wirklich die Geheimnisse der Seele eines anderen Menschen.« Er lehnte sich auf der Bank zurück. »Ich hab mir keine Sorgen gemacht, als er Fragen über eure Eltern stellte. Es ist natürlich, alles über jene wissen zu wollen, die wir verloren haben. Aber als er von dieser Sache mit dem Leuchten anfing, war ich erstaunt. Er sagte, er könne es auch sehen, er habe es schon als Kind gesehen.« Er schaute Cass an. »Er sagte, du könnest es auch sehen, aber du habest es verdrängt. Du würdest dich weigern, es zu sehen, so hat er das formuliert.«

Cass zuckte die Achseln. »Ich erinnere mich nicht.«

»Er sagte, Jess könne es auch sehen. Und er wusste, dass eure Eltern es auch gekonnt hatten, obwohl ich nicht weiß, woher.«

Aber Cass wusste es: dieses Foto. Oder vielleicht mehr als das. Vielleicht hatte Christian mit den Eltern zu ihren Lebzeiten darüber gesprochen.

Vater Michael sprach weiter. »Ich hab ihm gesagt, es könne vielleicht genetisch bedingt sein. Menschen sind schließlich zu den seltsamsten Dingen fähig. Aber darüber hat er nur gelacht. Er sagte, es könne genetisch sein, aber nicht in herkömmlicher Weise. Er wirkte ein wenig paranoid. Er sagte, dass er mittlerweile glaube, dass sein Leben manipuliert werde und dass es vielleicht schon immer so gewesen sei, nur sehe er die Dinge erst seit kurzer Zeit klarer.« Der Priester zögerte, als müsste er nach den genauen Worten suchen. »Seit sie angefangen hätten, sich zu zeigen.«

»Himmel.« Cass schüttelte den Kopf.

»Du sagst es. Wenn ich mich jetzt so höre, denke ich, ich hätte die Signale erkennen müssen. Aber diese Sachen waren winzige Schnipsel in ansonsten völlig normalen Gesprächen. Meistens schien er ganz froh zu sein, mir einfach zuzuhören, wenn ich über die alten Zeiten mit eurem Vater redete, und dann hat er mir erzählt, wie es seiner Familie ging, und wir haben einfach nur gequatscht, salopp gesagt.«

»Wann haben Sie ihn das letzte Mal gesehen?«

»Vor zwei Wochen, nach Lukes letzten Tests. Ich hab noch gesagt, was er für ein Glück hat, dass Die Bank ihm private Gesundheitsversorgung gewährt. Er sagte, sie würden ihm mehr als das geben, aber er schien nicht glücklich darüber zu sein. Er ließ sich nicht aus der Reserve locken, aber ich hatte das Gefühl, dass er sich Sorgen um Luke machte, und nicht nur wegen dieser Lethargie, unter der er litt. Es war etwas anderes. Er wollte nicht mehr sagen, als dass Luke das Leuchten nie gesehen hatte.«

Cass holte seine Zigaretten hervor und bot dem Priester eine an. Er nahm sie. Die Hand des alten Mannes zitterte ein wenig.

»Die alten Damen der Gemeinde würden mich umbringen, wenn sie das sehen würden.« Er inhalierte tief. »Schon besser. Es ist nur so … wenn ich an diese Gespräche mit

Christian denke … die waren genau so wie die mit deinem Vater. Unheimlich.«

Cass wusste, was er meinte. Er hatte Antworten finden wollen, war aber nur auf noch mehr Fragen gestoßen. Wer war dieser Mr Bright? Und warum war dieses Leuchten so wichtig? Für Cass zählten handfeste Beweise, Leben und Tod. Man sah einfach zu, wie man zurechtkam. Er hatte nichts übrig für den Scheiß, den das Gehirn produzieren konnte, um einen total fertigzumachen. Während sie schweigend dasaßen und rauchten, ließ er den Blick über die Grabsteine schweifen.

Schließlich fragte er leise: »Glauben Sie an Geister, Vater?«

»Hängt ganz davon ab, was du damit meinst. Warum?«

»Ich hab Christian gesehen.«

Der Priester sagte nichts.

»Ich habe versucht ihn zu ignorieren, aber er will nicht gehen.« Er machte eine Pause. »Ich glaube, er will mir etwas mitteilen.«

Er drehte sich zu dem alten Mann um, dem einzigen verbliebenen Bindeglied zu seiner Familie, und traf auf einen weisen, freundlichen Blick.

»Dann solltest du vielleicht zuhören, mein Junge.«

»Glauben Sie mir, das versuche ich.«

»Dann wirst du schon draufkommen.«

Cass lächelte. »Das hoffe ich.«

»Wie geht es Kate?«

Die Frage warf ihn um und er lachte, eher überrascht als belustigt. »Nun, wollen wir es mal so sagen: Ich fahre heute Abend wieder nach London und da gehe ich in ein Hotel und nicht nach Hause.«

»Tut mir leid, das zu hören.« Der Priester klang ehrlich erstaunt.

»Shit happens.«

»Wie wahr.« Vater Michael warf seine Kippe auf den Boden. Er trat sie aus und bückte sich dann, um sie aufzuheben. »Du bist wieder zurückgekommen, Cass. Es war gut, dich zu sehen. Schade, dass es so ein kurzer Besuch ist, doch ich kann mir vorstellen, dass es dir am besten geht, wenn du arbeitest.«

»So was in der Richtung.«

Vater Michael stand auf und schüttelte seine Soutane aus – und damit war auch die Düsternis verschwunden, die sich über sie gelegt hatte. »Komm einen Moment mit rein, ich glaube, ich kann dir bei deinem Unterkunftsproblem behilflich sein.« Er zwinkerte. »Es ist wie geschaffen für dich.«

Im Haus machte Cass sich Kaffee und setzte sich wieder vor den schmalen Laptop. Er klappte ihn seufzend auf und starrte auf den Monitor. Irgendwie hatte er Lust, das Ding quer durch den Raum zu schleudern und zu zertrümmern, seinem Frust durch Gewalttätigkeit ein Ventil zu geben, doch das würde nirgendwohin führen, außer zu einem weiteren Disziplinarverfahren. Und das, was von seiner Karriere übrig war, konnte davon nicht mehr allzu viele vertragen. Er ließ die Schultern kreisen und dachte angestrengt nach.

Christian war immer vorsichtig gewesen. Ging man nach dem, was Vater Michael erzählt hatte, dann war er dabei gewesen, paranoide Züge zu entwickeln. Cass glaubte allerdings nicht, dass sein Bruder diese Dateien versteckt und mit zwei Passwörtern geschützt hätte, wenn sie nicht wichtig gewesen wären. Er war sich ziemlich sicher, dass hier zumindest einige der Antworten zu finden waren, nach denen er suchte – und ihm lief die Zeit davon. Der Laptop musste morgen wieder in Der Bank sein, daran führte kein Weg vorbei.

»Komm schon, denk nach«, murmelte er leise, als das leere Passwortfeld erschien. Anscheinend wollte es ihn ärgern. Es musste ein Passwort sein, das er kannte. Ging gar nicht anders. Er versuchte es mit *Vater Michael.* Kein Zugang. Der leere Bildschirm verhöhnte ihn. Er schaute weg und sein Blick fiel auf den Umschlag mit den Bildern, den sein Bruder zurückgelassen hatte – mit seinem eigenen Namen darauf.

Vielleicht war das der Hinweis – und es war ihm entgangen.

Er zögerte und starrte auf die Schrift, die überaus ordentlichen Buchstaben. Sein voller Name. Nicht Cass, sondern Cassius. Das sah merkwürdig aus. Er hatte seinen vollen Namen nie benutzt – und nach einigen entschiedenen Handgreiflichkeiten in der Grundschule hatte das auch kein anderer mehr getan. Wenn Christian seinen Namen als Passwort verwendet hatte, dann ganz formell und in korrekter Schreibweise. Wie auf dem Umschlag.

Mit einem gewissen Frösteln dachte er daran, dass ihn der Mann, der heute Morgen angerufen hatte, auch mit seinem vollen Namen angesprochen hatte, und an den wäre er nicht so ohne Weiteres herangekommen. Da hatte jemand seine Hausaufgaben gemacht. Vielleicht war es ein Zeichen. Er tippte CASSIUS ein und drückte Enter.

ZUGRIFF GEWÄHRT.

Cass lächelte, eine Welle der Erregung durchlief ihn. Bingo! Er schaute auf, erwartete beinahe, den Geist seines Bruders lächelnd vor sich zu sehen, aber offenbar musste Christian gerade woanders herumgeistern.

»Ich liebe dich auch, kleiner Bruder«, murmelte er in das leere Haus hinein. Ein Unterverzeichnis öffnete sich auf dem kleinen Monitor. Cass nahm seinen USB-Stick zur Hand. Was immer all dieses Zeug auch war, er wollte es kopieren. Auf dem Tisch fing sein Handy an zu summen: Der Assistent des Gerichtsmediziners rief zurück. Er ließ es klingeln. Egal was er wollte, er konnte warten. Cass musste sich auf das konzentrieren, was er vor sich hatte. Als dann der Piepton der Mailbox ertönte, war er schon so in das Material vertieft, das Christian aus dem Großrechner Der Bank heruntergeladen hatte, dass er es nicht einmal hörte.

Joshs Hände schwitzten, als der Anruf auf die Box umgeleitet wurde. »Hier ist DI Cass Jones. Hinterlassen Sie eine Nachricht.«

Das war was. Wenigstens hatte Jones nach seinem früheren Anruf zurückgerufen. Schnell sprach er in den Hörer, dann machte er eine Pause und fügte noch einen letzten Kommentar hinzu. Ideal war das nicht, aber es würde hoffentlich reichen.

»Alles in Ordnung?« Vom Labor her schaute Dr. Farmer durch die Tür in das kleine Büro.

»Jaja«, sagte Josh, »ich musste nur auf einen verpassten Anruf reagieren.« Er lächelte. »Das geht schon eine Weile so hin und her. Dieses Mal habe ich sie nicht erwischt.«

Der Gerichtsmediziner nickte. »Ja, so geht das immer.« Er zögerte und Josh spürte, dass er unter den Blicken seines Chefs rot anlief.

»Bist du okay, Junge?« Gleich neben der Tür stand eine Schachtel mit Latexhandschuhen und er zog sich ein Paar über. »In den letzten Tagen warst du nicht ganz du selbst.«

Ein Messer drehte sich in seinen Eingeweiden um. Er hatte Schuldgefühle. Vielleicht hätte er zuerst zu Dr. Farmer gehen sollen. Wahrscheinlich gab es für alles eine völlig vernünftige Erklärung. Die Worte klangen hohl, sogar in seinem eigenen Kopf. Wenn es eine Erklärung gab, dann fiel es ihm ziemlich schwer, sie zu verstehen. Der DI war der einzige Mensch, mit dem er reden konnte. Trotzdem, Dr. Farmer war sein Chef.

»Ich schlafe nicht besonders gut. Ich glaube, das liegt an diesem Serientypen. Die Sache mit den Fliegen macht mir zu schaffen.« Das war zum Teil wahr, hielt ihn aber nicht vom Schlafen ab. Verlegen zuckte er die Schultern. »Und ich bin lange aufgeblieben, weil ich dachte, heute könnte ich ausschlafen. Wollte ins nächste Level aufsteigen.«

»Aha, deshalb bist du so müde.« Dr. Farmer lächelte. »Denk daran, an Wochenenden berechnen wir das doppelte Honorar, und unseren Kunden macht es nichts aus, wenn wir langsam arbeiten.« Er seufzte. »Allerdings können wir uns diesen Luxus heute nicht leisten. Also, los jetzt.« Er drehte sich wieder zur Tür um. »Betten wir diese beiden zur Ruhe. Ich will bis fünf mit denen fertig sein, damit wir noch ein bisschen mit Fliegeneiern spielen können. Du bist nicht der Einzige, der wissen will, wie dieser Mistkerl das anstellt.«

Josh ließ das Telefon wieder in seine Tasche gleiten. Wenn er zu Hause gewesen wäre, wie er erwartet hatte, als er Sergeant May angerufen hatte, wäre ihm der Anruf des DI nicht entgangen – und damit wäre er eine Last von der Seele losgeworden. Aber er hatte sein Bestes getan. Er wartete, bis seine Hände aufhörten zu zittern, und ging zur Tür. Gott, was war das für eine Scheiße! Er mochte seinen Job. Er wollte wirklich Karriere machen, und wenn er auch manchmal ziemlich blöd sein konnte, wie bei dieser schwachsinnigen Nummer, die er am Carla-Rae-Tatort abgezogen hatte, so lernte er doch, großen Respekt vor den Toten und den Rätseln zu haben, die ihre Körper bargen. Nie hätte er erwartet, in so eine Lage zu geraten. Wenn er doch niemals …

»Komm jetzt, Josh, diese Leber wiegt sich nicht von allein.« Farmer klang nicht so, als würde er noch lächeln. Verdammter erweiterter Selbstmord, dachte Josh, als er sich daranmachte, die inneren Organe des übergewichtigen Paares zu wiegen, das diesen Sonntag für einen guten Tag zum Sterben gehalten hatte. Wenn sie nicht schon tot gewesen wären, hätten die beiden ihn glatt in Versuchung führen können, sie umzubringen. Immerhin, dachte er und zitterte in der Kälte des Leichenschauhauses, Cass Jones würde seine Nachricht kriegen. Trotz der kranken Leber in seiner Hand ging es ihm schon ein wenig besser.

Cass dröhnte der Kopf beim Durcharbeiten der Dateien. Hier war mehr, als er auf einen Blick aufnehmen konnte, und immer wieder wünschte er sich, er hätte Christians mathematischen Verstand. Die Sonne sank langsam, doch er bemerkte kaum, wie die Zeit verging.

Die Erlösungs-Datei basierte im Gegensatz zu den anderen Arbeitsdateien, die Christian auf seinem Laptop gespeichert hatte, nicht auf Windows, es sah so aus, als wäre sie Teil eines ganz eigenständigen Systems, das unter dem Hauptrechner Der Bank lief. Wie zum Teufel hatte Christian sie nur finden können? Was hatte ihn dazu veranlasst, überhaupt nach ihr zu suchen?

Jeder Ordner enthielt, wie er vermutete, Kontonummern. In einem undurchschaubaren Netz von internen und externen Überweisungen ging Geld ein und wurde abgebucht, doch im Zentrum dieses finanziellen Netzes schienen zwanzig Hauptkonten zu stehen. Keines davon lief unter einem Namen, sie waren nur mit dem Buchstaben X und einer Zahl zwischen 1 und 20 gekennzeichnet. Zu jedem Konto gab es Aufzeichnungen, die zweihundert Jahre zurück gingen, der Ein- und Ausgang großer Beträge war verzeichnet. Auch die anfänglichen Summen waren enorm, es mussten also noch Aufzeichnungen auf Papier existiert haben, die nicht in das System eingegeben worden waren. Wie weit würden die wohl zurückgehen? Er hatte ein eiskaltes Gefühl im Magen. Vierhundert Jahre? Noch weiter? Wessen Geld war das?

Das einzige Konto, von dem nichts abgebucht wurde, war das letzte: X20. Von allen anderen wurde darauf jährlich ein Betrag eingezahlt, der auf die bereits riesigen Summen aufgeschlagen wurde. Was war das für ein Konto – eine Art gemeinschaftliches Sparkonto?

Diese Frage schob er erst einmal beiseite und konzentrierte sich auf das, was er vor sich sehen konnte. Sechs der Konten waren im Lauf der letzten drei Jahre geschlossen worden und das Geld darauf war zu gleichen Teilen auf die verbliebenen Konten umgebucht worden. X3 trug den Vermerk EINGEFROREN. Cass konnte nicht erkennen, warum. Wen auch immer X3 repräsentierte, der konnte über ein paar Milliarden in bar verfügen. Die Summen, die er hier sah, waren außergewöhnlich. Wer zum Teufel waren diese Leute? Waren es die Privatkonten der Geschäftsleute, die zusammen Die Bank gegründet hatten? Oder hatte er hier etwas völlig anderes vor sich? Vielleicht stand jede Zahl für eine Gruppe von Menschen – doch wie konnten ihre Beziehungen zueinander so weit zurückreichen? Das Einzige, was er über Menschen wusste, war, dass sie Unstimmigkeiten hatten, besonders wenn Geld im Spiel war. Dass es sich um gemeinsame Konten handelte, war unwahrscheinlich, denn die meisten Gruppen wären im Lauf der letzten paar hundert Jahre sicherlich irgendwann auseinandergefallen, das lag in der menschlichen Natur. Sogar Familien hatten Schwierigkeiten, zusammenzuhalten, wenn es um Geld ging. Die Vorstellung, dass jedes dieser

Konten einer Einzelperson gehören könnte, war aber noch verstörender. Wenn unbenannte Leute über derart enormen Reichtum verfügten, bedeutete das, sie – wer immer *sie* auch waren – waren mächtig. Aber warum waren sie wohl anonym?

Er schaute sich die Transaktionen noch einmal an. An den meisten externen Umbuchungen schienen Konten mit herkömmlichen Kontonummern beteiligt zu sein. Firmen? Bankkonten im Ausland? Und mehrere zahlten auf dieselben Konten ein, was bewies, dass es zwischen diesen unsichtbaren Akteuren über ihre auf X20 eingezahlten Beiträge hinaus noch weitere Zusammenarbeit gab.

Unruhig tippte sein Fuß auf den Boden, er wünschte, sein Bruder würde zurückkommen und ihm vielleicht helfen. Wenn Christian dachte, Cass könnte all das ganz allein herauskriegen, nur indem er sich die Zahlen anschaute, hatte er seinen großen Bruder enorm überschätzt. Wie floss dieses Geld in das Hauptsystem rein und wieder aus ihm raus? Jemand am anderen Ende musste wissen, wo es herkam. Erneut schaute er sich die Zahlen an. Die empfangenden Konten außerhalb des verborgenen Systems mussten den Schlüssel hierzu enthalten. Wenn er sie aufspürte, wenn er sähe, wofür dieses Geld verwendet wurde, konnte er sich vielleicht ein Bild davon machen, wer diese Leute waren.

Er verließ die Datei mit den Kontodaten und stöberte in einigen der anderen herum. Er hatte das sichere Gefühl, dass dies lediglich die Spitze des Eisbergs war. Einige Dateien ließen sich nicht öffnen oder zeigten nur sinnlosen computergenerierten Text, möglicherweise waren sie beschädigt worden, als Christian versucht hatte, die Informationen zu übertragen. Eine Datei, die sich öffnen ließ, sah aus wie eine Datenbank von Firmennamen. Er scrollte nach unten, aber die Liste war endlos. Manche davon waren früher einmal große Namen gewesen, jetzt aber aus dem Geschäft, doch von den meisten hatte er noch nie gehört. Dann blieb sein Blick an einem Namen hängen: Solomon und Bright Minengesellschaft. Daneben stand eine Serie von Zahlen, die Nummer, unter der das Unternehmen im Handelsregister aufgeführt war vielleicht, Anfangs- und Enddaten irgendwelcher Aktivitäten, Aktienbestände – solche Dinge.

Wenn sich ihm ganz erschließen sollte, womit er es hier zu tun hatte, müsste sich das jemand ansehen, der mehr Einblick in die Geschäftswelt hatte. Er hatte aber genug gesehen, um zu wissen, dass das hier wichtig war. Ihm war auch klar, dass kein Inhaber eines X-Kontos eine Liste von Firmen führen würde, es sei denn, er oder sie hätte ein persönliches Interesse an ihnen. Doch worin bestand das? Ging es um so was wie eine neue Weltordnung? Er dachte über die Daten der im Computer gespeicherten Konten nach – vielleicht war sie auch gar nicht so neu.

Noch einmal sah er sich den Eintrag zu Solomon und Bright an. Könnte Mr Bright einer der Kontoinhaber sein? Wieder einmal lief alles auf diesen Namen hinaus. Er hoffte inständig, dass Claire irgendwelche Informationen für ihn ausgegraben hatte, wenn er zurück ins Büro kam.

Jede der gesicherten Zip-Dateien war nur mit einer unverständlichen Abfolge von Zahlen und Buchstaben gekennzeichnet, ohne Hinweise auf den Inhalt im Titel. Die meisten waren beschädigt, nur die letzte nicht, sie öffnete sich und der codierte Titel verschwand und wurde durch ein Wort ersetzt. POTENZIALE.

Es waren fünfzehn Dokumente. Cass sah sich die Namen der ersten an: Adams, Begum, Boyle, zwei verschiedene Smith – und begriff, dass es sich um Nachnamen handelte. Er öffnete eins der Dokumente. Ein Feld im DOS-Format ging auf und die Wörter **Datei gelöscht. Potenzial 1988 entleert** blitzten auf. Er klickte ein anderes an. Dieselbe Meldung, nur war 1996 als Datum der Entleerung angegeben. Er ging die übrigen durch. Beim vierzehnten war das »Potenzial« 2003 entleert worden. Beim fünfzehnten war der Name des Dokuments JONES, die übliche DOS-Ansicht erschien, aber dieses Mal gab es eine Reihe von Optionen: Erbe, Anstellung, Medizin, Überwachung. Sein Magen geriet in Aufruhr, als er die erste Option anklickte. Er ging die Liste der Namen durch, erkannte die meisten aber nicht, bis er zu seiner eigenen Familie kam. Manche Namen erschienen in Rot – seine Eltern, er, Christian, Jessica und Luke – aber Kates Name war in Grün geschrieben. Wenn das Gefühl, dass jemand in seine Privatsphäre eingedrungen war, weniger stark gewesen wäre, hätte er vielleicht gelacht: Sogar in so einem beschissenen Computersystem waren sie voneinander getrennt. Als Nächstes öffnete er das Medizin-Dokument, er runzelte die Stirn. Luke war ernstlich krank gewesen, das wusste er, doch wenn es sich bei den Zahlen neben den verschiedenen Daten um Arzthonorare handelte, dann hatte der Junge massenhaft Tests durchstehen müssen. Aber das konnte nicht angehen. Die Daten gingen zurück bis zu seiner Geburt. Cass scrollte nach unten, er versuchte Daten und Zahlen zu verstehen. Unterhalb der ersten Ebene stand noch eine andere Überschrift: SEKUNDÄR, mit einer einzelnen Zeile als Erklärung: *Siehe Hauptangestelltenregister*. Cass nickte vor sich hin: Christians Gesundheitsversorgung wurde von Der Bank bezahlt, das war eine von vielen Vergünstigungen, also wären alle angefallenen medizinischen Kosten, wie etwa Jess' Schwangerschaftsversorgung in der Hauptdatei Der Bank zu finden. Cass verstand nicht, was an den hier aufgeführten medizinischen Kosten so Besonderes sein sollte, dass jemand sie verstecken musste. Fragen über Fragen.

Der Ordner *Überwachung* war eine Liste von Buchungen, ein Mix aus großen Zahlungen und vielen kleineren dazwischen. Waren das Jahresabrechnungen? Und wer wurde überwacht – Christian? Er selbst? Sie beide? Und was noch wichtiger war: Warum?

Er schaute vom Computer auf. Das hier war ihr Elternhaus und plötzlich fühlte es sich nicht mehr sicher an. Paranoia stieg eiskalt in ihm auf, eine bekannte, stumme Angst, die er schon lange nicht mehr gespürt hatte. Nach Birmingham hatte er ein Jahr oder länger mit diesem Gefühl im Bauch gelebt. Jedes Mal, wenn jemand in seiner Nähe eine schnelle Bewegung gemacht hatte, dachte er, sie hätten ihn aufgespürt und die Finte mit der Leiche im Fluss wäre durchschaut worden. Wenn er nicht von Albträumen geweckt wurde, dann von der leisesten Brise vor seinem Fenster. Doch die Zeit verging, die Erde drehte sich weiter und langsam lernte er, sich zu entspannen. Aber jetzt war auf einen Schlag alles wieder da, ein Gefühl wie Öl in den Eingeweiden.

Er steckte den USB-Stick in die Buchse an der Seite des Laptops und ging zurück aufs Startmenü. Als er die gesamte Datei auf den USB-Stick gezogen hatte, blitzte die Meldung auf: ÜBERTRAGUNG ABGEBROCHEN.

Er versuchte es noch einmal.

ÜBERTRAGUNG ABGEBROCHEN.

Er fluchte leise und klickte auf das Hilfe-Icon. DATEI NICHT ÜBERTRAGBAR. Na, war das nicht toll? Ohne die Dateien hatte er keinen Beweis. Er rieb sich das Gesicht, seine Falten waren im Laufe des Tages anscheinend tiefer geworden. Beweis wofür genau? Dass Die Bank Konten hatte, die seit Hunderten von Jahren geführt wurden? Dass

Mr Bright irgendein eigennütziges Interesse an der Familie Jones hatte? Dass die ganze Firma nur eine Art Fassade war – wofür? Wenn er solche Sachen von sich gab, würden sie ihn einsperren. Was immer hier auch vorgehen mochte, für die drei Fälle musste es von Bedeutung sein, erst einmal würde er aber alles für sich behalten und schauen, wo die normalen Ermittlungen hinführten. Er öffnete die Dateien wieder. Über all das hatte Christian wahrscheinlich mit ihm reden wollen. Er hatte noch eine Stunde Zeit, ehe er abfahren musste. Es konnte nicht schaden, sich ein paar Notizen zu machen, die er sich später noch mal ansehen konnte.

Während er schrieb, und während seine Gedanken sich in der Erlösungs-Datei und dem Gespräch mit Vater Michael verloren, gerieten die zwei Kontonummern, die er am Tag zuvor gespeichert hatte, und der verpasste Anruf heute völlig in Vergessenheit. Das kleine Nachrichten-Icon pulsierte stumm und unbemerkt in der Ecke des Handy-Displays.

15

»Hier sollten Sie gut aufgehoben sein.« Der Pfarrer lächelte. »Falls Sie für die Dauer Ihres Aufenthalts aufs Fernsehen verzichten können.«

Cass lachte. »Ich wünschte, ich hätte Zeit zum Fernsehen.« Er ließ seinen Koffer in dem kleinen Zimmer stehen und begleitete den älteren Mann nach draußen. Es hätte ihn nicht gewundert, wenn das Dach eingestürzt wäre, als der Reverend Terence Abercrombie ihm die kleine Kapelle zeigte. Vater Michael hatte Sinn für Humor bewiesen, als er ihm ein Zimmer in einem Priesterseminar verschafft hatte. Doch Cass war dankbar, und abgesehen von einer kleinen Spende hatte der Pfarrer weitere Bezahlung abgelehnt. Gott allein wusste, was das Grundstück mit den Gebäuden jetzt wert sein mochte – seit über hundert Jahren wurden hier Priester beherbergt und es hatte alles überlebt, was das zwanzigste Jahrhundert an Widrigkeiten geboten hatte.

»Bleiben Sie, so lange Sie möchten. Sie sind mehr als willkommen.« Reverend Abercrombie hatte ein so dünnes Gesicht, dass es eigentlich hätte gemein wirken müssen, doch das tat es nicht. Dazu lächelte er zu viel und in seinen Augen lag zu viel Güte. Besonders entspannt fühlte Cass sich deshalb nicht.

»Danke, aber in ein paar Tagen müsste ich alles geregelt haben. Und meistens werde ich unterwegs sein.« Er zuckte die Achseln. »Polizeiarbeit ist ja kein Job mit geregelter Arbeitszeit.«

»Das verstehe ich. Unser Herr hat auch seltsame Arbeitszeiten.«

Die Sonne ging unter, doch der Himmel war klar und nahm gerade eine tiefblaue Farbe an. Als die beiden Männer aus der Hintertür des Hauptgebäudes traten, schaltete sich die Sicherheitsbeleuchtung ein und schien hell über den leicht verwilderten Garten, mit einem Rasen, der von wuchernden Beeten gesäumt war. Cass war froh, draußen zu sein. Er war nicht so besonders firm in den Geboten, aber die wichtigsten kannte er: Du sollst nicht begehren deines Nächsten Weib, du sollst nicht töten. Wenn es jemanden gab, der im Haus des Herrn keinen Schutz suchen sollte, dann war er es.

Eine getigerte Katze kroch maunzend aus dem Gestrüpp und lief geradewegs auf den Pfarrer zu, dem sie um die Beine strich. Ihr Fell war struppig und sie war mager.

»Die Seminarkatze?«, fragte Cass.

»Nein, ein Streuner. Zu viele Leute haben Allergien, deshalb sind hier keine Haustiere erlaubt.« Er bückte sich und streichelte das Tier, bis es anfing zu schnurren. »Jeden Tag will ich sie von den Leuten vom Tierasyl abholen lassen, aber stattdessen stelle ich jeden Tag Futter für sie raus.«

Er lächelte zu Cass hoch. »Ich bin mir sicher, dass dem Heiligen Vater die paar Pennys nicht fehlen werden, mit der wir dieser kleinen Obdachlosen helfen. Wir sind alle seine Geschöpfe. Und alles Leben ist heilig.«

Die unschuldigen Worte des Pfarrers waren für Cass wie ein kalter Guss. Es gab mindestens einen Mann in der Stadt, der emsig das Gegenteil bewies. Cass bückte sich, er wollte das kleine Tier streicheln, aber es fauchte, wich seiner Hand aus und zog sich ins Gebüsch zurück. Bernsteinfarben glänzten seine Augen aus den Blättern heraus.

»Tut mir leid. Sie ist zu lange auf der Straße gewesen, glaube ich.« Der Pfarrer seufzte. »In schwierigen Zeiten sind die Leute manchmal grausam zu Streunern. Aber sie wird langsam freundlicher.«

»Und sie würde nie die Hand beißen, die sie füttert.« Cass starrte den Busch an, in dem die Katze sich versteckte.

Ein Streuner. Irgendwas daran störte ihn, aber er war zu müde und kam nicht drauf, was es war. Irgendwo im Haus begann eine Glocke zu läuten.

»Das ist die Glocke fürs Abendgebet. Sie können Ihre Sachen auspacken, Abendessen gibt es in einer halben Stunde im Refektorium. Ich hole Sie ab, wenn Sie das möchten.«

Mit einem Auge behielt Cass die Katze im Blick, als er dem Priester wieder ins Gebäude folgte. Ein Gedanke regte sich irgendwo in seinem Hinterkopf, wollte jedoch nicht zum Vorschein kommen. Er schaute zurück, als die Tür zuging. Nein. Noch konnte er es nicht sehen.

Am nächsten Morgen um sechs kam er endlich drauf. Das Seminar erwachte zum Leben, das Läuten einer Glocke rüttelte sein Hirn und er setzte sich in dem schmalen Bett auf, das den größten Teil des Raumes einnahm. Die streunende Katze und das Verlangen nach einer Zigarette besetzten sein Denken zu gleichen Teilen. Er griff nach seiner Hose und einem T-Shirt. Erst mal raus zum Rauchen und dann unter die Dusche.

Er tappte an den frisch aussehenden jungen Männern vorbei, die ihn auf ihrem Weg zur Kapelle anlächelten. Er fühlte sich selbst erstaunlich ausgeschlafen, es war das erste Mal seit sehr langer Zeit, dass er zehn Stunden ungestörten Schlafs bekommen hatte. Der Garten glänzte noch vom Tau, die Sonne strahlte aber schon am Himmel. Es würde wieder ein wunderbarer Tag werden. Als das Nikotin durch sein dankbares System rauschte, schaute Cass sich um. Von der Katze war nichts zu sehen. Der nagende Gedanke, den er gestern Abend nicht recht hatte fassen können, hatte plötzlich Gestalt angenommen. Wenn er tatsächlich irgendwo hinführen sollte, würde er dem struppigen Vieh eine Monatsration feinsten Katzenfutters spendieren.

Bis er geduscht und im Refektorium Kaffee aufgetrieben hatte, war es halb acht. Studenten und Lehrer hatten es eilig, das Frühstück zu beenden und mit dem Unterricht zu beginnen. Cass störte sie nicht dabei, er ging wieder nach draußen und rief Claire an.

»Tierasyle«, sagte er in dem Augenblick, in dem sie sich meldete.

»Was?« Im Hintergrund konnte er Verkehrslärm hören. Offenbar waren sie auf dem Weg zur Arbeit. Es erstaunte ihn, dass sie nicht längst da waren.

»Frag Mat, ob alle Tierasyle und Tierheime auf den Diebstahl von Pentobarbital überprüft worden sind. Ich kann mich nicht erinnern, so was in den Akten gesehen zu haben.«

»Tierasyle?«

Drei kleine Vögel flatterten himmelwärts, als die Katze hinten auf der Mauer erschien. Sie beobachtete Cass neugierig.

»Ja, das habe ich gesagt.« Er runzelte die Stirn. Anscheinend war sie nicht bei der Sache. »Alles okay mit dir?«

»Eigentlich nicht. Wir hatten gerade einen Anruf von Dr. Farmer. Josh Eagleton hatte gestern Abend einen Unfall.«

Cass erstarrte. »Was ist passiert?«

»Weiß ich nicht genau. Er ist überfahren worden. Nicht weit von seinem Haus entfernt.« Ihr Atem ging stoßweise. »Die hielten ihn für tot und haben ihn liegen lassen. Der Fahrer hat nicht einmal einen Krankenwagen gerufen.«

»Ist er okay?« Seine Fingerspitzen kribbelten. Eagleton war noch so jung.

»Nein, es sieht ziemlich schlecht aus. Er ist im St. Thomas, liegt im Koma. Es steht auf Messers Schneide, sagt Dr. Farmer.«

»Himmel!« Seine gute Stimmung löste sich im Sonnenschein auf, der, unbeirrt davon, dass ein junger Mann um sein Leben kämpfte, weiterstrahlte. Vielleicht war das Leben Einzelner ja doch nicht so heilig.

»Hast du gestern mit ihm geredet?«, fragte Claire.

»Nein.« Cass machte eine Pause. »Ich bin nicht dazu gekommen. Wir sehen uns gleich bei der Arbeit.«

Das Gespräch war beendet, er starrte auf das kleine Nachrichten-Icon, das seit gestern Nachmittag auf Beachtung wartete. Dann atmete er tief durch und wählte die Nummer der Mailbox.

»Detective Inspector Jones?« Cass erkannte die Stimme von Josh Eagleton sofort. »Entschuldigen Sie bitte die Störung.«

Er klang nervös. Sprach leise. Wovor hatte Josh Angst? Dass jemand mithörte? Cass lauschte ganz aufmerksam, nicht nur den Worten, er achtete auch auf die Zwischentöne.

»Ich muss … ich muss dringend mit Ihnen reden. Es geht um die Frau Ihres Bruders.«

Sämtliche Härchen auf Cass' Haut richteten sich plötzlich auf.

»Also, wahrscheinlich gibt es einen guten Grund dafür, aber irgendwie ergibt da was keinen Sinn. Ich seh jedenfalls keinen.« Die Worte kamen in einem Schwall heraus, aber sie trafen auf Cass' Bewusstsein wie eiskalte Tropfen.

»Können wir uns gegen neun im Farmer's Arms in Chiswick treffen?« Er atmete hastig. »Verstehen Sie, ich war als Erster hier, als die Leichen gebracht wurden. Und ich … Also, das erkläre ich später.«

Es klickte. Ende der Nachricht.

Scheiße.

Um elf hatte Cass bereits das Gefühl, nie aus dem Büro weg gewesen zu sein. Er hatte ein peinliches Gespräch mit Morgan hinter sich, der deutlich gemacht hatte, dass er der Ansicht war, Cass solle weiterhin vom Fall abgezogen bleiben, zumindest bis sich die »Beweismittelfrage«, wie er es nannte, geklärt hatte. Aber der Commissioner war anderer Meinung gewesen. Der DCI hatte keinen Zweifel daran gelassen, dass ihm die Sache zwar nicht gefiel, aber da der Mörder Cass angerufen hatte, musste er einräumen, dass es besser war, Cass und sein Telefon wieder im Dienst zu wissen.

Cass hatte still dagesessen, während sein Chef die übliche Liste von Forderungen durchgegangen war: Stiften Sie keine Unruhe. Tun Sie, was man Ihnen sagt. Rauchen Sie nicht in Diensträumen und auf dem Gelände. Helfen Sie Bowman, wo Sie können, er ist wieder der leitende Beamte, es sei denn, er meldet sich erneut krank.

Cass hatte genickt, aber er hatte nur mit halbem Ohr hingehört. Paddington Green war für ihn immer so was wie ein echtes Zuhause gewesen, aber dieses Gefühl hatte sich jetzt verändert. Der Laden kam ihm vor wie eine Blase, auf deren Außenseite er sich befand. Er konnte spüren, wie Leute ihn beobachteten, wenn er durch die Korridore ging, und er wusste, was die meisten von ihnen dachten: Wo Rauch ist, da ist auch Feuer. Aber jedem argwöhnischen Blick, der in seine Richtung ging, hielt er stand. Diejenigen, die versucht hatten ihm etwas anzuhängen, befanden sich höchstwahrscheinlich in diesem Gebäude.

Als Cass Morgans Büro gerade verlassen wollte, rief der DCI ihn zurück. Seine Stimme klang unbeschwerter, so als hätte das, was er sagen wollte, keine allzu große Bedeutung. »Oh, und diese Bright-Geschichte? Ich hab Ihren Sergeant angewiesen, sie ruhen zu lassen. Die Beweismittel belegen eindeutig, dass er nicht unser Mörder ist. Wir müssen unsere wenigen Arbeitskräfte zur Verfolgung sachdienlicher Hinweise einsetzen.« Morgan schaute über die Papiere hinweg, hinter denen er sich versteckte. »Okay? Haben Sie das verstanden?«

Cass nickte mit ruhiger Miene. Von dieser alten Columbo-Masche – »Ach, eine Sache noch« – ließ er sich nicht hinters Licht führen. Claire hatte ihm von ihrem Gespräch mit Morgan berichtet, und der beantwortete ihm nun einige Fragen, ohne sich dessen bewusst zu sein. Mr Bright war eine wichtige Person, so viel wusste Cass, und wenn er über eines der X-Konten verfügte, hätte er mehr Leute und Einfluss, als Morgan sich überhaupt vorstellen konnte. Irgendjemand ganz oben hatte Morgan befohlen, diese Spur nicht weiterzuverfolgen. Das stand quer über Morgans verkniffenes Gesicht geschrieben. Und Cass hätte darauf gewettet, dass man ihm keine Gründe dafür genannt hatte.

Abgesehen davon hatte Cass die E-Mail gesehen, die von der Kontaktfrau bei Der Bank geschickt worden war. Über die schlaue Antwort hatte er lächeln müssen: *Niemand mit diesem Namen ist in unseren Angestelltendateien aufgeführt.* Cass glaubte ihr aufs Wort. Zwar wusste er nicht, was genau Mr Bright für Die Bank war, aber ein ganz gewöhnlicher Angestellter war er mit Sicherheit nicht. Nach allem, was er über das Wochenende entdeckt und herausgefunden hatte, war Cass ganz froh, dass diese Ermittlungen nicht weiterverfolgt werden sollten. Wenigstens im Dienst – und fürs Erste. Mr Bright und seine Familie waren auf irgendeine Weise miteinander verflochten, das wäre also eher eine private Nachforschung.

Nachdem er Morgans Büro verlassen hatte, ging er die Papierstapel durch, die sich auf seinem Schreibtisch türmten, und holte es nach, die Autopsieberichte über Hannah West zu lesen. Er starrte auf die Nahaufnahmen von den winzigen Fliegeneiern, welche die mit Blut geschriebenen Worte so ordentlich umrahmten. Er musste diesen Mann finden. Alles andere war nebensächlich, die Fotos, die Erlösungs-Datei, der Tod seines Bruders, sogar der Fall Jackson und Miller – er musste diesen Mann finden. Er erinnerte sich an die Art, wie der Mörder gelacht hatte, als Cass ihn am Telefon gefragt hatte, ob er Bright sei. Die beiden Männer kannten einander – und das ließ ihm das Mark in den Knochen gefrieren. Wenn Mr Bright seine Beziehungen spielen lassen und sich eine große polizeiliche Untersuchung vom Hals schaffen konnte, war dieser Mann dann auch zu so etwas in der Lage? Morgans Verbot würde Cass jedenfalls nicht daran hindern, alles daranzusetzen, diesen Mann zu fassen. Da gehörte schon mehr dazu.

Abgesehen davon, dass er sich die Fotos lange ansah, ignorierte er die Akte Jackson und Miller. Er brannte darauf zu hören, was Perry Jordan zu berichten hatte, aber diesen Anruf würde er heute nicht erhalten, nicht mal Jordan war so schnell. Angeblich hatte Macintyre gestern irgendein Geständnis abgelegt, doch das kaufte Cass ihm nicht ab. Er konnte sich vorstellen, dass Bowman den Gangster dafür bezahlt hatte, ihm ein paar Namen zu nennen, damit der Fall zu einem schönen Abschluss kam – von dem dicken fetten Bonus und wahrscheinlich einer Beförderung für Bowman selbst mal ganz abgesehen.

Er unterdrückte seinen Ärger. Er würde abwarten und sich ansehen, was Perry herausgefunden hatte, ehe er einen Mucks von sich gab. Indessen spürte er, wie hinter seinem Schreibtisch die unsichtbare Barriere zwischen ihm und seinen Kollegen wuchs. Er behielt zu viel für sich, klar, aber wem konnte er vertrauen? Im Augenblick ging es einfach nicht anders.

Die Tage, in denen Verhöre auf Kassettenrecordern aufgenommen worden waren, waren schon lange vorüber, jetzt wurde alles auf Knopfdruck direkt in den Hauptrechner eingegeben. Aber natürlich wurden Kopien auf CD gemacht und Akten abgelegt, die für jeden mit der entsprechenden Berechtigung einzusehen waren – wenn erforderlich, sogar ganz bequem am eigenen Computer auf dem Schreibtisch. Cass hörte sich gerade das Macintyre-Verhör an, als Claire ihn zum Briefing abholte. Er folgte seinem Sergeant in den kleineren Besprechungsraum am anderen Ende des Gebäudes. Blackmore und Bowman waren schon da, Charles Ramsey ebenfalls.

Cass zog eine Augenbraue hoch. »Ich wusste gar nicht, dass Sie auch an diesem Fall mitarbeiten.«

»Tu ich nicht.« Ramsey lächelte. »Aber im Moment sind Sie alles, was ich in meinem Fall habe. Deshalb halte ich mich an Sie. Ich hab mir gedacht, wenn ich lange genug hinter Ihnen herlaufe, finden wir vielleicht Zeit zum Reden.« Er machte eine Pause. »Und haben Sie diesen Laptop gefunden?«

Cass grinste. »Ist schon komisch, hab ich. Den bring ich denen heute wieder rüber.«

»Ja«, Ramsey lächelte zurück. »Dafür werde ich sorgen.«

Cass mochte den Mann. Und am besten gefiel ihm, dass er nicht von Paddington Green war. Auch er befand sich außerhalb der Blase.

Die kurze Zeit, bevor Hask kam, verging mit befangenem Geplauder. Bowman zog einen Stuhl unter dem Tisch hervor, hängte sein Jackett über die Lehne und sank schlaff darauf zusammen. Er war makellos gekleidet wie immer, aber er sah blass aus. Schweißflecken breiteten sich langsam unter den Armen seines teuren Oberhemds aus. Im Raum war es kühl. Wahrscheinlich hat er Fieber, dachte Cass.

»Ich hab von der Sache mit Josh Eagleton gehört«, sagte Ramsey. »Man sagt, dass er das Zeug zu einem guten Pathologen hat. Schlauer Junge.«

Cass hatte vergessen, dass Farmer und sein Team auch Chelseas Leichen untersuchten. »Wollen wir hoffen, dass er durchkommt.«

Blackmore schaute auf. »Übrigens, ich habe Farmer gefragt, worüber Josh gestern mit Ihnen sprechen wollte, aber er wusste nichts davon.«

»Ich auch nicht.« Cass zuckte die Achseln und lockerte seine Schultern. »Er hat keine Nachricht hinterlassen. Kann nicht so wichtig gewesen sein.«

Die Tür ging auf und Hasks massige Gestalt zwängte sich hindurch. »Entschuldigen Sie bitte. Ich hatte noch etwas auszudrucken.« Er lächelte strahlend in alle Richtungen. »Hab ich was verpasst?«

»Nein, wir haben auf Sie gewartet«, sagte Bowman. Er nickte Blackmore erst zu, nachdem der dicke Mann sich auf den zweiten Stuhl gequetscht hatte. »Dann bringen wir jetzt alle auf den letzten Stand der Ermittlungen.«

»Okay, gestern sind wir zuerst Claires These einer möglichen Verbindung zwischen den Opfern und Covent Garden nachgegangen. Hannah Wests Ehemann sagt, seine Frau habe dort häufig vorbeigeschaut, bevor sie ihre Schicht im Krankenhaus antrat, doch er wusste nicht, ob sie durch die Läden gebummelt ist oder Kaffee getrunken oder sonst was getan hat.«

Cass freute es, dass Claire mit seinem Vorschlag durchgekommen war. Sie schaute zu ihm hoch und er zwinkerte ihr zu. Offenbar war es ihr unangenehm, dafür das Lob einzustreichen, aber ihm machte das nichts aus. Sie hätte Bowman ja kaum sagen können, dass diese Idee von ihm war. Das wäre überhaupt nicht gut angekommen.

»Wir haben Leute zum Nachhaken losgeschickt und es sieht ganz so aus, als ob etwas dran sein könnte. Emma Loines hat als Aushilfe in einem Anwaltsbüro in der Garrick Street gearbeitet. Carla Raes Schwester arbeitet als Kellnerin im Ponti's im Jubilee Market, Amanda Carlisle hatte eine behinderte Tante, die sie dort besuchte, und Jade Palmer arbeitete da gelegentlich an einem Schmuckstand.«

»Das muss es also sein.« Bowman schaute auf. »Wir haben nichts anderes gefunden, das diese Frauen verbindet. Irgendwo in Covent Garden sucht er sich seine Opfer aus.«

»Aber wo?« Cass runzelte die Stirn.

»Ich glaube nicht, dass es zufällig geschieht«, ergänzte Hask. »Er nimmt sie von einem bestimmten Ort mit.«

»Wir haben uns einige Streifenpolizisten ausgeliehen, die Fotos herumzeigen und fragen, ob sich Leute erinnern, die Frauen gesehen zu haben – und wo. Sie werden die nächsten paar Tage in den Straßen unterwegs sein.« Bowman zuckte die Achseln. »Mehr können wir nicht tun, das ist besser als gar nichts.«

Dagegen konnte Cass nichts sagen, aber er hatte nicht viel Hoffnung, dass irgendjemand sich an alle fünf Opfer erinnern konnte, zumal sie zu verschiedenen Zeiten verschwunden waren.

»Wir versuchen die Prepaid-Nummer zurückzuverfolgen, und wir rufen auch alle Tierasyle im Großraum London an und fragen nach Medikamentendiebstählen.« Blackmore nickte Cass kurz zu. »Beim ersten Mal hatten wir die vergessen. Das Team war den ganzen Morgen am Telefon, wir kommen also hoffentlich bald zu einem Ergebnis.«

»Damit bleibt dann nur noch der Anruf, mit dem Cass gesegnet wurde«, sagte Bowman.

Lag da etwa ein Anflug von Eifersucht in Bowmans Stimme? Psycho-Eifersucht? Das wäre doch mal was ganz Neues.

»Ja, das ist interessant.« Hask lächelte. »Er muss Sie als

einen Gegner sehen. Ich habe hier die Notizen von Ihrem Gespräch.« Offensichtlich hatte er seinen Spaß, Cass konnte ihm das nicht zum Vorwurf machen. Es war wirklich aufregend, einen Mörder aufzuspüren, keiner, der an einem Mordfall arbeitete, würde das abstreiten. »Irgendwas hat ihn dazu veranlasst anzurufen, und man kann aus dem, was er sagt, schließen, dass es die Pressekonferenz gewesen ist.«

»Weil wir ihn sozial unbeholfen und dumm genannt haben?«, fragte Bowman.

»Nein.« Hask schüttelte den Kopf und seine Backen schlackerten einen Augenblick oder zwei. »Ich glaube eher, weil er erwartet hatte, dass Cass sie leiten würde.« Mit seinem dicken Finger stach er auf das Papier ein. »Jedenfalls hat er das gesagt. Doch was wirklich meine Aufmerksamkeit erregt hat, war folgender Satz: »Ich dachte, ich hätte alles geregelt.« Er schaute Bowman an. »Wann fingen Sie an, sich krank zu fühlen, Detective Inspector? Ich würde vermuten, etwa zu Beginn dieses Falls. Vielleicht kurz davor?«

Bowman nickte. »Etwa eine Woche vor der ersten Leiche. Eine Weile hab ich es einfach ignoriert. Warum? Worauf wollen Sie hinaus?«

Cass starrte Hask an. »Wollen Sie damit sagen, dieser Kerl hat schon vorab etwas unternommen, um Bowman auszuschalten, ehe es überhaupt einen Fall gab?« Dieser Gedanke war ihm noch gar nicht gekommen. Und offensichtlich hatte der Mörder nicht gewusst, dass der DCI auf gar keinen Fall Cass vor die Kameras gelassen hätte. Gelegentlich war mal ein verwackeltes Foto von ihm in der Zeitung erschienen, aber auch noch zehn Jahre danach war keinem daran gelegen, dass ihn jemand erkannte, der an dem Fiasko in Birmingham beteiligt gewesen war.

»Das halte ich definitiv für möglich.« Der Profiler schlug Bowman heiter auf den Rücken. »Keine Panik. Wenn er

Ihnen irgendwas Tödliches verabreicht hätte, dann würden Sie sich jetzt eher schlechter als besser fühlen, glaube ich. Zu welcher Diagnose ist man denn gekommen?«

»Irgendein Virus im Verdauungssystem.«

Bowman hatte etwas von seiner natürlichen Impertinenz eingebüßt und Cass musste seine Sympathien für den Mörder unterdrücken.

»Vielleicht wäre es das Beste, wenn Sie sich im Krankenhaus durchchecken ließen, sobald wir hier fertig sind«, sagte Hask. »Das wäre eine weise Vorsichtsmaßnahme. Ich glaube kaum, dass im Krankenhaus bereits das volle Spektrum von Giften und Toxinen abgeklärt worden ist – obwohl ich mir sicher bin, dass das Schlimmste bereits überstanden ist, egal was es nun ist.«

Die Schweißflecke unter Bowmans Armen wuchsen. Er wirkte nicht allzu beruhigt.

»Aber wie sollte er das eingefädelt haben?«, fragte Blackmore.

»Ich bin mir nicht sicher. Aber ihr Polizeileute seid Gewohnheitstiere. Er hätte ihn nur eine Weile beobachten müssen. Vielleicht hat er Ihnen was ins Bier gekippt oder irgendein Toxin auf den Türgriff von Ihrem Auto geschmiert.«

»Himmel!«, flüsterte Bowman.

»Er hat das wirklich bis ins Detail geplant, was?«, sagte Claire.

»Aber wie bei jedem Plan lassen sich die unerwarteten Verhaltensweisen anderer nicht genau kalkulieren. Cass hat den Fall übernommen, aber wegen der Geschehnisse in der Familie seines Bruders musste Bowman wieder zurückkommen.«

Cass gefiel es, wie der Profiler über Kleinigkeiten wie Anschuldigungen, Mord, Selbstmord und das Unterschieben von Beweisen hinwegfegte, ohne aus dem Takt zu kommen.

»Warum Jones?«, fragte Bowman. »Warum will er ausgerechnet ihn an dem Fall dranhaben?«

»Keine Ahnung. Wenn wir ihn kriegen, finden wir das heraus.« Hask blätterte in den Papieren – und allem Anschein nach hätte er lieber eine Brille dabei tragen sollen. Dann schaute er auf. »Diese Bemerkung über Bright ist interessant. ›Er hält nach mir Ausschau, ich beobachte ihn.‹« Der Profiler schien gar nicht zu bemerken, welche Spannung entstand – zumindest dort, wo Cass und Claire saßen.

»Das könnte auf eine multiple Persönlichkeit hindeuten, er und Bright könnten ein und dieselbe Person sein ... aber davon bin ich nicht überzeugt.« Er trommelte mit den Fingern auf den Tisch. »Ich glaube, wir müssen das wörtlich nehmen. Das würde auch erklären, warum eure Leiche in derselben Wohnung auftauchte, aus der das Video geschickt worden ist.«

»Versteh ich nicht«, sagte Blackmore.

»Spielt auch keine Rolle, ob Sie es verstehen oder nicht«, warf Cass ein. »Die Bright betreffenden Untersuchungen sind eingestellt worden.«

»Tatsächlich?« Hask beobachtete Cass genau. »Das an sich ist schon interessant.«

»Eigentlich nicht. Der DCI hält sie nicht für relevant.« Zähneknirschend überwand Cass sich zum nächsten Satz: »Anscheinend hat Bowman den Macintyre-Fall gelöst ...«

»Das ›anscheinend‹ können Sie sich sparen«, blaffte Bowman. »Heute Nachmittag kommen zwei von Macintyres Leuten, um ihre Aussagen zu machen. Von einer osteuropäischen Firmen, die vorhat, in Macintyres Territorium einzudringen, haben sie Geld bekommen, damit sie sagen, wo genau er sich an diesem Nachmittag aufhalten würde.«

Cass hob die Hände. Diese Auseinandersetzung mussten sie auf einen späteren Zeitpunkt verschieben – wenn er Nachricht von Perry Jordan erhalten hätte. »Vielleicht ist das falsch rübergekommen. Was ich damit sagen wollte, ist: Da die Sache abgeschlossen zu sein scheint, wird die Suche nach Mr Bright von den Oberen als Verschwendung von Ressourcen betrachtet.«

»Obwohl sein Name am Telefon gefallen ist?« Ramsey zog die Stirn kraus.

»Nun ja, eigentlich hab ich den Namen genannt, nicht der Anrufer.« Cass zuckte mit den Schultern. »Aber … aus welchem Grund auch immer, er ist raus aus dem aktuellen Bild.«

Einen Moment herrschte Schweigen. Alle waren sie schlaue Leute, sogar Bowman mit seinen tollen Anzügen und dem gepflegten Auftreten. Keiner von ihnen schluckte so was gern, aber wenn die Obersten gesprochen hatten, war nichts zu machen.

»Ich muss sagen, ich finde die Beweggründe Ihrer Vorgesetzten seltsam, aber wenn das ihr Wunsch ist, dann wollen wir jetzt fortfahren.« Hask seufzte. »Er nennt sich selbst ›Fliegenmann‹. Diese Bezeichnung steht offensichtlich im Zusammenhang mit den Eiern, die er auf den Leichen hinterlässt, aber es klingt darin auch eine interessante Variation von ›Herr der Fliegen‹ an.«

»Herr der Fliegen?«, fragte Bowman. »Ist das nicht ein Buch?«

»Ja, von William Golding. Eine allegorische Geschichte darüber, wie eine von Menschen geschaffene Gesellschaft zum Scheitern verurteilt ist. Darin wird die menschliche Dualität ausgelotet: Wir folgen instinktiv gewissen Regeln, gleichzeitig haben wir jedoch das Verlangen, anderen unseren Willen aufzuzwingen. Einige Literaturwissenschaftler sind der Meinung, dass der Roman die Geschichte unserer Zivilisation zusammenfasst.«

»Glauben Sie, er will ein Statement über die Zivilisation abgeben?« Bowman war fassungslos. »Herr im Himmel!«

»Die Wortverbindung ist auch eine offensichtlichere Variation des hebräischen Ba'al Zebub, wörtlich übersetzt als Herr der Dinge, die fliegen – oder wie wir sagen würden: Herr der Fliegen.«

»Ba'al Zebub?«, wiederholte Claire. Sie beugte sich vor. »Ist das Beelzebub?«

Hask lachte, die Unbekümmertheit daran passte gar nicht zu seiner massigen Erscheinung. »Schnell kapiert! Einst der Gott der Philister und nun gleichzusetzen mit Satan selbst.«

»Unser Mann hält sich für den Teufel?«, sagte Blackmore. »Ist ja großartig.«

»Nein«, sagte Cass, »er nennt sich Fliegen*mann*, nicht *Herr*. Ein wichtiger Unterschied.«

Der Profiler faltete die Hände vor dem Bauch zusammen. »Möglicherweise glaubt er, er wäre der vom Teufel erwählte Mann auf Erden. Jemand, der seine Botschaft verkündet.«

»Dass er irgendeinen religiösen Hintergrund hat, passt dazu«, befand Cass. Er runzelte die Stirn. »Aber er klang so … zurechnungsfähig.«

»Manche Leute würden sagen: Nur die wirklich Verrückten sind von ihrer eigenen Zurechnungsfähigkeit überzeugt.«

»Das reicht«, unterbrach Bowman sie. »Ich will noch ins Krankenhaus, verschieben Sie die Gehirnakrobatik auf später und halten Sie sich an das, was Sie uns mitzuteilen haben.«

»Entschuldigung.« Hask lächelte. »Es ist nur so interessant. Mich hat neugierig gemacht, was er über das Prüfen von Menschen gesagt hat und dass sie versagt hätten und dass wir uns nur für uns selbst interessierten. Das stimmt mit der Dualität unseres Wesens überein, passt aber vielleicht auch zu der Wahl seiner Opfer.«

»Vielleicht hat er die Frauen irgendwie geprüft«, sagte Claire.

»Wieso sollte Hannah West versagt haben?«, fragte Cass. »Sie arbeitete mit Strain-II-Fällen.«

»Keine Ahnung«, sagte Hask, »aber er hat jemanden geprüft. Er hat nicht gesagt, dass es die Opfer waren, die er geprüft hat, aber aufgrund irgendeines Geschehnisses hat er das Gefühl, dass nichts heilig ist. Diesen Schluss hat er persönlich gezogen. Oh, und gestern habe ich noch etwas für Sie herausgefunden.« Er grinste in die Runde und holte ein Blatt Papier hervor. »Die Musik, die am Carla-Rae-Tatort gespielt wurde. Sie erinnern sich? Es war eine Heavy-Metal-Band aus den Neunzigerjahren. The Dog-Faced Gods. Besonders berühmt sind sie anscheinend nicht gewesen. Die CD hieß *Random Chaos Theory in Action* – zufällige angewandte Chaostheorie.« Er lachte auf. »Sie werden zugeben müssen, dass unser Mann außer der Paranoia und der fixen Idee von seiner Überlegenheit noch einen recht trockenen Sinn für Humor hat. Einer der Songs heißt ›God over All‹.«

»Und Sie glauben, er macht Witze?«, fragte Blackmore.

»Vielleicht nicht im Sinne von ha-ha, aber ich glaube ganz bestimmt, dass er ein Statement abgibt.«

Nach einem kurzen Klopfen erschien ein Constable in der Tür, ein großer, dünner Mann in den Zwanzigern.

»Sir …«, begann er. Sein Blick irrte im Raum umher. Offenbar wusste er nicht recht, wen er ansprechen sollte. Er entschied sich für Bowman. Cass machte ihm das nicht zum Vorwurf. »Wir haben ein Ergebnis. Das Prepaid-Handy gehörte zu einer Großbestellung, die über das Carphone Orange Warehouse geordert wurde. Dort prüft man jetzt die Unterlagen und stellt fest, wohin die Bestellung gegangen ist.«

»Wie lange wird das dauern?«, fragte Cass. Carphone Orange Warehouse mit seinem nervigen orangefarbenen Kuhlogo war jetzt eine der größten Mobiltelefon- und Internetfirmen im Land. Im Laufe des vergangen Jahres hatte sie die meisten ihrer schwächeren Mitbewerber geschluckt. Er mochte sich gar nicht vorstellen, in welchem Zustand das Computersystem war – mit all diesen zusätzlichen Kundendaten, die gespeichert werden mussten.

»Heute Nachmittag … haben sie gesagt, aber wir werden ja sehen. Sie wissen ja, wie diese Telefongesellschaften sind.« Der Constable trat noch einen Schritt weiter in den Raum hinein. »Aber das ist noch nicht alles. Wir hatten gerade einen telefonischen Rückruf vom Limehouse Tierasyl. Dem ganz großen. Der Mann sagte, sie hätten vor drei Monaten den Diebstahl von Pentobarbital auf dem für sie zuständigen Polizeirevier angezeigt. Aber nie wieder etwas gehört.«

Cass schaute zu Bowman rüber, der die Stirn runzelte. »Wenn die Meldung im Computer war, warum wurde sie dann nicht schon vor Monaten markiert?«

Im Computer ist nichts, Sir.« Der junge Beamte schüttelte den Kopf. »Derjenige, der den Anruf entgegengenommen hat, kann die Meldung nicht eingeloggt haben. Die Heimleiterin drüben in Limehouse sagt, sie hätten Meldung gemacht, sobald der Tierarzt das Fehlen des Mittels feststellt hatte. Der Anruf erfolgte gegen vier Uhr morgens.«

»Na, klasse.« Cass war bedient. Der Constable brauchte

kein Wort mehr zu sagen. Irgendein verdammter Sergeant von der Nachtschicht hatte den Anruf entgegengenommen und beschlossen, dass die Polizei ohnehin keine Chance hatte, den Dieb zu fassen. Der Fall würde nur die Zahl der ungelösten Fälle in die Höhe treiben. Und wem nutzte das? Der Beamte hatte eine fiktive Fallnummer genannt und es darauf beruhen lassen.

»Die Heimleiterin dachte, die Polizei hätte dem Fall nicht besonders viel Aufmerksamkeit gewidmet, weil es keine Hinweise auf einen Einbruch gab. Folglich handelte es sich um ein Problem, das das Asyl selber lösen musste. Und das Fehlen der Drogen war erst eine Woche nach dem Diebstahl bemerkt worden.«

»Sie sind von jemandem aus dem Haus gestohlen worden?« Cass spürte ein Kribbeln im Magen, es wurde aufregend. Er schaute Bowman an. »Soll ich mich darum kümmern, während Sie sich durchchecken lassen?« Er sagte das leichthin, doch er hatte nichts zu befürchten. Bowman war fix und fertig, seit Hask nebenbei fallen gelassen hatte, dass der Mörder etwas mit seiner Krankheit zu tun haben könnte.

»Ich hab Ihren Fall gelöst. Ich vermute, da sollte ich Ihnen die Chance geben, meinen zu lösen«, sagte Bowman.

Gott, was für ein herablassendes Arschloch! Cass gab Claire ein Zeichen. »Komm mit.«

»Warten Sie«, Ramsey folgte ihnen auf den Korridor hinaus. »Auf dem Weg bringen wir den Laptop zu Der Bank. Mein Telefon summt schon die ganze Zeit in der Tasche, und ich weiß, wer dran ist.«

»Was für einen Laptop?«, fragte Claire.

Cass und Ramsey beachteten sie nicht. »Ich sag Ihnen was, wir nehmen ihn mit«, sagte Cass. »Aber Die Bank muss erst mal warten.«

Cass schnappte sich seine Jacke und die Laptoptasche, die er unter seinen Schreibtisch geschoben hatte. Er hielt sie hoch und zeigte sie Ramsey. »Komisch, dass man ganz vergessen kann, was man so mit sich rumträgt.«

»Ha-ha-ha.«

»Kann ich Sie dazu überreden, hierzubleiben?«

»Keine Chance.«

Cass lachte. »Na, dann los.« Mit der schlanken Claire in der Mitte gingen sie hinaus in den Sonnenschein und auf den Audi zu. Wenn der Verkehr mitspielte, wären sie bis zum Mittag in Limehouse.

*

Die Leiterin des Tierasyls war eine Frau mittleren Alters namens Sheena Joyce. Sie ging leicht gebeugt. Cass rätselte, ob das wegen Arthritis oder einer anderen degenerativen Erkrankung so war oder ob sie einen Unfall gehabt hatte. Sie stützte sich für einen Augenblick an der Tür ab, als sie das Bellen, das ihren Weg an den Zwingern vorbei zu ihrem Büro begleitet hatte, aus dem Raum aussperrte.

»Das müssen Sie entschuldigen«, sagte sie. »Es ist hier alles darauf ausgelegt, dass sämtliche Besucher die Tiere ansehen können und sich dann hoffentlich eines Tieres annehmen. Leider ist bei mir zu Hause kein Platz für weitere Mitbewohner, trotzdem muss ich immer an ihnen vorbei, wenn ich mein Büro benutzen will.« Sie ließ sich auf den Stuhl hinter ihrem Schreibtisch fallen. »Aber das geschieht ehrlich gesagt nicht besonders häufig.«

Cass beneidete sie nicht. Man konnte Tiere noch so sehr lieben, dieser ständige Lärm trieb einen in den Wahnsinn. Die Bude war ziemlich alt und schäbig. Ihm war aufgefallen, dass viele Käfige mit zwei Hunden belegt waren, und er konnte sich denken, dass es bei den Katzen genauso war. Die Leiterin sah aus, als hätte sie eine Rundumerneuerung ebenso nötig wie ihre Einrichtung. Jetzt, in ihrem gut beleuchteten Büro, konnte er sehen, dass sie vermutlich kaum älter als fünfzig war und etwas von dem Look einer alternden Brigitte Bardot hatte. Das dicke graue Haar war locker zum Zopf gebunden, allerdings fehlte die üppige Schminke, nicht mal ein paar Tupfer Mascara benutzte sie. Ob sie wohl besser aussah, wenn sie richtig ausgeschlafen war? Offensichtlich pfiff sie auf dem letzten Loch. Und trotz allem – und wahrscheinlich völlig unbeabsichtigt – hatte sie die Ausstrahlung einer schrulligen Künstlerin.

»So, es geht also um den Diebstahl des Pentobarbitals?«

»Richtig«, sagte Cass. »Es tut uns leid, dass die Sache im Computer verloren gegangen ist.«

»Warum interessieren Sie sich jetzt dafür?« Ihre Augen waren müde, blitzten aber intelligent.

»Warum haben Sie keinen Bericht verlangt?« Cass ging über ihre Frage hinweg. »Pento ist eine Droge, deren Abgabe dokumentiert werden muss, und eine tödliche Substanz obendrein. Und derjenige, der sie sich verschafft hat, wollte sie höchstwahrscheinlich nicht zu einem guten Zweck einsetzen. Sie müssen doch zumindest einen Besuch von der Polizei erwartet haben?«

Einen Moment lang sah die Frau ihn ruhig an, dann lehnte sie sich auf ihrem Stuhl zurück. »Ich nehme an, ich wollte die Aufmerksamkeit nicht auf Missbrauch im Asyl lenken.« Sie zuckte die Achseln. »Dadurch könnten uns finanzielle Mittel entzogen werden und es ist auch so schon schwierig genug. Wenn ich hier gewesen wäre, wäre der Diebstahl wahrscheinlich gar nicht erst zur Anzeige gebracht worden.«

»Missbrauch? Was ist denn passiert?«

»Ein Asyl zu leiten ist noch nie leicht gewesen, nicht einmal zu den besten Zeiten. Jetzt ist es nahezu unmöglich. Das Erste, was die Leute abschaffen, wenn das Geld knapp wird, ist das Haustier. Erst die Katzen, dann die Hunde, unsere Zugänge haben sich mehr als verdreifacht. Das weitaus größere Problem ist die enorme Anzahl von Streunern, sie werden nicht kastriert, deshalb können sie sich immer weiter vermehren. Die Population wild lebender Tiere ist massiv angestiegen, besonders in den ärmeren Bezirken. Früher hat man gesagt, egal wo man war in der Stadt, man war nie weiter als ein paar Schritte von einer Ratte entfernt. Jetzt sind es Katzen. Halten Sie mal die Augen offen. Dann werden Sie schon sehen, was ich meine.«

»Die Katzen müssten doch wenigstens die Ratten dezimieren«, sagte Cass mit einem schiefen Grinsen. »Und was hat das mit dem Diebstahl zu tun?«

Die Leiterin ignorierte seinen Versuch, eine scherzhafte Bemerkung zu machen. »Dazu komme ich noch. Das hier könnte das Ende meiner Karriere sein, lassen Sie mich die Sache also so ausführlich schildern, wie ich möchte.« Sie hielt inne, als die Tür aufging und ein junges Mädchen im Kittel ein Tablett mit vier Bechern Kaffee und einer Kanne Milch brachte. Cass nahm einen Becher und nippte dankbar daran.

»Bei Ihnen ist der Kaffee besser als bei uns.« Er lächelte. Er mochte diese müde Frau mit der spröden, sachlichen Stimme.

»Und die Insassen sind netter, könnte ich mir vorstellen.« Sie goss sich ein wenig Milch in ihren Becher. »Wie auch immer, unsere Auslastung erhöhte sich, gleichzeitig verringerten sich unsere Mittel. Battersea ist das prominenteste Asyl in London, das war schon immer so, wir müssen uns also mit dem begnügen, was übrig bleibt, obwohl wir uns um doppelt so viele ausgesetzte Tiere kümmern – und das auch noch in einem wesentlich ärmeren Stadtteil. Ich muss dieses Asyl also mit sehr begrenzten Mitteln führen, gleichzeitig bin ich noch Leiterin des Veterinäramtes. Wir können uns kein fest angestelltes Personal leisten, die meisten unserer Helfer sind also Freiwillige, wie Stacey, die uns den Kaffee gebracht hat. Sie ist Studentin und kommt zu uns, wenn sie keine Vorlesungen hat, aber wir haben auch viele Arbeitslose, die sich nützlich machen wollen. Ehrlich gesagt würden wir ohne sie den Betrieb nicht aufrechterhalten können.«

»Und einer der Freiwilligen hat die Droge mitgenommen.«

»So einfach ist das nicht.« Sie sah sich in dem heruntergekommenen Büro um. »Pentobarbital ist ein Betäubungsmittel, ausschließlich für den veterinären Gebrauch bestimmt, und wir halten es unter Verschluss.« Sie machte eine Pause. »Normalerweise.« Sie nahm einen Schluck von ihrem Kaffee und sprach weiter. »Wir haben zwei Tierärzte auf dem Gelände, aber wie ich schon sagte, die Zeiten haben sich geändert, wir können nicht mehr jedes Tier behalten, das zu uns gebracht wird. Und wir können uns schon gar nicht um all die Welpen kümmern, die hergebracht oder auf unserer Türschwelle abgelegt werden.« Zum ersten Mal wich sie Cass' Blick aus.

»Wir Tierärzte lassen uns dazu ausbilden, Tiere zu retten. Doch uns bleibt nichts anderes übrig, als in dunkle alte Zeiten zurückzufallen, in denen unerwünschte Tiere automatisch eingeschläfert wurden. Und glauben Sie mir, das ist eine Arbeit, die ich niemandem wünschen würde. Es ist seelenzerstörend.« Sie schaute wieder hoch. »Wenn ich es Ihnen zeige, werden Sie es leichter verstehen. Sie werden ohnehin sehen wollen, wo die Droge entwendet wurde. Folgen Sie mir.«

Sie ging mit ihnen zwischen den Zwingern hindurch in ein anderes Gebäude, in dem die Katzen gehalten wurden. Cass bemerkte erleichtert, dass die Katzen sich mehr fürs Schlafen als für Menschen interessierten.

»Hier ist es.« An der hinteren Seite des Raumes tippte sie einen Code ein und öffnete die Tür. »Das ist heute Nachmittag meine Arbeit, wenn Sie gegangen sind.«

Vielstimmiges Gemaunze und Gepiepse erfüllte den Raum, es drang aus den Pappkartons, die überall auf dem Fußboden herumstanden. Cass bückte sich und öffnete einen davon. Acht winzige schwarz-weiße Kätzchen stolperten übereinander. Er schaute sich um.

»Das hier müssen zehn Kartons sein – oder zwölf«, sagte Claire. »Müssen Sie die alle einschläfern?«

Ramsey stand in der Tür, er sagte nichts, aber Cass konnte sehen, dass sich Abscheu auf seinem Gesicht spiegelte. Er klappte den Karton wieder zu. Die Unschuld machte ihn fertig. Ihm kam die Galle hoch.

»Wir hatten einen neuen Freiwilligen. Er war nur einen Monat hier. Er war nicht wie die anderen.« Sheena Joyce setzte sich auf die Bank und schaute traurig auf die Kartons, die auf sie warteten. »Ich hab hier drinnen gearbeitet«, sie lachte traurig auf wegen der Ironie ihrer Worte, »und ich hatte wohl die Tür nicht ordentlich geschlossen. Jedenfalls stand er plötzlich da. Ich hatte die Spritze in der einen Hand, ein Kätzchen in der anderen und ich habe geweint.« Sie brach ab und schluckte. »Er hatte so eine Präsenz. Eine Ruhe. Er setzte sich neben mich und sagte mir, es sei schon in Ordnung – und ehe ich wusste, was geschah, hatte er das Tier in die Hand genommen und ihm die Spritze gegeben. Er sagte mir, ich hätte genug getan und er könne das übernehmen.« Sie atmete tief durch und bemühte sich, Kontrolle über die Tränen zu bekommen, die ihr in die Augen stiegen. Ihre Stimme war zittrig. »Und bei Gott, ich hab ihn gelassen.«

»Das war es, was dieser Mann für Sie getan hat?«

Sie nickte. »Ich hätte ihn das nicht machen lassen dürfen. Keiner von uns sollte so etwas tun. Sogar in diesen Zeiten braucht man immer noch eine Lizenz zum Einschläfern von Tieren. Aber ich konnte einfach nicht mehr. Ich brauchte eine Pause. Weder ich noch Martin, der andere Tierarzt, kommen damit zurecht, dass wir den halben Tag damit verbringen, das Leben von Tieren zu retten und dann während der anderen Hälfte des Tages still und leise Leben nehmen, ehe es richtig begonnen hat.« Sie nagte an ihrer Unterlippe. »Und er war so nett und ruhig. Wenn ich den Eindruck gehabt hätte, dass ihm das irgendeinen Kick gäbe, dann hätte ich das selbstverständlich sofort unterbunden.« Sie rieb sich die Lippe. »Es war so eine Erleichterung.« Sie seufzte. »Aber eines Tages tauchte er dann nicht mehr auf. Wir versuchten das hier zu vermeiden«, sie wies auf die Pappkartons – »und schafften es etwa eine Woche lang. Aber wir konnten sie unmöglich alle füttern und schon gar nicht so versorgen, wie es nötig war. Martin hat schließlich eine Nachtschicht übernommen, um sich drum zu kümmern. Er bemerkte, dass 500 ml Pentobarb fehlten.«

»Vorher nicht?«

»Nein, wir haben getrennte Vorräte. Unten im Praxisbereich haben wir 400 ml, hier oben natürlich mehr. Er hatte die größte Flasche und eine Schachtel Spritzen mitgenommen.«

»Wie viele Tiere könnte er damit töten?« Claire fragte ganz vorsichtig, und wieder einmal war Cass dankbar, so einen cleveren Sergeant zu haben. Diese arme Frau hatte schon genug um die Ohren, sie brauchte nicht zu wissen, dass aufgrund ihrer Schwäche vielleicht fünf Frauen ermordet worden waren. Jedenfalls jetzt noch nicht.

»Die empfohlene Dosierung ist 4 ml für 10 Kilogramm.«

Cass rechnete. *Himmel – wie viele Frauen wollte dieser Scheißkerl denn töten*?

»Wie hieß er, Ms Joyce? Und haben Sie eine Adresse von ihm?« Wahrscheinlich hatte der Typ einen falschen Namen benutzt, aber die Adresse könnte ihnen weiterhelfen, auch wenn er inzwischen woanders hingezogen war.

»Ja natürlich. Das hätte ich sagen sollen. Er hieß Solomon. Mr Solomon. Die Adresse habe ich in meinem Büro.« Sie zog die Stirn kraus, denn jetzt ging ihr etwas auf. »Seinen Vornamen habe ich nie erfahren.«

Cass' Mund wurde trocken. Mr Solomon. Das *Solomon and Bright Mining Corps*. Er drehte sich um und starrte durch die Türöffnung, dabei rief er sich das Foto von seinen Eltern vor diesem Schild in Erinnerung. Vor dreißig Jahren war es aufgenommen worden. Konnten Bright und sein Partner beide Söhne haben, die jetzt irgendwie in Verbindung standen? *Vertrau ihnen nicht*, das hatte der Anrufer, Solomon, gesagt. *Sie haben ihre eigene Tagesordnung*. Wem sollte er nicht trauen? Der Polizei? Der Bank? Dieser nebulösen X-Konten-Organisation, zu der sowohl Bright als auch Solomon Verbindungen hatten?

»Möchten Sie Ihre Gedanken mit uns teilen?«

Ramseys Frage holte Cass in die Gegenwart zurück, er schaute auf. Einen Augenblick lang kam es ihm so vor, als würde er gelbes Licht in den Augenwinkeln seines Kollegen sehen. *Das Leuchten*. Er blinzelte es weg. Was zum Teufel war hier los? Er spürte, wie sich Christian, Bright und nun auch noch dieser Solomon um ihn schlangen und ihn in ein Netz aus Mord und Lügen einspannen.

»Nein. Es ist nichts.« Er zwang sich zu einem schmalen

Lächeln. Zu seinen Füßen maunzten die kleinen Katzen. »Ich hab nur überlegt, ob ich den Namen von irgendwoher kenne. Aber nein. Bedaure.« Er schloss die Tür fest, hörte, wie das Schloss wieder einrastete, und drängelte sich an Ramsey vorbei, um das Gespräch mit der Leiterin des Tierasyls fortzusetzen.

»Ms Joyce, wie alt war er – dieser Mr Solomon?«

»Schwer zu sagen. Nach meinem Bauchgefühl so um die dreißig, aber tatsächlich ist alles bis fünfundvierzig drin.« Sie lächelte ein wenig. »Er war ein gut aussehender Mann. Er hatte dickes goldenes Haar … aber alte Augen.« Durchs Gebell gingen sie wieder zurück zu ihrem Büro. »Manche Menschen werden als alte Seelen bezeichnet. Diesen Ausdruck kennen Sie doch?«

Cass schüttelte den Kopf.

»Ich habe eine Freundin, die an Reinkarnation glaubt. Sie meint, es gibt Menschen, deren Seelen viele Male gelebt haben. Wenn das stimmt, dann würde ich sagen, Solomon ist einer von denen. Er war ein relativ junger Mann, aber er machte einen müden Eindruck, wie ein Mensch, dessen Weisheit weit über seine Jahre hinausgeht.«

»Er hat einen ziemlich starken Eindruck auf Sie gemacht«, sagte Claire.

»O ja. Er war still, aber er hatte eine gepflegte Sprache. Mir schien, er hatte einen sehr guten Job, ehe die Wirtschaft zusammengebrochen ist.« Nachdenklich legte sie den Kopf schräg. »Er hatte etwas Anziehendes. Ich hätte ihm nie die Verantwortung übertragen, wenn er nicht dieses gewisse Etwas gehabt hätte.«

»Charisma?«

Sheena Joyce lächelte ein bisschen wehmütig. »Ja, wahrscheinlich war es das.«

Die Leiterin des Tierasyls drehte sich um und wühlte in

einem Aktenschrank herum. Cass bemerkte Claires stille Aufregung. Sie dachte an Hasks Profil: über dreißig, charismatisch, intelligent. Solomon und Bright. Ein Rad im anderen. Solomon musste beobachtet haben, wie Bright arrangiert hatte, dass der Film Cass zugeschickt wurde, dann hatte er eine Leiche am selben Ort liegen lassen, nur um dem Mann eins auszuwischen.

Diese beiden Männer spielten offenbar ihr ganz persönliches Spiel miteinander, und er und seine Familie waren irgendwie daran beteiligt. Das gefiel ihm nicht, das gefiel ihm überhaupt nicht.

»Ah, da ist es ja.« Sie reichte ihm das Formular rüber. »Eine Adresse in Whitechapel. Arbour Street. Ist nicht weit von hier.«

Cass wollte ihr das Blatt zurückgeben, doch sie schüttelte den Kopf. »Sie brauchen das wahrscheinlich für Ihre Unterlagen. Was ich getan habe, war furchtbar falsch, ich weiß, und ich kann mir vorstellen, dass ich meinen Job deswegen verliere.« Ihr Blick verdüsterte sich. Cass wusste, dass ihre Gedanken wieder in dem verschlossenen Raum in der Katzenstation waren. »In vielerlei Hinsicht ist das eine Erleichterung ... doch wenn Sie versuchen könnten, das Asyl so weit wie möglich aus der Sache herauszuhalten ...« Sie wandte den Kopf ab, wollte die Tränen verstecken, die in ihren Augen standen. »Die Tiere haben keine Schuld daran«, sagte sie leise. Sie zog ein Papiertuch aus einer Schachtel und putzte sich die Nase, dabei gewann sie ihre Fassung wieder. »Gut. Dann begleite ich Sie jetzt nach draußen.«

»Ich werde mein Bestes tun, Ms Joyce«, sagte Cass, und das meinte er auch so. »Ich werde die Angelegenheit so diskret behandeln wie möglich, aber ich kann nichts versprechen.« Leider meinte er auch das genauso. Wenn dieser Fall abgeschlossen wäre, würden die Zeitungen bei der Suche nach Einzelheiten keinen Stein auf dem anderen lassen.

Das Lächeln, das sie ihm schenkte, veränderte ihr Gesicht völlig. Erleichtert stellte Cass fest, dass er kein unnatürliches Gelb in ihren Augenwinkeln entdecken konnte. Ramseys waren auch wieder normal. Es war bloß psychosomatisch, redete er sich ein. Du bist müde und überlastet. Es gab kein Leuchten. So etwas hatte es nie gegeben. Sein Vater war verblendet gewesen und damit hatte er Christian angesteckt. Eine längst begrabene Erinnerung erhob sich in einer dunklen Ecke seines Bewusstseins, aber er zerquetschte sie, ehe ein Gedanke daraus sprießen konnte, und ging hinaus in den Lärm.

Hunde warfen sich gegen den Maschendraht ihrer Käfige, jeder wedelte wie verrückt mit dem Schwanz und bellte, um Aufmerksamkeit zu bekommen. Cass, Ramsey und Claire waren enorm erleichtert, als sie den Lärm hinter sich lassen und in den Sonnenschein hinaustreten konnten. Ms Joyce begleitete sie bis zum Parkplatz, wo sie wartete, bis sie in den Audi gestiegen und weggefahren waren. Im Rückspiegel wurde ihre Gestalt immer kleiner. Sie sah zerbrechlich aus, dachte Cass. Er hoffte, dass sie kein weiteres von Solomons Opfern sein würde – auch nicht eines, das nicht von seiner Hand, sondern in seinem Kielwasser zermalmt wurde.

Cass schaute hoch, als sie in der Arbour Street 54 vorfuhren. Alte Gewohnheit. Auf dem Dach fehlten Ziegel und die ganze Fassade hätte frische Farbe und ein bisschen Spachteln um die Fenster herum vertragen können, ebenso wie die ganze übrige Häuserzeile. Er begriff, warum Solomon hierhergekommen war. Das war keine Gegend, in der man sich die Zeit nahm, seine Nachbarn näher kennenzulernen.

»Gott, was für ein Drecksloch«, murmelte Claire. Sie ging hinter den beiden Männern an der überquellenden schwarzen Tonne vorbei, die im winzigen Vorgarten an die Mauer geschoben worden war. Eine Telefonnummer war nicht bei der Adresse gewesen, aber fünf Minuten Routinearbeit und jemand auf der Wache hatte die Privatnummer des Vermieters gefunden. Und der war damit einverstanden gewesen, sich mit ihnen auf dem Grundstück zu treffen. Er habe dort sowieso einen Besuch abzustatten, hatte er gesagt. Ein paar Mieter hatten sich über Gestank aus den Abflüssen beschwert. Er klang verärgert. Cass wusste nicht, worüber er sich eigentlich beklagte. Er wohnte nur fünf Häuser weiter. Vielleicht störte es ihn auch nur, die Polizei im Haus zu haben. Wenn man aus dem Zustand des Gebäudes Schlüsse ziehen konnte, dann war das Rauchen von ein bisschen Hasch wohl die geringste Sünde, die innerhalb dieser vier Wände begangen wurde.

Claires Handy klingelte, als ein ungepflegter Mann mit einem großen Schlüsselbund auf sie zukam. Man musste kein Genie sein, um draufzukommen, dass es der Vermieter war.

»Sir?« Claire klappte das Telefon zu. Sie nickten sich zu und folgten dem genervten Mann ins Haus. Claire sagte leise: »Diese Prepaid-Nummer?«

»Was ist damit?«

»Die gehörte zu einer größeren Lieferung.« Sie machte eine Pause, nur für den Effekt. »Die von Der Bank angekauft worden ist.«

Er starrte sie an, spürte seine Aufregung. Wohin er auch ging, alles führte ihn zurück zur Bank.

»Anscheinend sind zwanzig SIM-Karten aus ihren Beständen gestohlen worden. Das haben sie erst bemerkt, als wir angefragt haben. Sie werden aus Gründen der Bequemlichkeit auf Lager gehalten.«

Aber natürlich. »Du musst unbedingt herausfinden, wer Zugang dazu hatte.« Viel Hoffnung machte er sich nicht, wer interessierte sich schon für Materialschränke – war es nicht scheißegal, ob ein paar Umschläge oder Post-it-Zettel verloren gingen? Die Bestände von Laptops und Geräten zur Datenspeicherung wurden durchaus festgehalten, aber wer gab sich denn mit SIM-Karten ab? Immerhin, es war ein weiterer kleiner Schritt nach vorn und noch eine Verbindung zur Bank, darüber wollte er nicht meckern. Er ging hinter dem Vermieter durch die Haustür.

Drinnen waren die Wände nikotinbraun gestrichen, vielleicht damit man sich über Flecken keine Sorgen machen musste. Und das hatte offensichtlich auch nie jemand getan: Am Münztelefon war so was wie Kaffee verschüttet worden, überall waren dunkle Ringe, die nie weggewischt worden waren.

»Sein Zimmer ist im zweiten Stock.« Mark Mannings näselnde Stimme ging Cass ebenso auf die Nerven wie sein schlechter Geschmack in Sachen Inneneinrichtung. »Komischer Typ, was? Konnte mir kein Empfehlungsschreiben geben, hat aber sechs Monate Miete im Voraus bezahlt. Der wirkte auch ein bisschen zu gutbürgerlich für das hier. Ich dachte, er wäre auf den Hund gekommen oder von seiner Alten rausgeschmissen worden.« Er blieb auf dem Treppenabsatz stehen. »Brauchen Sie nicht einen Durchsuchungsbefehl oder so was?«

»Wahrscheinlich ist Ihr Mieter gar nicht mehr hier.« Cass war sich da sicher. Nach dem Diebstahl der Medikamente würde Solomon nicht mehr an derselben Adresse wohnen. Zu riskant. Bis hierhin war alles, was der Mörder getan hatte, auf das Sorgfältigste geplant gewesen. »Und sicher möchten Sie uns so schnell wie möglich wieder loswerden. Einige Ihrer Mieter haben es vielleicht nicht so gern, wenn sich die Polizei hier länger als unbedingt nötig aufhält.«

Manning guckte verkniffen. »Ich habe nie Ärger gehabt. Meine Mieter bleiben unter sich.«

Cass konnte sich denken, dass Vermieter und Mieter einander nicht auf die Finger schauten – und mit dieser Regelung ganz glücklich waren. Wenn Manning in der ganzen Zeit nicht nach Solomon gesehen hatte, dann kam er wahrscheinlich nur zum Geldkassieren ins Haus. Der Zustand des Gebäudes sprach Bände bezüglich der Leute, die hier wohnten. Solomon hätte die Frauen in seinem Zimmer ermorden können, niemand hätte sich über den Lärm beschwert. Kein angenehmer Gedanke. Das war kein Ort zum Sterben.

»Ich glaub einfach nicht, dass er ausgezogen ist, ohne eine Rückzahlung zu verlangen«, schniefte Manning. »Oder mir wenigstens Bescheid zu geben. Ich hätte schon einen neuen Mieter reinsetzen können.«

Cass lächelte finster vor sich hin. Klang ganz so, als wäre das Zimmer noch in dem Zustand, in dem Solomon es verlassen hatte. Seine Spuren wären also doch nicht vom Leben anderer ausgelöscht worden, wie er befürchtet hatte. Große Erwartungen hatte er nicht, aber man konnte ja nie wissen. Auf Bradley waren sie jedenfalls durch Spuren am Tatort und das Vorstrafenregister gestoßen. Vielleicht ergab sich auch hier etwas.

Die mit einem durchgelaufenen Teppich notdürftig bedeckte Treppe knarrte, als sie hochstiegen. Die Farbe des Geländers mochte einmal weiß gewesen sein, jetzt war sie zu einem dreckigen beige verschossen, das überall abblätterte. Cass versuchte jegliche Berührung zu vermeiden.

Drei Türen gingen im ersten Stock vom Flur ab. Hinter einer drang das Gewummer irgendeines Hip-Hop-Reggae-Street-Mix hervor. Hinter der nächsten wurde ein weinendes Kind angebrüllt. Und über dem Ganzen lag ein unbestimmbarer Geruch, der Cass den Magen umdrehte.

Er versuchte seinen Ekel nicht zu zeigen, Claire hatte damit keinen rechten Erfolg. Ramsey folgte ihnen, hielt sich aber im Hintergrund. Das war nicht sein Fall, und er war so klug, sich nicht einzumischen. Wenn man nämlich erst mal drin war, dann war es schwer, wieder rauszukommen – und Ramseys Vorgesetzte drüben in Chelsea wären gar nicht froh darüber, wenn er seine Denkzeit auf Paddingtoner Fälle verwendete.

Im zweiten Stock fummelte Manning an seinem Schlüsselbund herum, bis er den richtigen Schlüssel zur Hand hatte. Er steckte ihn ins Schlüsselloch und riss die Tür auf. »Bitte sehr.«

Der Gestank traf Cass als Erstes. Süß und ekelhaft und allzu vertraut.

»Ich glaube, wir haben den Grund für die Beschwerden gefunden.« Er drehte den Kopf weg in die abgestandene Luft des Flurs, die im Vergleich zu der feuchten Wärme im Zimmer frisch und kühl war. Himmel! In dem kleinen Zimmer standen ein Einzelbett, ein großer Schrank aus dunklem Holz und eine zerkratzte Kiefernkommode. Gleich neben dem Bett befand sich eine Art Frühstückstresen aus einer abgeplatzten Formicaplatte mit einem alten Backofen darunter. Dahinter hing ein Spülbecken, über dem ein Durchlauferhitzer wenig fachgerecht montiert war. Zwischen Spülbecken und Bett konnte man kaum einen Schritt tun. War es überhaupt legal, so etwas zu vermieten? Bei Mannings Klientel handelte es sich wahrscheinlich nicht um Leute mit Zukunftsaussichten.

Doch all das hatte ihn nicht nach Luft schnappen lassen. Sein Blick fiel auf die Fliegen, die alle Flächen bedeckten. Sie waren über den Fußboden verteilt wie Mäusemist und lagen in Haufen auf den Möbeln. Es mussten Hunderte sein. Tausende. Der Fliegenmann.

»Gott«, sagte Claire hinter ihm.

Nein, nicht Gott, dachte Cass. Überhaupt nicht Gott, nur ein total gestörter Mann.

»Was zum Teufel ist das für ein Geruch?«, fragte Manning.

Cass antwortete nicht. Vorsichtig betrat er den Raum. Ihm war bewusst, dass er unter seinen Füßen Beweismaterial zerdrückte, aber das ließ sich unmöglich vermeiden. Es lagen einfach zu viele tote Fliegen herum. Wie hatte Solomon es geschafft, sie hier drinnen zu halten? Wovon mochten sie sich nur ernährt haben? Die toten Insekten bedeckten das Fensterbrett und auch den Küchenbereich. Er starrte auf den Backofen, der war auf fünfzig Grad eingestellt. Eine niedrige Temperatur, aber zum Aufwärmen des Zimmers reichte es, wenn man so ein Gerät ein paar Tage laufen ließ. Aus dem Ofen kam auch das Geräusch. Ein leises Summen. Es befanden sich noch Fliegen im Raum, die eindeutig lebendig waren. Er starrte die fettige Ofenklappe an. Da drinnen verrottete etwas. Er schaltete den Ofen aus, ließ die Tür aber geschlossen. Das Beste soll man sich immer bis zum Schluss aufheben. Eines war sicher: Wenn die Fliegen im Ofen lebendig waren und sich von etwas ernährten, dann bedeutete das, dass Solomon irgendwann in letzter Zeit hergekommen war, um es hier zu hinterlassen. Für wen wohl, fragte sich Cass, ehe er die naheliegende Antwort akzeptierte: für sie natürlich.

Er hockte sich vors Bett, ignorierte die toten Fliegen, so gut er konnte, und schaute darunter. »Ich hab was«, murmelte er. Er hielt den Atem an, staubiger Gestank durchdrang den dreckigen Stoff. Mit einem Kugelschreiber versuchte er das Notizbuch in seine Richtung zu ziehen, schließlich bekam er es zu fassen.

»Was ist das?«, fragte Manning.

»Nichts, das Sie etwas anginge.« Cass lächelte den nervigen Vermieter an und nahm das Baumwolltaschentuch, das Ramsey ihm hinhielt. Vorsichtig blätterte er sich durch ein paar Seiten. Viel stand nicht in dem Buch, nur eine Reihe von Zahlen, Kontonummern möglicherweise, die ordentlich mit blauer Tinte aufgeschrieben worden waren, und ein paar Seiten Gekritzel.

Cass richtete sich wieder auf. »Und was haben Sie noch über diesen Solomon erfahren?«, fragte er. »Hat er Ihnen irgendwas erzählt, was uns einen Hinweis darauf geben könnte, wo er abgeblieben ist?«

Manning zuckte ein wenig. »Ich hab nicht viel mit ihm geredet, nur als er eingezogen ist. Bei ihm hab ich ja keine Miete kassiert wie bei den anderen. Ich weiß nur, dass er gesagt hat, früher hätte er in Der Bank gearbeitet.«

Bingo. Cass schaute rüber zu Ramsey und lächelte. »Vielleicht sollten wir jetzt mal diesen Laptop zurückbringen.«

»Aber schauen Sie denn nicht nach, was in der Röhre ist?«

Die Fliegen schwirrten heraus, als Cass das tat, eine große Wolke sauste an ihm vorbei, Myriaden von Flügeln streiften sein Gesicht und verbreiteten den süßlichen Verwesungsgeruch auf ihrem Weg in den Flur hinaus in die Freiheit.

Als Cass die Augen wieder aufschlug, waren sie weg. Zuerst war er sich nicht sicher, was das tote Ding im Ofen einmal gewesen war. Er hielt die Luft an und beugte sich vor, spähte in die Dunkelheit, bis er ein paar Büschel Fell auf der madigen Haut ausmachen konnte, die Überreste eines Ohres kippten nach vorn.

Mr Solomon hatte ihnen einen Welpen hinterlassen.

Er schickte Manning los, damit er Claire eine Tasse Tee besorgte. Sie dankte es ihm mit einem giftigen Blick. Auf gar keinen Fall würde sie irgendwas anrühren, was dieser schmierige Vermieter in den Pfoten gehabt hatte. Nachdem der Mann aus dem Weg war, übertrug Cass die Seite sauber geschriebener Zahlen schnell in sein eigenes Notizbuch. Insgesamt waren es zwölf Nummern und neben jeder war in Druckschrift BESTANDEN oder DURCHGEFALLEN vermerkt. Er zog die Stirn beim Schreiben kraus. Waren diese Zahlen Teil der Prüfungen, die Solomon am Telefon erwähnt hatte? Nur zwei der zwölf hatten bestanden. Hatte der Mörder auf diese Art über Leute geurteilt und befunden, dass sie versagt hatten? Die Notizen, die einige der anderen Seiten füllten, sagten ihm nichts. Sie sahen aus wie Gedichte. Er schlug das Buch in Ramseys Taschentuch ein und reichte es an Claire weiter.

»Sobald das Spurensicherungsteam kommt, gibst du das den Jungs vom Labor. Finde heraus, was es mit dem Scheiß auf sich hat, den er da geschrieben hat. Sieht aus wie Gedichte. Sorg dafür, dass Hask es auch zu sehen kriegt, wahrscheinlich fällt das in sein Gebiet. Den Bericht will ich bis heute Abend auf meinem Tisch haben.« Er zögerte. »Wenn Bowman wieder da ist, dann lass ihn gucken, aber achte darauf, dass wir das Buch behalten. Er kann eine Fotokopie für die Akte kriegen. Ich bin auf dem Handy zu erreichen.«

Er kam sich ziemlich mies vor, weil er Claire hierließ, aber er hatte keine Wahl. Sie würde mit Manning zurechtkommen, diesem widerlichen kleinen Arschloch. Abgesehen von Solomons Rückkehr vor Kurzem, bei der er den armen Welpen hinterlassen haben musste, war er schon Monate nicht mehr in dem Zimmer gewesen. Das Spurensicherungsteam müsste trotzdem irgendwie fündig werden – vielleicht würden die Spuren sie weiterbringen, vielleicht auch nicht, doch auf keinen Fall durften sie sich eine Nachlässigkeit erlauben. DCI Morgan konnte noch so sehr über die steigenden Kosten lamentieren, sobald die Sensationsjournalisten am Ball waren, würde auch er akzeptieren, dass jeder Ermittlungsansatz gründlich – öffentlich – verfolgt werden musste.

Ohne Claire war die Stimmung im Auto nicht direkt unangenehm, aber Cass spürte schon, dass Ramsey ihn beim Fahren genau beobachtete. Er zündete sich eine Zigarette an, öffnete das Fenster und war froh darüber, keine missbilligenden Geräusche zu hören.

»So«, sagte Ramsey schließlich, »wahrscheinlich wollen Sie nicht drüber sprechen, das weiß ich, aber ich habe auch noch einen eigenen Fall abzuschließen – und einen DCI, der mir deswegen im Nacken sitzt. Was ist Ihrer Meinung nach mit Ihrem Bruder passiert? Und erzählen Sie mir jetzt nicht, dass Sie keine Theorie haben, denn so blöde bin ich nicht.«

»Ich hab zwei.« Cass starrte auf die Straße und überlegte sich gut, wie viel er mitteilen wollte. »Ich glaube, Christian hat bei der Arbeit etwas aufgedeckt, das er nicht hätte aufdecken sollen, und jemand hat ihn deshalb zum Schweigen gebracht.«

»Was könnte das zum Beispiel gewesen sein?« Ramsey rutschte auf seinem Sitz herum. »Eine Veruntreuung? Haben Sie auf diesem Laptop etwas gefunden, das ich wissen sollte?«

»Keine Ahnung. Das hab ich noch nicht rausgefunden.« Die Antwort war ehrlich. Obwohl Christian offenbar in den Aufzeichnungen Der Bank herumgegraben und mit Vater Michael persönliche Fragen erörtert hatte, konnte Cass nicht glauben, dass Bright und irgendeine mysteriöse Untergrundorganisation Der Bank Christian und seine Familie so auffällig ermordet hatten. Das war einfach zu krass. Und nicht zuletzt war da auch noch Solomons Bemerkung am Telefon. Er hatte gesagt, er bedauere Christians Tod, er habe nichts damit zu tun … Oder wir nicht?

Doch ebenso wenig konnte er glauben, dass Christian seine eigene Familie umgebracht hatte. Dieser Gedanke wollte ihm einfach nicht in den Kopf. Irgendetwas entging ihm. Bright und Solomon waren mit seiner eigenen Familiengeschichte verflochten, aber hier ging es um etwas anderes. Da war er sich sicher.

»Nahezu jeder hat irgendwas mit Der Bank zu tun, mit einem Privat- oder Geschäftskonto, einem Kredit, einer Hypothek oder Versicherung – was auch immer, sie haben es.«

»Ich hab den Laptop ausprobiert«, sagte Ramsey, »und bin nicht reingekommen. Ich gehe davon aus, dass Sie das Passwort herausgefunden haben?«

»Ja – sah aber alles ganz normal aus, fand ich.« Cass schaute Ramsey nicht an. Er wollte jetzt nicht von versteckten Dateien über seine Familie reden oder von Fotos, die Leute zeigten, die gar nicht da sein konnten. Das waren Privatangelegenheiten. Diese Ermittlungen mussten warten.

»Und was ist mit dem Beweismaterial gegen Sie?« Ramseys Tonfall hatte nichts Anklagendes.

»Das ist schon eher ein Stolperstein.« Cass stellte fest, dass es ihm nichts ausmachte, sich Ramsey gegenüber ein wenig zu öffnen. Er mochte ihn und mit irgendjemandem musste er ja reden. »Mir etwas anzuhängen, wäre eigentlich nur sinnvoll, wenn erreicht werden sollte, dass ich von einem Fall abgezogen werde. Und da kommt eigentlich nur der Fall Jackson und Miller infrage, ein anderer fällt mir nicht ein.«

»Aber ist der nicht gelöst?«

»Wird behauptet.«

»Sie glauben aber, dass mehr dahintersteckt?«

Cass schnippte seine Zigarettenkippe auf die Straße. »Sagen wir doch einfach, dass ich weitere Nachforschungen anstelle. Aber wie ich es auch drehe und wende, eine oder mehrere unbekannte Personen wollen, dass ich von dem Fall abgezogen werde, und sie haben den Tod meines Bruders und den seiner Familie benutzt, um ihr Ziel zu erreichen.«

Ramsey seufzte tief. »Fingerabdruck und Körperflüssigkeiten können aber nur auf eine Art dahin gekommen sein, wo sie gefunden wurden.«

»Genau. Jemand ist dafür bezahlt worden, dass ich dreckig dastehe. Und sehen wir den Tatsachen ins Gesicht – da kämen einige Leute infrage«

»Genau, ist überall dasselbe. Man findet immer jemanden, der was für Geld tut, und in dieser Zeit ist es sogar noch schlimmer. Ich würde sagen, auf jeder Polizeiwache lässt sich die Hälfte der Bullen schmieren – und nicht zu knapp.« Er machte eine Pause. »Scheiße. Diese ganze Sache ist total verkorkst.«

»So ist die Polizeiarbeit nun mal«, sagte Cass. Er konnte auf Ramseys Ausführungen verzichten, in Chelsea nahmen sie auch Bonuszahlungen an. »Wie kann es sein, dass Sie mir glauben?«, fragte er plötzlich.

»Nun ja, abgesehen von Ihrem sehr praktischen Alibi«, Ramsey sagte das mit einem kleinen Lächeln, »halte ich Sie einfach nicht für so blöde, dass Sie die Frau Ihres Bruders ohne Kondom vögeln, danach noch mal wiederkommen, alle erschießen und dabei einen Fingerabdruck auf der Waffe hinterlassen.«

Cass hätte fast laut losgelacht. »Bin ich froh, dass Sie wenigstens von meiner Intelligenz überzeugt sind, wenn schon nicht von meiner Moral.«

»Gern geschehen.« Ramsey lächelte. »Mal ernsthaft, der Fingerabdruck hat Sie gerettet. Wer immer das eingefädelt hat, war richtig blöd. Wenn man Sie aus dem Weg haben wollte, egal aus welchen Gründen, wäre der Sex schon genug gewesen. Sie hätten es abstreiten können, so viel sie wollten, aber bei Ihrem Ruf wären Sie umgehend suspendiert worden. Hätte nicht gut ausgesehen in der Zeitung, wenn es rausgekommen wäre. Aber sobald die Ihren Fingerabdruck auf die Waffe gesetzt hatten, war es eindeutig Manipulation. Sogar Bowman, der Sie wirklich nicht leiden kann, tut sich schwer damit, einen Grund dafür zu finden, warum Sie all das gemacht haben sollten. Peng. Sie sind entlastet.«

Er hatte recht, es war ein dummer Fehler gewesen, und das hieß, derjenige, der ihn begangen hatte, hatte nicht viel Zeit zum Nachdenken oder Planen gehabt, sondern schnell gearbeitet. Aber egal, wer es gewesen war, er würde das Arschloch kriegen. Jackson und Miller senior? Ob sie es waren? Und wenn ja – warum? Er hatte einen guten Ruf, aber er war nicht Sherlock Holmes – und er war weit entfernt von einer Lösung des Falles gewesen, als Christian gestorben und er geleimt worden war.

Er knirschte mit den Zähnen und hoffte, dass Perry Jordan heute für ihn arbeitete. Verflucht, er wollte Antworten.

16

Das Hauptquartier Der Bank in London lag in der Mitte der Stadt mit Blick auf die Themse. Das SIS-Gebäude war bis vor vier Jahren der Sitz des MI6 gewesen. Da der Terrorismus sowohl vor der eigenen Tür als auch in ganz Europa stark zugenommen hatte, hatte die Regierung es für das Beste gehalten, den Geheimdienst wieder ein wenig geheimer zu machen – das wiederum fiel mit dem Wunsch Der Bank zusammen, einen passenden Standort für ihr britisches und europäisches Hauptquartier zu finden. Der Premierminister und jeder der ständig wechselnden Minister hatten geräuschvoll verkünden lassen, wie gut es für den neuen Wirtschaftschampion der Welt wäre, in London beheimatet zu sein, und schon hatte Die Bank sich im SIS-Gebäude häuslich eingerichtet.

Wenn er daran zurückdachte, fragte Cass sich, ob es für den MI6 nicht vielleicht eher ein Rausschmiss als ein freiwilliger Umzug gewesen war. Für Geld war alles zu haben – wer wüsste das besser als die Männer, die Die Bank gegründet hatten. Das Sicherheitssystem des Gebäudes war auf dem letzten Stand der Technik, der Geheimdienst hatte sicherlich einiges mitgenommen, aber die Verkabelung und die baulichen Gegebenheiten waren vorhanden, sodass alles vorbereitet war für Kameras und Magnetkartensysteme und Räume, die nur unter höchsten Sicherheitsvorkehrungen zu betreten waren. Cass dachte wieder an die Dateien, die Christian kopiert hatte. Vielleicht hatten die Hintermänner der Gründer Der Bank ja für die Räumung des MI6 gesorgt. Bei finanziellen Mitteln dieser Größenordnung ließ sich sicherlich über alles reden.

Vier Frauen saßen hinter einem langen, blanken Tresen, dessen Front aus geätztem Glas bestand, geschmückt mit einem Muster in Schwarz und Silber, den Farben, die weltweit Synonym für Die Bank waren. Hinter ihnen lag ein Raum, der aus schwarzem Glas zu bestehen schien, dort waren Sicherheitspersonal und Monitore ordentlich und sehr stylish vor neugierigen Blicken geschützt. Zu ihrer Linken wurde der Zugang zu den Fahrstühlen durch eine Reihe von Magnetkartengeräten und hohen durchsichtigen Plexiglasbarrieren versperrt. Diese wirkten nicht nur wesentlich moderner als die üblichen silbernen Drehkreuze, die Pforten waren auch noch zu hoch, um sie zu überspringen. Auf der rechten Seite standen mehrere schwarze Ledersofas und Sessel um Tische aus gebürstetem Stahl. Niemand saß dort. Sie mussten zu einer ruhigen Zeit gekommen sein – oder vielleicht arbeitete Die Bank auch so effizient, dass kein Besucher lange warten musste.

Nur drei oder vier Minuten waren vergangen, seit eine der Frauen hinter dem Empfangstresen leise ins Telefon gesprochen hatte, da öffnete sich eine Fahrstuhltür und ein gut gekleideter Mann asiatischer Herkunft trat heraus. Sein Haar war straff nach hinten gekämmt, was die feinen Züge seines scharf geschnittenen Gesichts betonte. Ihm folgte eine dickliche junge Frau, deren blauer Rock über den Hüften zu sehr spannte. Ihre flachen Schuhe klapperten über den Marmor, als sie mit dem Mann vor ihr Schritt zu halten versuchte. Der Mann war von Kopf bis Fuß abgeklärte Perfektion – sie ein Nervenbündel. Maya Healey passte nicht ins Bild der typischen Bankangestellten – wie zum Teufel hatte sie hier einen Job kriegen können?

Als die beiden vor Cass standen, bemerkte er, dass die Augen der jungen Frau unter dem Make-up rot und geschwollen waren. Diesen Look kannte er, er hatte ihn bei Clara Jackson und Eleanor Miller gesehen: Das waren Augen, die viel geweint hatten. Auf der zarten, strapazierten

Haut pellte die Grundierung ein wenig ab, sie hatte wohl zu viel aufgetragen, um die Röte zu kaschieren. Den Kopf hielt sie gesenkt. Der Mann lächelte. Seine Zähne waren makellos.

»Wie ich sehe, haben Sie unseren Laptop gefunden.« Seine Aussprache war hundert Prozent Eton und Harrow, aber die Nervosität der Gosse in seinen Augen entging Cass nicht – trotz des Lächelns.

»Sie müssen Asher Red sein«, sagte Ramsey, als er die Tasche übergab. Cass blieb hinter ihm. In Limehouse war Ramsey ihm nicht in die Quere gekommen, jetzt war er dran, jedenfalls für den Anfang. »Und Maya Healey? Wie ich am Telefon sagte, wir möchten uns das Büro von Mr Jones ansehen.«

»Natürlich.« Mr Reds Blick fror ein.

»Und wir würden gern einen Blick in seinen Computer werfen.«

»Sie können selbstverständlich das Büro des verstorbenen Mr Jones sehen, der Computer ist schon problematischer.«

Asher Red drehte sich um und mit einer Handbewegung hatte er zwei Besucherausweise zum Anklemmen aus seinem erstklassig geschnittenen Anzug geholt. Einen reichte er Ramsey, den anderen Cass. Sie waren knallrot, so als bedeutete ein Besucher im Gebäude schon Gefahr. »Bitte stecken Sie die so an, dass sie sichtbar sind. Am besten ans Revers.«

»Warum sollte der Computer problematischer sein?«, fragte Ramsey.

Asher Red nickte Maya zu, die ihre Karte durch das Lesegerät zog und damit die Sperre öffnete, was lautlos und mit der diskreten technischen Präzision, die ihren Preis hat, geschah.

Beim Passieren lächelte Cass Maya an, und sie erwiderte sein Lächeln kurz und dankbar. Ihre Nägel waren abgekaut. Wahrscheinlich gefiel Asher Red auch das nicht.

»Es ist im Unternehmen üblich, die Festplatten von Angestellten zu löschen, wenn sie nicht mehr bei Der Bank sind. Die Accounts, an denen Mr Jones gearbeitet hat, befinden sich natürlich immer noch in der Datenbank, aber ich fürchte, seine persönlichen Dateien, E-Mail-Dateien eingeschlossen, werden bereits gelöscht sein.«

»Und Sie haben nicht daran gedacht, uns vorher zu fragen?«

»Nun, das habe ich nicht für nötig gehalten.« Asher Red hielt an seinem Lächeln fest, als sich die Fahrstuhltüren schlossen »Sie hatten schließlich seinen Laptop. Ich bin davon ausgegangen, dass Sie darauf alle Informationen gefunden haben, an denen Sie interessiert sind.«

Cass zuckte innerlich zusammen. Ramsey hatte offenbar nicht darüber Auskunft gegeben, wer den Laptop hatte. Damit wäre die ganze Untersuchung suspekt und angreifbar gewesen, wenn sonst noch etwas über Christians, Jess' und Lukes Tod ans Licht gekommen wäre. Er hatte Cass einen Riesengefallen getan, als er ihm den Computer nicht abgenommen hatte. Cass ging jetzt erst auf, wie groß dieser Gefallen wirklich war.

Bevor Ramsey jedoch antworten konnte, sagte Mr Red aalglatt: »Aber selbstverständlich hätten Sie die nötigen Passwörter nicht gewusst.« Sein Lächeln war verkniffen. »Unsere Leute werden eine Weile brauchen, bis sie die herausgefunden haben. Unsere Laptops, besonders die von so hochgeschätzten Angestellten wie Mr Jones, sind mit hoch komplizierten Sicherheitssystemen versehen. Die Passwörter sind benutzerspezifisch, anders als bei unseren Desktopgeräten, deren Passwörter registriert sind.«

Cass schaute den Mann nicht an. Der selbstgefällige Arsch sollte auf keinen Fall Wind davon bekommen, dass er Zugang zu Christians Laptop gefunden hatte.

Asher Reds Fingernägel waren perfekt manikürt, die weißen Spitzen der Nägel hatten alle die gleiche Länge. Er drückte den Knopf für den elften Stock. Die Knöpfe waren in zwei Zehnerblöcken auf einer silbernen Scheibe angeordnet, ein goldenes Oval trennte sie voneinander. Das war das Äußerste an Design in diesem Unternehmen, das so viel auf subtile Eleganz hielt, dachte Cass.

Aus dem Augenwinkel sah er Ramsey mit dem Fuß auf den Boden tippen. Das war das einzige äußerliche Zeichen, das seine Irritation verriet, und für einen Moment packte Cass ein Schuldgefühl – das ihn aber sofort wieder losließ. Die Bank hätte Christians Account auch gelöscht, wenn Cass den Laptop nicht mitgenommen hätte. Das war nur eine Entschuldigung. Und der größte Teil der Informationen auf dem Laptop war persönlich gewesen, ging also nur Cass etwas an und sonst niemanden.

»Miss Healey, Sie waren Christian Jones' Assistentin, ist das richtig?«, fragte Ramsey. Seine Stimme klang erstaunlich sanft.

»Das stimmt.« Mit dem Zeigefinger pulte sie an der Nagelhaut ihres Daumens.

»Nun, vielleicht könnten wir dann stattdessen einen Blick in Ihre Dateien werfen«, sagte Ramsey. »Die meisten von Mr Jones' E-Mails sind doch wohl an Sie weitergeleitet worden, oder irre ich mich da? Und Sie waren auch für das Tippen seiner Briefe zuständig? Was für uns von Interesse ist, wird zum größten Teil auch auf Ihrem Account gespeichert sein. Es ist wichtig, dass wir ein Gefühl für die Umstände bekommen, unter denen er gearbeitet hat und die ihn möglicherweise beeinflusst haben.«

Mayas Mund bewegte sich stumm, sie sah ihren Chef an. Die Fahrstuhltüren öffneten sich.

»Ich fürchte, dazu müssen wir das Einverständnis meiner Vorgesetzten einholen«, sagte Mr Red, der sie auf den dicken schwarz-silbernen Teppich hinauswedelte. »Und ich fürchte, die sind heute nicht verfügbar.«

»Sie sind *alle* nicht verfügbar?« Zum ersten Mal nahm Cass einen Anflug von Irritation in Ramseys gelassenem Ton wahr.

Asher Red zuckte mit den Schultern, er führte sie an einem weiteren Empfangstresen vorbei und einen stillen Korridor hinunter. »So ist es häufig. Je höher man in einem Unternehmen aufsteigt, desto weniger Vorgesetzte hat man. Ergo wird es schwieriger, jemanden verfügbar zu haben, der eine wichtige Unternehmensentscheidung absegnen kann.« Er lächelte wieder. Seine Augen blieben kalt. »Bei der Polizei verhält es sich doch sicherlich ebenso.«

Selbst wenn es Asher Red auch nur einen Furz interessiert hätte, wie es bei der Polizei war, er hätte Ramsey dennoch niemals für so ranghoch eingeschätzt, dass auch er von diesem Dilemma betroffen sein könnte. Red war ein selbstgefälliger, schmieriger Typ, und sein toller Anzug erinnerte Cass an Bowman, auch wenn der Schneider von diesem Kerl Bowmans Armani wie irgendeinen Fetzen von der Resterampe aussehen ließ.

»Dann werde ich telefonieren und einen Durchsuchungsbeschluss beschaffen müssen.« Ramsey lächelte. »Das enthebt Sie und Ihre nicht greifbaren Vorgesetzten der Verantwortung bezüglich der zu treffenden Entscheidungen.«

»Ja.« Asher Red geriet nicht aus dem Konzept. »Das wäre wahrscheinlich das Beste.«

Cass hätte ihm eins reinhauen können. Red wusste offenbar, dass sie vierundzwanzig Stunden auf einen Durchsuchungsbeschluss warten mussten, wenn nicht sogar länger. Dies war kein Tatort, hier gab es keine direkt Mordverdächtigen, und wenn ein Richter die Beweislage prüfen würde, käme er wahrscheinlich nach wie vor zu dem Schluss, dass alles auf einen simplen erweiterten Suizid hindeutete. Wenn überhaupt Durchsuchungsbeschlüsse für den Einblick in irgendwelche Dateien erwirkt werden sollten, dann wohl eher für die von Cass. Es war nicht ganz leicht, diesen arroganten Scheißer in Einklang mit den E-Mails zu bringen, die Christians Arbeit hymnisch priesen. Mr Red oder einer seines Schlages tat sich bestimmt schwer damit, jemand anders zu loben.

E-Mail. Dieses Wort schwirrte ihm im Kopf umher. Asher Red öffnete indessen die schwere, altmodische Eichentür. Cass klammerte sich an seinen Gedanken, forschte in dem Wust von Informationen in seinem Kopf nach dessen Wichtigkeit. Etwas hatte seine Aufmerksamkeit erregt in den E-Mails, die er auf dem Laptop seines Bruders gelesen hatte, bevor ihn die Fotos und die Erlösungs-Dateien abgelenkt hatten. Christian hatte Einzelheiten über zwei Konten wissen wollen. Cass' Herz schlug lauter. Er hatte die Nummern auf seinem Handy gespeichert. Was hatten sie für eine Bedeutung? Er biss die Zähne zusammen. Auf irgendeine Weise würde er es herauskriegen, wahrscheinlich war das jetzt nicht die richtige Zeit und dies nicht der richtige Ort, um das zu klären. Schließlich wollte er nicht allzu viele Fragen dazu riskieren, wie er überhaupt an diese Information gekommen war.

»Treten Sie ein. Das Büro ist genau so, wie Mr Jones es hinterlassen hat.«

Davon war Cass überzeugt: genau wie Christian es hinterlassen hatte – nur waren alle nützlichen Informationen entfernt worden. Er war ziemlich sicher, dass Asher Red seine Sicherheitstypen jeden Schnipsel irgendwie nützlicher Informationen hatte löschen lassen, sobald die Nachricht von Christians Tod publik geworden war. Ramsey wusste das offenbar auch. Er verlangte nicht von Red, dass er ging, aber er nahm lächelnd an, als Maya ihm Kaffee anbot.

Auf der Wache kam der Kaffee aus einem Automaten, entweder mit Zucker oder ohne, bei Maya war die Auswahl größer. Beinahe hätte sich Cass dazu verleiten lassen, nach Instantkaffee zu fragen, doch das hätte nur kindisch gewirkt. Dabei war Asher Reds Benehmen auch nichts anderes als Kinderkram für Fortgeschrittene. Er behinderte ihre Arbeit nur, weil er es konnte. Und das wussten sie alle. Der Ruf der Polizei mochte in einigen Bereichen nicht der beste sein, doch wenn es um schwere Verbrechen ging, arbeiteten sie nach wie vor bis zum Umfallen, damit die Bösewichte ihrer gerechten Strafe zugeführt werden konnten. Und in jedem anderen Unternehmen im Land hätten sie auch bekommen, was sie verlangten. Doch Asher Red wollte zeigen, wer die Macht hatte.

Wie mächtig würde dieser schlanke Mann sich wohl fühlen, wenn man ihm seine perfekte Nase übers Gesicht verteilte, fragte Cass sich versonnen.

Er schaute sich in dem riesigen Raum um, der das Büro seines kleinen Bruders gewesen war – und schaffte es einfach nicht, diesen Eindruck mit dem Bild in seinem Kopf in Einklang zu bringen. Der letzte von Christians Arbeitsplätzen, den er gesehen hatte, war ein winziges Büro gewesen, in dem zu wenig Personal arbeitete und das vollgestopft mit Stapeln von Papier war. Die Leute da kauften ihre Anzüge bei Burton's und ließen sie zweimal im Jahr reinigen, wenn alles gut lief. Das war ein paar Jahre her und Welten entfernt von diesem … Scheiße, das war Welten entfernt von allem. Sein eigenes Kabuff von einem Büro würde hier mehrfach reinpassen und es wäre noch jede Menge freie Fläche vorhanden. Der Verzicht auf unnötiges Mobiliar betonte die Größe des Raumes noch.

Ein Schreibtisch nahm den Platz vor der hinteren Wand ein. Der Flachbildschirm darauf schien ins Holz eingelassen zu sein und konnte wie ein Laptop zugeklappt werden. Ein kleiner Stapel Dokumente lag auf der Schreibunterlage. Ramsey schob den großen Lederstuhl zur Seite und blätterte die Papiere durch. Cass suchte den Fußboden auf Spuren eventuell entfernter Möbel ab, doch auf dem dicken Teppich waren keinerlei Abdrücke von schweren Aktenschränken oder Ähnlichem auszumachen. Die Bank hielt offensichtlich nicht viel von bedrucktem Papier.

Maya brachte den Kaffee. Cass nahm seinen entgegen und ging damit zu dem riesigen Ölbild, das eine ganze Wand bedeckte. Farbkleckse flogen in sämtliche Richtungen – einen Moment lang sah er nur das Blut vor sich, das über das ganze Esszimmer seines Bruders gespritzt war, nachdem ihm das Gehirn rausgepustet worden war. Er zuckte zusammen. Schnell drehte er sich weg, wobei er schon fast erwartete, ein Paar blanke schwarze Schnürschuhe mit scharlachroten Sprenkeln zu sehen. Aber sie waren nicht da. Er drängte eine Welle des Kummers zurück in eine kleine Ecke ganz tief in seinem Inneren.

Mr Red hatte auf einem der beiden Ohrensessel Platz genommen. Die stanken geradezu nach teurem Leder. Er schlug die Beine übereinander, ehe er seinen Espresso trank. Maya blieb verlegen in der Tür stehen.

»Es tut mir sehr leid, was mit Ihrem Bruder geschehen ist, Detective Inspector«, sagte Asher Red, »aber ich bin erstaunt, Sie hier mit Detective Inspector Ramsey zu sehen. Sie sind doch sicherlich nicht an diesen Ermittlungen beteiligt? Ihre Gegenwart könnte als eine Art Unregelmäßigkeit betrachtet werden.«

Cass lächelte und trat hinter den Schreibtisch. Mr Red wusste also, wer er war – doch Cass hatte die Oberhand. Ein Stapel weißer Visitenkarten lag in einer kleinen Schachtel neben dem Computermonitor. Er nahm eine davon in die Hand. Eine hochwertige Textur, wie der Umschlag, den Christian ihm hinterlassen hatte.

»Oh, ich bin in einer ganz anderen Angelegenheit hier, Mr Red«, sagte er, als er die Karte in seine Brusttasche steckte. »Das hätte ich sagen sollen.« Er grinste über das Unbehagen, das sich für einen Moment auf dem Gesicht des Mannes zeigte. »Ich dachte mir nur, ich lasse erst Detective Inspector Ramsey seine Arbeit machen.«

Hinter ihm riss Ramsey eine Schublade mit weitaus größerer Kraft als nötig auf, ganz so, als wollte er Cass' Aussage bekräftigen.

»Und um welche Angelegenheit handelt es sich dabei?« Asher Red musterte ihn eingehend. »Vielleicht kann ich Ihnen helfen?«

»Ich hätte gern Informationen über einen Ihrer ehemaligen Angestellten. Einen Mr Solomon.«

Ganz kurz umschlossen die Finger die Espressotasse fester. »Solomon? Wissen Sie den Vornamen?«

»Er hat vor ungefähr drei Monaten aufgehört für Sie zu arbeiten. Und nein. Den Vornamen weiß ich nicht. Aber ich bin sicher, Ihr hocheffizientes Computersystem wird in der Lage sein, ihn zu finden.«

Asher Red nickte zögernd. »Und darf ich fragen, worum es dabei geht?«

»Nein«, sagte Cass. »Dürfen Sie nicht.«

Einen Moment lang starrte Mr Red ihn an, das höfliche Lächeln war auf seinem Gesicht eingefroren. »Lassen Sie mich nur einen Anruf machen und sehen, was ich für Sie tun kann«, sagte er schließlich.

»Danke.«

Ramsey seufzte. »Wenn dieses Büro noch in genau dem Zustand ist, in dem Christian Jones es hinterlassen hat, dann versteh ich nicht, wie er überhaupt arbeiten konnte.« Er starrte Mr Red an, der sich von seinem Sessel erhoben hatte. »Ihre Jungs haben alles weggeräumt, was? Nicht mal ein Foto von seiner Familie ist noch da, nur ein Haufen Schreibpapier und ein leerer Kalender. Sehr gründlich.« Er wandte sich an Christians Assistentin. »Aber bitte rechnen Sie mit dem Durchsuchungsbeschluss, Ms Healey.«

Asher Red machte sich nicht mal die Mühe, so etwas wie eine Erklärung oder Entschuldigung zu formulieren. »Wenn Sie nun zum Abschluss gekommen sind, begleite ich Sie nach unten. Ich werde dann diese Angestelltenunterlagen heraussuchen.«

Er nickte Maya zu. »Miss Healey, würden Sie bitte diese Tassen abräumen, dann können Sie mit Ihrer Arbeit weitermachen.«

Sie verschwand ohne die leiseste Verabschiedung. Die drei Männer fuhren ins Erdgeschoss und sprachen dabei kein Wort.

Sie warteten in der coolen Lobby, zweifellos unter der Aufsicht der im schwarzen Glaskasten Versteckten. Ramsey rief in Chelsea an, wo seine Kollegen mit dem für den Durchsuchungsbeschluss nötigen Papierkram anfangen sollten. Als er das Gespräch beendet hatte, sah er Cass so finster an wie noch nie. »Sollten Sie auf dem Laptop Ihres Bruders irgendwelche Informationen gefunden haben, dann tun Sie gut daran, sie mit Weisheit und Bedacht zu nutzen – und weihen Sie mich ein.«

Cass nickte. Er dachte an die Nummern, die er auf seinem Handy gespeichert hatte. Das waren die einzigen Informationen, die er sich vorstellen konnte, mit Ramsey zu teilen – und das konnte er jetzt noch nicht machen. Ramsey würde sich an die korrekte Vorgehensweise halten, und bis Cass wusste, wer ihn reingelegt hatte, musste alles vertraulich bleiben, was nicht unmittelbar mit dem Serienmord zu tun hatte.

Lautlos tauchte Asher Red auf dem Korridor auf. Er überflog einen Computerausdruck. »Ja, wir hatten einen Mr Solomon, der hier für uns gearbeitet hat: David Solomon. Alleinstehend laut unseren Unterlagen. Er hat mit uns an der Fusionierung der Abacus Entertainment mit der Virginity Division unseres Unternehmens gearbeitet. Vor dreieinhalb Monaten ist er gegangen. Für manche Menschen ist der Druck nicht leicht zu verkraften, den eine Tätigkeit bei Der Bank mit sich bringt.« Er zögerte. »Möglicherweise war das auch der Auslöser für die Handlungen des armen Christian.«

»Kann ich das mal sehen?«, fragte Cass. Er hatte nicht die geringste Lust, mit diesem widerlichen Typen über seinen Bruder zu reden. Eigentlich wollte er ihm nur die Nase brechen und ihn dann vielleicht noch in das trübe Wasser der Themse draußen werfen.

»Selbstverständlich.« Er gab ihm das Blatt.

Cass überflog es. Die Informationen darauf waren minimal, ein *Solomon and Bright Mining Corps* wurde nicht erwähnt. Zwei Familien mit diesem ungewöhnlichen Nachnamen, die in Verbindung zur Bank standen, gab es bestimmt nicht, was bedeutete, dass der Ausdruck wahrscheinlich alles andere als verlässlich war.

»Diese Adresse auf der Canary Wharf – hat er da gewohnt?«

»Ja, aber die Wohnungen gehören dem Unternehmen.« Mr Red zuckte anmutig die Achseln. »Soweit ich das sagen kann, hat ein anderer Angestellter die Wohnung übernommen, sobald Mr Solomon ausgezogen ist.«

»Das ist kein billiges Viertel. Ich erinnere mich nicht, dass Christian so eine tolle Bleibe angeboten worden wäre.«

»Wir erwarten viel von unseren Arbeitskräften, Detective Inspector, und wir vergelten es großzügig. Tatsächlich ist Ihrem Bruder eine Firmenwohnung angeboten worden – mit einer bei Weitem repräsentativeren Adresse als dieser. Er hat es vorgezogen, in seinem eigenen Haus zu bleiben. Dafür haben wir seine monatlichen Hypothekenzahlungen bedeutend reduziert.«

»Hier fehlt eine Menge. Bankverbindung, frühere Adressen. Nicht mal seine Sozialversicherungsnummer steht da.«

»Ich habe nur die Informationen herausgegeben, die ich Ihnen zugänglich machen kann, ohne …«

»… ohne die Zustimmung Ihrer Vorgesetzten«, beendete Cass den Satz für ihn. Er verzog das Gesicht.

Red lächelte wieder. »Wir verstehen uns.«

»Noch eines. Eine Prepaid-SIM-Karte, die aus einer Lieferung für dieses Unternehmen gestohlen worden ist, wurde für Anrufe benutzt, die in Zusammenhang mit einem Verbrechen stehen könnten. Wo bewahren Sie solche Dinge auf?«

»Ah, ja. Ich glaube, diesen Punkt hat heute früh schon jemand angesprochen. Jede Abteilung hat ihre eigene Materialverwaltung. Die SIM-Karten wurden in der Abteilung Fusionen entwendet.«

»Die Abteilung, in der Mr Solomon gearbeitet hat?«

»Ja.« Mr Red rang sich dieses Wort nahezu widerwillig ab. Es war die erste handfeste Information, die er lieferte.

Cass sah ihn an. »Also, vielen Dank für Ihre Hilfe.« Er

schaute zu Ramsey rüber. »Obwohl ich mir sicher bin, dass wir uns wiedersehen. Geht es Ihnen nicht genauso, Detective Inspector?«

»Oh, zweifellos. Sobald uns dieser Durchsuchungsbeschluss vorliegt.«

Sie machten sich nicht die Mühe, sich förmlich zu verabschieden, ignorierten Asher Reds ausgestreckte Hand und gingen zurück zum Auto. Wolken verdeckten die Sonne und Cass fröstelte in der Brise, die vom Fluss herüberwehte. David Solomon war mehr als nur ein Büroangestellter mit Burn-out. Cass hatte die Erlösungs-Datei gesehen. Er hatte die Fotos von Bright mit seiner Familie gesehen. Und Solomon hatte gelacht, als der Name genannt worden war. Diese Personalakte war ein Fake. Wer auch immer Solomon war, er war viel mehr mit Der Bank verflochten, als Asher Red zugab. Cass dachte einen Augenblick lang an den selbstgefälligen Typen. War ihm möglicherweise gar nicht klar, dass es sich bei der Akte um eine Attrappe handelte? Sein Hirn lechzte nach Antworten.

Er fuhr aus dem Schatten Der Bank heraus. Ramsey war in frustrierte Gedanken versunken. Cass auch, er musste ohne Aufsicht wieder in das Gebäude hinein und nach weiteren Informationen über Solomon suchen. Außerdem musste er mehr über die beiden Konten in Erfahrung bringen, die Christian interessiert hatten. Und ihm fiel nur ein Weg ein, den er gehen konnte. Doch zuerst musste er wieder ins Büro.

Bowman war noch immer im Krankenhaus. Entweder checkten sie ihn da von oben bis unten durch oder es gelang mittlerweile nicht mal mehr Polizisten mit Verdacht auf Vergiftung und Anspruch auf Krankenversorgung zum Kopf der Warteschlange vorzurücken. Drüben im Ermittlungsraum war noch immer viel los, ein Beamter schrieb alle neuen Informationen auf die Tafel, während andere leise redeten oder die Telefone bedienten. Auf der für den Fall Jackson und Miller reservierten Seite des Raumes war es still, jemand hatte bereits angefangen die Tafel abzubauen. Cass war sauer. Wer glaubte bloß, dass Bowman es geschafft hatte, aus Macintyre nach nur einem Verhör irgendeine verkackte Bandenkriegsgeschichte herauszuholen? Cass hatte das nicht mal geschafft, nachdem er dem Iren und seinen Verbündeten tagelang die Hölle heißgemacht hatte.

»Sir?« Claire stand in der Tür. »Bisher hatten wir keinen Erfolg in Covent Garden, niemand hat unsere Opfer wiedererkannt, aber ich habe eine Liste über die für die Öffentlichkeit zugänglichen Orte, die alle Opfer aufgesucht haben könnten.«

Cass überflog die Seite. Mehrere Cafés und Restaurants, eine Kirche, eine Rockkneipe, die Oper und eine Reihe von Pubs. Die Liste war nicht kurz und an den genannten Orten fiel ein neues Gesicht oder ein gelegentlicher Besucher nicht weiter auf. An fast allen Tagen wimmelte es in Covent Garden von Fremden. Wahrscheinlich waren die Chancen, Solomon zu fangen, größer, als die, herauszufinden, wie er seine Opfer auswählte.

»Nun, wenn wir die Leute dazu haben, dann lass sie weitermachen. Viel Hoffnung hab ich allerdings nicht.« Er hielt inne. »Gibt es was Neues von Josh Eagleton?«

»Unverändert«, sagte Claire. »Ich hab vor einer Stunde angerufen. Sie haben gesagt, nach den ersten vierundzwanzig Stunden können sie genauer einschätzen, ob bleibende Hirnschäden entstanden sind.«

Die Nachricht des jungen Mannes spulte sich noch einmal in Cass' Kopf ab. Er hätte sich in den Hintern treten können, weil er diesen Anruf nicht angenommen hatte. Eagleton hatte irgendwas bemerkt, was ihm eine Heidenangst eingejagt hatte, und er konnte nur hoffen, der Junge erholte sich wieder und sagte ihm, was es war. Er nahm sich vor, die Zeit und einen nicht allzu verdächtig wirkenden Grund zu finden, mit Farmer zu reden, damit er sich ein genaues Bild von den Ereignissen des bewussten Tages machen konnte. Heute Abend würde das allerdings nicht klappen. Heute ging es ihm nur darum, sich noch einmal Zugang zu Der Bank zu verschaffen.

»Was ist mit dem Notizbuch?«

»Die Spurensicherung hat die Fingerabdrücke abgenommen und durchsucht die Datenbank. Bisher ohne Ergebnis. Die Worte stammen aus *Paradise Lost.* Jetzt hat Hask das Notizbuch, er geht die einzelnen Zitate durch, außerdem untersucht er, ob sich Erkenntnisse aus der Handschrift gewinnen lassen. Der Typ ist wirklich ein Superexperte.« Sie machte eine Pause. »Es ist seltsam, dass Solomon das Notizbuch zurückgelassen hat, wo er doch alles andere so sorgfältig beseitigt hat.«

Derselbe Gedanke war Cass auch schon gekommen. »Vielleicht hat er den Welpen dazu gebraucht. Für den Fall, dass wir nicht von selbst dorthin finden. Jemand im Haus würde auf den Geruch aufmerksam werden und Krach schlagen. Hask sagt, er ist clever. Er hat das Zimmer im Voraus bezahlt, und man muss kein Genie sein, um zu sehen, dass der Vermieter ein fauler Sack ist, der vermutlich nicht alle fünf Minuten nachschaut, ob seine Mieter auch glücklich sind. Vielleicht haben wir alles genau dann gefunden, als wir es finden sollten. Und wer weiß schon, wie dieser Mann dazu kommt, das zu tun, was er tut? Ich bestimmt nicht. Vielleicht stellt er uns auf die Probe. Prüfungen scheint er ja zu mögen, dieser Typ.«

»Ich hab noch was Seltsames für dich. Gerade hatte ich die Spurensicherung am Telefon. Ich hab sie gebeten, nach blonden Haaren zu suchen. Sheena Joyce hat gesagt, er sei blond, also dachte ich, wir könnten Zeit sparen.«

»Gute Überlegung. Gut gemacht.«

»Nun ja, das Problem ist …«, Claire schüttelte verwirrt den Kopf, »… die Jungs haben keine gefunden.«

»Nichts?« Cass starrte sie an. Haare waren sonst immer die Spuren, die im Überfluss vorhanden waren. Der Mensch verlor durchschnittlich hundert Haare am Tag und in einem dreckigen möblierten Zimmer hätten überall welche liegen sollen.

»Keine, auf die die Beschreibung passt. Dunkle Haare wurden gefunden und lange blonde mit dunklen Wurzeln. Sie hatten alle nicht die richtige Länge und können nicht unserem Mann gehört haben.«

»Aber das ist doch einfach unmöglich!«

»Genau das hab ich zur Spurensicherung gesagt. Wenn er seine eigenen Haare aus dem Raum entfernt hätte, dann hätten sie doch mit Sicherheit auch keine anderen Haare unter den Fliegen oder im Bettzeug gefunden.« Sie hielt inne. »Das sei unser Problem, haben sie gesagt.«

»Entzückend.«

»Vielleicht hat er eine Perücke getragen«, meinte Claire.

Das war eine Möglichkeit, aber Cass glaubte es nicht. Sheena Joyce wäre das aufgefallen. So gute Perücken wurden nicht hergestellt, nicht mal für Filme.«

»Und nur um die Verwirrung noch größer zu machen: Offenbar gibt es keine Larvenhüllen im Raum.«

»Was für Hüllen?«

»Larvenhüllen. Daraus schlüpfen die Fliegen. Wenn er die Fliegen dort aus Eiern gezüchtet hätte, wären nach dem Schlüpfen diese kleinen dunklen Hüllen zurückgeblieben.«

Cass erinnerte sich vage, dass Farmer ihm den Lebenszyklus der Fliege erläutert hatte, als er den Fall übernommen hatte, aber diese Informationen waren von wichtigeren verdrängt worden. »Und in dem möblierten Zimmer gab es gar keine Hüllen?«

»Nein. Sieht so aus, als ob diese Fliegen einfach aufgetaucht und dann gestorben wären. Vielleicht waren sie auch schon tot, als er sie mitgebracht hat, und er hat sie da verteilt.«

»Vielleicht ist das Teil der Botschaft. Er hat Eier auf den Opfern hinterlassen – das und das Notizbuch sind möglicherweise eine Botschaft für uns. Die toten Fliegen befinden sich am anderen Ende des Lebenszyklus. Vielleicht will er uns was ganz anderes damit sagen. Die toten Fliegen könnten dafür stehen, dass er etwas beendet. Bring die Fotos rüber zu Hask. Das ist sein Aufgabenbereich.«

Er schloss die Tür hinter ihr und einen Augenblick später zog er Christians Visitenkarte aus seiner Brusttasche. Der Name seines Bruders war in einer kleinen, eleganten Schrift darauf gedruckt – ein Titel stand nicht darunter. Nachdem er sein Büro gesehen hatte, wunderte Cass das nicht weiter. Christian befand sich wahrscheinlich zu weit oben in der Rangordnung des Unternehmens, um nur einen Titel zu haben. Unten auf der Karte stand Mayas Name mit dem Titel *Persönliche Assistentin* und einer Telefonnummer. Die wählte er.

»Maya Healey.« Eine leise, liebe Stimme. Die eines Opfers.

»Hier ist Cass Jones.«

Eine Pause entstand, aus der man schließen konnte, dass sie aufgelegt hätte, wenn sie nicht so ein höflicher Mensch gewesen wäre. So aber hauchte sie nur einen spitzen Seufzer in den Hörer. Cass brauchte keine fünf Minuten, bis er sie dazu überredet hatte, sich nach der Arbeit mit ihm auf einen Drink zu treffen. Damit sie über Christian sprechen konnten. Sie wollte nicht, aber er appellierte an ihr Herz, bis sie einwilligte. Er durfte sie gleich nach Dienstschluss um die Ecke von ihrem Arbeitsplatz abholen. Cass wollte um sechs zur Stelle sein, denn ihre offensichtliche Furchtsamkeit könnte die Oberhand gewinnen – und sie infolgedessen beschließen, sich ein bisschen früher davonzumachen.

Er hielt den Hörer noch in der Hand und nagte an seiner Unterlippe. »Scheiß drauf«, murmelte er, dann wählte er seine Privatnummer. Keiner da. Einen Moment später versuchte er Kate auf dem Handy zu erreichen. Das Telefon klingelte lange; als er schon aufgeben wollte, ging sie schließlich ran.

»Was willst du, Cass?«

Er konnte sie laut schniefen hören. Sie weinte doch nicht noch immer um Christian und Jessica?

»Ich wollte nur …«

Eine Sirene heulte in sein Ohr und schnitt ihm das Wort ab. Was wollte er? Mit ihr reden? Alles wiedergutmachen? Nach Hause kommen? Waren sie zu so etwas überhaupt in der Lage? Noch eine Sirene heulte los, und es dauerte eine Weile, bis es so ruhig geworden war, dass sich verständigen konnten.

»Ich wollte nur hören, ob mir dir alles okay ist.« Das klang erbärmlich. Scheiße, das *war* erbärmlich.

»Das passt jetzt nicht, Cass. Ich kann jetzt nicht reden.« Sie schniefte wieder. »Ich will nicht reden.« Sie keuchte. »Das ist alles deine Schuld. Ich kann nicht schlafen und es ist alles deine Schuld. Wenn du nicht …« Sie ließ den Satz in der Luft hängen.

»Wenn ich nicht … was?« Sie klang so wütend, und das zerrte irgendwie an ihm.

»Spielt keine Rolle«, seufzte sie. So schnell, wie sie aufgebraust war, war sie auch wieder in sich zusammengesunken. »Ich muss Schluss machen.«

Sie wartete nicht mal mit dem Auflegen, bis er sich verabschiedet hatte. Cass starrte den Hörer an und wollte sie gleich noch einmal anrufen, doch er überlegte es sich anders und legte ihn auf die Gabel. Auch wenn er anrief, sie würde nicht antworten. Er musste sich auf Dinge konzentrieren, bei denen er etwas bewirken konnte. Und Kate fiel nicht unter diese Kategorie.

Er schaltete den Computer an und gab *Paradise Lost* in die Suchmaschine ein, dann scrollte er sich durch die Ergebnisse und suchte sich ein Textbeispiel heraus. Sein Blick streifte die Worte, aber er nahm sie nicht auf. Scheißpoesie. In der Schule hatte er so was schon gehasst und es ließ ihn immer noch kalt. Er verließ die Seite und blätterte sich durch viele andere, auf denen behauptet wurde, es handele sich um die Geschichte von Satan und seinen Anhängern, die nach ihrem Kampf gegen Gott aus dem Himmel geworfen worden waren. Er überflog den Text für etwa zehn Minuten. Seinem Vater hätte das gefallen. In einem Teil des Gedichts wurde Satan als eine Art Held dargestellt, der sich einem despotischen Gott widersetzte, ehe er die Hölle aus dem Chaos schuf. Bei Chaos klingelte es bei ihm, er dachte an die Musik, die gespielt hatte, als die arme Carla Rae aufgefunden worden war. Hatte Hask nicht gesagt, dass sie was mit Chaos zu tun hatte? Nun, David Solomon hatte eindeutig Probleme mit organisierter Religion, die er auf seine eigene dunkle, perverse Art umsetzte – für diese Erkenntnis brauchte Cass keinen Profiler.

In späteren Abschnitten des Gedichts ging es um Adam und Eva und ihre Vertreibung aus dem Paradies, alles ziemlich schwergängig formuliert – und nichts davon sprach ihn spontan an. Nachdem er die Notizen auf dem Bildschirm überflogen hatte, schloss er die Seite. Er hatte genug gesehen. Für die genaue Analyse war Hask zuständig, der eignete sich eindeutig besser zu dieser Aufgabe als Cass.

Aus der Datenbank der Wache rief er das jüngste Macintyre-Verhör auf. Er regelte die Lautstärke herunter, ehe er es abspielte.

»Verhörbeginn: 11.45 Uhr. Anwesend: Samuel Macintyre, Detective Inspector Gary Bowman und Detective Sergeant Mat Blackmore.« Blackmores Stimme klang blechern durch die kleinen Lautsprecher links und rechts vom Monitor. Cass hörte zu, als Bowman übernahm, Fragen auf den Gangster abfeuerte, Antworten verlangte. Papier raschelte und Blackmore verkündete, dass DI Bowman dem Verdächtigen eine Reihe von Fotos der toten Jungen zeigte. Alles Routine, Cass hatte das im Laufe der letzten zwei Wochen auch schon getan. Dann wurde Druck gemacht, damit gedroht, dass die Polizei wie eine zweite Haut an Macintyres Arsch kleben würde, dass er seine Geschäfte vergessen könnte, wenn er nicht sagte, was zum Teufel an jenem Nachmittag geschehen war.

Dann fing Bowman an, Artie Mullins zum Thema zu machen, aber nicht so, wie Cass es erwartet hatte. Statt die Schuld auf den rivalisierenden Verbrecherkönig abzuwälzen, deutete Bowman an, Artie werde davon erfahren, dass Macintyre ihn mit dem Mordversuch in Verbindung brachte, wenn er ihnen keine Anhaltspunkte gab. Eine gute Taktik, das musste Cass seinem Kollegen zugestehen, aber nicht gut genug, Macintyre dazu zu veranlassen, plötzlich die Information preiszugeben, in einem Streit mit Tschetschenen in eine Falle gelockt worden zu sein – doch genau das tat er nun. Um dann auch noch ohne Not die Namen zweier Übeltäter fallen zu lassen, die zugegeben hatten, getäuscht worden zu sein und seine Pläne für den Tag offengelegt zu haben? Nichts davon klang wahr. Alles viel zu glatt.

Hätte Macintyre einige seiner eigenen Leute für dumm genug gehalten, sein Leben aufs Spiel zu setzen, würden die garantiert nicht durch die Gegend laufen – und schon gar nicht auf die Wache kommen und Aussagen machen können. Sie hätten verdammtes Glück, wenn sie mit zerschmetterten Kniescheiben davonkämen. Wahrscheinlicher war es, dass ihre Leichen irgendwo auf einer Sandbank in der Themse angespült wurden. Leute wie Macintyre regelten ihren Scheiß selbst und servierten ihn der Polizei nicht auf einem Tablett.

Frustriert trommelte Cass mit den Fingern auf dem Tisch. Er begriff, warum der DCI und seine Vorgesetzten mitspielten. Alle wünschten sich nichts sehnlicher, als diesen Fall abzuschließen, und Bowman hatte es vollbracht. Macintyre war aus der Wache rausspaziert, irgendein armes tschetschenisches Arschloch würde einer Art Unfall zum Opfer fallen, Bowman konnte den Fall zu den Akten legen und die ganze Sache war vorbei, ohne dass jemand im Gefängnis landete. Alles in Butter. Es war Scheiße. Er spielte das Verhör noch einmal ab. Irgendwas störte ihn, aber auch nachdem er die Aufnahme noch zwei weitere Male angehört hatte, konnte er nicht sagen, was es war.

Erst später im Auto auf dem Weg zur Bank, wo er sich mit Maya Healey treffen wollte, ging ihm auf, was nicht stimmte. Das Timing. Blackmore hatte 11.45 als Beginn des Verhörs angeben. Das passte nicht. Als Claire ihn angerufen hatte, war er auf dem Weg zu seinem Elternhaus – da war es erst kurz nach elf gewesen. Und sie hatte gesagt, dass Macintyre schon im Verhörraum war. Cass fuhr zu schnell vom Parkplatz und stieß beinahe mit einem entgegenkommenden Panda zusammen. Er winkte nicht mal entschuldigend, sondern bog gleich auf die Straße ein. Diese Scheißkerle. Während der ersten fünfundvierzig Minuten hatten sie mit Macintyre festgelegt, wie die Aufnahme des Verhörs laufen sollte, und danach hatten sie mit dem offiziellen Verhör begonnen. Die Dämmerung legte sich über London, Licht und Dunkelheit kämpften um die Vorherrschaft am Himmel. Er dachte an das Verhör, an Bowman und sein eigenes Leben. Vielleicht war diese Grauzone alles, was sie sich erhoffen konnten, aber wenn Perry Jordan etwas über Jackson oder Miller herauskriegte, dann würde es Detective Inspector Bowman leidtun, dass er zu schnell hatte aufräumen wollen.

Er parkte in einer der Seitenstraßen, fütterte die Parkuhr mit einer absurden Anzahl von Münzen und lehnte sich an eine Hausecke, dort wurde seine Gestalt von den Schatten der nahenden Nacht verschluckt. Obwohl das SIS-Gebäude noch dramatischer wirkte, wenn man es vom anderen Flussufer aus betrachtete, fand Cass auch die Rückansicht mit ihren scharfen Linien und Winkeln ziemlich eindrucksvoll.

Sein Blick ging nach oben, er betrachtete den Kontrast zwischen den matten Stahlflächen, die sich vor dem dunklen Himmel abzeichneten, und den blanken Glasfenstern, die von innen beleuchtet wurden. Er zählte sich hoch bis zum elften Stock, wo Christians Büro leer stand und auf einen neuen Angestellten wartete, der es besetzen würde. Sein Blick glitt weiter nach oben und dann runzelte er die Stirn. Er zählte noch einmal nach, vom Erdgeschoss bis ganz nach oben. Die Zahlen waren falsch. Im Fahrstuhl hatte es Knöpfe für 20 Stockwerke gegeben. Er zählte mehr als zwanzig. Noch zwei Mal überprüfte er sein Ergebnis.

Jedes Mal kam dasselbe heraus. Auch wenn er zwei Etagen für Großrechner und Archive abzog, hätten im Fahrstuhl immer noch mehr als zwanzig Stockwerke angezeigt werden müssen. Warum sollte es in diesem Gebäude Etagen geben, die nicht zugänglich waren? Ob es einen separaten Fahrstuhl oder ein Treppenhaus gab, das er nicht gesehen hatte? Das ergab keinen Sinn. Er atmete ruhig, sein Gehirn lief auf Hochtouren.

Von Gebäuden verstand er etwas. In den schwarzen Monaten nach Birmingham hatte er sich lange mit Architektur beschäftigt. Er hatte die Stabilität von Gebäuden gebraucht, etwas Reelles. Die letzte Anweisung hochzugucken hatte er nicht abschütteln können. Er runzelte die Stirn. Als das hier noch das MI6-Hauptquartier war, hatte man vielleicht extra Etagen zu Sicherheitszwecken benötigt. Die Frage war: Wozu benutzte Die Bank sie jetzt?

Er starrte noch immer nach oben, beinahe wäre Maya Healeys rundliche Gestalt unbemerkt an ihm vorbeigehuscht. Sie machte einen kleinen Satz, als er aus der Dunkelheit nach ihr griff und sie am Arm berührte. Auch als sie sah, wer sie berührt hatte, blieb ihr Gesichtsausdruck angespannt. Erst als sie in einem Pub saßen, der gleich um die Ecke von ihrer Wohnung lag, meilenweit weg von ihrem Arbeitsplatz, fing sie an sich zu entspannen. Das konnte Cass ihr nicht zum Vorwurf machen. Sicherlich wäre Mr Asher Arschloch Red nicht beeindruckt, wenn er erfuhr, dass sie sich, außer Reichweite seiner wachsamen Blicke, mit dem lästigen Polizisten traf.

»Danke, dass Sie sich mit mir treffen.« Cass schob ihr ein großes Glas Weißwein über den Tisch. Sie hatte eine Cola light haben wollen, aber er hatte sie dazu überredet, mit ihm ein Glas auf Christian zu trinken. Und sie hatte sich nicht gesträubt. Cass hätte gern gewusst, ob Maya sich je in ihrem Leben gegen etwas gesträubt hatte. Er zweifelte daran.

Mit einem kurzen Lächeln stieß sie mit ihrem Glas an Cass' Pintglas. »Sie sehen Christian gar nicht ähnlich«, sagte sie. Die Schamesröte lief über ihren Hals, als hätte sie das Gespräch lieber mit einer vorhersehbareren Nettigkeit beginnen sollen.

»Wir waren uns wirklich nicht sehr ähnlich, weder im Aussehen noch im Wesen. Ich glaube, er war der bessere Mensch – in beiden Sparten«, sagte Cass. Er staunte über sich selbst, dass er das preisgegeben hatte.

»Er war ein guter Mann.« Sie lächelte traurig. »Er war ein sehr guter Mann. Er fehlt mir schrecklich.« Sie schaute Cass flüchtig an. »Es muss furchtbar für Sie sein. Ich kann es mir nicht mal vorstellen.«

Cass nickte befangen. »Deshalb wollte ich mit Ihnen reden. Sie verstehen sein Leben besser. Haben Sie mit ihm zusammengearbeitet, seit er bei Der Bank angefangen hat?«

»O nein, ich hab schon vorher mit ihm gearbeitet.« Sie nahm noch einen Schluck, der Alkohol – oder dass sie über Christian redeten – lockerte sie ein wenig auf. Sie war wie eine nervöse Katze, die sich ganz vorsichtig an einen Leckerbissen heranschlich. »Bei seiner letzten Stelle – bei McGowan's – war ich schon seine Assistentin.« Sie lehnte sich ein wenig über den Tisch. »Als er gebeten wurde, bei Der Bank anzufangen, hat er darauf bestanden, mich mitzunehmen. Sonst hätte ich dort niemals einen Job bekommen.« Ihr Gesicht bekam einen bitteren Zug. »Ich bin nicht deren Typ.«

Cass kommentierte das nicht. Dazu konnte er nichts sagen. Schüchtern war sie vielleicht, dumm aber sicherlich nicht. Sie hatte recht, wahrscheinlich war sie nicht ihr Typ, aber vielleicht würde ihr eines Tages klar werden, dass das nicht unbedingt etwas Schlechtes war. Es gab viel Schlimmeres, als gewöhnlich zu sein. Er lächelte.

»Nun, Christian hat Sie offenbar hoch geschätzt, und das zählt für mich mehr als die Meinung Der Bank.«

Die Röte lief ihr noch höher den Hals hinauf und ihr Blick schoss Richtung Boden. Cass trank einen Schluck Bier. »Ist Ihnen in letzter Zeit etwas Seltsames an Christian aufgefallen? Hat er mit Ihnen über etwas geredet, was ihm zu schaffen gemacht haben könnte?«

Mit einer Hand fasste sie sich an den Hals, und die Anspannung war sofort wieder da, kleine Falten bildeten sich um die zusammengekniffenen Augen.

Cass wollte den Blick nicht senken und sie vom Haken lassen. »Bitte, Maya. Ich bin sein Bruder. Ich versuche das Ganze nur zu verstehen. Er wollte mit mir reden – ich bin nicht für ihn da gewesen, und das verfolgt mich jetzt.« Das war die Wahrheit, obwohl sie vermutlich sofort wegrennen würde, wenn er die scharlachroten Tropfen auf den schwarzen Schnürschuhen erwähnte. Doch irgendwas hatte anscheinend einen Nerv getroffen.

Sie nahm noch einen Schluck Wein.

»Er hat sich verändert. Nachdem Luke krank geworden war.«

»Was ist geschehen?«

»Er wollte die Ergebnisse der medizinischen Untersuchungen sehen und mit den Fachleuten reden. Die Bank hatte darauf bestanden, Luke in ihrem eigenen Gesundheitszentrum zu behandeln. Bei mir haben sie das nicht gemacht, als mir die Gallenblase entfernt werden musste.« Wieder drohte Bitterkeit der freundlichen Dicken einen gemeinen Zug zu geben. »Ich weiß, Luke geht es jetzt besser …« Ihr stockte der Atem, als ihr die schreckliche Ironie ihrer Worte bewusst wurde, aber Cass bedeutete ihr mit einem Nicken weiterzusprechen. »Damals war Ihr Bruder wirklich besorgt.«

Vage erinnerte Cass sich daran, dass Kate mit Jessica telefoniert hatte und er bei ihrem stummen Vorschlag, mit Christian zu reden, abgewinkt hatte. Krankheit war nichts für ihn. Er konnte nicht damit umgehen. Besser, Kate kümmerte sich darum.

»Es hat sich herausgestellt, dass es Anämie war, nicht?«, sagte er. »Das konnte behandelt werden.«

»Ja, aber zuerst hatten sie befürchtet, es könnte Leukämie sein. Es war schrecklich. Christian sagte, Jessicas Eltern seien beide jung gestorben, an Blutkrebs, und natürlich drängte sich der Gedanke auf, dass Luke die Anlagen dazu geerbt haben könnte.«

Cass nickte. Er ermunterte sie dazu fortzufahren, während er die Schuldgefühle zu ignorieren versuchte, die ihm das Herz zerrissen. Wie hatte ihm all das entgehen können? Wie konnte es sein, dass Christian von dieser kleinen dicken Frau mehr Unterstützung bekommen hatte als von ihm.

»Wie auch immer«, sagte sie, »ich glaube, er hat Erkundigungen über die Ärzte eingeholt, deren Namen auf den Berichten standen, aber er konnte nichts über sie herausfinden. Er wollte eine zweite Meinung von einem Facharzt in Charing Cross einholen, aber das sorgte für einige Unruhe und ist nie geschehen. *Sie* wollten es nicht zulassen.«

Ob sie merkte, dass sie angefangen hatte zu flüstern, obwohl in dem ruhigen Pub niemand in ihrer Nähe saß?

»Er hat mir nicht erzählt, was los war, aber Sie wissen ja, wie das ist in einem Büro.« Sie zuckte mit den Schultern. »Man hört leicht das eine oder andere mit. Sogar in Der Bank, manchmal kann man einfach nichts dagegen machen. Soweit ich das verstanden habe, hat man ihm mitgeteilt, es werde keine zweiten Meinungen geben und es bestehe auch kein Anlass zur Sorge. Ich habe gespürt, dass er unter Druck gesetzt wurde, dankbar zu sein und keine Unruhe zu stiften. Doch das hat ihn nicht zurückgehalten. Er wollte einen Termin für Luke in einer Privatpraxis vereinbaren, aber die wollte ihn nicht annehmen. Für mindestens sechs Monate war angeblich kein Termin frei.«

Sie machte eine Pause und trank einen größeren Schluck von ihrem Wein. Jetzt klang sie selbstbewusster. »Christian hat das nicht geglaubt. Er dachte, die Praxis wäre angewiesen worden, ihm keinen Termin zu geben, und er konnte nicht verstehen, warum.«

»Hat er Ihnen das erzählt?«

»Ja, eines Abends nach der Arbeit. Damals bei McGowan's sind wir nach der Arbeit oft noch auf einen schnellen Drink ausgegangen. Nach dem Wechsel haben wir das nicht mehr so häufig gemacht, aber vor etwa drei Monaten haben wir es mal wieder geschafft. Vielleicht ist es auch schon etwas länger her, ich bin mir nicht ganz sicher. Luke ging es ganz gut, die Medikamente schienen anzuschlagen, aber Christian machte sich verrückt wegen der Art, in der die ganze Sache abgewickelt worden war. Er war ziemlich aufgewühlt, das habe ich bemerkt. Er hatte angefangen, Anweisungen zu hinterfragen, und er blieb abends länger und suchte im Computer nach Gott weiß was. Ich glaube, anfangs hat er nach den Belegen für Lukes Behandlungskosten gesucht, doch nach einer Weile ging das viel weiter. Ich glaube, er hat versucht Die Bank besser zu verstehen.«

Sie schaute Cass über ihr Glas hinweg an und versicherte sich, dass er ihr auch folgen konnte. Das konnte er. »Ihm war nie ganz klar, wie die Headhunter eigentlich auf ihn gekommen waren. Ich hab ihm gesagt, weil er hervorragend mit Zahlen umgehen konnte, was auch wirklich der Fall war, aber ich glaube, er war zu der Überzeugung gelangt, dass etwas anderes vor sich ging.« Sie hielt inne. »Ich glaube, er wurde ein bisschen paranoid.« Die roten Flecken auf ihrem Hals flammten bei dieser illoyalen Bemerkung auf.

»Nun ja, vor zwei Monaten wurde ihm ganz plötzlich mitgeteilt, dass er am Wochenende eine Art Managementkurs besuchen solle. Ich wusste keine Einzelheiten, was ich seltsam fand, da ich ja seine persönliche Assistentin war, aber manchmal sind die so bei Der Bank. Noch seltsamer fand ich, dass niemand sonst zu gehen schien … nicht mal Mr Red war eingeladen. Christian dachte, dass die ihm gleichgestellten Mitarbeiter der anderen Hauptquartiere weltweit dabei sein würden, aber ich hab nie mehr darüber erfahren.«

»Er hat es Ihnen nicht erzählt, als er zurückkam?«

»Nein.« Sichtlich verstört schüttelte sie den Kopf. »Danach hat er sich verändert. Er hat wirklich nicht mehr viel mit mir besprochen. Er hat sich einfach zurückgezogen. Er war stiller geworden. Er blieb immer noch lange im Büro, und ich bin mir sicher, dass er seine eigenen Nachforschungen über das Unternehmen anstellte, aber er hat sich mir gegenüber nicht mehr geöffnet. Er sah müde aus, und als er dann mit den verlängerten Wochenenden anfing, hab ich mich gefragt, ob Luke vielleicht wieder krank war. Aber als ich mich erkundigte, hat er gesagt, es gehe ihm gut. Nach einer Weile hab ich einfach nicht mehr nachgefragt, ob mit ihm auch alles in Ordnung war. Es war ja ziemlich deutlich, dass er nicht mit mir über das reden wollte, was ihm zu schaffen machte.« Ihr standen die Tränen in den Augen, aber sie wischte sie vorsichtig weg. »Vielleicht hätte ich mehr drängen sollen. Ihm zeigen sollen, wie viel es mir bedeutete.«

Cass begriff, dass Maya ein wenig verliebt in Christian gewesen war. Ob sein Bruder das überhaupt bemerkt hatte? Wahrscheinlich nicht.

»Sie hätten es nicht wissen können. Wenn jemand für ihn hätte da sein müssen, dann ich.« Er machte eine Pause und gab ihr Gelegenheit, die Fassung wiederzugewinnen. »Doch da ist eine Sache, bei der Sie mir helfen könnten.«

Sie schaute auf.

»Kurz vor seinem Tod hat Christian Sie um Informationen zu zwei Konten gebeten. Er schien der Meinung zu sein, dass etwas mit den Überweisungen nicht ganz stimmte.«

Maya sah ihn verständnislos an und er holte sein Telefon heraus und rief die Nummern auf. Er schrieb sie unter seine eigenen Telefonnummern auf einen Fetzen Papier, das er ihr rüberschob. »Das stand in seinen E-Mails an Sie. Ich hab sie auf seinem Laptop gesehen.«

»Tut mir leid, aber daran erinnere ich mich nicht. Wir haben mit so vielen verschiedenen Konten zu tun.«

»Könnten Sie für mich nachschauen? Irgendwas daran hat Christian offenbar beschäftigt. Ich will einfach nur sichergehen, dass nichts Verdächtiges dahintersteckt.«

»Okay«, sagte sie. »Wenn Christian mich danach gefragt hat, muss ich noch irgendwelche Details dazu haben.« Der Wein machte sie offensichtlich mutiger. »Aber morgen habe ich eine Besprechung mit Mr Red. Es wird vielleicht Nachmittag, ehe ich mich bei Ihnen melden kann.«

»Das macht nichts.« Cass lächelte. »Ich glaube, ich sollte jetzt dafür sorgen, dass Sie sicher nach Hause kommen. Wenn Sie vorher noch mal aufs Klo möchten, passe ich so lange auf Ihre Tasche auf.«

»Ich kann Ihnen wohl vertrauen.« Sie lächelte ihn an. »Schließlich sind Sie Polizist.«

Er wartete, bis sie um die Ecke verschwunden war, ehe er den Reißverschluss der großen Lederhandtasche aufmachte und darin kramte, bis er den Angestelltenpass in einer Innentasche gefunden hatte. Bingo. Schnell steckte er ihn in seine Jacke und stellte die Tasche genau dahin zurück, wo sie vorher gestanden hatte. Wenn er fertig war, würde er den Pass auf dem Weg nach draußen im Eingang fallen lassen und versuchen, den Ärger für sie so gering wie möglich zu halten. Mit etwas Glück würde sie sich erfolgreich einreden, dass ihr die Plastikkarte irgendwie aus der Tasche gefallen sein musste. Er missbrauchte ihr Vertrauen, aber er fühlte sich deswegen nicht schlecht. Es war ja für eine gute Sache – und er hatte schon Schlimmeres getan.

Obwohl es schon fast elf war, schien immer noch jede Menge Licht aus dem Gebäude. Die Bank, die ihre Interessen weltweit vertrat, glaubte offensichtlich nicht an Schlaf. Cass hielt den Kopf ein wenig gesenkt, als er zielstrebig das Foyer durchquerte. Der jungen Frau hinter dem Tresen schenkte er ein schnelles, selbstbewusstes Lächeln, das sie mit unpersönlicher Professionalität erwiderte, bevor sie sich wieder ihrer Beschäftigung an dem kleinen Computerbildschirm widmete.

Mit Mayas Pass gelangte er durch die durchsichtige Sperre. Er steuerte auf die Fahrstühle zu, wobei er fast damit rechnete, dass bewaffnetes Wachpersonal aus dem schicken schwarzen Zentralbüro springen und ihn aus dem Gebäude zerren würde. Die Absätze seiner Schuhe klackten lauter über den Marmor als zuvor, ganz so, als wäre das Gebäude sich seiner illegitimen Gegenwart bewusst, auch wenn das Sicherheitsteam ihn noch nicht bemerkt hatte. Er zückte die Karte noch einmal für den Fahrstuhl und die Türen glitten sofort auf. Drinnen drückte er den

Knopf für den elften Stock. Wo waren die Sicherheitskameras wohl angebracht, überlegte er. Den Blick geradeaus gerichtet blieb er stehen, wo er war. Sich Sorgen zu machen war sinnlos. Wenn man beschloss nachzuprüfen, ob Maya Healey im Haus gewesen war, tauchte sein Gesicht bestimmt auf genügend Kameras auf. Was er dann machen würde, nun ja, das wusste er noch nicht. Im Moment war es nur wichtig, in das Computersystem zu kommen und Informationen über Bright und besonders Solomon zu finden. Wenn er damit Erfolg hatte, würde der Commissioner vielleicht darüber hinwegsehen, dass er das Gebäude unbefugt betreten hatte. Zumindest hoffte er das. Seine Karriere war jetzt nicht Thema. Ihm ging es nur um Antworten.

Das gedämpfte Licht der in die Decke eingelassenen Punktstrahler beleuchtete den stillen Korridor. Hoffentlich bedeutete die Abwesenheit von Geräuschen, dass sich heute Abend schon alle auf den Heimweg gemacht hatten, die in diesem Teil des Gebäudes arbeiteten. Er konnte sich nicht vorstellen, dass viele Leute hier oben ihr Büro hatten. Ein paar Türen gab es in den antikweißen Wänden, ungefähr sechs auf jeder Seite. Vorsichtig ging er bis zum Büro seines Bruders. Die Tür stand offen und er trat ein und schloss sie dann hinter sich. In der Dunkelheit sah es zunächst so aus, als würde eine Gestalt am Schreibtisch sitzen. Doch als Cass den Lichtschalter an der Wand gefunden hatte, war nur der Stuhl da, der dicht an den riesigen Schreibtisch herangeschoben worden war. Kein Christian. Nur der Nachhall einer Erinnerung.

Sein Eindringen konnte jeden Moment bemerkt werden, das war Cass klar, deshalb klappte er den Deckel des in den Tisch eingelassenen Computers auf und drückte den Einschaltknopf. Der Monitor leuchtet sofort auf und verlangte ein Passwort. Er tippte die Zahl 74 ein und drückte

Enter. Nichts geschah. Er versuchte es noch einmal. Scheiße. Langsam ging ihm auf, wie dumm er gewesen war. Sie hatten nicht nur Christians persönliche Dateien aus dem System entfernt, es sah so aus, als wäre die ganze Festplatte gereinigt worden. Natürlich hatten sie das gemacht. Warum auch nicht?

Er dachte an Maya Healey. Wie gedankenlos es gewesen war, ihren Pass zu stehlen – und alles umsonst. Dann schaute er sich den Pass noch einmal an. Vielleicht war er ja doch zu etwas nütze. Er schaltete den Monitor wieder aus und ging zurück auf den Korridor, vorsichtig prüfte er jede Tür, an der er vorbeikam, und hoffte, mit dem Plastikrechteck die Tür zu Maya Healeys Büro öffnen zu können, wenn er es gefunden hatte. Vorhin hatte er diesen Funken Liebe in ihren Augen gesehen. Wenn er an ihren Computer kommen konnte, würde er jede Wette eingehen, dass sie den Namen seines Bruders als Passwort benutzt hatte. Schließlich leuchtete das kleine Feld neben einer schweren Holztür grün auf. Er lächelte. Allerdings nicht lange. Er drehte den Türknauf, aber die Tür ließ sich nicht öffnen. Erst als er genauer hinschaute, ging ihm auf, dass es ein zweites Schloss gab, ein gutes, altmodisches, für das man einen Schlüssel brauchte. Er fluchte leise. Verdammt. Was auch immer sie hier im 11. Stock machten, Unbefugte wollten sie offensichtlich nicht dabeihaben.

Da er nirgendwo anders hinkonnte und seine Laune auch immer schlechter wurde, rief er den Fahrstuhl. Er hatte wirklich Mist gebaut, er hatte die ganze Sache einfach nicht richtig durchdacht. Wie zum Teufel war er bloß auf die Idee gekommen, er könnte einfach so in Die Bank hineinspazieren und sich Zugang zum Computersystem verschaffen? Verdammt bescheuert. Er drückte den Kopf fürs Erdgeschoss und die Kabine setzte sich lautlos in Bewegung.

Ein paar Sekunden später verfluchte er seine eigene Blödheit immer noch leise, der Lift blieb stehen. Er runzelte die Stirn. Auf dem leuchtenden Knopf über der Doppeltür stand fünf. Oh. Na klasse. Er hatte sich nicht nur unter falschen Vorgaben Zugang zum Hauptquartier der größten Finanzinstitution der Welt verschafft, um sich – ziemlich stümperhaft – in ihr Computersystem einzuhacken, jetzt blieb er auch noch im Scheißfahrstuhl hängen. Das war fast schon zum Lachen. Die kläglichen Reste seiner Karriere zerbröselten vor seinen Augen.

Das Licht auf der Fünf ging aus und einen Atemzug später surrte der Motor des Fahrstuhls. Es ging wieder aufwärts. Auf den Schaltfeldern in der Wand leuchtete das mittlere Feld am Rand grün auf, als ob darunter Licht angeschaltet worden wäre. War das eine Art versteckter Kontrollknopf? Aber den hatte er nicht gedrückt. Cass presste den Finger auf den Erdgeschossknopf, er wollte den Befehl außer Kraft setzen, dem die Maschine folgte, doch der Knopf blieb grau. Sein Herz hämmerte dumpf. Wohin dieser Fahrstuhl auch immer fuhr, er fuhr mit.

Schließlich hielt er an. Das grüne Licht hinter der Schaltfläche wurde blassrosa und die Türen öffneten sich. Cass' Hand ging automatisch wieder zu dem Knopf fürs Erdgeschoss, weil er hoffte, die Türen würden sich schließen und der Lift würde sich wieder in Bewegung setzen, ehe jemand einsteigen oder ihn erkennen konnte – aber er zögerte. Hier war niemand, der einsteigen wollte, und als er hinausschaute, merkte er, dass sich seine Füße wie von selbst vorwärtsbewegten. Das war kein Stockwerk wie die anderen. Vielleicht war sein Ausflug ja doch nicht umsonst gewesen.

Das Holz unter seinen Füßen schimmerte kirschrot, es war alt und es dämpfte das Geräusch seiner Schritte beinahe ebenso gut wie der Teppich auf Christians Etage. Zu seiner Rechten, hinter den tiefen Chesterfieldsofas und -sesseln, die im mittleren Bereich zu einer Sitzgruppe zusammengestellt waren, ragte eine Bücherwand auf. Die Buchrücken waren rot, grün und blau, es waren Bücher aus einer Zeit, in der die Titel in Gold vorn auf den Einband geprägt wurden, um Leser dazu zu bringen, sie aufzuschlagen. Neben dem Bücherregal führte eine bronzefarbene Wendeltreppe zu einer zweiten Ebene, die im Dunkeln lag. Cass' Mund wurde trocken.

Diverse Lichtinseln schufen mit gedämpftem Schein eine Atmosphäre, die ganz anders war als die in den Geschäftsetagen darunter. Waren sie überhaupt darunter? Vielleicht lagen sie auch darüber. Cass wusste gar nicht genau, wo im Gebäude sich dieser Ort eigentlich befand. Im Herzen. Da war er. Sogar durch seine Schuhsohlen fühlte er die Qualität des riesigen Teppichs, der sich nun bis zur Wand gegenüber erstreckte. Auf sein ungeschultes Auge wirkte das rot- und cremefarbene Muster wie orientalische Buchstaben. Schwere dunkelrote Samtvorhänge fielen von der Decke bis auf den Boden. Cass konnte sich vorstellen, dass sie eine Glasfläche bedeckten, durch die der größte Teil Londons zu sehen war. Er wandte sich nach links. Zwei dicke Holztüren rahmten einen in die Wand eingelassenen modernen Kamin ein, in dem blaue und gelbe Flammen unter Steinen hervorzüngelten. Das war das einzige Objekt hier, das den Anschein erweckte, in das gegenwärtige Jahrhundert zu gehören.

Cass trat einen Schritt näher und schaute auf die kleinen Bronzeplaketten, die an jeder Tür befestigt waren. Sein Herz blieb stehen und für ein paar Sekunden herrschte völlige Stille, sowohl in seinen Adern als auch im Raum. »Mr Bright« war in Schwarz auf die eine Plakette geprägt worden, und »Mr Solomon« stand in der gleichen Schrift auf der anderen. Sein Herz erwachte wieder zum Leben. Solomon und Bright – mit Büros im Herzen Der Bank … Sein Mund war trocken, doch von seinen Handflächen tropfte der Schweiß, als er nach links in Mr Solomons Zimmer ging. Er riss die Augen auf. Das war weit entfernt von dem dreckigen möblierten Zimmer, in dem sie die Fliegen und das Notizbuch gefunden hatten. Ein dicker Teppich, so dunkel, dass er beinahe schwarz wie geronnenes Blut war, bedeckte den Holzfußboden. Ein riesiger Schreibtisch stand im Zentrum des Raumes, dahinter hingen drei große Flachbildschirme nebeneinander an der Wand. Sie waren schwarz, tot. Der Schreibtisch war frei, der Papierkorb leer. Auf einem niedrigen Tisch in der Ecke stand ein verblasster gelblicher Globus, auf den die Welt vor hundert Jahren oder mehr mit Tinte gezeichnet worden war. An der linken Wand hing ein Gemälde. Cass starrte es an. Es war wunderschön. Er hatte keine Ahnung von Kunst, doch er zweifelte nicht daran, dass es das Original war. In der Dunkelheit schien die Farbe zu leuchten, die blasse Haut des ruhenden Mannes war wie Marmor. Die nackte Gestalt lag auf einem dicken Flügel, und ein zorniges Auge schaute über den erhobenen Arm, der sein Gesicht verbarg. Gespenstische beflügelte Gestalten erfüllten den Himmel, unter dem das Wesen auf der verbrannten Erde lag. Cass starrte das Gemälde an, für einen Moment waren alle Gedanken an Solomon und Bright vergessen.

»Ich glaube, ich werde das in mein Büro bringen lassen.«

Cass wäre fast zu Tode erschrocken, er zuckte zusammen. Was war das? Er drehte sich um und sah einen Mann mit silbernem Haar oben auf der Wendeltreppe stehen.

»Es ist zu gut, um nur da zu hängen, wo keiner es ansieht.« Die Füße des Mannes tappten einen gleichmäßigen Rhythmus auf die Metallstufen, als er herunterkam. »Aber wer weiß? Vielleicht finden wir ja schon bald jemanden, der Mr Solomons Stellung einnimmt.«

Er erreichte den Fuß der Treppe und lächelte Cass an, seine makellosen Zähne strahlten weiß in seinem gebräunten Gesicht. Cass verstand, was Adam Bradley gemeint hatte, als er sagte, Mr Bright »habe so was an sich«. Er war kleiner als Cass und hatte mehr Bauchumfang, aber in seinem selbstbewussten Auftreten lagen unterschwellig Gefahr und Kraft.

Cass blieb stehen, wo er war.

»Mr Bright, nehme ich an?«

Wieder blitzte dieses Lächeln auf. »Ich bin beeindruckt von dir, Cass.« Auf der anderen Seite des Raumes verschränkte Mr Bright die Arme. »Du hast uns schnell gefunden.«

»Soweit ich weiß, hat mich der Fahrstuhl hierhergebracht. Ich hab den Knopf nicht gedrückt.«

»Ich meinte das eher generell. Natürlich habe ich dich *hierher*gebracht. Aber ich fand, du hattest es verdient.«

Der belustigte Ton gefiel Cass nicht. Er kam sich vor wie ein Kind – und er war schon lange keins mehr. Sein Kiefer zuckte, als er die Zähne zusammenbiss. Er würde nichts erwidern. Wenn dieser Mann ihn unterschätzte, dann war das nur gut. Doch er wurde das unbehagliche Gefühl im Magen nicht los. Dieser Mann sah haargenau so aus wie der auf dem Foto mit seinen Eltern, so ähnlich konnten sich Vater und Sohn gar nicht sein, dieser Mr Bright war eine exakte Kopie von dem, den sein Vater gekannt hatte.

Sein Kopf war voller Fragen und er stieß die einzige hervor, die er zusammenhängend vorbringen konnte: »Was zum Teufel geht hier vor?«

Mr Brights Lachen war wie heißes Wasser auf Eis. »Du würdest es mir nicht glauben, wenn ich es dir erzählte.«

»Probieren Sie es aus.«

»Nein.« Er seufzte leise, zum ersten Mal war ein Hauch des Alters zu spüren. »Ich glaube, ich werde dich einfach weiterführen, bis du selbst darauf kommst. Ich habe keine Eile. Noch nicht.« Er zog eine Fernbedienung aus der Tasche seines teuren Anzugs und drückte einen Knopf. Die Vorhänge öffneten sich, er ging zur Glasfront hinüber, die Aussicht über die Stadt bot. »Manche Leute mögen den Fluss am liebsten«, sagte er. »Ich ziehe es vor, Leben zu sehen.« Er machte eine lange Pause. »Du hast immer dagegen angekämpft. Gegen das Schicksal. Die Bestimmung.« Er sah Cass nicht an, aber sein Gesicht spiegelte sich im Fensterglas.

»Es gibt kein Schicksal. Es gibt nur Entscheidungen.«

Sogar im Spiegel funkelten Brights Zähne noch. »Nein, Cass, da irrst du dich. Unfälle oder Zufälle gibt es nur selten.« Er drehte sich um. »Für jemanden wie dich gibt es das jedenfalls nicht. Du hast dich immer geweigert, es zu sehen. Das hab ich manches Mal an dir bewundert.«

Cass versuchte mitzukommen, sein Gehirn analysierte jedes Wort und jeden Satz. *Immer*? Wie viel wusste dieser Mann über ihn? Er erinnerte sich an die Zahlen im Jones-Dokument in der Erlösungs-Datei. Da war Geld zur Überwachung angewiesen worden. Hatte dieser Bastard ihn beobachtet? Und wie lange lief der Scheiß schon? Und warum machte er das? Ob es irgendwo Filme über den langsamen Zerfall seiner Ehe gab? Eine körnige Aufnahme kam ihm in den Sinn: zwei Jungs, die auf einer belebten Straße starben. Die kalten Finger waren wieder da und alles Übrige konnte warten. Dieser Mann hatte Informationen, die er brauchte.

»Warum haben Sie mir den Film geschickt?«

Leichtes Achselzucken. »Ich wollte, dass du ihn dir ansiehst.«

»Warum?«

»Das musst du selbst herausfinden.« Mr Bright beugte sich über eine Schachtel auf dem Couchtisch und zog eine Zigarette heraus. Er zündete sie an, in der Stille nahm sich das Geräusch aus wie das Knacken eines Zweiges. Cass kämpfte gegen das Verlangen an, selbst eine zu rauchen. Dieser Typ sollte nicht merken, wie sehr er am Ende seiner Nerven war.

»Ich genieße es, dich arbeiten zu sehen«, fuhr Mr Bright fort. »Verdirb es nicht, indem du Antworten verlangst. Vielleicht solltest du dies hier als eine Art Prüfung betrachten.« Er lächelte. »Und zwar keine, bei der ich dich durchfallen sehen möchte. Ich setze große Erwartungen in dich, Cassius. Das tun wir alle.«

»Macht Solomon das nicht auch, wenn er diese Frauen tötet? Ist das nicht auch eine Art Prüfung? Wen testet er denn? Mich?«

»Für Mr Solomon kann ich bedauerlicherweise nicht geradestehen. Er ist …« Er zögerte, dann sagte er: »Er ist gewissermaßen zu einer Belastung geworden. Er glaubt, dass er stirbt.« Er zog eine Augenbraue hoch. »Vielleicht tut er das. Eine Glaubenskrise hat er mit Sicherheit.«

»Wir sterben alle. Bei manchen Leuten beschleunigt er diesen Prozess nur allzu sehr.«

»Ich glaube, er hofft, dass du ihn aufhältst.« Hinter dem weißen Zigarettenrauch bekam Mr Brights Blick etwas Geheimnisvolles. »Ich glaube, er mag dich. Ich glaube, er denkt, du verstehst ihn.« Er machte eine Pause. »Aber trau ihm nicht.«

Eine Erinnerung wurde wach. »Komisch. Er hat auch

davon geredet, dass ich Leuten nicht trauen soll. Sie beide haben ungelöste Probleme miteinander.« Cass wollte den Blick nicht senken. »Und ehrlich gesagt, ich scheiße auf Vertrauen. Ich will ihn nur kriegen. Wissen Sie, wo er ist?«

»Nein.« Bright schüttelte den Kopf. »Ich hatte gehofft, dass du ihn für mich findest. Er ist für uns alle eine ziemliche Last geworden und er zieht viel zu viel Aufmerksamkeit auf sich.«

»Was hat dazu geführt, dass er durchgedreht ist?« Cass schaute zurück in das riesige Büro. »Nervenzusammenbruch in der Firma? War das Büro nicht groß genug?«

Mr Bright lachte wieder, sein Kopf wackelte ein wenig. Die Frage beantwortete er nicht.

»Wer ist er, dieser Solomon?« Wer sind Sie? Das war es, was er wirklich fragen wollte, aber er wusste schon, dass er eine irritierend unklare Antwort darauf bekommen würde.

»Solomon?« Bright hielt inne. Der Zigarettenrauch, den er ausatmete, legte sich in jede kleine Falte in seinem braunen Gesicht und plötzlich sah er tausend Jahre älter aus. »Ich würde sagen, er ist mein Bruder. Auf eine Art.«

»Auf eine Art?«

»Eines Tages verstehst du das.«

Cass glaubte das nicht. Schwarze Schuhe. Scharlachrote Flecke. Sein Herz tat weh. »Haben Sie oder Solomon irgendetwas mit Christians Tod zu tun?«

»Nein, überhaupt nichts.« Mr Brights Augen wurden größer vor Erstaunen und er schien bei diesem Gedanken zurückzuzucken.

Diese plötzliche Gefühlsregung wirkte echt, fand Cass, aber woher sollte er das wissen, bei diesem Rätsel von Mann? Er hatte gesehen, wie Artie Mullins reagiert hatte, als sein Name gefallen war. Mr Bright war nicht zu unterschätzen.

»Er war vielleicht zu sehr wie euer Vater und hat es nicht gesehen. Ich hab mich von den anderen irremachen lassen und ihm zu schnell zu viel erzählt, und als er dann angefangen hat zu graben, ist er auf Dinge gestoßen, die ihn nichts angingen.« Er drückte seine Zigarette aus. »Ich glaube, er wollte dir helfen.«

»Mir helfen?« Cass funkelte den Mann wütend an, der offenbar so viel mehr wusste, es aber nicht mitteilen wollte. Am liebsten hätte er ihn in eine Zelle gesteckt und ihn getreten, bis er die Informationen gar nicht schnell genug rausschreien konnte. Was für eine Hilfe – und wobei? Ging es um Polizeiangelegenheiten oder um sein Privatleben? Cass hatte eher vermutet, dass Christian Hilfe haben wollte. Ihm war nicht in den Sinn gekommen, dass er selber versuchen könnte zu helfen. Hatte er seinen kleinen Bruder so sehr unterschätzt?

»Ich hätte ihm von dem Film erzählen sollen. Und er hätte mir vertrauen sollen.«

»Wie hätte ihm der Film geholfen?«

Mr Bright schüttelte den Kopf. »Verdirb das Spiel nicht. Ich vertraue darauf, dass du letzten Endes dahinterkommst.«

»Solomon wird noch mehr Leute umbringen, wenn Sie mir nicht helfen.«

»Menschen sterben immerzu, Cass. Das liegt in ihrer Natur.«

»Vielleicht sollte ich mir einen Durchsuchungsbeschluss besorgen und morgen wiederkommen.«

Mr Bright lachte. »Wir wissen beide, das wird nicht geschehen. Dass du von mir weißt, hat nur einen einzigen Grund: Ich wollte es so. Wie erregt man denn die Aufmerksamkeit eines Polizisten, wenn man nicht eine undurchdringliche Mauer des Schweigens errichtet? Jeden kann man aufspüren, Cass. Ein Mann, den man nicht aufspüren kann, hinterlässt nur eine falsche Spur. Dir nichts zu geben, war die Garantie dafür, deine Aufmerksamkeit zu bekommen.«

Die Vorstellung, zu der Suche nach Mr Bright verleitet worden zu sein, passte ihm gar nicht. Seine Finger verkrampften sich. »Warum sagen Sie mir nicht einfach, was zum Teufel eigentlich vorgeht?«

»Eines Tages werde ich das machen.« Mr Bright starrte ihn eine Sekunde lang an, dann lächelte er. »Aber ich glaube, jetzt wird es Zeit, dass wir uns verabschieden. Wir werden uns schon bald wiedersehen, da bin ich mir sicher.«

»Was?« Cass war bereit, Mr Bright eins zu verpassen, als dieser die Fernbedienung auf den Fahrstuhl richtete. Die Türen gingen auf.

»Es sei denn, du willst, dass ich den Sicherheitsdienst rufe und deine Anwesenheit erkläre?« Zähne blitzten im gedämpften Licht auf. »Und du kannst mir glauben, dass ich das tun würde, Cassius Jones. Das würde dem Spiel ein bisschen Würze geben. Der spektakuläre Verlust deiner Arbeit würde dich unter noch größeren Druck setzen.«

»Was sind Sie nur für ein Dreckskerl?« Cass kochte über. »Warum haben Sie so ein Scheißinteresse an mir und meiner Familie? Wer zum Teufel sind Sie?«

»Alles zu seiner Zeit.« Mr Bright hob den Arm, um Cass in den offenen Fahrstuhl zu scheuchen. »Aber von mir hast du nichts zu befürchten.«

»Wirklich?« Cass spie die Worte förmlich aus. »Ist mein Vater deswegen vor einem Mann namens Bright weggelaufen? Ist mein Bruder deswegen jetzt tot?« Mit großen Schritten ging er auf den Fahrstuhl zu. »Ehrlich gesagt, erzählen Sie es mir bloß nicht. Sie haben recht. Ich krieg es schon selber raus.«

»Und ich möchte, dass du genau das tust.« Mr Brights Lächeln war nahezu humorvoll, als wäre Cass' Wut einfach nicht da. »Und wenn ich jetzt Miss Healeys Pass noch wiederhaben könnte?« Er streckte ihm eine weiche rosa Handfläche hin.

Cass hatte gar nicht mehr an Maya gedacht. Sein Magen krampfte sich zusammen. »Es war nicht ihre Schuld. Sie weiß nicht, dass ich ihn habe.«

»Ich weiß. Aber ich nehme ihn und sorge dafür, dass sie ihn morgen früh wiederbekommt.« Er zwinkerte. »Wir möchten schließlich nicht, dass er in die falschen Hände gerät, oder?«

»Bekommt sie deswegen Ärger? Ich hab sie dazu gedrängt, sich mit mir zu treffen. Sie wollte es nicht mal. Sie hat nichts Falsches getan.«

Mr Bright lachte. »Ich würde ihr nie zum Vorwurf machen, dass sie sich einfach nur menschlich verhält. Was sie getan hat, war ganz natürlich.« So schnell wie die Karte in seinem Anzug verschwand, hätte er auch ein Zauberer sein können. »Eigentlich hat sie genau das getan, was ich von ihr erwartet habe.« Er zuckte die Achseln. »Wie könnte ich ihr das also vorwerfen?«

Cass beobachtete den fremden Mann und konnte den Anflug von Ehrfurcht nicht unterdrücken, der seine Wut und Frustration auflockerte. »Machen alle immer das, was Sie von Ihnen erwarten?«

»Wenn man so lange gelebt hat wie ich, gibt es kaum noch Überraschungen.« Er machte eine Pause. »Aber du, Cass, könntest die Ausnahme von dieser Regel sein.«

Cass betrat den Fahrstuhl. »Das hoffe ich, verdammt.«

»Du musst mich nicht mögen, Cass.« Mr Brights Lächeln war unerschütterlich. »Aber betrachte mich als deinen Schutzengel.«

Die Türen schlossen sich, Cass starrte sie an. Die Welt unter seinen Füßen schwankte und das hatte überhaupt nichts mit der Fahrstuhlfahrt zu tun.

17

Es war schon nach ein Uhr nachts, als er endlich ins Seminar zurückkam. Die Flure lagen dunkel und ruhig da. Das Holz unter seinen Füßen war zerkratzt und stumpf vom vielen Gebrauch, aber er fand es sauberer und solider als den blank polierten Boden in Der Bank. Ihm war in diesem Gebäude nicht mehr unbehaglich, zum ersten Mal empfand er so was wie Frieden. Er glaubte an keinen wie auch immer gearteten Gott, abgesehen davon hielt er sich für den letzten Menschen, der sich an einem Ort zu Hause fühlen sollte, der sich der Güte verschrieben hatte, dennoch halfen ihm die Ruhe des Seminars und die hier herrschende Zielstrebigkeit bei der wahnsinnigen Anstrengung, alle Teile zu einem Bild zusammenzufügen. Vielleicht gab es keine Götter, aber diese Flure bargen etwas von dem Besten der Menschheit. Eine Hoffnung auf Besseres vielleicht. Was es auch sein mochte, er brauchte eine Portion davon.

Zum ersten Mal schaute er sich die kleinen Gemälde richtig an, die in großen Abständen an den Wänden hingen. Die Unterschiede zu der riesigen Leinwand in Solomons Büro waren enorm, was Größe, Wert und Üppigkeit anging, das Thema jedoch war dasselbe. Sein Blick blieb an einem Bild eines nackten Christus am Kreuz hängen. Sein Gesicht war das perfekte Abbild von Agonie und Selbstaufopferung. Blut sickerte, wo Dornen seine Stirn ritzten, und rann durch die gemalten Furchen seines verzerrten Gesichts. Am Himmel warteten die Engel auf den Sterbenden, in Weiß gekleidet, mit Harfen und Bögen in den Armen waren sie bereit, den Herrn an seinen Platz im Himmel zurückzuholen, wenn sein Leiden auf Erden vorüber war.

Für Cass sahen die majestätisch über der Erde schwebenden Engel aus wie Kinderzeichnungen. Der Schmerz und das Leiden jedoch wirkten überaus echt. Er legte den Kopf schräg, sein Herz war schwer. Hatte sich all das Leiden gelohnt? Der Mann auf dem Bild und Tausende andere, die verbrannt und gestorben und in seinem Namen getötet worden waren – hatte das Leiden wirklich einen Sinn gehabt? Was hatte es mit diesem quälend schmerzhaften Tod auf sich, dass sich die jungen Männer davon angezogen fühlten, die jetzt ringsum in den Zellen schliefen? Wo war denn die Güte darin zu finden? Er wünschte, er hätte das verstehen können, wirklich, allein schon, weil er dann ein besseres Verhältnis zu seinem Vater gehabt hätte – aber daraus würde nichts werden. Die Erde war die Erde war die Erde. Etwas anderes gab es nicht.

Hinter ihm war das Geräusch von Schritten zu hören. Cass drehte sich um und machte eine schattenhafte Gestalt in der Dunkelheit aus. Die schwarze Anzughose, aus dem Hosenbund hängendes zerknittertes Blau. Das Gemälde war vergessen. Cass' Mund wurde trocken. Er folgte, als Christians Absätze in einem ruhigen, gleichmäßigen Takt über den Boden klackten. Cass' eigene leise Schritte waren der Widerhall seines lebendigen Herzschlages. Sein Bruder blieb immer gerade außer Sichtweite, bis Cass die kleine Kapelle im rückwärtigen Teil des Gebäudes erreichte. Die Tür stand offen und die Kirchenbänke lagen zur Hälfte im Schatten. In einer Nische flackerten ein paar Kerzen. Links von ihm kniete ein junger Mann mit eitrigen Pickeln am Hals und betete inbrünstig. Seine Lippen bewegten sich, doch Cass konnte nicht hören, was er sagte. Er schaute nicht auf.

Cass blieb in der Tür stehen und starrte die Gestalt vor dem Altar an. Christian hatte ihm den Rücken zugekehrt, er hatte den Kopf zurückgelegt und betrachtete das kleine

Buntglasfenster, durch das morgens Licht in die Kapelle fiel und sie in leuchtenden Farben badete. Umgeben von lächelnden Engeln hielt die Jungfrau Maria ihr Kind im Arm. Das Bild war trotzdem schön, dachte Cass, auch wenn das Sonnenlicht es nicht mit einem Heiligenschein umgab.

Als wäre ihm plötzlich bewusst geworden, dass Cass da war, drehte Christian sich um und lächelte. Cass zuckte ein wenig zurück, sein Atem stockte. Der betende junge Mann rührte sich nicht, er hatte die Augen zugekniffen, als wollte er Buße tun für die Sünde, die ihn da mitten in der Nacht wach hielt. Er befand sich in seiner eigenen Welt. Die Brüder Jones waren in einer völlig anderen. Cass starrte Christian an. Über dem lächelnden Mund waren die Augen rote Höhlen. Blut rann in Strömen über das blasse Gesicht und tropfte scharlachrot auf die schwarzen Schuhe. Es war totes Blut, dick und dunkel, und es hatte überhaupt kein Recht zu fließen.

Cass bewegte sich nicht. Jeder stand an einem Ende des Mittelganges, einer blond, einer dunkel. Einer tot, einer lebendig. Einer unschuldig, einer schuldig. Immer noch lächelnd, ganz so, als wären blutende Augen das Normalste auf der Welt, hob Christian den Arm und tat wieder so, als würde er telefonieren. Seine Finger waren jetzt blasser, als ob der Tod langsam Besitz von seiner Erscheinung ergriff. Einen Moment später sank die Hand herunter, er drehte sich wieder zum Altar und betrachtete noch einmal die Schönheit der Glasmalerei. Cass zitterte und ballte die Fäuste. Seine Finger waren eiskalt. Es war ein langer Tag gewesen, viel zu lang. Es gab keinen Geist und es würde auch nie einen geben, egal wie oft er ihn sah. Da war nur was in seinem Kopf, das ihn dazu bringen wollte, etwas zu begreifen. Er drehte sich um und ging in sein Zimmer. Keine Schritte folgten ihm, nur das verhaltene Geräusch seiner eigenen Sohlen war im Korridor zu hören.

*

Er hatte sich gerade angezogen und war auf dem Weg nach draußen, wo er mit der ersten Zigarette des Tages den Pfefferminzgeschmack der Zahnpasta neutralisieren wollte, als Perry Jordan anrief.

»Morgen, Cass. Steh auf und schnapp sie dir.«

»Bin schon dabei.« Er ließ das Feuerzeug klicken und inhalierte, ehe er die Autotür aufmachte und einstieg. Der Mann klang ziemlich übermütig. Ein gutes Zeichen. »Was hast du für mich?«

»Mann«, er lachte ihm kehlig ins Ohr, »du wirst mich lieben.«

»Dann los.« Es kribbelte in seinen Eingeweiden.

»Beide Familien sind finanziell am Arsch. Und ich meine, echt am Arsch. Die totale Katastrophe. Miller war mit den Hypothekenzahlungen vier Monate im Rückstand, Jackson drei. Und das, nachdem sie umgeschuldet hatten.« Am anderen Ende der Leitung klickte ein Feuerzeug, er hörte, wie Jordan tief einatmete, bevor er fortfuhr: »Sieht aus, als hätten sie beide eine ordentliche Pechsträhne gehabt, dann eine Reihe von Fehlinvestitionen getätigt, von denen manche richtig heftig waren. Ihre Gehälter sind auch gekürzt worden, ich glaub sie konnten sich entscheiden, entweder das oder die Kündigung. Soweit ich das beurteilen kann, waren die Boote von beiden schon vor einer ganzen Weile leckgeschlagen, aber dieses Jahr fingen sie dann an zu sinken.«

»Tolle Metapher, mein Freund.«

»Ich geb mir Mühe.«

»Aber wenn sie schon so lange knapp bei Kasse waren, wie haben sie dann ihren Lebensstil aufrechterhalten können?«, fragte Cass.

»Sie haben ein paar Aktivposten verkauft: Privatverkäufe von Gemälden und Schmuck. Mal dies, mal das – hin und wieder. Einiges davon war ganz schön hochpreisig, das kann ich aus den Zahlungen einiger Auktionshäuser schließen.«

Cass erinnerte sich an das Bild im Haus der Jacksons, das ein bisschen schief gehangen hatte. War es erst vor Kurzem wieder aufgehängt worden? Eine Fälschung vielleicht?

»Meinst du, die Frauen wissen Bescheid?«, fragte er. Seine Haut kribbelte, und das hatte nichts mit dem Nikotin zu tun.

»Du greifst vor.« Er lachte wieder und hatte offensichtlich seinen Spaß. »Ich würde sagen: nein. Beide Familien haben jede Menge Bankkonten. Vom Hauptkonto, das allein auf den Namen des Ehemanns läuft, wird Geld auf ein gemeinsames Konto überwiesen, von dem die Frauen abheben. Und ich sag dir, die heben ordentlich ab. Ihre Luxusausgaben übersteigen mein Gehalt – und das ist erheblich besser, seit ihr mir den Gefallen getan habt, mich rauszuschmeißen. Sie gehen zu Wellnessbehandlungen, unterhalten Mitgliedschaften in Fitnessclubs in der Londoner Innenstadt, besuchen Spitzenfriseure – und von den Kleidern will ich gar nicht erst anfangen.

Sie haben sich nicht eingeschränkt, nicht im Geringsten, seit ihre Männer es vergeigt haben, also haben sie jeden Monat das Problem noch um ein paar Tausender vergrößert. Beide Familien standen kurz davor, alles zu verlieren. Das Gespräch hätte ich echt gern gehört.« Er lachte trocken.

»Sie sind also pleite.«

»Nein, sie waren pleite.«

»Was willst du damit sagen?«

»Hier wird die Sache interessant. Vor sechs Monaten haben Jackson und Miller jeweils drei Zahlungen von fünfzigtausend Pfund im Laufe eines Monats erhalten.«

»Wie viel?« Sein Rücken versteifte sich. »Hundertfünfzigtausend für jeden? Wo kam das her?«

»Das ist das Lustige. Ich kann das Geld nicht zurückverfolgen. Nicht ganz. Aber das allein verrät uns ja jede Menge.«

»Wie kann ein Betrag in dieser Höhe plötzlich auf einem Privatkonto auftauchen, ohne dass Nachforschungen angestellt werden?«

»Heutzutage sind die Banken so froh, wenn Geld eingeht, dass sie nicht so weit nachforschen. Und Banken werden jetzt ohnehin überwacht. Der Big Brother aller Banken reguliert alles; wenn also Geld von Der Bank selbst kommt, wer soll es dann wagen nachzuhaken?«

»Das Geld kam von Der Bank?«

»Nun, es wurde jedenfalls von dort überwiesen. Jede Überweisung kam von einem anderen Konto dort. Die Information hat mich einiges gekostet, was wiederum bedeutet, dass sie dich einiges kosten wird, aber ich hab die Einzelheiten. Keines der beiden Konten war je für andere Transaktionen benutzt worden – im Grunde waren sie wie ein Tunnel, durch den Geld auf die Privatkonten von Jackson und Miller fließen konnte, ohne dass jemand die Augenbrauen hochzog.«

»Das musst du erklären.«

»Die Bank führt Scheinkonten. Das war zu vermuten bei der Größe. Sie operiert in vielen Unterabteilungen ebenso wie als Ganzes. Aber alles muss nach einem Nummernsystem ablaufen, damit Bilanzprüfungen durchgeführt werden können. Es werden verschiedene Sequenzen von Kontonummern benutzt, die schnell identifiziert werden können, sowohl intern als auch im weiteren Finanzsektor, und sie werden nach Wichtigkeit vergeben – oder nach Priorität oder wie du das nun nennen möchtest. Manche dieser Kontosequenzen bringen die Leute dazu, höher zu springen als andere. Diese beiden Tunnelkonten fingen mit den Ziffern 251 an, und das gilt als ziemlich hoch in diesem System.«

»Woher zum Teufel weißt du all diesen Scheiß?« Cass atmete tief durch. Sein Puzzle fügte sich langsam zusammen.

»Ich hab's dir doch gesagt: Ich hab dafür bezahlt. Ich bin wie du, Cass. Ich hab Freunde in allen möglichen Stellungen, und die sind auch nicht alle so dumm, dass man sie wegen Trunkenheit am Steuer drankriegt. Egal, mein Kontakt hat ein bisschen für mich gebohrt und die Nummern der Konten rausgekriegt, von denen das Geld auf die 251-Konten überwiesen worden ist. Und damit stehst du nun ganz allein da.«

»Wie meinst du das?«

»Die Konten fangen mit 7777 an. Niemand, den ich kenne, weder in den Banken noch im Finanzsektor, hat je von einem 7777-Konto gehört. In Der Bank nicht und auch nicht in den kläglichen Überresten der Wirtschaft außerhalb Der Bank. Und als er versucht hat, die Sache intern zu verfolgen, hat Die Bank den Computer meines Kumpels zum Absturz gebracht. Mehr als ein Mal.«

»Wie lauteten die Kontonummern?« Cass' Herz hämmerte, er holte sein kleines Notizbuch aus der Tasche. »Hast du sie dabei?«

»Klar. Warte mal.«

Das Geraschel von Papier am anderen Ende der Leitung fiel mit seinem Blättern zusammen, er suchte nach den Nummern, die er aus dem Moleskin-Notizbuch unter Solomons Bett abgeschrieben hatte. Sein Blut gefror und geriet dann in Wallung, als Jordan die Nummern laut vorlas. Beide waren auf der Seite aufgeführt und neben beiden stand »durchgefallen«. Er grinste. Bingo.

»Perry Jordan, du bist ein Genie.«

»Die sagen dir was?« Er klang erstaunt.

»Ja, das tun sie. Schick die Rechnung und eine Kopie von allem, was du hast, an mich ins Büro. Machst du das?«

»Sie Sache läuft, Mann. Der Kurier ist unterwegs.«

»Ich treffe ihn dann dort. Und, Perry, ich bin dir was schuldig.«

Cass konnte das Grinsen beinahe hören.

»Ja, bist du.«

Der DCI saß hinter seinem Schreibtisch und starrte Cass an. »Aber was ist mit Macintyre? Ich dachte, das wäre seit gestern alles in trockenen Tüchern?«

Cass schaute nicht rüber zu Bowman, der an der Wand lehnte und versuchte einen nonchalanten Eindruck zu machen. Cass wusste, was er sagen wollte. Er wollte sagen, dass Bowman ihm nicht das Wasser reichen konnte, dass er so scheißehrgeizig war, dass es ihm nur um schnelle Ergebnisse ging und den Ruhm, einen wichtigen Fall abgeschlossen zu haben. Er wollte sagen, dass er sich für den leichten Weg entschieden hatte, wie es seine Gewohnheit war. Er wollte sagen, dass er Bowman mit seinen tollen Anzügen und seinem tollen Lebensstil für ein Megaarschloch hielt. Doch er sagte nichts dergleichen. Ein einziges Mal ordnete er sich der Parteilinie unter.

»Vielleicht hat Macintyre ja irgendwelche Scheiße am Laufen – er kann sich bestimmt kaum vorstellen, dass diese Sache nichts mit ihm zu tun hat. Vielleicht haben seine Jungs die Tschetschenen angeschwärzt, weil sie die aus dem Weg haben wollten.«

DCI Morgan nickte. Cass wusste, was er dachte. Im Geiste watete er durch die Trümmer und suchte nach Wegen, den Schaden zu begrenzen. Wie die Dinge augenblicklich standen, war ihre Position in Ordnung: Die Presse war noch nicht informiert und die Eltern waren nicht im Bilde. Wenn herauskam, dass Bowman völlig falschgelegen hatte, nun, dann würde es für den DCI nicht allzu schlimm aussehen beim Commissioner, zumindest nicht, solange er es war, der zur Aufklärung der Wahrheit ermunterte.

Cass schob das aufgeschlagene Moleskin-Notizbuch über den Tisch, sodass es neben den Informationen über die Bankkonten lag, die Perry Jordan untersucht hatte. Der DCI schaute vom einen zum anderen.

»Aber dieses Notizbuch gehört zu Bowmans Fall? Dem Serienmörder?«

»Ja, aber wir wissen schon eine Weile, dass es zwischen den beiden Fällen Verbindungen gibt. Solomon hat in Der Bank gearbeitet, dafür haben wir Beweise, und dieses Geld ist definitiv durch Die Bank geflossen, obwohl wir nicht genau sagen können, wo es herkam. Dann ist da noch der Mann, der den Jackson-Miller-Film aus der Wohnung abgeschickt hat, in der Carla Rae gestorben ist – dieser Mr Bright, der anscheinend nicht existiert und der unmöglich etwas mit der Sache zu tun haben kann, der Mann, nach dem ich Solomon am Telefon gefragt habe und den er ganz bestimmt kannte.«

Er machte eine Pause und war erfreut zu sehen, dass der DCI wenigstens den Anstand hatte, verlegen dreinzuschauen. Einen Moment später fuhr er fort: »Ich sehe das so: Wenn wir Jackson und Miller nicht festnehmen und all das später rauskommt – was wahrscheinlich ist, denn wenn Perry Jordan diese Sachen rauskriegen kann, könnte die Presse auch jemanden wie ihn anheuern –, dann haben wir ein weiteres Fiasko in Sachen Polizeiinkompetenz. Wir reden hier von toten Kindern. Die Zeitungen lieben solche Scheiße. Sie werden der Familie folgen und sie werden bohren. Sie wissen, wie das läuft. Bau sie auf und vernichte sie dann.«

»Was meinen Sie, Bowman?« Morgan sah seinen anderen DI an.

Bowman zuckte die Achseln, seine Schultern waren steif. »Wir sollten wohl mit ihnen reden«, murmelte er.

Etwas anderes hatte Cass nicht erwartet. Natürlich musste er zustimmen, das war ja klar. Auf dem Weg nach oben in Morgans Büro hatte sich Cass ganz beiläufig nach dem Zeitpunkt der Vernehmung von Macintyre erkundigt, und schließlich hatte er gesagt, er müsse sich bei Claires Anruf wohl in der Zeit geirrt haben, obwohl er doch auf die Uhr geschaut hatte. Bowman hatte nichts gesagt. War auch nicht nötig gewesen. Cass konnte an seinem Erbleichen sehen, dass die Botschaft bei ihm angekommen war. Ob es wohl unverzeihlich war, dass er sich wünschte, das Krankenhaus hätte Hinweise auf eine Vergiftung in Bowmans Blut gefunden und nicht nur irgendwelche vagen Abweichungen von der Norm? Wenigstens hätte er dann in einem Krankenhausbett gesteckt und wäre Cass nicht in die Quere gekommen.

»Okay, ich bin einverstanden.« Morgan richtete sein Augenmerk wieder auf Cass. »Lassen Sie sie holen. Aber behutsam. Diese Leute haben Kinder verloren.«

Cass war schon aus der Tür, als sein Chef diese letzten Worte brüllte. Die *Mütter* der Jungen hatten Kinder verloren. Er wusste nicht genau, was diese Väter mit ihnen gemacht hatten.

In den unteren Etagen von Paddington Green war es ruhig, vom Lärm und der Betriebsamkeit der Büros und Arrestzellen über ihnen war hier nichts zu merken. Die Vernehmungsräume in diesem Teil des Gebäudes wurden selten benutzt, höchstens mal von der Antiterrorabteilung, wenn die aus allen Nähten platzte, oder von der Mordkommission bei ausgesprochen heiklen Fällen.

Wenn sie das Glück hatten, Solomon zu fassen zu kriegen, würden sie ihn hier unten verhören. Bei Isaac Jackson und Paul Miller handelte es sich zwar nicht um Serienmörder, aber einen ruhigen Ort wussten sie bestimmt zu schätzen. Cass war sich ziemlich sicher, dass ihnen so etwas seit dem Tod ihrer Kinder fehlte – wenn man über seine inneren Dämonen nachdenken wollte, gab es nichts Besseres als das Gefühl, von der Welt abgeschnitten zu sein. Das verstand Cass.

Er spähte durch die kleine Klappe. Isaac Jackson saß absolut still auf seinem Platz und starrte vor sich hin. Wie Paul Miller zwei Türen weiter wirkte auch er viel kleiner als beim letzten Mal, als Cass ihn stoisch hinter dem weißen Sofa stehen sehen hatte. Ohne das große Haus, die schöne Frau und die luxuriösen Möbel um ihn herum sah er nur noch aus wie ein gebrochener Mann, den die Last seiner Schuld in die Knie zwang. Das war sofort klar gewesen, als Jackson den Beamten mit dem wartenden Polizeiauto die Tür aufgemacht hatte. Cass kannte diesen Blick, eine Mischung aus Erleichterung und Erwartung. Es war die Miene des ganz gewöhnlichen Mannes, der etwas Schreckliches getan hatte und bereit war, dafür zu zahlen. Bei Jackson war das ganz offensichtlich gewesen. Er würde als Erster einknicken.

Verstört und verständnislos hatten die Ehefrauen umgehend ihre Anwälte angerufen. Paul Miller besprach sich gerade mit seinem, Jackson wollte das nicht. Cass nahm an, dass er für fünf Minuten in sich ging und abwägte, wie viel er jetzt noch geheim halten konnte. Wenn er erst einmal angefangen hätte zu reden, würde Jackson nicht wieder aufhören können. Da würde er noch nicht wissen, dass durch das Reden nur eine zweite Version des Schreckens entstand. Die Geschichte, die sich in die Seele eingeätzt hatte, wurde man so nicht los. Das wusste Cass. Die Geschichten blieben immer drinnen.

Cass nahm sich einen Moment, um selbst die Ruhe zu genießen, während Claire Kaffee holte. Oben am Empfangstresen musste die Hölle los sein, solange die Leute vom Ermittlungsteam eine Flut von Anrufen entgegennehmen mussten. Die Presse versammelte sich vor der Wache und schrie nach Informationen, nach Blut. Dagegen hatte sein Team nichts ausrichten können. Es war nicht möglich, die Männer zu Hause abzuholen, ohne sofort die Meute auf den Fersen zu haben – seit die Jungs tot waren, campten die Journalisten praktisch in deren Vorgarten. Obwohl die Männer – die Väter – streng genommen nicht verhaftet worden waren, ließ sich niemand mehr von der abgedroschenen Phrase täuschen, sie würden der Polizei bei den Ermittlungen helfen. Überall in der Stadt bereiteten Zeitungsredakteure hektisch Doppelseiten vor, die beide Richtungen abdeckten: eine, in der die Familien in Stücke gerissen wurden, eine andere, in der die Polizei für ihre Brutalität im Angesicht der Tragödie geschmäht wurde. Die Redakteure warteten ab, was sich ergab, dann trafen sie die Entscheidung, welche Version gedruckt wurde. Ob den Guten übel mitgespielt worden war oder ob Bösewichte dazu bestimmt waren, in der Hölle zu verrotten. So würde es dargestellt werden, dabei spielte es keine Rolle, dass die Wahrheit meistens irgendwo dazwischen lag.

Claire tauchte mit einem Tablett auf. »Sorry. Musste nach oben.« Sie schaute zur Tür. »Bist du bereit reinzugehen?«

Cass nickte. Er war mehr als bereit.

Isaac Jackson schaute auf, als Claire den heißen Kaffee vor ihn hinstellte, dann das Aufnahmegerät einschaltete und Zeit und Datum nannte. Sie sprach deutlich. Das hier war ein Verhör, das nicht wegen irgendwelcher Mängel angefochten werden würde.

»Haben Sie schon mit Paul geredet?« Jacksons Stimme klang dumpf.

»Ich dachte, ich fange mit Ihnen an«, sagte Cass. »Mr Miller redet gerade mit seinem Anwalt.«

Er nickte, seine Bewegungen waren wie die eines alten Mannes, der vorgibt noch jung zu sein. Das Leben hatte seinen Tribut von Isaac Jackson gefordert.

»Ich gebe fürs Protokoll an, dass Sie ohne Ihren Anwalt und freiwillig mit uns reden. Trifft das zu?«

Er nickte wieder und Cass sah ihn an. Er räusperte sich und sagte: »Ja.« Seine Stimme klang matt, niedergeschlagen.

»Und Sie verstehen, welche Folgen eine derartige Entscheidung für eine spätere Gerichtsverhandlung haben könnte?«

»Ja.« Natürlich war ihm klar, was dabei herauskommen könnte. Die Todesstrafe für vorsätzlichen Mord war vor zwei Jahren wieder eingeführt worden. Da die Gefängnisse jedoch chronisch überlastet waren und die weniger schweren Verbrechen massiv zugenommen hatten, gab es innerhalb der Regierung Bestrebungen, die Grenzen noch weiter zu verschieben und Mord mit bedingtem Vorsatz, Totschlag und Beihilfe zum Mord mit auf die Liste zu setzen. Wenn Jackson und Miller irgendwas mit dem Tod ihrer Söhne zu tun hatten, würde ihr Fall in diese Kategorie fallen.

»Mr Jackson, im Verlauf dieser Ermittlungen haben wir herausgefunden, dass Sie und Mr Miller im Laufe der letzten beiden Jahre finanzielle Schwierigkeiten hatten. Trifft das zu?«

»So könnte man es sagen.« Jackson lachte kurz auf, ohne jegliches Gefühl. »Ich würde es als finanziellen Zusammenbruch bezeichnen. Keiner von uns hatte je etwas gespart, aber wir hatten ein Gespür für die richtigen Anlagen und konnten uns über Wasser halten. Doch wir fingen an Fehler zu machen. Wir waren zu dreist. Die Welt hatte sich verändert und das hatten wir nicht bedacht. Alles war hochriskant und wir fingen an Verluste zu machen. Große Verluste. Wir versuchten unsere Fehler zu korrigieren, und damit haben wir es nur noch schlimmer gemacht.« Er sah Cass an. »Wahrscheinlich wissen Sie das schon.«

»Ich habe die Unterlagen, aber ich bin kein Finanzgenie. Erklären Sie es mir.«

»Sie müssen kein Genie sein, Sie sehen auch so, dass die Rechnung nicht aufgeht.« Er lehnte sich in seinem Stuhl zurück und wischte sich seufzend die Augen.

»Weiß Ihre Frau davon?«

»Was glauben Sie denn?« Er beantwortete seine Frage selbst. »Nein, wir beschlossen, Clara und Eleanor nichts davon zu erzählen.«

»Warum? Dachten Sie, sie würden Sie verlassen? Beide?«

Wieder langsames Kopfschütteln. »O nein, viel schlimmer. Sie wären enttäuscht gewesen – hätten sich im Stich gelassen gefühlt.« Er nippte eine Weile an seinem Kaffee, dann schaute er Cass wieder an. »Paul und ich sind Neuerfindungen unserer eigenen Personen. Wir haben unser

Bild von uns so geschaffen, wie wir sein wollten: erfolgreich, selbstbewusst, Männer, die es mit der Welt aufnehmen können und gewinnen. Das waren die Männer, in die unsere Frauen sich verliebt hatten. Nur Paul und ich wussten, dass wir das im Innersten gar nicht waren.«

»Im tiefsten Inneren sind doch alle anders«, sagte Claire. »Auch Ihre Frauen.«

Jackson lächelte sie mitleidig an, als ob sie so was nie verstehen könnte.

»Sie dachten, sie würden Sie dann nicht mehr lieben?« Cass runzelte die Stirn. »Das ist verrückt.«

»Sie würden uns nicht mehr genauso lieben. Wir wären nicht die Männer, die sich um alles kümmern. Es hätte alles kaputt gemacht.« Er senkte den Kopf. »Vielleicht klingt es verrückt, aber an dem Punkt haben wir immer noch gedacht, wir könnten den Karren aus dem Dreck ziehen und sie müssten nie etwas davon erfahren.« Seine gepflegte Aussprache hatte gelitten, seit er angefangen hatte zu reden.

Wie viel von seinem Leben wohl Schein war?, fragte Cass sich. Manchmal hatte er noch Charlie Suttons Cockney im Ohr. Er konnte nachempfinden, was Jackson erzählte. »Was ist dann passiert?«

»Paul hat jemanden in einem Casino getroffen.«

»Wo?«

»Das weiß ich nicht genau. Irgendein Spitzenladen in der Nähe der Baker Street.«

»Er hat gespielt? Dafür hatte er Geld?«

»Natürlich nicht. Aber ist das nicht die letzte Hoffnung eines verzweifelten Mannes? Sein Glück bei den Karten oder beim Roulette zu versuchen? Und es war leichter, so zu tun, als würde man länger arbeiten, als nach Hause zu gehen. Die Anstrengung, den Schein zu wahren, war unerträglich.« Er kniff die Augen ein wenig zusammen. »Ich glaube, wir fingen an, einander zu hassen. Sie wissen ja, wie das ist. Es ist leichter, jemand anderem die Schuld zuzuschieben. Egal, er hat sich betrunken und unsere Probleme ausposaunt. Er sagt, er weiß nicht mehr, was er genau gesagt hat, aber der Mann hat ihm eine Visitenkarte gegeben. Schlicht, weiß, teuer. Darauf stand nur eine Mobilnummer.«

»Wer war dieser Mann?«

»Seinen Namen kenne ich nicht. Paul hat ihn mir nie genannt, er hat gesagt, er könne sich nicht erinnern. Aber der Mann hat zu Paul gesagt, wenn wir diese Nummer anriefen, gebe es eventuell einen Weg aus unseren Problemen. Er sagte, er sei in einer ähnlichen Situation gewesen und der Mann am anderen Ende der Leitung habe ihm das Leben gerettet und alles zum Besseren gewendet.«

»Und was haben Sie gemacht?«

»Natürlich diese Nummer angerufen.«

»Und wer hat sich gemeldet?«

Jackson lächelte sanft, doch seine Augen waren kalt. »Er hat gesagt, sein Name sei Mr Solomon.«

Claires Blick schoss zu Cass hinüber, der jedoch erwiderte ihn nicht, obwohl seine Aufregung wuchs. Eine Visitenkarte, schlicht, weiß, teuer … Er wusste, wie sich so eine Karte anfühlte. In seinem Kopf fügten sich die Enden loser Fäden zusammen. Nichts ist heilig. Menschen waren geprüft worden und hatten versagt. Das war es, was er gesagt hatte. Bei welcher Prüfungsaufgabe hatten sie so spektakulär versagt?

»Wo haben Sie sich mit ihm getroffen?«

»Zwei Tage nach dem ersten Telefongespräch hat er Paul angerufen und uns in sein Penthouse auf der Wharf bestellt.«

»Und wer war er?«

»Er sagte, er sei ein Investor.«

»Arbeitete er für Die Bank?«

Jackson wollte antworten, zögerte aber. »Ich bin mir nicht sicher, ob er für sie *gearbeitet* hat. Er hat gesagt, er habe viel in Die Bank investiert. Er wirkte auf mich nicht wie jemand, der für irgendjemanden arbeitet.«

Cass dachte an das leere Büro und die Leinwand, die die ganze Wand einnahm. Jackson hatte Solomon gut getroffen. Seine Beschreibung passte auch genau auf Adam Bradleys Beschreibung von Mr Bright. Er stellte fest, dass ihn auch das nicht erstaunte. Bright und Solomon waren in seinem Kopf aneinandergekoppelt, zwei Teile eines Ganzen, die sich um ihn, seine Familie und seine Vergangenheit schlangen.

»Und was geschah dann?«

Jackson rutschte auf seinem Stuhl herum und lehnte sich vor. »Haben Sie ›Der Pate‹ gesehen?«

»Mit Marlon Brando? Ist lange her. Warum?«

»Wir kamen da mit der Erwartung hin, dass uns ein Kredit zu Wucherzinsen angeboten würde.« Ein bitteres Lächeln huschte über sein Gesicht. »Aber es war wie die Anfangsszene von diesem Film. Wir haben unsere Lage erklärt und er hat nur genickt und zugehört. Als wir dann fertig waren, hat er gesagt, er wolle mit jedem von uns allein sprechen. Ich weiß nur, was er zu mir gesagt hat.«

»Und das war?«

Jackson seufzte. Er stank beinahe nach Scham. »Er sagte, er würde mir einhundertfünfzigtausend Pfund leihen, damit ich wieder ins Reine käme, ohne Zinsen auf die Summe. Aber ich hätte mich an bestimmte Vorgaben zu halten. Er sagte, ich solle mit meiner Frau über meine Arbeit und die Geldprobleme reden … und wenn ich das nicht täte, dann müsse ich innerhalb eines Jahres eine Gebühr für das Geld bezahlen. Ihm war sehr daran gelegen, dass wir aus unseren Fehlern lernten.« Er sah Cass an. »Er hat mir gesagt, nichts davon dürfe ich mit Paul besprechen. Er meinte, es wäre besser, wenn wir unsere Freundschaft lockerten.«

Er hielt eine Weile inne und ließ den Kopf hängen, dann ergänzte er: »Es war eher so, als würde man mit einem Therapeuten reden, nicht mit einem Kredithai. Ich hab im Laufe der Zeit einige mächtige Leute getroffen, aber dieser Mann war anders. Er kann nicht viel älter gewesen sein als wir, aber er hatte etwas an sich, was völlig anders war – ich kann nicht genau sagen, woran das lag. Als ich bei ihm saß, war ich voll und ganz dazu entschlossen, zu tun, was er von mir verlangte. Ich konnte mir gar nicht vorstellen, *nicht* zu tun, was er verlangte.«

»Und dann?«

Ein kleines Achselzucken. »Wir gingen nach Hause. Wir redeten nicht drüber, aber ich konnte sehen, dass Paul auch glücklich war. Wir beglichen unsere Schulden und nach und nach verbrachten wir immer weniger Zeit miteinander. Ich löste mich in kleinen Schritten, damit Clara es nicht merkte. Vermutlich hatte er dieselbe Anweisung bekommen, denn er hat nichts dazu gesagt.«

»Ich hab Ihre Konten eingesehen«, sagte Cass. »Es sieht nicht so aus, als hätten Sie es Ihrer Frau erzählt.«

Zum ersten Mal traten Tränen in Isaac Jacksons Augen. »Ich hab es nicht getan – ich konnte es nicht. Paul hatte Eleanor offenbar auch nichts erzählt, wie konnte ich es da Clara sagen? Sie sind beste Freundinnen. Es hätte sie umgebracht« – über diesen Satz stolperte er ein wenig – »wenn Eleanor ihren Lebensstil beibehalten und Clara das nicht gekonnt hätte. Sie hätte sich gedemütigt gefühlt.«

Prüfungen. Es ging nur um Prüfungen und diese Männer

hatten versagt. Cass konnte jetzt ganz klar vor sich sehen, was sich abgespielt hatte. Paul Miller und – wahrscheinlich – auch Jackson hatten mit ihren Frauen über ihre zu hohen Ausgaben reden sollen, sie hatten sich gegenseitig beobachtet und darauf gewartet, dass der jeweils andere den Anfang machte. Ein absolut klassischer Fall von Anpassungsdruck – und beiden Frauen war überhaupt nicht klar gewesen, welcher Preis dafür zu zahlen war. Was war nun der Preis dafür gewesen?

Jacksons Stimme drängte sich in Cass' Gedankengang: »Vor etwa einem Monat klingelte mein Telefon. Es war Solomon. Er wollte sich mit uns treffen.«

»Wieder im Penthouse?« In das möblierte Zimmer hatte er die Männer wohl nicht bestellt.

»Nein, dieses Mal in einem Restaurant. Ein ganz normales, gehörte zu einer dieser Steak-Ketten. In Soho. Solomon sah anders aus. Er war nicht mehr so elegant gekleidet. Er wirkte nicht mehr so … gefasst. Vielleicht war das alles schon beim ersten Mal da gewesen und ich hatte es nur nicht wahrgenommen. Ich war zu sehr um mich selbst besorgt gewesen, um den Wahnsinn in ihm zu sehen.«

»Sie halten ihn für verrückt?«

Jackson lachte für geschlagene dreißig Sekunden. Das Geräusch passte so gar nicht zu der Tristesse ihrer Umgebung und seines Berichts. Schließlich fuhr er fort: »Oh, er war verrückt. Und ich glaube, er hat mich auch verrückt gemacht. Ich bin da hingegangen und habe gewusst, er würde etwas von mir verlangen. Bei unserem ersten Treffen hatte er gesagt, ich solle Clara sagen, dass wir uns einschränken müssen, aber das hatte ich einkalkuliert. Bei eigenen Investitionen hatte ich ein wenig extra verdient – nichts Großes, ich bin nicht so mutig wie Paul, deshalb hatte ich ein geringes Risiko gewählt. Aber ich hatte das Geld behalten und zur Seite gelegt, als dieser Anruf kam.« Das bittere Lächeln war wieder da. »Ich dachte, damit wäre alles gedeckt. Wie man sich doch irren kann!«

»Erzählen Sie es mir.« Cass hatte ein schreckliches Gefühl. *Nichts ist heilig*. Wir sind geprüft worden und haben versagt. Was hatten Isaac Jackson und Paul Miller getan?

»Er sagte, das Leben meiner Frau sei eine Illusion. Ich hätte es nicht geschafft, ehrlich mit ihr zu sein und ihr zu erlauben, an der Realität teilzuhaben, wie er es mir aufgetragen hatte.« Er schluckte. »Das habe er klar gesagt, als er mir das Geld gegeben hatte, meinte er. Ihr Leben sei die Gebühr.« Er schaute Cass in die Augen. Sein Entsetzen beim Durchleben dieser Augenblicke war so deutlich, dass Cass den Film in den Augen seines Gegenübers förmlich ablaufen sah.

»Ich hatte zuerst nicht verstanden, was er gesagt hatte. Ich hab was von dem Geld gefaselt, das ich für ihn zurückgelegt hatte. Er wartete, bis ich fertig war. Dann sagte er einfach: ›Ich werde Ihre Frau töten.‹ Einfach so.« Jackson fuhr sich mit den Händen über den Kopf, dann legte er die Hände vor sein Gesicht. Er presste seinen Zeigefinger an Mund und Nase, als ob ihn das irgendwie davon abhalten könnte, seine Geschichte zu Ende zu erzählen.

»Aber Ihre Frau lebt noch immer.«

Jacksons Nicken war kaum wahrzunehmen. »Und manchmal wünschte ich bei Gott, sie würde es nicht mehr tun«, flüsterte er. »Ich hab gebettelt und gefleht – und am Ende hat er mich vor die Wahl gestellt.« Seine Stimme hatte einen winselnden Klang bekommen, Cass kam das bekannt vor: So hörte sich jemand an, der dringend eine Art Vergebung brauchte. Er hatte es schon tausend Mal gehört, in tausend dreckigen Arrestzellen, und genau wie dort war er auch hier plötzlich der Beichtvater. So lief das immer.

Aber er konnte keine Vergebung gewähren, er konnte nur für Gerechtigkeit sorgen. Seine Miene blieb unbeteiligt, aber sein Magen zog sich zusammen. Er meinte erkennen zu können, worauf Isaac Jacksons Geschichte hinauslief.

»Eine Wahl?«, fragte Claire leise.

»Er sagte, ein Leben sei verwirkt.« Er atmete keuchend, seine bisherige Ruhe schwand. »Er sagte, wenn es nicht Clara sei, dann jemand anders. Zuerst dachte ich, er meine Justin, und das hätte mich beinahe wahnsinnig gemacht …« Jetzt liefen die Tränen unkontrolliert sein Gesicht hinunter und er sagte nichts mehr, bis Cass ihm bedeutete fortzufahren. »Er fing an, über Paul zu reden und darüber, dass es ebenso sehr seine Schuld war wie meine. Als ob er wüsste, was ich gedacht hatte … warum ich es Clara nicht erzählt hatte. Dann hat er mich vor die Wahl gestellt. Entweder Clara oder Pauls John.« Wieder vergrub er das Gesicht in den Händen und Cass konnte ihn kaum verstehen, als er sagte: »Und Gott sei mir gnädig, ich hab den kleinen John gewählt.« Rotz lief ihm aus der Nase und die Wörter tropften mit heraus. »Ich hab John gewählt.«

Cass' Blick war starr. Er fühlte so viel, dass er fast gar nichts mehr fühlte. Sein Gesicht war ganz taub. Solomon hatte sie auf die Probe gestellt und sie hatten versagt. Stolz, Eitelkeit, Dummheit und der Irrsinn eines reichen Mannes: All diese Dinge waren aufeinandergestoßen, hatten eine große Tragödie hervorgebracht – und zwei Jungen waren gestorben. Und selbst ganz am Ende hatte Jackson nicht sein eigenes Leben geopfert, um für seine eigenen Schwächen zu bezahlen. Nein, anstelle seiner Frau hatte er das Leben des Kindes eines anderen Mannes gewählt. Ob er wohl wenigstens ein Mal gesagt hatte: »Nehmen Sie keinen von beiden, nehmen Sie mich?« Ob alles anders gekommen wäre, wenn er das getan hätte? Vielleicht wäre das bei Solomon so was wie das Ticket gewesen, das ihn aus diesem Gefangenendilemma befreit hätte: Biete das größte Opfer an und alles wird gut. Vielleicht war das die hochriskante Wette gewesen, die Jackson nicht annehmen wollte.

»Und als es dann passiert ist, wusste ich es.« Jacksons trauernder Blick hätte Eis zum Schmelzen gebracht. »Natürlich wussten Paul und ich es beide. Wir hatten dieselbe Wahl getroffen. Unsere wunderschönen Jungs waren fort und nun tanzt der Teufel mit unseren Seelen. Ich kann ihm nicht mehr ins Gesicht sehen. Und er mir auch nicht.«

Cass konnte sich nicht gegen den Ekel wehren, der in ihm hochstieg. Er wollte ihm den Film zeigen. Vielleicht würde er das auch tun. Vielleicht sollten beide Männer mit dem Anblick ihrer Jungs leben, die Freunde waren bis zuletzt und Seite an Seite gestorben waren. Vielleicht würden sie dann sehen, was sie in Wirklichkeit angerichtet hatten. Er starrte den schluchzenden Mann wütend an.

»Wenn ich es rückgängig machen könnte, dann würde ich es tun«, wiederholte er, »bei Gott, das würde ich.« Ein gebrochener Mann.

Schwarze Schuhe. Scharlachrote Spritzer. Eines musste Cass noch wissen. »Wenn Sie sich so elend fühlen, warum mussten Sie dann noch versuchen mich reinzulegen?«

»Was?« Jacksons Kopf kam langsam hoch und man sah ein Gesicht, das von Schuld gezeichnet war … und jetzt auch noch von Verwirrung. »Wovon reden Sie?«

»Mein Bruder und seine Familie. Von dem untergeschobenen Beweismaterial.«

Jackson starrte ihn an, dann warf er einen Blick rüber zu Claire, bevor er wieder Cass ansah. »Ich weiß nicht, wovon Sie reden.«

»Ich hab nur an diesem einen Fall gearbeitet. Also müssen Sie es gewesen sein oder Miller.« Er lehnte sich weit zu ihm rüber und knurrte. »Für Sie kann es nicht mehr schlimmer werden. Sie und Ihr guter Freund, Ihr bester Freund, haben jeder das Kind des anderen umgebracht.«

Die Aussage traf ins Schwarze und er genoss das sichtbare Zusammenzucken. »Sagen Sie mir nur, warum. Ich muss es wissen.«

Eine lange Pause entstand. Jackson wirkte ratlos. »Aber ich weiß wirklich nicht, wovon Sie reden. Ich hab nicht versucht Sie reinzulegen – Himmel, ich war erleichtert, als Sie mich holen kamen. Das ist die Wahrheit.«

Die Sekunden tickten leise vorüber. Das Problem war, dass Cass ihm glaubte. Gegen das Töten des Kindes seines besten Freundes war das hier gar nichts – der Mann hatte nichts mehr, für das sich Lügen lohnten.

Danach dauerte es nicht mehr lange, bis Miller einknickte. Cass sah das Entsetzen auf seinem Gesicht, als ihm klar wurde, dass Jackson alles gestanden hatte. Nicht mal dreißig Minuten von immer kläglicherem »kein Kommentar« dauerte es – die letzten Reste der Selbstverleugnung, vermutete Cass –, dann war auch Paul Miller tränenüberströmt. Bei Weitem nicht so zusammenhängend wie bei seinem früheren Freund sprudelte nun seine Version der Ereignisse aus ihm heraus. Cass fragte sich, ob an seinem totalen Verlust der Selbstkontrolle nicht etwas Ehrlicheres war als an dem stoischen Gleichmut, den Isaac Jackson zu Beginn seines Verhörs an den Tag gelegt hatte, und seinem völlig ungerechtfertigten Empfinden, »das Richtige getan zu haben«.

Nicht so wichtig, dachte er, als er den zweiten schluchzenden Mann an diesem Tag zurückließ. Es gab keine gute Art zu akzeptieren, was sie getan hatten. Cass war speiübel, der Funken Mitgefühl, den er für diese Männer empfunden haben mochte, war längst verloschen. Sie waren keine schlechten Menschen, nur schwach, und irgendwie war dadurch das, was sie getan hatten, schrecklicher und unverzeihlicher geworden. Ihre Kinder waren aufgrund ihrer Schwäche gestorben. Ihm kam die Galle hoch.

Er spürte, wie die kalten Finger der beiden Jungen sein Herz fester umklammerten. Claire kam aus der Zelle und stellte sich neben ihn. Die Wahrheit mochte ans Licht gekommen sein, aber reichte das aus, um die Geister dieser Jungen für die verlorenen Jahre zu entschädigen? Dieser Gedanke verfolgte ihn.

»Alles okay?« Claire berührte seinen Arm. Ihre Hand war heiß, vielleicht war seine Haut auch so kalt geworden. Schwer zu sagen.

»Jaja«, log er. »Und du?«

Sie lächelte matt. »Du hast sie erwischt. Du hattest recht.«

Er versuchte das Lächeln zu erwidern, aber es war ein hohler Sieg. Kinder, die von ihren eigenen Vätern ermordet, unabsichtlich geopfert worden waren. Darüber konnte man sich nicht freuen. Hätte Bowman doch recht gehabt mit seiner These, dass es ein vermasselter Anschlag auf einen Gangster gewesen war. Mit einem schrecklichen Unfall konnten alle besser leben. So war das jetzt einer von den Fällen, die jeden beschmutzt zurückließen, der damit in Berührung gekommen war, sogar die unschuldige Claire mit ihrem rührenden Glauben an Richtig und Falsch und Schwarz und Weiß. Sobald sich die Aufregung gelegt hatte, den Fall abgeschlossen zu haben, würde sie unruhig schlafen – und nicht genau sagen können, warum. Die Sache würde sie stumm durch die Jahre verfolgen, bis ihr zwangsläufig – anders war es gar nicht möglich in diesem Scheißjob – aufgehen würde, dass man mit Schwarz und Weiß leicht leben konnte, vom Grau in all seinen Schattierungen jedoch Albträume bekam.

»Hol Blackmore, er soll ihnen den Film zeigen«, sagte er.

»Was?«

»Ich muss weg.« Obwohl seine Stimme ganz ruhig war, zitterten seine Hände. »Bowman kann Morgan genau erklären, wo er Mist gebaut hat, und ich will, dass Blackmore sich in jede dieser beiden Scheißzellen setzt und diesen Arschlöchern zeigt, was sie getan haben.« Gott, er brauchte eine Zigarette. »Das haben sie sich verdient.« Die kleinen, kalten Finger lösten ihren Griff langsam und verschwanden in seiner inneren Finsternis. Die Toten waren rachsüchtig. Vielleicht hatten sie ihnen nun gegeben, was sie verlangt hatten, dachte Cass. Er hatte ihnen jedenfalls alles gegeben, was er konnte.

Er mochte Claire nicht ins Gesicht sehen, sie sollte ihn nicht so anschauen, als ob sie etwas Schlimmes unter seiner Haut gesehen hätte, einen Mann, den sie überhaupt nicht verstand.

»Was hast du vor?«

»Ich muss zu ihren Frauen gehen und ihnen sagen, was ihre Haarschnitte sie gekostet haben.«

Sie zuckte zusammen. »Das ist nicht fair, Cass. Sie haben das nicht getan.« So viel Mitleid in ihrer Stimme. Für die Familie oder für ihn? »Sie haben ihre Kinder verloren und ihre Männer – auf einen Schlag.«

»Ich weiß. Tut mir leid. Du hast natürlich recht. Clara Jackson und Eleanor Miller sind auch Opfer.« Warum war er dann so wütend auf sie? Kam hier seine eigene Verbitterung über Kate mit ins Spiel? Es gab Parallelen, so viel war sicher. Kate hatte ihn immer gedrängt, die Karriereleiter hochzuklettern. Sie wollte unbedingt zu den besten Kreisen gehören, die besten Sachen haben. Sie wollte, dass er erfolgreich war. Nun, für ihn hatte das nicht funktioniert – und für Isaac Jackson oder Paul Miller auch nicht. Er erinnerte sich noch an Kates Gesicht, als diese Träume zerstört worden waren. Er erinnerte sich daran, wie der Abzugshahn sich anfühlte, als er abgedrückt hatte. Alle waren sie blutgetränkt.

»Sorg einfach nur dafür, dass sie diesen Film sehen.«

Claire nickte. Nicht einmal sie widersprach ihm, wenn er in dieser Stimmung war. Ohne sich umzuschauen, ging er davon.

Er hatte nur noch eines zu erledigen, bevor er sich auf den Weg machte, um auch das noch zu zerstören, was vom Leben dieser Frauen übrig war. Zuerst ging er in den ersten Stock, wo die Leute so viel damit zu tun hatten, Anzeigen häuslicher Gewalt und Autodiebstähle zu verfolgen, dass sie auf Telefongespräche nicht achten konnten. Er klappte sein Handy auf und rief Artie Mullins an. Wenn Jackson und Miller ihm nichts angehängt hatten, dann jemand anders, der immer noch draußen rumlief. Nur *ein* Mensch schien eine Vorstellung davon zu haben, wer das sein konnte, und der lag in einem Krankenhausbett.

Artie war so geradeheraus wie immer und stellte keine echten Fragen. Eines Tages würde er Cass um einen großen Gefallen bitten, den er ihm dann erfüllen müsste. Cass wusste das, doch darüber konnte er sich auch später noch Sorgen machen.

»Wie heißt dieser Junge?«

»Josh Eagleton. Er liegt im Koma in der ICU.«

»Kein Problem«, sagte Artie. »Ich schick ein paar Leute rüber.«

»Aber nichts Auffälliges. Ich will nicht, dass Fragen gestellt werden.«

»Vertrau mir, deine Leute merken nicht mal, dass wir jemanden da haben – aber dein Junge ist so sicher wie in Abrahams Schoß.« Der starke Londoner Akzent konnte nicht über seine aufrichtige Beunruhigung hinwegtäuschen. »Und du bist jetzt hinter diesen ganzen Scheiß gekommen, Jonesy?«

»Wollen wir hoffen, Artie. Wollen wir wirklich hoffen.«

Ramsey lungerte vor dem Gebäude herum. Cass sah ihn eine Kippe wegschnippen, danach schickte er sich an, wieder nach drinnen zu gehen. Er lächelte nicht, sein Gesicht war maskenhaft vor Anspannung.

»Ich wusste gar nicht, dass Sie rauchen«, sagte Cass.

»Tu ich auch nicht. Nur alle Jubeljahre mal, immer wenn ich denke, dass ich sonst einen Vorgesetzten verprügeln muss. Da ist die Zigarette dann das kleinere Übel.«

»Was ist los?« Wollte er das wirklich fragen? Heute Nachmittag war er eigentlich schon beladen genug.

»Es hat sich herausgestellt, dass es niemand eilig hat, mir diesen Durchsuchungsbeschluss für den Computer Ihres Bruders zu beschaffen. Nicht dass da jetzt noch irgendwas drauf zu finden sein könnte.« Frustriert verzog er das Gesicht. »Ich hab gerade ein Spurensicherungsteam losgeschickt. Sie sollen sich das Haus noch mal vornehmen und nach Hinweisen darauf suchen, wer Ihnen etwas anhängen wollte … und wie. Irgendwas ist übersehen worden. Es muss da was geben, was sie nicht mitgekriegt haben.« Er seufzte. »Es wirkte alles so klar und eindeutig – tut mir leid, Cass – da hat das Team vielleicht beim ersten Mal nicht so gründlich gesucht. Sie wissen ja, wie das ist. Jeder möchte es gern leicht haben.«

Cass zündete sich eine Zigarette an, jetzt musterte Ramsey ihn genauer.

»Sie sind ja auch nicht allerbester Laune? Was ist los?«

»Ich bin auf dem Weg zu Clara Jackson und Eleanor Miller, denen ich erzählen werde, dass ihre Männer für den Tod ihrer Kinder verantwortlich sind.« Seine Finger waren immer noch kalt und zittrig.

»Himmel! Was zum Teufel ist passiert?«

Cass schaute seinen Kollegen an. In der Spätnachmittagssonne schien ein gelblicher Hauch aus Ramseys Augenwinkeln zu wehen. Das wollte er nicht sehen. Es war nicht da. Er schüttelte den Kopf. Mehr konnte er nicht machen.

»Wissen Sie, was?«, sagte Ramsey. »Ich hab noch eine Stunde totzuschlagen, ehe überhaupt jemand dran denkt, mir irgendein Stück Papier in die Hand zu drücken, mit dem ich was anfangen kann. Ich fahre Sie hin.«

»Nicht nötig. Sie haben beide weibliche Beamte im Haus. Das geht schon in Ordnung.«

»Hier geht es nicht um Sie.« Ramsey lief schon die Treppe zum Parkplatz runter. »Ich will die Geschichte hören und ich langweile mich zu Tode, wenn ich hier rumhänge und nichts tue – ist doch Verschwendung eines überragenden Polizeihirns.« Er lachte trocken, ein Auto piepte und ließ zur freundlichen Begrüßung die Lampen aufblitzen. »Steig ein.«

18

Der späte Nachmittag ist wärmer, als er erwartet hatte. Die Sonne will ihm anscheinend die letzte Ehre erweisen. Er schaut sich um, er sieht die verblasste Schönheit der Erde – und er lächelt. Die Blumen tanzen in der leichten Brise. Das Gras wächst auf dem Rasen zwischen den Beeten und dem Beton. Vielleicht ist dieser Tag ja wahrhaftig wunderbarer als die vielen Tausende, die zuvor vergangen sind. Vielleicht ist dies etwas, das alle spüren, die wissen, dass ihre letzten Stunden gekommen sind. Er stellt fest, er ist froh, die Welt zu verlassen, solange es inmitten des Verfalls noch Schönheit gibt.

Er atmet ein und füllt sich die Lungen mit feuchter Luft, so voll von menschlichen Gerüchen, dass er nicht mehr schmecken kann, wie sie ursprünglich gewesen ist. Er fühlt sich seltsam. Nicht ängstlich, nur unverbunden. Über Pullover und Cordhosen trägt er einen langen braunen Regenmantel gegen die Feuchtigkeit. Er prüft seine Taschen, in der einen steckt die Flasche Blut und ein Pinsel, in der anderen zwei Spritzen, eine große, eine kleine. Leise nimmt er Abschied von den Gärten und der Erde, der Luft und den Türmen da oben, dreht sich um und geht zurück in die Kirche. Die Bewegung bereitet ihm Schmerzen in seinen Knochen, und er fragt sich, ob sie jetzt schon in ihm zu Staub zerfallen.

Sie schweren Türen schließen sich mit einem dumpfen Geräusch, das in seinen Fingern vibriert. Eine Weile schaut er auf das alte Holz, überrascht von der plötzlichen Welle der Trauer, die ihn erfasst. Die Welt auf der anderen Seite gibt es jetzt nicht mehr für ihn. Er wird sie nie mehr ansehen.

Obwohl seine Traurigkeit ihn überrascht, weiß er, dass es keine Rolle spielt. Nichts ist heilig. Dies ist eine verrottende Welt. Nichts ist gut, nichts ist schlecht. Nichts von alldem hätte es je geben dürfen. Sogar ihre Götter sterben.

Der Pastor steht am Altar, er arrangiert Blumen. Die hat jemand gebracht, der die Musik genossen hat. Er stellt sie in eine große Vase voll Wasser, aber es ist sinnlos. Die Stängel sind abgeschnitten. An ihnen klebt nur der Geruch des Todes. Ob menschlich zu sein das bedeutet? Sobald die Nabelschnur durchschnitten ist, beginnen sie zu sterben. Er seufzt. Zu Anfang haben sie das nicht ordentlich durchdacht. Er geht den Mittelgang entlang, unter seinem Hemd juckt die Haut. Die Fliegen spüren, dass das Ende naht, und sie kämpfen dagegen an, obwohl sie jetzt innerhalb von Minuten sterben, wenn er sie freilässt. Aber er hat die Kontrolle und er wütet nicht gegen das Sterben des Lichtes.

Der Pastor dreht sich um. Er hat einen Namen. Brendan Carpenter, aber er wird immer »der gute Reverend« sein. Er verkörpert das Beste all jener, die ihr Leben dem Dienst an einem Gott geweiht haben, der nie mehr als eine Illusion gewesen ist, eine Erinnerung aus alten Zeiten. Er ist Güte, Freundlichkeit und Schwäche in einem. Aber trotzdem leuchtet er nicht. Er ist einfach nur menschlich. Und Menschen waren immer nur Figuren in diesem Spiel. Sie trotteten mit, wenn sie sonst nirgendwo mehr hingehen konnten. Die Ausgemusterten. Diejenigen, die die erste Prüfung nicht bestanden hatten.

Der Pastor erkennt ihn und ein Lächeln huscht über sein Gesicht. Er ist kein alter Mann, manchmal kann er ganz jungenhaft aussehen, sogar in der dunklen Uniform der Kirche. Solomon lächelt zurück und das Lächeln des guten Reverends wird schwächer. Bei den Frauen war es genauso, ihre bewundernden Gesichter waren in dem Moment lang geworden, als ihnen aufging, dass dieser Mann etwas war, was sie nie verstehen würden. In seiner Gegenwart hatten sie dennoch stumm getan, was ihnen aufgetragen wurde.

Die Eier unter seinen Fingerspitzen sind hart und die Fliegen winden sich unter seiner Haut. Der Pastor rührt sich nicht, als er sich nähert, doch sein Kiefer klappt herunter, die Blumen fallen und sind vergessen. Die Kraft schwillt an. Er fühlt sich stärker und größer. Er ist ein Gott unter Menschen. Ein letztes Mal pulsiert es in ihm. Sein Lächeln wird breit.

Als er fertig ist, beobachtet er, wie der Körper des Pastors aufhört zu zucken. Die Panik weicht aus seinem Blick, sobald die Nadel den gnädigen Tod in seinen rechten Arm gebohrt hat. Einen Moment starrt er an die Decke seiner geliebten Kirche, und in dieser ewigen letzten Sekunde wüsste Solomon gern, ob der gute Reverend sich wohl fragt, wie es hierzu gekommen ist. Erlebt er einen Augenblick schwarzer Angst, während sein Glaube in der ultimativen Prüfung ins Wanken gerät? Das nicht, hofft er. Er mag den Reverend. Er tut dies aus nichts Geringerem als Liebe. Die Körper der Ersten hat er untersucht, aber das war Neugier. In den letzten Monaten hat er es aus Güte getan. Das Gesicht des nackten Mannes schaut ins Unbestimmte, die Pupillen weiten sich. Alle Gedanken sind weg. Die Glieder entspannen sich. Die Atmung wird immer flacher, bis zu einem kleinen Zucken. Dann nichts mehr.

Solomon seufzt. Ohne den Glauben des toten Mannes fühlt sich die Kirche leer an. Wenigstens kennt der gute Reverend jetzt die Wahrheit: Es gibt kein Paradies. Es gibt keinen Gott. Alle Götter sind erdgebunden, verloren und vergänglich. Er stellt die Flasche mit dem Blut neben den leeren Körper und holt sein Telefon heraus. Dann schaut er den toten Mann an, der so freundlich zu ihm war, und lächelt. Bald schon werden sie zusammen in der Leere sein. Er wählt die Nummer. Es wird Zeit, diesen Teil seines Spiels zum Abschluss zu bringen, doch zunächst muss er seinen letzten Zug machen und seine Figuren übergeben. Möge der König die Kontrolle übernehmen.

Das Auto kroch durch den Verkehr jenseits der Marylebone-Überführung. Es wurde laut gehupt, so als ließe sich der Stau allein durch mechanisches Wüten beheben. Cass störte das nicht. Es war besser als die Stille im Auto. Er hatte das Ende der erbärmlichen Schilderung dessen gehört, was John Miller und Justin Jackson wirklich widerfahren war. Doch er hatte das Gefühl, dass er mit dem Weitererzählen der Geschichte die Bazillen einer Krankheit verbreitet hatte, die noch über Jahre hinaus alle anstecken und verderben würde, die mit ihr in Berührung kamen. Der Geschmack in seinem Mund war so, als hätte er mit jedem Wort Friedhofserde ausgespuckt. Die Finger der Toten waren unruhig, sie zerrten von innen an ihm. Vielleicht drehte er jetzt doch noch durch.

In ihm brannte eine wütende Hitze, die er seit jenen dunklen Tagen nicht mehr gespürt hatte, in denen ihm nicht mehr klar gewesen war, wer echter war, Charlie Sutton oder Cass Jones – nur dass sie beide Blut an den Händen hatten. Dieses Gefühl, dass die Welt irgendwie getrennt von ihm existierte, stellte sich wieder ein. Obwohl er die Öde der Isolation irgendwie vergessen hatte, befand er sich jetzt wieder in ihren Klauen. Seine ganze Familie war tot, seine Frau eine Fremde, und in den meisten Nächten hatte er Träume von den Augen eines Toten, die ihn ansahen. Er, Jackson, Miller, Solomon … Wie verschieden waren sie eigentlich? Wie verschieden war man überhaupt voneinander? Die Welt war grau, und alles, was er durch das Glas sehen konnte, war Schwäche … so viele Leute mit so vielen Schwächen. Davon wurde ihm schlecht. Seine Hände waren immer noch kalt.

Sein Telefon hatte schon zweimal in seiner Tasche gesurrt, ehe er überhaupt merkte, dass es klingelte. Er schaute auf das Display und Wärme durchrieselte seine Finger. Er starrte auf die unbekannte Nummer.

Ich melde mich wieder.

»Jones.«

»Finden Sie, dass der letzte Tag immer der schönste ist? Oder scheint es nur so?« Die Worte wurden langsam gesprochen, ein leises Lachen folgte. Cass war bewusst, dass er Ramsey hektisch signalisierte, an die Seite zu fahren, doch er wurde von dem Anruf förmlich verschlungen.

»Wahrnehmung ist etwas Seltsames. Sie macht aus Lügen Wahrheit und aus Wahrheit Lügen. Kannst du einen Lügner erkennen, Detective Inspektor?«

»Wir sind alle Lügner, Solomon. Spar dir diese Glückskeksweisheiten für jemanden, dem was dran liegt.«

Ramseys Augen leuchteten auf, er drehte sich zu Cass und beobachtete ihn.

»Findest du, es ist ein schöner Tag, Cassius, oder fängst du an, die Welt durch meine Augen zu sehen? Eine Welt, die so tief im Dreck steckt, dass wir alle daran ersticken.«

Dieses Bild, das so fest in seinem eigenen Kopf verankert war, erschütterte Cass zutiefst. Er biss die Zähne zusammen. Er war nicht wie dieser Mörder. »Sie haben Jackson und Miller reingelegt«, sagte Cass, der versuchte, seine Wut zu beherrschen. »Sie haben diese Frauen ermordet und weiß der Teufel wie viele noch, von denen wir bisher nichts wissen. Sie sind der Dreck, Solomon.«

»Jackson und Miller hatten die Wahl.« Ein Seufzen. »Und die war nicht mal schwierig. Selbstsucht hat über Liebe gesiegt.« Er machte eine Pause. »Sogar hier an diesem friedlichen Ort. Kratze an der Oberfläche und du wirst feststellen, alles ist auf Blut und Hass aufgebaut, die sich als Liebe verkleidet haben.«

»Wo sind Sie?«

Das leise Lachen war Herbstlaub, das durch eine tote Stadt trieb. »Es sind alles Prüfungen, Cassius. Wo ich bin? Denk gut nach, dann weißt du es. Ich warte darauf, dich zu sehen, ehe du stirbst – oder ich.«

Im Geiste ging Cass rasend schnell die Liste von Orten in Covent Garden durch, die Claire ihm gezeigt hatte. Wo war es an einem Nachmittag mitten in der Woche ruhig? Restaurants und Bars waren ausgeschlossen. Hintergrundgeräusche konnte er nicht hören, Solomon musste also irgendwo drinnen sein. Friedlich. Er hatte das Wort friedlich benutzt, nicht ruhig.

»Vertrau auf deinen Instinkt.« Ein Anflug von Humor schlich sich in die Stimme. »Du wirst mich finden. Und er wird dir folgen. Ein Rad im anderen.«

Solomon legte auf und in Cass' Kopf fügten sich die Einzelteile nahtlos ineinander. Die Sonne schien grell durch die Windschutzscheibe. Er erinnerte sich wieder, was er auf dieser Liste gesehen hatte. *Nichts ist heilig*.

»Covent Garden«, sagte er. »St. Peter's Church.« Er sah Ramsey an. »Fahr zu!«

Claires Magen rebellierte. Sie hatte genug, sie wollte nicht mehr tief unten in den Gedärmen des Gebäudes bleiben, wo sie vom geschäftigen Treiben oben abgeschnitten war. Vielleicht lag es nur an ihrer Müdigkeit, aber beide Verhörräume schienen scharf nach Schweiß zu riechen. Sie kannte den Geruch von Angst, aber dies war etwas anderes: reine Schuld vielleicht. Was immer es war, ihr wurde schlecht davon. Wenn sie ehrlich sein sollte, allein vom Anblick der beiden Männer wurde ihr schlecht. Sie verfluchte Cass, weil er sie hier unten gelassen hatte, damit sie diese Scheiße zu Ende brachte.

Sie hatte Isaac Jackson eingehend beobachtet, während er den Film vom Tod seines Sohnes anschaute, und jetzt wollte sie Paul Millers Gesicht völlig aus ihrer Wahrnehmung ausblenden. Jackson hatte absolut still gesessen, doch am Zucken seines Gesichts und am Schmerz in seinen schokoladenfarbenen Augen hatte sie sehen können, wie die Selbstzerstörung lautlos um sich griff. Die Euphorie, die sie anfangs gespürt hatte, als Cass und sie die Geständnisse gehört hatten, war längst verflogen. Jetzt wollte sie nur duschen. Sie kannte ihre Grenzen, die Cass strapaziert hatte, als er es ihr überlassen hatte, sich um diese Scheiße zu kümmern. Manchmal war er wirklich ein Arschloch.

Hinter ihr teilte Mat Miller leise mit, was er sehen würde. Miller begann zu schluchzen. Wütend drückte Claire die Play-Taste und starrte auf den Monitor. Miller murmelte etwas, und Mat herrschte ihn an, er solle zuschauen.

Claire legte die Stirn in Falten. Irgendwas auf dem Bildschirm berührte ihre Wahrnehmung wie Schmetterlingsflügel. Auf diesem stummen, körnigen Bild war etwas, was sie nicht sehen konnte, obwohl sie es vor Augen hatte. Etwas sehr Nebensächliches und doch …

Der Augenblick verging. Sie bezwang den Drang, den Film zurücklaufen zu lassen, als dieses Fast-Erkennen ihrer Aufmerksamkeit wieder entglitt. Wenn sie hier endlich fertig war, würde sie sich den Film oben noch mal ansehen. Worauf zum Teufel wollte ihr Hirn sie aufmerksam machen?

»Bitte nicht … Bitte, halten Sie das an …« Millers Stimme war voller Rotz und Selbstmitleid, und zum ersten Mal in ihrer Karriere spürte sie, wie eine Ecke ihres Herzens einfror und schwarz wurde; ein Splitter totes Eis in ihrer Brust. Er wusste, was kommen würde. Er wusste, welchen Lauf die Ereignisse nehmen würden, welchen Lauf sie bereits genommen hatten. Für immer würde er diese Bilder jetzt vor sich sehen, und die beinharte Freude, die sie bei diesem Gedanken empfand, gefiel ihr nicht.

Endlich war es vorbei. Sie ließen die beiden Männer allein, ein Constable bewachte sie. Claire war froh, wieder nach oben zu kommen, wo es deutlich mehr Lebende als Tote gab, und die stinkende Schuld hinter sich zu lassen, mit der unten die Wände der Korridore getränkt waren. Sie fragte sich, was Morgan sagen würde, wenn er erfuhr, was sie eben gemacht hatten. War es ihm vielleicht egal, denn schließlich hatten sie ein Ergebnis und die Zeitungen wären wochenlang mit Sonderberichterstattungen versorgt? Sie rief schnell beim diensthabenden Sergeant an, ließ sowohl Jackson als auch Miller unter Selbstmordüberwachung stellen und ging sich dann einen Kaffee holen. Draußen senkte sich die Spätnachmittagssonne am Himmel, gejagt von den ersten dunklen Vorboten der Nacht. Sie wollte warten, bis es ein bisschen ruhiger wurde, und dann wollte sie sich den Film selbst so lange ansehen, bis ihr endlich klar war, was sie daran störte.

Sogar mit der Sirene auf dem Autodach gab es im Feierabendverkehr nur eine begrenzte Anzahl von Abkürzungen, die sie nehmen konnten. Die Straßen standen unmittelbar vor dem Verkehrsinfarkt; Busse, Taxis und Autos kämpften um Platz, und nur die Fahrräder, die sich an ihnen vorbeidrängten, schafften es, die erlaubte Geschwindigkeit annähernd zu erreichen. Als sie sich dann die Shaftesbury Avenue runtergekämpft hatten und von der West Street in die Upper St. Martin's Lane einbogen, schlug Cass schon frustriert fluchend aufs Armaturenbrett.

»Fahren Sie an die Seite«, sagte er schließlich, »ich steig aus.«

Ramsey hielt. Er ignorierte den lautstarken Protest aus dem Verkehrsstrom hinter ihnen. Cass zerrte am Türgriff, Ramsey zog ihn zurück. »Warte mal.« Er langte unter sein Jackett und holte eine Pistole hervor, eine Glock. »Die gehört mir. Ich hab eine Lizenz.« Er drückte sie Cass in die

Hand. »Nimm sie. Wenn es deswegen Ärger gibt, dann nehm ich das auf meine Kappe. Du kannst da nicht mit leeren Händen rein.«

Cass starrte die Waffe zunächst verständnislos an, dann sagte er leise: »Danke.« Die meisten ranghöheren Beamten der Mordkommission hatten die Berechtigung, eine Waffe zu tragen. Scheiß-Bowman trug wahrscheinlich eine, aber Cass war nie bewaffnet gewesen, nicht, seitdem dieser Undercoverjob so in die Hose gegangen war. Es war lange her, trotzdem war ihm das Gewicht der Waffe gleich angenehm, als er sie Ramsey abnahm. Wie der Griff in der Hand lag, war ihm vertraut. Cass sah Ramsey an. Er hatte schon eine Grenze für ihn überschritten. Und jetzt verlangte er noch etwas von ihm.

»Ich will fünf Minuten Vorsprung, ehe Sie Unterstützung anfordern.«

»Warum? Warum wollen Sie …?«

»Nur fünf Minuten.« Unter seiner Haut war wieder dieses Brennen. Es ging um mehr als um die Ergreifung von Carla Raes Mörder. Das hier war etwas Persönliches. Solomon und Bright hatten seine Familie beobachtet, und er musste wissen, warum. Das war keine Polizeiangelegenheit. Noch mehr von seinem beschissenen Leben sollte nicht in ihren Akten landen. Er wartete nicht auf eine Antwort, sondern stieg mitten auf der belebten Straße aus. Die Kirche lag nur ein paar Minuten von hier am Rand des berühmten Platzes. Mit seiner Dienstmarke in der einen Hand und Ramseys Pistole in der anderen lief er die Garrick Street hinunter und schubste die Fußgänger zur Seite, die sich hier drängten.

Sein Keuchen dröhnte ihm in den Ohren, als er zum Stehen kam. Das Tor zu den Gärten war abgeschlossen und die Tür am anderen Ende des Pfades war geschlossen. Dieser Dreckskerl sei ein Planer, hatte Hask gesagt. Er würde einen Weg offen gelassen haben, damit man ihn fand, aber das hier war er nicht. Fluchend lief Cass zum Haupteingang an der Piazza. Auf der Stufe vor der Kirchentür stand ein Schild, das verkündete, die Kirche sei geschlossen. Cass ging daran vorbei und schaute sich die schweren Holztüren genauer an. Zwischen ihnen war ein Spalt von gut einem Zentimeter. Wie verdammt dreist war dieser Mistkerl, dass er die Haupttür offen ließ? Und wenn nun Touristen versucht hätten hineinzukommen? Hätte er die einfach umgebracht und dann weitergewartet?

Sein Herz hämmerte, als er eine der Türen vorsichtig aufstieß und eintrat. Geräuschlos machte er ein paar Schritte nach vorn. Er zögerte und starrte in die geschmückte Kirche. Ein Nachhall seiner Vision von Christian letzte Nacht ließ ihn erschaudern. Vor dem Altar stand ein großer Mann mit dem Rücken zu Cass. Der blonde Haarschopf reflektierte die vergoldeten Verzierungen an der hinteren Wand. Diese Kirche hatte nichts von der Schlichtheit der Kapelle im Seminar und dieser Mann war nicht sein toter Bruder.

Cass machte noch einen Schritt nach vorn, die Türen hinter ihm fielen mit so einer Wucht zu, dass er einen kalten Luftstoß im Rücken spürte. Er packte die Glock, war darauf vorbereitet, dass Solomon auf ihn zukommen würde, doch der Mann drehte sich nicht einmal um.

In den Nischen der Seitenwände brannten Kerzen. Bei geschlossenen Türen war plötzlich sowohl Tag als auch Nacht, die Zeit war stehen geblieben. Was immer in dieser Kirche passierte, hatte nichts mit der Welt draußen zu tun.

»Solomon?«

Der Mann, der über den Altar gebeugt dastand, drehte sich immer noch nicht um. Der braune Regenmantel spannte über seinem breiten Rücken.

»Hast du sie von hier mitgenommen? Die Frauen? Hast du sie so ausgewählt?«

Dieses Mal konnte er sich bewegen, nicht wie letzte Nacht, als er beim Anblick von Christian erstarrt war. Cass ging langsam über den Steinfußboden, bis seine Schritte von dem roten Läufer gedämpft wurden, der zwischen den dunklen, polierten Kirchenbänken das Mittelschiff der Kirche entlanglief. »Von hier, wo sie gebetet haben?«

»Sie kamen wegen der Musik.« Solomons Stimme war leise und doch erfüllte sie den Raum. »So wie ich. Wunderschöne Musik, die für jeden gespielt wurde, der zuhören wollte, ohne Ansehen der Klasse oder der Glaubensrichtung. Faszinierend. So etwas kann wirklich die Seele berühren.«

»Sie haben sie getötet, weil sie Musik liebten?« Cass dachte an die fünf sehr unterschiedlichen Frauen, ganz versunken in etwas so Schönem und nicht ahnend, dass es sie das Leben kosten würde. Es ging einzig und allein um die Wahl, die getroffen wurde. Die kleinen Dinge. Ob man einen Kaffee trinken ging oder ins kostenlose Konzert. Leben oder Tod.

»Nein, die Musik zog sie an, aber manchmal blieben sie danach noch da, genau wie ich. Und dann kamen sie allein zu den ruhigen Zeiten und saßen einfach nur da.«

Endlich drehte er sich um. Obwohl das halbe Mittelschiff zwischen ihnen lag, konnte Cass erkennen, dass er ein gut aussehender Mann war. Wenn er lächelte, glichen die hohen Wangenknochen die Rauheit in seinem Gesicht aus. Seine Zähne waren so weiß wie die von Bright und ebenfalls absolut ebenmäßig.

»Genau wie ich. So habe ich gewusst, dass sie es wussten.« Er hob die Flasche hoch, in der nur Blut sein konnte, und schraubte den Verschluss zu, ehe er sie vorsichtig in einer kleinen Plastiktüte verstaute, die vorn auf dem Altar lag. Wahrscheinlich war der Pinsel darin, dachte Cass. Er machte noch einen Schritt nach vorn, die Waffe hielt er dabei fest in der Hand. Der nackte Körper, der auf dem Altar ausgelegt war, verlangte keine Eile, die Ruhe um ihn herum kam allein mit dem Tod. Andere mochten da zweifeln, aber Cass hatte immer ganz sicher einschätzen können, wenn für jemanden jede Rettung zu spät kam. Er hatte den entsprechenden Instinkt.

»Sie wussten, dass sie *was* wussten?«

Solomon holte etwas aus seiner Tasche, es war eine Spritze. Cass hob die Waffe und Solomons Lächeln wurde breiter.

»Keine Sorge. Ich will dir nichts tun. Ich will dir helfen.«

»Sie wären erstaunt, wenn Sie wüssten, wie viele Leute mir das dieser Tage sagen, aber mir fehlen irgendwie die Beweise dafür.« Cass ließ die Waffe oben. Die Spritze war voll, die Hälfte würde reichen, um einen Elefanten zu töten. Für wen hatte Solomon sie bestimmt – für Cass oder für sich selbst? Er war sich ziemlich sicher, die Antwort zu kennen, aber er würde kein Risiko eingehen.

»Was sollen sie gewusst haben?« Irgendwas an den Augen des Mannes zog Cass an. Da waren Güte und Stärke und etwas völlig anderes, was er nicht benennen konnte. Wie Wahnsinn sah es nicht aus; wenn überhaupt, dann eher so, als besäße dieser Mann eine schreckliche Geistesklarheit. Cass rückte ein Stück vor. Vielleicht war Wahnsinn ja nie etwas anderes gewesen.

»Sie wussten, dass sie verloren waren.« Er sprach leise. »Es war so, als ob sogar sie – so gewöhnlich und so menschlich, wie sie waren – sehen konnten, dass wir alle sterben, dass alles zerstörerisch ist – dass es keinen Weg zurück gibt.«

Cass schaute die fahle Leiche an. »Wer ist er?« Ein

männliches Opfer, das erste, soweit er wusste. Was würde Hask sagen? Dass das Geschlecht unwichtig gewesen war oder dass Solomon das Wichtigste bis zum Schluss aufgehoben hatte? Egal, das war jetzt nur eine Frage der Auslegung. Für diesen Mann war es vorbei.

»Das ist der gute Reverend. Das ist seine Kirche.« Solomon legte den Kopf schräg und fing an, am Ärmel seines Regenmantels zu zerren. Cass beobachtete ihn. Sollte es so weit kommen, würde er dem Mann den Arm abschießen, ehe er zuließ, dass er sich die Spritze setzte. Er wollte Antworten haben. Er wollte eine verdammte Festnahme. Er wollte, dass jemand etwas sagte, was er verstehen konnte.

Solomon seufzte. »Er war ein gütiger Mann, einer der Guten, aber er hatte keinen Gott – nur eine erbärmliche Sinnestäuschung. Er hatte nicht mal das Leuchten. Genau wie die anderen war er nichts: Ausschuss einer fehlgeschlagenen Züchtung.«

Cass wurde es eiskalt, als Solomons Worte über seine Haut schrammten. Das Leuchten. Erinnerungen blitzten in seinem Kopf auf: das Foto, auf das seine Mutter geschrieben hatte, Vater Michael, der von den komischen Vorstellungen seines Vaters geredet hatte, und Christians Sorgen. Immer das Leuchten. Er wollte nicht daran denken. Er hatte nie daran denken wollen, und trotzdem, hier war es wieder, es war wieder da und brannte sich in seine Haut. Plötzlich stieg in ihm die Erinnerung daran hoch, wie er seine Mutter angeschrien hatte. Er war klein gewesen, hüfthoch, und voller Furcht und Wut. »*Ich will es nicht sehen! Ich will es nicht sehen!*« Und dann die letzte Erinnerung: die Augen eines verzweifelten Teenagers, die in den Lauf einer Pistole gucken, und ein klarer, entscheidender Gedanke in der Panik: *Er hat kein Leuchten.*

Solomon beobachtete ihn. »Ich glaube, auf einer gewissen Ebene verstehst du, was ich meine. Du willst es nicht, aber ich glaube, du tust es. Du kannst nichts dagegen machen.« Sein Blick glitt nachdenklich über Cass' Gesicht. »So hell habe ich es noch nie zuvor an einem normalen Mann gesehen.«

»Ich enttäusche Sie wirklich nicht gern, aber ich hab keine verdammte Ahnung, wovon Sie reden.« Cass packte die Waffe fester. Gegen diesen Mann erschien die Glock keine besonders eindrucksvolle Waffe mehr zu sein.

»Ich wollte ihm nur helfen.« Der blonde Mann beugte sich über die Leiche und zeichnete mit dem Zeigefinger die unregelmäßigen Linien seiner bekannten Botschaft nach.

Ein leises schmatzend-feuchtes Geräusch war zu hören und Cass trat vor. So nackt auf dem Altar aufgebahrt hatte dieser arme Mann genug Demütigung erlitten. Was machte Solomon mit ihm? Ein steter Strom von etwas, was aussah wie Reis, quoll unter den Fingernägeln des Mannes hervor. Fliegeneier. Seine Augen wurden ganz groß.

»Wie zum Teufel machen Sie das?« Er wollte die Ehrfurcht in seiner Stimme nicht hören, aber sie war da – gepaart mit Verblüffung.

Solomon runzelte die Stirn, die ordentliche Linie verwackelte, die Reihe von Eiern brach auf und fette schwarze Maden fielen ihm stattdessen von den Fingerspitzen. Einen Moment lang wanden sie sich wie verrückt auf dem Oberkörper des Mannes, dann lagen sie still. Er seufzte wieder. Er beantwortete die Frage nicht. Dann drehte er sich zu Cass um.

Sie standen nur einen Meter auseinander. Solomons Blick ging mitten durch ihn hindurch. Irgendwas in seinen Augen erinnerte Cass an das Gemälde in Solomons Büro in Der Bank, es lag eine Dunkelheit in ihnen, die ihn an seine Augen erinnerte. Die Zeit schien stillzustehen, wenn sie sich in die Augen sahen. Wo mochte die Verstärkungsmannschaft stecken? Ob Ramsey ihm seine fünf Minuten Vorsprung gewährt hatte? Er brauchte immer noch Antworten, persönliche, nicht die Wahnvorstellungen, die Solomon dazu getrieben hatten, Leben zu nehmen.

»Was ist die Erlösungs-Datei? Warum gibt es darin ein Konto auf den Namen meiner Familie?«

»Sie halten dich für so was Besonderes.« Solomon wandte sich vom Altar ab und ließ sich auf eine Kirchenbank fallen. Er holte eine Baseballkappe aus der Tasche und setzte sie auf den Kopf. Die volle Spritze hielt er immer noch in der Hand. »Du oder der andere könnten alles retten, glauben sie – vor diesem Chaos, diesem schrecklichen Durcheinander.« Er lächelte traurig. »Diejenigen, die nicht glauben, wieder zurückkommen zu können wenigstens. Vielleicht sind sie im Laufe der langen Zeit allmählich verrückt geworden.«

Wer auch immer sie waren, sie mussten verrückt sein. Cass konnte nicht mal seine eigene Ehe retten. Sein Nacken kribbelte.

Solomons Augen leuchteten in die Düsternis. »Du kannst sie nicht retten. Keiner kann das. Aber sie werden dich anlügen, damit du es versuchst.« Zum ersten Mal nahm Cass eine gewisse Dringlichkeit in der Stimme des Mannes wahr. »Und du darfst ihnen nicht vertrauen. Verstehst du, Cassius? Du darfst ihnen nie vertrauen.« Er legte den Kopf schräg. »Doch du musst dir selbst vergeben.«

Cass hatte genug von Rätseln und Geheimnissen. Er hatte genug vom Tod. Und dieser kranke Arsch sollte ihm nicht erzählen, wie er sich zu fühlen hatte. Vielleicht konnte er mit dem Geheimnis von Bright, seinem Vater und dem Leuchten leben. Vielleicht hatte er jetzt im Moment keine Wahl. Er tat das Einzige, was er tun konnte, und hob die Waffe. »David Solomon. Sie sind verhaftet wegen des Mordes an …«

Hinter ihm waren laute Schritte in der Kirche zu hören und er brach ab. Einen Augenblick lang überlegte er, ob Ramsey mit der Verstärkung gekommen war, dabei wusste er, dass sich die Kirchentür nicht wieder geöffnet hatte, seit sie krachend hinter ihm ins Schloss gefallen war. Zwei Dinge geschahen gleichzeitig. Das Erste war, dass er den gut gekleideten Mann erkannte, der mit den Händen in den Taschen des teuren Wollmantels den Mittelgang entlangging. Es war Mr Bright. *Du kommst und er wird folgen. Ein Rad im anderen.*

Das Zweite war, dass Solomon sich die Nadel der Spritze tief in den nackten Arm rammte. Er sog die Luft zwischen den Zähnen ein und lächelte, ehe er aufstand und wieder zum Altar ging. Cass starrte ihn an. Er hatte gesehen, wie viel Flüssigkeit in dem Ding gewesen war. Solomon hätte eigentlich auf der Stelle tot sein müssen. Woraus zum Teufel war der nur gemacht?

Seine Hand zitterte, er wusste nicht genau, wohin er die Waffe richten sollte. Der gut aussehende Mann, der neben dem toten Pastor stand, hatte etwas Zerbrechliches an sich, außerdem hatte er schon zu viel Betäubungsmittel im Blut, um zu überleben. Mr Bright dagegen war so ruhig und gelassen wie beim letzten Mal, als Cass ihm begegnet war, und irgendwie machte ihm das viel mehr Angst.

»Wie zum Teufel sind Sie hierhergekommen? Haben Sie mich etwa beobachtet?«

»Immer, Cassius. Das solltest du allmählich wissen.« Er wandte den Blick nicht von Solomon ab, als er Cass' Frage beantwortete. Er schüttelte seinen Kopf ein bisschen.

»Ich hätte nie gedacht, dass es so enden würde, Solomon. Nicht für dich und mich.«

Cass schaute vom einen zum anderen. Es war so, als wäre er gar nicht da.

Solomon lächelte und Liebe lag in diesem Lächeln. »Wir sind so lange Bright und Solomon gewesen, ich glaube, wir haben unsere richtigen Namen schon fast vergessen, Bruder.«

Er stützte sich auf den Altar, das erste Anzeichen dafür, dass ihn die Kraft verließ. Cass starrte ihn an. Er hätte tot sein müssen. Er hätte tot sein müssen und nicht in der Lage, Maden unter seinen Fingernägeln hervorzupressen, und es gibt kein Leuchten. Gedanken brannten unter Cass' Haut, während er die beiden Männer links und rechts von ihm beobachtete. *Der Fliegenmann. Der Herr der Fliegen.* Wer war dieser Mann?

»All das muss enden, Mr Bright.« Solomons Lächeln war beinahe bezaubernd, Cass wurde ganz klar, was diese Frauen dazu veranlasst hatte, mit ihm zu gehen, und warum der gute Reverend ihm vertraut hatte. »Wir hätten niemals damit anfangen dürfen. Ich kann nicht mehr so denken wie du. Ich rieche die Zerstörung. Er stirbt und alles verfault.«

»Das steckt also hinter dieser ganzen Aufmerksamkeitsheischerei?« Mr Bright zog eine Augenbraue hoch, so als wäre der Tod der fünf Frauen und dieses Pastors nichts anderes als der Wutanfall eines Kleinkindes, das sein Spielzeug aus dem Kinderwagen schleudert.

»Ich wollte sie nur beim Sterben beobachten. Sehen, wie schrecklich es ist.« Solomons Kopf schwankte ein bisschen. »Ich glaube, der Tod ist vielleicht gar nicht so schrecklich. Wir müssen aufhören, uns gegen ihn zu wehren.« Zum ersten Mal streifte sein Blick Cass.

»Er kann dich nicht retten. Keiner von ihnen kann das, und er musste erfahren, wie du alles ausgeklügelt und geplant hast. Ebenso wie sein Bruder es herausgefunden hat.«

Er atmete hastig und keuchend und stieß die Sätze mit der Luft aus. »Und deshalb hab ich ihn zu dir geführt. In die Wohnung. Mit dem toten Mädchen.« Obwohl es ihn anstrengte, gelang es ihm, diese Worte siegreich klingen zu lassen. Mr Bright hingegen lachte nur heiter.

»Ich bin der Architekt, Solomon.« Das Lächeln des Mannes mit dem silbernen Haar sprühte vor Gesundheit. »Ich war schon dabei, ihn hereinzuziehen. Dein Spiel war nur eine Arabeske und machte keine Unannehmlichkeiten. Du warst so beschäftigt mit deinen eigenen Prüfungen und Spielereien, dass du nicht auf das Gesamtbild geachtet hast.« Das Lachen verebbte. »Und jetzt wirst du sterben und alles war umsonst.«

»Wir sterben doch sowieso alle. Ich fühle es. Es liegt ein Summen in der Luft.«

»Meinst du?«, sagte Mr Bright. »Schau mich an. Sterbe ich etwa? Das geschieht alles nur in deinem Kopf, Solomon. Du und die anderen, ihr habt euer Schicksal beschlossen. Ihr habt es euch selbst eingeredet. Vielleicht sind es nur Zeit und Alter und Überdruss.« Sein Lächeln verschwand. »Und jetzt erfüllt sich deine Prophezeiung.«

»Was zum Teufel hat all das mit mir zu tun?«, blaffte Cass. Seine Verstärkung würde bald eintreffen, und er hatte genug davon, nicht beachtet zu werden – wenn er so verdammt wichtig für ihre verwickelten Pläne war, dann sollten sie wenigstens mit ihm reden. »Warum, verdammt noch mal, haben Sie mich beobachtet?«

Solomon klammerte sich an den Altar, er rang nach Luft.

»Wir haben dich nicht beobachtet, Cassius«, sagte Mr Bright, »beschützt haben wir dich. Was denkst du denn, warum du lebend aus diesem Fiasko entkommen bist?« Er kam ein bisschen näher heran. »Glaubst du etwa, Brian Freemans Leute hätten dich nicht in den Zeitungen wiedererkannt, bloß weil Charlie Suttons Leiche tot im Fluss gelegen hat?«

Das war wie ein Schlag ins Gesicht. Ihm schwirrte der Kopf.

»Was glaubst du denn, wie du mit einem Mord davonkommen konntest, Cassius? Und wie du deinen Job behalten konntest?« Mr Bright wollte Cass am Arm berühren, der aber schüttelte ihn ab. Mr Brights Lächeln tat das keinen Abbruch. »Ich habe auf dich aufgepasst. Das haben wir alle. Bei dieser Angelegenheit geht es ums Blut, verstehst du?«

»Wer ist denn ›wir alle‹?« Cass war schlecht. Er war so verdammt blöde gewesen, so naiv. Wie viel von seinem Leben war hinter seinem Rücken verhandelt worden – und, noch wichtiger, aus welchem Grund war das geschehen? Hätte er dieser arme Teufel sein sollen, den man vor so langer Zeit aus dem Fluss gezerrt hatte? Gab es Männer, die ihm immer noch so was antun wollten, jedoch von der Macht zurückgehalten wurden, die dieser seltsame Mann ausübte? Wie viel war Wahrheit und wie viel Lüge? Christian hatte dasselbe zu Vater Michael gesagt, war es nicht so? – Dass er das Gefühl hatte, sein Leben werde manipuliert. Die Welt wirbelte um ihn herum und er wollte einfach nur, dass sie anhielt.

Hinter ihm kauerte Solomon über der Leiche. Die Drogen gewannen gerade die Schlacht. »Er redet vom Netzwerk.« Diese Worte konnte er kaum herausbekommen, trotzdem zwang er sich wieder auf die Füße. »Sie haben dich angelogen, Cassius …«

»Halt den Mund, Solomon. Du weißt nicht, was du …«

»Sie haben gelogen und sich genommen, was ihnen nicht gehört.« Verzweiflung spiegelte sich in seinen Augen. Irgendwas in den Augenwinkeln fing an zu strahlen.

Daran war nichts Schwaches oder Wässriges wie bei diesem ungewissen Irgendwas, was er in Ramseys Augen hatte aufblitzen sehen. »Du musst ihn finden!«, zischte er. Seine Atmung setzte wieder aus, er zog sich die Baseballkappe vom Kopf. Die Spitzen seines blonden Haares glitzerten und glänzten im Kerzenschein. Flüssiges Gold tropfte in Solomons Augen und fing an zu strahlen. Ein leises Summen hob an, das lauter wurde, während er zuckte.

»Was zum Teufel passiert mit ihm?«, flüsterte Cass.

»Er stirbt«, sagte Mr Bright. »Alles, was er ist und je war, zeigt sich nun.«

Solomon keuchte und warf den Kopf zurück. Gold schien ihm aus Augen und Mund, der Glanz war so hell, dass Cass seine Augen zusammenkneifen musste. »Scheiße, was ist das denn?« Er kannte die Antwort schon, ehe er die Frage gestellt hatte. Das Leuchten.

»Davor hast du dich versteckt, Cassius, dein ganzes Leben lang.« Mr Brights Worte gingen in dem lauter werdenden Summen beinahe unter. »Es ist dein Schicksal.«

Cass beobachtete Solomon, das Grauen in seiner Magengrube wuchs. Der große Mann hatte seine Arme zur Seite ausgestreckt, wie eine Verhöhnung der Kreuzigung, sein ganzer Körper strömte Licht aus.

Eine Sekunde lang dachte Cass, er würde ihn stöhnen hören, dann wurde aus dem Summen Rauschen und Bewegung, die einen ekligen Luftstrom von der gewölbten Decke nach unten wehte. Fliegen schwärmten unter den Ärmeln von Solomons billigem Regenmantel hervor, in einem dichten Strom von Schwarz, der das reine Licht beinahe erstickte, das von jedem sichtbaren Zentimeter des Mannes ausging. Maden tropften von seinen Fingerspitzen auf den Boden, wo sie sich halb tot wanden, anschwollen und schwarz wurden.

Cass zuckte zurück, als die schwarze Wolke ihre Form verlor und sich Tausende kleiner Insekten in alle Richtungen bewegten, wütend summten, wenn sie zusammenstießen oder gegen die Wände prallten, um Bright und Cass herumsausten, ehe sie wieder in den sterbenden Wirbel zurückfanden, der Solomon umfing. Immer noch blinzelnd schaute Cass Mr Bright an, der mit den Händen in den Manteltaschen völlig still dastand. Gold schien aus seinen Augenwinkeln, seine Tränen aber waren silbern.

Eine fürchterliche Stille erfüllte die Kirche, hielt sie alle für kurze Zeit umfangen, bis Cass die Luft aus den Lungen gesaugt wurde. Das Geräusch in seinem Kopf war wie eine Unterwasserexplosion. Er schaute sich zu Solomon um. Das Leuchten, die Fliegen, Cass' Atem, all das traf den blonden Mann und schleuderte ihn gegen die dicke Steinmauer.

Keuchend fiel Cass auf die Knie. Aus den Augenwinkeln konnte er Mr Brights blank polierte Halbschuhe sehen. Sie hatten keine scharlachroten Flecken. Er war nicht gefallen. Cass sah Solomon in die Augen. Sie starrten sich lange und intensiv an, und als Cass' Lunge zu explodieren drohte, fragte er sich, ob sie beide hier sterben würden, gemeinsam, auf dem Boden einer Kirche, deren Glaube ihnen beiden nichts bedeutete. Sein Gesicht brannte in der Stille des Nichts, und gerade als er sicher war, dass sein Kopf platzen würde, zuckte Solomons Mund, dass es fast so aussah wie ein Lächeln, und die letzten hellen Spuren verblassten auf seiner Haut und in seinen Augen.

Die Luft füllte sich mit Sauerstoff und Cass saugte sie in gierigen Zügen ein. Sie schmeckte süß wie ein Bergquell. Er kühlte sein Gesicht an den Bodenfliesen, blieb dort liegen, bis sein Atem sich etwas beruhigt hatte. Dann richtete er sich langsam auf. Seine Brustmuskulatur schmerzte, als er sich aufrichtete. Er ging hinüber zu dem Toten. Solomon sah nun nicht mehr so gut aus. Seine Haut war erschlafft und sein Haar eher braun als blond. Er sah alt aus. Er sah tot aus. Die Fliegen waren verschwunden. Mit einem Mal war er gar nichts Besonderes mehr. Was auch immer vorher da gewesen sein mochte, war verschwunden.

Cass drehte sich um und stellte fest, dass das auch für Mr Bright galt. Er schaute sich um. Bright war weg und die Flasche Blut auch, die Solomon auf dem Altar stehen gelassen hatte. Das überraschte ihn nicht weiter. Mr Bright war etwas Anderes, etwas Andersartiges. Heute hatte Cass etwas aufblitzen sehen, was jetzt in seiner Seele nachklang. Nun stand er zwischen den toten Männern und seufzte. Scheiße, was hatte er gesehen? Was war hier vor sich gegangen? Die verschwundenen Fliegen schienen ihm unter die Haut gekrochen zu sein, jedenfalls kam es ihm so vor. Er zitterte.

Die Haupttür flog auf, Ramsey kam hereingerannt. Er brachte all den Lärm und die Energie der Außenwelt mit. Cass dachte, er müsste sich übergeben. Die Welt um ihn herum hatte gebebt. Er war wieder der kleine Junge, der Dinge sehen konnte, die er nicht sehen wollte. Wie wirklich war denn irgendwas? Wie wirklich war sein Leben? Sein Job? Seine Ehe? In seiner Erinnerung gab es viele Schichten Wirklichkeit. Wie viele davon waren von Mr Bright manipuliert worden – und warum?

»Was ist passiert?« Ramsey keuchte.

»Er ist tot. Spritze«, murmelte Cass, der die Waffe hinten in seine Hose steckte. Sein Haar war klebrig verschwitzt und seine Lungen arbeiteten langsam, als gäbe es in der Kirche immer noch nicht genug Luft zum Atmen.

Die nächste Stunde oder so verging wie ein langsamer Traum. Er meldete den Vorfall, und innerhalb von Minuten war die Kirche voller Leute mit Handschuhen, die sich bemühten, nichts durcheinanderzubringen. Cass redete wie auf Autopilot und lieferte eine verbesserte Version der Wahrheit, die mit dieser gruseligen Realität in Einklang zu bringen war und keine Fliegen beinhaltete, kein Leuchten und keinen Mr Bright. Er schwebte mitten in einer Lügenblase. Er hatte Claire angelogen, die kurz angerufen hatte, er hatte DCI Morgan angelogen, als der aufgetaucht war. Man gratulierte ihm, aber Cass war nicht nach Feiern zumute. Er wartete, bis Dr. Farmer ankam und mit der Untersuchung des Tatorts begann. Dann tat er das, was er schon seit Solomons Tod hatte tun wollen. Morgan und Ramsey standen an der Kirchentür und Cass blieb auf dem Weg nach draußen bei ihnen stehen.

»Ich muss hier raus. Ich muss nach Hause. Duschen.«

Morgan nickte. »Gute Idee. Ich kann jetzt übernehmen. Sie haben Ihren Teil getan.« Der DCI schaute rüber zu Ramsey. »Und Sie sollten jetzt lieber zurück in Ihren eigenen Laden gehen.«

»Sir«, sagte Ramsey. Cass hätte den Mann umarmen können, in seinen Augen war nämlich kein wässriges Leuchten. Was zum Teufel bedeutete dieses Leuchten? Warum war es überhaupt von Bedeutung?

»Ich komme dann und liefere meinen Bericht später …« Er entfernte sich schon, während er noch redete, seine Füße kämpften gegen den Drang an, in die dreckigen Straßen der Stadt loszurennen, die er liebte.

Als er es endlich geschafft hatte, ein schwarzes Taxi anzuhalten, kurbelte er das Fenster runter und atmete die Nachtluft ein. Er zwang sein Herz, langsamer zu schlagen. Die Nacht war wirklich. Die Straßen waren wirklich. Die wunderbaren Gebäude, die in den Himmel ragten, waren so wirklich wie die Männer, die bei ihrem Bau geblutet hatten und gestorben waren. Er sog die Gerüche und Geräusche ein. Das Leuchten, was auch immer es sein mochte, war vielleicht auch wirklich. Vielleicht müsste er das akzeptieren. Aber diese Erde, diese Stadt und der tägliche Kampf hier, das war seine Religion. Leute, Leben und Tod – und im Wesentlichen auf der richtigen Seite der Trennlinie zu bleiben – nur darauf kam es an.

Er versuchte, nicht an die Fliegen zu denken, die in Solomon gelebt hatten und gestorben waren. Er versuchte, nicht an den Strom von Eiern an den Fingerspitzen des Mannes zu denken. An diesen Dingen konnte er nichts ändern. Er wollte mit Kate reden, wirklich mit ihr reden … weil er wissen wollte, ob sie je von einem Mann namens Mr Bright gehört hatte – und ob sie ihn immer noch genug liebte, um ihm die Chance zu geben, es besser zu machen. Er wollte sie halten, die Hitze ihres Körpers spüren und sie lieben, nicht nur ficken. Und danach wollte er einfach eine Woche lang schlafen.

Cass schloss die Tür auf und blieb im düsteren Flur stehen. Der schwache Schein der Neonröhre in der Küche war auszumachen, doch die übrigen Räume waren dunkel. Kate war nicht zu Hause. Ihre Abwesenheit war deutlich spürbar. Er versuchte sie auf ihrem Handy zu erreichen, aber der Anruf ging direkt auf die Mailbox. Er hinterließ keine Nachricht. Was er sagen wollte, musste direkt gesagt werden, damit sie sehen konnte, dass er es auch so meinte.

Vor seinen Füßen lag ein Haufen Briefe auf der Fußmatte. Er bückte sich und hob sie auf, wobei er den Schmerz ignorierte, der durch seinen Körper schoss. Wenn die Post immer noch hier lag, war Kate den ganzen Tag nicht zu Hause gewesen. Wo konnte sie hingegangen sein? Ihm sank der Mut ein wenig. Vielleicht wäre es ohnehin das

Beste, sie erst am Morgen zu sehen, nachdem er zumindest einige der Schrecken des Tages weggeschlafen hatte. Noch vornübergebeugt zögerte er plötzlich. Schwarze Schnürschuhe. Scharlachrote Flecken. Er stöhnte, richtete sich auf und sah seinem toten Bruder ins Gesicht. Dafür reichte seine Kraft jetzt nicht mehr aus.

»Ach, verpiss dich doch, Christian.«

Christian lächelte. Wenigstens bluteten ihm diesmal nicht die Augen. In dem schwachen Licht sahen sie sogar vollkommen blau aus.

Cass starrte ihn an. Er hatte genug von dieser Scheiße. »Was willst du eigentlich, verdammt noch mal?« Er warf die Post auf den Beistelltisch. »Was, Christian? Was zum Teufel willst du von mir?«

Das gütige Lächeln seines Bruders blieb, aber er drehte seinen Kopf ein wenig zu den Umschlägen. Er hob die Hand, tat so, als würde er telefonieren, wie Cass es seit seinem Tod so häufig gesehen hatte.

»Ich weiß nicht, was du …« Cass sprach nicht weiter, plötzlich war er auf das blaue Logo aufmerksam geworden, das aus der Post herausstach. Die Telefonrechnung war gekommen. Er sah Christian noch mal an, dann griff er langsam nach dem Umschlag. Immer noch lächelnd drehte Christian sich um und ging weg, seine Schritte führten ihn Richtung Küche. Wenn Cass seinem Bruder folgte, wäre er sicher weg. Endlich hatte er begriffen, was Christian ihm mitteilen wollte. Er schaute auf den Umschlag. Um Rechnungen kümmerte er sich nicht, das war Kates Aufgabe. Solange sie bezahlt wurden, interessierten sie ihn nicht weiter. Und worauf wollte Christian ihn hinweisen?

Er riss den Umschlag auf und ließ die Seite mit der Zusammenfassung fallen, das Blatt segelte ihm vor die Füße. Seine Müdigkeit verflog, als er sah, dass dieselbe Handynummer immer wieder auftauchte. Im Laufe der letzten Woche war immer häufiger dort angerufen worden. Sein Brustkorb zog sich zusammen. Er kannte die Nummer und es war keine, die er von zu Hause aus gewählt hatte. Wie kam Kate dazu, die anzurufen? Sein Magen krampfte sich ganz furchtbar zusammen und ihm war speiübel, als er Daten und Zeiten der Anrufe in der Todesnacht von Christian und seiner Familie überprüfte. Die besagte Handynummer war die letzte gewesen, die gewählt worden war, und zwar kurz vor Cass' Heimkehr. Ganz deutlich erinnerte er sich, wie er ins Haus gekommen war, den Umschlag von Mullins und die Schlüssel hingeworfen hatte. Und Kate, schön und unnahbar, hatte den Telefonhörer aufgelegt. Hass und Wut brannten sich durch die Risse in seinem gebrochenen Herzen. Was zum Teufel hatte sie gemacht? Und warum?

Auf dem Beistelltisch summte sein Handy, einen Augenblick lang dachte Cass, ein Fliegenschwarm würde ihn verfolgen. Er ging ran.

»Detective Inspector? Hier ist Maya Healey.« Leise, nervös, verlegen. »Ich habe diese Information, die beiden Konten betreffend, nach denen Sie sich erkundigt haben – die, derentwegen Christian sich Gedanken gemacht hat? Tut mir leid, dass es so lange gedauert hat, aber er muss meine Originalausdrucke mit nach Hause genommen haben, deshalb nehme ich an, dass die Polizei sie noch hat.«

»Wem gehören diese Konten?« Er hatte keine Zeit für Liebenswürdigkeiten. Sein Hirn brannte, und die Stimme, die er aus seinem eigenen Mund hörte, war die eines Außerirdischen. Eigentlich war er sich nicht einmal sicher, überhaupt Worte formulieren zu können.

»Es gab zwei Scheinkonten, aber ich habe die Namen der Kontoinhaber. Das hat nicht lange gedauert, sie waren nicht mit besonderer Sorgfalt eingerichtet worden.«

Und als sie die Namen nannte, rutschten die letzten Teile des Puzzles ordentlich an ihren Platz, und er begriff, was genau ihm im Film entgangen war. Ein Aufblitzen, das eine eigene Geschichte erzählte. Er musste wieder ins Büro.

*

Claire drehte Cass' Stuhl von einer Seite zur anderen, als sie sich an seinem Schreibtisch den Film ansah. Am Anfang störte sie etwas. Sobald die beiden Jungs ins Bild kamen, hielt sie den Film an und spielte ihn noch mal von vorn ab. Sie hatte schon so lange auf den Bildschirm gestarrt, dass ihre Augen brannten: Die Gäste sitzen an ihren Tischen. Die Kellnerin läuft zwischen ihnen hin und her. Die Hand eines Mannes hebt sich, als er seinen Kaffee trinkt. Sein Manschettenknopf blitzt im Licht auf. Macintyre steigt aus dem Taxi. Er bleibt vor dem Café stehen und zündet sich eine Zigarette an.

Claire hielt den Film an und ließ ihn zurücklaufen, dieses Mal nur ein paar Bilder weit. Beim Heranzoomen spürte sie ein schwaches Kribbeln. Die Bildqualität war ziemlich mies, aber hierfür reichte es gerade noch. Macintyre bleibt nicht einfach nur stehen, um sich seine Zigarette anzuzünden. Er grüßt jemanden im Café. Sie schaute ganz genau hin, sah sein kurzes Lächeln und wie sich sein Handgelenk in Richtung einer Person auf der anderen Seite der Scheibe bewegte. Sie ließ den Film vorlaufen, Bild für Bild. Da. Ganz in der Ecke des Bildes, ein weißer Ärmel mit einem Manschettenknopf reagiert darauf und wird angehoben.

Mit leicht geöffnetem Mund lehnte sie sich im Stuhl zurück. Der Manschettenknopf. Kalter Schweiß klebte an ihren Handflächen, als sie so dicht heranzoomte, wie sie nur konnte. Das kleine Schmuckstück füllte den Bildschirm aus. Zitternd starrte sie es an. Die Jungs vom Labor würden das Bild deutlicher machen können, aber sie wusste jetzt schon, was sie hier sah. Himmel!

Es war ruhig im Gebäude, der größte Teil des Teams war in den Pub gegangen. Der Abschluss von gleich zwei großen Fällen an einem Tag musste gefeiert werden. In den Augen der Kollegen war Paddington Green ab sofort nur noch legendär. Wieder starrte sie auf den Monitor. Wie würden sie es aufnehmen? Würden sie erwarten, dass sie die Sache unter den Teppich kehrte, die Klappe hielt und weiter Karriere machte? Wahrscheinlich. Cass musste das sehen. Es war wichtig, dass er es wusste. Das war der Grund, warum er reingelegt worden war, er sollte das hier nicht sehen. Sie wollte nach dem Telefonhörer greifen, als Mat ins Büro schaute.

»Alles in Ordnung? Gehst du auch was trinken?«, fragte er. Abgesehen von ein paar Constables, die die Tafeln in der Einsatzzentrale abbauten, waren sie die Letzten.

Ehe sie sich zusammenreißen und das Bild wegklicken konnte, stand er schon am Schreibtisch. Er runzelte die Stirn. »Was machst du da?«

»Weiß nicht.« Das Zittern in ihrer Stimme konnte sie nicht unterdrücken. »Irgendwas hat mich gestört – dann ging mir auf, dass wir auf dem Film etwas übersehen haben. Wir haben nicht mitbekommen, mit wem sich Macintyre treffen wollte.«

Blackmore kriegte große Augen. »Wovon redest du? Ich dachte, das wäre jetzt alles geklärt?«

»Das Attentat, ja.« Sie sah Mat an und freute sich, als er ihre Hand nahm. Sie brauchte Hilfe. Auch wenn sie im tiefsten Inneren wusste, dass er niemals ihre wahre Liebe sein würde, wem sollte sie denn sonst vertrauen, wenn nicht dem Mann, mit dem sie schlief?

»Aber ich glaube, ich weiß, wer Cass reingelegt hat.«

»Wer?« Blackmores Stimme wurde leise. »Du weißt, wer es getan hat?«

Sie machte eine Kopfbewegung Richtung Bildschirm. »Diese Manschettenknöpfe musst du doch erkennen.«

Sein Adamsapfel wippte, als er den Bildschirm genauer ansah. Schließlich fragte er leise: »Ist das wirklich der, für den ich ihn halte?«

Claire packte seine Hand. »Ich weiß, das muss furchtbar für dich sein, er ist dein DI – aber jemand anders kann es nicht sein. Und wenn er ganz unschuldig da gesessen hat, warum hat er es dann nicht gesagt? Weißt du noch, wo er nach seinen Angaben zur Zeit des Attentats gewesen ist?«

»Ich erinnere mich nicht. Wirklich nicht.« Mit der freien Hand fuhr er sich durch sein stoppeliges Haar. Er schluckte. »Himmel, Claire. GB. Er hat solche Manschettenknöpfe.« Er schaute wieder auf das erstarrte Bild, dann sah er Claire an. »Hör mal, vielleicht ist es jemand anderes. Vielleicht …«

»Jemand anderes? Wie wahrscheinlich ist das denn?«

Hals und Gesicht waren übersät mit roten Flecken. »Wann bist du darauf gekommen, Claire?«

»Gerade eben. Vor ein paar Sekunden«, sagte sie. »Ich muss es Cass sagen.«

»Ja«, Mat nickte, »das machen wir.« Er nahm das Telefon und drückte eine Nummer. Es klingelte und er schüttelte den Kopf. »Geht gleich auf den Anrufbeantworter.« Er hatte die Schlüssel in der Hand. »Komm, ich fahr dich. Wo ist er?«

»Ramsey hat Meldung gemacht, er sagte, Cass sei nach Hause gegangen, nachdem er den Tatort gesichert hatte. Er war ein bisschen mitgenommen.« Adrenalin pulsierte durch sie und ihre Beine zitterten beim Aufstehen. Gott sei Dank, Mat unterstützte sie bei dieser Sache, dachte sie. Sie liefen den Korridor entlang zur Treppe. »Wo ist Bowman?«, keuchte sie. »Immer noch in der Kirche?«

»Nein, die hat er den Laborjungs überlassen. Ich glaube, er ist im Pub.« Die Tür ging hinter ihnen zu und er blieb plötzlich stehen.

Claire sah ihn an und zog die Stirn kraus. »Was ist los? Komm schon.« Ihre Worte hallten im leeren Treppenhaus wider.

Dann drückte er beide Hände auf ihre Oberarme und zog sie an sich. Einen Augenblick lang dachte Claire, er wollte sie küssen.

»Tut mir leid«, flüsterte er.

Das Geländer bohrte sich ihr unangenehm in den Rücken, als sie hintenüberkippte und das Gleichgewicht zu verlieren drohte – Verwirrung mischte sich mit Panik. Was machte Mat da? Das ergab keinen Sinn …

Bis er sie heftig schubste und sie übers Geländer stieß – da wurde ihr klar, wie enorm dumm sie gewesen war. Ihre Hände griffen ins Leere, sie fiel und sie rang nach Luft, damit sie schreien konnte. Sie wollte einen Knopf drücken und zurückspulen, sie wollte sich in Erinnerung rufen, dass am Samstag *zwei* Leute mit Macintyre im Verhörraum gewesen waren. Sie wollte sich in den Hintern treten, weil sie so wahnsinnig beschränkt gewesen war, dass sie auch nur einen Moment hatte denken können, Bowman hätte das ohne Blackmores Hilfe machen können, ohne seinen giftigen kleinen Handlanger … Sie wollte eine ganze Menge.

Aber als der Boden ihr viel zu schnell entgegenkam, drückte sie die Augen fest zu. Am allermeisten wollte sie nicht sterben.

19

Cass kam auf der Wache an. Er wusste sofort, dass etwas nicht stimmte. Das Taxi hatte ihn neben seinem eigenen Auto abgesetzt und er ging rein. Er musste sich den Film noch mal ansehen, dann würde er sich den DCI oder den Commissioner schnappen und ihnen zeigen, was er darin gesehen hatte. Er versuchte Claire anzurufen, bekam aber keine Antwort. Wahrscheinlich war sie mit Blackmore im Pub zum Feiern. Es gab keinen Grund, warum sie auf Anrufe achten sollte. Die Fälle waren abgeschlossen.

Vor den Stufen hielt ein Krankenwagen. Cass runzelte die Stirn und ging um ihn herum. War jemand im Arrest verletzt worden? Verdammt typisch, wenn das noch zu dem dazukäme, was er den Obersten zu erzählen hatte – an einem Tag, an dem sie eigentlich eine gute, solide Ermittlung feiern sollten …

Im Empfangsbereich war alles ruhig. Alle, die dort warteten, weil sie eine Beschwerde oder Anzeige loswerden wollten, mussten rausgescheucht worden sein. Der Sergeant am Empfang kam ihm irgendwie bekannt vor, er schaute von seinen Papieren auf, als Cass fragte: »Und was ist hier los?«

Der Sergeant zeigte auf den Haupteingang. »Da drinnen.« Was da auch geschehen sein mochte, es musste schlimm sein, denn offenbar wollte er nicht derjenige sein, der es Cass mitteilte. Und der spürte sofort diese altbekannte Eiseskälte in der Magengrube. *Es war noch nicht vorbei.*

Er stieß die Türen auf und sah eine kleine Schar von Leuten, links, vor den Türen zur Seitentreppe. Eine uniformierte Polizistin drehte sich um, als die Tür aufging. Sie sah ihn, keuchte tonlos und wurde weiß.

Dieses scharfe Einziehen der Luft. Dieses Aufblitzen der dunklen Augen – waren sie gerötet? Die Galle kam ihm hoch, als sich die gesamte Gruppe zu ihm umdrehte. Er hatte das Gefühl, durch Schlamm zu waten, unaufhaltsam vorwärts. Schweigen legte sich über die Gruppe, die sich teilte, damit er durch die geöffneten Brandschutztüren zu den klickenden Kameras und zusammengedrängten Beamten gehen konnte. Dr. Farmer war zugegen, sein wilder grauer Rockstarschopf fiel zwischen den gepflegter frisierten Beamten sofort ins Auge. Er redete leise, verstummte aber, als er Cass sah. Das taten sie alle.

Es war der Schuh, den Cass zuerst sah. Er lag auf der Seite, unter der Treppe, vergessen. Kein schwarzer Schnürschuh. Keine scharlachroten Flecken. Dieser war blau, mit einem praktischen flachen Absatz. Er war klein, feminin und zart. Sein Gesicht brannte, als er sich umdrehte, zwischen den Lebenden hindurchspähte, um einen Blick auf den vertrauten Körper zu werfen, der ausgestreckt auf dem Boden lag. Dieses Mal saugte ihm kein übernatürlicher Wind die Luft aus den Lungen. Sein eigener Körper weigerte sich einfach zu atmen, als er sie anstarrte.

An Claires Hinterkopf bildete eine große Blutlache einen unregelmäßigen Heiligenschein. Sie drehte sich nicht zu ihm um oder lächelte ihn mit diesem liebevoll anerkennenden Zwinkern in den Augen an. Sie wandte ihm den Rücken zu, ihr Kopf saß verdreht auf dem verrenkten Hals. Die Augen waren matt, von einem Film überzogen, aber ihr Mund formte ein überraschtes O, der Wucht zum Trotz, mit der sie auf dem Boden aufgekommen war.

Cass wäre beinahe auf der zweiten Treppenstufe zusammengebrochen. Ihr Haar glänzte, der rote Schimmer biss sich mit dem Farbton des dicken Blutes, das aus einer schrecklichen, für Cass nicht sichtbaren Wunde gesprudelt sein musste. Seine Hände zitterten und jetzt, endlich, zwang er sich zu atmen. Vom Leben zum Nichtleben. In einem alles zerschmetternden Augenblick. Ihm war bis zum Grund seiner Seele schlecht.

»Was ist passiert?«

Erst als er etwas sagte, merkte er, wie still es war. Zwei Sanitäter waren durch die Doppeltür gekommen. Sie würden warten. Sie hatten hier nichts zu suchen, sie konnten jetzt doch nichts weiter tun, als sie auf ihren Seziertisch tragen, eine eiskalte Bahre im Kühlraum des Leichenschauhauses, auf der sie noch kälter würde. Sie wollten nicht teilhaben an Erklärungen und Kummer. Wie kalt mussten Claires Finger wohl werden, ehe sie anfingen an ihm zu zerren, fragte sich Cass. Sie lag mit dem Rücken zu ihm da, ein Arm war hinter ihr ausgestreckt. Er sah die blasse Haut an und die ordentlich geschnittenen Nägel. Vielleicht griff sie schon nach ihm.

»Was passiert ist, hab ich gefragt.« Er schaute auf, jetzt nahm er die Gesichter ringsherum wahr. Mat Blackmore war da, er lehnte hinten an der Wand. Neben DCI Morgan wirkte er klein. Ein anderer DCI – den Namen hätte er kennen müssen, aber in diesem Augenblick war sein Kopf ganz leer – schaute weg. Er hatte die Hände tief in die Taschen geschoben. Der Gerichtsmediziner brach schließlich das Schweigen.

»Es war nur ein Unfall.« Farmer hüstelte. Cass hatte ihn noch nie so unbeholfen erlebt. »Sie und Mat wollten in den Pub. Er ist zur Toilette gegangen, sie hat noch den Computer ausgeschaltet. Irgendjemand hatte Kaffee verschüttet.« Er machte eine kurze Pause, Cass' Blick brachte ihn aus dem Konzept, dann fuhr er fort: »Sie muss durch die Türen gekommen und darauf ausgerutscht sein und …« Wieder stockte er, dann kam er zum Schluss: »Sie ist über das Geländer gefallen.«

»Sie ist auf Kaffee ausgerutscht?«, sagte Cass ungläubig. Beinahe hätte er gelacht. »Aber Leute …« Er hielt sich zurück. Eigentlich hatte er sagen wollen: Leute rutschen nicht kopfüber aus. Sie stolpern nach vorne und fallen nach hinten, wenn sie ausrutschen. Das war die Grundlage jeder blöden Bananenschalennummer oder Slapstickkomödie. Das hatte er sagen wollen, aber dann hatte er nicht weitergesprochen. Der Beamte mit den Händen in der Tasche hatte Blackmore einen schnellen Seitenblick zugeworfen, der wiederum hatte Mark Farmer verstohlen angesehen. Das alles dauerte nicht mal Sekunden. Farmers Blick blieb auf Cass gerichtet.

»Leute sterben doch nicht, wenn sie auf Kaffee ausrutschen«, sagte er traurig. »Das ist blöde.«

Er spürte es. Die Spannung der Männer um ihn herum ließ etwas nach. Das machte die schreckliche Wahrheit deutlich. Claire war nicht ausgerutscht. Sie war gestoßen worden. Er wusste es, und er war sich verdammt sicher, dass mindestens drei Leute in diesem Treppenhaus es auch wussten. Er legte das Gesicht in die Hände und ließ die Schultern sinken.

»Wenn es ein Trost ist«, Farmers Stimme war sanft, »sie war in dem Augenblick tot, in dem sie auf den Boden traf.«

Cass knirschte mit den Zähnen. Wut und Trauer und Tod brodelten in ihm. Ja, in dem Augenblick, nach dem sie geschubst worden war, dem Augenblick, nach dem sie wusste, was kommen würde. Was war das nur für ein beschissener Trost für den Tod einer Frau, die so viel besser gewesen war als sie alle zusammen.

Er hob den Kopf. »Danke.« Dann schaute er rüber zu Blackmore. »Wie geht es Ihnen?«

Der junge Sergeant zuckte mit den Schultern. »Nicht so gut. Wenn ich nur nicht vorgegangen wäre. Wenn ich doch auf sie gewartet hätte ...« Er sah krank aus. Und er konnte Cass auch nicht in die Augen schauen.

»So ist das Leben nicht«, sagte Cass. »Es war ein Unfall. Gegen Unfälle kann man nichts tun.«

»Geh doch nach Hause, Cass.« Das war das erste Mal, dass sein DCI etwas sagte. Cass beobachtete ihn, suchte nach Zeichen für etwas Finsteres, aber er konnte nichts feststellen. Sollte er es riskieren, mit ihm zu reden? Er stand auf, war ganz wacklig und schaute auf Claires kaputten Körper. Er erinnerte sich, wie sie sich angefühlt hatte, wie warm, wie sie sich unter ihm bewegt hatte und auf ihm. Er erinnerte sich daran, wie sie ihn angesehen hatte, als ob er der Mann wäre, der er gern gewesen wäre. Sein gebrochenes Herz bekam noch einen Knacks, aber er kittete ihn mit Wut. Trauern würde er später.

Jetzt mit Morgan zu reden konnte er nicht riskieren. Er wusste nicht, ob er ihm vertrauen konnte – egal, das hier musste er selbst zu Ende bringen. Das schuldete er Claire.

»Ja, vielleicht«, sagte er. »Ich bin verdammt müde.«

»Nimm dir Zeit.« Der DCI klang schon fast mitfühlend. »Du hast eine echt schreckliche Woche hinter dir.« Er machte eine Pause. »Und du hast auch gute Polizeiarbeit geleistet. Geh nach Hause und trauere.« Die Unbeholfenheit seines Kompliments war echt. Trotzdem hatte Cass das Gefühl, durch ein Vipernnest zu gehen.

Stumm verabschiedete er sich von Claire und kehrte ihr zum letzten Mal den Rücken zu. Er spürte, wie ihre kalte Hand in seine glitt und wie sich die scharfen Kanten der ordentlich geschnittenen Nägel in seine Handfläche bohrten. Er hätte sie aufheben und hier raustragen sollen. Er hätte nicht zulassen sollen, dass ihre dreckigen Hände sie berührten. Trotzdem ging er. Claire war weg. Die kleine Schar von Leuten auf der anderen Seite der Türen machte ihm wieder Platz, aber er sah keinen an. Still jetzt, flüsterte er und dachte an den sauberen Duft ihres Haares. Ich werde dafür sorgen, dass du deine Rache bekommst. Und die wird furchtbar werden.

Er ging nicht zurück ins Seminar. Stattdessen fuhr er nach Muswell Hill. Kate würde nicht da sein. Da war er sich ziemlich sicher, und jetzt, da die Nacht angebrochen war, lag das ganze Haus im Dunkeln. Er rauchte in der Küche eine Zigarette, dann holte er Ramseys Pistole heraus. Einige Zeit verbrachte er damit, sie gründlich zu prüfen und ein Gefühl für sie zu bekommen. Das Magazin war geladen. Es machte ihn ein bisschen traurig, wie wenig fremd ihm das Gefühl war, wieder eine Waffe in der Hand zu halten. Dann nahm er das Telefon von seiner Station im Flur und setzte sich damit ins dunkle Wohnzimmer. Sein Handy legte er auf die eine Sessellehne, das Festnetztelefon auf die andere.

Er steckte sich noch eine Zigarette an und rauchte im Dunkeln. Seine Augen taten so weh wie sein Herz. Bowman würde entweder hierherkommen oder anrufen. Ihm blieb keine andere Wahl, er musste in Erfahrung bringen, was Cass eigentlich wusste – ob er überhaupt etwas wusste. Der Rauch hinterließ einen bitteren Geschmack im Mund. Ob er wohl die neugierigen Toten in ihm sehen würde, wenn er genau genug hinguckte? Claire. Christian. Jessica. Luke. Solomon. Sogar Carla Rae und die beiden toten Jungs. Waren sie alle hier, beobachteten sie ihn und fragten sich, was er tun würde? Wie viel wussten sie wohl, was sie nicht mitteilen konnten?

Eissplitter bohrten sich in sein Herz, während er in die Dunkelheit starrte. Eigentlich müsste er doch mehr fühlen als diese kalte Wut, die ihn erfüllte. Was war denn mit Kummer oder sogar Schuld? War er so durchtränkt davon, dass einfach kein Platz für mehr war? Er hatte es Claire überlassen, dafür zu sorgen, dass die mörderischen Väter sich den Tod ihrer Söhne anschauten. Wenn er das nicht getan hätte, dann hätte ihr kluger Verstand sie niemals auf das gebracht, was die Telefonrechnung und die Konten ihm vor Augen geführt hatten.

Seine Gedanken drehten sich im Kreis. Es war seine Schuld, dass sie tot war, und ihre auch, weil sie so vertrauensselig gewesen war. Sie musste Mat Blackmore, ihrem Liebhaber, erzählt haben, was sie entdeckt hatte – und in seiner Panik hatte er das Einzige getan, was er tun konnte: Er hatte sie umgebracht. Die verzweifelten Maßnahmen verzweifelter Männer. Maya hatte gesagt, es gehe hier um sehr viel Geld – es war ein Leichtes gewesen, ihn hereinzulegen. Und genug, um Claire zu ermorden. War sie die Einzige gewesen, die sie umgebracht hatten?

Blutspuren an Türrahmen. Jessica war aus dem Bett gekommen und losgerannt, um nach ihrem Kind zu sehen. Sie war nach hinten geschleudert worden … Hätte Bowman das tun können? Nur um Cass was anzuhängen, war das zu extrem, sogar für einen korrupten Scheißkerl wie ihn.

Cass' Augen hatten sich an die Dunkelheit gewöhnt und jetzt sah er die Welt in Schwarz- und Grautönen. Er schaute nicht auf seine Uhr, er würde noch eine Weile warten müssen. Wie weit mochte die Fäulnis reichen, fragte er sich. Die Nachricht von Claires Tod würde die Feier im Pub jäh beendet haben. Wie viele geflüsterte Gespräche mochten jetzt wohl hinter geschlossenen Türen stattfinden, auf Parkplätzen von Pubs oder in Toiletten? Was zum Teufel hatten sie alle vorgehabt – und warum hatten sie ihn nie zum Mitmachen eingeladen?

Er dachte an Bright und Solomon und an das Leuchten. Wie anders wirkte er auf die Leute? Konnten sie es spüren? War das das Problem gewesen bei ihm und Kate? War es das gewesen, was ihn zu Jessica hingezogen hatte? Eine

Klinge schien sich in seinen Eingeweiden umzudrehen. Kate und Bowman. Er erinnerte sich an die Frauen, mit denen er zusammen gewesen war, mit Jessica, mit Claire und so vielen anderen. Konnte er ihr wirklich vorwerfen, dass sie woanders hingegangen war? Die Logik sagte Nein, aber die eiskalte Wut in seinem Inneren sagte etwas anderes. Und Kate hatte sich von allen Männern ausgerechnet Gary Bowman rausgepickt. Ihm war zum Kotzen übel. Ob sie es auf ihrem Bett getrieben hatten? Ob es während ihrer kurzen Trennung angefangen hatte und seitdem lief?

Regen pochte draußen ans Fenster und er meinte das Seufzen der Toten in der Zugluft zu hören, die durch die Schiebefenster kam. Cass konnte die Nähe der Toten spüren, die der neuen und der alten, hier in den Schatten, in denen nichts wirklich existierte. Er fragte sich, ob sie wohl versuchten, ihn zu sich herüberzuziehen. Vielleicht gelang ihnen das sogar, vielleicht würde diese Nacht so enden, mit seinem eigenen unschönen Tod. Er hatte eine Waffe, aber hatte Bowman nicht auch eine? Irgendwie war ihm das ziemlich egal, solange er nur die Wahrheit erfuhr, ehe alles erledigt war. Er war nun allein. All die, an denen ihm je etwas gelegen hatte, waren entweder tot oder hatten ihn verlassen. Es machte ihm Angst, wie befreiend dieser Gedanke war. Diese Freiheit schuf zu viele schreckliche Möglichkeiten. Es war niemand mehr da, um den er sich kümmern musste, um den er sich Sorgen machen musste oder dem er verpflichtet war. Er konnte tun, was immer er wollte. Die Waffe lag auf seinem Schoß, ihr Gewicht war ihm ein schlechter Trost.

Es war schon halb zwölf vorüber, als das Telefon schließlich klingelte. Der Festnetzanschluss. Er ließ es dreimal klingeln. Als er sich meldete, huschten die Toten ins Nichts.

»Hallo?«

»Ich bin's.« Ihre Stimme zerschmetterte tausend Erinnerungen. »Bist du noch auf?«

»Ja.« Seine Hand packte den Kunststoff viel zu fest. Wie sie sich wohl für Bowman anfühlen mochte, wenn er sie fickte: warm, feucht, scharf – nie zu erreichen? Er hatte sie nicht mehr wirklich berührt, seit er Charlie Sutton gewesen war – das wusste er. In der Zeit nach diesem einen Schuss hatten sie beide irreparablen Schaden genommen. Und alles, was sie je richtig hingekriegt hatten, war das Ficken gewesen. Und das hatte sie sich ausgesucht, um ihn zu betrügen.

»Wir haben die Fälle abgeschlossen. Beide.« Er versuchte normal zu klingen. Das war leicht. Normal war bei ihnen immer distanziert und unbeholfen. »Aber es ist was passiert. Es hat einen Unfall gegeben.« Seine Stimme versagte und Tränen schossen ihm in die Augen. Das Gefühl überraschte ihn und er schluckte die Tränen runter. Jetzt würde er nicht zusammenbrechen, nicht, ehe diese Sache erledigt war. »Claire. Sie ist tot. Sie ist gestürzt.«

Ein kleines Keuchen. »Das tut mir leid.«

Lange Pause. Über die wichtigen Sachen hatten sie nie reden können. Cass fragte sich, worauf das hinauslaufen würde.

»Was willst du, Kate?«

»Ich will reden.«

»Worüber?«

»Uns. Jessica. Ich will verstehen.«

Cass seufzte. Sein Herz tat weh und fing wieder an zu bluten. Meinte sie das ernst? Oder war sie jetzt mit Bowman zusammen? Vielleicht hatte er sie auch manipuliert, einfach benutzt, um an Cass heranzukommen. Vielleicht wusste sie gar nicht, dass ihr Liebhaber darauf aus gewesen war, ihren Mann reinzulegen. Für diese These konnte er nicht viel Begeisterung aufbringen. Derjenige, der ihn reingelegt hatte, hatte sich sein Sperma verschaffen können. Cass hatte keine andere gevögelt und Bowman vögelte die einzige Frau, die es für ihn abzweigen konnte. Das waren unschöne Gedanken. So hatte er es gewollt: Es war alles schlecht – schlecht und menschlich und dreckig – und damit konnte er umgehen.

»Willst du herkommen?«, fragte er.

»Nein.« Sie schniefte laut. Sie konnte doch nicht immer noch weinen. »Nicht dahin.«

»Wohin dann?« In seinen Adern brodelte es, sein Blut floss schneller.

»In Christians Haus.«

»Was? Bist du verrückt geworden?«

»Da hast du Jessica gefickt.« Ein harter Unterton. »Das ist ein ehrlicher Ort, Cass. Da können wir keine Lügen erzählen.«

»Das ist ein Tatort, Kate.«

»Nicht mehr, glaube ich.« Das klang jetzt wieder weich. Sie war wechselhaft heute Abend, seine Frau. »Ich bin heute vorbeigefahren. Das Absperrband im Vorgarten ist weg. Ich hab niemanden gesehen. Ich glaube, sie sind fertig.«

Sie hatte ihre Hausaufgaben gemacht, wahrscheinlich hatte sie recht. Die Spurensicherung wäre auf Ramseys Anforderung noch mal ins Haus gegangen, aber die Reinigungsfirma hatte ihre Arbeit beendet und das Haus war bereit für die Testamentsvollstrecker oder diejenigen, die sich um die Sachen kümmerten, die die Toten nicht mehr brauchten. Für alle anderen handelte es ich hier ganz klar um einen erweiterten Selbstmord. Also gab es keinen Grund, einen Polizisten vor die Tür zu stellen.

»Mein Bruder und seine Familie sind in diesem Haus

gestorben.« Er hatte keineswegs die Absicht, es ihr leicht zu machen – oder Bowman oder beiden. »Und du willst, dass ich dahin komme?« Er erhob die Stimme ein wenig. Aggression und Wut lagen so dicht unter der Oberfläche. »Claire ist heute gestorben, Kate. Ich hab Sachen durchgemacht, Sachen gesehen, die du einfach nicht glauben würdest. Und jetzt verlangst du von mir, mitten in der Nacht in Christians Haus zu kommen und zu reden?«

Wieder gab es eine Pause. Er sah ihre schmollenden Lippen beinahe vor sich. »Heute Nacht oder nie, Cass. Wenn wir heute nicht ehrlich miteinander reden können, nach allem, was passiert ist, dann nie.« Sie seufzte und schniefte, alles in einem.

»Okay«, sagte er und merkte, wie die Schachfiguren auf ihre Plätze rückten. »Wir treffen uns in zwanzig Minuten.«

»Danke, Cass.« Der Stimme nach wurde Rotz zu Tränen. Ohne noch etwas zu sagen, legte sie auf. Als ob sie jedes weitere Wort hätte bereuen können.

Eine Weile saß er noch da und genoss die stille Dunkelheit und das ruhige Pochen seines abgetöteten Herzens. Er würde seine Rache bekommen. Er machte einen kurzen Anruf von seinem Handy, sprach leise und schnell. Und als das erledigt war, lächelte er. Es wurde Zeit, dieses Spiel zu beenden. Ein Rad im anderen.

20

Im Schatten des Eingangs, den der Schein der Straßenlaterne nicht erreichte, sah sie zerbrechlich aus. Als Schutz vor der Kälte der Nacht hatte sie die Arme um sich geschlungen. Haarsträhnen tanzten in der leichten Brise, während sie von einem Fuß auf den anderen trat. Die Nacht war nicht besonders kalt, was war es also: Nervosität oder Ungeduld? Vielleicht etwas von beidem? Schatten zogen Linien über ihre Wangenknochen, betonten ihre hagere Schönheit. Ihre Augen glänzten und sie blieb still stehen, als er die kleine Pforte öffnete und den Weg hinaufkam.

Sie mochte zerbrechlich wirken, doch Cass wusste es besser. Kate war wie eine Katze und Katzen hatten neun Leben. Vielleicht war sie angeschlagen, doch gebrochen war sie noch lange nicht. Er sah, wie ihr Blick zwischen ihm und dem Haus hin und her huschte. Und er lächelte sie an, während sein Herz noch einmal zersplitterte. Sie waren nicht allein. Drinnen wartete jemand auf ihn, und diese wunderschöne Fremde, die so lange ein wesentlicher Teil seines verpfuschten Lebens gewesen war, hatte ihn hierhergebracht, damit er ihnen gegenübertrat.

»Hi«, sagte er.

»Danke, dass du gekommen bist.« Sie schniefte und wischte sich die Nase, dann stellte sie sich auf die Zehenspitzen und küsste ihn auf die Wange. Ihre Lippen waren kühl und rau. Die Lippen einer Fremden. »Lass uns reingehen. Es ist kalt.«

Die Pistole drückte gegen seinen Rücken, als er nach dem Schlüssel griff. Würde Bowman ihn umpusten, sobald er die Tür aufmachte? Sein Herz raste. Wahrscheinlich nicht. Bowman würde nicht riskieren, Kate zu treffen. Erschoss er sie beide, geriete er in Erklärungsnot. Ob Bowman Kate liebte, war fraglich, aber wohl egal, er konnte nicht riskieren, die Sache noch schlimmer zu machen, als sie ohnehin schon war.

Die Tür ging auf, der gähnende Flur war bereit, sie zu verschlucken. Cass packte Kates Arm und schob sie vor sich her, ihren überraschten Aufschrei ignorierte er.

»Was soll das, Cass?«

Er antwortete nicht, sondern schubste sie vor sich her auf das Wohn-/Esszimmer zu. Sie betrat den großen Wohnbereich. Das Haus fühlte sich leer an, als ob sogar die Gespenster es verlassen hätten, nur Kates Absätze hallten beim Voranstolpern wie Schüsse. Im grauen Licht konnte er sehen, dass Christians Blut und Hirn und Leben von der Wand geschrubbt worden war. Der Fußboden war bestimmt auch sauber. Sein Herz hämmerte.

»Wo bist du Bowman?«, rief er.

Ein dunkler Schatten kam hinten aus der Küche und nahm aus dem Stockdunkel heraus Gestalt an. Ein Manschettenknopf blitzte an der erhobenen Hand auf.

Cass ließ seine Waffe versteckt, als er Kate wieder voranschubste. »Ich glaub, das gehört jetzt dir.«

In dem Niemandsland zwischen den beiden Männern funkelte Kate ihn wütend an. »Du Arsch.«

Cass kommentierte das nicht. So viel echtes Gefühl hatte er bei ihr schon lange nicht mehr gesehen.

Bowman knipste eine kleine Tischlampe an, deren gelbes Licht nicht weit in den Raum reichte. In der schlafenden Welt draußen würde es keine unerwünschte Aufmerksamkeit erwecken.

»Nun, damit wäre dann wohl eine meiner Fragen beantwortet«, sagte Bowman. »Du weißt über uns Bescheid.«

Kate blieb, wo sie war, und schluchzte und schniefte in ihren Ärmel. Cass schaute sie noch einmal an. Im Licht konnte er die Veränderungen sehen. Ihre Schönheit war nahezu verschwunden, unter den blutunterlaufenen Augen hatte sie schwarze Ringe, und ihre Pupillen waren so riesig, dass er das Blau ihrer Iris kaum noch ausmachen konnte. Ihre Nase war rot und wund. Himmel, ihr ganzer Körper schrie ihre Schuld heraus. Diesen Look kannte er, er hatte ihn selbst lange genug getragen. Wieder schniefte sie und dieses Mal lachte er. Was es auch war, das ihr Gewissen plagte, wenn sie glaubte, Drogen könnten es zum Verschwinden bringen, hatte sie noch eine harte Lektion zu lernen.

»Aha, sie ist also nicht nur eine Hure.« Sein Ton war kalt. »Jetzt ist sie auch noch eine Kokshure.« Er sah Bowman an. »Gute Arbeit. Anders kriegst du sie wohl nicht dazu, dich zu ficken?«

Kate drückte sich gegen die Wand. Cass wandte sich von ihr ab, er konzentrierte sich ganz auf seinen Kollegen. Bowman hatte die Hand gehoben, seine Waffe war auf Cass gerichtet. Wenigstens wusste er jetzt, woran er war. Und Bowman ahnte noch nicht, dass er selber eine Pistole trug, die hinten im Hosenbund steckte.

»Dazu hat es nicht viel gebraucht, Jones. Tatsächlich sogar erbärmlich wenig«, näselte Bowman. »Kate will einfach nur ein schönes Leben mit jemandem, der ihr geben kann, was sie sich wünscht – und ein bisschen Ansehen.« Er lachte. »Und, ehrlich gesagt, das hättest du nie geschafft.«

»Oh, aber du natürlich schon, das sehe ich ganz deutlich vor mir.« Cass sprach leise, sein Hass war eiskalt. Hier ging es um mehr als um Kate. Das durfte er nicht vergessen, er musste Kontrolle behalten über die Wut, die an ihm zerrte. »Aber sie ist wirklich nicht wichtig. Ich überlasse sie dir gern.« Sie zuckte zusammen. Er schaute sie nicht an.

»Wie lange machst du schon Geschäfte mit Macintyre?«

»Hat Claire dir das erzählt? Zu Mat hat sie gesagt, sie habe mit niemandem drüber gesprochen. Komisch, ich hätte sie nie für eine Lügnerin gehalten.«

»Nein.« Cass blinzelte, damit das Bild von dem am Boden liegenden Körper verschwand. »Sie war keine Lügnerin. Sie hat es mir nicht erzählt. Aber deine Kontoauszüge.«

Bowman zuckte ein wenig mit den Schultern. »Daran ist dein Bruder schuld. Der wollte einfach keine Ruhe geben. Du hast also in seinen Dateien herumgeschnüffelt.«

Schwarze Schnürschuhe. Scharlachrote Flecken. Ein Messer in den Eingeweiden. Was zum Teufel wusste Bowman über Christian? Seine Finger juckten, er wollte nach der Pistole greifen.

»Spielt ja keine Rolle«, fuhr Bowman fort. »Das kratzt keinen, wenn du erst mal weg bist.«

Daran gab es nichts zu deuten. Cass' Magen schnürte sich zusammen. Wenigstens hatte Bowman seine Karten auf den Tisch gelegt. Doch eine Überraschung war es nicht: Sie hatten Claire umgebracht. Da würden sie ihn wohl kaum am Leben lassen.

»Irgendwen wird es schon interessieren.«

»Nein, bestimmt nicht.« Bowman lachte. »Du denkst, es geht hier nur um Mat und mich? Glaubst du denn, wir würden all das schaffen, wenn wir nur zu zweit wären?«

All das. Wie viel Blut klebte eigentlich an ihnen?

»Willst du damit sagen, ihr beide habt noch andere Freunde? Ist ja süß. Wenn auch überraschend.«

»Wirst du sarkastisch? Das konntest du ja schon immer am besten, Cass.« Bowman verzog den Mund.

Von oben hörte Cass ein ganz leises Knarren der Dielen. Sein Herz blieb stehen. Das war kein Geist. Da war noch jemand im Haus. Cass reagierte nicht auf das Geräusch und es war unwahrscheinlich, dass Bowman es dort gehört haben konnte, wo er stand. Immerhin stand Kate schniefend zwischen ihnen. Was Cass nicht kapierte, war, warum sie ihn nicht längst angegriffen hatten. Bowman wollte Informationen, das wusste er, aber was wollte sie eigentlich? Was es auch sein mochte, es konnte ihm noch ein bisschen Zeit verschaffen. Viel brauchte er nicht.

»Ist Morgan beteiligt?«

»Nein, das ist keine Sache für die Oberen. Sagen wir es mal so: Es ist eine Art Paddington-Green-Kollektiv. Die meisten DIs sind dabei. Und ihre Sergeants. Und die DCs.«

»Alle?« Cass' Mund war trocken. Scheiße, er brauchte eine Zigarette.

»Die meisten.«

»Warum?«

»Wegen der Bonuszahlungen.« Bowman grinste stolz. »Wir nehmen alle Geld von den Firmen an. Da können wir auch gleich ordentlich zulangen.«

»Ich kapier's nicht.« Die Bonuszahlungen waren ein notwendiges Übel. Man nahm sie einfach und machte seinen Job, so gut man konnte. Was zum Teufel hatte Bowman daraus gemacht?

»Was soll man denn mit ein paar Hundertern hier und da anfangen? Die sind doch schon ausgegeben, sobald man sie in die Finger kriegt. Das hat doch keinen Sinn. Deshalb hab ich mich umgehört, ob Leute nicht vielleicht daran interessiert wären, das Geld als Gruppe zu investieren – du weißt schon, ein Produkt kaufen und dann weiterverkaufen.« Das grenzte schon an Angeberei. »Wenn ich das selber sagen darf, es ist eine geniale Operation. Wir nehmen die Bonuszahlungen aus unserem Einzugsbereich, wie die von Mullins, legen das Geld zusammen, kaufen das Koks von Macintyre und leiten es dann weiter in die Vorstädte, wo uns keiner groß verpfeifen kann. Ist faszinierend, wie schnell man so richtig Geld machen kann. Alle haben was davon: Jeder kriegt seinen Prozentsatz vom Profit ab und dann reinvestieren wir und fangen von vorn an. Das Geschäft läuft, seit einem Jahr geht das jetzt schon so.« Er grinste. »Und du hast das nicht mal bemerkt.«

Cass starrte ihn an. »Ihr seid verschissene Drogendealer. Das ist eine verdammte Polizeifirma?« Schon als Maya ihm die Namen der Kontoinhaber genannt hatte, war ihm klar gewesen, dass Drogen im Spiel sein mussten, aber nicht mal in seinen wildesten Träumen wäre er auf den Gedanken gekommen, dass der ganze Laden daran beteiligt sein könnte. Mullins hatte recht: Die Welt bestand aus verschiedenen Schichten und die meisten davon blieben verborgen. Ein Rad im anderen.

Noch ein leises Knarren lief die Wand herunter. Von oben näherte sich langsam jemand.

»Warum, verdammt noch mal, hab ich nichts davon gewusst?«, fragte Cass.

»Du?«, schnaubte Bowman. »Du bist so ein Scheißmärtyrer, Cass. Hättest du mitgemacht?«

»Nein.« Darüber brauchte er nicht mal nachzudenken. »Das geht zu weit, Bowman, und das weißt du.«

»Jaja, ich hab deine Ansichten über die Scheißschattierungen von Grau gehört, Cass. Du glaubst, nur weil du einem Rastajungen den Kopf weggepustet hast, wärst du der Experte, wenn's um Richtig und Falsch geht, was?« Bowman hatte die Stimme erhoben und spuckte die Worte aus. »Glaubst du etwa, da ist ein Scheißunterschied zwischen dem Einstecken der Bonuszahlungen und dem, was wir tun? Was? Nein, den gibt es nicht.« Er holte tief Luft. »Hellgrau oder dunkelgrau ist genau dieselbe Scheißfarbe. Und warum sollten wir für ein paar miese Kröten arbeiten wie die Tiere?« Er lächelte. »Aber das kapierst du doch nie, du beschissener Heiliger. Du bist ja viel zu sehr damit beschäftigt, Buße zu tun für deine Scheißsünden. Und weißt du, was? Das kratzt keinen.«

Cass hätte am liebsten laut über diese Ironie gelacht – und über die Verbitterung in Bowmans Stimme. »Das hat mit mir nichts zu tun, mit dir umso mehr«, sagte er. »Du bist schon dreckig zur Welt gekommen, Bowman. Man sieht es schon an deiner Haut, der Dreck quillt aus allen Poren unter den ganzen Feuchtigkeitslotionen und dieser schönen Sonnenbräune. Du bist Abschaum. Du hast nicht mal den Mut, eine Seite zu wählen und dazu zu stehen, also sitzt du auf dem Zaun und spielst auf beiden Seiten ein bisschen mit. Für so einen wie dich hab ich nicht einen Funken Respekt.«

Wieder raschelte es, ohne dass etwas zu sehen war. Kam der letzte Akteur in dieser Szene jetzt die Treppe herunter?

»Oh, mir bricht das Herz, Cass. Wenn du es wissen willst, ich hatte dich auch nie so richtig gern.«

Es wurde Zeit, diese Farce zu beenden. »Was ist mit meinem Bruder passiert?«

»Das war Pech.«

»Pech?« Cass' Augen brannten. Kate stand reglos an der Wand.

»Er wusste von unseren Konten. Keine Ahnung, wie, aber er wusste es. Eines Abends hat er bei dir zu Hause angerufen. Du warst nicht da, aber er hat Kate alles erzählt. Er hat ihr gesagt, dass du es erfahren müsstest.«

Cass starrte Kate an, aber die weigerte sich, ihn anzusehen. Was hatte sie getan? Schuld gesellte sich zu der Wut in seinen Eingeweiden. Er hätte mit Christian reden müssen. Er hätte rechtzeitig zu Hause sein müssen, als er angerufen hatte. Er hätte zu viele Dinge tun müssen.

»Kate hat gesagt, er habe schon ein paar Tage versucht,

dich zu erreichen. Er hat seltsames Zeug geredet. Sie sagte, es habe sich angehört, als ob er durchdrehte.« Bowman geriet beinahe ins Plaudern. »Aber da ging es um was anderes. Sie wusste, wenn er dir von dieser Sache erzählte, würdest du dich verpflichtet fühlen einzuschreiten. Er war so nett, ihr zu sagen, dass er den Beweis mit nach Hause nehmen würde.«

Ein kalter Schauer rieselte ihm den Nacken runter. Vor Cass' Augen spulte sich die Mordnacht ab wie ein Film, während Bowman weiterredete.

»Kate hat ihm gesagt, du werdest vorbeikommen, und er hat ihr geglaubt.« Bowman zuckte die Achseln. »Sie hat das Gespräch beendet und sofort bei mir angerufen. Ich hab Macintyre angerufen. Er sagte, er werde selbst hingehen zu der Zeit, zu der du eigentlich kommen solltest. Er wollte Christian zur Vernunft bringen, hat er gesagt. Kate sollte dafür sorgen, dass du zu Hause bleibst.«

Die Flasche Wein. Der Sex. Es gab nichts Dümmeres als einen Mann mit einem Steifen. Cass sah wieder rüber zu seiner Frau. Nutte. Fremde. Geliebte.

»Als Macintyre hier ankam, waren deine Schwägerin und ihr Mann im Bett.« Bowman lehnte sich an die Wand. Er war immer noch schwach, seine Stirn glänzte fiebrig. Die Ärzte mochten ja nichts gefunden haben, Cass war sich allerdings ziemlich sicher, dass Solomon irgendwas mit ihm angestellt hatte.

»Die Sache wurde hässlich und Christian weigerte sich klein beizugeben. Er hatte nicht die Absicht, so zu tun, als wüsste er von nichts. Macintyre fesselte ihn an den Stuhl, er wollte ihm nur ein bisschen zusetzen, damit er zur Vernunft kam. Dann wachte die Frau auf und rief von oben.«

Also war Luke nicht als Erster gestorben. Er hatte alles verschlafen. Und Jessica war gestört worden.

»Macintyre ist nach oben gegangen und hat sie erschossen. Danach hatte er eigentlich keine Wahl mehr.« Den Rest ließ Bowman unausgesprochen.

Cass' Spucke hatte einen metallischen Geschmack. *Warmes Blut*. Er sah Christian vor sich, an den Stuhl gefesselt, etwas war ihm in den Mund gestopft worden, deshalb konnte er Jessica keine Warnung zurufen. Zwei Schüsse ertönten, dann tauchte Macintyre wieder auf, bespritzt mit dem Blut von Christians Familie. Danach hatte Christian sich bestimmt nicht mehr gewehrt. Er hätte einfach den Kopf zurückgelegt, bereit für die Kugel, denn sein Hirn sollte genauso tot sein wie sein Herz. Cass wusste, wie Christian sich gefühlt hatte.

Tränen brannten in seinen Augen. Ob sie wohl aus Silber waren?

»Du verdammtes Arschloch!«

»Die Sache ist einfach aus dem Ruder gelaufen, Jones«, sagte Bowman. Sein Ton war ein bisschen weinerlich.

Cass starrte Kate an. »Und was bist du nur für ein Miststück.« All die Tränen und der Brandy, jetzt ergab es einen Sinn. »Du wirst mehr brauchen als ein paar Gramm Koks, um das wieder aus dem Kopf zu kriegen«, sagte er höhnisch. »Das begleitet dich dein Leben lang, Kate. Viel Glück damit.«

»Ich hab es nicht getan!«, zischte sie und bewegte sich ein wenig auf ihn zu. »Ich hab sie nicht umgebracht! Ich nicht. Ich würde nicht …«

Cass machte vorsichtig zwei Schritte zurück, sodass er ein wenig hinter der Türöffnung stand. In dem großen Spiegel über dem Kamin waren der dunkle Flur und der Fuß der Treppe zu sehen.

»Aber was *hast* du getan, Kate? Irgendwas hast du doch getan!« Er sah Bowman an. »Kann ich rauchen?«

»Klar. Ist wahrscheinlich sogar besser, wenn du es tust. Aber nimm den Aschenbecher.«

Man musste kein Genie sein, um zu kapieren, was Bowman vorhatte. Cass lächelte beinahe, als er sich eine Zigarette anzündete und tief inhalierte. Selbstmord in dem Haus, in dem sein Bruder sich und seine Familie umgebracht hatte. Armer Cass, nach dem tragischen Unfalltod seines Sergeants war er schließlich doch noch durchgedreht. Von dieser verdeckten Ermittlung damals hatte er sich nie wieder richtig erholt – würde Kate zweifellos sagen. Dabei würde sie versuchen, ihre koksgesäumte Nase und die schlaflosen Nächte zu verbergen. Vorausgesetzt, es gelang ihnen, die Sache durchzuziehen. Doch dieser Plan hier war immer noch besser, als jemanden übers Treppengeländer zu werfen.

Er biss die Zähne zusammen und genoss das Gefühl, Metall im Rücken zu spüren. Noch hatte Bowman nicht gewonnen.

»Gib ihr nicht die Schuld.« Mit der freien Hand holte Bowman seine eigenen Zigaretten heraus und zündete sich eine an. Cass lächelte. Mr Bright hatte recht: Menschen waren berechenbar. Wenn einer sich eine Zigarette ansteckte, wollten plötzlich alle eine.

»Mat Blackmore hat mir von dem Film erzählt, der reingekommen war. Er hatte mich auf der Aufnahme erkannt.«

Er hielt die Hand mit der Zigarette hoch und ließ einen Manschettenknopf blitzen. »Fass es als Kompliment auf, dass wir sicher waren, du würdest es entdecken – wenn man dir genug Zeit ließ. Ich musste dich raus haben aus dem Fall.«

Eine weiße Hand, die das Geländer herunterglitt, tauchte im Spiegel auf. Das Handgelenk steckte in einem dunklen Ärmel. Leder möglicherweise.

Das Adrenalin pulsierte durch Cass. »Du hast mich also reingelegt.« Er schaute Kate an. »Du hast mich reingelegt.«

Sie strich sich das strähnige Haar aus den Augen und funkelte ihn an: Hass, Wut, Liebe und Frustration – alles war da. Wie konnte es sein, dass er diesen Hass nie wahrgenommen hatte?

»Jessica hat es mir erzählt.« Kate fuhr sich mit dem Handrücken übers Gesicht. »Als Luke krank war und ich mit ihr ins Krankenhaus gegangen bin.« Ihr Lächeln verwandelte sich in traurigen Hohn. »Sie hat mir von dir erzählt. Christian hat sie es auch gesagt. Er hat dir verdammt noch mal verziehen.« Tränen flossen aus ihren blutunterlaufenen Augen. »Sie hat dich in Schutz genommen, hat gesagt, du würdest mich lieben. Nach allem, was gewesen ist, Cass, hast du Jessica gefickt. Scheiße, ich hasse dich.«

Cass starrte sie an. Sie war einmal schön gewesen, aber jetzt sah sie aus wie jemand, der von Albträumen geplagt war. »Wie sehr musst du mich gehasst haben, wenn du mit dem da ins Bett gegangen bist.« Er machte eine Pause. »Aber ich habe dich geliebt, Kate. Ich hab immer gedacht, ich wäre nicht gut genug für dich. Ich hab immer gedacht, ich hätte dich nicht verdient.« Die Gestalt im Spiegel hatte den Flur erreicht. Einen kurzen Moment erinnerten ihn das rötliche Haar und die Größe der Gestalt an Solomon, doch dieser Mann hatte nichts Übernatürliches an sich. Es war einfach nur Sam Macintyre, der Gangster, der seinen Bruder ermordet hatte.

Cass' Blick wurde hart. »Jetzt weiß ich es besser.«

»Du Arschloch!«, schrie sie und stürzte sich mit ausgefahrenen Krallen auf ihn.

Keiner der Männer war auf Kates Attacke vorbereitet, doch es war genau die Ablenkung, die er gebraucht hatte. Er drückte die Zigarette auf die blasse Wange seiner Frau und wich nach links aus, um ihren Fingernägeln zu entgehen. Ihr Wutschrei wurde zu Schmerzgeheul, sie machte sich los und stieß mit Macintyre zusammen, der damit nicht gerechnet hatte. Schon als Cass Ramseys Pistole zog und sich auf die Knie fallen ließ, konnte er sehen, was passieren würde.

Bowman auch, denn der rief: »Nicht …«

Aber es war zu spät, Cass sah, wie die Augen des Mannes vor Überraschung ganz groß wurden, als er reflexartig abdrückte.

Die Druckwelle schleuderte Kates schmale Gestalt durch den Raum, ihre Arme streckten sich, die Finger reckten sich nach dem Leben, das ihren Körper schon verlassen hatte. Ihre Beine blieben an einem Esszimmerstuhl hängen – vielleicht dem, an den Christian gefesselt gewesen war, als Macintyre ihm das Hirn weggeblasen hatte – und dann lag sie zusammengekrümmt auf dem Boden.

Cass' Augen brannten wie Quecksilber, als die Wut seine Adern flutete. Bowman huschte keuchend und mit aufgerissenen Augen quer durch den Raum auf die Leiche zu. Das gehörte nicht zu seinem Plan. In der Tür schickte Macintyre sich an, seine Flinte erneut durchzuladen. Cass sah das so deutlich, weil für ihn alles in Zeitlupe ablief. Mit zusammengebissenen Zähnen und flammendem Blick hob er seine eigene Waffe und feuerte zwei Kugeln auf Macintyre ab, eine in jeden Ellenbogen. Perfekte Treffer. Das hatte er von vornherein gewusst. Das Brennen in seinen Augen und seiner Seele hatte es möglich gemacht.

Macintyre stolperte zurück, er schrie vor Schmerz und seine schwere Waffe krachte auf den Boden. Das hohe Wimmern signalisierte, dass für ihn der Kampf vorüber war. Cass trat Bowman, der über Kates Leiche kauerte, gegen den Kopf. Die Schuhspitze traf hart auf seinen Schädel, dann trat er Bowman kräftig aufs Handgelenk und zerdrückte dabei seine teure Uhr.

Heftig keuchend hockte Cass sich neben Bowman und riss ihm die Pistole aus der zitternden Hand. Der DI hatte zwar die Lizenz zum Tragen einer Waffe, aber er gehörte zu denen, die immer andere die Drecksarbeit erledigen ließen. Im Gegensatz zu Macintyre waren seine Reaktionen langsam, und ihm Gegensatz zu Cass hatte er noch nie einem Mann in die Augen geschaut und dann den Abzugshahn gedrückt. In dieser Situation konnte er niemals gewinnen.

Draußen heulten die ersten Sirenen. Bowman stöhnte, er versuchte Cass im Blick zu behalten. Im Flur schrie Macintyre nach Gott oder seiner Mutter oder nach irgendeinem gottverdammten Arschloch, das ihm helfen solle. Cass und Bowman ignorierten ihn beide. Cass hielt die Waffe auf Bowmans Gesicht gerichtet und zündete sich eine Zigarette an.

»Hast du Verstärkung angefordert?« Mit den Worten kam Blut aus Bowmans Mund. Cass musste ihm einen Zahn ausgeschlagen haben oder zwei. Trotzdem brachte Bowman noch ein kleines Lächeln zustande. »Du blöder Arsch. Paddington Green gehört mir. Ich hab da das Sagen, kapiert?«

Cass beachtete ihn nicht. Er spürte den Blick von Kates toten Augen, aber er konnte sie nicht ansehen, noch nicht. Erst wenn all das beendet wäre.

»Warum hast du mich nicht gleich erschossen?«, fragte er. »Oder es zumindest versucht?«

»Die Anrufe.«

»Was für Anrufe?«

Langsam hob Bowman die Hand und rieb sich die Schläfe. »Wir mussten wissen, wer uns reingelegt hatte. Wir dachten, du wüsstest es.«

Cass runzelte die Stirn? »Was meinst du damit?«

»Am Tag, an dem Jackson und Miller erschossen wurden, hab ich einen Anruf bekommen. Ich sollte mich mit Macintyre in diesem Café treffen. Er hat auch so einen Anruf gekriegt.« Bowman seufzte. »Aber keiner von uns hat angerufen, doch dann wurden die Jungs erschossen und der Film tauchte auf. Irgendjemand wollte, dass wir erwischt werden.«

»Das war ich nicht«, sagte Cass. Seine Eingeweide rebellierten. Er hatte eine verdammt gute Vorstellung davon, wer es gewesen war. Silberhaar, Silberzunge, Silbertränen: ein Architekt. Jemand, der immer beobachtete, jemand, der vielleicht Cass beschützen und ihm gleichzeitig Solomon offenbaren wollte. Jemand, den alle kannten und vor dem sich jeder hütete. Jemand, der seine eigenen Prüfungen durchführte. Bowman hatte nie eine Chance gehabt, nicht gegen Mr Bright. Er war einfach dem großen Plan eines anderen im Weg gestanden.

»Ich weiß nicht, wer es war«, log er.

Mit einer Geräuschexplosion stürmten Polizisten ins Haus.

»Krankenwagen anfordern! Wir haben einen Verletzten.«

Cass erkannte die Stimme nicht, aber er lächelte. »Oh, und nur zu Ihrer Kenntnisnahme, Detective Inspector Bowman, ich hab nicht in Paddington Green Verstärkung angefordert. Ich hab Chelsea gerufen.«

»Hatten Sie nicht gesagt, es würde keine Sauerei geben?« Dieser Akzent klang vertraut.

»Ihr habt euch Zeit gelassen.«

»Ist schon schwer genug, die Leute für ihre eigenen Fälle aus dem Bett zu holen, Cass. Das müsstest du wissen.« Er grinste. »Aber du scheinst ja alles unter Kontrolle zu haben.«

»So was in der Richtung.«

Hinter ihm zerrten zwei Beamte Bowman auf die Füße. »Keiner wird dir das danken, Cass!«, schnarrte er, als er nach draußen geschleift wurde. »Keiner.«

»Ist nichts Neues«, sagte Cass leise. Er schaute sich um. Noch einmal war das Haus seines Bruders voller Blut. Alles war so schnell gegangen. Das war das wirkliche Leben. Eine Minute noch hier, die nächste schon tot. Keine großen Verfolgungsjagden, es war einfach nur dreckig und verkommen und schnell vorbei gewesen. Kate lag vor seinen Füßen, ihr flacher Bauch eine blutige Wunde. Er schaute nicht auf sie hinunter.

»Ich geh raus.«

Ramsey nickte und ließ ihn vorbei.

Cass blickte nicht zurück.

Epilog

Josh Eagleton erlangte schließlich das Bewusstsein wieder und zuallererst wollte er Cass sehen, nicht seine Freunde oder seine Familie. Macintyres Mann hatte ihn überfahren und vermeintlich tot liegen lassen. In seinem Krankenbett sah Eagleton nun blass und dünn und um einiges älter aus als vor dem Anschlag. Die Narben würde er sein Leben lang behalten. Doch das war gar nicht so schlecht, fand Cass. Diese Narben würden dafür sorgen, dass er auch beim nächsten Mal überlebte.

Zwei Wochen waren seit Kates Tod vergangen und Cass leckte noch immer seine eigenen heilenden Wunden. Auf der Suche nach Antworten war er noch einmal zurück in Die Bank gegangen, doch erstaunlicherweise hatte man dort noch immer nicht von einem Mr Bright gehört, und niemand war willens, ihm einen Durchsuchungsbeschluss für das Gebäude auszustellen. Was immer Cass herausfinden sollte, Mr Bright hatte es offenbar ernst gemeint, als er gesagt hatte, Cass müsse von allein draufkommen. Das hielt Cass nicht davon ab, sich ab und zu umzuschauen und nachzusehen, ob er beobachtet wurde.

Josh schlug die Augen auf und Cass lächelte. »Gut gemacht, Junge. Tut mir leid, dass ich nicht aufgepasst habe. Wie bist du draufgekommen?«

Paddington Green war jetzt ein totales Chaos, die Hälfte der Beamten stand unter Arrest oder musste sich einer Überprüfung unterziehen. Wenn Josh endlich wieder zur Arbeit kommen konnte, würde sich daran nichts geändert haben. Dr. Farmer war weg. Er steckte bis zum Hals mit in Bowmans Dreck.

»Ich war als Erster bei der Arbeit. Ich war ganz heiß drauf.« Die Stimme des jungen Mannes klang brüchig.

»Ich hatte ein paar Abstriche bei der Frau Ihres Bruders gemacht, ehe Dr. Farmer kam. Blutproben hatte ich auch genommen.« Ein kleines Lächeln zuckte über sein müdes Gesicht. »Ich wollte ihn beeindrucken. Als er dann kam, war er … war er echt aufgebracht, er sagte, niemand außer ihm dürfe die Leiche berühren. Er sagte, er wolle es selber machen, aus Respekt vor Ihnen.« Er schluckte. Cass wartete geduldig. Das war Joshs Geschichte und er sollte sie auf seine Weise erzählen.

Schließlich fuhr er fort: »Ich hab nichts gesagt. Ich wollte ihn nicht nerven. Aber als er dann sagte, sie hätten in der Frau Ihres Bruders … na ja, gefunden, was sie gesagt haben, also, da wusste ich, dass es nicht wahr sein konnte. Die ersten Abstriche waren sauber gewesen. Daher war ich sicher, dass jemand das Beweismaterial untergeschoben haben musste.«

Cass erinnerte sich noch an das dreiste Blitzen der Kamera bei seiner ersten Begegnung mit dem jungen Mann. Er hatte ihn falsch eingeschätzt. Hinter all seiner Jugend steckte ein helles Köpfchen. Er würde es weit bringen.

»Ich glaube, du wirst in einem Schnellkurs ausgebildet werden müssen, wenn du hier rauskommst«, sagte Cass. Er grinste. »Ich hab ein gutes Wort für dich eingelegt, keine Ahnung, was das wert ist, aber, sehen wir den Tatsachen ins Gesicht: Wir stecken in einer Personalkrise. Natürlich nur, wenn du den Job noch willst.«

Der junge Mann nickte. Doch in seinen Augen lag immer noch etwas Dunkles.

»Bedrückt dich noch was, Josh?«

Er nickte langsam. »Es geht um Luke. Ihren Neffen.« Sein Blick wurde ein wenig unstet, er drückte einen Knopf und der Tropf in seinem Arm pumpte mehr Morphin in seinen Körper. Er leckte sich die Lippen ein wenig.

»Sie wissen doch, dass er nicht der Sohn Ihres Bruders ist, oder?« Die schmerzstillenden Mittel taten ihre Wirkung und seine Aussprache wurde undeutlich.

»Was sagst du da?« Die Farben im Raum schienen schärfer hervorzutreten.

»Er muss adoptiert worden sein. Seine DNA war ganz anders. Keinerlei Übereinstimmungen zwischen ihm und Ihrem Bruder oder seiner Frau. Das wussten Sie, stimmt's?« Josh schloss die Augen. Seine Atmung wurde regelmäßig, als er in den Betäubungsschlaf hinabgezogen wurde.

Cass starrte ihn an und die Welt flirrte. Das konnte nicht wahr sein. Sie waren da gewesen, im Krankenhaus, als Luke geboren wurde. Sie waren da gewesen, als Jessica Christians Sohn zur Welt gebracht hatte. Wenn der Junge auf der Bahre im Leichenschauhaus nicht ihrer gewesen war, wer war er dann?

Er versicherte sich, dass mit Eagleton alles in Ordnung war, dann ging er wieder nach draußen. Die kalte Luft konnte dem Brennen nichts anhaben, das in ihm wütete. Solomon, Bright – ein Rad im anderen. Wenn Luke nicht der Sohn von Christian und Jessica war, was war dann mit ihrem Baby passiert? Sein Herz hämmerte.

Im Inneren spürte Cass wieder, wie die Finger an ihm zerrten, nur waren sie dieses Mal nicht kalt. Sie waren warm und lebendig.

Danksagung

Erstens, ein ganz großes Dankeschön an meine brillante Agentin Veronique Baxter bei David Highham, denn sie hat mir eindeutig Glück gebracht. Zweitens, ein ebenso großes Dankeschön an meine Lektorin Jo Fletcher, weil sie meine Sätze so viel besser und mein Buch viel stärker gemacht hat – (bitte lektoriere diese Danksagung – danke!). Allen beiden auch Dank für den Wein, das Lachen und die Unterstützung, es ist toll, mit Leuten zu arbeiten, die zu guten Freunden geworden sind. Unverzichtbar waren der technische Rat in Sachen Drogen und Tod von der stets fröhlichen Elizabeth Hill. Die Schreiber-Jungs, die mich bei Verstand gehalten haben, MMS, Mark Morris, Tim Lebbon, Chris Golden, Graham Joyce, Guy Adams und Conrad Williams: Danke, dass ihr mich ertragen habt! Meine beiden Karriere-Yodas, Mark Chadbourn und Carole Matthews: Eure Ratschläge waren von unschätzbarem Wert, ihr rockt! Die Welsh Cottager, Meloy, Neville, Greenwood, Lewis, Lockley und Volk unter anderen – danke für die Wochenenden, die mir das in Erinnerung rufen, worum was es wirklich geht: die Geschichten so gut rüberzubringen, wie wir nur können. Danke an alle in der British Fantasy Society, die mich so vielen Autoren vorgestellt und mich so freundlich aufgenommen haben. Riesige Umarmungen für die Dastardly, an mein Slutley, Julian Simpson für seine konstruktiven Vorschläge und das Lesen des ersten Entwurfs, als ich eine Meinung dazu hören musste – und für Beth Elliot, die das Gleiche mit dem letzten Entwurf gemacht hat. Und natürlich ganz großen Dank an die nicht schreibenden Freunde im wirklichen Leben und meine Familie, die meine Seltsamkeit tagein, tagaus ertragen haben. Es gibt gar nicht so viel Wein auf der Welt, wie ich mit euch trinken möchte. Ich weiß, es gibt noch andere, die ich hier ausgelassen haben muss – aber dies ist der erste Band einer Trilogie, nächstes Mal hole ich das nach!

Sarah Pinborough
Milton Keynes 2009